Der Fluch von Colonsay

Die Autorin

Kaye Dobbie wurde in Victoria geboren und verbrachte den Großteil ihrer Kindheit in New South Wales. Ihre große Leidenschaft ist die Vergangenheit und wahrscheinlich begann sie, über sie zu schreiben, um ihr näher zu sein. Wenn sie nicht schreibt, liest sie oder kümmert sich um ihren Garten. Derzeit lebt sie zusammen mit ihrem Mann und ihren zwei Kindern in Bendigo, Victoria.

KAYE DOBBIE

Der Fluch von Colonsay

Roman

Aus dem Englischen von
Claudia Krader

Weltbild

Die englische Originalausgabe erschien 1999 unter dem Titel
Footsteps in an Empty Room
bei bei Random House Australia Pty Ltd, Sydney.

Besuchen Sie uns im Internet:
www.weltbild.de

Copyright der Originalausgabe © 1999 by Lilly Sommers
Published by arrangement with Kaye Dobbie
Dieses Werk wurde vermittelt durch die Literarische Agentur
Thomas Schlück GmbH, 30827 Garbsen.
Copyright der deutschsprachigen Ausgabe © 2012 by
Verlagsgruppe Weltbild GmbH, Steinerne Furt, 86167 Augsburg
Übersetzung: Claudia Krader
Projektleitung und Redaktion: usb bücherbüro, Friedberg/Bay
Umschlaggestaltung: bürosüd°, München
Umschlagmotiv: bürosüd°, München
Satz: Lydia Kühn
Druck und Bindung: CPI Moravia Books s.r.o., Pohorelice
Printed in the EU
ISBN 978-3-86800-937-8

2015   2014   2013   2012
Die letzte Jahreszahl gibt die aktuelle Ausgabe an.

Für meine Mutter

1

Der Feuerball der Sonne war hinter dem Horizont versunken. Jenseits der Bucht leuchteten die Wolken orange und rot über den Gipfeln der You-Yang-Berge. Eine Szenerie von fast überirdischer Schönheit. Alice Parkin sah hinüber zur Weide, auf der die Schafe lange Schatten warfen. Sie tat so, als schüttelte sie nur das weiße Damasttischtuch aus, aber eigentlich genoss sie die abendlich kühle Luft vom Wasser her und diesen kurzen Augenblick der Freiheit. Hinter ihr ragte, stets gegenwärtig, das Anwesen von Colonsay empor. Ein großer, drohender, Angst einflößender Schatten. Glücklich war sie nicht in diesem Haus. Und da sie jetzt seit einem Monat dort lebte, wusste sie, dass sie hier auch nie glücklich sein würde.

»Du wirst dich damit abfinden müssen«, hatte ihr Vater mitleidslos gesagt. »Wir können nicht mehr für dich sorgen, Alice. Du musst deinen eigenen Lebensunterhalt verdienen. Schließlich bist du schon zwölf.«

Nur ihre Mutter litt mit ihr. Schließlich war Alice' Lehrerin mehrmals bei ihr gewesen, um sie auf die überdurchschnittliche Begabung ihrer Tochter hinzuweisen. Aber der Vater meinte nur, Klugheit sei überflüssiger Luxus. Was könnte sie einem Mädchen wie Alice schon nutzen? Kraft und körperliche Ausdauer, das war es, was sie brauchte.

Mira Parkin streckte ihren schmerzenden Rücken und wandte sich mit einem fragenden Gesichtsausdruck ihrer Tochter zu. »Mrs Cunningham ist doch nett. Und die Kinder sind gar nicht so übel. Du weißt ja, wie das so ist, du hast genügend Brüder und Schwestern.«

Ja, Alice wusste, wie das so war. Sie blickte zu ihren

Geschwistern hinüber und wünschte sich, immer noch eine von ihnen zu sein. »Ja, Mutter, sie sind nicht übel.« Das war es, was ihre Mutter hören wollte, wusste Alice.

Spürbar fiel die Anspannung von ihrer Mutter ab, als sie tief ein- und ausatmete. Dabei straffte sich die einfache Leinenbluse über ihrer flachen Brust. »Na also«, murmelte sie. »Dann ist das entschieden, Liebes.«

»Tja, damit war es entschieden«, flüsterte Alice jetzt und verspürte einen kleinen Stich in ihrem Inneren. Sie schüttelte das Tuch ein letztes Mal kräftig aus und drehte sich, da sie es nicht mehr hinauszögern konnte, Richtung Haus um.

Colonsay war ein zweistöckiges Gebäude aus solidem Sandstein, mit einem quadratischen Grundriss und einer breiten Vorderveranda. Links und rechts des Weges zur Eingangstür waren geometrische Beete angelegt. Mrs Cunningham legte mehr Wert auf einen gepflegten Zugang zum Haus als frühere Hausherrinnen, und ihr Mann hatte ihr dafür allerlei exotische Pflanzen besorgt. Doch der alte Geißblattstrauch war geblieben, und seine Ranken umschlangen die Verandapfosten und reichten bis hinauf zum Dach. Der erste Cunningham, so hieß es, hatte einen Steckling aus dem fernen China mitgebracht und dort neben den Eingang gepflanzt. Alice liebte den süßen, schweren Duft.

Die Anfänge des Hauses reichten zurück bis ins Jahr 1830. Bauherr war derselbe Cunningham gewesen, der auch das Geißblatt gepflanzt hatte, Cosmo Cunninghams Großvater. Als er sich damals auf der Bellarine-Halbinsel niedergelassen hatte, hatte es dort nichts gegeben außer seinen Schafen. Der Kern des Hauses war seitdem trotz Cosmos umfangreicher Anbauten und Veränderungen unberührt geblieben. Im Keller gab es sogar noch einen alten, steingefassten Brunnen. Manchmal sandte die Köchin, Mrs Gibbons, Alice dort hinunter, um Wasser zu holen. Das Wasser des Brunnens schmeckte nämlich besonders frisch.

Dunkelheit hatte Alice schon immer verstört, und nun schien Colonsay eine ähnliche Wirkung auf sie zu haben. Wäre sie so dumm und fantasielos gewesen, wie ihre Eltern sie sich gewünscht hatten, hätte sie die unterschwellige Bedrohung vielleicht gar nicht wahrgenommen. Sie konnte zwar nicht erklären, was genau sie beunruhigte, aber sie spürte, dass da etwas war.

Das Haus war von Leben erfüllt, mit dem Lärm und der Unruhe, die die häufigen Gäste mit sich brachten. Mr Cunningham befand sich manchmal wochenlang auf Reisen, doch wenn er im Hause weilte, brachte er stets Gäste mit und gab viel Geld für sie aus. Einmal hatte Alice gehört, wie jemand verächtlich sagte, Colonsay sei eher ein Hotel als ein Zuhause. Die aufwendige Bewirtung erschien ihm wohl übertrieben. Als sie dann Mrs Gibbons gefragt hatte, was das bedeuten sollte, hatte sie als Antwort nur eine Kopfnuss und die strenge Anweisung bekommen, sich um ihre eigenen Angelegenheiten zu kümmern. Später hatte sie jedoch über diesen Satz nachgedacht. Hieß das etwa, dass Cosmo gar nicht der überaus beliebte Gastgeber war, für den er sich hielt?

Alice wollte das nicht hoffen. Sie mochte Cosmo Cunningham. Er war groß, kräftig, grauhaarig und hatte eine laute Stimme. Meist roch er nach den Zigarren, deren Rauch er so liebte. Seine Augen unter den gesenkten Lidern blickten freundlich, und er fragte Alice immer nach ihrer Familie, wenn er sie bemerkte. Er vergaß Alice' Vater niemals die Rettung vor dem sicheren Tod in der eisigen Port Phillips Bay. Die Bucht hatte sich damals nach einem plötzlichen Wettersturz in ein Chaos aus haushohen Wellen und prasselndem Regen verwandelt. Cosmo war in seiner Jugend gern segeln gegangen, und Alice' Vater, damals selbst noch ein Bub, hatte ihn stets begleitet. Ja, sie mochte Cosmo Cunningham. Was sie von Mrs Cunningham nicht behaupten konnte.

Cosmo liebte seine junge Frau und war stolz auf ihre Schönheit. Jeder wusste das. Man konnte es ihm ansehen, wenn er sie anblickte. Sie sah mit dem dunklen, hochgesteckten Haar und den Familiensmaragden an ihrem schlanken Hals auch wirklich bezaubernd aus. In ihrem Besitz befanden sich so viele Kleider und Schuhe, dass Alice sich gar nicht alle merken konnte. Es dauerte immer ewig, bis sie sich angekleidet hatte. Selbst ihr Name war wundervoll: Ambrosine. Cosmo nannte sie allerdings zärtlich Rosie.

Mrs Gibbons liebte Ambrosine ebenfalls und verwöhnte sie mit appetitanregenden Leckereien, denn um die Gesundheit der Hausherrin stand es nicht zum Besten. Empfindsam, so nannte Mrs Gibbons sie. Alice hörte das alles mit Verwunderung. Es war doch seltsam, dachte sie, dass Ambrosine immer dann krank wurde, wenn Cosmo missliebige Gäste ins Haus brachte. Für gewöhnlich handelte es sich dabei um seine Parteifreunde. Aber seit der Kopfnuss behielt Alice ihre Gedanken lieber für sich.

Das Paar hatte einen Sohn und eine Tochter. Es gab ein Kindermädchen für die kleine Ada und eine Gouvernante für beide Kinder. Bernie, der Sohn, würde bald aufs Internat gehen – er war schon zehn. Alice würde ihn vermissen, sie hatten sich angefreundet.

Bertie Cunningham war ein netter, freundlicher Junge, und sie fragte sich, wie es ihm wohl im Internat ergehen würde. Cosmo Cunningham hielt diesen Schritt jedoch für unabdingbar, um aus seinem Sohn einen Mann zu machen. Und seine Mutter schien das Ganze wenig zu kümmern, wenn sie überhaupt darüber nachdachte. Armer Bertie, er wollte nicht zu Fremden abgeschoben werden. Vielleicht, dachte Alice, vielleicht sind Bertie und ich gar nicht so verschieden.

»Alice! Alice Parkin.«

Alice sah nach oben. Da war Bertie und grinste durch eine der rautenförmigen Dachluken. Er hatte dort sein Geheimversteck, in dem er alle seine Schätze aufbewahrte. Sie winkte und schritt in ihren strapazierfähigen Stiefeln weiter Richtung Haus. Die Stiefel hatten ihren Vater fünf Schillinge gekostet und mussten mindestens zwei Jahre halten. Alice traute sich nicht, ihm zu sagen, dass sie ihr bereits wieder zu klein waren. Sie drückten so, dass ihr nachts die Füße schmerzten. Sie träumte von weichen, glänzenden Pantöffelchen, wie Mrs Cunningham welche besaß. Aber sie konnte nur davon träumen, das wusste sie. Es half ihr aber trotzdem, schließlich war sie erst zwölf.

»Alice«, zischte Meggy warnend, als sie durch den Seiteneingang in die Küche schlüpfte. Es dampfte aus einem Topf auf dem großen schwarzen Herd, der die Küche ordentlich aufheizte. Mrs Gibbons stand mit roten Augen und einem verärgerten Gesichtsausdruck am Küchentisch und hackte Zwiebeln. Cosmo war im Parlament des Staatenbunds in Melbourne gewesen und wurde für heute Abend zurückerwartet. Mit Gästen natürlich.

»Wo hast du gesteckt, Mädchen?«, wollte Mrs Gibbons wissen. »Schau, dass du dich bewegst. Sonst ist es Zeit fürs Abendessen, und nichts ist fertig.«

Meggy zog eine Grimasse und setzte sich in ihre Ecke, wo sie Kartoffeln schälte. Alice folgte ihr.

»Der Madam geht es nicht gut«, sagte Mrs Gibbons, seufzte und schüttelte den Kopf. »So eine reizende, empfindsame Dame. Ich bete jeden Sonntag für sie. Alice, du kannst ihr ein bisschen Brühe nach oben bringen. Pass auf, dass du nichts davon verschüttest.«

Alice stand auf und trocknete sich die Hände nervös an ihrer Schürze ab.

»Mach dich zurecht. Dein Haar ist so verstrubbelt wie das einer Aborigine«, fügte Mrs Gibbons unfreundlich hinzu.

Meggy verhielt sich ruhig. Selbst ein Aborigine-Halbblut, blieb ihr nichts anderes übrig, als sich in Mrs Gibbons Gegenwart ab und an taub zu stellen.

Alice ordnete die beanstandete Haarpracht und steckte das weiße Häubchen wieder fest. Während die Köchin ordentlich und flink ein Tablett zurechtmachte, stand sie wartend neben dem Tisch.

»Nimm das und pass auf mit der Treppe«, wies die ältere Frau sie an und trocknete ihre tränenden Augen mit den Schürzenzipfeln. Die Zwiebeln waren erst zur Hälfte gehackt, aber Mr Cunningham liebte sie so, wie Mrs Gibbons sie machte, und lobte sie stets dafür. In einem Anflug von Rebellion fragte sich Alice, ob er sie ebenso schätzen würde, müsste er sie selbst hacken.

Manchmal wurde das Mädchen von ihren eigenen Gedanken überrascht. Sie kamen unerwartet, und ihr Inhalt entsprach so gar nicht den Vorstellungen, mit denen sie erzogen worden war. Ab und zu erschienen sie ihr sogar so fremd, als hätte ein anderer sie erdacht.

Die Hintertreppe führte vom Gang vor der Küchentür und neben der Spülküche nach oben. Alice stieg vorsichtig die Stufen hinauf, sorgfältig auf das Tablett achtend. Die Tritte waren glatt, das Holzgeländer rau und die Wände nachgedunkelt. Da die Treppe nur den Dienstboten als Aufgang diente, wurde auf solche Dinge nicht geachtet.

Oben angekommen, fand sich Alice in einer Welt mit weichen Teppichen und extravaganten Tapeten wieder. Das Glasfenster am anderen Ende des Korridors erstrahlte im Abendlicht in einem Kaleidoskop aus Grün, Rosa und Blau – die Farben unwirklich wie in einem Märchenbuch. Alice richtete das Tablett wieder richtig aus und warf einen kurzen Blick auf das Fenster, das erst letzten Monat vollendet worden war. Es zeigte eine Frau inmitten eines Wasserwirbels, leicht geschürzt mit etwas, das Alice an den dunkelbraunen Seetang erinnerte, der sich nach jedem Sturm am Strand sammelte.

Hier im Ostflügel des Hauses lagen die besten Schlafzimmer, die den erwachsenen Familienmitgliedern und ihren Gästen vorbehalten waren. Die Kinder schliefen im Westflügel. Ambrosine Cunninghams Schlafzimmer lag an der Front des Hauses, war groß und sehr feminin eingerichtet. In diesem Zimmer verbrachte Madam den größten Teil ihrer Zeit, wenn sie sich nicht in ihrem Empfangszimmer in Erdgeschoss aufhielt. Schön, elegant und mit ausgezeichneten Umgangsformen, schien sie die perfekte Gattin für einen Mann wie Cosmo zu sein. Doch was verbarg sich hinter ihrem stets ruhigen Lächeln?

Eine große, weite Leere, dachte Alice. Sie hielt Berties Mutter für eine selbstsüchtige, verwöhnte Frau.

Sie klopfte und öffnete die Schlafzimmertür. Blinzelnd stellte sie fest, dass es drinnen durch die zugezogenen Vorhänge dunkler war als auf der Hintertreppe. Überall im Zimmer standen kleine Beistelltischchen und allerlei Zierrat herum. Orientalische Teppiche bedeckten den Boden, die Stühle waren mit üppigen Hussen verhüllt und von dicken Kissen gekrönt. Der Einfluss und der Reichtum der Cunninghams spiegelte sich in allen Details der Einrichtung wider. Alice bekam kaum Luft angesichts der Fülle. Wäre das ihr Zimmer, dann würde jetzt die kühle Abendluft durch weit geöffnete Fenster ins Zimmer strömen und die dunklen Schatten vertreiben.

»Wer ist da?« Die sanfte Stimme klang fragend. Rosie Cunningham hob den Kopf von der Ottomane und beschattete die Augen mit der Hand, als ob sie das fahle Licht vom Gang kaum ertragen könnte. Auch der Hund neben ihr, ein kleines Knäuel aus cremefarbenem langem Haar, richtete den Kopf mit dem blauen Satinband auf und kläffte entrüstet.

»Ach, Alice. Bringst du Brühe? Komm her damit, bitte.«

Alice tat, wie ihr geheißen, und stellte das Tablett auf ein Tischchen neben der Ottomane. Dabei versuchte sie, weder die Vase mit den weißen Rosen noch die Fotos im Goldrahmen, die Riechsalzfläschchen oder die Wasserkanne mit dem Silberdeckel zu verrutschen oder hinunterzustoßen. Mrs Cunningham sah ihr mit halb geschlossenen Lidern zu und streichelte dabei abwesend den Hund. Krank sah sie für Alice nicht aus.

Früher an diesem Nachmittag hatte Mrs Cunningham Modell für ein Porträt gesessen, das ihr Mann in Auftrag gegeben hatte. Da war es ihr anscheinend noch gut gegangen. Aber der Maler, Mr Marling, sah auch besser aus und schien interessanter zu sein als Cosmos Gäste. Von ihren eigenen Gedanken überrascht, zuckte Alice unwillkürlich zurück, als könnte die andere sehen, was in ihrem Kopf vorging.

»Danke, Alice.«

»Darf ich Ihnen Tee einschenken?« Das schlechte Gewissen zwang Alice zu einer Beflissenheit, die ihr sonst eher fremd war.

Rosie Cunningham hob die Lider und richtete ihren Blick auf Alice, überrascht und auch ein wenig amüsiert. »Das ist nicht nötig. Danke, Alice.«

Alice machte einen Schritt zurück und beförderte dabei versehentlich einen kleinen Gegenstand unter die Ottomane. Mrs Cunningham hatte einen feinen Seidenschal mit einem Muster aus Blumen und Früchten übergeworfen, der in großzügigen Falten bis auf den Boden hinabreichte. Alice bückte sich, fühlte durch die rutschigen Seidenbahnen, bis sich ihre Hand um etwas Hartes schloss. Ein Elfenbeinknopf in Form einer Blume. Einer Rose.

Alice erkannte ihn sofort. Er gehörte zu Mr Marlings dunkelblauer Weste. Sie hatte die Knöpfe schon häufiger bewundert, wenn sie ihm an der Tür Hut und Stock reichte oder ihn die Treppen hinauf zu dem Zimmer am Ende des Gangs brachte, das er als Studio nutzte. Mr Marling zufolge war das Licht dort besser als in Ambrosines Empfangszimmer im Erdgeschoss. Und er führte an, dass Störungen durch Kinder oder Dienstboten dort weniger häufig seien. Es waren nur wenige Schritte von dort bis zu Madams Schlafzimmer, zu ihrer Ottomane. Der Knopf hatte dort eigentlich nichts verloren.

Der Hund sprang auf einmal von der Liegestatt herunter und bellte sie an. »Sei still, Cleo. Was machst du da, Alice?« Mrs Cunninghams Stimme klang verdrossen, und etwas in ihrem verschleierten Blick mahnte Alice zur Vorsicht. Ihre Finger schlossen sich fest um den Knopf, sodass die Rose sich in ihre Haut drückte.

»Mein Absatz hatte sich in Ihrem Schal verfangen, Madam. Ich habe ihn gelöst.«

Mrs Cunningham sah ihr direkt ins Gesicht. »Ah so«, sagte sie leise. »Das ist alles für den Augenblick, Alice.«

Alice verließ das Zimmer und schloss die Tür hinter sich. Ihre Knie zitterten. Sie betrachtete den Knopf in ihrer Hand. Die Rose war voll erblüht und üppig, wie die Rosen in Madams Garten. Alice schob den Knopf in ihre Tasche und machte sich wieder auf den Weg nach unten.

»Was ist los?«, fragte Meggy. »Du bist die ganze Zeit so ruhig.«

Jenseits der Tür erklang das volltönende Gelächter des Hausherrn, das von den Parteifreunden erwidert wurde, die er aus Melbourne mitgebracht hatte. Lange Jahre waren sie alle an der Ausarbeitung der Verfassung beteiligt gewesen, die die alte Queen letztes Jahr kurz vor ihrem Tod unterschrieben hatte. Und nun gehörten die Männer zur ersten Regierung Australiens, das am 1. Januar 1901 ein Staatenbund geworden war.

Cosmo Cunningham hatte Alice eines Morgens davon erzählt. Sie war mit einem Eimer Küchenabfälle zu den Hühnern unterwegs gewesen, als er sie hinter dem Haus aus Versehen fast über den Haufen geritten hatte. Er erklärte ihr, was ein Staatenbund war, dass sich die Einzelstaaten der Kolonie Australien zusammengeschlossen hatten und nun fester miteinander verbunden waren als Mrs Gibbons Korsettstangen. Obwohl immer noch der britischen Krone zugehörig, war Australien jetzt selbstständig und stark. Jeder wusste, dass es den deutschen und französischen Großmachtgelüsten etwas entgegensetzen musste. Eine große Armee unter einer gemeinsamen Führung war der erste Schritt dazu. Es gab noch andere Gründe für den Zusammenschluss, doch Cosmo war hauptsächlich mit den militärischen Belangen beschäftigt. Kein Wunder, befand sich doch sein Schwager mit einer Einheit der Australian Lighthorse Kavallerie in Südafrika, um den Kampf gegen die Buren zu unterstützen.

Erst letzten Monat hatte der erste Generalgouverneur, Lord Hopetoun, die Feierlichkeiten zur Gründung des Staatenbunds geleitet, die mit Paraden und Aufmärschen unter großer Anteilnahme der begeisterten Bevölkerung begangen wurden. Lord Hopetoun beauftragte Mr Edmund Barton mit der Bildung der Übergangsregierung, die bis zu den Wahlen im März im Amt bleiben sollte. Cosmo Cunningham gehörte zu den Kabinettsmitgliedern.

»Bei diesen Wahlen werden die Wähler ihre Vertreter im Parlament bestimmen. Sie können so festlegen, wem sie den Aufbau ihres Landes anvertrauen. Männern mit Erfahrung und Charakterstärke, die einen Kurs berechnen und ihn einhalten können, sollte ihnen auch der Wind ins Gesicht blasen«, erklärte Cosmo Alice.

»Wäre ich ein Mann, würde ich Ihnen meine Stimme geben, Sir«, war es Alice herausgerutscht. Er lachte volltönend und seine Augen blitzten. Warum sollte Cosmo denn nicht Premierminister werden? Alice fände das nur angemessen.

»Alice?« Meggys Stimme durchdrang ihre Gedanken. »Alice, was ist denn?«

»Nichts«, antwortete Alice schließlich. »Ich bin nur müde, und mir tun die Füße weh.« Sie zog einen Flunsch und streckte die Füße unter dem schweren Rock hervor. Meggy gab einen Laut des Mitgefühls von sich. »Triffst du dich heute Abend mit Jonah?«, fragte Alice und sah ihre Freundin von der Seite an.

»Vielleicht.« Meggy zuckte mit den Schultern. Jonah war Meggys Halbbruder. Er hatte früher als Viehtreiber auf dem Land der Cunninghams jenseits des Murray River gearbeitet. Dort zog sich das flache Land endlos hin, bis zum Horizont, und die Sonne brannte heiß vom wolkenlosen Himmel. Cosmo war letztes Jahr im Juni dort gewesen, um die Auswirkungen der Dürre zu begutachten, die man allgemein die Staatenbund-Dürre nannte. Er hatte Jonah nach Colonsay mitgebracht.

Meggy und Jonah hatten dieselbe Aborigine-Mutter, aber nicht denselben Weißen zum Vater. Sie ähnelten sich nicht sehr, nur die Form ihrer Augen und ihr Lächeln glichen einander. Jonah hatte eine Missionsschule besucht und sprach wie ein vornehmer Herr, wohingegen Meggy in der Küche der Viehstation gearbeitet hatte.

Alice liebte Meggy, aber in Jonahs Gegenwart sträubten sich ihr die Nackenhaare. Ähnlich wie bei Cleo, wenn sie eine Maus roch. Er bewegte sich so geräuschlos, dass sie misstrauisch wurde. Und manchmal, wenn sie etwas erzählte, schien er sich über ihre Geschichten zu amüsieren. Das fand sie anmaßend. Schließlich hatte ein Halbblut-Viehtreiber wohl kaum einen Grund zur Überheblichkeit, oder?

»Bertie ist nur noch zwei Wochen hier«, sagte Alice auf einmal zusammenhanglos.

Meggy kicherte nur.

»Ich werde ihn vermissen. Er ist wie ein Bruder für mich.«

»Warte nur ab, in ein paar Jahren schaut er auf dich runter wie auf einen Haufen Hundekacke. So wie alle anderen auch.«

»Meggy, du solltest solche Ausdrücke nicht benutzen.«

»Ist doch wahr.«

Aber Alice konnte nicht glauben, dass Bertie Cunningham jemals auf sie herabsehen würde. Sie waren Freunde und vertrauten einander. Nein, Bertie blieb ihr Kumpel – egal, was passierte. Er hatte versprochen, ihr zu schreiben. Das wäre zwar nicht dasselbe wie ein Gespräch, aber wenigstens ein Lichtblick.

Cosmo ging mit seinen Gästen endlich in die Bibliothek hinüber. Die Mädchen räumten das Esszimmer auf, trugen schmutziges Geschirr und Besteck in die Spülküche. Mrs Gibbons überließ ihnen die ganze Arbeit und begab sich gähnend zu Bett, als ob sie todmüde sei. Doch später, als die Mädchen in der ruhigen Wärme der Küche noch beieinandersaßen, hörten sie, wie die Tür des Nebeneingangs leise geöffnet und wieder geschlossen wurde.

Meggy grinste. »Ein kleiner Ausflug?«, flüsterte sie. Sie riss ihre haselnussbraunen Augen weit auf, um ihre Verwunderung auszudrücken. Eine Angewohnheit, die sie von Jonah übernommen hatte.

Alice schürzte die Lippen und antwortete nicht. Es war eine Sache, etwas zu denken, aber eine ganz andere, es auch auszusprechen. Mrs Gibbons könnte ja einfach spazieren gegangen sein, weil sie nicht schlafen konnte. Und wenn sie ihr Weg genau zu dem Stück Sumpfland führte, wo der alte Harry Simmons seine Hütte hatte – was war denn schon dabei?

Es war wie mit dem Rosenknopf, den sie in Ambrosines Schlafzimmer gefunden hatte und der zu Mr Marlings Weste gehörte. Manche Gedanken fasste man besser nicht in Worte.

»Du bist ein nettes Mädchen«, sagte Meggy in diesem Moment, als ob sie ihre Gedanken lesen könnte. »Aber du darfst deine Augen nicht verschließen. In diesem Haus gehen böse Dinge vor sich, von denen du dich besser fernhältst. Böse Dinge, hast du gehört?«

Später, kurz vor dem Zubettgehen, lehnte sich Alice aus ihrem Fenster und sah hinauf zum Mond, der über den Weideflächen stand. Er war riesig in dieser Nacht, ein gigantischer leuchtender Wackelpudding. Alice hatte gehört, dass es einen verrückt machen sollte, wenn man direkt in den Vollmond sah. Doch sie glaubte solche Märchen nicht und fühlte sich fast körperlich angezogen von dem Erdtrabanten. Über ihr, im Zimmer der Gouvernante, knarrten die Dielen und murmelte eine Stimme. Dann war es plötzlich wieder still. Jenseits des Weidezauns sah Alice eine gedrungene Gestalt mit wehendem Rock auf das Haus zukommen – Mrs Gibbons. Sie steuerte auf den Nebeneingang zu und musste dazu direkt unter Alice' Fenster vorbei. Als die Köchin näher kam, hörte Alice sie ein wenig atemlos singen. *After the ball ist over …* Vorsichtig zog sie den Kopf etwas zurück und hielt den Atem an, als Mrs Gibbons schwankend vorüberstolperte. Zurück blieb ein Hauch von Rum, der noch eine Weile in der Luft hing.

Böse Dinge, hatte Meggy gesagt. Böse Dinge.

Alice lief ein Schauder über den Rücken, und sie schloss mit einem Knall das Fenster.

2

Das Licht schmerzte in ihren Augen.

Rosamund drehte sich um und bedeckte ihr Gesicht aufstöhnend mit den Armen. Draußen fuhr ein Lieferwagen vor, die Türen knallten. Ein Hund kläffte und erinnerte sie daran, dass der Morgen schon lange vorbei war. Es gab kein Entrinnen; sie musste aufstehen.

Sie hob ihren Kopf und sah sich im Zimmer um, das sich im Ostflügel befand. Es handelte sich um eines der großen Schlafzimmer an der Front des Hauses; früher einmal war es von Großmutter Ada bewohnt worden. Warum hatte sie sich ausgerechnet dieses Zimmer ausgesucht? Sie mochte Großmutter Ada eigentlich nicht besonders. Außerdem hatte ihr Mark ein gutes Hotelzimmer gebucht. Warum hatte sie die Buchung bloß im letzten Moment storniert und damit auf jede Bequemlichkeit verzichtet? Normalerweise war sie gar nicht der Typ dafür. Deswegen hatte sie doch auf ihre Gesangskarriere verzichtet und Mark geheiratet, oder etwa nicht?

Das Zimmer befand sich in einem schlechten Zustand, sah aber nicht ganz so schlimm aus wie die anderen. In einer Ecke war der Putz von der Decke gebröckelt und bildete weiße Wölkchen auf den dunklen Dielen. Es roch muffig, aber als Rosamund die Nase rümpfte, drang der Duft von Geißblatt, das draußen irgendwo blühen musste, durch das Fenster zu ihr herein. Der Geruch war kräftig, fast aufdringlich, fand Rosamund und setzte sich auf.

Sie hatte Kopfschmerzen. Das kam wohl von der Flasche, die sie gestern wider besseres Wissen geleert hatte. Wäre Mark da, würde er ziemlich böse schauen. Oder eher sorgenvoll. Auf jeden Fall missbilligend und enttäuscht. Deswegen war sie auf die Halbinsel Bellarine gekommen, um die Renovierung des Hauses zu überwachen. Sie musste zu sich selbst finden.

»Wir brauchen eine Pause«, hatte Mark gemeint. Er sah aus, als wäre er direkt einer Anzeige für teure Herrenbekleidung entstiegen. Zuvor war er bei einer Besprechung gewesen. Zumindest hatte er ihr das erzählt. Mark war ein guter Lügner, er konnte ihr alles erzählen, und sie glaubte es. Erst nachdem er gegangen war, hatten sich leise Zweifel geregt. Gab es eine andere? Nicht unwahrscheinlich. Mark sah sehr gut aus.

Draußen hörte sie Stimmen. Rosamund schleppte sich zum Fenster, sah hinaus und erwartete den Anblick des chaotischen Bauplatzes. Sie hatte ganz vergessen, dass sie sich im Obergeschoss des Hauses befand. Der Ausblick war überwältigend. Ihr Blick schweifte über den verwilderten Garten zu den Kiefern, die ihn begrenzten. Dahinter glänzte das Wasser der Bucht wie geschmolzenes Silber. Auf der anderen Seite hoben sich die runden Gipfel der You-Yang-Berge gegen den wolkenlos blauen Himmel ab. Es war ein wunderschöner Tag.

Rosamund fuhr sich mit der Hand durch die Haare, die dringend eine Wäsche brauchten, und atmete tief ein. Bin ich die Erste, die diese Luft atmet?, fragte sie sich.

Gelächter klang herauf. Unten entluden Arbeiter einen Transporter. Sie hielten in ihrer Tätigkeit inne und sahen amüsiert zu ihr hoch. Stirnrunzelnd blickte Rosamund hinunter und trat vom Fenster weg, als ihr der Grund der Erheiterung klar wurde.

»Scheibenkleister.« Sie sah an sich hinunter. Die wundervolle Aussicht und die Nachwirkungen der letzten Nacht hatten sie vergessen lassen, dass sie nichts anhatte. Ihr erster Impuls war, nach unten zu rasen, ins Auto zu springen und den Ort ihrer Schande zu verlassen. Aber sie wusste, dass das nicht ging.

»Reiß dich zusammen, Mädel.«

Ihr Blick fiel auf die Zigarettenschachtel auf dem Tisch, doch sie widerstand der Versuchung. Sie wollte weniger rauchen. Also griff sie nach ihren Jeans und dem Pulli und machte sich auf den Weg ins Bad.

Gott sei Dank war das Wasser wenigstens heiß. Sie stand lange unter dem dünnen Strahl, wusch ihre Haare und seifte sich ab. Schon immer war sie groß und kräftig gewesen, aber in letzter Zeit hatte sie sich gehen lassen. Die Kurven waren abgeflacht, dafür traten unerwünschte Rundungen deutlicher hervor. Sie störte das nicht, zumindest nicht genug, um etwas daran ändern zu wollen. Mark hatte ihre Nachlässigkeit natürlich bemerkt, aber nichts dazu gesagt.

»Zu viel Arbeit. Immer zu viel verdammte Arbeit.« Rosamund griff nach dem Handtuch. Der Spiegel war angelaufen, und sie konnte nur vage Umrisse erkennen. Das letzte Mal, als sie in diesem Badezimmer gestanden hatte, war sie ein junges Mädchen gewesen, hatte Mark noch nicht gekannt, ihn noch nicht geliebt. Hatte eigentlich noch nichts gewusst vom Leben.

Dass sie mit Mark zusammengekommen war, überraschte und verwunderte sie bis heute. Er war eigentlich gar nicht ihr Typ, kam aus einer anderen Welt und jagte hoch gesteckten Zielen nach. Während Rosamund in den letzten Jahren viele Gelegenheiten verpasst oder ausgeschlagen hatte, führte sein Weg steil nach oben. Er kam aus ärmlichen Verhältnissen und hatte seine Baufirma an die Spitze geführt. Alles, was er anpackte, brachte ihm Geld ein – viel Geld. Vor zwei Jahren hatte er die Herausforderung angenommen und war um das Amt des Premierministers ins Rennen gegangen. Er war der Favorit bei den Vorwahlen im nächsten Monat, die nur ein kleines Hindernis auf seinem Weg zum Ruhm darstellten.

Mark hatte Kontakte in die Politik, seit er alt genug gewesen war, um zur Wahlurne zu gehen. Er beriet die Regierung auf verschiedenen Gebieten. In seinem fest gesponnenen Netz nützlicher Kontakte wusste er stets die richtigen Fäden zu ziehen. Ob Zeitungsverleger oder Betreiber von Fernsehsendern, ob Minister, Transportunternehmer oder Gewerkschaftsbosse – Mark kannte sie alle. Und jetzt wollte er endlich an den Entscheidungen beteiligt werden, die die Zukunft Australiens bestimmten.

Aber es war nicht immer nur harte Arbeit gewesen, jedenfalls nicht zu Anfang. Es hatte Zeiten gegeben, da schloss sich die Tür hinter Mark und Rosamund, und die Welt blieb draußen. Rosamund hatte Marks Leidenschaft und seinen unumstößlichen Glauben an sich selbst stets bewundert. Sogar dann noch, als sie ihn von ihr weggetrieben hatten.

Markovic Hoch- und Tiefbau – der Name seiner Firma stand in fetten schwarzen Lettern auf all seinen Geschäftspapieren. Rosamund fand, dass das durchaus etwas über den Mann hinter der Firma aussagte. Er hatte immer behauptet, zu Höherem berufen zu sein. Und nun ging er seinen Weg.

Rosamund wischte ein Stück des beschlagenen Spiegels blank und betrachtete sich. Der Dampf wirkte wie ein Weichzeichner, glättete Falten und eingekerbte Linien. So spiegelte sich auf dem Glas das Mädchen wider, das sie einmal gewesen war, mit allen Hoffnungen und Träumen. Sie fragte sich, ob sie alles noch einmal genauso machen würde, bekäme sie eine Chance, ihr Leben ein zweites Mal zu leben.

»Mrs Markovic?«

Die Stimme klang eher neugierig als zaghaft. Kerry Scott kannte sie schon lange, aus den Tagen, als sie noch Rose Cunningham gewesen war. Kerry hatte sich damals um Großmutter Ada gekümmert und wusste alles über die Familiengeschichte der Cunninghams. Ihre Beziehung entsprach nicht dem klassischen Arbeitgeber-Arbeitnehmer-Verhältnis, war aber auch keine Freundschaft im engeren Sinne. Kerry überschritt niemals die unsichtbaren Grenzlinien. Wenn sie Mitleid mit dem Kind empfand, das Rosamund einmal gewesen war, zeigte sie das jedenfalls nicht. Rosamund konnte sich nicht erinnern, dass Kerry sie je in die Arme genommen hätte. Großmutter Ada hatte es bestimmt nicht getan. Ihre Kindheit war eine ziemlich lieblose Zeit gewesen.

»Ja?« Rosamund zog sich die Kleidung über und öffnete die

Tür. Dampf quoll in den Gang. Noch einmal rubbelte sie ihre Haare durch, die ihr dicht und dunkel auf den Schultern lagen und Spuren von Feuchtigkeit auf ihrem dunkelroten Pulli hinterließen. Sie war barfuß.

Kerry Scott betrachtete sie belustigt. »Der Bauunternehmer ist gekommen. Mr Markovic hat ihn geschickt, um alles mit Ihnen zu besprechen. Ich habe ihn unten in die Bibliothek gesetzt.«

»Gut. Ich komme gleich runter.«

Kerry lächelte und wandte sich zum Gehen. Sie hatte sich nicht sehr verändert. Ihr Haar war schon immer grau gewesen; vielleicht ging sie ein wenig gebeugter und langsamer. Sie musste inzwischen fast sechzig sein, war seit vierzig Jahren Witwe und hatte Ada Cunningham dreißig Jahre lang Gesellschaft geleistet. So lange saß kein Mensch im Gefängnis, doch Kerry schien das nicht so zu empfinden. Sie hielt ihre Lebenszeit nicht für verschwendet.

Rosamund fand ihre Stimme wieder. »Danke, dass Sie sich wieder um das Haus kümmern, Kerry. Ich weiß das wirklich zu schätzen.«

Kerry drehte sich wieder um und sah überrascht aus. »Kein Problem! Ihr Mann hat mich angestellt, damit während der Bauarbeiten jemand in der Nähe ist.«

»Sie sind doch zu Ihrer Schwester gezogen, nachdem meine Großmutter starb?«

Kerry blickte zur Seite, verzog das Gesicht. Rosamund spürte, dass sie für die Stelle als Colonsays Hauswirtschafterin während der Renovierung dankbarer war, als sie zugeben wollte.

»Meine Schwester lebt gern allein«, sagte Kerry schließlich. »Und ich kümmere mich lieber um Leute. Sind Sie sicher, dass Ihnen das recht ist, Mrs Markovic?«

»Bitte sagen Sie doch Rosamund zu mir. Und wissen Sie was? Ich glaube, mir ist das alles sehr recht.«

»Es hat mir wirklich wehgetan, dass das Haus so heruntergekommen ist. Aber Mrs Ada wollte es auf keinen Fall verkaufen. Deswegen bin ich sehr froh darüber, dass Sie und Mr Markovic hier leben werden.«

Rosamund blickte an ihr vorbei und fuhr sich noch einmal halbherzig durchs Haar. Der Flur befand sich in einem desolaten Zustand. Die Tapeten lösten sich, überall waren Flecken, über deren Herkunft man lieber nicht nachdachte. Der Läufer sah so abgetreten aus, dass die blanken Bodendielen durchschienen. Bei dem Buntglasfenster am Ende des Gangs waren einige Scheiben zerbrochen, und es hatte hereingeregnet.

»Wie lange bin ich eigentlich nicht mehr hier gewesen?« Die Frage hatte sich Rosamund eher selbst gestellt. Trotzdem antwortete Kerry sofort.

»Achtzehn Jahre.«

Rosamund ignorierte den leisen Vorwurf, der in der Antwort mitschwang. Ihre Gedanken wanderten zurück zu jenem Tag vor achtzehn Jahren, an dem sie Colonsay verlassen hatte. Wie alt war sie damals gewesen? Siebzehn, fast achtzehn? Sie hatte gerade angefangen, ihr eigenes Leben zu leben und sich eine Karriere aufzubauen, aber Ada Cunningham hatte sich geweigert, das zur Kenntnis zu nehmen. Sie hatten heftig gestritten, mit unwiderruflichem Ausgang. Das war Rosamunds einziger Akt der Rebellion gewesen, bis zum heutigen Tag hatte sie kein zweites Mal den Mut dazu gefunden. Nach dem Streit hatte sie Colonsay endgültig verlassen.

Ada war allein mit Kerry zurückgeblieben. Körper und Geist wurden mit der Zeit schwächer, und schließlich bewohnte sie nur noch ein paar Zimmer im Ostflügel. Der Rest des Hauses wurde nicht mehr genutzt. Als sie letztes Jahr gestorben war, war Ada 102 Jahre alt gewesen und hatte Rosamund das Haus vererbt.

Als sie von dem Erbe erfahren hatte, war Rosamund zuerst nicht sicher gewesen, ob sie sich ärgern oder freuen sollte. Ihr war klar, dass Ada sie am liebsten enterbt hätte. Doch es waren die Blutsbande, die zählten. Rosamund war die letzte Cunningham. Das Haus, beziehungsweise das, was davon noch übrig war, gehörte ihr. Zusätzliches Vermögen für Unterhalt oder Restauration gab es nicht.

»Verkauf es oder mach es platt! Mir ist es egal«, war Rosamunds erste Reaktion gewesen.

Doch Mark reagierte total entsetzt. Eine natürliche Regung für einen Mann, der aus armen Verhältnissen kam und kostbare Anschaffungen hütete wie die spanischen Eroberer das Gold der Inka. Er fuhr also los, um sich Colonsay anzusehen. Rosamund hatte sich glattweg geweigert, ihn zu begleiten.

Sie traf sich an jenem Freitagabend lieber mit alten Freunden auf einer Party. Es gab viel zu erzählen, und es war Sonntag, als sie wieder nach Hause kam. Mark wartete auf sie, ruhig und präsent wie immer. Manchmal machte er ihr Angst.

»Es wird Zeit, dass du erwachsen wirst, Rose.« Es gab deutliche Warnsignale in seinem Tonfall und seinem Gesichtsausdruck. Diesmal war sie anscheinend zu weit gegangen. Die Aussicht erschreckte und erfreute sie gleichzeitig. Fast schien es ihr, als würde sie auf etwas warten, und wüsste nicht, was das sein könnte.

Mark hatte ihr klipp und klar erklärt, dass er Colonsay behalten wollte. Es erfüllte seinen Traum von dem Familiensitz, den er nie gehabt hatte: nicht irgendein Gebäude, sondern ein Herrenhaus mit langer Tradition und Geschichte. Die Cunninghams hatten als Erste die Halbinsel Bellarine besiedelt und später an der Bildung des australischen Staatenbunds mitgewirkt. Und er, Mark Markovic, war der neue Herr von Colonsay.

Rosamund hatte nicht die Kraft gehabt, ihm ins Gesicht zu lachen. Abgesehen davon, verstand sie ihn auch. Als er ihr die Aufsicht über die Bau- und Restaurierungsarbeiten übertragen hatte, hatte sie nur mit dem Kopf genickt. Und dann hatte er es gesagt.

»Wir brauchen eine Pause.«

Sie hatte sich wie ein Luftballon gefühlt, der vom Wind

aus einer sicheren Hand in unsichere Höhen gerissen wurde, seiner eigenen Zerstörung entgegen.

»Der Bauunternehmer, Mrs Markovic – Rosamund.« Kerry schaute sie verwundert an.

Rosamund blinzelte und riss sich zusammen, zwang ihre Gedanken zurück in die Gegenwart. »Ja, natürlich. Ich brauche noch fünf Minuten. Vielleicht könnten Sie ihm Kaffee oder so etwas anbieten.«

»Selbstverständlich.« Kerry ging nun endlich wieder hinunter.

Der Flur lag still, das Klopfen und Hämmern von draußen mischte sich in der Ferne mit Vogelgesang und Flugzeugbrummen. Die Stille wog schwer und duftete wie überreifes Obst. Da war er wieder, der Duft nach Geißblatt.

Rosamund atmete tief durch und blickte auf das Buntglasfenster. Die Nymphe starrte sie aus den Falten des Stoffes heraus an. Das Haar schlang sich lianengleich um ihren Körper. Ein Auge fehlte, und ein Riss zog sich über ihre linke Brust. Auf einmal fühlte sich Rosamund traurig und deprimiert. Der Drang nach einem Schluck aus der Flasche, bevor sie nach unten ging, war fast übermächtig. Doch sie bezwang ihn und ging in ihr Zimmer, um sich anzukleiden.

»Um es ganz ehrlich zu sagen, Mrs Markovic …« Der Bauunternehmer Frederick Swann blickte ihr direkt in die Augen. Rosamund schlug die Beine übereinander und wartete ab. »Es gibt Probleme im Westflügel. Wie ich gehört habe, wurde er viele Jahre nicht genutzt. Sorgen machen mir vor allen die Wandrisse im rückwärtigen Bereich. Aufsteigende Feuchtigkeit ist nicht der Grund dafür, denn der Keller scheint in gutem Zustand zu sein. Aber der Dachstuhl ist teilweise zusammengekracht. Keine Sorge, das hört sich schlimmer an, als es ist. Die Substanz von Colonsay ist gut. Mit Geld lässt sich das alles beheben.«

»Mein Mann hat genug davon.«

Er lachte. »Tja, wenn er es für Colonsay ausgeben will, werde ich ihn nicht daran hindern. Die Arbeit kann ich gut gebrauchen. Ihr Mann ist doch auch in der Baubranche?«

»Er beschäftigt sich mehr mit Abbruchgrundstücken und Neubauprojekten. Renovierungen interessieren ihn nicht besonders.«

»Ah ja.«

»Was muss am Haus alles gemacht werden? Sie sagten, die Substanz sei im Prinzip gut. Für mich schaut das alles eher hoffnungslos heruntergekommen aus.«

»Also, lassen wir mal die Außengebäude wie Ställe, Scheunen und Hütten beiseite und schauen wir nur auf das Herrenhaus: Wandputz, Decken, Bodendielen, Türen, Türrahmen und ein paar Treppenstufen müssen erneuert oder ausgetauscht werden. Dazu kommen neue Elektroleitungen und natürlich neue Wasser- und Abwasserrohre.«

»Das scheint mir eine ganze Menge Arbeit zu sein, Mr Swann.«

Er runzelte die Stirn. In seinen blauen Augen leuchtete kurz ein Hauch von Missbilligung auf. Vielleicht hatte er von ihrer Fenstervorstellung vorhin gehört. Rosamund kniff die Lippen zusammen. »Sie wohnen im Ort?«

Überrascht schüttelte Rosamund den Kopf. »Nein, ich wohne in Colonsay und werde das auch weiterhin tun.«

»Das kann ziemlich unbequem werden, Mrs Markovic. Vielleicht ist Ihnen nicht klar, welche Unannehmlichkeiten all diese Baumaßnahmen mit sich bringen.«

»Wenn es mir zu viel wird, kann ich immer noch ausziehen. Und nennen Sie mich bitte Rosamund. Schließlich werden wir beide zusammenarbeiten, Fred, oder?«

»Frederick, bitte.«

Sie zuckte mit den Schultern.

»Ich habe gehört, dass unter der Dachschräge noch Möbel sind. Die müssen Sie runterräumen, bevor wir da oben anfangen können.«

»Meine Großmutter nannte das den Dachboden. Aber Sie haben recht, es ist eigentlich mehr ein Kriechboden. Der Himmel weiß, was dort oben verstaut ist.«

Nachdem die alte Dame gestorben war, hatte Rosamund Kerry Scott mit dem Ordnen des persönlichen Besitzes beauftragt. Zwei Stücke aus dem Nachlass waren verkauft worden: ein Gemälde des Landschaftsmalers Arthur Streeton und ein Tisch des schottischen Kunsthandwerkers Charles Rennie Mackintosh. Was mit dem Rest geschah, war Rosamund ziemlich egal gewesen.

»Soll ich meinen Männern sagen, dass sie alles ausräumen? Wir könnten das ganze Zeug in die Zimmer unten stellen, damit es aus dem Weg ist. Dort können Sie dann in Ruhe entscheiden, was wegsoll.«

»Ja, das wäre gut.«

Sie ging mit ihm nach draußen. Die Erde war durch die Lieferwagen und Baufahrzeuge ziemlich platt gedrückt und unter einer dünnen Oberfläche aus Schlamm hart wie Beton. Nur ein paar versunkene Gehwegplatten und ein zerbrochener Blumentopf wiesen auf den Garten hin, der sich früher dort befunden hatte. Rosamund sah außerdem überall die Pfotenabdrücke eines Hundes, der über das Grundstück gelaufen war.

»Ich bin fast zwanzig Jahre nicht mehr hier gewesen«, sagte sie wie zu sich selbst. »Ich hatte keine Ahnung, in was für einem Zustand sich das Anwesen befindet.«

Kein Wunder, dass Mark ärgerlich gewesen war.

»Um solche alten Gebäude muss man sich laufend kümmern.« Frederick Swann klang ziemlich steif. »Ich hörte, Ihre Großmutter hat die unbenutzten Zimmer einfach verschlossen. Es wäre besser gewesen, sie hätte die Sorge dafür der Historischen Gesellschaft oder einer anderen Denkmalpflegeorganisation übergeben. Aber dazu ist es jetzt natürlich zu spät.«

»Ach, sie hätte sowieso nie verkauft«, sagte Rosamund. »Die Familie ging ihr über alles. Ihr Vater spielte eine bedeutende Rolle bei der Schaffung der australischen Verfassung und war

Mitglied des ersten Staatenbundparlaments.« Sie hatte diese Geschichten vom Ruhm der Cunninghams in ihrer Kindheit mindestens tausendmal gehört. »Doch das Unglück konnte niemand verhindern.«

»Ich habe davon gehört.«

»Ich kenne eigentlich niemanden, der *nicht* davon gehört hätte.«

Die allseits bewunderte und überaus schöne Ambrosine Cunningham war von der Grippe dahingerafft worden. Sie hatte ihr Leben in den Armen ihres liebevollen Ehemanns ausgehaucht, der kurz darauf Colonsay verließ und nie wieder gesehen wurde. Mit seinem Boot segelte er hinaus, ertränkte seine Trauer und sich selbst im weiten Ozean.

»Die Geschichte sollte sogar verfilmt werden, doch davon wollte meine Großmutter nichts hören.«

»Ich kann mir schon vorstellen, warum.«

Rosamund hatte das damals überhaupt nicht verstanden. Heute war ihr allerdings klar, dass eine so zurückgezogen lebende Person wie Ada bis zum letzten Atemzug gegen einen Film kämpfen würde. Das traurige Familienschicksal als bittersüße Schmonzette auf die große Leinwand zu bringen, musste für sie eine unerträgliche Vorstellung gewesen sein. Trotz des vielen Geldes, das dafür geboten worden war.

»Vielleicht ist es ja noch nicht zu spät dafür.«

Frederick Swann ging auf ihre Bemerkung nicht ein. »Ich komme morgen früh wieder. Wir fangen dann mit dem Dach an.« Er zögerte. »Sind Sie sicher, dass Sie nicht doch lieber ausziehen wollen?«

»Ganz sicher.«

Sie schenkte ihm ein strahlendes Lächeln, drehte sich um und ging Richtung Haus, das strafend auf sie herniederzublicken schien. Dass einhundertsiebzig Jahre Cunningham'sche Familiengeschichte ausgerechnet mit dieser Nachfahrin enden mussten! Sie konnte förmlich sehen, wie Cosmo und der Rest der Ahnen ihr mit der Faust drohten.

Mehrere Fenster im ersten Stock des Westflügels waren mit Brettern vernagelt. Ein Teil des Daches war zusammengesackt, der zugehörige Kamin eingestürzt. Die Fenster des Dachbodens sahen noch einigermaßen gut aus, aber die Rautenscheiben waren so schmutzig, dass sie ganz stumpf erschienen. Die Veranda im Erdgeschoss hatte man schon zu einem früheren Zeitpunkt abgerissen. Nur Markierungen auf den Ziegelmauern kündeten von ihrer früheren Existenz. Ohne die Veranda sah die Eingangstür richtiggehend nackt aus.

Im Gegensatz zu dem platt gedrückten, matschigen Vorgarten war der westliche Teil des Grundstücks mit Buschwerk und Unkraut überwuchert, unwillkommene Eindringlinge, deren Samen der Wind herangetragen hatte. An einer Stelle standen ein Dutzend oder mehr große Pflanzen mit purpurroten Quasten in einer engen Gruppe zusammen. Als Rosamund sah, wie sie im Wind hin und her schwangen, musste sie an eine Gruppe Klatschweiber denken. Langsam ging sie nahe an der Hausmauer um den Westflügel herum. Alte Scheunen und Ställe lehnten dahinter aneinander, die Dächer lugten gerade noch aus dem Gebüsch. Eine verfallene Hütte war wohl als Rumpelkammer genutzt worden, und die Reste eines Zauns lehnten an einer verwilderten Boxdornhecke. Ein Vogel flatterte auf, als sie sich näherte, und zeterte verärgert von der rostigen Dachrinne herunter. Rosamund drückte das Gesicht an die Fensterscheiben der Hütte und beschirmte die Augen mit den Händen. Harken, Rechen, ein verrosteter Handrasenmäher und ein verrottetes Tennisnetz – mehr gab es nicht zu sehen. In einem Spinnennetz in der Ecke zappelte eine Motte.

Was auch immer Frederick Swann behaupten mochte, die Renovierung war eine Sisyphosaufgabe. Eigentlich müsste sie vollkommen niedergeschlagen sein. Doch das war sie nicht, vielmehr regten sich in ihr lange verschüttete Gefühle, und sie kam sich eher aufgekratzt vor.

Rosamund ging zurück zur Eingangstür. Sie stand offen, wie sie sie beim Hinausgehen gelassen hatte, ein dunkles

Rechteck. Als sie ihren Fuß auf die Schwelle setzte, fühlte sie sich mit einem Mal benommen. Sie schwankte, griff nach dem Türknauf, verschätzte sich aber in der Entfernung und stieß stattdessen heftig mit der Schulter gegen den Türstock. Vor Schmerz fluchte sie laut und schloss die Augen. Eine erstickende Schwärze erfüllte ihr Hirn.

Rosie. Die Stimme eines Mannes direkt neben ihrem Ohr.

»Mrs Markovic?« Kerry Scott stand vor ihr und beäugte sie misstrauisch. Sie rümpfte verstohlen die Nase. Rosamund merkte zu ihrem Schrecken, dass Kerry versuchte herauszufinden, ob Rosamund betrunken sei.

Rosamund riss sich zusammen und stellte fest, dass die Benommenheit ebenso schnell verschwand, wie sie aufgetaucht war. »Ich bin müde«, sagte sie ruhig. »Ich denke, ich gehe lieber nach oben und lege mich ein bisschen hin.«

Es kümmerte sie nicht, dass Kerry ihr beim Treppensteigen zusah. Wenn sie schon in nüchternem Zustand Stimmen hörte, steckte sie bis über beide Ohren in Schwierigkeiten.

Mark hatte recht. Sie musste sich endlich zusammennehmen.

3

Kannst du das bitte nehmen?« Meggy streckte ihr die Schüssel entgegen. Alice nahm sie und stützte das Gewicht auf der Hüfte ab, während Meggy sich vernehmlich mit einem schmuddeligen Taschentuch aus ihrer Schürzentasche die Nase schnäuzte. Sie behauptete, eine Erkältung zu haben, doch Alice meinte, Tränen zu sehen.

Die Masse in der Schüssel roch gut nach Butter, Zucker und Eiern. Alice schüttete vorsichtig das Mehl dazu, von dem ein wenig danebenging. Sie konzentrierte sich auf die Zutaten, gab zuerst Korinthen zum Teig und dann Mrs Gibbons gemahlene Gewürze – Zimt und Muskatnuss. Mrs Gibbons behauptete, die Gewürze würden der gewöhnlichen Mischung den gewissen Pfiff verleihen. »Ein bisschen Abwechslung muss sein«, fügte sie hinzu und schürzte genießerisch die Lippen. Alice fragte sich, ob sie dabei an Harry Simmons dachte.

»Ist das für uns?«

Die trotz der kindlichen Anmutung herrische Stimme ertönte von der Küchentür her. Alice blickte über ihre Schulter. »Nein, Miss Ada. Weiß die Gouvernante, dass Sie unten in der Küche sind?«

»Ich will das haben.«

Meggy murmelte vor sich hin, wischte sich schnell über die Augen und ließ das Taschentuch wieder dort verschwinden, wo es hergekommen war. Alice rührte gelassen weiter. »Das geht nicht. Es ist noch nicht gebacken.«

Ada kam in die Küche. Das hübsche blonde Mädchen mit den kirschroten Lippen trug winzige Knöpfstiefeletten, ein spitzenbesetztes Schürzchen und ein Seidenband im Haar. Doch sie war ganz und gar nicht das brave Kind, das sie in

Gegenwart ihrer Eltern immer vorgab zu sein. Alice hatte schon häufig ihre spitze Zunge und die bohrenden Finger zu spüren bekommen.

»Bertie will bestimmt auch etwas«, sagte Ada und stieß mit der großen Zehe gegen das Tischbein. Ihre Finger zeichneten ein Muster im verschütteten Mehl. »Er weint«, fügte sie hinzu und linste dabei in Alice' Richtung. »Oben auf dem Dachboden. Du kannst ihm etwas bringen, wenn du willst. Ich verrate nichts. Jedenfalls nicht, wenn ich etwas abbekomme.«

Meggy schnaubte vernehmlich und beugte sich hinunter, um nach dem Feuer zu sehen. In der Küche war es wärmer als draußen, wo der Wind eisig von der Bucht heraufblies und der Regen wie Hagelkörner herunterprasselte. Die kalte Feuchtigkeit ging auf die Knochen. Mrs Gibbons, die zu Rheuma neigte, hatte etwas von ihrer speziellen Medizin eingenommen und sich hingelegt. Sie würde vor dem Abendessen wieder in der Küche erscheinen, aber im Augenblick kamen die Mädchen ohne ihre Anleitung zurecht.

»Warum weint Bertie denn?« Alice wusste, dass Ada auf diese Frage wartete.

»Weil er weggeschickt wird, wegen der Schule«, entgegnete Ada verächtlich. »Ich würde deswegen niemals weinen, sondern wäre froh darüber. Aber ich muss hierbleiben und gutes Benehmen üben.« Schmollend schob sie die Unterlippe vor.

»Na, dann geh doch und übe.« Meggy half Alice, mit dem Löffel Teigkleckse auf das Backblech zu geben.

»Wenn ich groß bin, schicke ich euch beide weg«, informierte Ada die beiden Mädchen. »Dann verhungert ihr hoffentlich.«

Meggy zog zischend die Luft ein, als Ada gegangen war. »Ich hoffe, dass ich dann nicht mehr da bin.«

»Du wirst mit Jonah wieder auf der Viehstation am Murray River sein«, entgegnete Alice und ließ den Löffel sinken.

Meggys Gesicht verdüsterte sich. »Nicht sehr wahrscheinlich«, brummte sie und schob das Blech mit den Keksen in den

Ofen. »Die brauchen nur eine Minute. Du willst doch wohl Master Bertie keine davon bringen? Oder doch?«

»Warum denn nicht? Vielleicht bekommt er auf der Schule, in die sie ihn schicken, solche Leckereien nicht mehr.«

»Sein Vater bezahlt ein Vermögen für seine Ausbildung. Da werden sie ihn schon nicht verhungern lassen, Alice.«

Vielleicht wird er keinen Mangel in Bezug auf Essen leiden, dachte Alice. Aber in anderer Hinsicht …

Sobald die Kekse fertig waren, wickelte Alice trotzig ein halbes Dutzend in eine Serviette und wich dabei Meggys zynischem Blick aus. Dann stieg sie über die Hintertreppe nach oben. Dort war um diese Tageszeit keine Menschenseele zugegen, und so schlüpfte sie schnell in den Westflügel und zu der Tür, hinter der sich die Dachstiege verbarg. Obwohl es dort dunkel und eng war, wurde der Aufgang von Bertie oft benutzt.

Unterm Dach war die Luft wärmer als im Rest des Hauses, angereichert von den Ausdünstungen der ausrangierten Gegenstände. Das Licht aus den Rautenfenstern war trüb, aber ausreichend für Alice, die sich ihren Weg durch alte Kisten und mit staubigen Laken bedeckte Möbel bahnte. Sie war klein genug, um aufrecht stehen zu können. Ein Erwachsener hätte sich bücken müssen, wollte er sich nicht den Kopf an den Dachbalken stoßen.

»Bertie?«, flüsterte sie. Ein ausgestopfter Pfau, der Cosmos Mutter gehörte, starrte sie aus trüben Glasaugen an. Dort, hinter einen Stapel vergilbter Notenblätter und einem eingerollten Teppich, hatte sich Bertie versteckt. Sie sah keine Tränenspuren auf seinem Gesicht, aber als er ihr antwortete, klang seine Stimme belegt. Die warmen Kekse dufteten, als Alice die Serviette auf den Boden legte. Bertie lächelte.

»Danke, Alice«, sagte er und stopfte sich gleich einen Keks in den Mund. Unaufgefordert setzte sie sich neben ihn. Schließlich waren sie Freunde.

»Was machst du hier oben?«

»Alte Briefe lesen.« Bertie zog eine offene Schachtel zu sich her. Sie roch nach den Mäusen, die sich im Papier ein Nest gebaut hatten.

Alice besah sich die Umschläge. Sie waren dick, aus teurem Papier und an *Ambrosine McKay of The Meadows* adressiert.

»Vater hat sie vor der Hochzeit an meine Mutter geschrieben. Er war sehr in sie verliebt.«

Alice interessierte sich eigentlich nicht für die Romanze zwischen Cosmo und Ambrosine, aber sie knabberte an einem Keks und tat so, als hörte sie aufmerksam zu.

»Sie waren Nachbarn. Mein Vater und mein Großvater, Mr McKay, haben die Heirat ausgehandelt.«

»Sind die Briefe interessant?«

Bertie zog einen Flunsch. »Er nennt sie seine bezaubernde Antipode.« Peinlich berührt lächelten sie einander an. »Wir könnten zusammen weglaufen.«

Obwohl das sehr leise herausgekommen war, hatte Alice Bertie genau verstanden. Sie blickte ihn aufmerksam an und versuchte herauszubekommen, ob er sie auf den Arm nahm. Doch er sah Richtung Fenster.

»Dein Vater würde uns finden und zurückbringen«, antwortete sie schließlich. »Du würdest trotzdem weggeschickt auf diese Schule, und ich müsste zurück nach Hause. Mein Vater würde mich bestimmt verprügeln.«

»Ich weiß. Tut mir leid.«

»Manchmal träume ich …« Sie kniff die Lippen zusammen.

Träume waren Schäume, zumindest für Alice Parkin. Eine Welle der Verzweiflung schlug über ihr zusammen. Sie fragte sich, ob diese Gefühle ihrem eigenen Schicksal galten, dem von Bertie oder vielleicht beiden zu gleichen Teilen.

Seine Hand schob sich verstohlen in Richtung der ihren und seine Finger schlossen sich darum. Sie waren weich, die Nägel kurz und sauber. Ihre eigenen dagegen waren rot und rau von der harten Arbeit.

»Wirst du mir schreiben, Bertie?«, flüsterte sie. »Versprich's mir.«

»Ich verspreche es.«

Danach hörte man nur noch das Trommeln der Regentropfen auf den Dachfenstern.

***

Rosamund steckte ihren Kopf durch die Küchentür. Kerry Scott werkelte am Herd. Er war weiß und modern, ein ziemlicher Gegensatz zu den geschwärzten Steinen der gemauerten Feuerstelle. Außerdem gab es in der Küche einen neuen Kühlschrank und einen Geschirrspüler. Mark hatte die Geräte installieren lassen, nachdem Kerry zugestimmt hatte, sich um Colonsay zu kümmern. Rosamund fragte sich, ob er geahnt hatte, dass die Renovierung so aufwendig und kostspielig werden würde. Was er wohl sagen würde, wenn er wüsste, dass sie während der Bauarbeiten in Colonsay wohnte? Aber vielleicht war es ihm egal, solange sie sich im Hintergrund hielt und seiner Karriere keinen Schaden zufügte.

»Kann ich Ihnen helfen?«

Kerry drehte sich um und sah überrascht aus. Die Tür zum Garten stand offen, und der Geruch nach zertrampeltem Gras vermischte sich mit dem von frisch gesägtem Holz und würziger Tomatensoße.

»Die Arbeiter haben Feierabend gemacht«, sagte sie, als wäre das eine Antwort. »Sie haben literweise Tee getrunken, sodass ich dachte, sie müssten irgendwann auslaufen. Ich fürchte, das geht morgen so weiter.«

»Fred Swann sollte Mark Rabatt geben, wenn Sie seine Männer mit Trinken und Essen versorgen.«

Kerry wandte sich wieder ihrer Soße zu, die in einem großen Topf vor sich hin köchelte. »Ich dachte, wir essen heute Abend Nudeln mit Soße.« Flink schaltete sie beide Herdplatten aus, nahm Geschirr aus dem Schrank und deckte den Tisch.

»Die Küche schaut eigentlich gar nicht schlecht aus«, meinte Rosamund und sah sich um. Die Einrichtung bestand aus einem wilden Stilmix, nichts passte richtig zusammen. Aber im Vergleich zum Rest von Colonsay war es ein gemütlicher Aufenthaltsort.

»Hat Frederick Swann Ihnen etwa erlaubt, ihn Fred zu nennen?« In der Frage schwang leise Kritik mit.

Rosamund zuckte mit den Schultern. »Passt doch zu ihm.«

Sie ging zur Außentür hinüber und sah nach draußen auf das, was vom ehemaligen Gemüsegarten übrig geblieben war. Wild wucherte das Unkraut an den Stangen empor, die einst Bohnen-, Erbsen- und Tomatenpflanzen gestützt hatten. Auch hier gab es die purpurroten Quasten, die durch den Wildwuchs leuchteten. Rosamund hätte eigentlich ihren Namen kennen sollen, doch er fiel ihr im Augenblick nicht ein.

Die Hütte hinter der Boxdornhecke war von dieser Stelle aus bis auf den oberen Rand des Kamins nicht zu sehen. Die Kiefern hinter den alten Stallmauern aus Ziegelsteinen bildeten einen Windschutz zur Bucht, aber Rosamund konnte Straßenlärm hören. Dort, wo es früher nur Weideflächen, Schafe und Stille gegeben hatte, verlief heute eine Straße, auf der gerade die Pendler zu ihren Familien heimkehrten.

»Das Dach muss ausgebessert werden«, sagte sie. »Sie müssen vorher den Dachboden ausräumen.«

Klappernd fiel Kerry der Löffel aus der Hand. »Um Himmels willen! Wissen Sie, wie voll das da oben ist? Da wurde seit Jahrzehnten nicht mehr ausgemistet.«

»Dann wird es höchste Zeit. Wer weiß, vielleicht entdecken wir ungeahnte Schätze.«

Kerry lachte ungläubig auf. »Sollten Sie auf ein zweites Streeton-Gemälde hoffen, werden Sie mit Sicherheit eine Enttäuschung erleben. Da oben ist nur Schmutz und Staub. Nach Cosmos Tod wurden sämtliche Wertsachen verkauft. Mrs Ada behielt nur, was sie für sich selbst haben wollte. Sie war eine sparsame alte Dame.«

»Tja, zu sparsam vielleicht«, brummte Rosamund. Kerry gab darauf keine Antwort. »Denken Sie, dass es falsch von mir war, sie nicht zu besuchen?«

Jetzt war es heraus. Rosamund war fast erleichtert darüber. Nicht, dass es sie wirklich gekümmert hätte, was Kerry darüber dachte.

»Sie hatten zweifellos Ihre Gründe dafür, Mrs Markovic.«

Soll heißen, ich bin eine selbstsüchtige Zicke, interpretierte Rosamund die Antwort. Kerry Scott hatte sich dreißig lange Jahre um Großmutter Ada gekümmert, und Rosamund hatte sich nach ihrem Auszug nicht einmal mehr zu einem kurzen Besuch sehen lassen. Obwohl sie die einzige lebende Verwandte war. Vielleicht hätte Kerry Colonsay bekommen sollen, nicht sie. Als Entlohnung für ihre hingebungsvollen Dienste.

Ein Flötenvogel ließ sich auf den Resten eines alten Gewächshauses nieder. Er reckte den Hals und begann eine Melodie in die Abendluft zu trällern. Der Duft nach Geißblatt wurde auf einmal wieder stärker.

Rosie.

Rosamund fuhr herum. »Was haben Sie gesagt?«

Kerry verteilte gerade die Nudeln auf zwei Teller. Sie blickte sie durch den Dampf des heißen Gerichts an. »Nichts. Ich habe nichts gesagt, Mrs Markovic.«

Rosamund runzelte die Stirn. »Ich habe Sie aber doch gehört. Was haben Sie gesagt?«

Die ältere Frau sah ziemlich irritiert und irgendwie betroffen drein. »Mrs Markovic, ich habe kein Wort gesagt, ganz bestimmt nicht.«

»Nennen Sie mich doch bitte Rosamund.«

Kerry starrte sie für einen Augenblick an und senkte dann den Blick. »Also gut, Rosamund. Ich habe nichts gesagt. Vielleicht war es jemand da draußen, einer der Arbeiter hat eventuell etwas vergessen.«

Es war dumm, auf der Angelegenheit zu beharren. Die Stimme war sehr deutlich gewesen und ähnelte Kerrys überhaupt nicht. Rosamund hatte sofort gewusst, dass es nicht Kerry gewesen war, hatte es aber gehofft.

»Ja«, sagte sie schließlich. »Tut mir leid. Ich dachte, jemand hätte *Rosie* zu mir gesagt. Das ist mir heute schon zum zweiten Mal passiert. Ich muss mich wohl verhört haben.« Kerrys Gesicht schien sich schmerzhaft zu verziehen. »Ich bin hungrig. Können wir essen?«

»Ich habe das Esszimmer noch nicht hergerichtet«, entgegnete Kerry lebhaft.

»Ach, bleiben wir doch einfach hier. Ich will sowieso nicht im Esszimmer essen. Es erinnert mich zu sehr an Ada.«

Kerrys Lippen wurden ganz schmal, aber sie sagte nichts.

Während des Essens klingelte das Telefon. Kerry ging in die Diele und hob ab. Nach wenigen Augenblicken stand sie wieder in der Küche. »Mr Markovic möchte mit Ihnen sprechen.«

Marks Stimme tröpfelte sanft und ölig durch den Hörer wie alter Portwein. »Rose, ich dachte, du würdest im Ort übernachten.«

»Ich habe meine Meinung geändert.«

»Ist das nicht zu unbequem? Kerry sagte, das Haus sei in einem schrecklichen Zustand.«

»Das stimmt. Warum rufst du an? Willst du mich kontrollieren? Kerrys Rapport entgegennehmen? Wenn du wissen möchtest, was ich vorhabe, frag mich lieber selbst.«

Eine Pause entstand. »Gut, das werde ich tun. Was hast du vor?«

Sie fühlte sich versucht, ihm von der Flasche zu erzählen, von ihrem nackten Körper im Fenster, brachte aber den Mut nicht auf. »Der Bauunternehmer war da«, berichtete sie stattdessen. »Es muss eine ganze Menge gemacht werden. Ist dir klar, auf was du dich da eingelassen hast?«

»Es ist mir egal, was es kostet.«

Sie verspürte den Drang, ihm zu sagen, wie dumm er sich benahm, wie lächerlich es war, anzunehmen, der Besitz eines solchen Hauses würde ihn zum Nachfahren der Gründerväter machen.

»Hast du mich deswegen geheiratet?«, hörte sie sich sagen. »Wegen meiner Abstammung? Hast du eine Ehefrau mit Herkunft gesucht, mit einem guten Stammbaum? Die gut zu teuren Anzügen und wichtigen Freunden passt? Dann musst du inzwischen ziemlich enttäuscht sein.«

Niemals zuvor waren ihr diese Gedanken über die Lippen gekommen. Sie spürte, wie die Gefühle in ihrem Inneren regelrecht aufwallten. Marks Schweigen schien mehr zu sagen als tausend Worte. Als er endlich etwas erwiderte, klang seine Stimme ruhig, kühl, gewählt.

»Du weißt, dass das nicht wahr ist.«

»Ist es doch. Ich selbst, meine Person, ich bedeute dir nichts, Mark. Gib es ruhig zu.«

»Du machst dich lächerlich. Wir sprechen später darüber, wenn ich meinen Besuch mache. Ich muss los.«

»Wohin gehst du noch? Ich halte das nicht aus. Ich halte dieses Leben einfach nicht mehr aus!«

»Rose, hast du getrunken?«

Zorn erfüllte sie, bis sie explodierte. »Nein, das habe ich nicht, verdammt noch mal!«

Sie knallte das Telefon auf den Tisch. Ihre Hand fühlte sich schweißnass an, und sie wischte sie an ihrer Jeans ab. In der Diele war es vollkommen still, kein Uhrenticken, kein Vorhangrascheln. Sie stellte sich Mark vor, wie er mit den Schultern zucken und zu seiner Verabredung gehen würde. Nie zuvor in ihrem Leben hatte sie sich so einsam und verlassen gefühlt.

Rosamund wollte eigentlich die Küche aufräumen, sozusagen als Friedensangebot an Kerry. Aber im Augenblick konnte sie ihr nicht gegenübertreten. Sie öffnete die Tür zur Bibliothek, in der sie heute mit Fred Swann gesprochen hatte, und schloss sie wieder hinter sich.

Durch die Fenster fiel von draußen etwas Licht herein. Sie sah sich um. Wohlgefüllte Bücherregale, aus denen schon lange keiner mehr ein Buch genommen hatte, bedeckten zwei der Seitenwände. Ada war keine Literaturfreundin gewesen. Am Kamin standen zwei alte, vom langen Gebrauch etwas ramponierte Ledersessel. Rosamund fuhr mit den Fingern über die weiche Sitzfläche. Das Leder fühlte sich warm an, als ob dort gerade noch jemand gesessen und nur für einen Moment das Zimmer verlassen hätte. Der Geruch nach Holzfeuer und Zigarrenrauch hing in der Luft.

Rosamund schnupperte. Vielleicht rauchte einer der Arbeiter. Cosmo hatte Zigarren geliebt. Sie erinnerte sich an Adas Erzählungen. Ada hatte ihren Vater vergöttert.

»Ohne meinen Vater wäre der Staatenbund nicht zustande gekommen«, hatte sie immer gesagt. »Cosmo Cunningham war mächtig und klug, eine Ausnahmeerscheinung in jener Zeit. Er gab Leuten wie Premierminister Barton Anweisungen, nicht umgekehrt.«

Diese Geschichten hatten Rosamund überhaupt nicht interessiert. Die Vergangenheit war ihr reichlich egal gewesen. Ihr ganzes Denken und Fühlen galt der Gegenwart und der Zukunft, den Liedern, die sie singen würde. Ihre Stimme hatte das gewisse Etwas – das wurde ihr dauernd bestätigt. Der rauchige Schmelz brachte die ganze Tiefe ihrer Gefühle zum Ausdruck, was Rosamund mit Worten und Taten sonst eher misslang. Doch ihr Gesang kam aus ihrer Seele. Gestandene Männer weinten, wenn Rose Cunningham sang.

Mark hatte nicht geweint, sich aber durchaus beeindruckt gezeigt. Sein Stern war gerade im Aufsteigen begriffen gewesen, als sie sich das erste Mal begegnet waren. Ein oder zwei Jahre später hätten ihn keine zehn Pferde mehr in diesen Pub gebracht. Und es war purer Zufall, dass Rosamund gerade an diesem Abend dort auftrat. Die erste Single ihrer Band hatte es kurz zuvor in die Charts geschafft und schoss regelrecht nach oben. Sie wollten ein Album aufnehmen und dann auf Tournee gehen, mit allem Drum und Dran. In jenem Pub hatte alles begonnen. Die freudige Erregung über das, was vor ihnen lag, und die Sehnsucht nach der vertrauten Umgebung brachten die Bandmitglieder dort zusammen.

Der Pub war überfüllt, aber Mark blieb sitzen und hörte ihr über eine Stunde lang zu. Dann kam er zu dem Tisch, an dem sie mit dem Bassgitarristen und Dave saß, ihrem Manager und Freund. Mark erklärte, ihre Lieder würden seine Gefühle perfekt ausdrücken, und fragte, ob er ihr einen Drink spendieren dürfte.

Dave erzählte ihr später, die Schwingung zwischen Mark und Rosamund sei so stark gewesen, dass sie quasi über der Menge schwebten. Er drückte es allerdings anders aus. »Wenn du mit ihm geschlafen hast, kannst du zu mir zurückkommen«, hatte er gesagt. Als ob eine gemeinsame Nacht mit Mark genügen würde, um ihr Verlangen zu stillen. Bereits damals war Rosamund klar gewesen, dass es um mehr ging als um körperliche Anziehung.

Hatte die Entdeckung, dass sie ein Mitglied der berühmten Cunningham-Familie war, Marks Gefühle damals befeuert? Hatte er deswegen beschlossen, sie zu seiner Ehefrau zu machen? Rosamund war das völlig egal gewesen. Sie fand ihn einfach überwältigend und wollte ihn haben. Als sie sich entscheiden musste, fand sie es gar nicht schwer. Ihre Karriere war vorbei, und das machte ihr noch nicht einmal etwas aus. Mark war ihr Hauptgewinn. Sie genoss den neuen Lebensstil und erkannte erst nach und nach, dass sie mehr aufgegeben hatte als ihre Gesangskarriere.

Rosamund blinzelte. Draußen war es fast dunkel, aber sie wollte kein Licht anmachen. Es gab einen Nähkasten in der Bibliothek, fiel ihr plötzlich ein. Er sah aus wie ein kleiner Beistelltisch, aber wenn man die Tischplatte umklappte, kamen darunter lauter Fächer zum Vorschein, in denen Ada ihr Nähzeug und andere Kleinigkeiten aufbewahrt hatte. Sie hatte immer mit einer besonderen Konzentration genäht, die eher an Entschlossenheit als an Vergnügen erinnerte. »Nähen zu können war zu meiner Zeit überaus wichtig für ein Mädchen«, hatte sie Rosamund erzählt. »Ich werde nie vergessen, was ich gelernt habe.«

»Ich dachte, Cosmos Einstellung gegenüber Frauen wäre

nicht so furchtbar altmodisch gewesen«, hatte Rosamund geantwortet.

Ada hatte sie streng angesehen. Ihre Blicke konnten töten, wenn sie es darauf anlegte. »Das habe ich niemals behauptet, Rosamund. Er war ein herausragender Mann, und er konnte auch sanft sein. Keinesfalls glaubte er aber, dass sich Frauen wie Männer benehmen sollten.«

Ada war für ihr Alter und ihre Gebrechlichkeit eine beeindruckende Erscheinung gewesen, und Rosamund war nie besonders mutig gewesen. Wie sollte sie auch, wenn jedes Fünkchen Widerstand von ihrer Großmutter sofort niedergeschlagen wurde? Ihre letzte Auseinandersetzung musste die alte Dame geschockt haben. Rosamund war jedenfalls geschockt gewesen. Doch sie hatte sich endlich frei gefühlt, für eine gewisse Zeit zumindest, und war ganz aufgeregt gewesen. Dann war Mark gekommen, und sie hatte sich an ihn geklammert, wie sie sich an alle starken Naturen in ihrem Leben geklammert hatte. Als ob sie allein zu schwach wäre, ihr Dasein zu meistern.

Das Licht ging an, und die plötzliche Helligkeit blendete sie. Kerry Scott stand in der Tür und runzelte die Stirn. »Ist alles in Ordnung mit Ihnen? Ich dachte, Sie wären zu Bett gegangen.«

Rosamund fuhr sich mit der Hand durch das Haar. »Ich habe einen Moment für mich gebraucht. Es geht mir gut.«

»Was hat Mr Markovic gesagt?«

Rosamunds Hand sank herab. »Er war der Meinung, ich würde mich lächerlich machen, wenn ich hier wohnen bliebe«, sagte sie trocken.

Kerry errötete, aber ihre Stimme klang fest. »Ich freue mich über die Gesellschaft.«

Rosamund unterdrückte ein Lächeln und suchte in ihren Taschen nach einer Zigarette. Als sie sie angezündet hatte, war das Schweigen beklemmend geworden. Kerry biss sich auf die Lippe. Rosamund beobachtete sie und fühlte auf einmal ein seltsames Gefühl ihren Rücken heraufkriechen.

»Ich habe darüber nachgedacht«, hob Kerry an, »was Sie über die Stimme sagten, die Sie gehört haben. Mir ist da etwas eingefallen. Ihre Großmutter erzählte häufig, dass Sie als kleines Mädchen Stimmen in Colonsay gehört haben. Erinnern Sie sich noch daran?«

Rosamund schüttelte den Kopf und schaute Kerry ins Gesicht. »Nein. Ich soll Stimmen gehört haben? Was für Stimmen? Haben Sie damals schon für sie gearbeitet?«

»Es war vorbei damit, als ich hier anfing.«

»Ist sie mit mir zum Arzt gegangen?«

»Sie hielt das nicht für diese Art von Stimmen.«

»Und was haben sie gesagt, diese Stimmen?«

Kerry fühlte sich offensichtlich unbehaglich. »Meistens Ihren Namen, glaube ich. Rose oder Rosie? Vielleicht beides. Sie waren noch sehr klein. Es hat sich mit der Zeit gegeben. Sie hielt es für eine Fantasievorstellung. Was sollte es auch sonst gewesen sein?«

Rosamund zog an der Zigarette. Was auch immer es war – es ist wieder zurückgekommen, dachte sie freudlos. Ihre Gedanken schweiften ab, suchten nach einem anderen, weniger beängstigenden Thema. »Wissen Sie vielleicht, wo der Nähkasten meiner Großmutter ist?«

Kerry zuckte zusammen. »Ja, warum? In meinem Zimmer.« Sie lächelte nervös. »Sie hat ihn mir geschenkt, aber wenn Sie …«

»Nein, nein. Er gehört Ihnen, Kerry. Behalten Sie ihn.« Rosamund fühlte sich plötzlich erschöpft. Es war ein sehr langer Tag gewesen. »Ich gehe nach oben.«

»Selbstverständlich. Ich werde abschließen.«

Die eine oder andere Stufe knarrte, und der Handlauf hatte genau in der Mitte einen Riss.

Rosamund sah, wie ihre Füße den Treppenabsatz erreichten und weitergingen. Als ob sie zu jemand anderem gehörten. Über den abgetretenen Läufer bis zu ihrem Schlafzimmer.

Der Duft nach Geißblatt begrüßte sie, als sie die Tür öffnete.

4

Frederick Swann kam am nächsten Tag und hatte die Absicht, den Dachboden auszuräumen, damit seine Männer mit der Arbeit an dem kaputten Dach beginnen konnten. Er machte sich Sorgen, wie er Rosamund sagte, dass das Ganze demnächst in sich zusammenfallen würde.

»Ein schwerer Sturm, eine Menge Wasser von oben, und wir bekommen richtig was zu tun.«

»Ihr werdet so schon genügend Arbeit damit haben, wie es aussieht.«

Er lächelte. »Sie werden ganz schnell ein paar entscheidende Veränderungen feststellen.«

Rosamund überließ ihn seinem Job. Dem Geruch aus der Küche zufolge war Kerry beim Backen, da wollte sie nicht stören. Sie beschloss, den Vormittag mit einer Entdeckungsreise durch das Haus zu beginnen, das ihr früher so vertraut gewesen war.

Die ursprüngliche Heimstatt der Cunninghams war heute noch klar zu erkennen und bildete den Mittelteil von Colonsay. Zu beiden Seiten schlossen sich die Flügelbauten an, die Cosmo im späten neunzehnten Jahrhundert für seine Gattin errichtet hatte. Er schien klug genug gewesen zu sein, Colonsay nicht zu ausladend oder pompös zu gestalten. Trotzdem war es ein beeindruckendes Gebäude, was seinerzeit häufig Erwähnung gefunden hatte.

Rosamund schlenderte zum Westflügel, der von innen genauso vernachlässigt aussah wie von außen. In den leeren Zimmern war es kühl und feucht. Schimmel breitete sich auf dem Putz von Decken und Wänden aus. Durch die undichten Fenster drang Wasser ein und hatte die blütenübersäten

Tapeten mit Flecken verschandelt. In einem Zimmer waren die Bodendielen verrottet. Sie brach mit ihrem Schuh ein, als sie unwissentlich auf die Stelle trat, konnte sich aber ohne größeren Schaden wieder befreien.

Im Erdgeschoss des Ostflügels befanden sich Küche, Bibliothek und zwei weitere Zimmer, in denen Fred Swanns Arbeiter gerade die Schätze vom Dachboden verstauten. Rosamund nutzte eine Pause im emsigen Hin und Her auf der Treppe, um schnell nach oben zu gehen.

Die Männer auf dem Dachboden waren deutlich zu hören. Staub rieselte von den Decken. Das Gebäude, so vernachlässigt es auch sein mochte, sah noch ziemlich genauso aus, wie Rosamund es in Erinnerung hatte. Wenn sie die Augen schloss, sah sie sofort die schweren Möbel, die verschlissenen Vorhänge und Ada Cunninghams strenges Gesicht vor sich. »Das ist dein Erbe«, hatte ihre Großmutter immer gesagt.

Rosamund fragte sich, warum Ada beschlossen hatte, ihre Zukunft auf Colonsay mit der Vergangenheit zu verknüpfen. Einer Vergangenheit, die es nicht gut mit ihr gemeint hatte. Ihr Bruder und ihre Eltern waren in diesem Haus gestorben, als sie noch ein Kind gewesen war. Später war Adas Ehemann im Ersten Weltkrieg in Frankreich gefallen, während sie hier auf ihn gewartet hatte. Vielleicht waren es diese Tragödien gewesen, die Ada zum Verzicht auf ein gesellschaftliches Leben gebracht hatten.

Von oben erklang lautes Rufen; Holz krachte auf den Fußboden über Rosamunds Kopf. Sie sprang zur Seite. Es war wohl keine gute Idee, hier oben zu bleiben.

Als Rosamund die Treppe hinunterging, fiel ihr Blick auf die Kellertür. Sie ging von der Eingangshalle ab, niedrig, schwer und immer verschlossen, wie Rosamund sich erinnerte. Der Keller befand sich unter dem alten Teil des Hauses. Cosmo Cunninghams Weinkeller war berühmt gewesen, aber sie rechnete nicht mit Restbeständen. Sie drückte mit der Hand gegen das weiß lackierte Holz und zögerte aus einem unklaren

Gefühl heraus. Ihre Hand umfasste den Türknopf, der sich leicht drehen ließ. Die Tür öffnete sich. Rosamund trat auf den schmalen Treppenabsatz und spähte nach unten.

Sie entdeckte einen Lichtschalter, und als sie ihn drehte, leuchteten eine Birne über ihr sowie mehrere andere unten im Keller auf. Rosamund ging über die leiterartige Holztreppe nach unten. Mit jedem Schritt kühlte die Luft ab. Verrammelte Fenster verliefen auf Bodenhöhe an den Wänden der Vorder- und Rückseite. Erde und Sickerwasser hatten sich durch den Ziegelboden gedrückt. Der Keller bestand aus drei Räumen, einem großen und zwei kleineren. Diese schienen nur Staub und Spinnweben zu enthalten. Im Hauptraum gab es an einer Wand ein hölzernes Weinregal, das jedoch wohl schon seit langer Zeit leer war, ein paar Holzfässer und einen Brunnen.

Der Brunnen bestand nicht einfach aus einem Loch im Boden. Er besaß eine kreisrunde Fassung aus Ziegelsteinen, abgedeckt mit einem vermoderten Holzdeckel. Rosamund erinnerte sich, dass Ada gern ein Glas Brunnenwasser getrunken hatte, wenn sie jemanden dazu überreden konnte, Wasser aus dem Keller zu holen. Weder Kerry noch Rosamund hatten den Keller gemocht – Kerry litt unter Platzangst, und Rosamund hasste Spinnen.

Als sie auf den Brunnen zuging, fragte sie sich, ob sich wohl noch Wasser darin befand. Es hatte dort früher auf dem Rand ein Gestell mit Eimer und Zugseil gegeben, der Eimer war jedoch den Weg des Weins gegangen. Rosamund packte den Holzdeckel und zog daran, bis er eine Öffnung freigab, die es ihr erlaubte, in die Tiefe zu spähen. Unten glitzerte es feucht. Ein vermodertes Stück Holz löste sich, fiel nach unten und platschte vernehmbar ins Wasser.

Draußen im Garten ratterte eine Maschine los, Türen knallten. Rosamund sah zu einem der verrammelten Fenster, konnte aber nichts erkennen. Sie fühlte sich vom Rest des Hauses wie abgetrennt. Stille und Dunkelheit erschienen ihr

mit einem Mal bedrückend. Rosamund versetzte dem Holzdeckel einen Stoß, der mit einem leisen Plumpsen wieder in
seine ursprüngliche Position rutschte. Staub wirbelte auf. Sie
verzog das Gesicht und wischte sich über die Augen. In diesem
Moment ertönten Schritte auf dem Ziegelboden hinter ihr.

Rosamund fuhr herum und stieß sich dabei die Hüfte am
Brunnenrand. Ein weiteres Stück des Holzdeckels löste sich
und fiel ins Wasser. »Kerry?«

Niemand antwortete.

Sie ging durch die kleineren Räume, sah sich aufmerksam
um. Nichts. Das war klar, schließlich hätte sie gesehen, wäre
jemand die Treppe heruntergekommen. Am Kopf der Treppe
stand die Tür offen. Irgendwie beschlich sie das schreckliche
Gefühl, sie könnte jeden Moment zufallen. Dann säße sie in
der Falle.

Rosamund ging zur Treppe, stieg eine Stufe nach der anderen hinauf. Sie bemühte sich um den Anschein von Normali-
tät, während ihr gleichzeitig das Adrenalin durch den Körper
schoss, sie zu einer schnelleren Gangart antreiben wollte, sie
zwingen wollte, die Treppe hochzustürmen und sich in Sicherheit zu bringen. Oben angekommen, trat sie sofort in die Eingangshalle und knallte die Tür hinter sich zu.

Ihre Erleichterung war nur von kurzer Dauer.

Rosie.

Die Stimme schien aus dem hinteren Teil des Hauses zu
kommen. Der Ruf klang tief und gedehnt, fast wie ein Seufzen.

Rosamund verlor die Fassung und eilte stolpernd Richtung
Küche. Sie fühlte sich, als ob eine riesenhafte Hand ihr die
Brust zusammendrückte, ihre Lungen quetschte, ihr den Atem
raubte.

Kerry stand am Tisch und goss Tee in ein Dutzend Becher.
Daneben stand eine große Platte mit belegten Broten. Ver-
wundert über Rosamunds stürmischen Auftritt blickte sie auf.
»Ist was passiert?«

Rosamund warf einen flüchtigen Blick auf die Außentür

zum Garten. Dort stand ein Mann gegen den Rahmen gelehnt, als hätte er alle Zeit der Welt. Er trug kurze Hosen und sonst fast nichts. Sein blondes, lockiges Haar umstand seinen Kopf wie ein Heiligenschein. Irgendwie kam er Rosamund bekannt vor, in ihrem augenblicklichen Zustand konnte sie ihn jedoch nicht einordnen.

»Sie sehen blass aus«, fuhr Kerry fort. Zu dem Mann an der Tür sagte sie dann: »Nimm deinen Tee, Gary.«

Gary nickte Rosamund zu. Seine verhangenen Augen waren blau, und sein lässiges Lächeln beendete Rosamunds panischen Ausbruch ebenso effektiv wie eine Leitplanke die Schleuderfahrt eines Wagens. Er wartete, während Kerry Milchkrug und Zuckerdose auf das Tablett stellte, und hob es dann überraschend behutsam hoch. »Danke, Kerry. Ich bringe alles heil zurück, sobald wir fertig sind.«

»Das weiß ich doch, Gary.«

Ein weiteres Nicken in Rosamunds Richtung, und weg war er.

»Das war Gary«, erklärte Kerry unnötigerweise und musterte sie.

»Das habe ich gehört.«

»Erinnern Sie sich nicht an ihn? Gary Munro, Enderbys Enkel?«

Die Vergangenheit stieg in ihr hoch. In den Zwanzigerjahren hatte Enderby Munros Familie das alte Hotel bei den Quellen betrieben. Diese Quellen, Clifton Springs, waren einst berühmt für ihre Heilkraft gewesen. Die Menschen waren aus Geelong und Melbourne über die Bucht gefahren, mit Dampfschiffen, die damals noch regelmäßig verkehrten. Die Quellen hatten den Bewohnern der Halbinsel eine Möglichkeit zum Geldverdienen eröffnet. Munros Hotel war häufig bis unters Dach ausgebucht gewesen. Rosamund erinnerte sich an eine alte Zeitungsanzeige, die die heilenden Quellen pries und Linderung für alle Leiden von der Syphilis bis zur Tuberkulose versprach.

Als Rosamund geboren wurde, gab es das Hotel nicht mehr.

Es war dem Bauboom auf der Halbinsel in den 1950ern und 1960ern zum Opfer gefallen. Dieselben Baufirmen hatten auch den Großteil des Cunningham'schen Grundbesitzes aufgekauft. Doch die Geschichten waren noch lebendig gewesen. Enderby und Ada hatten oft darüber gesprochen: über die Blütezeiten seines Hotels und ihrer Familie.

Gary Munro hatte mit seinen Eltern in Melbourne gelebt. Doch zehn Jahre lang kam er in den Sommerferien zu seinem Großvater auf die Halbinsel Bellarine. Er war ein launischer Junge gewesen und Rosamund ein ruhiges, scheues Mädchen. Soweit sie sich erinnerte, hatten sie nicht viel miteinander gesprochen.

»Warum arbeitet er für Fred Swann?«, fragte sie schließlich. Ihr Herzschlag hatte sich inzwischen beruhigt, und ihre Atmung ging normal.

»Er braucht das Geld. Er versucht sich als Schriftsteller. Vorher war er Journalist bei einer Zeitung in der Stadt, vielleicht kennen Sie seine Kolumne. Doch als er sich entschloss, einen Roman zu schreiben, zog er hierher. Und jetzt arbeitet er für Mr Swann. Ich hoffe, wenn er mit seinem Buch fertig ist, kann er den Job aufgeben.«

Rosamund dachte nach. Gary Munro ein berühmter Schriftsteller? Irgendwie konnte sie sich das nicht vorstellen.

»Ich habe ihm erzählt, dass Sie hier sind«, fuhr Kelly fort. »Ich dachte, Sie würden ihn erkennen.«

»Das ist zwanzig Jahre her, Kerry.«

Kerry wischte die Arbeitsfläche sauber. »Sie haben sich immer auf seine Besuche gefreut.«

O süße Täuschung der Erinnerung, dachte Rosamund. Die freundlichste Regung, die ihr Gary Munro je abgerungen hatte, war Gleichgültigkeit.

Sie fragte sich jedoch, ob Gary wohl damals die Stimmen gehört hatte. Oder die Schritte. Die Schritte in einem leeren Zimmer.

***

Mrs Gibbons war wieder unterwegs gewesen. Alice hörte sie, wie sie an ihrem Fenster vorbeiging. Diesmal sang sie ein anderes Lied, irgendetwas von zwei kleinen Mädchen in blauen Kleidern. Mrs Gibbons schien ausgesprochen gern zu singen.

Alice fragte sich, worüber sie und Harry Simmons wohl redeten. Sie hatte gehört, Harry wäre in den Tagen des Goldrauschs Schausteller gewesen. Er war mit seinem Zelt von Stadt zu Stadt gezogen, hatte Lieder gesungen und Vorstellungen gegeben.

Sie lächelte in sich hinein. Ob Mrs Gibbons und der alte Harry im Polkatakt die Füße lüpften und rings um den Sumpf tanzten? Rezitierte Harry Gedichte im Mondschein, während Mrs Gibbons auf der feuchten Erde zu seinen Füßen saß und ihn aus ihrem runden weißen Gesicht mit glutvollen Augen ansah?

Diese Vorstellung lag für sie fern jeder Wahrscheinlichkeit.

Ihr Lächeln verschwand. Sie erfand irrwitzige Geschichten zu ihrer eigenen Unterhaltung und um sich abzulenken. Weil Bertie fort war. Er hatte gestern das Haus verlassen, und Alice vermisste ihn unsäglich. Sie fragte sich, ob er an sie dachte. Meggy würde das sicher verneinen, aber Alice glaubte fest daran. Bis zum Schluss hatte er gebeten, gebettelt und Ambrosine angefleht, ihn zu Hause zu behalten. Im Gegenzug hatte seine Mutter versucht, ihm den Abschied zu erleichtern, indem sie von seinen neuen Freunden und dem Spaß sprach, den er haben würde. Als ihn das nicht aufgeheitert hatte, war sie ungeduldig geworden und hatte ihn gereizt zurechtgewiesen, dass sein Vater die Angelegenheit entschieden hätte und Bertie sich fügen müsse.

»Mr Cunningham sagt, die Schule, die man besucht, ist ebenso wichtig wie die Frau, die man heiratet«, unterrichtete Mrs Gibbons die Mädchen beim Abendessen. »Ich schätze, unser kleiner Bertie wird eines Tages ebenso berühmt wie sein Vater.«

Alice kaute auf ihrem Butterbrot und wusste keine passende Antwort. Meggy drückte ihr unter dem Tisch die Hand.

Draußen bellte der Hund. Alice drehte sich auf dem quietschenden Bett um und starrte in die Dunkelheit. Sie konnte die Umrisse des Wasserkrugs und der Waschschüssel nur erahnen, ebenso das Handtuch und die niedrige Kommode, die sie mit Meggy teilte. Die oberste rechte Schublade enthielt Alice' Kamm, zwei sorgfältig zusammengelegte Taschentücher, ein angelaufenes Fläschchen Veilchenwasser und Mr Marlings Knopf. Außerdem einen Rauchquarz, der einst zu einem Ohrring ihrer Großmutter gehört hatte, jetzt aber als Anhänger einer Halskette diente.

Sie hatte überlegt, den Knopf wegzuwerfen, aber jedes Mal, wenn sie ihn in die Hand nahm, zwang irgendetwas sie, ihn doch zu behalten.

Ihre Gedanken begannen zu schweifen. Alice hatte Mr Marling nachmittags in der Eingangshalle getroffen. Sie war mit einem Krug Brunnenwasser aus dem Keller gekommen, und Mr Marling war hurtig die Stufen heruntergeeilt, als ob er zu spät zu einer wichtigen Verabredung kommen würde. Am Fuße der Treppe angekommen, hatte er sich sichtlich verlegen umgedreht und Alice erblickt.

»Würdest du mir meinen Hut und meinen Stock holen, Alice? Ich würde es ja selbst tun, aber Mrs Gibbons könnte mich dabei ertappen. Vor ihr fürchte ich mich regelrecht.«

Alice hatte über seine Worte gelächelt. Sie bezweifelte, dass Mr Marling sich überhaupt jemals fürchtete. Er hatte so einen gewissen Ausdruck in den Augen. Sie eilte davon, holte Hut und Stock und händigte ihm beides aus. Er bedankte sich. Überhaupt war er immer nett zu ihr. Vielleicht aus diesem Grund wagte sie es, ihm eine Frage zu stellen. »Ist das Gemälde bald fertig, Sir?«

Er stand vor dem ovalen Spiegel, seinen Hut zurechtrückend, blickte sie an und hob eine Augenbraue. Mrs Gibbons behauptete, für einen Mann sei er ziemlich eitel. Alice dachte bei sich, er hätte jeden Grund dazu. Nicht viele Männer sahen so gut aus wie Mr Marling.

»Ja, es ist bald fertig, Alice.«

»Was werden Sie dann tun, Sir? Wenn es fertig ist, meine ich.«

Er hängte sich den Spazierstock über den Arm und zögerte. »Weißt du, darüber habe ich noch gar nicht nachgedacht, Alice. Ich weiß nicht, was ich dann machen werde. Aber zweifellos wird sich etwas ergeben.«

Alice hatte vor einiger Zeit die Gouvernante mit Adas Kinderfrau leise über Mr Marling tuscheln gehört. »Sie sagen, er sei ein Bohemien«, hatte die Gouvernante geflüstert. Ihre Stimme klang dabei gleichzeitig aufgeregt und schockiert. Deshalb wusste Alice, dass Bohemien kein Beruf wie Metzger oder Bäcker sein konnte. Beim nächsten Abstauben in der Bibliothek hatte sie das Wort nachgeschlagen.

Mr Marling stammte wahrscheinlich nicht wie Alice aus Australien, sondern einfach aus Böhmen, was eine Erklärung für Bohemien gewesen wäre, obwohl der Ausdruck ziemlich merkwürdig klang. Auf ihn musste also die zweite Definition zutreffen, dass er ein Mann mit freien und leichtlebigen Moralvorstellungen war. Und sie konnte sich sehr wohl vorstellen, dass Mr Marling nach seinen eigenen Spielregeln lebte.

Alice blinzelte in die Dunkelheit, den Blick auf die Kommode gerichtet. Sie fand ihre Gedanken mittlerweile weniger schockierend als früher. Wenn sie sich Mr Marling und Ambrosine auf der Ottomane vorstellte, zuckte sie kaum noch zusammen. Sie hatte sich an die Vorstellung gewöhnt. Fantasie und Einbildungskraft waren von der Wirklichkeit verdrängt worden.

***

Fred Swanns Arbeiter brauchten nur einen Tag, um vom Dachboden herunterzuschaffen, was sich dort über hundert Jahre hinweg angesammelt hatte. Die zwei Zimmer im Erdgeschoss waren bis zum Bersten gefüllt mit den verschiedensten Gegenständen aus dem Leben der Cunningham-Familie.

Rosamund schaute in das erste Zimmer und fand sich einem ausgestopften Tier gegenüber, dass sie aus glasigen Augen anstarrte. Hastig schloss sie die Tür wieder. Die Vergangenheit hatte so lange auf ihre Entscheidungen gewartet, dass es jetzt keinen Grund zur Eile gab.

Nach dem Abendessen sah Kerry erschöpft aus. Rosamund schickte sie ins Bett und machte sich ans Aufräumen. Sie beide hatten sich inzwischen häuslich eingerichtet. Kerry kochte, und Rosamund half ihr dabei. Anfangs hatte Kerry protestiert, aber Rosamund war hart geblieben.

Sie starrte auf ihr bleiches Spiegelbild im Fenster über dem Spülstein. Ihre Augen kamen ihr größer vor als sonst, außerdem hatte sie dunkle Ringe darunter. Hinter ihr summte leise der Kühlschrank, und der Geschirrspüler plätscherte vor sich hin. Draußen in der Dunkelheit wurde der Wildwuchs, der einmal der Garten gewesen war, von Windböen niedergedrückt. Es war, als ob ein wildes Tier durch die Disteln, Brennnesseln und das hüfthohe Gras stürmte.

Ich hatte eine ungewöhnliche Kindheit, dachte Rosamund. Zuerst war ich ganz allein mit der Großmutter hier draußen; später kam Kerry Scott dazu. Kein Wunder, dass ich Stimmen gehört habe. Ich muss entsetzlich einsam gewesen sein. Und sonderbar. Jedenfalls haben das die anderen Kinder behauptet.

Sie glaubte, sich geändert zu haben, zugänglicher geworden zu sein. Aber vielleicht steckte das sonderbare Kind immer noch in ihr, wie das Küken im Ei. Nach und nach pickte es die Schale weg, bis das Loch groß genug war, um hinauszuschlüpfen.

Ein heftiger Windstoß brachte die Fensterscheiben zum Klirren. Die riesige Kiefer über der Straße knarrte und schüttelte sich.

Rosamund konnte sich nicht richtig an ihre Eltern erinnern. Ihr Vater, Adas Sohn, war an Krebs gestorben, als sie noch ein Baby gewesen war. Ihre Mutter, geistig und emotional nie besonders stabil, hatte daraufhin einen Nervenzusammenbruch erlitten und war in der Psychiatrie gelandet. In jener Zeit war das Konzept des Zusammenlebens von Menschen mit und ohne psychische Erkrankungen noch völlig unbekannt gewesen. Ihre Mutter war in der Psychiatrie gestorben, als Rosamund zehn Jahre alt gewesen war.

Rosamund erinnerte sich an die trostlose Beerdigung. Unter dem Schweigen der Trauernden trugen sie eine Mutter zu Grabe, die sie kaum gekannt hatte. Es waren nur ein paar Leute gekommen, eher um Adas willen als wegen Rosamunds Mutter.

Sie hielten Ada für sehr tapfer, sich in ihrem Alter noch um Rosamund kümmern zu wollen, und fanden ihre Absicht wunderbar.

»Ich bin die einzige noch lebende Cunningham«, hatte sie ihnen entgegnet. »Es ist meine Pflicht.«

Das hielten sie für Bescheidenheit, aber es war einfach die Wahrheit gewesen. Die Pflicht bedeutete für Ada alles.

Ada hatte sie großgezogen, das hielt Rosamund ihr zugute. Aber ihre Erziehungsmethoden hatten aus einer anderen Zeit gestammt, in der Frauen gut verheiratet wurden, wenig zu sagen hatten und zum Ruhm ihrer Männer beitrugen. Während Rosamund in der Bibliothek ruhig ihre Hausaufgaben gemacht hatte oder laut vorgelesen hatte, sodass Ada ihre Aussprache korrigieren konnte, saßen andere Kinder vor dem Fernseher oder spielten mit Barbiepuppen.

Adas Charakter war eine seltsame Mischung aus Spießertum und Exzentrik gewesen. Ein Überbleibsel aus einer anderen Welt, unberührt von dem Wunsch, mit der Gegenwart in Kontakt zu kommen. Sie hatte überhaupt nicht verstehen können, dass es Rosamund anders ging. Ada genügte die Beschäftigung mit der Vergangenheit.

Für das Kochen und die Reinigung des Hauses hatte Ada eine ganze Reihe von Mädchen aus der Stadt beschäftigt. Das

Haus war so groß, dass es sogar zu dieser Zeit dort niemals ganz sauber gewesen war. Rosamund erkannte jedoch erst im Nachhinein, dass Ada ihre Geldnot niemals zugegeben hätte. Wäre Colonsay damals verkauft worden, hätte sie genug für den Rest ihrer Tage in einem netten kleinen Cottage gehabt. Aber natürlich war ein Verkauf nie infrage gekommen.

Viele der Mädchen waren bereits nach ein paar Tagen wieder gegangen. Rosamund vermutete, dass Adas überzogene Ansprüche sie vertrieben hatten. Diese war der Ansicht gewesen, es sei ein Privileg, für sie arbeiten zu dürfen, und hatte deshalb vollen Einsatz erwartet. Sie hatte nie verstanden, dass die moderne Welt durch Geld und nicht durch Loyalität bestimmt wurde. In Kerry Scott jedoch hatte sie die perfekte Bedienstete gefunden.

Die kinderlose und befangene Kerry hatte Mrs Ada in allen Belangen den Vortritt gelassen. Mit Rosamund allein gelassen, schien sie unsicher, wie sie sie behandeln sollte – sie hatten kein Gespür füreinander. Auf ihre Art war sie freundlich gewesen. Es wäre allerdings zu weit gegangen, sie als mütterlichen Typ zu bezeichnen.

Rosamund hatte die örtliche Grundschule und die Oberschule in Geelong besucht – für Privatschulen war kein Geld da gewesen. Sie hatte nirgends richtig dazugehört. Wie sollte sie auch? Zuerst hatte ihr das etwas ausgemacht, später hatte sie vorgegeben, dem wäre nicht so, und war lieber für sich geblieben. Ada zufolge war sowieso niemand gut genug, mit ihr befreundet zu sein, die den großartigen Cosmo ihren Urgroßvater nennen durfte.

Dann, in ihrem sechzehnten Lebensjahr, hatte sich Rosamunds Leben plötzlich und unwiderruflich geändert.

Auf einem benachbarten Grundstück hatte ein Popkonzert stattgefunden. Die ganze Nacht über hatte Rosamund der Musik gelauscht, hatte die Lagerfeuer und die Lichter der Bühnenbeleuchtung gesehen. Das Leben und der Lärm hatten ihr Blut in Wallung gebracht. Sie hatte sich gefühlt, als blickte sie jenseits der Grenze auf feindliches Gebiet und wollte überlaufen.

Sie hatte immer schon gesungen, kurze Lieder, die sie selbst erfunden oder irgendwo gehört hatte. Ada hatte ein altes Pianola und viele Kästen voller Notenrollen besessen. Manchmal hatte sie es spielen lassen und Rosamund zum Mitsingen aufgefordert. Sie hatten *There's a long long trail* und *Roses of Picardy* aus der Zeit des Ersten Weltkriegs gesungen – Adas Blütezeit. Es gab auch andere, in Rosamunds Augen ziemlich scheußliche Lieder, die von Tod, Trauer und von Müttern erzählten, die ihre Söhne nach Frankreich in den Kampf ziehen lassen mussten. Ada hatte an ihren Soldatenehemann gedacht, wenn sie diese Lieder spielte. Durchlitt sie nochmals den Schmerz und die Trauer, weil er nicht zurückgekommen war? Bewegten die Worte ihr Herz, schlugen für Rosamund unsichtbare Wunden? Irgendwo, tief in Ada versteckt, musste es doch einen Funken Menschlichkeit geben.

Fragen waren zwecklos gewesen, Ada hatte niemals über Persönliches gesprochen. Sie hatte zu den Menschen gehört, die das Ausdrücken von Gefühlen für schlechtes Benehmen hielten.

Rosamund hatte Musik also durchaus als Quelle reinen Vergnügens wahrgenommen, auch wenn sie nur sehr wenig davon kennengelernt hatte. Aber die Klänge, die von Nachbars Wiese zu ihr herüberdrangen, brachten ihr die Erkenntnis, dass sie auch so singen könnte. Eröffnete ihr das Singen, eines der wenigen Dinge, die sie gut beherrschte, einen Fluchtweg? Einen Weg hinaus aus Colonsay?

Am nächsten Morgen war Rosamund durch den Zaun gekrochen und hatte sich umgesehen. Überall auf der Wiese lagen Abfälle und Menschen in Schlafsäcken. Aus einem Lieferwagen heraus wurden Eier-Speck-Brötchen und Kaffee an diejenigen verkauft, die schon wieder auf den Beinen waren. Einige Mitglieder der Bands standen herum, tranken Kaffee. Ungewöhnlich mutig war Rosamund direkt auf sie zugegangen und hatte ihnen erzählt, dass sie singen konnte und sie gern begleiten wollte.

Heute ließ sie die bloße Vorstellung zusammenzucken: ein großer schlaksiger Teenager mit verstrubbelten Haaren, ängstlich und doch bestimmt. Gemessen an den Umständen, war sie jedoch wirklich freundlich behandelt worden. Einer von den Jungs hatte ein paar Takte auf der Gitarre gespielt, und Rosamund hatte gesungen.

Sofort hatte sich der Gesichtsausdruck ihrer Zuhörer geändert. Sie hatten zuerst einander und dann sie angesehen. Dave war in jenen Tagen auf der Suche gewesen. Viel später hatte er ihr mit einem Lachen erzählt, dass er es vom ersten Augenblick an gewusst hatte: Sie besaß alles, was ein Star brauchte.

»Du hast eine gute Stimme«, sagte er zu der jungen Rosamund. »Nimm ein paar Gesangsstunden, lerne, was du damit machen kannst. Du musst sie kontrollieren, nicht umgekehrt. Und finde ein paar Songs, die zu dir passen. Dann melde dich wieder bei mir, und ich werde sehen, was ich für dich tun kann.«

Rosamund war ein bisschen enttäuscht, aber auch ein bisschen erleichtert gewesen, dass sie sie nicht sofort mitnahmen. Sie hatte die Visitenkarte eingesteckt, die Dave ihr gab.

Stundenlang war sie danach wie im Traum über die Klippen gewandert. Sie hatte versucht, sich ein Leben vorzustellen, dass sich von ihrem bisher gekannten völlig unterschied. Es war ihr ein wenig vorgekommen wie in den Fernsehserien, die sie sich eigentlich nicht ansehen durfte. Als sie endlich nach Hause gekommen war, hatte Ada sie zur Strafe auf ihr Zimmer geschickt, aber das war es wert gewesen.

Rosamund hatte ihren ganzen Mut zusammengenommen und Ada gebeten, sie Gesangsstunden nehmen zu lassen. Ada hatte sie nie zurückgehalten, hatte sie sogar ermutigt. Für sie war der Gesang eine äußerst passende Beschäftigung für eine junge Dame, solange er zur Unterhaltung im Familien- und Freundeskreis genutzt wurde. Sie hatte keine Ahnung, dass

Rosamund von Bühnenauftritten vor Fremden und gegen Bezahlung träumte. Sie konnte sich einfach nicht vorstellen, dass Rosamund Colonsay verlassen und sich in die moderne Welt hinausbegeben wollte, von der ihre Großmutter nur sehr verschwommene Bilder im Kopf hatte.

Innerhalb eines Jahres hatte Rosamund viel gelernt. Ihre Lehrerin war ganz aufgeregt gewesen, als sie sie zum ersten Mal gehört hatte. »Ich will jetzt nicht behaupten, eine Gesangskarriere wäre für dich selbstverständlich, Rose, aber Talent hast du.«

Talent besaßen viele, wie es schien, aber es gehörten weitere Zutaten zu einer Karriere. Ehrgeiz und Entschlossenheit, das passende Naturell und die richtigen Kontakte. Zumindest Letztere hatte Rosamund. Sie nahm Daves Visitenkarte aus ihrem Versteck im Schmuckkästchen, schrieb einen Brief und warf ihn auf dem Weg zur Gesangsstunde in den Briefkasten. Nach einem Monat voller Bauchschmerzen war Daves Antwortschreiben gekommen. Ada hatte den Brief geöffnet.

Die Reaktion war wie erwartet ausgefallen.

»Du wirst nicht zu diesem Mann fahren. In Kneipen auftreten! Das werde ich niemals erlauben, Rosamund.« Adas Stimme hatte vor Zorn gebebt. »Geh auf dein Zimmer.«

Verzweiflung erfüllte Rosamund.

»Ab sofort gibt es keine Gesangsstunden mehr. Es wird überhaupt nicht mehr gesungen. Ich dachte, deine Stimme sei eine Gabe, Rosamund. Jetzt erkenne ich, dass sie ein Fluch ist.«

Verärgerung hatte die Verzweiflung abgelöst. Rosamund hatte sie in sich aufsteigen gefühlt wie eine große, befreiende Welle. »Ich werde weiterhin singen, und ich werde meine Verabredung mit Dave wahrnehmen. Du kannst mich nicht aufhalten!«

»Das kann ich nicht?«, hatte Ada gekreischt. »Du wirst sehen, wie ich das kann, Mädchen. Du bist eine Cunningham, und Cunninghams stellen sich nicht zur Belustigung anderer zur Schau.« Doch dabei hatte sie so alt und kraftlos ausgesehen, dass Rosamund keine Angst mehr gehabt hatte.

»Ich verlasse dieses Haus«, hatte sie mit rauer, gepresster Stimme und kurz vor dem Weinen geflüstert. »Ich gehe, Großmama Ada.«

Die alte Dame hatte sie mit hartem Blick angestarrt. »Wenn du jetzt gehst, kommst du mir nicht mehr hierher zurück«, hatte sie gesagt, und Rosamund hatte nicht daran gezweifelt, dass sie das ernst meinte. Ada hatte nie etwas gesagt, was sie nicht meinte.

»Dann werden wir uns eben nie mehr sehen.«

Von der Tür her war ein überraschter Laut gekommen. Rosamund hatte nicht gemerkt, dass Kerry Scott dort stand.

»Du hast mein Vertrauen missbraucht. Das werde ich dir nie verzeihen. Du bist eine Cunningham, die Letzte unserer Linie. Du wirst dieses Haus erben, wenn ich einmal tot bin.«

Dieses Versprechen hatte Rosamund eher erschreckt. »Nein, ich will Colonsay nicht. Ich hasse es!«

Adas weißes Gesicht war noch weißer geworden, ihre Stimme dünn und spitz. »Deine Gefühle in dieser Angelegenheit sind nicht von Interesse für mich.«

Tja, Ada hatte Wort gehalten, dachte Rosamund, die noch immer ihr Spiegelbild betrachtete. Colonsay gehörte nun ihr. Und da stand sie nun, ihre Gesangskarriere ein schlechter Witz, ihr Leben in Scherben. Ihr blieb nichts zu tun, als dem Haus wieder seinen alten Glanz zurückzugeben. Ada wäre überaus erfreut gewesen.

Vielleicht hatte Adas Stimme sie Rosie genannt, und es waren im Keller Adas Schritte gewesen. Vielleicht konnte Ada immer noch nicht das Haus verlassen, an das sie sich zeitlebens geklammert hatte.

Sobald ihr dieser Gedanke durch den Kopf schoss, verwarf ihn Rosamund sofort wieder. Die tiefe, volle Stimme gehörte zu einem Mann. Und die Schritte waren leicht und schnell gewesen, wie die einer Frau oder eines Kindes.

Sie schauderte und wandte sich vom Fenster ab.

Rosamund glaubte nicht an Geister. Jeder Gedanke an eine unsichtbare Welt hinter der sichtbaren erschien ihr inakzeptabel. Und doch – woher war die Stimme gekommen? Und die Schritte?

Oben angekommen, schloss Rosamund die Schlafzimmertür hinter sich. Sie hatte die Putzbrocken zusammengekehrt, den Boden gewischt und die zwei fadenscheinigen Teppiche mit dem kaum noch erkennbaren Orientmuster ausgeklopft. In dieser etwas ordentlicheren Umgebung zog sie sich nun aus.

Draußen heulte der Wind durch die großen Kiefern hinter dem Haus, aber auf der Vorderseite war es ruhiger. Die Vorhänge waren geöffnet, und Rosamund konnte durch die Fenster die Signallichter auf den You-Yang-Bergen blinken sehen. Sie drückte ihre Stirn ans kühle Glas und sah für einen Moment hinaus.

Sie fragte sich, was Mark wohl gerade machte. War er auf einer Besprechung, bei einem Abendessen? Fand er gerade neue Freunde und Unterstützer, lächelte er das Lächeln, das alle so mochten?

Rosamund erinnerte sich an dieses Lächeln. Einst hatte sie ihn deswegen für den attraktivsten Mann auf der ganzen Welt gehalten. Er war ihr so kultiviert, so gewandt vorgekommen. Sie hatte es kaum glauben können, als sie erfuhr, woher er kam. Die schreckliche Armut, die erzwungene Auswanderung, der brutale tägliche Überlebenskampf hatten aus Mark den getriebenen und nach Erfolg strebenden Mann gemacht, der er war. Er verfolgte seine Ziele so unerbittlich, dass er Rosamund darüber völlig vergessen hatte. Und als sie sich selbst verloren hatte, war niemand da gewesen, der ihr zurückgeholfen hätte.

Vielleicht war ihm gar nicht klar gewesen, wie sehr sie ihn brauchte. Als sie ihn damals in dem verrauchten Pub kennengelernt hatte, war es ihr gelungen, eine gewisse Lebenstüchtigkeit vorzutäuschen. Die Jahre mit Dave hatten ihr dabei geholfen. Dave hatte mit der Zeit all ihre Kanten abgeschliffen und die Leerräume gefüllt. Er hatte ihr das Selbstvertrauen gegeben, das sie brauchte, um ihre Lieder zu singen, ohne sich allzu sehr um das Publikum zu sorgen. Es hatte ihr genügt, zu singen; das löste sie aus ihrem Gefangensein in sich selbst, fast wie eine spirituelle Erfahrung. Eines Tages hatte sie Dave davon erzählt, doch er hatte so sehr darüber gelacht, dass sie es als Scherz abgetan hatte.

Sie hatte mit Dave zusammengelebt, als sie Mark traf. Und vor Dave waren noch ein paar andere Männer in ihrem Leben gewesen. Sie hatte sich für erwachsen gehalten.

Doch das war ein Irrtum gewesen.

Rosamund starrte hinaus in den Garten, ohne wirklich etwas wahrzunehmen. Die Lichter auf den Bergen blinkten erneut. Sie blinzelte zurück. Ihre bloßen Füße fühlten sich auf dem blanken Dielenboden kalt an. Es war eisig im Zimmer.

Als sie ins Bett stieg, ertönte oben auf dem Dachboden ein dumpfer Knall.

5

Du siehst ziemlich blass aus, Alice«, sagte Mira und setzte sich das Baby auf die Hüfte. »Geht es dir gut?«

»Ja, Mutter.«

Mira seufzte. Ihre Tochter war während der letzten beiden Besuche mürrisch gewesen, und sie konnte den Grund dafür nicht herausfinden. Zwölf war eben ein seltsames Alter.

»Wir haben über Mr Cunningham in der Zeitung gelesen«, fuhr sie fort. »Dass er bei den Wahlen für das Parlament des Staatenbunds einen Sitz errungen hat.«

Mr Parkin bedachte seine Frau mit einem ungeduldigen Blick. »Wie hätte ein Mann wie er wohl scheitern sollen?«

Alice erinnerte sich, dass ihr Vater Cosmo einst aus dem Meer gerettet hatte, als sie beide noch Knaben gewesen waren. Sie hätte ihn gern gefragt, wie Cosmo als Junge gewesen war, aber sie traute sich nicht. Ihr Vater würde ihr wahrscheinlich sowieso nicht antworten, sondern nur sagen, sie solle sich um ihre eigenen Angelegenheiten kümmern. Ihre Eltern sprachen nie über interessante Themen, zumindest nicht in Gegenwart der Kinder.

»Wie sind die Stiefel, Alice?«, fragte er, als sie sich verabschiedete.

Das Lächeln auf ihrem Gesicht fühlte sich falsch und gezwungen an. »Sehr gut, Vater, danke.«

»Pfleg sie gut, hörst du?«

»Das mache ich, Vater.«

»Du kannst dich verdammt glücklich schätzen, Alice, dass du bei einer so feinen Familie in Dienst bist. Trittst in deines Vaters Fußstapfen, was?« Er tätschelte ihre knochige Schulter. Das war der größte Liebesbeweis, den er kannte.

Auf ihrem Rückweg nach Colonsay kam Alice am Alten Soldatenheim vorbei. Zumindest kannte man es hier in der Gegend unter diesem Namen. Sein offizieller Titel lautete »Heimstatt für die Veteranen der Vereinigten Streitkräfte«. Es war in den 1890ern errichtet worden, auf Cosmo Cunninghams Bestreben hin, Englands ausgemusterten Helden einen überseeischen Zufluchtsort zu bieten, an dem sie ihre alten Tage bequem verbringen konnten. Für seine Bemühungen war ihm eine Auszeichnung verliehen worden: ein Schwert. Es hing in der Bibliothek. Alice konnte sich an die Grundsteinlegung nicht mehr erinnern. Sie war damals ein Baby gewesen. Es hatte eine große Feier gegeben, der Gouverneur war eigens mit dem Dampfer *Lady Loch* über die Bucht herüber aus Melbourne gekommen.

Das Alte Soldatenheim war ein Ziegelbau mit einer breiten umlaufenden Veranda. Es besaß ringsum einen großen Garten, in dem alle Veteranen gern arbeiteten, die nicht durch ihr Alter oder eine Verwundung davon abgehalten wurden. Ein alter Soldat harkte ein Beet mit Chrysanthemen und entfernte das Unkraut zwischen den Reihen, als Alice vorbeiging. Er sah auf, und sie erkannte Sergeant Petersham, der im Krimkrieg gedient hatte. Er war einer der Nutznießer von Ambrosines Wohltätigkeit. Im vorletzten Winter war er schwer erkrankt; sie hatte ihn besucht und ihm etwas von Mrs Gibbons Brühe gebracht. Zu Weihnachten hatte sie ihm einen neuen roten Mantel und einen neuen Dreispitz geschenkt. Als Petersham wieder genesen war, stapfte er nach Colonsay hinüber, um seine Aufwartung zu machen. Steif wie ein Brett hatte er im Empfangszimmer gesessen. Ambrosine hatte Tee in zierlichen Tässchen ausgeschenkt und über das Wetter geplaudert.

Seitdem war er ihr vollkommen hörig.

Es verwunderte Alice, wie Männer nur so blind sein konnten. Tapfere alte Soldaten wie Petersham, die so viel menschliches Leid und Brutalität erfahren hatten, sollten eigentlich durch Ambrosines oberflächliche Schönheit hindurch auf ihr selbstsüchtiges Herz sehen können. Das galt aber auch für die anderen Männer. Cosmo, Mr Marling, sogar Bertie, der sich weigerte, seine Mutter dafür zu tadeln, dass sie ihn nicht vor dem Internat bewahrt hatte.

Er war dort schrecklich unglücklich, Alice las das aus seinen Briefen. Er wollte wieder nach Hause. Das wusste seine Mutter doch hoffentlich? Es machte allerdings nicht den Anschein, als ob sie das kümmerte. Sie saß immer noch eifrig für Mr Marlings Porträt Modell, was sich endlos hinzuziehen schien. Alice zählte die Tage bis zu den Ferien. Sie betete dafür, dass es Bertie gelingen würde, seine Mutter umzustimmen, sodass sie ihn nicht wieder dorthin zurückschickte.

Alice hatte gehofft, mit einem Nicken und einem netten Lächeln am Alten Soldatenheim vorbeizukommen, aber Petersham hatte sie mit rauer Stimme angesprochen. »Sag Mrs Cunningham, ich werde ihr die schönsten Chrysanthemen rüberbringen.« Dabei deutete er auf die bunten Blüten.

»Erzähl's ihr doch selbst«, murmelte Alice, aber sie lächelte und nickte weiterhin.

»Ist sie wohlauf, Mädel?«

»Alles bestens, Sir.«

»Ah, das ist großartig. Wirklich großartig.«

Alice ging weiter über die staubige Straße, bis ihre drückenden Stiefel und der Saum ihres grauen Rocks komplett mit einer dünnen Schicht brauner Erde bedeckt waren. Der Wind zupfte Strähnen aus ihrem Haarknoten und wehte ihr die Haare in die Augen. Sie blinzelte, damit sie nicht mehr tränten. Die Luft war kühl an diesem Tag, nicht ungewöhnlich so spät im Herbst.

Cosmo befand sich wieder auf Reisen, wurde aber nächste Woche zurückerwartet. Mrs Gibbons hatte bereits ein königliches Mahl geplant. Wie sie den beiden Mädchen sagte, rechnete sie mit dreißig Gästen zum Abendessen. »Dreißig«, stöhnte Meggy.

Ambrosine hatte mit der Köchin bereits die wichtigsten

Punkte der Tischdekoration und der Essensvorbereitungen besprochen. Es hatte eine Zeit lang so ausgesehen, als könnten sich die beiden nie zwischen *Potage aux huîtres* und *Consommé à la Victoria* entscheiden. Aber schließlich klappte es doch, und Mrs Gibbons bestellte die Austern. Diesmal musste wirklich alles perfekt sein. Der Premierminister Edmund Barton wurde höchstpersönlich erwartet.

Alice erinnerte sich, wie sehr diese Tatsache ihre Eltern beeindruckt hatte.

»Spül dein Haar mit Essig«, hatte Mira ihr geraten. »Dann wird es besonders glatt und glänzend.«

»Und sprich nur, wenn du gefragt wirst«, hatte Mr Parkin hinzugefügt. »Denk an deine Aussprache, Mädchen.«

»Bekommt er einen richtig festlichen Empfang, mit einer Kapelle, offiziellen Ansprachen und allem Drum und Dran?«, fragte Mira weiter, den Blick träumerisch in die Ferne gerichtet.

»Es ist gar nichts Offizielles«, murrte Alice.

»Ah, ein privater Besuch.« Ihr Vater nickte, als ob er alles darüber wüsste. »Also kein Aufwand und so. Mr Barton muss das ganze Getöse inzwischen ziemlich überhaben.«

»Mr Cunningham sagt, im Mai ist die Parlamentseröffnung, und da gibt es genug Getöse«, warf Alice ein.

Ihr Vater blickte sie scharf an, wies sie aber nicht zurecht. »Na, ich denke, da hat er recht, Mädchen. Mrs Cunningham wird bestimmt ihre Smaragde rausholen, schätze ich. Sind berühmt, die Steine. Aus Indien.«

»Bringen aber Unglück, sagt man«, fügte Mira hinzu und sah immer noch verträumt aus.

Mr Parkin schnaubte. »Wer kann unglücklich sein, wenn er so reich und schön ist wie Mrs Cunningham? Du erzählst Unsinn, Frau.«

Mira richtete sich mit roten Wangen auf und verteidigte ihre Meinung. »Ich weiß, was ich weiß«, entgegnete sie. »Mrs Sproat hat mir erzählt, sie seien einem Maharadscha oder so

66

gestohlen worden, und es läge ein Fluch auf ihnen. Deswegen hat Cosmo Cunningham sie auch billig bekommen.«

»Dann ist er jedenfalls ein besserer Geschäftsmann, als du oder ich je sein werden«, reagierte Mr Parkin verschnupft.

Alice hörte aufmerksam zu, während sie vorgab, die Krümel zusammenzufegen. Sie wollte diese interessanten Informationen mit Meggy teilen – und natürlich mit Bertie, wenn er nach Hause kam.

Gestern Nachmittag war sie zu Berties Versteck auf dem Dachboden hinaufgegangen und hatte an ihn gedacht. Sie hatte ein paar von seinen Schätzen entdeckt, einen Briefbeschwerer aus Stein und ein Buch über Vögel. Dort oben war es ruhig und warm gewesen. Als sie endlich zögernd wieder heruntergekommen war, hatte Ada am Fuß der Stiege gestanden.

»Was stöberst du da oben herum?«, hatte sie mit ärgerlich vorgerecktem Kinn gefragt. Sie war wirklich ein äußerst unangenehmes Kind.

»Das geht Sie nichts an, junges Fräulein«, hatte Alice entgegnet.

Adas Gesicht war knallrot geworden. »Du bist aufsässig«, hatte sie gezischt. »Das erzähle ich weiter.«

»Nur zu.« Alice war einfach an ihr vorbeigegangen.

Warum hatten sie nicht Ada ins Internat geschickt und Bertie zu Hause gelassen? Das war einfach nicht fair.

***

Erschrocken blickte Rosamund nach oben an die schmuddelige Zimmerdecke. Neben der Stuckrosette befand sich ein Fleck, der wahrscheinlich von Wasser herrührte, das irgendwann vom Dachboden heruntergetropft war. Sie fand aber keine Erklärung für den Krach.

Der Dachboden war leer, das wusste sie. Die Arbeiter hatten wirklich alles bis auf die Spinnweben und Spinnen herausgeräumt. Dort gab es nichts mehr, was ein solches Geräusch hätte verursachen können. Sie schob den Gedanken zur Seite.

Wahrscheinlich war es nur das alte Haus gewesen, das ächzte, der Wind oder einfach ihre Einbildung. Außerdem herrschte im Moment Stille. Colonsay lag in tiefem Schlaf.

Zitternd kroch Rosamund in ihr Bett. Die Laken fühlten sich kalt und klamm an. Im Zimmer war es jetzt eindeutig kälter als zu dem Zeitpunkt, als sie es betreten hatte. Draußen musste es ziemlich abgekühlt haben. Vielleicht wechselte das Wetter, und der Wind drehte auf Südwest. Sie verkroch sich bibbernd in die Kissen, die Augen an die Decke geheftet.

Die Lampe sah original aus, ein mattrosa Lilienkelch an einer einzelnen Kette. Die Stuckrosette zeigte zarte Farnwedel und Veilchen und war bis auf ein paar abgeplatzte Stellen intakt. Morgen wollten Fred Swanns Leute mit der Arbeit am Dach beginnen. Kerry machte sich deswegen Sorgen. »Sie werden durch das ganze Haus laufen und ein fürchterliches Durcheinander anrichten«, hatte sie gesagt.

Rosamund hatte an sich halten müssen, um nicht zu lachen. Als ob das Haus nicht sowieso schon ein totales Durcheinander wäre! Mark hatte am späten Nachmittag noch einmal angerufen, aber dieses Mal nur mit Kerry gesprochen, die ziemlich verlegen war, weil er nicht mit Rosamund zu sprechen wünschte. Rosamund hatte vorgegeben, nichts anderes zu erwarten.

»Ich lese alles, was über Mr Markovic in der Zeitung steht«, hatte Kerry stolz gesagt. »Hoffentlich gewinnt er die Vorwahlen.«

»Bestimmt«, hatte ihr Rosamund mit der Zuversicht versichert, die aus einer Flasche Wein resultierte. Sie hatte sie zum Essen getrunken und noch eine zweite öffnen wollen, doch Kerrys kritische Blicke hatten sie abgehalten.

Sie wollte nicht, dass Mark den Eindruck bekam, sie überschritte ihre Grenzen. Mark, Mark, immer alles Mark zuliebe! Wie lange habe ich meine eigenen Wünsche hintangestellt oder unterdrückt, um Mark zu gefallen? Die Frage überraschte sie. Sonst hatte sie den Fehler immer bei sich gesucht. Wenn

Mark verstimmt war, musste sie doch etwas falsch gemacht haben. Hatte seine Abwesenheit ihren Blickwinkel verändert? Und was bedeutete dieser Ausbruch am Telefon letzthin? Was geschah mit ihr?

Rosamund konnte sich Mark ohne Probleme als Premierminister vorstellen. Nur wenn sie sich an seiner Seite sehen sollte, wurde das Bild unscharf. Wenn Marks Werbefeldzug eine Schwachstelle hatte, dann war das Rosamund. Kein Wunder, dass er in dieser entscheidenden Zeit keinen Wert auf ihre Anwesenheit legte. So hatte er einen Anlass zu betonen, dass sie den alten Familiensitz sehr liebte und die Renovierungsarbeiten selbst überwachen wollte. Er würde ein Bild von ihr entwerfen, das die Wirklichkeit übertraf. Und sie wäre nicht da, um alles zu verderben.

Vielleicht kann ich singen, wenn er gewinnt. Rosamund lächelte in sich hinein. Schläfrig fielen ihr die Augen zu. Ich singe *Happy Birthday,* wie es Marilyn für J. F. K. gemacht hat.

Ein zweiter Knall, und sie riss wieder die Augen auf. Sie setzte sich und schaltete die Nachttischlampe an. Das Herz pochte ihr wild in der Brust. Etwas Putz rieselte von der Decke und verteilte sich auf dem Boden. Die mattrosa Lilienlampe schwang an der Kette sanft hin und her. Es kam ihr so vor, als ob jemand sehr Schweres direkt über ihr auf dem Dachboden einen Sprung getan hätte.

Sie hatte sich das nicht eingebildet – etwas war auf dem Dachboden.

Rosamund starrte immer noch zur Decke, unfähig, einen Gedanken zu fassen. Es klopfte an der Tür. Das Schloss klickte, und die Tür ging auf. Rosamund richtete ihren ängstlichen Blick auf den dunklen Streifen. Dort erschien Kerrys Gesicht, seltsam verzerrt durch die Schatten der Nachttischlampe. Sie trug ihr graues Haar zu einem Zopf geflochten und hatte sich eine alte Strickjacke um die Schultern gehängt.

»Rosamund?«, wisperte sie heiser. »Haben Sie den Krach gehört? Was ist das? Ist da jemand im Haus?«

Kerry stand nun mitten im Zimmer und blickte nervös über ihre Schulter zurück. Als es wieder krachte, huschte sie mit schreckgeweiteten Augen näher ans Bett. Rosamund fiel auf, dass sie flauschige blaue Pantoffeln trug.

Dann starrten sie beide hoch zur Decke und beobachteten, wie die Lampe hin und her schwang. Der Knall war diesmal noch lauter, noch brutaler gewesen. Als ob, wer auch immer dort oben war, ärgerlich oder ungeduldig geworden wäre.

»Jemand ist auf dem Dachboden«, sagte Rosamund schließlich. Ihre Stimme brach das lastende Schweigen.

»Wir müssen die Polizei rufen.« Das kam eher als Frage denn als Feststellung von Kerry.

Die beiden Frauen sahen sich an.

»Oder sollen wir nachsehen?« Kerry biss sich zögernd auf die Lippen. »Vielleicht wurde ein Tier oben eingesperrt. Ein Kusu oder so.«

Rosamund verstand, warum sie das nicht für wahrscheinlich zu halten schien. So ein kleines Beuteltier könnte nie einen derartigen Lärm verursachen. Überhaupt wären dazu nur ganz wenige Tiere in diesem Teil der Welt in der Lage.

»Wir rufen die Polizei«, stimmte Rosamund zu. Auf gar keinen Fall würde sie über die dunkle Stiege nach oben auf den noch dunkleren Dachboden gehen. Kerry nickte so schnell, dass klar war, sie dachte genauso.

Rosamund suchte ihre Strickjacke aus dem unordentlichen Kleiderbündel auf dem Stuhl und warf sie sich um die Schultern. Vorsichtig traten die beiden Frauen in den Flur. Der Mond schien; sein Licht fiel durch das zerbrochene Buntglasfenster am Ende des Korridors auf den abgetretenen Läufer. Es herrschte absolute Stille; nicht einmal die normalen Geräusche des alten Hauses waren zu vernehmen. Und es war eiskalt. Rosamund zitterte schon wieder. Sie fühlte Kerrys warmen Atem auf ihrer Wange, weil sie ganz eng beieinander standen.

Vom Treppenabsatz aus blickten sie hinunter in die Eingangshalle. Es war dunkel dort unten, abgesehen vom schwachen Lichteinfall durch die helleren Quadrate des Buntglases neben der Tür. Irgendwo zirpte eine Grille. Kerry betätigte den Lichtschalter.

Der sanfte Schein der Dielenbeleuchtung wirkte tröstlich. Sie hielten einen Augenblick inne und betrachteten ihre Umgebung aufmerksam. Alles sah so aus, wie Rosamund es in Erinnerung hatte: die verschlossene Eingangstür mit der vorgelegten Kette, das Telefon auf dem Flurtischchen, ein paar an die Wand gelehnte Bretter. Nichts hatte sich geändert. Auf den bloßen, abgenutzten Bodendielen sah man überall den getrockneten Schlamm der Stiefelabdrücke, wo Freds Arbeiter den ganzen Tag hin- und hergegangen waren. Zwischen den großen Abdrücken gab es kleinere Spuren, die ein unregelmäßiges Muster bildeten. Hatte einer der Arbeiter einen Hund?

Da krachte es wieder. Über und hinter ihnen. Das Geräusch kam eindeutig vom Dachboden, nur dass es sich hier gedämpfter anhörte, eher heimtückisch, wie eine Warnung. Kerry schob sofort ihren Arm unter Rosamunds, und sie gingen schnell die Treppe hinunter. Trotz der Umstände amüsierte das Rosamund. Kerry hatte sie sonst nie berührt, und jetzt hielten sie quasi Händchen.

Rosamund ging zum Telefon und nahm den Hörer in die Hand. Erleichtert nahm sie das Freizeichen wahr und blickte auf die Telefonliste vor ihr an der Wand. Polizei. Es läutete zweimal, bevor abgenommen wurde.

Kerry hielt sich so nah wie möglich bei ihr und hörte zu. Alle paar Sekunden lugte sie die Treppe hinauf. Die Stille dort oben war fast mit Händen zu greifen. Lauernd. Rosamund legte auf, und Kerry flüsterte: »Sollten wir nicht lieber draußen warten?«

Rosamund bibberte in der Kälte. »Wir warten neben der Eingangstür.«

Wieder ein Krachen. Laut. Das Geräusch hallte von den Wänden wider und ließ sie erzittern. Das Geschirr in der

Küche klirrte, als das Haus erbebte. Einmal, zweimal, dreimal. Oben donnerte etwas zu Boden. Rosamund hörte das Geräusch von splitterndem Glas. Der Druck auf ihrer Brust schnürte ihr die Luft ab. Noch nie in ihrem ganzen Leben hatte sie sich so gefürchtet.

Kerry fummelte an der Türkette herum und dann am Riegel. Endlich öffnete sich die Eingangstür. Die Luft brachte den Geruch von nasser Erde und Salzwasser mit sich. Der Wind hatte sich gelegt, und weißer Nebel lag gespenstisch in den Senken. Die Dunkelheit schien undurchdringlich und ebenso erschreckend wie das Ding auf dem Dachboden.

Sie blieben im Türrahmen stehen, gefangen zwischen zwei Übeln.

Die Polizei traf sieben Minuten nach Rosamunds Anruf ein. Jede Einzelne davon hatten sie auf Kerrys Armbanduhr verrinnen sehen. Als endlich die Autoscheinwerfer in der Einfahrt auftauchten und die Front des Hauses hell erleuchteten, waren sie sehr erleichtert.

»Wo ist er?«, fragte der junge Polizist, kaum dass er vor ihnen stand. Er zitterte auch und zog sich gerade einen Parka an.

»Auf dem Dachboden.«

»Haben Sie jemanden gesehen?«

Kerry und Rosamund wechselten Blicke. »Wir haben nicht nachgeschaut.«

Dazu sagte er nichts und wartete auf seine Partnerin, eine Frau mit kurzen schwarzen Haaren. »Wo ist der Dachboden?«, fragte sie und blickte die Treppe nach oben.

»Am Ende der Treppe ist auf der rechten Seite eine Tür, die zum Westflügel führt. Die erste Tür dahinter führt zur Dachbodenstiege.« Kerry zog sich die Strickjacke enger um den Körper. »Es gibt dort oben kein Licht. Sie brauchen eine Taschenlampe.«

Mit der Lampe aus dem Auto bewaffnet, stiegen die beiden Polizisten die knarrenden Stufen empor. Die Frau lachte über etwas, was ihr Kollege sagte. Eine Tür klappte. Rosamunds

Herz rutschte ihr in die Kniekehlen. Die beiden tauchten wieder oben an der Treppe auf, grau von Staub und mit Spinnweben in den Haaren, und starrten auf die beiden Frauen hinunter. »Nichts.«

»Nichts?« Rosamund sah sie ungläubig an, ihr Gesicht bleich und angespannt. »Das verstehe ich nicht. Wir haben beide die Geräusche gehört. Da oben war etwas.«

»Etwas?« Bildete sie sich das nur ein oder sahen sie sie auf einmal anders an?

Kerry schaltete sich ein. »Sie meint ein Tier oder eine Person. Wir haben keine Stimmen oder so gehört. Wir konnten uns einfach nicht vorstellen, wer oder was das sein sollte.«

Rosamund nickte. Sie fühlte sich auf einmal total müde, die Glieder wurden ihr schwer. Sogar ihr Kopf sank erschöpft herunter. Sie wollte sich nur noch auf die Stufen setzen.

»Was waren das für Geräusche, die Sie gehört haben?«, fragte die Frau.

»Ein Knall. Als ob jemand mit Stiefeln auf den Boden gesprungen wäre oder mit einem Vorschlaghammer zugeschlagen hätte. Ein dumpfes, sehr lautes Geräusch. Das ganze Haus hat gebebt.«

Kein Kommentar. Rosamund konnte die Skepsis der Polizisten regelrecht spüren. Sie war frustriert, konnte es den beiden aber nicht verübeln. Hätte sie es nicht selbst gehört, würde sie Kerry wahrscheinlich auch nicht glauben.

»Es hörte sich an, wie wenn jemand auf und ab springt«, wiederholte Rosamund. »Die Zimmerdecke hat gebebt.« Sie erinnerte sich an das Krachen und eilte mit einem gemurmelten Ausruf die Treppe hinauf in ihr Schlafzimmer.

Es sah noch genauso aus, wie sie es verlassen hatte. Die Bettdecke war zurückgeschlagen, die Nachttischlampe an. Aber die Deckenleuchte lag mitsamt der Kette inmitten eines Haufens aus abgebröckeltem Putz. Das Lilienglas war zerbrochen, rosa Splitter glänzten im weißen Gipsstaub. An der Zimmerdecke war dort, wo sich einst die wunderbare Stuckrosette befunden hatte, ein unregelmäßiges Loch zu sehen, durch das die alten Dachlatten schimmerten.

Es war eine ziemliche Sauerei, aber unübersehbar. Keine Ausgeburt ihrer Fantasie, sondern Wirklichkeit. Ein Beweisstück.

Der Polizist stellte sich neben sie; Kerry lugte über seine Schulter, und die Polizistin schaute sich im Zimmer um. Sie schwiegen alle und ließen das Werk der Zerstörung auf sich wirken.

»Lassen Sie uns wieder hinuntergehen«, sagte der Polizeibeamte schließlich. »Die Damen bleiben bitte in der Küche, während wir uns umsehen.«

Die Polizisten prüften die Türen und Fenster und inspizierten den Küchengarten. Eine ganze Weile flackerte das Licht der Taschenlampe draußen hin und her. Kerry machte in der Zwischenzeit Tee und öffnete Keksdosen. Einmal schrie die Polizistin erstaunt auf; die beiden Frauen in der Küche zuckten zusammen, warteten ab. Doch es passierte nichts weiter. Als die beiden Polizeibeamten schließlich wieder auftauchten, waren Brennnesselstiche das Einzige, was sie vorzuweisen hatten.

»Tut uns leid«, sagte die Frau leise. »Da draußen war nichts. Keine aufgebrochenen Schlösser, keine eingeschlagenen Scheiben. Das Haus sieht völlig sicher aus.«

»In alten Häusern gibt es immer mal Geräusche«, fügte der Beamte freundlich hinzu. »Sie sollten die elektrischen Leitungen prüfen lassen, vielleicht hat es da einen Knacks gegeben, der die Lampe zum Absturz gebracht hat. Und vielleicht haben die auch das Geräusch verursacht, das Sie gehört haben. Es ist ja nicht noch einmal aufgetreten, seitdem wir gekommen sind, oder?«

»Nein«, gab Rosa vorsichtig zu. »Ist es nicht.« Was er sagte, ergab für sie einen Sinn und beruhigte sie irgendwie.

Nachdem sie alle zusammen Tee getrunken und ein paar Kekse gegessen hatten, gingen die Polizisten wieder zu ihrem Fahrzeug. Die Frau öffnete gerade die Wagentür, als ihr etwas einzufallen schien. »Ihr Hund ist noch draußen, hinten im Garten. Als ich ihn zuerst sah, dachte ich schon, da wäre was. Er sieht ganz schön durchgeweicht aus.«

Rosamund schüttelte über den anklagenden Tonfall den Kopf. »Ich habe keinen Hund. Kerry?«

Kerry verneinte ebenfalls. »Das muss ein Streuner sein.«

»Gut, dann veranlasse ich, dass er ins Tierheim gebracht wird. Das ist besser, als das arme Ding verhungern zu lassen.«

»Was ist es denn für eine Rasse?« Ein unbestimmtes Gefühl hatte Rosamund zu dieser Frage veranlasst.

»Ein Terrier mit langen Haaren. Er muss irgendjemand gehören, denn er hatte eine Schleife im Haar auf dem Kopf.«

Die Wagentür knallte zu. Langsam verlor sich der Klang des Motors in der Ferne.

Rosamund verschloss die Eingangstür wieder und prüfte, ob sie auch wirklich zu war. »Die Lampenaufhängung war alt«, sagte Kerry, während sie das Licht löschte. »Alles hier ist alt. Und Putz fällt auch dauernd von der Decke. Wir haben schon lange nicht mehr da oben gewohnt. Für Mrs Ada waren die Treppen zu viel. Dadurch ist alles noch mehr heruntergekommen.«

Langsam stiegen sie die Treppe hinauf. »Das Haus fühlt sich irgendwie anders an«, flüsterte Kerry. »Ich bin mir sicher, dass sich etwas geändert hat, seit Mrs Ada nicht mehr da ist.«

Rosamund war todmüde, brachte aber trotzdem noch die Energie für eine Frage auf. »Was meinen Sie mit anders?«

Die Frage schien für Kerry schwierig zu beantworten. »Anders eben«, meinte sie nur.

In Rosamunds Zimmer war es still. Ein Hauch von Geißblatt lag in der Luft und verschwand. Sie fühlte sich total erschlagen, ging um den Mörtelhaufen auf dem Fußboden herum, stieg ins Bett und löschte das Licht.

Oben schien es ruhig zu bleiben. Sie schloss die Augen und schlief sofort ein.

6

Alice ließ sich auf den Hocker fallen und hielt die Luft an. Ihre Füße schmerzten so sehr, dass sie sich fragte, ob sie wohl je wieder würde laufen können. Die Gäste des Abendessens waren inzwischen entweder zu Bett gegangen oder hatten sich mit einem Glas Portwein und einer Zigarre in die Bibliothek zurückgezogen. Premierminister Barton befand sich mit Cosmo dort im Gespräch; das laute Lachen der Männer war manchmal bis in die Küche zu hören.

Mrs Gibbons hielt das Essen für einen vollen Erfolg. Die Augen der Aushilfsbedienungen aus der Stadt waren mit jedem servierten Gericht größer und größer geworden, und die Gäste lobten jeden neuen Gang.

»Natürlich ist die Bewirtung berühmter Persönlichkeiten für uns nichts Außergewöhnliches«, brüstete sich sogar Meggy hochnäsig.

»Das genügt«, warf Mrs Gibbons in scharfem Tonfall ein. Sie legte gerade letzte Hand an das kunstvoll aufgetürmte rosa Gelee mit gezuckerten grünen Trauben. Alice lief das Wasser im Mund zusammen.

Sie lehnte sich mit dem Rücken gegen einen großen Krug mit Seifenlauge und schloss übermüdet die Augen. Meggy war bereits schlafen gegangen. Nicht einmal Mrs Gibbons hatte noch die Kraft für einen Besuch bei Harry Simmons und war zu ihrer Hütte gewatschelt. Nur Alice war noch übrig.

Sie sollte auch schlafen gehen, brachte aber irgendwie nicht die Kraft dazu auf. Das Feuer im großen Herd war in sich zusammengesunken, verbreitete aber eine angenehme rauchige Wärme. Ein schlaftrunkener, gedämpfter Aufschrei klang von oben. Alice musste an das vergangene Frühjahr denken, als Bertie sie alle mit seinen Schreien wach gehalten hatte.

»Kein Wunder, dass er Albträume hat«, hatte Meggy festgestellt und die Augen verdreht. »Wenn ihn sein Vater bei einem solchen Wetter mit hinaus zum Segeln nimmt.«

Cosmo war mit dem Boot hinausgefahren, hatte Ada und Bertie mitgenommen. Ada liebte das, hielt das Gesicht in den Wind, sodass ihr die Haare wild um den Kopf flatterten. Bertie war nur steif und mit weißem Gesicht dagesessen. Er wurde prompt am Pier von Clifton Springs abgesetzt. Cosmo hatte empört reagiert.

»In diesem Alter habe ich mich vor gar nichts gefürchtet.«

Kurze Zeit später saßen Cosmo und Ambrosine beim Tee im Wohnzimmer. Alice machte Feuer im Kamin, das bald knackend und knisternd Wärme verbreitete. Auf dem Tisch standen feine Sandwiches, Scones mit Brombeerkonfitüre und ein Biskuitkuchen mit Marzipanüberzug. Der aromatische Duft des Kaffees verbreitete sich im ganzen Zimmer. Alice schob mit dem Schürhaken ein Holzscheit tiefer ins Feuer. Von der plötzlich aufsteigenden Hitze tränten ihr die Augen.

»Die See in der Bucht war ziemlich rau.« Ambrosines sanfte Stimme klang weder tadelnd noch verärgert.

Cosmo trank von seinem heißen Kaffee und nahm sich ein Sandwich. »Der Junge muss ein bisschen mehr Mut beweisen«, entgegnete er mit vollem Mund. »Es hat keinen Zweck, ihn dauernd in Schutz zu nehmen.«

Ambrosine nippte an ihrer Tasse, das schöne Gesicht völlig unbewegt. Alice fühlte auf einmal, wie ihre Hände zitterten. Es ist ihr egal, dachte sie empört. Es ist ihr einfach egal.

»Wenn der Südwester das nächste Mal bläst, nehme ich ihn wieder mit«, fuhr Cosmo fort. »Das sollte ihn auf die richtige Bahn bringen.« Er lachte. »Hab ich dir eigentlich schon mal erzählt, wie Alice' Vater mir das Leben gerettet hat?«

Ambrosine lächelte kaum merklich.

»Das war ein tapferer Kerl. Er hatte vorher das Boot für

mich neu gestrichen. Als Belohnung nahm ich ihn mit. Hat mich dann wieder an Bord gehievt, als ich schon dachte, es sei aus mit mir. Wir liefen gerade Höhe, als eine Bö ins Segel einfiel und mir der Mastbaum von hinten an den Kopf krachte. Da habe ich Sterne gesehen, kann ich dir sagen! Wäre beinahe ertrunken damals. Wen hättest du denn dann geheiratet, Rosie?«

Ambrosine hatte nur an ihrem Kaffee genippt und gelächelt.

Allein in der Küche, murmelte Alice vor sich hin. »Na, wen schon? Sie hätte natürlich Mr Marling geheiratet, wenn Cosmo ertrunken wäre.« Der Elfenbeinknopf lag noch immer in ihrer Schublade. Wenn sie ihn betrachtete, mischten sich in ihr Furcht und Aufregung, und ihr Magen krampfte sich zusammen.

Alice seufzte und setzte sich gerade hin. Ihre Füße taten nicht mehr ganz so weh, sie sollte es damit bis zum Bett schaffen. Als sie aufstand, stieß sie gegen den Eimer mit den Küchenabfällen und fluchte leise. Konnte das nicht bis morgen warten? Natürlich nicht. Mrs Gibbons würde sie für faul halten und sie beschuldigen, Ungeziefer in die Küche zu locken.

Alice hob den Eimer beidhändig hoch und ging Richtung Tür. Draußen war die Nacht klar und kalt. Der Garten prangte in voller Herbstblüte, der Duft von Teerosen und Geißblatt erfüllte die Luft. Die hohen Rispen des Amarants standen über den verblühten Polterastern. Ambrosine mochte die wuchernden roten Blütentrauben überhaupt nicht und ließ sie immer von den Gärtnern herausziehen. Aber irgendwie erwies sich der Amarant als widerstandsfähig und säte sich stets an anderer Stelle im Garten wieder aus.

Alice stellte den Eimer in einer sicheren Entfernung vom Haus ab. Wenigstens war er raus aus der Küche, und am Morgen hätte sie genug Zeit, ihn auszuleeren. Durchdringender Tabakgeruch ließ sie innehalten. Sie drehte sich um. Jemand stand bei den Fliederbüschen. Alice erkannte Jonah an seinen langen Gliedern und der lässigen Haltung. Er zog an seiner

Pfeife; Alice konnte das rote Aufglühen sehen. Seine lautlose Anwesenheit verursachte ihr Gänsehaut. »Was machst du da?«, wollte sie wissen. Ihre Stimme klang dabei forscher, als ihr zumute war. »Meggy ist schon im Bett, sie kommt heute Nacht bestimmt nicht mehr raus.«

Jonah antwortete nicht.

»Geh schlafen!«, befahl sie ihm. Jonah schlief in einer Kammer bei den Ställen, sodass er auf die Pferde achtgeben konnte. Als Kind war er auf einer Missionsschule gewesen und mit Weißen aufgewachsen. Meggy sagte, für ihn sei es schwierig, sich zwischen den Rassen zurechtzufinden, weil er etwas von beiden hatte und keine ihn wirklich anerkannte. Alice fragte sich dann immer, ob Meggy ihn so gut verstand, weil es ihr genauso erging.

Er war achtundzwanzig – dreizehn Jahre älter als Meggy. Als Cosmo letztes Jahr auf seinem Besitz am Murray River gewesen war, hatte er ihn mit nach Colonsay gebracht, damit er sich um die Pferde kümmerte. Cosmo behauptete, dafür hätte er ein natürliches Talent.

Aber Alice mochte ihn nicht. Er war zu ruhig, beobachtete alles und jeden. Überhaupt nicht wie Meggy. Nein, sie mochte ihn nicht, und trauen konnte man ihm schon gar nicht.

Jonah rauchte weiter seine Pfeife. Keiner von ihnen bewegte sich oder sprach.

»Ich weiß, was du vorhast«, platzte Alice da heraus. »Du glaubst, im Haus gäbe es etwas zu stehlen, habe ich recht?«

Er lachte, als ob sie einen Scherz gemacht hätte. Er lachte und lachte.

Das Herz schlug ihr bis zum Hals. Alice schlüpfte zurück ins Haus. Warum hatte sie das gesagt? Aus Furcht. Sie fürchtete sich vor Jonah, und ihr Mundwerk war einfach mit ihr durchgegangen. Wie er da draußen in der Dunkelheit gestanden hatte, in der salzigen Luft, bewegungslos – das fühlte sich für sie irgendwie völlig falsch an.

***

Das gute Wetter hielt sich, und die Arbeit am Dach ging flott voran. Mark wollte das alte Dach rekonstruieren, und Fred hielt sich an seine Anweisung. Rosamund konnte die Stimmen der Männer hören, die dort oben herumturnten. Ihr kam diese Arbeit ziemlich gefährlich vor. Das Krachen und Klappern der herunterfallenden Ziegel und abgestemmten Dachlatten fand sie ziemlich nervtötend. Und das Hämmern, das den Aufbau des neuen Dachs begleitete, war fast genauso schlimm.

Am Morgen nach dem Krach auf dem Dachboden hatte Rosamund auf einer gründlichen Untersuchung ihrer Zimmerdecke bestanden. Heraus kam, was sie bereits erwartet hatte: Die Lampe wog zu viel für die Aufhängung. Das Haus war alt und lange vernachlässigt worden. Da konnte so etwas passieren. Fred schickte gleich einen Elektriker nach oben, um die Leitung zu reparieren und eine provisorische Deckenleuchte anbringen zu lassen. Jetzt musste nur noch einer der anderen Arbeiter das Loch im Verputz zuspachteln.

Rosamund bürstete sich nach dem Duschen gerade die Haare, als es an der Schlafzimmertür klopfte.

»Hallo, Mrs Markovic«, sagte Gary Munro. »Ich soll die Decke reparieren.«

Seine Augen sahen genauso aus, wie sie sie in Erinnerung hatte. Gesenkte Lider, blau, verschleierter Blick. Sein Haar kam ihr allerdings noch lockiger vor. Er war größer als sie und sah wesentlich fitter aus.

»Ich hatte mit einem Gipser gerechnet«, sagte sie verdutzt.

»Passt schon. Ich kann alles.«

»Ich dachte, Sie schreiben Bücher.«

»Das auch.«

»Hoffentlich nicht gleichzeitig.«

Er lachte, und damit verschwand jede Ähnlichkeit mit dem mürrischen Jungen, den sie einst gekannt hatte. »Kann ich reinkommen, Rosamund?«

Sie öffnete die Tür, und er trug eine Leiter herein und stellte sie unter das Loch in der Decke. Sie beide starrten nach oben, dahin, wo früher die zarte Stuckrosette gewesen war. »Macht nicht viel Sinn, da allzu viel Arbeit reinzustecken«, sagte er. »Die Balken müssen ausgetauscht werden, vielleicht muss man sogar die ganze Decke neu einziehen. Ich mache es nur zu, sodass die Spinnen nicht mehr durchkommen.«

Sie sah ihm beim Arbeiten zu, wohl wissend, dass sie ihn besser allein ließe. Ihm schien das nichts auszumachen. Er hing seinen eigenen Gedanken nach, und so schwiegen sie eine ganze Weile. Rosamund stellte sich Gary vor, wie er früher ausgesehen hatte. Spillerig, unordentlicher Haarschopf, hängende Mundwinkel. Nicht zu glauben, dass sich der Junge so gemausert hatte. Was war ihm wohl in der Zwischenzeit alles widerfahren? Das interessierte sie, doch sie wollte ihn nicht fragen.

Schließlich reichte es ihr, und sie fragte einfach. »Wann hast du diese Arbeiten gelernt?« Sie fühlte sich erleichtert, die Sprache wiedergefunden zu haben.

Er arbeitete weiter. »Bevor ich auf die Uni gegangen bin. Ich habe für eine Baufirma gearbeitet, stundenweise. Hat meinem Bankkonto mehr genutzt als Englische Literatur und Philosophie, das kannst du mir glauben.«

Sie lächelte. »Kerry sagte mir, du hättest bei der Zeitung aufgehört, um einen Roman zu schreiben.«

»Richtig. Wir haben uns lang nicht gesehen, Rosamund.«

»Ja.«

Er schaute auf sie herunter und lächelte. Sie waren keine dicken Freunde gewesen, und trotzdem … Er wusste von ihrer Vergangenheit, und das machte ihn fast zu einem Familienmitglied. Sie spürte eine gewisse Vertrautheit, musste ihm nichts erklären. Das war ein neues Gefühl für sie.

»Ich habe von dem Lärm neulich nachts erfahren«, sagte er, während er seine Ausbesserung begutachtete.

»Du meinst den Krach, den wir gehört haben? Die Polizei meinte, dass die Ursache vielleicht bei den Elektroleitungen zu suchen sei.«

Er zuckte mit den Schultern und stand dabei ganz locker auf der Leiter. Jahrelange Übung wahrscheinlich.

»Schwer zu sagen. Vielleicht. Hast du seitdem noch mal etwas gehört?«

»Nein«, gab sie zu.

»Tja, vielleicht war es das dann.«

Sie hatte gehofft, er wüsste vielleicht eine Antwort. In den letzten Tagen war alles ruhig geblieben auf Colonsay. Kerry hatte die Erinnerung an den Vorfall offensichtlich aus ihrem Gedächtnis gelöscht, aber Rosamund war dazu nicht in der Lage. Sicher war sie froh, dass sich das Ereignis nicht wiederholt hatte. Sehr froh sogar. Das hatte sie auch dem Polizisten gesagt, als der am folgenden Morgen angerufen hatte. Aber es lag etwas in der Luft, abwartend, drohend. Darüber hatte sie jedoch nichts erzählt. Sogar Kerry stellte fest, dass sich das Haus irgendwie anders anfühlte.

»Geschafft.« Garys Stimme riss sie aus ihren Gedanken.

Rosamund blickte nach oben. Er war fertig. Für einen Augenblick trauerte sie der rosa Lilienlampe und der Stuckrosette nach, schob den Gedanken jedoch sofort zur Seite. Wenn Gary recht hatte, musste die Decke wahrscheinlich ohnehin erneuert werden.

»Danke.«

Er kletterte die Leiter herunter und klappte sie zusammen. An der Tür drehte er sich noch einmal um und sah sie fragend an. »Warum bist du zurückgekommen, Rosamund?«

Sie suchte gerade in ihren Taschen nach einer Zigarette und bedachte ihn mit einem verblüfften Blick. »Wie meinst du das?«

»Ich habe es immer gehasst, wenn ich meinen Großvater nach Colonsay begleiten musste. Zu dir und dieser verrückten Alten. Das Haus kam mir vor wie in einem Horrorfilm. Ich habe immer damit gerechnet, dass etwas Furchtbares passieren würde.«

Rosamund wusste nicht, ob sie lachen oder schimpfen sollte.

»Ich hätte nicht gedacht, dass du das so empfunden hast. Ich dachte, du wärst einfach unhöflich.«

»Ich mag das Haus nicht«, fuhr er fort, ohne auf sie zu achten. »Hab es nie gemocht. Ich kann überhaupt nicht verstehen, dass du freiwillig zurückgekommen bist. Was ist passiert? Liegt deine Ehe auf Eis?«

Zorn schoss in ihr hoch. »Raus«, zischte sie verärgert.

Er verzog das Gesicht zu einem halben Lächeln, und plötzlich erkannte sie, dass er sich kein bisschen verändert hatte.

»Aber klar doch«, sagte er und schloss die Tür hinter sich.

***

Der Raddampfer *Ozon* lag am Pier und rollte in der Dünung. Cosmo und Ambrosine sprachen mit Mr Barton. Die beiden dunkel gekleideten Männer bildeten den passenden Hintergrund für Ambrosines lila Rock, die weiße Stehkragenbluse und den Strohhut. Der enge Gürtel betonte ihre schlanke Taille. Die anderen Gäste hielten sich im Hintergrund und umklammerten ihre Hüte. Die Rockschöße der Herren und die Röcke der Damen flatterten in der steifen Brise.

Es würde eine ruppige Überfahrt zurück nach Melbourne werden.

Alice fragte sich, ob Mr Barton wohl seefest wäre. Er war auf attraktive Weise korpulent, mit gewelltem grauem Haar und angenehmen Manieren. Er hatte, wie er sagte, diese zwei Tage auf Colonsay genossen: das Essen, die Weine, die Gespräche, die Gesellschaft. Alice konnte sich nicht vorstellen, dass der Premierminister seekrank wurde wie ein gewöhnlicher Sterblicher.

Sie sah zu dem Dampfer hinüber, Tränen in den Augen vom kalten Wind. Schwarzer Rauch drang aus dem einzigen Schornstein der *Ozon*. Sein Geruch mischte sich mit der Gischt. Passagiere in Freizeitkleidung standen an der Reling, um einen Blick auf die prominenten Mitreisenden zu werfen.

Allen Dienstboten von Colonsay war gestattet worden, nach

Clifton Springs zu gehen, um den Premierminister zu verabschieden. Auch einige Bewohner des Ortes hatten sich eingefunden. Im Mai, nach der ersten Parlamentssitzung, würden sie davon in der Zeitung lesen und sich sagen: »Ich habe Mr Edmund Barton leibhaftig hier erlebt.«

Unter ihren Füßen konnte Alice durch die Lücken zwischen den Brettern des Piers herumschießende Fischschwärme und dunkel glänzende Muscheln sehen, die unterhalb der Flutmarke an den Pfählen saßen. Am sandigen Meeressaum stolzierten Möwen herum und suchten nach Leckerbissen. Zwei stritten sich lautstark um eine Krabbe und verteilten dabei Schnabelhiebe. Wäre Bertie hier, dachte Alice, würde er sich nicht für Mr Barton interessieren, sondern für die Vögel und die Fische. Er würde in seinem Buch nachschlagen und sich in seiner ordentlichen Handschrift Notizen machen. Bertie fand alle Säugetiere, Vögel, Mollusken, Steine und Pflanzen äußerst aufregend. Menschen dagegen fürchtete er. Er sagte, sie benähmen sich unvorhersehbar und ihnen sei nicht zu trauen.

Alice musste ihm darin zustimmen.

Der Premierminister begab sich mit seinem Gefolge an Bord des Raddampfers. Weiter draußen riss der Wind weiße Kämme von den aufgewühlten Wellen. Alice schmeckte das Salz der Gischt auf ihren Lippen. Die großen dampfgetriebenen Räder begannen sich zu drehen.

Hinter ihr lehnte Jonah am Geländer des Piers, die braunen Stiefel übereinandergeschlagen, die Arme vor der Brust verschränkt. Er trug einen roten Schal um den Hals und eine alte, abgetragene Jacke, die einmal Cosmo gehört hatte. Mit einem amüsierten Lächeln in seinen dunklen Augen betrachtete er Alice. Die jedoch schürzte ihre Lippen und schaute zur Seite. Allerdings sah sie vorher, wie Meggy ihre Hand fest in Jonahs Armbeuge schob.

Alice musste grollend anerkennen, dass er auf seine Weise gut aussah. Er war nicht so atemberaubend wie Mr Marling, aber von einer schwer fassbaren Anziehungskraft. Sie fragte sich müßig, warum er keine Frau hatte. Vor einem oder zwei Monaten war ein Mädchen aus der Stadt da gewesen, das regelmäßig in Jonahs Nähe aufgetaucht war. Meggy hatte sie verachtet, aber sie hielt sowieso keine Frau für gut genug, ihrem Bruder das Wasser zu reichen. »Er wird außerdem nicht ewig hier bleiben«, hatte sie gesagt. »Irgendwann geht er wieder dahin zurück, wo er herkommt.«

»Ins Outback«, hatte Alice festgestellt.

Das Mädchen aus der Stadt hatte jedenfalls aufgegeben und war nicht wieder aufgetaucht. Umso besser, dachte Alice. Wie würde denn ein Mädchen im Busch zurechtkommen, das an die Annehmlichkeiten der Zivilisation gewöhnt war, wie sie die Halbinsel Bellarine zu bieten hatte? Das Outback war keine romantische Kulisse wie in Mr Pattersons Gedichten, sondern ein hartes und grausames Land.

Alice mochte den Busch nicht. Sie wollte lieber in der Stadt wohnen, wo etwas los war. Aber nicht als Dienstmagd, niemals. Nein, sie wollte ein selbstbestimmtes Leben führen. Sich ihre Träume und Wünsche erfüllen. Der Wind wehte Haarsträhnen in ihr Gesicht, die sie ungeduldig wegwischte.

Der Dampfer stieß dunkle Rauchwolken aus, während er sich vom Pier entfernte. Die Räder schaufelten Wasser nach oben. Dann kam das traurige Pfeifen zum Abschied. Cosmo und Ambrosine kamen über den Pier zurück, hinter ihnen Ada mit ihrer Gouvernante. Cosmo wandte sich lachend an einen seiner Gäste, während Ambrosine mit einer Hand ihren Strohhut festhielt. Ihr Haar war hochgesteckt, sodass die elegante Linie ihres Rückens in ihren anmutigen Nacken überging. Der Wind blähte den Ärmel ihrer Bluse, entblößte ein paar Zentimeter Haut zwischen der Spitze an der Manschette und dem weißen Handschuh. Sie musste gar nicht versuchen, schön auszusehen, dachte Alice verärgert. Sie war es einfach.

Cosmo zwinkerte Alice zu, als er an ihr vorbeikam, und sie lächelte zurück. Ambrosine blickte Alice ebenfalls an, allerdings ohne jedes Lächeln. Ihr Gesicht erschien glatt, ausdrucksloss. Ihre Blicke trafen sich, und Ambrosines schweifte ab, zu einem Punkt irgendwo hinter Alice. Leichte Röte stieg ihr in die Wangen, und sie neigte kaum merklich den Kopf, sodass der Hut ihren roten Kopf verbarg.

***

Die Arbeiter waren im ganzen Haus zugange, und Kerry bereitete zahllose Becher Kaffee und Tee in der Küche zu. Rosamund fragte sich, ob sie sich vielleicht dem Garten zuwenden sollte.

Der Vorgarten war in einem Zustand, gegen den ihre begrenzten Fähigkeiten nichts ausrichten konnten. Dafür brauchte Mark einen guten Landschaftsgärtner. Aber sie könnte im Küchengarten hinter dem Haus Unkraut jäten, ohne künftigen Entscheidungen vorzugreifen. Rosamund erinnerte sich an einen Artikel in einer Gartenzeitschrift, der beim Instandsetzen alter Gärten von jeglicher Eile abriet. »Unkraut jäten, Büsche zurückschneiden und abwarten«, hatte der Ratschlag gelautet. Genau das wollte sie nun tun.

Sie begann auf der linken Seite in der hintersten Ecke. Dort ragten hohe Kiefern in die Höhe, vor dem Drahtzaun und über den Resten von gemauerten Stallgebäuden, die langsam in sich zusammenfielen. Angetan mit alten Jeans, einem langärmeligen T-Shirt und dicken Handschuhen, brachte sie den ganzen Tag damit zu, mannshohe Disteln zu jäten.

In der Hütte hinter der Boxdornhecke gab es eine ganze Menge Gartengerätschaften, die jedoch auch dringend der Pflege bedurften. Auf den Brettern entlang der Wände lag in einem wüsten Durcheinander eine Vielzahl ebenso rostiger wie staubiger Werkzeuge. Die größeren Gerätschaften wie Schaufeln, Harken, Rechen und der Rasenmäher standen auf dem Boden. Ein verrostetes Schwert, das aussah, als sei damit Gras gesenst worden, lag zusammen mit einem Haufen Holzpfosten in einer Ecke. An der Rückseite der Tür hing ein fleckiger Mantel, steif von Dreck. Rosamund berührte ihn behutsam und dachte, dass er einst ein gutes Stück gewesen sein musste. In den Falten, wo der Stoff noch nicht ausgebleicht war, zeigte sich etwas wie blauer Tweed.

Sie konnte sich nicht erinnern, die Hütte häufiger als ein- oder zweimal in ihrem Leben betreten zu haben. Warum auch? Ada hatte einen Mann mit einem Haumesser gebeten, sich regelmäßig um die verwilderten Teile des Grundstücks zu kümmern. Die Reste des Gartens waren auch nur unregelmäßig gepflegt worden, wenn Ada die Mittel dafür aufbringen konnte. Und das war im Laufe der Zeit immer seltener der Fall gewesen. In Cosmos Tagen hatte es einen fest angestellten Gärtner gegeben. Vielleicht hatte ihm der Mantel gehört.

Nachdem sie Colonsay verlassen hatte, hatte Rosamund selbst ein wenig gegärtnert. Sie hatte sich um einen Blumenkasten und ein Gemüsebeet gekümmert, was Dave durchaus zu schätzen wusste. Die Band hatte sich über frische Lebensmittel gefreut, was ihr angesichts des Drogenkonsums irgendwie komisch vorgekommen war.

Als sie dann Mark geheiratet hatte, war außerhalb der Hausmauern für sie nichts mehr zu tun gewesen. Er schätzte Perfektion, also engagierte er einen Landschaftsarchitekten. So war er eben, dachte Rosamund bitter und hackte die nächste Distel heraus.

Nirgendwo waren Spuren des Hundes zu entdecken, den die Polizisten im Garten gesehen hatten. Rosamund und Kerry hatten am nächsten Morgen vergeblich nach ihm gesucht. Entweder war er nach Hause gelaufen, oder er hatte sich einen anderen Unterschlupf gesucht. Rosamund dachte nicht mehr darüber nach. Sie fühlte sich gleichzeitig auf eine Art müde und gestärkt, wie man es tut, wenn man etwas geschafft hat. Wohlbehagen durchströmte sie. Vielleicht tut mir Colonsay doch gut, dachte sie.

Eigentlich sollte das ein Scherz sein, aber die Wahrheit, die sich darin verbarg, wurde ihr schlagartig bewusst. An dieses Gefühl musste sie sich erst gewöhnen. Sie ließ es auf sich wirken. Ja, Colonsay war wirklich gut für sie, und es gehörte ihr. Nicht Mark. Obwohl er das dachte, und obwohl es auch sein Geld war, das in die Restaurierung floss. Doch nach dem Buchstaben des Gesetzes war es Rosamunds Haus. Sie lächelte. Vielleicht hatte sie einen Grund, Ada dankbar zu sein.

Sie erhob sich und wischte sich über die Stirn. Die Luft war ruhig und klar, der Himmel kurz vor der Abenddämmerung tiefblau. Freds Leute waren immer noch auf dem Dach zugange, und sie hatte zwei von ihnen gesehen, die sich zum Westflügel vorgearbeitet hatten. Eine Frau war dabei gewesen. Sie hatte Rosamund zugegrinst, als ob sie heimliche Verbündete wären.

Rosamund hatte festgestellt, dass Freds Leute ein bunt gemischter Haufen waren, unterschiedlich in Statur, Größe und Alter. Zweifellos hatten sie alle ihre Fehler, sogar Fred Swann. Sie stellten eine Art Miniaturausgabe der Menschheit dar. Keiner von ihnen war perfekt – keiner konnte und keiner musste das sein. Vielleicht war das ein Teil des Problems zwischen ihr und Mark. Er wollte etwas von ihr, was sie ihm nicht geben konnte, nicht geben wollte.

Es wurde langsam dunkel. Rosamund beendete ihre Arbeit und sammelte die Gartengerätschaften ein. Die Hütte lag im Schatten. Es roch nach rostigem Metall. Einst hatte dort bestimmt jemand gewohnt, ein Dienstbote vielleicht oder der Gärtner. Als sie die Tür öffnen wollte, blieb sie am Boxdorn hängen und zerriss sich das T-Shirt. Blut perlte auf ihren Arm, und sie verrieb die Tropfen mit ihrem speichelnassen Finger.

In den Pflanzen mit den blutroten Quasten raschelte es, und Rosamund drehte sich um, aber alles blieb still. Sie ergriff einen der dicken Stängel und knickte ihn in der Mitte um. Jetzt fiel ihr auch der Name wieder ein: Amarant. Das Blutrot passte gut, dachte sie lächelnd. Ein Erinnerungsfetzen schoss durch ihr müdes Hirn. Wie sie als kleines Mädchen in der Dämmerung durch den vernachlässigten Garten gerannt war, sich hinter einen buschigen Jasminstrauch geduckt hatte und dort einen Mann gesehen hatte. Sie hatte sich gefürchtet, sehr sogar. Weil der Mann da gewesen und doch nicht da gewesen war. Sie war zurückgerannt und hatte es Ada erzählt, doch die hatte nur gemeint, da hätte wohl jemand eine Abkürzung durch den Garten genommen. Die kleine Rosamund hatte das für eine schwache Erklärung gehalten, ihre Großmutter aber nicht hinterfragt. Das tat man einfach nicht. Also hatte sie sich eingeredet, sie hätte sich geirrt und Ada hätte recht. Außerdem war sie viel zu zufrieden mit sich gewesen, als dass sie sich dieses Hochgefühl mit komischen Überlegungen zerstört hätte.

Die Männer auf dem Dach waren weg. Rosamund hörte den letzten Wagen davonrumpeln. Aus der Küche duftete es köstlich, und Rosamund freute sich auf eine Flasche Rotwein. Die hatte sie sich als Belohnung für die harte Arbeit versprochen.

Zwei Flügelfenster gingen vom Haus auf den Garten hinaus, die Scheiben schmutzig und angelaufen, jedoch sonst überraschend intakt. Rosamund schaute hinauf, als sie vorbeiging. Das eine gehörte zu dem Raum, in den die Schätze vom Dachboden geräumt worden waren. Durch die Scheiben war jedoch nichts zu erkennen. Das Fenster schien mit alten Vorhängen und Laken verhängt zu sein.

Ein leises Schuldgefühl trübte ihr frisch gewonnenes Selbstbewusstsein. Das musste alles durchgesehen und aussortiert werden – nichts, was sie einem Fremden überlassen konnte. Eine Familienangelegenheit, Rosamunds Angelegenheit. »Später irgendwann«, seufzte sie. Die Düfte, die von Kerrys Kochkünsten zeugten, ließen ihr das Wasser im Mund zusammenlaufen.

Eine plötzliche Eingebung veranlasste sie, einen Blick durch das zweite Fenster werfen. Jemand starrte ihr entgegen.

Für einen Augenblick glaubte Rosamund, ihre Erinnerungen an den Fremden im dämmrigen Garten hätten diesen zurückgebracht. Doch gleich darauf erkannte sie ihr eigenes Spiegelbild. Aber das war es nicht. Da stand ein merkwürdiges

Mädchen mitten im Zimmer und blickte sie an. Ein Mädchen mit glattem braunem Haar, braunen Augen und blasser Haut. Es trug ein Kleid mit Stehkragen, das bis oben hin zugeknöpft war.

Der unerwartete Anblick ließ Rosamund förmlich erstarren; dann schoss ihr das Adrenalin durch die Adern. Sie wandte sich ab und sprang durch die Hintertür förmlich in die Küche hinein. Kerry blickte verwirrt auf. Weiße Soße tropfte vom Kochlöffel auf den Boden, während sie Rosamund zusah, wie diese durch die Küche in die Eingangshalle rannte.

Es war das Zimmer ganz hinten links. Rosamund hatte es innerhalb von Sekunden erreicht. Ihre feuchte Hand drehte den Messingknopf an der Tür und öffnete sie, bevor sie darüber nachdenken konnte, was sie da tat. Mit einem lauten Quietschen öffnete sich die Tür; sie drückte sie ganz auf und blickte in das dämmrige Zimmer.

Der Staub, den sie aufgewirbelt hatte, tanzte in den Lichtstrahlen, die durchs Fenster fielen. Das Zimmer wirkte wie auf einem alten sepiafarbenen Foto. Eine eisige Kälte durchdrang alles. Es standen ein paar Möbelstücke, Schachteln, alte Zeitschriften und Zeitungen sowie eine Schneiderpuppe mit einem mottenzerfressenen Fuchsschwanz um den Hals herum. Nichts Lebendiges war zu sehen, kein Mädchen mit braunem Haar und Stehkragenkleid. Warum wunderte sie das nicht?

»Rosamund?« Kerrys Stimme ließ sie herumfahren. Sie stand in ihrer Kittelschürze in der Tür. Die Augen sahen in ihrem bleichen Gesicht riesig aus. »Was ist passiert?«

Rosamund antwortete nicht. Sie machte einen Schritt ins Zimmer – zu mehr schien sie nicht fähig. Der Boden war komplett mit den Hinterlassenschaften der Cunningham-Ära bedeckt, und vor den Wänden stapelten sich unterschiedlichste Dinge zum Teil bis zur Decke. Es wäre unmöglich für eine Person gewesen, dort zu stehen und aus dem Fenster zu schauen. Plötzlich wurde ihr übel, und sie hielt sich die Hand vor den Mund. Sie suchte krampfhaft nach einer plausiblen Erklärung, um Zeit zu gewinnen.

»Was ist passiert?«, fragte Kerry zum zweiten Mal. Rosamund spürte ihren warmen Atem an ihrer Schulter.

»Ich dachte, ich hätte durchs Fenster etwas gesehen.«

Kerry stockte der Atem. Sie reckte sich, um an Rosamund vorbei ins Zimmer zu schauen. »Was haben Sie gesehen?«, flüsterte sie.

»Eine Ratte.«

Die beiden Wörter verklangen, und Rosamund verspürte eine Art makabrer Freude über Kerrys schnellen Rückzug. »Huch! Machen Sie bloß die Tür zu, damit sie nicht rausschlüpft«, japste sie. »Ich werde gleich morgen Gift besorgen.«

»Gute Idee.« Rosamund bewegte sich Richtung Tür und blieb auf einmal stehen. Da war etwas gewesen. Sie griff nach oben, streckte sich zum oberen Rand eines Zeitungsstapels und schloss ihre Hand um etwas Kleines, das darauf lag. Es fühlte sich warm an, fast lebendig. Kerry starrte mit ihr auf ihre Handfläche.

»Ist vielleicht aus einer der Schachteln herausgerutscht«, mutmaßte Kerry. »Ein ziemlich ungewöhnlicher Knopf, finde ich.«

Rosamund schwieg und fuhr mit ihrem schmutzigen Daumen über die abgegriffene Oberfläche. Die Elfenbeinfarbe erinnerte an alte Zeitungen. Sie war wohl einst mit Schnitzereien verziert gewesen, die Alter und Gebrauch jedoch fast völlig eingeebnet hatten.

»Wir könnten ihn säubern«, fuhr Kerry fort.

Rosamund nickte und steckte den Knopf in ihre Tasche. »Vielleicht später. Ich bin am Verhungern.« Sie schloss die Tür fest hinter sich und folgte der anderen Frau Richtung Eingangshalle.

Oben in ihrem Schlafzimmer wusch sich Rosamund und zog bequeme Hosen und eine Seidenbluse an. Vor dem Fenster stehend, bürstete sie sich die Haare. Die Übelkeit war weg, sie fühlte sich nur noch müde. Wer auch immer das Mädchen gewesen war – es schien sich in Luft aufgelöst zu haben. Aber das Gesicht hatte sich Rosamund eingeprägt und würde sie bis in ihre Träume verfolgen. Glatt und bleich und geheimnisvoll, umrahmt von langem Haar und mit einem runden Kinderkinn. Es hatte sich angefühlt, als würde sie einen lebendigen Menschen sehen, kein altes Foto. Einen Menschen, der auch sie ansah und sie einzuschätzen versuchte.

Taten Geister so etwas?

Die Frage schockierte Rosamund. Warum ging sie davon aus, dass sie einen Geist gesehen hatte? Warum zog sie keine anderen Möglichkeiten in Betracht? Wollte sie einfach daran glauben? Es war fast schon dunkel gewesen, das Fenster schmutzig. Die Kleiderpuppe könnte sie mit einem Schattenspiel getäuscht haben. Sie war leicht zu beeinflussen …

Nein, ich bin nicht bereit, an einen Geist zu glauben, entschied sie schließlich. Trotzdem fragte sie Kerry beim Abendessen, ob Ada alte Familienfotos aufgehoben hätte.

»Sie hat einige der Staatsbibliothek vermacht, aber ich erinnere mich an ein altes schwarzes Album, dass Mrs Ada ab und zu herausgeholt hat.«

Jetzt erinnerte sich auch Rosamund an das große schwarze Buch, voll mit Bildern von Menschen in steifen, gestellten Posen. »Wo ist das denn abgeblieben?«

»Irgendwo im Haus. Ich muss nachsehen.« Kerry zögerte, und Rosamund spürte, dass sie kurz davor war, sie zu fragen, woher auf einmal ihr Interesse an der Familiengeschichte kam. Schließlich hatte sie sich früher nie dafür interessiert und war mit siebzehn abgehauen.

»Ich bin neugierig«, beantwortete sie die stumme Frage und zuckte mit den Schultern. »Ich kann mich gar nicht erinnern, dass ich dort je hineingesehen hätte.« Das kam der Wahrheit ziemlich nahe. Sie hatte zwar die Gesichter, die altmodische Kleidung und die Kulissen des Fotostudios betrachtet, aber nie die Menschen darin gesehen. Vielleicht würde sie ja das

Gesicht dort entdecken, das Gesicht vom Fenster. Wenn sie einen Namen dazu hätte, das wäre doch ein Anfang.

Ein Anfang wovon?

»Ich will das nicht«, murmelte sie vor sich hin.

Kerry sah hoch und runzelte die Stirn. »Ich dachte, Sie hätten Hunger, Rosamund. Lassen Sie's stehen, wenn es Ihnen zu viel ist.«

»Nein. Nein, das meinte ich nicht.«

Sie trank einen Schluck Wein. Er war süß. Zu süß, wie sie fand, aber das war ihr egal. Sie wusste aus Erfahrung, dass ein paar Gläser ihr das Hirn angenehm vernebeln würden.

»Fühlen Sie sich wohl, Rosamund? Sie kommen mir heute Abend so abwesend vor.«

»Abwesend?« Aha, das war neu. »Ich bin müde, das ist alles. Vom Unkrautjäten.« Sie riss sich zusammen. »Sobald ich damit fertig bin, entscheide ich, welche Büsche stehen bleiben sollen und welche rausmüssen. Ich erinnere mich, dass Ada von einer Gartenlaube erzählt hat, die zu Zeiten ihres Vaters dort gestanden hätte.«

Kerry öffnete den Mund, als ob sie etwas sagen wollte, entschied sich dann aber anders. »Der Garten muss früher sehr schön gewesen sein«, sagte sie stattdessen. »Ich glaube, Adas Vater war sehr stolz darauf. Es gab befestigte Wege, verschiedene Springbrunnen und eine Laube. Und Blumen. Sogar das Haus war immer voll mit frischen Blumen, vor allem Rosen, weißen Rosen. Mrs Adas Mutter liebte sie. Soweit ich weiß, hat man ihren Sarg ganz mit weißen Rosen bedeckt.«

»Grundgütiger.« Rosamund fischte eine Zigarette aus ihrer Tasche und zündete sie an, Kerrys gequälten Gesichtsausdruck ignorierend.

Wenn sie sich recht erinnerte, hatte Ada Zeitungsausschnitte von der Beerdigung aufgehoben. Ob die immer noch existierten? Rosamund hatte das damals ziemlich morbide gefunden, aber Ada gehörte noch zu einer Generation, für die Todesfälle eine besondere Bedeutung hatten. Schwarz umrandete

Trauerkarten, aufbewahrte Haarsträhnen vom Kopf des Toten, Jettschmuck, schwarze Spitzenschleier, benebelnde Gerüche …

Heutzutage wurde der Tod rasch und in aller Stille abgehandelt. Außer, er war mit einem Unfall oder Verbrechen verbunden. Dann gab es eine kurze Meldung in den Abendnachrichten, ansonsten blieb die Verabschiedung den nächsten Angehörigen überlassen. Beerdigungen erinnerten die meisten Menschen zu sehr an die eigene Sterblichkeit. Vielleicht war das Verhalten zu Adas Zeit natürlicher gewesen – der Tod als Anlass eines feierlichen Zusammentreffens.

Vom Rauchen wurde ihr wieder übel. Rosamund drückte die Zigarette aus, bis der Stummel nicht mehr qualmte, und schob den Aschenbecher angewidert beiseite. Sie erhob sich unter dem Protest ihrer schmerzenden Muskeln.

»Ich bin völlig fertig und gehe lieber ins Bett. Werden Sie allein mit dem Geschirr fertig?«

»Natürlich. Mr Markovic hat doch einen Geschirrspüler installieren lassen. Sehr rücksichtsvoll von ihm.«

»Ja, überaus rücksichtsvoll.«

Sie nahm die zweite Flasche Wein, ignorierte Kerrys prüfenden Blick und verließ die Küche. Die Stufen knarzten, aber Rosamund dachte nur an ihre knarzenden Gelenke.

In ihrem Zimmer war es noch warm von der Nachmittagssonne, obwohl sich draußen die Dunkelheit herabgesenkt hatte. Sie lehnte sich ans Fensterbrett und nahm einen Schluck aus der Flasche. Das Gesicht kam ihr in den Sinn, doch sie schob es weg. Geist, Einbildung, Sinnestäuschung oder Lichtspiegelung – was auch immer. Sie würde sich nicht weiter darum kümmern. Der Wein tat seine Wirkung. Sie konnte schlafen gehen, der Alkohol würde für eine traumlose Nacht sorgen.

Rosamund schlüpfte aus ihren Kleidern. Sie lag bereits unter der Decke, als sie merkte, dass sie noch BH und Höschen trug. Rasch zerrte sie sich die Wäsche vom Leib und warf sie auf den Fußboden. Die Laken fühlten sich kühl an auf der nackten

Haut. Mit geschlossenen Augen strich sie über ihren Körper, stellte sich vor, die Hände gehörten Mark.

Wo war er gerade? Dachte er an sie? Vielleicht vermisste er sie gar nicht und sorgte sich nur, dass sie zu viel trinken und Scherereien verursachen würde. Ohne sie wäre er besser dran.

Warum nur, fragte sich Rosamund benebelt, warum tat dieser Gedanke so weh?

Sie ließ sich in die dunkle Umarmung des Unbewussten sinken, und auf einmal fand sie sich zwischen Tag und Traum gefangen, in einer Zwischenwelt. Sie war nicht mehr in ihrem Bett in Colonsay. Der Ort, an dem sie sich aufhielt, war stockdunkel und eng. Sie konnte das spüren, ohne einen Finger zu regen. Gefangen in einer dumpfen Starre, registrierte sie ihre Umgebung mit erhöhter Aufmerksamkeit. Um sie herum waberte ein schwerer Duft, ein Gemisch aus Geißblatt, Sägespänen, Firnis und Rosen. Weißen Rosen.

Sie lag in einem Sarg. Tot. Sie war Ambrosine Cunningham.

***

Sie verstehen rein gar nichts, hatte Bertie geschrieben. *Im Gegensatz zu Dir. Aber warum denn nicht? Ich bin nicht wie die anderen. Ich weiß, dass sich Menschen nicht unterscheiden wie Muscheln, aber wenn doch, was für eine Muschel wäre ich dann? Eine kleine blasse Sandmuschel vielleicht, die niemand wirklich wahrnimmt. Mein Vater wäre ein großes schweres Exemplar, vielleicht eine Helmschnecke, vom Sturm aus der tiefen See an den Strand gespült. Und meine Mutter wäre eine rosa Trogmuschel, glatt und wunderschön, von der Farbe des ersten Morgenlichts über dem Strand. Und Du, Alice, Du wärst sicher keine Muschel. Du wärst eine kleine Strandkrabbe, die zwischen den Felsen im Sand hin- und herrennt, ein Auge auf uns Muscheln gerichtet und eines zum Himmel nach den hungrigen Möwen.*

Vater schreibt, dass er mich mit Mutter besuchen wird. Am 1. Mai, wenn sie zur ersten Sitzung des Parlaments nach Mel-

bourne kommen. Und anschließend werde ich sie nach Colon-
say begleiten und dort bleiben, bis die Schule wieder beginnt.
Wie werde ich das nur so lange hier aushalten? Fünf Wochen.
Fünfunddreißig Tage und Nächte. Ich hatte Mutter gebeten,
mir mein Vogelbestimmungsbuch zu schicken, doch sie sagte, sie
könnte es in meinem Zimmer nicht finden. Vielleicht habe ich
es in meinem Geheimversteck gelassen. Kannst Du es dort holen,
Alice, und ihr geben? Ich möchte nicht, dass sie dort hinaufgeht.
Das ist allein mein Platz, unser Platz.

***

Am nächsten Vormittag befreite Rosamund ungefähr drei
Quadratmeter Garten von Unkraut. In ihrem Kopf hämmerte
es, und sie hatte einen sauren Geschmack im Mund, doch sie
arbeitete ohne Rücksicht auf ihr Befinden unter dem blauen
Himmel in der warmen Sonne. Sie war betrunken gewesen
und hatte beschlossen, ihren Albtraum einfach zu vergessen:
die entsetzliche Furcht, als sie feststellte, wo sie sich befand.
Das traumlos dunkle Vergessen des Schlafs, der sie schließlich
rettete.

Ein Pick-up rumpelte hinter den Kiefern über die Straße,
und Rosamund drehte sich nach dem Geräusch um. Eine
plötzliche Unruhe hatte sie überfallen, als ob jemand einen
Schalter umgelegt hätte. Sie riss sich zusammen. Nach dem
Aufstehen hatte sie zuallererst ihre verschmutzten Kleider vom
Boden aufgesammelt und Kerry zum Waschen gegeben. Dabei
war ihr der Knopf wieder eingefallen, und sie hatte die Taschen
danach durchsucht. Ohne Erfolg. Er war weg.

»Verloren gegangen«, brummelte sie. Sie hatte ihn irgendwo
fallen lassen, und er würde sicher wieder auftauchen. Die
innere Unruhe verstärkte sich, und sie musste richtiggehend
dagegen ankämpfen.

Sie betrachtete den riesigen Jasminstrauch am Zaun, seine
sanft nach unten hängenden Zweige, die jetzt nicht mehr vom
Unkraut bedrängt wurden und aussahen wie das herabhän-

gende lange Haar einer Frau. Im Frühjahr würden die weißen Blüten bestimmt betäubend duften. Ein Sitzplatz dort wäre schön, um sich hinzusetzen und auszuruhen.

»Hat er dir nichts gesagt?«

Sie fuhr herum, ärgerlich über sein überraschendes Auftauchen. Gary Munro trug fleckige Jeans und ein ausgebleichtes blaues Hemd und hatte in keiner Weise das Recht, so unverschämt gut auszusehen. Er lächelte sie harmlos an, doch der Ausdruck seiner Augen sagte ihr, dass er Unfug im Sinn hatte.

»Hat er dir nichts gesagt?«, wiederholte er. »Dein Mann? Er lässt hier alles platt machen und ein Schwimmbecken anlegen. So ist es auf den Plänen eingezeichnet.«

Die Enttäuschung traf sie wie ein Schlag. All ihre Ideen und Pläne waren völlig überflüssig. Mark hatte entschieden, was gemacht wurde, und alle wussten davon – nur sie nicht. Rosamund kam sich unglaublich dämlich vor.

»Nein«, sagte sie schließlich und war sich des bitteren Untertons sehr wohl bewusst. »Das hat er mir nicht gesagt.« Sie zerrte halbherzig an einem Unkrautstängel. »Es ist eine Schande, so lange durchzuhalten und dann für ein Schwimmbecken geopfert zu werden, das Mark nie nutzen wird. Er hat Angst vor dem Meer, und Schwimmbecken sind auch nicht besser.«

»Warum denn das?« Gary klang nicht besonders neugierig. »Hat es ihn in Bondi ordentlich durchgewaschen?«

»Nein, nicht, dass ich wüsste. Er weiß nicht, warum. Das ist ja das Seltsame. Es gibt keinen Grund dafür.« Sie fühlte sich ruhiger, konnte ihre Reaktionen jetzt besser kontrollieren. »Er hat es mit allen möglichen Therapien versucht, aber nichts hat geholfen. Schon der Gedanke an einen Strandspaziergang verursacht ihm Schweißausbrüche.«

Gary lachte. »Der allseits bewunderte Mark Markovic hat Angst vor der Brandung. Das wäre vielleicht eine Schlagzeile!«

Rosamund musterte ihn angespannt, ob sie wohl zu viel gesagt hätte. Wie meistens.

Aber Gary schaute über seine Schulter zurück Richtung Colonsay. Als Rosamund seinem Blick folgte, sah sie Fred auf dem Dach stehen und sie beide beobachten. Seine Silhouette hob sich scharf gegen den Himmel ab.

»Fred Swann stellt nicht jeden ein, oder?«, stellte sie trocken fest. Themenwechsel.

Gary zuckte mit den Schultern. »Er hilft Leuten gern, auch wenn es normalerweise schlecht für sein Geschäft ist. Das gehört zu seiner religiösen Überzeugung.«

»Ich dachte, das sei Teil der meisten religiösen Überzeugungen.«

Gary lachte nur.

»Ein aufrechter Kämpfer für die Hilflosen und Bedürftigen. Soso.«

Er warf ihr einen neugierigen Blick zu, und sie wurde rot. Ihr Tonfall war ätzend gewesen.

»Tut mir leid. Hör einfach nicht hin. Ich bin ziemlich zynisch geworden. Das ist Marks Einfluss, er denkt, alle Menschen handeln ausschließlich aus Eigennutz. Vielleicht tut Fred das nicht und ist einfach ein guter Kerl.«

»Oder ein Einfaltspinsel.«

Rosamund blickte ihm ins Gesicht. Die alte Vertrautheit ließ den Wunsch, ihm zu vertrauen, beinahe übermächtig werden. Doch sie kannte ihn nicht wirklich. Er konnte einfach hingehen und seine Geschichte den Klatschblättern verkaufen. Schließlich hatte er lange genug als Journalist gearbeitet. Sie hatte ihm schon ein paar Fakten für eine saftige Story geliefert. Und was dann? Gott bewahre, lieber gar nicht darüber nachdenken.

»Vielleicht auch das. Ich werde versuchen, neutral zu bleiben.«

Gary lächelte. »So mache ich das auch. Du musst unbedingt mal mit meinem Großvater sprechen.«

Rosamund starrte ihn an, vergaß in diesem Moment all ihre Vorbehalte. »Enderby lebt noch?«

»Allerdings. Ein bisschen geschrumpft und verknittert vielleicht, aber im Kopf ist er genauso klar wie früher. Er würde dich gern kennenlernen.«

Rosamund fragte sich, ob sie das auch wollte. Ihre erste Reaktion war ablehnend. Das wäre fast, als würde Großmutter Ada auferstehen. »Wenn ich Zeit habe …« Ihre Antwort blieb vage.

Gary hob eine Augenbraue, beharrte aber nicht auf dem Thema. »Ich muss zurück, sonst streicht mir Frederick meinen Lohn.«

»So weit geht seine Wohltätigkeit also auch wieder nicht, hm?«

Er wandte sich zum Gehen, zögerte dann und fragte über die Schulter hinweg: »Singst du eigentlich noch?«

Rosamund runzelte die Stirn. »Singen?«

»Ich habe dich mal in einem Pub in Melbourne gehört. Deinen Namen hatte ich zufällig auf dem Plakat neben dem Eingang entdeckt. Du hast mich nicht bemerkt, warst ganz in deiner eigenen Welt.«

Rosamund lachte verunsichert auf. »So war das damals. Und nein, ich singe nicht mehr. Ich bin erwachsen geworden.«

Gary schüttelte langsam den Kopf, als könnte er das Gehörte kaum glauben. »Ich habe nie wieder in meinem Leben eine Stimme wie deine gehört. Nirgends. Du hast eine alte Blues-Nummer gesungen, dabei hat damals jeder Heavy Metal gehört. Du kamst mir vor wie aus einer anderen Welt.«

»Na ja«, Rosamund zuckte mit den Schultern und fühlte sich auch ein wenig geschmeichelt. »Ich war schon immer anders. Die Band habe ich nach dem ersten Hit verlassen, noch bevor das Album rauskam. Dave hat mir das nie verziehen. Er wechselt die Straßenseite, wenn wir uns zufällig begegnen.«

Stille. Sie wusste nicht, warum sie ihm das erzählt hatte. Heute war anscheinend ein Tag zum Beichten.

Gary wandte sich wieder um und sah sie an. »Es gibt jeden

Samstagabend im Pub einen Talentwettbewerb. Nichts Ernstes! Der Gewinner bekommt ein Freigetränk.«

Sie schüttelte schon den Kopf, bevor er seinen Satz richtig beendet hatte. »Ich habe dir gesagt, ich singe nicht mehr.«

»Schade. Wenn du deine Meinung ändern solltest …«

Auf seinem Weg zum Haus zurück schweifte Rosamunds Blick über ihn hinweg. Colonsay hob sich dunkel gegen den hellen Himmel ab, die Fenster milchig und blind, das Dach hell gemustert, wo die Ziegel entfernt worden waren, wegen der neuen Dachlatten. Es erinnerte sie an einen Patienten auf dem Operationstisch, dessen Bauchdecke aufgeklappt und dessen Rippen freigelegt worden waren.

Der Gedanke an einen öffentlichen Auftritt, daran, ihre Unzulänglichkeit und Verletzlichkeit den Blicken fremder Menschen auszusetzen, war mehr, als sie ertragen konnte.

»Nein, Gary. Ich singe nicht mehr, und auch sonst halte ich mich zurück.«

7

Es war ein arbeitsreicher Tag gewesen. Alice hatte keine Zeit gefunden, auf den Dachboden zu steigen und nach Berties Buch zu suchen. Am Vormittag war Mr Marling erschienen, um letzte Hand an Ambrosines Porträt zu legen. Danach rief Ambrosine den gesamten Haushalt zusammen, damit er allen eine Neuigkeit verkünden konnte: Der Premierminister hatte bestimmt, dass die konstituierende Sitzung des Staatenbundparlaments in einem Gemälde verewigt werden sollte, und Mr Marling war für diese Aufgabe auserkoren worden. Das bedeutete Arbeit für Monate, ja, vielleicht sogar für Jahre. Er würde Porträts aller maßgeblich Beteiligten malen und sie dann auf einer riesigen Leinwand zusammenfügen. Dieses Werk würde sicher dafür sorgen, dass sein Name in die Geschichte eingehen werde, meinte Mr Marling.

Mrs Gibbons stieß nach dieser Ankündigung einen unterdrückten Schrei aus. Meggy packte Alice' Arm, sie wurde von unterdrückten Lachanfällen geschüttelt. Ada tänzelte hinüber zu Mr Marling und sah zu ihm hoch. Ihr blonder Pferdeschwanz hing kerzengerade auf der Mitte ihres Rückens nach unten, sodass sie von hinten aussah wie ein Miniatur-Chinese.

»Komme ich auch mit aufs Bild?«, fragte sie.

Mr Marling lachte, Ambrosine dagegen lächelte nur. Wie stolze Eltern, schoss es Alice durch den Sinn.

»Vielleicht sollten wir darüber nachdenken«, sagte Mr Marling. »Oder würden Sie eventuell ein Einzelporträt vorziehen, Miss Ada?«

Ada klatschte in die Hände.

»Ja, ja! Ein ganz großes.«

»Die kleine Miss Ada wird mal genauso schön wie ihre Mutter.« Mrs Gibbons seufzte auf, als sie in die Küche zurückgingen. »Ein bezauberndes Kind.«

Meggy verdrehte die Augen, was die Köchin prompt sah. »Der Hausherr wünscht seine Zwiebeln zu speisen«, sagte sie mit einem kalten Lächeln zu Meggy. »Wir brauchen eine Menge davon.«

Nachmittags kam dann Cosmo wie erwartet zurück, brachte aber unerwartete Gäste mit. Zimmer mussten geputzt, Betten gemacht und mehr Essen vorbereitet werden. Alice arbeitete nach dem Abwasch ohne Pause bis spät in die Nacht. Alle anderen waren schon im Bett. Sie schleppte sich mit schmerzenden Füßen die Hintertreppe hinauf, ging in den Westflügel und kletterte über die Stiege zum Dachboden.

Es war totenstill dort oben. Die Flamme ihrer Kerze warf flackernde Schatten. Kaltes Mondlicht fiel durch die Dachfenster. Sie zwängte sich an den alten Möbeln und dem ausgestopften Pfau mit den glänzenden Augen vorbei zu Berties Versteck. Alice kauerte sich zusammen, hörte die Mäuse in den alten Zeitungen rascheln und den Ruf einer Eule, die draußen in den Bäumen saß. Da war das Buch, wie sie vermutet hatte. Alice legte sanft ihre Hand auf den Umschlag und schloss die Augen. Sie stellte sich Berties Gesicht vor, rund und mit Brille, doch lieb und teuer. Aus ihren Erinnerungen glitt sie in Träume hinüber, ihr Kopf sank ihr auf die Brust. Sie schlief.

Der entfernte Klang der Standuhr in der Eingangshalle, die die Stunde schlug, ließ Alice aufschrecken. Kaum war der Ton verhallt, schien die Stille noch drückender zu werden. Von der Kerze war nur noch ein Stummel übrig, und sie wusste, dass es schon sehr spät sein musste. Die Stufen der Stiege knackten unter ihren Füßen. Als sie durch den Westflügel kam, hörte sie Adas helle, fordernde Stimme, unterbrochen vom besänftigenden Flüstern ihres leidgeprüften Kindermädchens.

Im Ostflügel lag der Flur ganz im Dunkel. Nur durch das Buntglasfenster fiel etwas Licht. Für gewöhnlich brannte eine

Lampe auf dem Tisch am Treppenabsatz, doch nicht heute. Alice' Hand ruhte auf dem Treppengeländer, und sie wollte gerade hinuntergehen, als sie hinter sich eine Bewegung spürte.

Eine Gestalt in einem lockeren Gewand bewegte sich langsam durch die Schatten.

Instinktiv trat Alice an die Wand zurück und hielt den Atem an. Die Gestalt blieb stehen, als ob auch sie ihre Gegenwart fühlte. Doch sie ging weiter, begleitet vom leisen Knistern von Seide. Für einen kurzen Augenblick glaubte Alice, die Nymphe wäre aus ihrem Glasfenster herabgestiegen. Eine bleiche Hand umfasste den Türknopf von Ambrosines Schlafzimmertür. Mit einem kaum vernehmbaren Klicken öffnete sich die Tür.

Das Schlafzimmer musste von Kerzen erleuchtet sein, weil ein Lichtschimmer durch die geöffnete Tür fiel, auf die Gestalt – und auf Alice.

Ambrosine. Sie wandte sich um. Das Haar fiel ihr über die Schultern, ihre Füße waren bloß. Die schimmernde Seide ihres Nachtgewands reflektierte das sanfte Kerzenlicht. Sie starrte Alice aus unergründlichen dunklen Augen an. Diese erinnerte sich, dass Mr Marling ebenfalls auf Colonsay übernachtete.

Ambrosine wandte sich ab und trat ins Zimmer. Die Tür schloss sich leise hinter ihr. Nur der süße Duft ihres Parfüms hing noch in der Luft.

***

Nach Garys überraschender Mitteilung schien es nicht mehr viel Sinn zu machen, sich weiter mit dem Garten zu beschäftigen. Rosamund ging ins Haus zurück. Sie sehnte sich nach einem heißen Bad, in dem sie ihren Frust ertränken wollte. Durch das leise Hämmern vom Dach kam ihr die Eingangshalle noch stiller vor. Sie blieb stehen, einen Fuß auf der ersten Stufe, eine Hand auf dem Geländer. Ein kleiner, fast kreisrunder Gegenstand hüpfte die Treppe herunter auf sie zu und blieb neben ihrem Schuh liegen. Sie sah hinunter.

Der alte Knopf.

Rosamund starrte ihn an und zweifelte an ihrem Verstand. Es muss ein anderer, ähnlicher sein, dachte sie und wusste zugleich, dass dem nicht so war. Jemand musste ihn heruntergeworfen haben, doch oben herrschte gähnende Leere. Langsam und widerstrebend bückte sie sich und nahm ihn vorsichtig auf, als ob er beißen könnte. Der Knopf fühlte sich warm an, als ob ihn bis eben jemand in der Hand gehalten hätte. Sie starrte auf die abgegriffene Oberfläche. Da das Licht besser war als gestern in dem hinteren Zimmer, konnte sie ein Muster erkennen. Rund, mit einem Kreis in der Mitte.

Schnell steckte sie den Knopf in die Tasche und hielt ihn dabei mit den Fingern fest umklammert. Sie verspürte einen Druck auf ihrer Brust, und ihre innere Unruhe war kaum zu ertragen.

***

Ambrosine saß unten in ihrem Empfangszimmer. »Madam möchte, dass du ihr heute das Tablett bringst«, sagte Mrs Gibbons zu Alice. Sie musterte das Mädchen dabei eindringlich und neugierig. Es war ungewöhnlich, dass Ambrosine nach jemand Bestimmtem verlangte.

»Es gibt Biskuitrolle, wenn sie davon etwas möchte«, fuhr die Köchin fort, ordnete die Leinenserviette neu und verschob den Teller mit den Sandwiches in die eine und die andere Richtung. Nach einem letzten prüfenden Blick auf das Silbertablett klatschte sie in die Hände. »Gut, auf geht's.«

Alice ging zur Tür. Meggy grinste sie im Vorbeigehen an und warf sofort einen ängstlichen Blick Richtung Mrs Gibbons; hatte die Köchin den stummen Austausch bemerkt und daran Anstoß genommen? Aber Mrs Gibbons war mit dem Nachtisch beschäftigt und summte vor sich hin, während sie ein Dutzend Eier aufschlug und trennte.

Eilig ging Alice durch die Eingangshalle. Sie spürte Berties Vogelbestimmungsbuch in ihrer Tasche, wie es ihr gegen das Bein schlug. Auf diese Gelegenheit hatte sie gewartet. Als ob

Ambrosine das gewusst hätte. Alice war sich allerdings bewusst, dass es auch einen ganz anderen Grund für Ambrosines Anordnung geben könnte, dass sie den Tee servieren sollte.

Ihr Herz begann ängstlich zu pochen. Ich weiß Bescheid, dachte sie. Mich können Sie nicht zum Narren halten, Madam. Ich weiß Bescheid. Und Sie haben Angst vor mir, nicht wahr? Sie haben Angst, dass ich etwas verraten könnte.

Bei ihrem letzten Besuch in der Bibliothek hatte sie im Wörterbuch das Wort *omnipotent* nachgeschlagen. Ja, allgewaltig, so fühlte sie sich in diesem Augenblick.

Ambrosine blickte nicht von ihrem Brief hoch, als Alice klopfte und eintrat. Sie trug ein grünes Kleid mit Stehkragen und einen passenden grünen Bolero mit dunklem Besatz. Die Farbe hob ihre Blässe hervor. Cleo beobachtete sie von Ambrosines Schoß aus, ein cremefarbenes Fellbündel mit glänzenden Augen.

Im Wohnzimmer war es sehr warm. Das Feuer in dem kleinen Kamin brannte, obwohl Alice das für unnötig hielt. Die Sonne schien durch die Fenster, fiel durch die Spitzenvorhänge auf den polierten Fußboden und die Teppiche in leuchtenden Farben. In einer großen Vase welkten weiße Rosen.

Alice stellte das Tablett auf einem Tisch ab und blickte zu Ambrosine hinüber, die auf dem Sofa saß, immer noch versunken in ihren Brief. Er kam von ihrem Bruder, der in Südafrika gegen die Buren kämpfte – Alice hatte die Briefmarke gesehen, als sie die Post geholt hatte.

Mrs Gibbons hatte letztes Jahr einen Bericht aus der Zeitung vorgelesen, der von den Soldaten dort drüben und den Taten von Ambrosines Bruder in der Schlacht von Elands River handelte. Wie es schien, besaßen die Buren kein Ehrgefühl. Sie kämpften nicht wie britische Gentlemen, sondern versteckten sich und fielen den Feind aus dem Hinterhalt an. Kein Wunder, dass General Kitchener beschlossen hatte, sie auszuräuchern und auszuhungern wie wilde Tiere.

»Danke, Alice.« Ambrosine faltete den Brief so sorgfältig

zusammen, als ob diese Tätigkeit von großer Bedeutung wäre. Alice nahm die Gelegenheit wahr und zog Berties Buch heraus.

»Madam, ich möchte Ihnen …«

Ambrosine sah auf. Alice sah die Schatten unter ihren Augen, war sich allerdings unsicher, was diese verursacht haben könnte. Sie hielt ihr das Buch hin. Dabei fühlte sie sich gar nicht so allgewaltig, wie sie sich das vorgestellt hatte. »Master Bertie hat das vergessen, Madam. Vielleicht braucht er es in der Schule.«

Ein kaum merkliches Runzeln flog über Ambrosines Stirn. Sie nahm Alice das Buch aus der Hand, blätterte es kurz durch und schlug die Seiten mit der gleichen Sorgfalt um, die sie ihrem Brief gewidmet hatte.

»Bertie ist ein sehr netter Junge«, sagte sie schließlich mit einem seltsamen kleinen Lächeln um den Mund.

»Madam?«

»Bertie behauptete, dass alle Vögel und Säugetiere dem Gesetz der Natur unterworfen sind. Nur die Besten und Stärksten überleben, wie Mr Darwin verkündet hat. Gilt dasselbe für die Menschen, Alice? Muss alles dem Überlebenstrieb untergeordnet werden? Wo finden dann Musik, Kunst und Literatur ihren Platz? Für einige von uns sind sie so wichtig wie das tägliche Brot und ein Dach über dem Kopf. Und was ist mit der Liebe? Kann man ohne sie überhaupt existieren?«

Alice fragte sich, ob mit Ambrosine alles in Ordnung war. Das merkwürdige Lächeln wurde von einem wilden, fast gehetzten Blick abgelöst.

»Mein Gatte erzählt mir häufig, dass ihm dein Vater das Leben gerettet hat.«

»Ja, Madam, das hat er getan.«

»Aus diesem Grund würde er dich niemals entlassen, Alice.«

Alice reckte ihr Kinn. »Das weiß ich, Madam.«

Ambrosine lachte auf und schlug sich sofort die Hand vor den Mund. »Du weißt das? Was weißt du denn noch alles, Alice?«

Das war die Gelegenheit zu erzählen, wie Bertie sich fühlte, wie unglücklich er war und wie schlecht es ihm ging. Aber bevor sie den Mund aufbekam, hatte Ambrosine etwas auf den Tisch gelegt. Alice starrte darauf; ihr Stutzen wandelte sich in Erstaunen. Es handelte sich um eine Fünf-Pfund-Note, ebenso sorgfältig zusammengefaltet wie der Brief von Ambrosines Bruder. Das war mehr Geld, als Alice je zuvor in ihrem Leben gesehen hatte.

»Ist es das, was du willst?«, flüsterte Ambrosine mit hellem, flammendem Blick.

»Ich brauche neue Stiefel«, sagte Alice langsam, als wären die Worte ungewohnt für sie. Ihre Lippen fühlten sich dabei steif und seltsam an.

Ambrosine zerrte an ihrem steifen Kragen. »Dann nimm das Geld und kauf dir welche.«

Alice zögerte.

»Nun nimm schon!«

Cleo kläffte. Alice griff nach dem Geldschein, zerdrückte ihn in der Hand und wandte sich zur Tür. Dort erinnerte sie sich im letzten Moment an die Etikette und machte einen Knicks.

Ambrosine lachte lauthals, während die Tür sich schloss.

Zorn wallte in Alice auf, doch sie drängte ihn zurück. Sie hatte nicht um das gebeten, was sie wirklich haben wollte. Dass Bertie wieder nach Hause kommen durfte. Ihre Füße hatten sie ausgetrickst. Zumindest bekommt Bertie sein Buch, sagte sie sich schuldbewusst, und bald würde er nach Hause kommen. Dann konnte sie ihm alles erzählen.

Nein. Genau das konnte sie nicht. Ambrosine war Berties Mutter, er würde nie schlecht von ihr denken. Alice musste ihre Geheimnisse für sich behalten, und jetzt sah es so aus, als gälte das auch für Ambrosines Heimlichkeiten.

***

»Schaut aus wie eine Blume.«

Kerry betrachtete mit gerunzelter Stirn den Knopf; ihr Kopf

war von der Ofenhitze gerötet. Sie hatte Pökelfleisch gekocht, um Brote für die Arbeiter damit zu belegen. Wie zu groß geratene Babys wurden sie von ihr im Stundentakt abgefüttert. Rosamund hatte keine Geduld für diese Dinge, verstand aber, dass Kerry sich nützlich machen musste. Für die Arbeiter zu sorgen gehörte dazu.

»Es scheint Elfenbein zu sein, ist aber schon ziemlich ausgebleicht«, fügte Rosamund hinzu. Sie erzählte nichts davon, wo und wie der Knopf diesmal aufgetaucht war. Kerry wusste ohnehin nichts von seinem Verschwinden.

»Wir könnten es mit Watte und Methylalkohol versuchen. Ganz vorsichtig natürlich.« Kerry sah sie von der Seite an. »Soll ich es probieren?«

»Ja, gut. Ich nehme inzwischen ein Bad. Ich bin total verdreckt.«

Kerrys Gesicht wurde auf einmal ganz betroffen. »Das geht nicht. Das Wasser ist abgestellt.«

Niedergeschlagenheit machte sich in Rosamund breit. Sie überließ Kerry den Knopf und ging in die Eingangshalle. Dort stand sie und kämpfte mit den Tränen. In den beiden rückwärtigen Zimmern des Hauses wartete Arbeit auf sie – die Hinterlassenschaften vom Dachboden. Geheimnisse, die nur sie lösen konnte. Das war ihr klar.

»Tja, jetzt bin ich sowieso schon dreckig«, sagte sie sich. »Da macht ein bisschen zusätzlicher Staub auch nichts mehr aus.«

Es wurde langsam Zeit, Licht in das Dunkel zu bringen.

***

Das vollendete Porträt wurde feierlich und unter Anteilnahme des gesamten Haushalts im Salon aufgehängt. Die Leute schnappten förmlich nach Luft, als sie es sahen. Während sie Mrs Gibbons Lobeshymnen und Cosmos freudigem Gelächter lauschte, fragte sich Alice, wie sie nur alle so blind sein konnten. Um solch ein Gemälde zu erschaffen, musste der Maler den Gegenstand seiner künstlerischen Betrachtung sehr gut kennen – intim kennen. Warum sah das keiner außer ihr?

Es war ein großes Bild und bedeckte die gesamte Wandfläche über dem Kaminsims. Der Hintergrund war ziemlich dunkel gehalten – Alice verstand nicht, warum Mr Marling immer von mehr Licht gesprochen hatte, wenn dann so etwas Dunkles dabei herauskam.

Die zentrale Figur, Ambrosine Cunningham, saß auf einem Doppelsitzer-Sofa und lehnte sich über ihren Arm nach vorn, auf den Maler, auf Mr Marling zu. Sie trug eine hochgeschlossene Bluse aus hellem, seidigem Stoff, deren Falten und Wellen ihren vollen Busen mehr enthüllten als verbargen. Ihre Frisur befand sich in angedeuteter Unordnung, lockige Haarsträhnen hatten sich gelöst und hingen in ihre Stirn. Ihre Wangen waren sanft gerötet und die Lippen leicht geöffnet, als ob sie etwas sagen wollte. Sie schien aus dem Porträt in den Raum zu blicken. Der Ausdruck ihrer Augen war jedoch schwer zu deuten.

Alice vermeinte, Angst darin zu erkennen. Aber wie konnte das möglich sein? Wovor sollte Ambrosine sich fürchten?

***

Rosamund hatte keine andere Wahl, sie musste, im wahrsten Sinne des Wortes, ganz vorn beginnen. Vorn an der Tür. Solange sie im unmittelbaren Eingangsbereich keinen Platz geschaffen hatte, konnte sie nicht weiter ins Zimmer vordringen, ohne auf Dingen herumsteigen zu müssen, die vielleicht ihr Gewicht nicht trugen.

Das Erste, was sie herauszog, war eine hölzerne, senfgelb lackierte Puppenwiege. Das Bettzeug war vollkommen zerfressen und stank nach Mäusen. Mit einem angeekelten Gesichtsausdruck zerrte sie sie in die Eingangshalle.

Wieder zurück im Zimmer, richtete sie ihren Blick auf die Flügelfenster. Es war heller Nachmittag, draußen schien die Sonne. Keine Geistwesen, kein Mädchen mit glattem braunem Haar, kein Anlass zur Furcht. Aber sie war nervös. Als einer aus Fred Swanns Truppe mit einer Leiter am Fenster vorbeiklapperte, traf sie fast der Schlag.

Ihr nächster Fund war ein Schirmständer aus Pappmaschee, den jemand mit einer Schirmspitze durchlöchert hatte. Sie öffnete eine kleine Kiste und fand darin alte Sammelbilder aus Zigarettenschachteln, die Uniformen der Britischen Armee aus der Zeit des Burenkriegs und des Ersten Weltkriegs zeigten. Rosamund schob sie auf die Seite der womöglich verkäuflichen Gegenstände, änderte dann jedoch ihre Meinung. Es hatte zu Anfang des 20. Jahrhunderts nicht viele Kinder in diesem Haus gegeben. Vielleicht hatten die Karten ihrem Großvater gehört, Adas Ehemann. Der war Soldat gewesen. Sie nahm die Karten noch einmal hoch und beugte sich vor, um die nachgedunkelten, ernsten Gesichter der Soldaten zu betrachten. Sie hatten bestimmt ihm gehört. Ada hatte so etwas sicher nicht gesammelt, und geraucht hatte sie auch nicht.

Rosamund vermutete, dass der Korb mit farbigem Stickgarn wahrscheinlich Ada gehört hatte. Die Wolle war zum großen Teil das Opfer längst verendeter Motten geworden. Im Korb befand sich außerdem eine unvollendete Stickerei, völlig ausgebleicht und fleckig. Mit Mühe konnte Rosamund das obligatorische Landhäuschen mit Blumen an der Tür erkennen.

Auf einem alten Bambusschaukelstuhl stand eine völlig verstaubte mechanische Schreibmaschine. Rosamund nahm sie herunter und zerrte den Schaukelstuhl durch die Halle zur Treppe. Er würde seinen Platz in einem der oberen Zimmer finden, sobald diese bewohnbar waren.

Als Nächstes kam der ausgestopfte Pfau. Er war in einem solch erbärmlichen Zustand, dass sie sich kaum traute, ihn anzufassen. Die Federn schienen eine Heimstatt für allerlei Kleingetier zu sein. Dieses Stück musste definitiv auf den Müll. Dann gab es da noch eine Kommode, einen Lampenschirm, an den sie sich dunkel erinnerte, ein Zigarrenkistchen voller Muscheln, eine brauchbare Truhe, gefüllt mit alten

Decken, einige angeschlagene Tassen und Teller und einen Nachttopf.

Sie machte weiter.

Die meisten Sachen waren entweder kaputt oder von Mäusen, Motten oder Feuchtigkeit ruiniert. Es gab ein paar Gemälde, aber Rosamunds anfängliche Begeisterung legte sich schnell. Es handelte sich um eine schlechte Rembrandtkopie und um Amateurbilder von Segelbooten, alle aus einer seltsamen Perspektive gemalt. Sie kam bald zu dem Schluss, dass alle wertvolleren Besitztümer der Cunninghams entweder von Ada oder von ihrem Vormund verkauft worden sein mussten. Was noch übrig war, schien reif für die Müllkippe. Sie musste sicher ein paarmal hinfahren, um alles loszuwerden. Nun, das hatte sie vorher gewusst, oder? Trotzdem war es notwendig, diese Aufgabe zu erledigen.

»Ich dachte, das würde Ihnen guttun.« Kerry stand mit einem Becher Tee in der Tür.

Rosamund blickte auf, schob sich das Haar aus der Stirn und nieste herzhaft. Kerry biss sich auf die Lippen, um nicht zu lachen, aber ihre braunen Augen blickten belustigt. Rosamund schnäuzte sich kräftig.

»Ich bin ein Wrack«, verkündete sie mit gespieltem Selbstmitleid. »Gibt es schon wieder Wasser?«

»Seit eben. Warten Sie noch ein bisschen, damit es auch heiß genug für ein Bad ist.«

Rosamund nahm Kerry den Becher aus der Hand und nippte daran. »Danke.« Sie deutete vage ins Zimmer und zog ein Gesicht. »Nichts Vernünftiges dabei, nur Müll.«

Kerry seufzte. »Damit habe ich gerechnet. Mrs Ada hat alles zu Geld gemacht, was sich verkaufen ließ. Einmal hat sie sogar einen Antiquitätenhändler übers Wochenende ins Haus geholt. Ich weiß nicht genau, wie viel sie bekommen hat. Jedenfalls genug Geld, um ein Jahr davon zu leben.«

»Luxuriös oder gerade so?« Rosamund stellte den Becher ab, suchte eine Zigarette heraus, zündete sie an und sog den

Rauch tief ein. »Ich frage mich, ob die wohl meinem Großvater gehört haben«, sagte sie, stieß eine Rauchwolke aus und
deutete auf die Kiste mit den Sammelbildern.

Kerry bückte sich und inspizierte die Kärtchen, drehte dabei
eins nach dem anderen sorgfältig um. »Wundert mich, dass die
noch hier sind. Die sind vielleicht etwas wert.«

»Ich denke, Ada hat sie als Erinnerung behalten.«

Kerry sah so zweifelnd aus, dass Rosamund lächeln musste.

Dicker Staub lag auf dem Boden, und noch mehr davon
schwebte in der Luft. Rosamund spürte, dass sie gleich wieder
niesen musste.

»Dieser Knopf da ...«

Rosamund sah, dass sich etwas auf Kerrys ausgestreckter
Handfläche befand. Der Knopf war gesäubert worden, und
das Muster trat nun deutlicher hervor. Es handelte sich offensichtlich um eine Blüte. Eine Rose, deren geschwungene Blütenblätter einen unregelmäßigen Kreis formten. An was für
einer Art Kleidungsstück mochte es solche Knöpfe geben?

»Ziemlich pompös.«

Kerry schien ihre Gedanken zu lesen.

Draußen klapperte wieder der Arbeiter mit der Leiter vorbei. Fred Swanns Mannschaft schien sich auf den Feierabend
vorzubereiten. Hastig klopfte Rosamund sich den Staub ab. Es
war schon spät, der Abend dämmerte. Und die Luft fühlte sich
auf einmal ziemlich kühl an.

»Ich denke, ich gehe in die Badewanne.«

In der Küche war es viel wärmer und roch nach Essen. Rosamund spülte ihren Becher aus und sah ihr Spiegelbild im Fenster über dem Spülstein.

»Die wilde Frau von Colonsay«, wisperte sie. »Wenn Mark
mich so sehen würde.«

»Vielleicht sollten Sie Mr Markovic anrufen«, sagte Kerry
hinter ihr. Rosamund drehte sich um und sah sie misstrauisch an. Kerry senkte den Blick und kümmerte sich auf einmal
geschäftig um einen der Töpfe auf dem Herd.

»Nein«, entgegnete Rosamund schließlich ruhig. »Nein, das glaube ich nicht.«

Oben im Bad wusch sie zuerst ihr Haar, leerte dann eine halbe Flasche Badeöl ins Wasser und versank darin. Moschusduft und Dampf erfüllten den Raum jedes Mal, wenn sie heißes Wasser nachfüllte. Rosamund schloss die Augen, lehnte ihren Kopf gegen den kühlen Rand der Wanne und entspannte ihren Körper. Marks Gesicht schlich sich in ihre Gedanken, doch sie verdrängte es wieder. Stattdessen widmete sie sich erneut dem Cunningham-Stammbaum.

Ada hatte trotz ihrer unglücklichen Jugend wahrscheinlich ihre Scheibe vom Glück erwartet. Sie war erwachsen geworden, hatte sich verliebt und – Rosamund musste ihre Fantasie spielen lassen – ihren Verlobten dann geheiratet. Aber der war als Soldat in Frankreich gefallen, und Ada hatte den gemeinsamen Sohn Simon allein großziehen müssen. Sie waren auf Colonsay geblieben, und Ada hatte sich Mrs Cunningham nennen lassen. Ihr Ehename war in Vergessenheit geraten. Rosamund erinnerte sich verschwommen, dass er Evans gelautet hatte. Der Name Cunningham war für Ada stets von großer Bedeutung gewesen, und diejenigen, die Cosmo gekannt hatten, erwarteten von ihr auch nichts anderes.

Damals war Geld in Colonsay noch kein Problem gewesen. Es hatte genug davon gegeben, um ihren Sohn auf eine gute Schule zu schicken. Aber Simon hatte keinen besonderen Ehrgeiz bewiesen. Vielleicht hatte Ada auch einfach zu viel von ihm erwartet. Rosamund fragte sich, wer in den Augen seiner Tochter je Cosmo das Wasser hätte reichen können. Dann war der Zweite Weltkrieg gekommen und damit eine Gelegenheit für Simon, Ehre einzulegen. Das war ihm auch ziemlich gut gelungen. Nach dem Krieg jedoch hatte sein Leben offenbar jeglichen Halt verloren.

Simon hatte spät geheiratet. Fast zu spät – er war bei Rosamunds Geburt bereits fünfzig Jahre alt gewesen. Vielleicht hatte seine Kindheit unter den Fittichen von Ada Cunningham seinen Wunsch nach einer eigenen Familie geschwächt. Janet, seine Frau, war jung und hübsch gewesen, aber labil. Geld hatte sie nicht mitgebracht. Ada hatte sie nicht leiden können, und Rosamund hatte das immer wieder zu spüren bekommen.

»Schwäche ertrage ich nicht«, hatte Ada gesagt. »Mein Bruder Bertie war auch schwach. Da ist es besser, boshaft zu sein.«

Dann war zuerst Simon und danach Janet gestorben. Rosamund war mit Ada allein zurückgeblieben. Und jetzt war nur noch Rosamund übrig. Die Letzte der Cunninghams. Was für ein Vermächtnis!

»Keine glückliche Familie«, murmelte Rosamund und legte sich einen Waschlappen aufs Gesicht. Glückliche Familie? Was für ein Witz! Die Cunninghams waren eine der unglücklichsten Familien, die sie kannte.

Ein leiser Knall ertönte über ihrem Kopf, in der Decke, auf dem Dachboden. Rosamund fuhr hoch. Das Wasser schwappte über die Wannenränder, der Waschlappen rutschte von ihrem Gesicht. Die graue Decke über ihr sah ziemlich unauffällig aus, aber sie ließ sich nicht täuschen. Rosamund hielt den Atem an.

Sie musste nicht lange warten. Da war der Knall wieder, immer noch leise, aber fester, eindringlicher. Unten klingelte das Telefon.

Rasch atmend stand Rosamund auf, griff nach ihrem Bademantel und wickelte sich darin ein. Ihr nasses Haar klebte an Armen und Schultern. Sie rutschte auf den Wasserlachen aus, als sie aus der Wanne stieg, und hielt sich an dem rosa Waschbecken fest, um das Gleichgewicht wiederzufinden. Ihre Augen im beschlagenen Spiegel sahen verzerrt und verängstigt aus.

Bumm! Über ihrem Kopf hallte das Krachen nach. Ein-, zwei-, dreimal. Rosamund fummelte mit nassen Händen am Türgriff herum und riss die Tür auf. Die Dämmerung brach mit einem spektakulären Farbenspiel aus Purpur, Lila und Violett herein, das durch das Buntglasfenster in den Flur geworfen wurde. Seine Schönheit durchdrang sogar Rosamunds Furcht.

Sie blieb verwirrt stehen, das Wasser tropfte von ihrem Körper auf den ausgebleichten Läufer.

Noch ein Krachen – so laut wie der Schlag eines riesenhaften Hammers. Das Glas des Fensters schien aufzuleuchten, zu splittern. Rosamund rannte Richtung Treppe.

»Rosamund!« Kerrys panische Stimme kam aus der Eingangshalle. »Rosamund, alles in Ordnung?«

»Ja.« Ihre Stimme glich einem ängstlichen Quieken. Das Krachen kam wieder, stetig und lauter als vorher, bis das ganze Haus unter ihren Füßen zu schwanken schien. Ein Schrei stieg in ihrer Kehle auf, den sie nicht unterdrücken konnte.

Rosie! Ein schmerzvolles Stöhnen umfing sie.

Rosamund rutschte die Stufen hinunter, fiel auf die Schienbeine und griff nach dem Geländer, um zu verhindern, dass sie kopfüber die Treppe hinunterstürzte. Kerry zog sie hoch, stützte sie und schleppte sie in die Küche. Kaum waren sie drinnen, warf sie die Tür zu und schloss ab. Dann standen sie nebeneinander und starrten auf das blanke Holz, kaum in der Lage zu atmen. Oben vom Dachboden erklang weiterhin das donnernde Krachen.

»Gary Munro rief gerade an, als es anfing«, sagte Kerry. »Er ist auf dem Weg hierher.«

Die krachenden Schläge folgten in immer kürzerem Abstand, wie in einer Ekstase des Wahnsinns. Sie klangen hohl und hallten wider, als ob sie vom Rand eines tiefen Abgrunds kämen. Rosamund legte die Hände über die Ohren und kniff die Augen fest zusammen. Es kam ihr vor, als müsste jeden Augenblick das ganze Haus zusammenstürzen, zertrümmert in kleinste Einzelteile.

Das Krachen hörte so plötzlich auf, wie es begonnen hatte.

Die unerwartete Stille schien unerträglich.

»Es hat aufgehört! Es ist weg!«, kreischte Kerry mit hysterisch schwankender Stimme.

»Wirklich?« Rosamund traute sich nicht, sich zu bewegen, aus Angst, damit könnte sie eine erneute Attacke auslösen.

Lautes Klopfen an der Eingangstür ließ die beiden Frauen zusammenzucken.

***

»Das war aber nett von Mrs Cunningham«, rief sie bei ihrem Anblick. »War das nicht wirklich nett von ihr?« Mira lehnte sich zurück, die Hände im Schoß gefaltet, und beäugte Alice' Schuhe. Die hellbraunen Knöpfstiefeletten hatten ein Vermögen gekostet. Und sie passten perfekt.

Mr Parkin hatte sie nur aus der Ferne betrachtet, als würden sie unkalkulierbare Gefahren bergen.

»Ich sagte, dass es …«

»Ich habe dich schon verstanden, Frau. Ja, sind ziemlich hübsch, die Dinger«, gab er brummig zu. Alice war bewusst, dass ihr Vater Ambrosine nie öffentlich kritisieren würde. »Was ist mit den anderen passiert? Das war ein perfektes Paar Stiefel, die mich fünf Schillinge gekostet haben.«

»Das weiß ich doch, Vater. Ich habe sie aufgehoben. Sie sind jetzt mein Ersatzpaar.«

Das besänftigte ihn ein wenig. Sie konnte ihm nicht sagen, dass sie die Stiefel an Meggy weitergegeben hatte.

Ihre Eltern fanden es überhaupt nicht verwunderlich, dass Ambrosine einem Dienstmädchen ein neues Paar Stiefel gekauft haben sollte. Sie fanden es im Gegenteil ganz normal, ein Beweis ihrer Güte und Zuneigung.

Wenn die wüssten, dachte Alice verbittert.

***

Gary trug Jeans und einen Parka. Sein Haar hing ihm in wilden Locken um den Kopf. Er blickte Rosamund in ihrem nassen Bademantel verwundert an, sagte aber nichts dazu. »Wo kam der Lärm her?«

»Vom Dachboden.«

Er drängte sich an ihnen vorbei und die Treppe hinauf. Licht fiel aus der offenen Badezimmertür und erleuchtete den Flur mit einem sanften Schein. Es war seit ihrer wilden Flucht nur wenig Zeit vergangen, obwohl es Rosamund wie eine Ewigkeit vorkam. Ihr Kopf schmerzte, und wieder überfiel sie die Erschöpfung. Ein Zustand, an den sie sich fast schon gewöhnt hatte.

Sie und Kerry warteten unten, lauschten in die Stille, fürchteten, dass das Chaos jeden Moment wieder über sie hereinbrechen könnte. Gary kehrte nach kurzer Zeit aus dem Westflügel zurück und kam schnell die Treppe herunter.

Über ihren gespannten Gesichtsausdruck musste er lächeln. »Nichts«, sagte er. »Zieh dir um Himmels willen was an, Rosamund.«

Rosamund zögerte, ihre Hand lag auf dem Treppengeländer. Kerry stand ihr bei. »Ich komme mit«, wisperte sie, obwohl sie nicht glücklich über dieses Angebot schien.

Oben schlüpfte Rosamund rasch in ihren roten Pullover und die Jeans. Als sie ein paar Minuten später wieder in der Küche erschienen, rubbelte sie noch immer ihre Haare trocken. Gary war dabei, löslichen Kaffee aufzugießen, und stellte Becher, Zucker und Milch auf den Tisch. Er blickte von Kerry zu Rosamund.

»Sollten wir nicht die Polizei anrufen?«, flüsterte Kerry und beugte sich über den Tisch näher zu ihm hin.

Gary seufzte. »Da oben war nichts.«

»Da muss aber etwas sein!«

»Alte Häuser haben ein Eigenleben und machen Geräusche«, sagte er zögernd.

»Aber, verdammt noch mal, doch nicht solche«, stieß Rosamund mit zitternder Stimme hervor. Sie stützte ihren Kopf in ihre Hände. »Es war entsetzlich. Was hat das bloß zu bedeuten? Was will es von uns?«

»Tja.« Gary klang, als hätte er diese Frage erwartet. Sie linste durch ihre Finger und legte die Hände dann vorsichtig wieder auf den Tisch. Er beobachtete sie wie eine Katze die Maus. Abwartend. Geduldig.

»Du weißt etwas«, hauchte sie. »Das stimmt doch, oder?«

»Ich habe dir erzählt, dass ich dieses Haus immer gehasst hatte. Aber du hast mich nicht nach dem Grund gefragt.«

»Hast du das Krachen auch schon mal gehört?«

Er lächelte freudlos. »Ich habe etwas gehört, etwas gesehen und etwas gespürt.«

»Etwas?« Rosamund spürte, dass sie auf den Armen Gänsehaut bekam, und rieb mit ihren Händen darüber.

»Ich habe einmal einen Mann gesehen, in der Bibliothek.«

»Wirklich?«

Er schnaubte und trank von seinem Kaffee. Kerry sah von einem zum anderen und bewegte dabei ihren Kopf, als beobachtete sie ein Tennismatch. Sie räusperte sich.

»Willst du damit sagen, dass es hier spukt, Gary? Das kann ich nicht glauben. Ich weigere mich, so etwas zu glauben. Tut mir leid, aber ich habe dreißig Jahre hier gewohnt und nie etwas entdeckt, was auch nur im Entferntesten an einen Geist erinnert hätte. Ich will damit nicht sagen, dass es keine Tragödien gegeben hätte, die gibt es überall. Aber es gab in Colonsay nie irgendwelche übernatürlichen Vorfälle. Da hat schon Mrs Ada dafür gesorgt.«

Rosamund musste lachen. Kerry ging darüber hinweg, ihr Gesicht rot von der Anstrengung einer solchen Rede. Gary griff zu ihr hinüber und nahm ihre Hand in die seine.

»Ich weiß nicht, was ich sagen soll«, sagte er. »Ich versuche ja auch nur, etwas zu erklären, für das es wahrscheinlich keine Erklärung gibt. Ich weiß nicht, ob es Geister gibt, und ich weiß auch nicht, was sich hier in Colonsay herumtreibt. Irgendetwas ist aber definitiv da. Rosamund weiß das, verstehst du? Oder willst du behaupten, ihr hättet euch das alles nur eingebildet?«

Das hätte sie nur zu gern getan. Aber als sie Gary in die Augen blickte, wusste sie, dass es kein Entrinnen gab. »Und was machen wir jetzt?«, fragte sie matt.

»Ich weiß es nicht. Nichts.« Er beobachtete sie aufmerksam.

»Ich bleibe heute Nacht hier.« Da weder Rosamund noch Kerry Einwände erhoben, fuhr er fort: »Ich habe ein paar Sachen im Auto.«

»Aha, du hast dich vorbereitet.« Das konnte sich Rosamund nicht verkneifen.

»Ich war bei meinem Boot. Von dort wollte ich ein paar Sachen mit nach Hause nehmen, und die sind noch im Wagen. Okay?«

Rosamund nickte und senkte den Kopf. Die Erschöpfung durchdrang ihren ganzen Körper. Sie bemerkte kaum, dass Gary aufstand und hinaus in die Nacht ging. Da umfasste eine warme Hand die ihre, und als sie aufsah, beobachtete Kerry sie mit einer Mischung aus Unbehagen und Entschlossenheit.

»Rosamund, ich weiß nicht, ob du davon gehört hast. Gary hat in Melbourne eine Art Zusammenbruch erlitten. Deswegen hat er seinen Job bei der Zeitung aufgegeben und ist zurückgekommen. Du solltest nicht alles glauben, was er sagt. Und ich denke, du solltest ihn auch nicht in seiner Vermutung bestärken, dass es in Colonsay spukt.«

8

Ich denke, wir alle begreifen, wie notwendig es ist, Australien für die Weißen zu erhalten. Zwar verstehe ich die Argumente unserer Verbündeten aus dem Norden, die Arbeiter für ihre Zuckerrohrplantagen benötigen. Wir müssen jedoch das große Ganze im Auge behalten. Wenn wir jedem die Einwanderung gestatten, werden wir von unseren asiatischen Nachbarn überrannt. Das war einer der Gründe für mich, den Staatenbund zu unterstützen, Marling. Ich möchte ein starkes Heimatland für uns Angelsachsen, in dem wir unsere europäischen Traditionen pflegen können. Um das zu erreichen, müssen wir fremde Einflüsse fernhalten, sonst sind wir verloren.«

Cosmo zog an seiner Zigarre; mit halb geschlossenen Lidern beobachtete er durch die Rauchwolken Mr Marling und wartete auf eine Antwort.

Alice schloss die Vorhänge zum Garten, der ruhig im Dunkeln lag. Es war kaum zu glauben, dass in der letzten Nacht heftige Regenschauer gegen die Fensterscheiben geprasselt hatten. Die Sturmböen hatten Bäume umgeknickt, Blätter von den Zweigen gerissen und überall feuchte Blütenblätter verstreut. Der Gärtner hatte die Schäden jedoch rasch beseitigt. Hinter Alice prasselte das von ihr entzündete Feuer anheimelnd im Kamin und wärmte die Bibliothek.

Mr Marling rückte sich in seinem Sessel zurecht; sein blondes Haar hob sich hell vom dunklen Leder ab. Über ihm an der Wand hing das frisch polierte Schwert, das der alte Soldat Cosmo aus Dankbarkeit geschenkt hatte. Cosmo goss Brandy aus der Karaffe in ein Glas und reichte es dem anderen Mann. Mr Marling nahm einen genießerischen Schluck und strich sich über die makellosen Hosen. Der Schein des Feuers fiel auf die Gesichter der Männer, ließ hier einen Knopf aufleuchten und da die polierte Kappe eines Schuhs. Der kräftige, gut aussehende Cosmo trug sein dickes graues Haar aus der breiten Stirn zurückgekämmt. Er lachte das laute, befreite Lachen eines Menschen, der es gewohnt war, seinen Willen durchzusetzen. Mr Marling schien zurückhaltender, vorsichtiger. Er lächelte abwartend.

»Meinen Sie nicht, Sir, dass die anderen Völker uns auch etwas zu bieten haben? Wie Sie ja schon sagten, braucht der Norden dringend Arbeitskräfte. Jeder weiß, dass Chinesen und Indonesier mit dem heißen tropischen Klima besser zurechtkommen als die Angelsachsen, die viel zu kultiviert für diese Art Arbeit sind. Und ich bin mir sicher, dass wir ihnen bezüglich Intellekt und Kreativität überlegen sind. Ich finde es bemerkenswert, dass diese Völker mit keinerlei Einsicht in ihre beschränkten Fähigkeiten gesegnet zu sein scheinen. Nehmen wir beispielsweise die Chinesen. Denken sie wirklich, dass der Bau einer über achttausend Kilometer langen Mauer eine herausragende Leistung ist? Sie machen Seide aus Würmern, stellen durchscheinend feines Porzellan her und erfanden das Schießpulver. Ja, und? Sie sollen seit Tausenden von Jahren in einer Gesellschaft leben, die fast schon zivilisiert zu nennen ist. All das kann doch nur Zufall sein, oder?«

Cosmo grunzte und nahm einen Schluck von seinem Brandy. Die Männer beäugten einander misstrauisch. Alice ging auf, dass Mr Marling die Mittel der Ironie bemühte und dass Cosmo das sehr wohl verstanden hatte.

»Und was ist mit unseren Ureinwohnern?«, fuhr Mr Marling fort. »Mit den Aborigines? Wir können sie schwerlich dahin zurückschicken, woher sie gekommen sind, denn sie stammen aus Australien. Was sollen wir mit ihnen machen, Sir?«

Sein besorgter Tonfall konnte niemanden täuschen. Cosmo runzelte die Stirn. »Ihnen fehlt offensichtlich die richtige Einsicht in die Zusammenhänge, Mr Marling, sonst wäre Ihre Wortwahl nicht so frivol. Schauen Sie nur Jonah an, einen

121

meiner Arbeiter. Er ist zur Hälfte weiß und wie ein Weißer erzogen worden. Wann auch immer ich bei ihm eine Unart der Ureinwohner entdecke, lasse ich sie ihm sofort mit der Peitsche austreiben, denn er müsste es besser wissen. Und er ist mir dafür dankbar, Sir. Wo wäre er denn jetzt, wenn es mich nicht gäbe? Denken Sie einmal gründlich darüber nach, Mr Marling.«

Mr Marling schien über Cosmos Worte nachzusinnen. Alice ging in ihren neuen Stiefeln zufrieden durch die Bibliothek und schloss die Tür hinter sich. Jonah geschah es recht, wenn er Prügel bezog, dachte sie bei sich. Der geheimniskrämerische Jonah. Warum nur mochten ihn Meggy und die anderen so sehr? Nein, wirklich, wenn einer Schläge verdiente, dann er.

***

Gary Munro schaffte sein Werkzeug in eines der Schlafzimmer im Westflügel. Es war dort nicht aufgeräumt und sehr staubig, aber das schien ihm nichts auszumachen. Rosamund und Kerry beobachteten ihn dabei, wie er sich umsah und nickte, als ob der blättrige Putz und die Löcher in der Tapete nicht existierten. Die schlierigen Fenster spiegelten die drei Gestalten wider, die in der Türöffnung standen.

Die drei Musketiere, dachte Rosamund in einem Anflug von Humor.

»Was ist diesmal kaputtgegangen?«, fragte Gary. Er sah sie aus seinen ungewöhnlich blauen Augen direkt an. Sie musste an das denken, was Kerry über ihn erzählt hatte. Dann brauchte sie einen Augenblick, um zu begreifen, dass er die letzte Nacht meinte. Ob das Toben auf dem Dachboden einen Schaden hinterlassen hatte.

»Wir haben gar nicht nachgesehen.«

»Tja, das sollten wir dann aber mal tun.«

Dieses Mal hatte die Lampe in Rosamunds Zimmer den Angriff schadlos überstanden. Die Badezimmertür stand offen, das Wasser in der Wanne war inzwischen kalt. Rosamund schob einen Ärmel nach oben und griff hinein, um den Stöpsel zu ziehen. Dann stand sie in dem leeren Flur, während Kerry und Gary in den anderen Zimmern nachsahen. Da war noch etwas ... etwas, an das sie sich erinnern musste. Ihr Blick blieb an dem Buntglasfenster am Ende des Flurs hängen. Sie blinzelte.

»Das Fenster!«, rief sie. »Es ist zersprungen. Zumindest dachte ich das.«

Gary ging mit ihr zum Fenster hinüber. Sie musterten es gründlich. Die Gläser saßen noch fest in ihrer Fassung, obwohl das Blei an manchen Stellen brüchig zu sein schien. »Sah es vorher auch schon so aus? Ich meine, mit dem fehlenden Stück und dem Riss?«, fragte er.

Kerry nickte. »Frederick Swann will es restaurieren lassen. Nächste Woche soll ein Restaurator kommen und es mit in die Werkstatt nehmen. Ich glaube, es ist ziemlich wertvoll. Früher Jugendstil oder so.« Sie klang nicht so, als entspräche das Fenster ihrer Vorstellung von Kunst.

Rosamund hörte sie kaum. Sie hatte gesehen, wie das Fenster in tausend Teile zersprang, oder etwa nicht? Anscheinend konnte sie im Moment ihren eigenen Augen nicht mehr trauen. Vielleicht hatte sie sich überhaupt alles eingebildet, was bisher geschehen war. Vielleicht erlitt sie gerade einen Nervenzusammenbruch, wie Gary vor einiger Zeit. Wie viel sollte sie ihm erzählen? Wie viel von sich durfte sie preisgeben?

Gary beobachtete sie. »Ich denke, wir sollten über alles sprechen. Jetzt. Noch heute Abend«, sagte er, als ob er ihre Gedanken lesen könnte.

Rosamund schüttelte den Kopf und wich seinem Blick aus. »Was soll das Reden bringen? Ich bin müde.« Plötzlich wurde ihr klar, dass sie wirklich total erschöpft war. Ihre Beine zitterten, und sie konnte sich kaum noch auf den Füßen halten. Außerdem hatte sie Kopfschmerzen. Sie musste schlafen – und nachdenken.

Mit neugierigen Blicken beäugte Gary sie. »Morgen ist

Sonntag«, sagte er. »Ruhetag. Keine Arbeiter in Colonsay. Wir unterhalten uns morgen.«

Das klang fast wie eine Drohung. »Wann auch immer«, seufzte sie und drückte sich an ihm vorbei Richtung Schlafzimmer. »Ich muss jetzt ins Bett.«

Sie hörte den Widerhall der Stimmen noch lange draußen im Flur, nachdem sie die Tür hinter sich geschlossen hatte. In voller Montur hatte sie sich einfach aufs Bett geworfen. Kurz bevor sie entschlummerte, hörte sie ein leises Kratzen in der Nähe ihrer Tür. »Mäuse«, murmelte sie, zu müde, die Augen zu öffnen.

Ohne einen Besuch in irgendwelchen Särgen fiel sie übergangslos ins traumlose Nichts.

»Fang einfach am Anfang an.«

Gary blickte sie erwartungsvoll an. Hinter ihm stand Kerry, machte Rühreier und sah Rosamund ebenfalls an.

Vorsicht, schien ihr Blick zu sagen. Erinnere dich an das, was ich dir erzählt habe. Gary Munro ist nicht der Fels in der Brandung, der er zu sein scheint.

»Ich denke, *du* solltest anfangen.« Rosamund schloss beide Hände fest um ihren Kaffeebecher. Ihre Zigaretten lagen auf dem Tisch, doch sie verspürte kein Bedürfnis, sich eine anzustecken. Ihr war ein bisschen übel, und ihre Muskeln schmerzten wie nach einem anstrengenden Training. Vielleicht wurde sie krank.

»Ich? O nein. Ich muss zuerst hören, was du zu sagen hast. Ich will vermeiden, dass meine Geschichte das verfälscht, was du erzählst.«

»Ich könnte dasselbe sagen. Wie soll ich wissen, ob du deine Geschichte nicht so abänderst, dass sie zu meiner passt?«

Gary lachte ungläubig. »Was sollte ich davon haben?«

»Du bist Schriftsteller. Schriftsteller erfinden Geschichten. Vielleicht schreibst du ja gerade ein Buch über ein Geisterhaus. Die wahre Geschichte Colonsays im Stil von *The Amityville*

Horror. Vielleicht kannst du auch Einbildung und Wirklichkeit nicht auseinanderhalten. Wie soll ich das wissen?«

»Du glaubst also, ich bin verrückt?« Gary starrte sie an.

Kerry warf ihr einen strengen Blick zu, und Rosamund starrte unwillkürlich zurück. Gary schaute misstrauisch von einer zu anderen. Als ihm klar wurde, was geschah, fiel ihm das Kinn nach unten. Er bedeckte sein Gesicht mit beiden Händen und schüttelte den Kopf.

»Jetzt ist mir alles klar. Alles.« Er ließ die Hände sinken; in seinem Gesicht mischten sich Zorn und Scham. »Ihr denkt, ich bin gaga. Ihr denkt, mein verwirrter Verstand spiegelt mir vor, in Colonsay spuke es. Und wenn du mir erzählst, was du gesehen hast, unterstützt du meine kranken Fantasien nur noch. So ist es doch, oder?«

Kerry wurde puterrot, wandte sich schnell ihrer Pfanne zu und begann, wie wild darin herumzurühren.

Rosamund zwang sich, ihm direkt in die Augen zu sehen. Dort und um den Mund hatte er viele Fältchen – Lachfältchen. Die tiefe senkrechte Kerbe zwischen seinen Augenbrauen hatte allerdings nichts mit Lachen zu tun. Mit seiner gebräunten reinen Haut sah er einfach gesund aus. Er sah aus wie ein Mann, der morgens um sechs zum Joggen an den Strand ging und danach ein herzhaftes Frühstück vertilgte. Sie glaubte trotz allem, was Kerry ihr erzählt hatte, nicht an psychische Probleme bei Gary Munro.

»Bringen wir es hinter uns«, sagte er. »Karten auf den Tisch!«

Rosamund nickte und beobachtete ihn neugierig, wie er tief durchatmete.

»Ich hatte jede Menge Stress«, begann er. »Der Job bei der Zeitung war eine Sache, gleichzeitig häuften sich meine privaten Probleme. Einer meiner Freunde beging Selbstmord, dann ließ mich meine Freundin sitzen.« Er zuckte mit den Schultern, als ob das alles völlig normal wäre. »Eines Morgens stand ich auf und wollte wie üblich zur Arbeit gehen, aber als ich das Haus verließ … ich weiß auch nicht, irgendwie bin ich mir in diesem Augenblick selbst abhandengekommen. Ich kann mich an nichts mehr erinnern. Es ist, als ob jemand mein Hirn abgeschaltet hätte. Mir fehlt ein ganzer Tag. Obwohl ich versucht habe, mir den Verlauf aus dem zusammenzureimen, was andere mir erzählt haben, kann ich mich bis heute an nichts erinnern. Offensichtlich bin ich zu einem Freund gefahren, habe dort Kaffee getrunken und über Treibhausgase gesprochen und darüber, dass ich mit einem Ansteigen des Meeresspiegels rechnen würde. Danach fuhr ich zum Parlament und versuchte, einen Termin beim Premierminister zu bekommen, um das Ganze mit ihm zu besprechen. Ich besaß ein Boot und dachte, das könnte nützliche Dienste leisten. Wie du dir denken kannst, haben sie mich natürlich rausgeworfen. Ich habe Glück gehabt, dass sie nicht die Polizei riefen.« Wieder zuckte er mit den Schultern.

»Was danach passiert ist, weiß keiner. Am Ende haben mich Freunde in St. Kilda am Strand gefunden, wo ich saß und über die Bucht starrte. Wahrscheinlich habe ich darauf gewartet, dass die Wellen mich verschlingen. Sie brachten mich ins Krankenhaus. Dort wurde ich mit Medikamenten vollgepumpt und für eine ganze Woche aus dem Verkehr gezogen. Danach durfte ich wieder nach Hause. Eine Zeit lang bin ich in Therapie gewesen, habe aber damit aufgehört, als ich hierhergezogen bin, weil ich sie nicht mehr brauchte. Ich habe Arbeit gefunden und mit dem Schreiben begonnen. Und ich segle viel. Alles Dinge, die ich schon viel früher hätte machen sollen. Ich denke, das war es auch, was ich begreifen musste. Ich hatte genug von meinem damaligen Leben, und weil ich alle diesbezüglichen Hinweise ignorierte, wurde ich von meinem Unterbewusstsein auf den richtigen Weg gezwungen.«

Rosamund spürte, dass Gary sie beobachtete. Er lächelte und war völlig entspannt, ruhig und konzentriert. Trotzdem wollte er herausbekommen, was sie von seinem Bericht hielt. Das nahm sie ihm nicht übel. Die meisten Menschen benehmen sich Personen mit psychischen Problemen gegenüber merkwürdig. Er hatte sicher häufig Zurückweisungen erfahren. Deswegen gab er seine Geheimnisse auch nicht ohne Weiteres preis. Und jetzt hatten sie und Kerry ihn mehr oder weniger zu diesem Geständnis gezwungen.

Als Rosamund nichts sagte, sprach Gary weiter.

»Was im Augenblick in Colonsay geschieht und was sich hier vor vielen Jahren abspielte, das hat nichts mit dem zu tun, was mir in Melbourne passiert ist. Das könnt ihr mir glauben.«

Zwei blaue Augen flehten sie um ein Zeichen der Zustimmung an, und Rosamund lächelte. Seine Mundwinkel wanderten nach oben.

»Ich weiß, dass wir als Kinder nicht gerade Freunde gewesen sind«, fuhr er fort. »Aber ich möchte jetzt dein Freund sein.«

Er streckte seine geöffnete Hand über den Tisch, und Rosamund ergriff sie. Sie fühlte sich verzaubert von seinen Augen und der Vorstellung, endlich jemanden an ihrer Seite zu haben. Seine Finger schlossen sich um ihre. Die Hand fühlte sich stark und warm an, die Haut schwielig und trocken. Ein Schauder überlief sie, den sie aber eher als angenehm empfand.

Kerry stand auf einmal mit zwei Tellern und ausdrucksloser Miene vor ihnen. Sie mied Rosamunds Blick. »Ihr solltet etwas essen«, sagte sie mit fester Stimme.

Nach einem Mahl aus Eiern, Toast und Kaffee gingen Gary und Rosamund hinaus in den Garten. Die Sonne wärmte, die Luft war ruhig. Die Bienen summten in den Blüten, und die Vögel flogen Angriffe auf die Zwergmispeln, um sich an den roten Beeren gütlich zu tun. Nach der ganzen Unruhe, die die Bauarbeiten mit sich gebracht hatten, lag eine wundervolle Ruhe über Colonsay. Gelegentlich in der Ferne vorbeifahrende Autos oder das Brummen eines Flugzeugs waren die einzigen künstlichen Geräusche.

Rosamund zündete sich eine Zigarette an. Das Nikotin half ihr zum einen beim Denken und beruhigte zum anderen ihre Nerven. Ach herrje, würde sie denn niemals damit aufhören können?

Drinnen klapperten die Pfannen. Kerry beschäftigte sich schon mit den Vorbereitungen zum Mittagessen. Rosamund hatte sie überreden wollen, sich ihnen anzuschließen, doch sie wollte ganz offensichtlich nicht. Das Gerede über die Vorfälle in Colonsay machte sie nervös. Sie glaubte nicht an Übersinnliches – wollte nicht daran glauben. Rosamund hoffte sehr, dass sie und Gary wenigstens zu denselben Schlüssen kommen würden.

»Stimmen«, sagte sie schließlich. »Und dann der Lärm auf dem Dachboden, das Krachen. Immer abends oder in der Nacht. Vielleicht hängt das mit der Dunkelheit zusammen. Eine schreckliche eisige Kälte, die mir bis in die Knochen dringt. Wie in einer dieser Horrorgeschichten. Sie kommt immer zusammen mit dem Krachen. Einmal habe ich auch Schritte im Keller gehört. Und ich habe ein Mädchen gesehen, an einem der Fenster im Hinterzimmer.«

»Hängen diese Ereignisse irgendwie zusammen?« Gary beobachtete ihren Gesichtsausdruck. »Gibt es vielleicht etwas, das in allen Fällen unmittelbar vorher geschieht?«

Rosamund schüttelte den Kopf. »Ich weiß nicht. Ich würde sagen, dass alles begann, nachdem Fred den Dachboden ausgeräumt hatte. Nur die Stimme, die habe ich schon vorher gehört.«

»Die Stimme? Du hast bisher von mehreren Stimmen gesprochen.«

»Habe ich das? Macht das einen Unterschied?« Es machte einen Unterschied, und sie wusste das. Sie wollte nur nicht darüber nachdenken, da verhielt sie sich nicht anders als Kerry. Irgendwie verspürte sie die kindliche Furcht. Darüber zu sprechen würde alles nur noch schlimmer machen.

»Was sagt die Stimme?«

Rosamund zog an ihrer Zigarette, bevor sie antwortete. »Rosie«, sagte sie schließlich. »Aber nicht einfach so. Es ist mehr wie ein Schrei, ein Flehen. Verstehst du, was ich meine? Wer auch immer das sagt … sagte, hört sich irgendwie gequält an, gepeinigt. Es klingt nicht unbedingt nach körperlichem Schmerz, eher nach seelischer Qual.«

Sie blickte ihn von der Seite an, um zu sehen, ob er sich über sie amüsierte. Tat er nicht. Er starrte, tief in Gedanken versunken, auf seine Schuhe. Dann fragte er sie nach dem Mädchen. Sie beschrieb ihm, so gut sie irgend konnte, das lange braune Haar und die altmodische Kleidung. Und sie beschrieb ihm das Gefühl, das sie bei dem Zusammentreffen gehabt hatte – als würde sie einem lebendigen Wesen gegenüberstehen und nicht einem unbelebten Trugbild aus einer längst vergangenen Zeit.

Gary hob sein Gesicht zur Sonne. Sie schien auf sein Haar, ließ zwischen den goldenen Locken silberne Strähnen aufblitzen. Rosamund wartete ab und beobachtete ihn. Seine Jeans hatte ein Loch am Knie, war aber sauber. Sein T-Shirt war nicht gebügelt, doch es sah frisch gewaschen aus, und die Farbe stand ihm. Er war völlig anders als Mark, der Perfektionist.

Rosamund merkte, dass Gary sie ansah. Er lächelte, und unwillkürlich lächelte sie zurück.

»Also gut«, sagte er. »Kommen wir zu Enderby. Mein Großvater ist von Colonsay fasziniert. Warum, weiß ich nicht. Nur, dass es dabei nicht nur um die geschichtlichen Fakten geht. Er besitzt viele Alben voll mit Zeitungsausschnitten über deine Familie, die zum Teil schon sehr alt sind. Enderby hatte in seinen jungen Jahren irgendeinen Posten bei der Regierung inne. Seine Position war natürlich nicht so einflussreich wie die von Cosmo Cunningham, aber vielleicht begann damals Enderbys Interesse. Er sonnte sich im Glanz des fremden Ruhms, erst in Cosmos, dann Adas und jetzt in deinem.«

»Meinem?«

Gary hob eine helle Augenbraue. »Warum nicht? Du bist eine Cunningham und außerdem die Frau von Mark Markovic, einem heißen Anwärter auf das Amt des nächsten Premierministers.«

»Enderby ließ sich sehr gern nach Colonsay einladen«, fuhr

er fort. »Er nahm mich mit, weil das für ihn eine Art Belohnung war. Meine Zurückhaltung hat er nie verstanden, nicht verstehen wollen. Sicherlich hat er nie etwas Ungewöhnliches bemerkt. Ich erzählte ihm ein paarmal von den Dingen, die ich gesehen hatte. Aber er schätzte es überhaupt nicht, mit Überraschungen irgendwelcher Art konfrontiert zu werden. Vielleicht dachte er, ich hätte nur eine lebhafte Fantasie oder würde Lügenmärchen erzählen. Jedenfalls ging er diesem Thema möglichst aus dem Weg. Also erzählte ich ihm irgendwann nichts mehr. Ich war zu dem Schluss gekommen, dass ich dieses Kreuz allein tragen musste. Damit hatte ich eine weitere Sache, die mich von allen anderen Kindern unterschied.«

Ein Funke der Erkenntnis durchzuckte Rosamund, doch sie schwieg.

»Einmal war ich allein in der Bibliothek, als ein Mann erschien. Er ist einfach so aus dem Nichts aufgetaucht und saß in einem der Ledersessel. Den Sessel konnte ich durch ihn hindurch noch erkennen. Er hatte einen altmodischen Anzug an, mit hohem Kragen und Weste. Hätte viktorianisch sein können, denke ich. Ich verstehe nicht viel von historischer Kleidung. Und die Männermode hat sich seitdem sowieso nicht so sehr geändert, oder? Er hatte helles Haar und war schon völlig ergraut. Und er schien mich nicht zu bemerken, im Gegensatz zu dem braunhaarigen Mädchen, das du gesehen hast. Er sah aus wie auf einer Fotografie. Ich erkläre mir diesen Vorfall immer als eine Art Falte im Zeitablauf oder sage mir, dass vielleicht der liebe Gott die falsche Filmrolle erwischt und eine Art himmlischer Verwirrung angerichtet hat.«

»Hast du herausgefunden, wer er war?«

Gary lachte. »Meine Güte, nein. Ich war froh, als er verschwand, und bin fortgelaufen. Danach waren mir die Besuche in Colonsay noch mehr zuwider.«

»Und ich dachte, du würdest mich nicht mögen.«

Seine Lachfältchen vertieften sich, als er lächelte. »Du warst ja auch nicht gerade wild auf mich.«

»Stimmt. Aber wenn ich davon gewusst hätte, wenn du mir etwas erzählt hättest ...«

Gary schüttelte den Kopf. »Damit du mich ausgelacht hättest? Nein, wirklich nicht.« Er hielt inne, und sein Blick verriet, dass er in die Vergangenheit zurückgekehrt war. »Einmal habe ich eine Frau weinen hören. Sehr traurig und richtig herzerweichend, wie ich es später nie wieder gehört habe. Und einmal suchte ich dich hinten im Garten. Du hast dich dort immer versteckt, weißt du noch? Da wurde ich verfolgt. Ich konnte niemanden sehen, hörte aber Schritte und das Rascheln der Blätter. Ziemlich gespenstisch war das. Ich bin davongerannt, so schnell ich konnte, und erwartete die ganze Zeit, eine eiskalte knochige Hand auf meiner Schulter zu spüren. Wie von einem Skelett, verstehst du?«

Rosamund ließ ihren Zigarettenstummel auf den Boden fallen und trat ihn sorgfältig aus. Die Anregung des Nikotins verflüchtigte sich schon wieder. Sie schaute zurück zum Haus. Es sah genauso verwunschen aus wie viele Geisterhäuser in Märchen, Sagen und Erzählungen.

Gary schien das nicht zu bemerken. Er steckte in seiner unglücklichen Jugend fest.

»Doch solche erschreckenden Vorfälle waren rar, und es lag immer viel Zeit dazwischen, Gott sei Dank. Am meisten belastete mich, wie das ganze Haus sich anfühlte.«

»Was meinst du mit ›anfühlte‹?«

Zum ersten Mal musste Gary nach den richtigen Worten suchen. »Es war einfach so ein Gefühl. Ich weiß auch nicht, wie ich dir das beschreiben soll.« Er dachte nach und biss sich dabei in die Lippe. »Als ich in der Psychiatrie war ... Bist du schon mal in einer psychiatrischen Klinik gewesen? Dort gibt es alle möglichen Fälle – von den leichten mit einem Nervenzusammenbruch wie ich bis zu den schwer kranken Patienten. Jedenfalls habe ich mir dort immer vorgestellt, ich wäre in einer Art Werkstatt für Spielzeuge, wo kaputte Sachen wieder heil gemacht werden. Einige der Patienten waren kaputter und schwieriger zu reparieren als andere, die nur einen neuen Aufziehgummi brauchten.«

Sein Lächeln verschwand.

»Jedenfalls, da gab es diese Frau. Ich weiß nicht, was ihr widerfahren war, aber sie umgab eine Art Aura, die ein Gefühl bei mir hervorrief ... Irgendwie strahlten Leid und Schmerz wellenförmig von ihr aus. Wenn es dir gut ging und du dich neben sie gesetzt hast, warst du innerhalb einer Minute total depressiv und am Boden zerstört. Genauso ist es mir früher mit Colonsay gegangen. Da hing etwas in der Luft, ich weiß auch nicht, wie eine schwarze Wolke! Und sobald du drin warst, hat dir die Schwärze die Freude am Leben geraubt. Das war unglaublich.«

»Das ist mir nie so gegangen.« Rosamund war gleichzeitig fasziniert und neugierig. »Fühlst du dich hier immer noch so?«

Langsam schüttelte Gary den Kopf. »Nein. Zumindest nicht, als wir mit der Arbeit angefangen haben. Aber es kommt langsam wieder. Es ist nur noch nicht stark genug, um mir etwas auszumachen. Eher so wie ein Kitzeln an den Fußsohlen.«

Sie schwiegen eine Weile. Ein Flötenvogel saß auf der Boxdornhecke, beobachtete sie mit schräg gelegtem Kopf und hoffte auf einen Leckerbissen. Er wartete einen Moment, hüpfte dann auf den Boden und kam näher. Offensichtlich traute er ihnen nichts Böses zu.

Genauso geht es mir mit Gary, dachte Rosamund. Ich vertraue ihm. Und ich denke, das ist richtig so. Er ist ein Einzelgänger wie ich auch. Er kämpft genauso um seinen Platz im Leben. Und er ist tief verletzt worden. So wie ich.

Der Klang ihrer Stimme überraschte sie. »Schon als Kind hörte ich Stimmen. Ich habe mich gar nicht mehr daran erinnert, aber Kerry weiß es noch. Sie sagt, Großmutter Ada hätte ihr davon erzählt. Offensichtlich habe ich mich von ihnen freigemacht, als ich herangewachsen bin, oder sie haben einfach so aufgehört.« Ein Schauder lief ihr den Rücken hinunter. »Und nun sind sie wieder da.«

»Nein.« Gary sah sie ganz komisch an. »Du bist wieder da. Du bist zurückgekommen, Rose. Du hast die schlafenden Geister in Colonsay geweckt. Das Haus hat sich seit deiner Rückkehr verändert. Ich habe das gespürt und Kerry auch. Was auch immer es ist, es war schon immer hier. Es konnte sich nur zwischenzeitlich nicht bemerkbar machen. Bis jetzt. Deine Ankunft hat das bewirkt.«

Rosamund starrte ihn an. Er hatte recht. Die Wärme verschwand, als hätte sich eine Wolke vor die Sonne geschoben. »Aber warum denn bloß?«, wisperte sie.

Gary schüttelte den Kopf. »Das weiß ich nicht. Ich habe eine Freundin, die sich mit solchen … Dingen beschäftigt. Sie sagt immer, dass es arrogant sei, zu glauben, es gäbe nur eine Wirklichkeit. Manche Menschen haben eine besondere Begabung – sie können durch den sonst undurchdringlichen Schleier hindurchblicken, der die verschiedenen Wirklichkeiten voneinander trennt. Vielleicht gehören wir beide zu diesen Glücklichen«, fügte er ironisch hinzu.

Am Nachmittag verschwand Gary für ein paar Stunden und kam mit einer Tüte voll Sachen wieder, die er im örtlichen Baumarkt gekauft hatte: Schnur, Bindfaden, Klammern, Haken und Babypuder.

»Ich habe mal einen Artikel über Geisterjäger geschrieben. Daher kenne ich ein paar von den Tricks, mit denen sie arbeiten. Ich baue das alles auf, bevor wir ins Bett gehen. Sollte jemand Schabernack mit uns treiben, geht er uns so bestimmt in die Falle.«

»Du schläfst also heute Nacht in Colonsay?«

Er sah Rosamund überrascht an. »Klar. Ich will genauso wie du wissen, was los ist. Denn das willst du doch, oder?«

»Ja.« Ihre Antwort kam ein wenig zu schnell. Sie mied Kerrys Blick. Während Gary unterwegs gewesen war, hatte Kerry sie noch einmal vor zu viel Vertrauen gewarnt.

»Ich dachte, du magst ihn«, hatte Rosamund daraufhin gesagt.

»Ich mag ihn ja auch. Aber er war schon immer nicht ganz einfach zu verstehen.«

»Ich verstehe ihn.«

Kerry hatte sie nur skeptisch angeblickt.

»Das sieht doch jeder Blinde ohne Krückstock, dass mit dem Haus etwas nicht stimmt«, hatte sich Rosamund ärgerlich ereifert. »Gary gibt das zu. Und außerdem versucht er wenigstens herauszubekommen, woher das alles kommt.«

Kerry war rot geworden, hatte die Lippen zusammengekniffen. »Mrs Ada und ich haben so viele Jahre …«

»Ada! Nicht die schon wieder! Die war doch selbst total verrückt. Über 1918 ist die ihr ganzes Leben nicht hinausgekommen.«

»Sie hatte furchtbare Verluste erlitten«, hatte Kerry verärgert gebrummelt. »Ihre Eltern starben, als sie noch ein Kind gewesen ist, und dann fiel ihr Ehemann in Frankreich.«

»Ist dir eigentlich schon einmal aufgefallen, dass meine Kindheit mindestens genauso schlimm war? Auch ich habe meine Eltern verloren.«

Kerry war stur geblieben. Hatte geschwiegen. Rosamund hatte ihren Atem gehört.

»Du denkst, ich bin selbst an meiner Lage schuld, richtig?«, hatte sie geflüstert, während ihr Ärger verlosch. »Du denkst, es war falsch, sie zu verlassen? Einfach wegzurennen?«

»Dir ging es besser als vielen anderen Mädchen.« Rosamund hatte sich über den Tonfall gewundert. »Du hast das einfach alles beiseitegeschoben. Für die Singerei!« Sie hatte die Augen zum Himmel verdreht. »Ada Cunningham hat dich geliebt und sich um dich gesorgt, und du bist einfach gegangen. Ihre letzten Worte galten dir. Hast du das gewusst?«

Rosamund hatte stumm den Kopf geschüttelt.

»Na, dann weißt du's jetzt. Ich habe bis zum Schluss ihre Hand gehalten, habe mich um die Beerdigung und ihre ganzen Sachen gekümmert. Und du? Du bist nicht einmal zur Beerdigung erschienen. Nicht einmal hinterher, um dein Erbe anzutreten. Sie hat all die Jahre am Existenzminimum dahingekrebst, damit du einmal dieses Haus bekommst. Ausgerechnet du!«

Rosamund hatte nie zuvor gehört, dass Kerry einmal die Stimme erhob. Sie hatte das bisher nicht für möglich gehalten.

»Sie hat das nicht für mich gemacht«, war schließlich ihre lahme Antwort gewesen. »Sie hat das alles für sich selbst gemacht. Sie lebte in der Vergangenheit, in Colonsays Vergangenheit. Sie konnte woanders gar nicht existieren. Oder kannst du dir Ada in einem Seniorenheim vorstellen? Dass sie jeden Tag Seifenopern im Fernsehen anschaut, Karten mit den anderen Bewohnern spielt und Socken für den jährlichen Bazar strickt? Sie hat das alles nur für sich gemacht. Um mich hat sie sich nur gekümmert, weil sonst ein schlechtes Licht auf den Familiennamen gefallen wäre, nicht aus Zuneigung. Sie hat mich nie geliebt.«

Kerry hatte den Kopf geschüttelt; ihre braunen Augen schimmerten feucht. »Du bist genauso dickköpfig wie sie. Du ähnelst ihr so sehr, Rosamund! Siehst du das nicht?« Dann hatte sie sich umgedreht und war gegangen.

Völlig versteinert hatte Rosamund ihr hinterhergestarrt. Genau wie Großmutter Ada? Das war ein Schicksal, schlimmer als der Tod. Als die Stille in ihr zu wirken begann, fiel ihr auf einmal ein, dass sie gar nicht nach Adas letzten Worten gefragt hatte. Vielleicht war es ja besser, sie nicht zu kennen.

Als dann Gary mit seiner Geisterjäger-Ausrüstung erschienen war, hatten Rosamund und Kerry einen Waffenstillstand geschlossen. Kerry beschäftigte sich in der Küche, sagte so wenig wie möglich und mied Rosamunds Blick. Rosamund saß in der Tür nach draußen, rauchte, trank Kaffee und verhielt sich ansonsten genauso.

Während des Abendessens gab es dann erneut einen unangenehmen Zwischenfall. »Sollte Mr Markovic anrufen, kann ich ihm dann sagen, dass Gary über Nacht hierbleibt?«, fragte Kerry unschuldig.

Rosamund spießte eine Bohne mit der Gabel auf. »Ja, warum denn nicht?«

Gary sah von seinem Teller auf. »Verursacht meine Übernachtung irgendwelche Probleme?«

»Nicht für mich«, verkündete Rosamund.

Er betrachtete die verschlossenen Gesichter der beiden Frauen und wurde unsicher. »Vielleicht bilde ich mir nur etwas ein. Vielleicht wollt ihr meine Hilfe gar nicht? Ich kann sofort verschwinden. Und wenn es noch einmal Schwierigkeiten gibt, ruft ihr die Polizei.«

»Ich möchte, dass du bleibst.« Rosamunds Stimme klang viel zu laut. Man merkte ihr den Schrecken an. »Ich möchte, dass du bleibst«, wiederholte sie leiser und lächelte. »Ich fürchte mich. Das kann ich ruhig zugeben, auch wenn Kerry sich das nicht eingesteht. Und wenn du uns helfen kannst, diese … diese Angelegenheit in den Griff zu bekommen, werde ich dir sehr dankbar sein. Also bleib doch bitte.«

Er sah sie an, als wollte er die Ernsthaftigkeit ihres Vorschlags prüfen, und nickte dann. »In Ordnung, ich bleibe.«

Kerry hielt den Mund und vertilgte ihr Abendessen.

Sie nahmen ihren Kaffee mit in die Bibliothek. Diese war wegen der ungeordneten Bücherregale, der Ledersessel und des Blicks durch das große Fenster in den Garten zu Rosamunds Lieblingszimmer geworden. Auch wenn die verblichenen Samtvorhänge geschlossen blieben, war der Garten für sie immer noch gegenwärtig.

Weiße Rosen, dachte Rosamund. Die konnte sie sich da draußen gut vorstellen. Waren weiße Rosen nicht Ambrosines Lieblingsblumen gewesen? Ein kreisrundes Beet mit weißen Rosen und in der Mitte eine Statue. Frauen mit langen Röcken und großen Hüten, die zwischen Staudenbeeten und Gehölzen spazieren gingen. Zu Cosmos Zeit waren viele reiche und einflussreiche Menschen in Colonsay zu Besuch gewesen, Politiker ebenso wie Künstler. Rosamund verstand besser, als sie zugeben wollte, warum Ada diese Erinnerungen hatte bewahren wollen.

Gary ging an den Bücherregalen entlang und gab ab und zu Laute von sich, wie es besessene Leseratten tun, wenn sie ein altes Lieblingsbuch oder einen lang gesuchten Titel erblicken. Als Junge war er ein Bücherwurm gewesen – Rosamund hatte ihn oft vor den Bücherregalen angetroffen. Sie fragte sich, ob er wohl zum ersten Mal seit seinem Zusammentreffen mit dem Geist wieder in diesem Zimmer war. Sie steckte sich eine Zigarette an, nippte an ihrem Wein und beobachtete das knisternde Feuer im Kamin. Es war Herbst geworden. Zu Hause in Melbourne hatte Mark die Heizung sicher auf 25 Grad hochgedreht. Er hasste die Kälte. Sie würde ihn an seine Kindheit erinnern, als ihm nie warm gewesen war. Rosamund, von Kindheit an in Colonsay an ein raues Klima gewöhnt, lachte ihn deswegen immer aus. Zumindest hatte sie das zu Beginn ihrer Beziehung getan. Später hatte keiner von ihnen beiden mehr viel zu lachen gehabt.

»Die haben Mrs Ada gehört.«

Rosamund wurde aus ihren Erinnerungen gerissen und sah hoch. Kerry griff nach einem Karton von mittlerer Größe, der jedoch schwer aussah. Er war voller Papiere, deren moderiger Geruch auf ein hohes Alter hinwies. Obenauf lag ein schwarzes, abgegriffenes Fotoalbum mit abgestoßenen Ecken. Rosamund hob den Karton hoch, stellte ihn auf den Boden neben ihrem Sessel und legte sich das Fotoalbum auf den Schoß.

Der Einband war so ausgeblichen, dass er aussah wie Rost. Er knackte, als sie das Album aufschlug, als ob er sich vom Rest lösen wollte. Rosamund beugte sich vor, um die Inschrift auf dem Titelblatt lesen zu können: Die Cunninghams von Colonsay. Ja, die beiden gehörten ohne Frage zusammen. Die Härchen in Rosamunds Nacken stellten sich auf.

Die Fotos waren nicht beschriftet. Ada hatte gewusst, wer die Menschen waren, die sie zeigten, früher einmal auch Rosamund. Sie blätterte langsam und vorsichtig die Seiten um, studierte die Posen der Abgebildeten: Frauen in langen Kleidern und Florentinerhüten, Männer in schicken Anzügen und Strohhüten. Ungezwungene Ausflüge aufs Land, formelle Zusammentreffen in Colonsay. Auf einem Bild waren zahlreiche Politiker aus dem frühen 20. Jahrhundert versammelt – Rosamund erkannte sie, konnte sich aber nicht an die Namen erinnern. Dann ein Foto von einem Mädchen mit langen blonden Korkenzieherlocken und einem süßen Lächeln – Ada. Ein kleiner Junge in Stiefeln, zugeknöpft bis obenhin – Adas Bruder Bertie. Ein Familienfoto von Cosmo, Ambrosine und den beiden Kindern. Völlig unpassend erinnerte Cosmo sie wegen des dichten grauen Haars und des mächtigen Schnurrbarts ein wenig an Stalin. Aber das Gesicht sah liebenswert aus, die Augen blickten humorvoll. Ambrosine war modisch in Rock und Bluse gewandet, das dunkle, üppige Haar auf dem Kopf hochgetürmt, die behandschuhten Hände um den Elfenbeingriff eines Sonnenschirms geschlossen.

Sie wirkte irgendwie nicht wie von dieser Welt, stellte Rosamund verwundert fest. Als ob sich hinter dem perfekten Gesicht, der perfekten Figur und dem perfekten Ruf nichts befände, nur eine weite Leere. Cosmo sah man an, was er war und dachte, nicht jedoch seiner mysteriösen Frau.

Rosamund blätterte weiter. Gary und Kerry, die sich Kaffee nachschenkten und plauderten, hatte sie völlig ausgeblendet. Gary schob ein weiteres Scheit in den Ofen und stocherte hilflos darin herum, bis Kerry ihm kopfschüttelnd die Arbeit abnahm.

Das Foto eines jungen Mannes in Uniform. Sein Gesicht war glatt, jung, unschuldig. Adas Gatte, Rosamunds Großvater. Wie oft hatte Ada auf dieses Bild gestarrt und sich ein anderes Leben gewünscht? Wie es wohl verlaufen wäre, wenn der Krieg ihr nicht den Ehemann genommen hätte? Das nächste bekannte Gesicht gehörte Simon, Rosamunds Vater. Er trug ebenfalls eine gut sitzende und robuste Uniform. Das Foto war direkt vor seinem Aufbruch in den Nahen Osten gemacht worden. Dann wieder Ada, allein, in einem Kostüm aus den 1950ern, die in die Kamera lächelte. Es gab auch ein paar Bilder von Rosamunds Mutter Janet, groß und schlaksig, mit einem zögerlichen Lächeln. Rosamunds Eltern schienen miteinander nicht besonders glücklich gewesen zu sein. Das Fehlen weiterer Fotos bekräftigte diesen Eindruck. Dann kamen Schnappschüsse von Rosamund selbst. Als Baby, als Kleinkind und als hochgewachsener, mürrischer Teenager mit schlechter Haltung, der mit dunklen, abweisenden Augen in die Kamera blickte. Das letzte Foto war im bereits verwilderten Garten entstanden.

Rosamund war nachdenklich geworden. War es möglich, dass man sein ganzes Leben lang Dinge aus einem bestimmten Blickwinkel betrachtete und eine Änderung ebendieses Winkels alles infrage stellte? Hatte die Wahrnehmung des einsamen und sonderbaren Mädchens, dass sie gewesen war, ihr ein Bild von Ada vermittelt, das nicht der Wirklichkeit entsprach? Hatte Kerry recht und Rosamund unrecht?

»Hast du etwas Interessantes entdeckt?«

Gary stand direkt neben ihrem Sessel. Rosamund sah auf, darum bemüht, ihre Verwirrung zu verbergen. »Kommt drauf an«, entgegnete sie mit einem kurzen Lächeln. Sie blätterte wieder in dem Album, diesmal von hinten nach vorn.

Gary blickte ihr dabei über die Schulter. »Das ist Enderby.«

Rosamund betrachtete das Bild aufmerksam und erkannte, dass das stimmte. Sein Großvater stand mit Simon neben Ada, die auf einem Stuhl saß. Im Hintergrund war das Haus zu sehen. Alle lächelten.

»Glückliche Zeiten«, murmelte sie.

Als sie wieder beim ersten Foto angekommen war, klappte sie das Album zu. Das braunhaarige Mädchen hatte sie nicht entdeckt, aber das war auch nicht zu erwarten gewesen. Dem Gesicht nach gehörte sie nicht zu den Cunninghams. Rosamund war sich sicher, dass sie sich daran auch erinnert hätte. Nein, das braunhaarige Mädchen war eine Außenstehende. Ein weiteres Rätsel, das gelöst werden wollte.

»Hast du deinen Geist gefunden?«, fragte Gary leise.

Rosamund schüttelte den Kopf. »Was ist mit deinem?« Sie lächelte, obwohl ihr nicht danach zumute war. Die Unterhaltung nahm kuriose Züge an.

»Es war weder Cosmo noch ein anderer der Cunninghams, da bin ich mir sicher. Vielleicht handelte es sich um einen Gast, der hier schlechte Erfahrungen gemacht hatte und zurückkam, um die Stätte seiner Erniedrigung heimzusuchen. Enderby sagte, dass Cosmo Spezialist für Erniedrigungen gewesen sei.«

»Er war Politiker«, brummelte Rosamund. Suchte sie nach Entschuldigungen für Cosmo oder für Mark?

Gary sah sie komisch an. »Ich vergaß, dass du mit einem verheiratet bist. Zumindest will dein Mann einer werden. Wiederholt sich da die Geschichte?«

Rosamund zuckte mit den Schultern und legte das Fotoalbum zurück in die Kiste. Es gab noch eine Menge Material zum Durchsehen, doch es war schon spät, und sie fühlte sich müde. Mit Erleichterung bemerkte sie, dass es auf dem Dachboden ruhig blieb. Sie hatte eine Zeit lang überhaupt nicht mehr an den Lärm gedacht. Garys Gegenwart schien den unwillkommenen Besucher abzuschrecken und ihnen eine Ruhepause zu verschaffen.

Bevor er schlafen ging, installierte Gary die Geisterfallen im ganzen Haus. Er schlug Nägel ein und brachte Schnüre vor Fenstern und Türen an. Oben an der Treppe spannte er ebenfalls einen Bindfaden und baute am Aufgang zum Dachboden aus einem Stuhl und ein paar Pfannen eine einfache, aber wirkungsvolle Alarmanlage. Jeder, der die Tür zur Stiege öffnete, würde an der am Stuhl befestigten Schnur ziehen und die ganze Konstruktion mit Getöse zum Einsturz bringen. Auf dem Dachboden selbst verspannte er eine Menge Schnüre kreuz und quer, die jeden Eindringling straucheln lassen würden. Als er damit fertig war, bestreute er die Böden mit Puder. Menschliche Besucher mussten darauf unweigerlich Spuren hinterlassen.

Er erreichte den Flur im Ostflügel. Kerry und Rosamund

standen in ihren Schlafzimmertüren und sahen ihm zu, wie er sein Werk vollendete. Den alten Läufer hatte er auf die Seite gezogen und aufgerollt, sodass der Boden blank lag. Kerrys Augen waren dunkel umschattet, die Arme fest über ihrer handgestrickten Bettjacke verschränkt. Sicherlich machte sie sich Sorgen wegen des Putzens am nächsten Tag, dachte Rosamund.

»Vor unseren Türen spanne ich keine Schnüre«, erläuterte Gary, während er weiterarbeitete. »Falls wir schnell verschwinden müssen.«

»Macht das Sinn?«, fragte Rosamund. »Kerry oder ich könnten ja den Lärm auf dem Dachboden machen.«

Gary sah sie mit hochgezogenen Augenbrauen an. »Ich verbiete euch beiden, heute Nacht eure Zimmer zu verlassen, ohne mich zuvor davon zu informieren.«

Dann reichte der Puder durch den ganzen Flur bis zur Tür seines Zimmers. Sie standen alle da, merkwürdig befremdet, starrten einander an und zögerten den Abschied hinaus.

»Gute Nacht«, sagte Kerry schließlich und schloss ihre Tür.

Rosamund zögerte noch. »Ist das nicht alles vollkommen verrückt?«, wagte sie sich vor.

Gary schüttelte den Kopf. »Nein. Lass es uns einfach ausprobieren und abwarten, was sich ereignet. Vielleicht bekommen wir am Ende eine total plausible Erklärung für alles.«

»Na, hoffentlich.« Sein Lächeln war das Letzte, was sie sah, bevor sie ihre Tür schloss.

Rosamund stieg ins Bett, legte sich auf den Rücken und starrte an die Decke. Draußen strich der Wind durch die Kiefern. Eine Eule rief. Colonsay lag völlig still, nicht einmal das übliche Ächzen und Knacken des alten Hauses war zu hören. Rosamund schloss die Augen und erlaubte ihren Gedanken zu wandern. Aus dem Fenster, weg von Colonsay, zu den Klippen. Über die Bucht hinüber, in der die hellen Lichter der Tanker und Frachtschiffe über den dunklen Wassern schwebten. Die Seeleute steuerten ihre Boote sicher durch Untiefen und an Sandbänken vorbei bis zum Riff, durch das es bei Flut einen Weg aus der Port Phillips Bay ins offene Meer gab. Das war eine gefährliche Meerenge voller Wracks, über die viele schreckliche Geschichten erzählt wurden.

O hear us when we cry to Thee, for those in peril on the sea. – Erhöre uns, o Vater, wenn wir Dich bitten für die Menschen in Seenot.

Die letzte Zeile aus den Strophen der Royal-Navy-Hymne erklang laut und deutlich in ihrem Kopf. Wo kam das auf einmal her? Ihre Lider zuckten, doch sie hielt die Augen geschlossen. In der Nähe der Schlafzimmertür erklang ein leises Kratzen – Mäuse? Es mussten Mäuse sein, was denn sonst? Wenn sie nicht nachsah, konnte sie zumindest so tun. Sogar noch, als die schreckliche, schon vertraute Kälte ins Zimmer kroch, weigerte sie sich, die Augen zu öffnen. Sie hoffte einfach, es würde verschwinden, wenn sie sich weigerte, es zur Kenntnis zu nehmen.

Das erste Krachen auf dem Dachboden ließ sie erstarren. Wie ein Brett lag sie unter ihrer Decke. Beim zweiten Knall sprang sie auf und rannte zur Tür.

***

Mrs Gibbons sang mit hoher zitternder Stimme *Those Endearing Young Charms.* Meggy verdrehte die Augen. Sie war gerade dabei, Muskatnuss in eine Schüssel zu reiben. Alice putzte das Silberbesteck mit Wiener Kalk und rieb es mit einem weichen Tuch blank. Es schien in Colonsay schneller anzulaufen, als man es putzen konnte. Mrs Gibbons behauptete, das käme vom Salz in der Luft.

Ambrosine hatte einen morgendlichen Ausritt unternommen und war dabei in einen Regenschauer geraten. Ihr tropfte das Wasser aus den Kleidern und Haaren, als sie zu Hause ankam. Mrs Gibbons machte eine Menge Aufhebens deswegen, schickte zuerst nach heißem Wasser für die Badewanne, dann nach heißer Brühe. Immer noch singend, war sie im

Augenblick dabei, Tee und ein paar Sandwiches zuzubereiten, um Ambrosines Appetit anzuregen. Sie gab eine ordentliche Dosis von ihrer speziellen Medizin in eine Tasse.

»Madam könnte sich erkältet haben, und mein Tonikum ist das allerbeste Gegenmittel«, verkündete sie niemand Bestimmtem.

»Das Zeug hält dich sogar vom Atmen ab, wenn du zu viel davon erwischst«, stellte Meggy düster fest. »Weiß der Himmel, was da drin ist!«

Alice besaß eine ziemlich gute Vorstellung davon. Sie hatte der Köchin dabei zugesehen, wie sie es zusammenrührte; die Zutaten beinhalteten eine nicht unbeträchtliche Menge an Bier, Wein und Whiskey.

»Und was ist mit dem armen Jonah?«, murmelte Meggy leise, um Mrs Gibbons Gesang nicht zu übertönen. »Er war mit Madam unterwegs und ist ebenso nass geworden. Kein Mensch kümmert sich um ihn, macht ihm Tee oder bringt heißes Wasser für ein Fußbad.«

»Warum haben sich die beiden nicht irgendwo untergestellt?«, fragte Alice.

Meggy drückte die Muskatnuss heftig gegen die Reibe. »Das wäre unpassend, nicht wahr? Es könnte Gerede geben.«

Alice musste beinahe laut auflachen. »Meggy! Jonah ist ein Bediensteter.«

Meggy hob eine Augenbraue, und Alice konnte ihr ansehen, dass sie ihr unbedingt etwas erzählen wollte.

»Genug mit dem Geplapper«, zischte da die Köchin. Und wieder wurde es still in der Küche.

***

Gary bekam sie gerade noch zu fassen, bevor sie die Treppe hinunterstürmte. »Halt! Du brichst dir ja den Hals!« Schnell entfernte er die Fußangeln aus Schnur.

Über ihnen krachte es weiter. Der Lärm wurde immer lauter, sodass das Haus schließlich in seinen Grundfesten erzitterte.

Gary hatte eine Taschenlampe. Er ging durch den Westflügel zum Dachbodenaufgang. Der Lichtstrahl zitterte, aber der Puder auf dem Boden lag unberührt. Gary machte einen Schritt nach vorn.

»Nicht!« Rosamund schrie gegen den Krach an. »Nicht, Gary!«

Colonsay bebte unter den donnernden, wütenden Schlägen. Kerry war inzwischen auch dazugekommen und drückte sich an die Wand. Sie hielt sich mit beiden Händen die Ohren zu und kniff die Augen zusammen. Rosamund legte einen Arm um sie. Die Berührung beruhigte beide Frauen ein wenig. Dann gingen sie zusammen die Treppen hinunter. Der Lärm veränderte sich, begann zu hallen, als ob sie am Eingang einer riesigen Höhle stehen würden. In der Küche machten sie das Licht an und verschlossen die Tür. Das verschaffte ihnen zumindest den Anschein von Sicherheit. Garys Arme umfingen sie beide; das war ein gutes Gefühl.

Das Krachen und Donnern ging etwa zwei Minuten weiter und hörte dann so plötzlich auf, wie es begonnen hatte. Die nachfolgende Stille schien unwirklich.

Gary atmete tief durch. »Wir kontrollieren lieber noch den Rest des Hauses.« Unter seinen Augen lagen Schatten, und er trug dieselbe Kleidung wie am Abend. Offensichtlich war er wach geblieben und hatte gewartet. Kerry folgte ihm zur Tür, grün im Gesicht. Rosamund hatte keine andere Wahl, sie schloss sich ihnen zögernd an.

Sie stand mit Kerry in der Eingangshalle, während Gary überprüfte, ob die Fallen im Erdgeschoss an ihrem Platz waren. »Sieht so aus, als ob etwas Kleines hier entlanggekommen wäre«, rief er ihnen zu. Er leuchtete mit der Taschenlampe über den Boden in dem Zimmer, in dem Rosamund die Cunningham'schen Schätze sortiert hatte. »Habt ihr eine Katze?«

»Nein.«

»Jedenfalls war es zu klein.« Er senkte die Stimme. »Was?«

»Ich meine, was auch immer es gewesen ist, kann nie im Leben so einen Krach machen wie den, den wir gerade gehört haben.«

Sie folgten ihm nach oben. Der Puder lag unberührt, abgesehen von den Spuren, die sie selbst beim Verlassen der Zimmer hinterlassen hatten. Keine Spuren Richtung Westflügel, und die »Alarmanlage« im Aufgang zum Dachboden schien ebenfalls unversehrt zu sein. Gary öffnete die Tür, und mehrere Töpfe fielen geräuschvoll zu Boden. Sie zuckten alle zusammen. Er ließ den hellen Lichtstrahl über die Treppe nach oben gleiten. »Kommt«, sagte er. Langsam und nervös folgten sie ihm auf den Dachboden.

Gary leuchtete den niedrigen Raum mit der Taschenlampe ab. Das Dach schien sie niederzudrücken, trotz der blauen Plane, die Fred als Schutz gegen den Regen über den neuen Dachstuhl gebreitet hatte. Der Lichtstrahl beleuchtete den staubigen Boden sowie eine Menge Holzstücke, Ziegel und Handwerkszeug. Der Puder glitzerte weiß und unberührt. Die Schnüre waren alle an ihrem Platz und sahen aus wie ein riesiges Spinnennetz.

Rosamund konnte Kerrys Atem hören. Gary murmelte vor sich hin, während er weiter auf den Dachboden vordrang und sich fast den Kopf an einem niedrigen Balken anstieß. Seine Füße wirbelten weißen Staub auf, er musste niesen. Die Stille ließ das Geräusch unnatürlich laut klingen.

»Hier oben ist kein Mensch gewesen«, sagte er, und seine Stimme hallte durch die Nacht. »Sonst hätte er Spuren hinterlassen müssen. Und ich sehe weder Mikrofone noch Verstärker oder irgendwelche anderen technischen Spielereien à la Steven Spielberg. Sondern nur einen ganz gewöhnlichen, leeren Dachboden.«

In seiner Stimme schwang so etwas wie Triumph mit. Rosamund war irritiert, wollte das sich aber nicht anmerken lassen.

»Du hättest es tun können.« Kerrys Ton ließ erkennen, wie unsicher sie war.

Er kam auf sie zu; von ihrem Standpunkt aus sah er hinter dem Licht der Taschenlampe durch die tiefen Schatten völlig fremd aus. »Warum? Weil ich ein Irrer bin?«

Sie wich seinem Blick aus.

»Selbst wenn es so wäre – warum sollte ich so etwas tun?«

Kerry antwortete nicht. Die drei Menschen standen im Licht der Taschenlampe, das von den schmutzigen Dachfenstern reflektiert wurde. Die Anspannung war zum Greifen spürbar. Auf dem Dachboden konnte man wirklich Platzangst bekommen.

Rosamund konnte sich nicht erinnern, je hier oben gewesen zu sein. Ada hatte sie sicher nicht dazu ermutigt, aber sie musste ein seltsames Kind gewesen sein. Nie hatte sie ihn als Versteck oder Rückzugsbereich ins Auge gefasst. Sie hatte den bloßen Anblick der Dachbodenstiege nicht gemocht und nie das Verlangen verspürt, hinaufzusteigen. »Er ist völlig leer«, verkündete sie. Dabei klang sie ärgerlich, was aber eher ihrer Furcht zuzuschreiben war. »Ich gehe wieder ins Bett.«

Sie drückte sich an Kerry vorbei und tappte auf bloßen Füßen die dunklen Stufen hinunter, vorbei an den verstreuten Töpfen. Der Westflügel lag still. Die Zimmer dort hatten einst die Kinder der Cunninghams beherbergt. Es roch moderig. Rosamund spürte eine große Leere und gleichzeitig das Gefühl, beobachtet zu werden. Was war hier los? Versuchte jemand, sie aus Colonsay zu vertreiben? Und wenn ja, warum? Oder versuchte ein gelangweilter Poltergeist nur verzweifelt, Aufmerksamkeit zu erregen?

Bei der Vorstellung musste sie beinahe lächeln. Schon das fand sie anstrengend. Sie war so müde, dass sie kaum einen Fuß vor den anderen setzen konnte. Jedes Mal nach dem Lärm ging ihr das so. Sie fragte sich, ob dazwischen wohl ein Zusammenhang bestand. Komisch, dass ihr das bisher nicht in den Sinn gekommen war. Wer auch immer diesen Aufruhr verursachte, benutzte er etwa Rosamund als Energiequelle und bediente sich bei ihr, wenn ihm der Sinn danach stand?

Sie zitterte und schlang die Arme um den Körper. Da hörte sie leise Schritte hinter sich. Das musste Kerry sein. Vielleicht konnten sie vor dem Zubettgehen noch etwas Warmes trinken. Oder sich einen steifen Brandy genehmigen. Sie drehte sich um und wollte gerade diesen Vorschlag machen.

Rosamund erstarrte in der Bewegung.

Das braunhaarige Mädchen stand hinter ihr. Rosamund dachte sofort, wie komisch es war, dass es keine Taschenlampe brauchte. Es schien von innen heraus zu leuchten.

9

Mademoiselle Sombreuil. Die letzten des Sommers. Richtige französische Schönheiten, Madam.«

Petersham nickte stolz in Richtung der weißen Rosen. Ambrosine arrangierte sie gerade in einer Vase, die Alice ihr gebracht hatte.

Ihr Geruch war zitronig und süß zugleich. Sie hatten eine größere Blüte und mehr Blütenblätter als die anderen Teerosensorten.

Ambrosine umfing eine Blüte mit ihren Händen und steckte die Nase hinein. »Wundervoll«, wisperte sie und lächelte den alten Mann an.

Er räusperte sich ein wenig verlegen, aber Alice bemerkte sein stolzes Erröten. Männer waren Narren, sobald es um Ambrosine ging.

»Meine Mutter züchtete Rosen, als ich klein war«, sagte diese jetzt. »Comtesse de Murinais, Semiplena, Madam Hardy. Nur weiße Sorten. Sie haben im Frühling geblüht und dufteten süß, ach, so süß! Wasser war knapp, und sie geizte mit jedem Tropfen für das Kochen und Waschen. Manchmal blieb am Ende eines Tages nur ein Eimer oder weniger übrig. Das trug sie dann hinaus in den Garten und tränkte ihre Rosen. Die Pflanzen litten in den heißen, trockenen Sommern, aber sie überlebten. Rosen sind so empfindlich, dass wir denken, ein einziger Windstoß könne sie zerstören. Aber sie sind zäh. Wunderschön und stark. Sie passen sich an die Lebensbedingungen an, die sie vorfinden, Sergeant, und vergeuden keine Kraft, indem sie dagegen ankämpfen.«

Petersham saß steif auf dem brokatbezogenen Stuhl, als hätte er Angst, ihn zu beschädigen. Seine großen, furchigen

Hände lagen auf seinen Knien. Ambrosine sprach weiter; sie schien in nachdenklicher Stimmung zu sein.

»Sehen Sie, ich bin durchaus mit schwierigen Lebensumständen vertraut. Wir lebten nördlich des Murray River, im Outback. Mein Vater wollte unbedingt selbst Land besitzen. Als seine Geschäfte fehlschlugen, kaufte er sich von seinem letzten Geld einen Besitz. Meine Mutter, mein Bruder und ich folgten ihm dort hinaus und ließen die Zivilisation hinter uns. Ich war damals dreizehn. Das neue Leben unterschied sich völlig von meinem alten. Meine Freunde dachten, ich würde unglücklich sein. Ich aber fühlte mich befreit.«

Alice bewegte sich leise durch das Zimmer, legte Holz im Kamin nach, stellte die Rosen auf einen Tisch neben dem Fenster, ordnete die Sandwiches und Kuchenstücke auf den Tellern, die Mrs Gibbons immer in Windeseile hervorzauberte. Ambrosine bemerkte sie nicht – und wenn, zeigte sie es nicht.

»Kommt Mr Cunningham auch von dort?«, wollte Petersham wissen.

Ambrosine schüttelte den Kopf und warf ihm einen fast neckischen Blick zu. »Nein. Mein Mann stammt aus Colonsay. Er hat zwar auch Land am Murray, das stimmt, aber er hat nie dort gelebt. Er findet das Land dort hart und unerbittlich. Das Meer ist mehr nach seinem Geschmack.«

»Colonsay ist sehr schön.«

»Ja, das ist es, Sie haben recht. Aber manchmal habe ich Sehnsucht nach den weiten Ebenen, die bis zum Horizont reichen. Ich möchte die Sonne am Himmelszelt tiefer sinken sehen, bis sie verschwindet, während die Schatten der Menschen die Größe von Riesen erreichen.«

Sie nippte an ihrem Tee und lächelte. Alice fand, dass ihre Hand zitterte. Riesen, spottete sie insgeheim. Aber es hatte sie überrascht zu hören, dass Ambrosine aus einer solch harschen Umgebung stammte. Alice hatte geglaubt, Cosmos Gattin sei ein Geschöpf des bequemen Melbourner Stadtlebens, ein verzogenes Kind damals, eine verwöhnte Frau heute. Was sie gerade gehört hatte, passte gar nicht zu dieser Vorstellung.

Petersham nahm sich ein Sandwich und schlang es in einem Bissen hinunter wie ein alter Jagdhund. Ambrosine sah ihm zu und lächelte. Die freundlich-undurchdringliche Maske lag wieder über ihrem Gesicht.

***

Frederick Swann und seine Arbeiter erschienen bereits früh am Morgen in Colonsay. Ihr fröhliches Lärmen weckte Rosamund aus dem Tiefschlaf, in den sie nach drei Uhr schließlich gefallen war. Sie lauschte dem Gelächter und den Stimmen, die sich etwas zuriefen. Es war seltsam, dass manche Menschen immer fröhlich zu sein schienen, während andere ständig vor sich hin brüteten. Woher kam das? Wurde man so geboren oder als Kind zu dem gemacht, was man als Erwachsener war?

Rosamund dachte an ihre Kindheit, an die Einsamkeit und das Gefühl, nicht geliebt zu werden. Konnte das erklären, warum aus ihr eine schwache, abhängige Frau geworden war? Sie war ganz sicher, dass Ada das nicht gewollt hatte.

Kleine Fetzen längst vergangener Unterhaltungen ertönten in ihrem Kopf: »Triff deine Entscheidungen bewusst, Rosamund. Die Folgen wirst du bis zu deinem Tod spüren.« Ada verteilte ihre Ratschläge gern zwischen Suppe und Hauptgang. »Wähle deinen Gatten mit Bedacht, Rosamund. Heiratest du aus Liebe, macht dich genau diese Liebe blind gegenüber der Wirklichkeit. Ich habe meinen Mann geliebt, genau wie mein Vater seine Frau.« Ada saß sehr aufrecht in ihrem Stuhl, das scharfe Raubvogelprofil ihr zugewandt. »Ich habe mich stets zu meinen Überzeugungen bekannt, Rosamund. Und ich verabscheue Geheimnisse. Vielleicht, weil ich sie nicht gut bewahren kann.«

Ich habe sie damals überhaupt nicht verstanden, dachte Rosamund. Ich habe ihr nie richtig zugehört. Sie versuchte, mir auf ihre Weise zu helfen. Mir Ratschläge zu geben, um ihre eigenen schlechten Erfahrungen zu vermeiden. Wie hätte sie auch mit ihrer tragischen Vergangenheit eine warmherzige, liebevolle Person sein können? Ich war ein Kind. Kinder können so etwas nicht begreifen.

Es schien müßig, sich selbst oder Ada die Schuld für die Situation zu geben. Ada hatte jedes Verständnis für Rosamunds Jugend und Unerfahrenheit gefehlt. Umgekehrt hatte Rosamund Adas Sichtweise überhaupt nicht verstehen können. Ada war nie geduldig mit Kindern gewesen. Rosamund hatte das gespürt und sich angepasst, weil sie unsicher gewesen war.

Der Zementmischer im Vorgarten erwachte zum Leben und ratterte vor sich hin, während er Schaufel um Schaufel Sand und Zement schluckte. Rosamund seufzte und setzte sich auf. Sie schob sich die Haare aus dem Gesicht. Anscheinend dachte sie über Großmutter Ada nach, weil sie dann nicht über das braunhaarige Mädchen nachdenken musste. Doch irgendwann würde sich das nicht mehr vermeiden lassen.

In der vergangenen Nacht hatten Gary und Kerry sie ins Bett gebracht, nachdem sie sie halb bewusstlos und zusammengesunken an der Wand gefunden hatten. Sie hatte etwas von Geistern geflüstert, aber Kerry hatte davon nichts wissen wollen. Gary hatte sie in ihr Zimmer getragen. Meine Güte, hatte er das wirklich gemacht? Sie lag zitternd und mit trockenem Mund auf dem Bett, hörte Kerry mit ihm an der Tür leise reden. Vielleicht hatte sie ihm von ihrer Trinkerei erzählt, dass sie für Mark nur eine Last war und dass sie nach Colonsay gekommen war, um den Weg für ihn frei zu machen. Das war die reine Wahrheit, warum also sollte er das nicht wissen? Gary war auch kein Waisenknabe, oder? In dieser Beziehung passten sie wirklich gut zusammen.

Der Gedanke beruhigte sie, und sie ging zum Fenster. Dabei war sie sehr vorsichtig, sie wollte den Arbeitern nicht schon wieder eine Peepshow bieten. Seit jenem Morgen, an dem sie das getan hatte, war so viel geschehen.

Das braunhaarige Mädchen. Rosamund ließ den Kopf in

ihre Hände sinken. Die Augen hatten sie erschreckt. Mehr noch als die grobkörnige Qualität der Erscheinung oder das innere Leuchten, sogar mehr als die Vorstellung, dass das Trugbild eine Art Nachhall eines vor langer Zeit gestorbenen Lebewesens war. Die Augen waren von Leben erfüllt gewesen. Sie hatten nicht in die Vergangenheit geblickt, sondern direkt in Rosamunds Gesicht.

»Sie will etwas von mir«, flüsterte Rosamund vor sich hin. »Aus irgendeinem Grund will sie etwas von mir, und ich verstehe nicht, was.«

»Finde es heraus«, erklang Großmutter Adas Stimme streng und schrill in ihrem Kopf. Wer auch immer das braunhaarige Mädchen war und was auch immer mit ihr geschehen sein mochte, sie erschien ihr aus einem bestimmten Grund. Diesen Grund musste sie herausfinden und so das Rätsel lösen. Dann würde der Geist bestimmt verschwinden. So jedenfalls die Theorie.

Rosamund atmete tief durch. Ja, dachte sie. Ich muss das herausbekommen. In der vergangenen Nacht, nach dem Vorfall, hatte sie sich dafür entschieden, Colonsay so schnell wie möglich zu verlassen. Aber jetzt fragte sie sich, wohin sie gehen sollte. Das alte Haus war ihr einziges Zuhause, und sie wollte es nicht verlieren. »Ich bin die letzte Cunningham auf Colonsay«, murmelte sie. »Ich habe ein Recht darauf, hierzubleiben.«

Sie hörte Tellerklappern aus der Küche und ging die Treppe hinunter. Kerry ging ihrer üblichen Beschäftigungstherapie nach. Der Geruch von gebratenem Fleisch mischte sich mit den Frühstücksgerüchen.

»Kaffee?«, rief Kerry Rosamund entgegen, als sie in der Tür stand. »Ich habe gerade welchen für die Jungs gemacht.«

Rosamund nahm an, dass es sich bei den Jungs um Fred Swanns Arbeiter handeln musste, von denen die meisten die Dreißig schon überschritten hatten.

»Ja, danke. Mach weiter, ich nehme ihn mir schon selbst und mache dann im Hinterzimmer mit dem Aussortieren weiter.«

»Geht es dir gut?« Ihre Augen trafen sich kurz, dann beugte sich Kerry wieder über die Teigrolle, die sie mit den Händen bearbeitete.

»Ja, es geht schon.«

Rosamund nahm den Kaffeebecher und ging, bevor Kerry weitere Fragen stellen konnte. Sie ging den Flur hinunter und öffnete die Tür. Dort stand sie dann, nippte an ihrem Kaffee und ließ den Blick über die verbleibenden Schätze schweifen. Es war erstaunlich, was sie in der kurzen Zeit geschafft hatte. Sie wollte schnell mit der Arbeit weitermachen. Die Lösung für das Geheimnis um das braunhaarige Mädchen befand sich irgendwo in diesem Haus, dessen war sich Rosamund sicher.

Bis zum Mittagessen sichtete Rosamund eine Menge Zeug: ein paar alte Toaster, einen Stapel Kalender aus den 1950ern, zerbrochene Kricketschläger und zerrissene Handschuhe, Zeitungen aus den 1960ern und 1970ern mit Fotos von stark geschminkten Models in kurzen Röcken, einen dreibeinigen Tisch und einen zweibeinigen Stuhl. Zu guter Letzt stieß sie auf einen Stapel Schellackplatten in zerrissenen dünnen Hüllen.

Fasziniert nahm sie jede einzelne in die Hände und las die Etiketten. Überwiegend schottische Balladen und ein paar Märsche. Cunningham'sche Erinnerungen an die alte Heimat? Rosamund summte *Loch Lomond* vor sich hin. »Rosamund Cunningham singt Cunningham-Klassiker«, verkündete sie laut und lächelte. Das Lächeln verschwand jedoch so schnell, wie es gekommen war. War das alles, was vom Glanz der Cunninghams überdauert hatte? Ein paar staubige Kartons in einem Abstellraum? Was würde von ihr bleiben, nach ihrem Tod?

»Rosamund?«

Verdutzt blickte sie auf und sah Kerry in der Tür stehen, die unbehaglich wirkte, als erwartete sie, dem Leibhaftigen persönlich gegenüberzutreten. Ihre fleckenlose Schürze leuchtete.

»Was gibt's?« Rosamund stemmte sich hoch und fühlte sich

benommen. Sie wollte sich mit den Händen durch die Haare fahren, ließ es dann aber bleiben, weil sie schmutzig waren.

»Erinnerst du dich an den Elfenbeinknopf, den ich geputzt habe?« Rosamund nickte. »Gary wollte ihn sehen. Aber er ist nicht mehr da, wo ich ihn hingelegt habe. Hast du ihn vielleicht genommen?«

Rosamund kniff die Augen zusammen. »Nein, das weißt du doch.«

»Ich dachte nur … Ich meine, ich wollte nur …« Sie biss sich auf die Lippe und drehte sich weg. »Macht nichts, ich habe ihn wohl verlegt.«

Wieder allein, sah sich Rosamund um, als ob der Knopf jeden Augenblick auf sie zurollen würde. Dieses plötzliche Auftauchen hatte sich zu oft ereignet, um bloßer Zufall zu sein.

»Was willst du mir sagen?«, flüsterte sie. Eine Antwort bekam sie natürlich nicht.

Nach dem Mittagessen machte Rosamund weiter, wo sie aufgehört hatte. Ein altes, kaputtes Grammofon tauchte auf. Dann ein Stapel Langspielplatten aus Vinyl, überwiegend Blues und Soul. Die hatten ihrem Vater gehört.

Ich erforsche meine Wurzeln, dachte Rosamund mit einem Anflug von Galgenhumor. Früher hat mich das nie interessiert, doch nun werde ich praktisch gezwungen, mich damit zu beschäftigen, und es macht mir sogar Spaß. Von den Geistern mal abgesehen. Doch die Vergangenheit hat mich geprägt, sie ist ein Teil von mir. Zuerst war da Cosmo Cunningham, und drei Generationen später kam ich, Rosamund Cunningham. Ob wir uns wohl irgendwie ähneln?

Sie bezweifelte es. Cosmo war ehrgeizig gewesen, von seiner eigenen Bedeutung überzeugt, sich seines Platzes in der Welt ganz sicher. Und Rosamund? Sie war der unbedeutende Schatten eines brillanten Ehemannes. Doch es hatte eine Zeit gegeben, in der sie selbstständig und eigenverantwortlich handelte.

Als ich gesungen habe, das war wirklich mein eigenes Leben, dachte sie. Auch noch eine Zeit lang, nachdem ich Mark kennenlernte. Doch dann hat ihn sein Ehrgeiz fortgetrieben, und von mir ist nur eine Hülle übrig geblieben. Wie der Geist des braunhaarigen Mädchens, nur lästiger.

Rosamund legte die Platte in ihrer Hand auf den wackligen Stapel. Sie hatte den Flur in verschiedene Bereiche unterteilt und ordnete alle Gegenstände dort ein. Am meisten Platz beanspruchten die Sachen für die Müllkippe. Der Haufen von Gegenständen, die verkauft werden konnten, war dagegen ziemlich klein. Und dann gab es einige Dinge, die sie behalten wollte. Viel mehr, als sie zunächst geglaubt hatte. »Was dem einen nichts ist, ist dem anderen alles. Oder so ähnlich.«

Endlich erreichte sie die Rückwand des Zimmers und sah das Sofa. Dunkles Holz mit aufwendigen Schnitzereien, geschwungene Armlehnen und Polster aus rotem Samt, die von zahllosen Cunningham'schen Hinterteilen zusammengedrückt worden waren. Den Bezug zierten diverse Flecken. Fred Swanns Leute hatten Kartons und Kisten auf die Polster gestellt, aber die würde sie bald durchgesehen haben.

Sobald das Sofa abgeräumt war, zerrte Rosamund es zur Tür und setzte sich darauf. Staubwolken stoben heraus, und sie musste niesen. Sie zog die Beine hoch, faltete sie zum Schneidersitz und zündete sich eine Zigarette an. Durch das schmutzige Fenster sah sie nach draußen. Es war kühl und windig. Ein Flötenvogel saß in der Boxdornhecke, vielleicht derselbe, den sie schon einmal gesehen hatte. Die Hecke trug eine Menge roter Früchte, was die Vögel zu schätzen wussten. Der Lärm von Fred Swann und seinen Männern drang nur gedämpft zu ihr herunter. Sie arbeiteten im Westflügel und polterten den ganzen Tag die Treppen hinauf und hinunter. Kerry hatte das Putzen genauso aufgegeben wie ihre Klagen über dreckige Männerstiefel und Hundepfotenabdrücke und sich in ihre geliebte Küche zurückgezogen. Von dort durchzog der Duft von Gebäck ganz Colonsay. Wenn sie so weitermachte, dachte Rosamund, würde das Essen bald aus Türen und Fenstern quellen.

Das Licht fiel auf den Holzboden direkt vor ihr. Sie sah ihre eigenen Fußspuren vom Hin- und Hergehen und die Spuren der Gegenstände, die sie herumgeschoben hatte. Aber da gab es noch andere Spuren. Seltsame Spuren. Was hatte Gary vergangene Nacht gemeint – eine Katze? Rosamund blinzelte durch den Zigarettenrauch und versuchte die kleinen Pfotenabdrücke zu identifizieren, die im Kreis durch den Staub verliefen.

Draußen im Flur klingelte schrill das Telefon. Rosamund blieb ruhig sitzen und rauchte weiter. Sollte Kerry drangehen, sie hatte eine Abwechslung von ihrer Bäckerei verdient. Das Zimmer war so ruhig, so friedlich. Sie würde später über die Spuren auf dem Boden nachdenken. Später … Ihre Augenlider senkten sich. Einfach einen Augenblick ausruhen. Wie angenehm.

»Rosamund?«

Kerrys Stimme klang schrill, und Rosamund konnte ihre Verärgerung kaum verbergen, als sie den Kopf hob.

»Mr Markovic ist am Telefon. Er will dich sprechen.«

Mit großer Anstrengung stand Rosamund auf. »Mich?«, wiederholte sie und runzelte dann die Stirn über diese idiotische Frage. Warum sollte Mark nicht mit ihr sprechen wollen? Schließlich war er ihr Mann.

Als sie den Tisch in der Eingangshalle erreichte, auf dem das Telefon stand, wartete sie kurz, bis Kerry die Küchentür hinter sich geschlossen hatte. Dann drückte sie die Zigarette aus und nahm den Hörer.

»Mark?«

»Wer ist dieser Gary Munro?«

Also hatte Kerry es ihm erzählt. Rosamund fragte sich irritiert, was das sollte. Sie atmete tief durch. »Ich kenne ihn von früher.«

»Warum übernachtet er in Colonsay?« Er klang eher ungeduldig als neugierig, als ob man ihn gerade aus einer Besprechung geholt hätte. Rosamund spürte, wie ihr Puls sich beschleunigte, als sich seine Stimmung auf sie übertrug.

»Hat dir das Kerry nicht gesagt?«

»Nur, dass irgendein Tier oder so auf dem Dachboden herumgelärmt hat.«

Rosamund sagte nichts und lauschte seinem raschen Atem.

»Rosamund? Was ist los? Ich habe dich da hingeschickt, damit du dich um die Renovierungsarbeiten kümmerst. Es war keine Rede davon, dass du dahergelaufenes Gesindel aufnehmen sollst.«

»Colonsay gehört mir. Ich entscheide, wen ich aufnehme, Mark.« Hatte sie das wirklich gesagt? Ihr Herz klopfte vernehmlich, aber sie zwang sich, die Finger um den Hörer zu lockern.

»Rosamund.« Ein zischendes Ausatmen, als ob sie in einen prall gefüllten Ballon gepiekt hätte. Sie entspannte sich etwas.

»Er ist ein alter Freund, Mark. Total achtbar und bieder. Ein Schriftsteller. Sein Großvater lebt seit ewigen Zeiten auf der Halbinsel.« Sie nannte Gary achtbar und bieder, trotz aller ungeklärten Fragen über seine Vergangenheit, erzählte Mark, was er hören wollte.

»Ach so.« Er war erleichtert, das konnte sie an seiner Stimme merken. Sie hatte es ihm erspart, sich wieder um eines ihrer schmutzigen kleinen Probleme kümmern zu müssen.

»Wolltest du sonst noch etwas?«

»Hast du den Artikel im *Age* gesehen?« Hatte sie natürlich nicht, also erzählte er ihr alles. Der Journalist war sehr großzügig gewesen, und das Foto schmeichelte ihm. Es gab auch eine neue Umfrage über den Ausgang der Vorwahlen, die sehr gut für ihn ausfiel.

Mark redete und redete. Rosamund starrte an die Korkpinnwand vor ihrem Gesicht, auf die Namen und Telefonnummern, und versuchte einen interessierten Eindruck zu machen.

Ich sollte das nicht tun, sagte sie zu sich selbst. Mit jeder neuen Umfrage, jedem neuen Artikel entfernte sich Mark weiter von ihr. Er braucht nicht mich, nur den Schatten an seiner Seite. Die perfekte Gattin, die ich nie war.

»Ich muss los«, sagte sie plötzlich und war auf einmal kurzatmig.

Mark hörte mitten im Satz auf zu sprechen. Die Stille lastete zwischen ihnen. »Ich kann diese Woche nicht rüberkommen«, sagte er schließlich. »Aber vielleicht am nächsten Wochenende.«

»Ich dachte, wir bräuchten eine Beziehungspause?«

»Ich möchte dich gern sehen. Was du letztes Mal gesagt hat – darüber müssen wir reden.«

Die Ziffern auf der Pinnwand verschwammen. Rosamund schloss die Augen. »Können wir das nicht jetzt machen?«

»Ich bin mitten in einer Besprechung.«

»Natürlich.«

»Rosamund ...« Was auch immer er sagen wollte, er beendete seinen Satz nicht. Sie hörte die Stimme seiner Sekretärin im Hintergrund und Marks geflüsterte Antwort.

Rosamund legte auf. Das ließ ihr zumindest die Illusion, sie hätte die Situation unter Kontrolle.

Die Dunkelheit der Nacht umhüllte sie. Rosamund wälzte sich im Bett herum, träumte von Toastern, alten Schallplatten und Scones mit Clotted Cream. Gary war auch da. Er wand eine Schnur um sie, so lange, bis sie sich nicht mehr bewegen konnte. An seinem Hemd befand sich der verschwundene Knopf. Rosamund betrachtete ihn genauer und sah nicht die Rose, sondern ein blasses Gesicht mit wachsamen Augen. Als sie aufschrie, lachte Gary nur und schlug Töpfe und Pfannen aneinander, lauter und lauter und immer lauter ...

Rosamund schreckte aus dem Traum hoch und schnappte nach Luft. Der Nachhall des Topfgeklappers schien die Treppe heraufzudringen. Dann gab es einen furchtbaren Schlag, gefolgt von Geschrei. Sie sprang aus dem Bett und angelte nach ihrem Bademantel, während sie auf dem Bettvorleger stand. Vor ihrer Tür erklangen Schritte. Sie rannte hin und riss sie auf. Kerry stand auf dem Treppenabsatz und blickte hinunter in die Eingangshalle. Rosamund ging zu ihr hinüber. Das Licht war an, die Eingangstür stand offen. Ein Mann lag auf der Treppe, Arme und Beine in Garys Schnüren verheddert, begraben unter einer Lawine von Töpfen und Pfannen. Ein weiterer Mann stand über ihn gebeugt und versuchte, ihn zu befreien.

»Ach, du lieber Himmel!« Beide Männer blickten auf Kerrys Ausruf hin nach oben. Völlig verdutzt erkannte Rosamund das weiße Gesicht von Marks Chauffeur. Das bedeutete der Mann auf der Treppe musste – o Gott! Angesichts dieses Albtraums schloss sie die Augen.

Kerry eilte die Treppe hinunter, sobald sie Mark erkannt hatte, und stieß dabei einen Schwall von Entschuldigungen hervor. Mark befreite sich schließlich mit ihrer Hilfe aus seiner misslichen Lage. Er schubste den Stuhl auf die Seite und erhob sich. Mit raschen, ärgerlichen Bewegungen klopfte er seine Kleidung ab. Rosamund spürte, dass jemand hinter ihr stand und blickte sich um. Gary. Sie sah das schadenfrohe Funkeln in seinen Augen und wandte sich wieder der Szene auf der Treppe zu.

»Mark?«

Er hob den Kopf. Zu spät fragte sie sich, wie sie wohl mit ihrem dünnen Bademantel, bloßen Füßen und wilder Mähne auf ihn wirken musste. Wie eine billige Kopie von Carmen? Mark sah natürlich, trotz des Zusammentreffens mit den außer Kontrolle geratenen Küchenutensilien, makellos aus: dunkler Anzug, weißes Hemd. Sein dunkles Haar war nur unmerklich in Unordnung geraten. Es schien kürzer geschnitten als bei ihrem letzten Zusammentreffen. Doch sein bleiches Gesicht sah gequält aus; dunkle Schatten lagen unter seinen grauen Augen.

»Rose.«

Sein Blick schweifte ab. Gary stand neben ihr. Da er sofort seinen Mund zu einer harten Linie zusammenpresste, mussten sie beide einen ziemlich schuldigen Eindruck machen. Rosamund entschied sich dafür, erst einmal keine Erklärungen abzugeben, um die Situation nicht noch mehr zu verwirren. Was auch immer Mark denken mochte – *dessen* hatte sie sich sicher nicht schuldig gemacht.

»Du sagtest doch, du wolltest erst nächstes Wochenende vorbeischauen.« Sie ging die Treppe hinunter. Die Luft, die durch die offene Eingangstür hereindrang, war eiskalt. Sie wickelte sich enger in den Bademantel. Marks Wagen stand vor dem Haus, die Scheinwerfer leuchteten hell. Am Fuß der Treppe stand eine Reisetasche.

»Ich hatte meine Meinung geändert«, knurrte er. »Was soll denn der ganze Mist? Schutz vor Einbrechern?« Er sah Gary an, der ihm prompt antwortete.

»Wir hatten ein paar Probleme. Deswegen habe ich Fallen aufgestellt, um die Schuldigen zu überführen. Tut mir leid; wenn wir gewusst hätten, dass Sie kommen, wäre das nicht passiert.«

»Ich mache Kaffee.« Kerry verschwand Richtung Küche.

»Sehr effektiv jedenfalls.« Marks Mund verzog sich zu einem Lächeln.

»Sie wurden zum ersten Mal richtig getestet.«

Die Männer gingen höflich miteinander um, doch Rosamund konnte die Spannung zwischen den beiden mit Händen greifen. Sie ging die letzten Stufen hinunter und wollte Marks Reisetasche nehmen. Er hielt sie zurück, indem er sich vorbeugte und seine Finger um ihre Hand schloss. Die Berührung schockierte sie richtiggehend. Sie sah zur Seite, seine Wärme und sein Duft umhüllten sie. Hastig richtete sie sich auf und machte einen Schritt von ihm weg.

Mark wandte sich an seinen Chauffeur. »Danke, Lance«, sagte er ruhig. »Ich sehe Sie dann morgen um zehn.«

»Jawohl, Sir.« Der Mann nickte kurz, ging hinaus und zog die Tür hinter sich zu. Rosamund hörte das kraftvolle Motorengeräusch, das in der Ferne verklang.

»Wir haben genug Platz.« Kerry kam mit einem Tablett aus

der Küche, auf dem sich Kaffeebecher und ein Teller Kekse befanden. Sie sah besorgt aus. »Es macht mir nichts aus, noch ein Bett zu beziehen.«

»Er hat eine Schwester in Queenscliff«, erklärte Mark lächelnd, um sie zu beruhigen. »Sie weiß, dass er kommt. Er hat sie angerufen, als ich ihm den Auftrag für die Fahrt gab. Aber danke, dass Sie sich deswegen Gedanken machen.«

Rosamund sah, dass seine Worte ihre Wirkung taten. Kerry entspannte sich, ihr Mund verzog sich zu einem schüchternen Lächeln. Das beherrschte er wirklich perfekt!

»Lass mich das tragen.« Um nicht ausgeschlossen zu werden, nahm Gary Kerry das Tablett aus den Händen. »In die Bibliothek?«, fragte er. Sie nickte und ging voraus, um die Tür aufzuhalten.

Mark und Rosamund standen in der Eingangshalle. Sie spürte, dass er sie beobachtete, hatte aber keine Lust, etwas zu sagen. Warum war er heute Nacht unangemeldet aufgetaucht? Was hatte diesen plötzlichen Entschluss ausgelöst? Mark handelte sonst nie spontan. Rosamund spürte Furcht in sich hochsteigen, aber da war noch ein anderes Gefühl. Eine Stärke, die sich von außen auf sie zu übertragen schien. Colonsay. Das Haus schützte sie. Rosamund hob den Kopf und sah ihn an.

»Weshalb bist du gekommen?«, wollte sie wissen. Seine grauen Augen blickten überrascht.

»Ich hatte den Eindruck, dass unser Gespräch nicht länger warten konnte.«

»Auf einmal.«

»Wir müssen uns über unsere Beziehung klar werden.«

»Müssen wir das? Willst du dich scheiden lassen? Oder ist es aus politischen Gründen besser, eine Frau an deiner Seite zu haben? Egal, ob du sie liebst oder nicht?«

Er besaß die Stirn, zu lachen. Zitternd vor Wut wandte sich Rosamund ab und ging den beiden anderen nach. Wenn sie blieb, würde sie ihm entweder ins Gesicht schlagen oder sich an seiner makellosen Hemdbrust ausweinen.

Kerry hatte Feuer im Kamin gemacht und die Vorhänge zugezogen. Außerdem hatte sie zwei kleine Lampen eingeschaltet. Die Atmosphäre des Zimmers war warm und einladend. Rosamund ging zu Gary hinüber. Er trug alte Jeans und einen grünen Pullover. Seine Gegenwart beruhigte und stärkte sie zugleich.

»Tja«, sagte sie und sog tief die Luft ein.

»Wusstest du, dass Superman heute Nacht auftauchen würde?«

»Mr Markovic.« Kerrys laute Stimme übertönte Rosamunds Antwort. »Kommen Sie doch zum Feuer und wärmen Sie sich auf. Setzen Sie sich. Sie haben Gary bisher nicht kennengelernt, richtig?«

Mark setzte sich und bedankte sich für den Kaffee.

»Mr Markovic.« Gary neigte den Kopf. Die Abneigung zwischen den beiden Männern ließ sich nicht leugnen.

»Das ist Gary Munro«, fuhr Kerry fort. »Er hat in Melbourne als Journalist gearbeitet, bevor er herkam. Heute ist er Schriftsteller und hilft gegenwärtig bei Frederick Swann aus. Er kam als Kind immer nach Colonsay. Das war doch so, Gary, oder? Seiner Familie gehörte das Munro Hotel in Clifton Springs.« Plötzlich hörte sie auf, als sei ihr klar geworden, dass sie sinnloses Zeug plapperte. Sie reichte die Kekse herum. Mark bediente sich lächelnd.

»Sie schreiben?«, fragte er. »Haben Sie schon etwas veröffentlicht?«

Gary grinste. »Es ist mein erstes Buch.«

»Roman oder Sachbuch?«

»Leider ein Roman.«

»Warum leider?«

Gary kniete vor dem Kamin und wärmte seine Hände. Die Flammen ließen das Gold in seinen Haaren schimmern. »Na ja, Sachbücher verkaufen sich in letzter Zeit gut. Besonders Biografien. Viele Politiker sind bereit, für einen entsprechenden Vorschuss etwas aus ihrem Leben zu erzählen.«

Mark sah ihn ausdruckslos an. Dann beugte er den Kopf und ließ sein wölfisches Grinsen sehen. »Wollen Sie sich über mich lustig machen?«

Gary lachte. »Nein, will ich eigentlich nicht.«

Mark drehte sich zu Kerry um. »Was hat denn die Polizei zu den Problemen auf Colonsay gesagt?«

Sie stocherte im Feuer herum. »Sie waren sehr freundlich, Mr Markovic, und haben das ganze Haus abgesucht. Aber da war nichts – zumindest haben sie nichts gefunden. Ich dachte an ein Tier oder einen Vogel. Und alte Häuser machen nachts auch manchmal einfach so Geräusche. Das Holz und das Mauerwerk arbeitet, wissen Sie.«

Er wartete, bis sie fertig war, bevor er sich wieder Gary zuwandte. »Sind Sie deswegen hier? Wegen der nächtlichen Geräusche?«

Gary zuckte mit den Schultern. »Ich versuche herauszubekommen, was los ist. Rosamund hatte mich gebeten zu bleiben. Und es ist ja ihr Haus.«

Die grauen Augen glitten hinüber zu Rosamund, die neben dem Kaminsims im Schatten stand. Für einen kurzen Augenblick fühlte sie sich in den Pub zurückversetzt, in dem sie Mark zum ersten Mal getroffen hatte. Damals hatte sie ein eng anliegendes rotes Kleid getragen, das ihre wohlgeformten Kurven betonte, und Mark hatte den Blick nicht von ihr wenden können. Rosamund konnte sich an die laute verrauchte Umgebung genau erinnern, an den schalen Geruch von Bier und Schweiß – und an die Hitze, die von Marks Hand ausging, als er ihre ergriff.

Die Stille lastete schwer zwischen ihnen. »Ja, es ist ihr Haus«, sagte Mark schließlich, die Stimme sanft wie Seide. »Und sie ist meine Frau.«

Kerry räusperte sich und sammelte die leeren Becher ein. »Ich denke, ich gehe lieber wieder ins Bett, wenn keiner mehr etwas möchte.« Sie warf Gary einen bedeutungsvollen Blick zu.

Dieser stand plötzlich und mit einer erstaunlichen Leichtigkeit von seinem Stuhl auf. »Ja, ich verziehe mich auch. O Gott, ist es wirklich schon so spät? Also, gute Nacht dann.« Sein kurzes, nichtssagendes Lächeln streifte sie kurz, dann war er hinter Kerry zur Tür hinaus. Ein Holzscheit im Feuer fiel in sich zusammen und die Funken stoben bis auf die Kaminumrandung. Rosamund wollte sie schon austreten, als sie ihre bloßen Füße bemerkte. Mark stand neben ihr.

»Sei vorsichtig«, sagte er leise. Er trat mit seinem Schuh die Flamme aus und zog dann den Schutzschirm vor das Feuer, um weiteres Unheil zu verhindern. Sein Arm streifte Rosamunds. Sie schloss die Augen. Sie wusste, dass sie zu Bett gehen sollte, ihn allein lassen sollte. Aber ihre Kraft schien sie verlassen zu haben.

»Was ist mit uns?« Seine Stimmer war ganz nah, sie konnte seinen warmen Atem spüren und den Kaffeeduft darin riechen.

»Ich weiß nicht«, flüsterte sie.

Mark küsste sie. Ihre Lippen hatten sich erwartungsvoll geöffnet, bevor sein Mund sie überhaupt erreichte. Sie wollte ihn. Er schob seine Hände unter den Bademantel, umfasste ihre Taille und zog sie eng an sich. Das hatte er immer gemocht. Es zeigte, wie gut ihre Körper miteinander harmonierten, jeder ein perfektes Negativ des anderen. Mark war nicht groß, nicht größer als Rosamund jedenfalls, aber ein Mann mit breiten Schultern und festen Muskeln. Er war in den letzten Jahren in Form geblieben, während sich Rosamund hatte gehen lassen. Jedes Jahr sackte das Gewebe ein paar Zentimeter ab, und ihr Umfang nahm zu.

»Du bist dünner geworden«, sagte er.

Überrascht lachte Rosamund auf. »Bestimmt nicht, weil ich hungere, glaub mir. Kerry kocht hervorragend und reichlich.«

»Woher kommt das dann? Körperliche Arbeit?«

»Vielleicht hast du mir gefehlt.«

Mark wurde ganz still. Seine grauen Augen wurden zu Schlitzen, schienen ihre Worte abzuwägen. Sein Griff wurde fester. »Wo ist das Schlafzimmer?«

Sie taumelten nach oben. Er warf seine Kleider über den Stuhl und zog sie aufs Bett. Die Federn quietschten beängstigend. Seine Hände unter ihrem Negligé umfassten ihre Brüste, und sein Mund presste sich auf den ihren.

Es fühlte sich vertraut und doch irgendwie fremd an. Ein Fremder in Marks Kleidung. Sie musste über diesen Gedanken lächeln, und er lächelte zurück. Seine Hand glitt zwischen ihre Beine. »Klopf, klopf?«, flüsterte er. Eine alte Angewohnheit. Ihr Lachen mündete in einen Seufzer, und er rollte sich auf seinen Rücken, zog sie auf sich, küsste sie wieder. Die Dunkelheit umhüllte sie, und Rosamund verlor ihr Gespür für Raum und Zeit. Sie löste sich auf, und dann verschwand auch Mark.

***

Alice stand im Dunklen, umgeben von den ausrangierten Habseligkeiten der Cunninghams. Auf dem Dachboden hielt sich noch die Wärme des Tages, aber es war stickig. Kein Luftzug regte sich. Die Rautenfenster blieben für gewöhnlich geschlossen. Kaum einmal verirrte sich jemand hier herauf, außer Bertie und Alice. Sie presste ihr Gesicht gegen die Scheiben und blickte über den mondbeschienenen Garten. Alles lag ruhig. Wenn Jonah dort gewesen war, hatte er sich inzwischen längst in seine Unterkunft zurückgezogen. Sogar Mrs Gibbons schlummerte in ihrem Cottage hinter der Boxdornhecke und träumte vom Varieté. Ganz Colonsay lag in tiefem Schlaf. Nur Alice war noch wach.

Es würde nicht mehr lange dauern, dachte sie, bis Bertie wieder zu Hause wäre. Im Erdgeschoss schlug die Standuhr, gedämpft und sehr weit weg. Dann herrschte wieder Stille.

***

Der Klang verhallte. Er erinnerte sie an das Schlagen einer Standuhr. Ein schwerer, dumpfer Laut. Rosamund versuchte ihre Augen zu öffnen. Es gelang ihr nicht. Der durchdringende

Geruch von Geißblatt und Rosen schwebte im Raum. Weiße Rosen. Überall. Sie konnte nur ihre Finger bewegen und strich über den Saum eines Lakens. Als sie erkannte, wo sie sich befand, rang sie nach Luft. Sie wurde lebendig begraben. Sie war Ambrosine und tot und wurde begraben.

»Rose? Rose!« Die Hand schüttelte sie. Finger gruben sich schmerzhaft in ihre Schulter. Rosamund schlug die Augen auf, wusste aber für einen Augenblick nicht, wo sie sich befand.

»Mark?«

Sie war verwirrt. Wo kam Mark auf einmal her? Dann kam die Erinnerung zurück, und Erleichterung machte sich breit. Er schmiegte sich an sie, umarmte sie. Sie lagen Wange an Wange.

»Mark.«

»Ist alles in Ordnung?« Er klang seltsam. Als ob er etwas von ihrem Traum mitbekommen hätte.

»Ja. Wie spät ist es?« Sie sagte das nur, um ihn von weiteren Fragen abzuhalten. Er langte über sie hinweg, schaltete das Licht an und blickte auf die Uhr. Sein bloßer Rücken sah verführerisch aus, aber sie hielt ihre Arme steif an ihre Seiten gepresst. Wie konnte sie jemanden lieben und ihm gleichzeitig nicht vertrauen? Das widersprach sich eindeutig.

»Fast zwei«, sagte er und blickte sie über seine Schulter hinweg an. Durch die Lampe von hinten angeleuchtet, lag sein Gesicht im Dunkeln. »Hast du schlecht geträumt?«

Rosamund ignorierte die Frage. Sie ballte ihre Hände zu Fäusten. »Warum bist du gekommen?«, wollte sie plötzlich wissen.

»Das habe ich dir doch gesagt. Ich wollte dich sehen.« Die Antwort kam schnell und leicht, als ob es die Wahrheit sei.

»Willst du, dass ich wieder nach Hause komme?«

Sein kurzes Zögern entging ihr nicht. »Wenn du möchtest. Aber was ist mit Colonsay? Ich dachte, dir würde es gefallen, deine Vergangenheit aufzuarbeiten.«

Es würde ihr gefallen? Das hörte sich ziemlich unwahrscheinlich an, wenn man bedachte, was inzwischen alles geschehen war.

»Ich werde mit der Polizei sprechen, damit sie ein Auge auf das Haus und auf dich haben. Aber warum verbarrikadiert dieser Typ, dieser Gary, alle Türen und Fenster? Was soll das, Rose? Das würde ich wirklich gern wissen.«

Sie setzte sich auf, damit sie sein Gesicht sehen konnte. Er runzelte die Stirn. Fast könnte sie ihm glauben. »Das haben wir dir doch erklärt. Es gab Geräusche, unerklärliche Geräusche. Kerry will sich einreden, es wäre ein Vogel gewesen. Aber weder ich noch Gary können uns das vorstellen.«

»Du glaubst, jemand ist hier unbemerkt eingedrungen?«

»Das wäre eine Erklärung. Aber Gary hat diese Theorie widerlegt. Und du hast ja selbst gesehen, dass das nicht sein kann.« Sie zwang sich zu einem Lächeln, dass er jedoch ignorierte. »Wir glauben, es geht etwas sehr Ungewöhnliches vor sich. Etwas Übernatürliches, wenn du so willst.« So, jetzt war es heraus. Sie wartete mit angehaltenem Atem auf seine Reaktion.

»Du meist, es sind Gespenster? Geister?«

Rosamund nickte nur.

Er lächelte. »Der Kerl erlaubt sich einen Scherz mit dir.«

»Ich höre Stimmen. Ich sehe Gestalten. Das hat nichts mit Gary zu tun. Ich bin diejenige, mit der alles angefangen hat. Ich bin der Auslöser, Mark. Ich ganz allein. Und ich werde hier nicht weggehen. Auch nicht, wenn du das möchtest, aber du willst es ja im Grunde ebenso wenig. Es geht etwas vor auf Colonsay, das ich nicht verstehe. Ich will aber wissen, was es ist, und ich werde herausbekommen, was das ist. Mit oder ohne deine Zustimmung.«

Das Lächeln verging ihm. Sein Gesicht war ausdruckslos, seine Augen blickten wachsam. »Ich werde dich zu nichts zwingen«, sagte er sanft. »Warum denkst du, ich könnte das versuchen?«

Rosamund schüttelte heftig den Kopf und wollte aus dem Bett steigen. Doch er ergriff ihre Hand, hielt sie fest.

»Es funktioniert doch noch, oder?«, sagte er leise. »Was uns beide zusammengebracht hat – es ist noch da.«

»Nein«, flüsterte sie mit abgewandtem Gesicht.

»Als ich heute Nacht auf dem Treppenabsatz gesehen habe …«

Sie ließ es zu, dass er sie zu sich herabzog, in seine Arme. Ihr Herz klopfte wild. Er sah verwirrt aus. Das kannte sie gar nicht bei ihm. Ihr war klar, dass er eigentlich gekommen war, um ihre Beziehung zu beenden. Er schien zu der Überzeugung gekommen zu sein, dass sie als Ehefrau ein größeres Handicap für seine Karriere war als überhaupt keine Ehefrau. Was hatte seine Absicht geändert? Colonsay? War der drohende Verlust Colonsays Grund genug für ihn, bei ihr zu bleiben?

»Du hättest es besser per Telefon erledigt«, sagte sie mit Tränen in den Augen.

»Rose, Rosie«, seufzte er. Er senkte seinen Kopf und küsste sie.

10

Die Erde war nass vom Tau, und in den Senken lag Nebel. Rosamund schob die Hände tief in die Taschen ihrer Jacke und beobachtete konzentriert, wie sich ihre Stiefelspitzen von der Feuchtigkeit dunkel färbten. Neben ihr stieß Mark weiße Atemwölkchen hervor.

Sie gingen in schnellem Schritt die Auffahrt von Colonsay hinunter. Rosamund sog die kalte Luft so tief in die Lungen, dass es wehtat. Mark dagegen atmete kaum hörbar. Vor ihnen lag die Straße nach Geelong. Zu ihrer Linken stand Cosmos auffälliges Grabmal, das die Weiden zu bewachen schien. Es befand sich auf dem Familienfriedhof, der gut in Schuss gehalten wurde – der Rasen war gemäht und der umgebende Lattenzaun weiß gestrichen. Die Historische Gesellschaft des Ortes kümmerte sich darum, dass Cosmos letzte Ruhestätte ordentlich aussah. Der kleine Friedhof grenzte direkt an die Straße, was zufällig vorbeikommenden Besuchern zupass kam. Ada hatten die Besucher nie gestört, und über die Hilfe der Historischen Gesellschaft hatte sie sich sogar gefreut.

»Tut mir leid, dass ich nicht länger bleiben kann«, brach Mark das Schweigen.

Höflich hatte er Kerrys Frühstück abgelehnt, nur eine Tasse Kaffee getrunken und dann den Spaziergang vorgeschlagen. Dankbar für die Unterbrechung, blieb Rosamund stehen. Sie musste ein paarmal tief durchatmen, bevor sie antworten konnte. »Du hast viel zu tun.«

»Ich musste zwei Termine absagen und ein paar geschäftliche Angelegenheiten zurückstellen, damit ich überhaupt herkommen konnte. Entschuldige, das sollte nicht so klingen, als kämen deine Belange an letzter Stelle.«

»Ich verstehe das schon.« Das tat sie wirklich, hatte es immer getan.

Das Grabmal war wirklich zu protzig, entschied Rosamund, sogar für Cosmo Cunningham. Es thronte regelrecht über den anderen Gräbern.

Sie konnte die meisten Ruhestätten auf dem Friedhof identifizieren. Ambrosines war aus rosa Marmor mit einem eingravierten Engel. Auch die Gräber der Gründerfamilie befanden sich dort, nicht jedoch Adas. Sie war verbrannt und ihre Asche auf dem Grundstück verstreut worden.

Rosamund blinzelte. Ein alter Mann beugte sich über eines der Gräber. Er trug einen roten Mantel mit Goldbesatz, die Farbe leuchtete im trüben Morgenlicht. Sie beobachtete ihn, wie er Blumen verteilte und Ordnung schaffte. Bestimmt ein Mitglied der Historischen Gesellschaft. Rosamund hatte ursprünglich dort entlanggehen wollen, entschied sich nun aber anders. Sie hatte keine Lust, sich über Cosmos Verdienste auszutauschen. Auch Mark schien ein paar Minuten allein mit ihr vorzuziehen.

In zwanzig Minuten würde Marks Chauffeur kommen und ihn nach Melbourne zurückbringen. Vielleicht waren das die letzten gemeinsamen Minuten. Mark würde ihre Versöhnung für dumm und kurzsichtig halten, sobald er aus ihrem und Colonsays Dunstkreis entkommen war. Davon ging Rosamund aus. Die Trennung schien ihr trotz oder vielleicht gerade wegen der Leidenschaft der vergangenen Nacht unausweichlich. Marks Zuwendung hatte etwas von einem Abschied gehabt.

Mark blies sich in die behandschuhten Hände und warf ihr über seine Finger hinweg einen Blick zu. »Ich habe darüber nachgedacht, was du vergangene Nacht erzählt hast.«

»Worüber?«

»Über Colonsay und die Geräusche.«

Rosamund erstarrte. »Und?«

»Es wäre sehr unglücklich, wenn diese Geschichte gerade

jetzt in der Presse breitgetreten würde. Das Geisterhaus am Meer! Du kannst dir sicher vorstellen, was die daraus machen würden. Was die aus *dir* machen würden … Und Gary Munro ist nun mal Journalist.«

»Er *war* Journalist«, verbesserte sie ihn und suchte in ihrer Jackentasche nach Zigaretten.

»Ich glaube, du solltest das nicht auf die leichte Schulter nehmen.«

»Wie eine Grippe, meinst du?« Sie versuchte einen Scherz zu machen, doch er lächelte nicht.

Rosamund seufzte und steckte die Hände in die Taschen. Sie musste die Zigaretten im Haus gelassen haben. Die letzte Nacht war vorbei und vergangen – und sie waren zurück im Alltag. Sie konnte ihm sein Misstrauen Gary gegenüber jedoch nicht wirklich vorwerfen, da sie anfangs ähnlich empfunden hatte.

»Du glaubst also, er würde eine gute Story nicht verachten? Die Chance, dir wegen mir und meiner Marotten Steine in den Weg zu legen? So in der Art von: ›Mark Markovics Frau sieht Gespenster‹?«

Er ergriff ihren Arm, gerade als sie sich abwenden wollte, zog sie herum und legte ihr die Hände auf die Schultern. Sie standen sich gegenüber. Die Kälte hatte Marks Gesicht die Farbe genommen, nur seine Nasenspitze leuchtete rosig.

»Ich will ins Parlament«, sagte er verärgert. »Dafür habe ich hart gearbeitet. Ich verdiene diesen Sitz. Und niemand wird mich daran hindern, meine Chance wahrzunehmen. Hast du mich verstanden, Rose?«

Seine Finger drückten ihr schmerzhaft ins Fleisch, seine Augen blitzten fanatisch. Rosamund senkte den Kopf, sodass sie ihn nicht länger ansehen musste, diesen Fremden mit Marks Gesicht. »Ja, ich habe verstanden.«

»Sehr gut.« Er berührte ihre Wange mit einem behandschuhten Finger, eine bedeutungslose Geste. Dann ließ er sie los.

Rosamund drehte sich weg, starrte blind auf den Friedhof. Beiläufig bemerkte sie, dass der Mann im roten Mantel verschwunden war. Ein großer Blumenstrauß lag auf Ambrosines Grab. Weiße Rosen.

»Du hättest lieber anrufen sollen«, flüsterte Rosamund.

Er tat so, als hätte er sie nicht gehört. »Lance wird gleich kommen. Lass uns zurückgehen. Rose?«

Lächelnd streckte er ihr seine Hand entgegen. Rosamund kam sich ziemlich dumm vor, als sie ihm ihre Hand gab und den harten Druck seiner Finger spürte.

***

Die Sonne strahlte vom Himmel, aber der Wind fühlte sich kühl an. Das blaugraue Wasser der Bucht war von weißen Schaumkronen gesprenkelt, und in der Nähe des Ufers warf Seetang dunkle Schatten. Ein Dampfer stampfte auf dem Weg nach Portarlington durch den Kanal. Rauchschwaden wehten vom Schornstein wie graue Bänder. Die Passagiere waren nur als kleine farbige Punkte an der Reling zu erkennen.

Die Cunninghams veranstalteten wie jedes Jahr ein Picknick für ihre Gäste und Bediensteten im Fairy Dell. »Verschwenderisch«, hatte es Mr Marling genannt. Alice wunderte sich über diese Ausdrucksweise, die ihr unpassend vorkam. Sie fand es sehr freundlich und großzügig von Cosmo, die Tradition des jährlichen Picknicks weiterzuführen, die sein Vater begonnen hatte.

Das Fairy Dell war landschaftlich wunderschön gelegen. Es handelte sich dabei um eine Einbuchtung in den Klippen, ein grasbewachsenes Amphitheater mit schattigen Bäumen. Es bot einen grandiosen Ausblick über die weißen Strände und das Wasser der Bucht. Ein schmaler Pfad verlief von dort am Ufer entlang zu dem alten Kiosk, den Schwefelquellen und dem langen Pier, der weit in die Bucht reichte.

Cosmo hatte eine Teetasse in seiner großen Hand, die dadurch sehr zerbrechlich wirkte. Er lachte über etwas, was

Mr Hastings gesagt hatte, einer seiner Gäste. Ambrosine offerierte freundlich ein Tablett mit Mrs Gibbons' köstlichen Sandwiches.

Die Köchin saß ein paar Meter entfernt auf einer Anhöhe, die Röcke ausgebreitet und das runde Gesicht von einem alten Blumenhut beschattet. Meggy und Jonah waren zum Strand hinuntergewandert, der bei Ebbe so rein und weiß wirkte wie auf einer tropischen Insel.

Alice konnte ihre dunklen Fußabdrücke am Wellensaum erkennen, genau über der Wasserlinie. Ada war ihnen gefolgt und versuchte, die übellaunige Cleo dazu zu bringen, Stöckchen zu apportieren.

Der vorübergleitende Dampfer tutete. Mrs Hastings Plapperstimme hob und senkte sich irgendwo in der Nähe über dem Rauschen des Windes. Ambrosines Antworten waren selten, ihr bleiches Gesicht wirkte gelangweilt und in sich gekehrt. Alice fand zum wiederholten Mal, dass Ambrosine keine gute Gastgeberin war.

Natürlich war sie wunderschön anzusehen, aber brauchte ein wichtiger Mann wie Cosmo nicht eine Frau, die mehr als ein Schmuckstück war? Für sie grenzte es an ein Wunder, wie geduldig er sie ertrug, ihre Stimmungsschwankungen und ihre Kopfschmerzen, die stets gleichzeitig mit seinen Gästen eintreffen schienen. Vielleicht wollte er es einfach nicht wahrhaben. Alice wünschte sich jedoch, er würde es tun, nur ein einziges Mal. Ambrosine sollte wenigstens einmal ihre gerechte Strafe bekommen.

Mr Marling kam vom oberen Rand des Dell heruntergeschlendert und gesellte sich zu den Damen. Ambrosine lächelte ihn äußerst erleichtert an, während Mrs Hastings aufgeregt weiterplapperte. Alice beobachtete ihn, wie er sich in Positur warf, eine Hand an den Rand seines Hutes gehoben, um sein Gesicht zu beschatten. Er trug eine neue zweireihige Weste mit modischen Karos, elegante hellbraune Schuhe mit Seidensocken und einen Spazierstock mit Elfenbeingriff.

Alice' Beine waren vom langen Sitzen völlig steif. Sie erhob sich, schüttelte ihren schlichten dunklen Rock aus und wollte zu Meggy an den Strand hinuntergehen. Doch als sie den mit Muschelstückchen bedeckten Pfad erreichte, hielt Mr Marling sie auf. »Willst du ein paar Becher Schwefelwasser trinken, Alice?« Seine Augen blitzten vergnügt.

»Nein. Ich finde, es schmeckt ziemlich scheußlich, Sir.«

Sie erwartete, er würde sich über ihre Worte empören und ihr erzählen, wie gesund das Quellwasser für sie wäre, aber er lächelte nur. Sie spazierten langsam den Weg entlang. Alice fragte sich etwas beklommen, warum der berühmte Maler ausgerechnet ihre Gesellschaft suchte.

»Ich habe gehört, dein Vater hat Mr Cunningham das Leben gerettet, als die beiden noch Knaben waren.«

»Es gab einen Wettersturz, Sir. Mit Sturmböen. Mein Vater verhinderte, dass Mr Cunningham über Bord ging, und brachte das Boot sicher ans Ufer zurück. Mr Cunningham ist so freundlich, sich bis heute daran zu erinnern.«

»Und du weißt das zu schätzen, Alice. Das tust du doch?« Er nickte ihr zu, als würde er sie gerade skizzieren. »Du bewunderst Mr Cunningham. Er ist ja auch ein bewundernswerter Mann, das gebe ich durchaus zu. Doch auch bewundernswerte Männer sind nicht fehlerlos. Oder glaubst du das etwa?«

»Ja, sicher«, war Alice' loyale Antwort. Du bist es jedenfalls nicht, dachte sie.

»Dann ist er wirklich ein Ausbund an Tugend.«

Schweigend blickten die beiden über die Bucht. Unten am Strand rannte Meggy auf einmal los; ihre Röcke wallten wie eine gestrandete Qualle. Alice dachte, sie würden fangen spielen wie die Kinder, und erwartete, dass Jonah hinter ihr herrannte. Aber Jonah blieb einfach stehen, wo er war, während sich Meggy von ihm entfernte. Cleo, die Ada keine Stöckchen mehr bringen wollte, begann hysterisch zu kläffen und setzte dann Meggy nach.

»Haben sich die beiden gekabbelt?« Mr Marling schien

neugierig zu sein. Er interessierte sich sowieso für alles und jeden.

»Wenn, dann ist es bestimmt nicht Meggys Schuld«, stellte Alice in scharfem Tonfall fest. Das bereute sie jedoch sofort, als Mr Marling sie wieder prüfend ansah. »Ich wollte sagen, Sir, sie hält ihren Bruder für vorbildlich.«

»So ist das also. Und du bist anderer Meinung?«

Sie wusste nicht, ob er sie necken wollte, misstraute ihm aber und hielt es für besser, nichts mehr zu sagen. »Ich behalte meine Ansichten lieber für mich, Sir.«

Er lachte lautlos.

Ich habe den Knopf, Sir. Den Knopf, den Sie in Madams Schlafzimmer verloren haben. Die Worte wollten ihr über die Lippen dringen, doch sie hielt sich zurück. Was würde er wohl dazu sagen? Würde er sie bitten, Stillschweigen zu bewahren? Das hielt sie für sehr wahrscheinlich.

Mr Marling war damit beauftragt worden, ein Gemälde von der konstituierenden Sitzung des Parlaments zu malen. Doch ein Skandal konnte einen raschen Gesinnungswandel bei seinen Auftraggebern bewirken. Mit Sicherheit würde Cosmo seine Meinung ändern. Nein, Mr Marling würde nicht wollen, dass sie etwas erzählte.

Alice blickte wieder zum Strand. Jonah ging langsam und mit gesenktem Kopf hinter Meggy her. Der Wind zauste sein Haar. Eine Wolke schob sich vor die Sonne, das plötzliche Zwielicht jagte ihr einen Schauer über den Rücken.

»Ich frage mich, ob ich dich um einen Gefallen bitten könnte, Alice.« Alice blickte auf und fragte sich, ob er ihre Gedanken gelesen hatte. »Ich frage mich, ob du mir erlauben würdest, dich zu malen. Du hast ein interessantes Gesicht. Ich würde seinen Ausdruck gerne einfangen – mit den Mitteln, die mir gegeben sind.«

Alice blinzelte überrascht. Damit hatte sie nicht gerechnet. »Ich … das wäre töricht, Sir.«

Ihre Offenheit klang schockierend, aber Mr Marling lachte

fröhlich auf. »Hab Nachsicht mit mir, Alice. Ich weiß, dass das Gemälde der ersten Parlamentssitzung eine Herkulesaufgabe ist. Und ich brauchte das Bild von dir als Gegenmittel, zur Entspannung. Wirst du mir Modell sitzen?«

In Alice mischten sich Freude und Furcht. Ihre Mutter wäre erfreut über das Angebot, das wusste sie, ihr Vater eher weniger. Und Bertie? Bertie würde das Ganze vielleicht für einen großen Spaß halten.

Mr Marlings warmherzige Augen bettelten um Zustimmung.

»Also gut, Sir.« Ihre Stimme klang gehemmt und ein wenig nervös. »Ich würde mich sehr freuen, wenn Sie ein Bild von mir malen.«

***

Nachdem Marks Wagen abgefahren war, ging Rosamund ins Hinterzimmer und versuchte sich für ihre Sortieraufgaben zu begeistern. Sie war unruhig und brauchte einen Drink oder, besser noch, mehrere. Doch sie widerstand der Versuchung und rauchte stattdessen eine Zigarette nach der anderen.

Niemand hielt sie vom Grübeln ab. Kerry kochte, und Gary arbeitete mit Fred Swann im Westflügel von Colonsay. Bruchstücke von Oldies, die im Radio gespielt wurden, drangen bis zu ihr herunter. Waren Geister so etwas Ähnliches – bruchstückhafte Schemen aus einer weit zurückliegenden Zeit? Konnten nur bestimmte Personen diese Bruchstücke wahrnehmen, oder hing das eher von der Umgebung ab? Rosamund konnte sich nicht entscheiden. Was auch immer sich in Colonsay herumtrieb, war nicht Teil der Vergangenheit. Es war da, hier und jetzt, und es wusste genau, was es wollte.

Rosamund trieb es weiter in die Bibliothek. Die Sonne schien durch die Fenster, und der Staub tanzte in ihren Strahlen. Ein Aufblitzen über dem Kaminsims fiel ihr ins Auge, doch als sie hinüberging, um nachzusehen, woher das kam, blickte sie nur auf die glatte Wand. Adas Karton stand immer noch auf dem Boden neben einem der Ledersessel. Rosamund setzte sich, legte das schwarze Fotoalbum vorsichtig zur Seite und zog einen Stapel vergilbter Blätter hervor.

Alte Briefe, Rechnungen, Quittungen. Ein paar Briefe stammten von Rosamunds Vater, der sich darin über seine knappe Barschaft und den täglichen Kampf ums Überleben beklagte. Dann war da ein Brief von 1917 aus Frankreich, geschrieben in einer gestelzten, altmodischen Sprache, von der Rosamund immer gedacht hatte, sie sei eine Erfindung von Dialogschreibern alter Filme. Er stammte von Adrian, Adas Ehemann, und war an Mrs Adrian Evans, Colonsay, adressiert. Er schrieb über ihr Haar, das »glänzte wie gesponnenes Gold«, über ihr »liebreizendes Lächeln« und über die Szene im dämmrigen Garten, als »ich dich linkisch fragte, ob du mich heiraten würdest, und du meinen Antrag anmutig akzeptiertest«. Rosamund hatte Tränen der Rührung in den Augen.

Das war Marks Schuld. Sein Besuch hatte sie schwach und rührselig gemacht. Verärgert wischte sie sich über die Augen und schnäuzte sich. Entschlossen legte sie die Briefe zur Seite und wandte sich den Rechnungen zu. Ein Dutzend oder mehr waren für Kaminholz. Der Preis kam ihr ziemlich hoch vor. Kein Wunder, dass es in Colonsay immer so kalt gewesen war. Dann gab es da eine Rechnung für Klempnerarbeiten im Badezimmer, daran geheftet ein Notizzettel in Adas Schrift, doch nach einem Rabatt zu fragen, da die Arbeiten ungewöhnlich lange gedauert hatten. Die Quittung lag ebenfalls dabei, in Höhe des rabattierten Betrags. Gute alte Ada!

Rosamund legte den Rest der Papiere beiseite, um sich zu einem späteren Zeitpunkt damit zu befassen, und wandte sich wieder dem Karton zu. Seitlich steckte ein Notizbuch mit rotem Einband. Sie zog es heraus und wischte den Staub an ihren Jeans ab. Die Seiten waren fleckig und am Rand eingerissen, die Schrift aber noch lesbar. Als Rosamund es durchblätterte, sah sie, dass es sich um einen Terminkalender für zwölf Monate handelte. Die sparsame Ada hatte ihn natürlich viel länger benutzt. Die Einträge standen untereinander beim jeweiligen Datum, sodass der 1. Mai Verabredungen für den Zeitraum von 1930 bis 1970 enthielt.

Sehr verwirrend.

Es gab nicht viele Einträge, und diese wenigen waren nicht besonders interessant. Zahnarzt- und Friseurtermine, später, als Ada älter wurde, Termine für eine neue Brille, einen Gehstock, Schuhe mit Einlagen. Ein paar betrafen Rosamunds Schule. Und dann gab es da einen Arzttermin mit einem Fragezeichen, hinter den Ada »Stimmen« geschrieben hatte.

Nun war Rosamunds Aufmerksamkeit geweckt. Sie blätterte eine oder zwei Seiten weiter und fand einen weiteren Eintrag: »Sie sagt, sie hört Stimmen und eine Lady schreien – zum Arzt gehen? Oder warten, bis es von selbst aufhört? Ich verstehe nichts von Kindern.«

Rosamund lachte unsicher. Sie wischte sich die Handflächen an ihrer Bluse ab – sie waren ziemlich feucht. Keine weiteren Einträge in den folgenden beiden Wochen, nur Bemerkungen über Rechtsanwälte, Händler oder Hausangestellte, die Ada auf die eine oder andere Weise verärgert hatten.

Dann: »Sie vermisst ihre Eltern, denke ich, obwohl die nicht viel getaugt haben. Schlechtes Blut. Ich bin alles, was sie noch hat, und muss durchhalten. Aber das Wissen um die Tragödie, die sich in diesem Haus abspielt, ohne dass ich davon etwas mitbekomme, ist für mich kaum zu ertragen. Was sie wohl hört? Ich habe sie gefragt, und sie glaubt, dass jemand sie beim Namen ruft. Doch ich weiß es besser.«

Rosamund las alle folgenden Einträge sorgfältig, aber es gab nur noch einen interessanten – viele Monate später. Was in der Zwischenzeit passiert war, hatte Ada für sich behalten.

»Die Stimmen haben aufgehört. Ärzte und Fragen überflüssig. Lügen ebenso. Kein Grund mehr, in der Vergangenheit herumzuwühlen wie in einem Misthaufen. Wer waren sie? Ein Widerhall aus der Vergangenheit oder ruhelose Geister? Ich neige zu ersterer Annahme. Heute Nacht werde

178

ich zum ersten Mal seit vielen, vielen Wochen wieder ruhig schlafen.«

Rosamund schloss die Augen. Ein Widerhall aus der Vergangenheit oder ruhelose Geister? Auf einmal war es kühl im Zimmer. Dieselbe Frage hatte sie sich eben gestellt, und auch sie bevorzugte die erste Antwort. Je mehr sie erfuhr, desto mehr Fragen wurden aufgeworfen. *Diese Tragödie?* Meinte Ada den Tod ihrer Eltern, den Soldatentod ihres Ehemanns, den Krebstod ihres Sohnes oder die Einlieferung ihrer Schwiegertochter in die Irrenanstalt? Du liebe Güte, es gab unzählige Möglichkeiten.

Am Rand ihres Gesichtsfeldes blitzte etwas silbern auf. Sie drehte sich um, aber das war nichts, nur die alte Tapete. Vielleicht die Reflexion eines Metallgegenstandes draußen vor dem Fenster. Sie legte die Papiere wieder in Adas Karton und bemerkte, dass das Fotoalbum aufgeklappt war. Cosmo und Ambrosine blickten sie mit vorsichtig lächelnden Gesichtern an.

Es war sehr schade, dass sie so gestorben waren, und trotzdem kam ihr etwas daran richtig vor. Rosamund versuchte sich an die Einzelheiten der Geschichte zu erinnern, brachte aber nicht viele Details zusammen. Sie hatte sich nie besonders dafür interessiert, kannte also nur die nackten Fakten. Ada hatte nie über den Tod ihrer Eltern gesprochen. Alles, was sie wusste, hatte Rosamund von anderen Leuten erfahren.

Es hieß, dass Ambrosine an Grippe gestorben war und dass der gramgebeugte Cosmo in sein Boot gestiegen war, davongesegelt war und nie mehr zurückkehrte. Mehr wusste sie nicht. Wer sollte über eine solche Liebe richten? Die dramatischen Umstände hatten jedenfalls dafür gesorgt, dass ihre Namen noch in aller Munde waren, während man die, die ruhig in ihren Betten gestorben waren, schon längst vergessen hatte.

Hatte Ada Cosmo und Ambrosine mit den ruhelosen Geistern und der schreienden Lady gemeint? Hatte Ambrosine am Ende geschrien, als sie wusste, dass sie sterben und ihren geliebten Gatten zurücklassen musste? Rosamund schloss die Augen.

Ada schrieb von Stimmen. Rosamund hatte damals vermutet, dass die Rufe ihr selbst galten. Nun fragte sie sich, ob sie nicht vielleicht nach Ambrosine riefen. Ihren schönen altmodischen Namen könnte man als Rufnamen innerhalb der Familie durchaus zu »Rosie« abkürzen. Und würden die tragischen Umstände nicht in einem Paralleluniversum Wellen schlagen?

Aber nichts von alledem lieferte eine Erklärung für das braunhaarige Mädchen.

»Mrs Markovic?«

Rosamund war gerade wieder auf dem Weg ins Hinterzimmer und wich dabei den im Flur herumstehenden Kisten und Bündeln aus. Kurz zuvor hatten ein paar von Fred Swanns Männern ihr geholfen, Sachen für ein paar Fuhren zur Müllkippe hinauszutragen. Rae, die einzige Frau, hatte ihr zu ihrem Durchhaltevermögen gratuliert. »Ein paar Sachen schauen ja so aus, als könnte man noch was draus machen. Aber der Rest!«

Rosamund stimmte ihr zu.

»Wissen Sie, das Haus hat was«, fuhr Rae fort. »Schauen Sie sich doch bloß die alten Häuser in Queenscliff an. Die Leute bezahlen ein Vermögen, um dort wohnen zu können.« Ihr Begleiter stieß ihr den Ellenbogen in die Rippen, und sie biss sich auf die Lippe. »Aber Sie brauchen natürlich das Geld nicht, Mrs Markovic.«

Mark braucht es nicht, dachte sie, verbot sich diesen Satz jedoch.

»Ist schon in Ordnung. Großmutter würde sich wahrscheinlich im Grab herumdrehen, wenn sie denn eines hätte. Aber ich verstehe, was Sie meinen.« Die beiden blickten sie verständnislos an. Freundlich fügte Rosamund hinzu: »Sie wurde verbrannt.«

»Ah so.« Raes Selbstbewusstsein kehrte zurück. »Ich bin früher öfter herausgefahren, um mir Colonsay anzusehen. Die Großmutter meines Vaters arbeitete nämlich hier, wissen Sie.«

»Wirklich? Für Cosmo?«

»Ja, sie arbeitete als Köchin. Ist nach den Todesfällen weggezogen, aber ein Teil unserer Familie kam wieder zurück. War schon traurig, was mit den beiden damals passiert ist. Fast wie im Film.«

»Rae ist viel mitfühlender, als sie aussieht«, meinte ihr Begleiter grinsend. »Stimmt doch, Rae?«

Rae verzog das Gesicht, lachte dann aber. »Na ja, ich mag alte Geschichten. Und Tiere, ich liebe Tiere. Dann und wann habe ich ein bisschen Futter für den kleinen Hund hergebracht. Ich hoffe, das stört Sie nicht?« Der letzte Satz hörte sich an, als sei Rae mit einem Mal aufgegangen, sie könnte etwas falsch gemacht haben.

Rosamund schüttelte verblüfft den Kopf. »Das ist ein Streuner, glaube ich. Wenn Sie ihn fangen, können Sie ihn gern behalten.«

Rae Augen leuchteten auf. »Wirklich? Er schaut aus wie ein richtiger Schoßhund, mit dem Band im Haar und so. Aber ein bisschen vernachlässigt eben. Ja dann: danke, Mrs Markovic.« Nach weiteren Bemerkungen über den Müll im Flur überließ sie Rosamund wieder sich selbst.

Während des Mittagessens hatte es Krach mit Kerry gegeben. Die war sich sicher gewesen, warum es in der vergangenen Nacht keinen Lärm auf dem Dachboden gegeben hatte. Mr Markovic war da gewesen. Machte das Rosamund nicht misstrauisch?

Doch Rosamund, müde und gefühlsmäßig ausgelaugt von Marks Besuch, fühlte sich zu irgendwelchen Rückschlüssen nicht in der Lage.

»Ich dachte mir, wir sollten vielleicht Frederick bitten, das Haus zu überprüfen«, fuhr Kerry fort. Sie hatte sich offensichtlich Gedanken gemacht. »Wir haben bestimmt etwas übersehen.«

»Holzwürmer mit Vorschlaghämmern oder so?«

Kerry verzog das Gesicht. »Du hast noch nie etwas ernst genommen, schon als Kind nicht. Immer herumalbern, um vom Thema abzulenken. Sobald es um Gefühle ging, bist du ausgewichen.«

»Was weißt denn du von meinen Gefühlen, Kerry?«

Kerry blickte verletzt drein. Sie blinzelte und schaute weg. »Und du weißt nichts von mir.«

Rosamund fragte sich auf einmal, ob sie sich nicht getäuscht hatte. Barg Kerrys Innenleben mehr Geheimnisse, als sie sich vorstellen konnte?

»Es tut mir leid«, sagte sie schließlich. »Ich werde Fred darum bitten.« Mit einem Seufzer schob Rosamund ihren vollen Teller weg. Sie hatte Kopfweh, vielleicht von der Suche in Adas Terminkalender.

»Ich bin sicher, das wirst du nicht bereuen«, entgegnete Kerry besser gelaunt. »Es muss einfach eine vernünftige Erklärung geben.«

»Mrs Markovic?«

Frederick Swann rief noch einmal nach ihr, und nun drehte sich Rosamund in seine Richtung. Für einen kurzen Augenblick erschien er nur als Scherenschnitt in der geöffneten Eingangstür. Doch als er näher kam, wurden seine gebräunten, wettergegerbten Gesichtszüge deutlicher. Die Tritte seiner Arbeitsstiefel hallten durch den Flur, und der Hall wurde von den Wänden zurückgeworfen.

»Wir müssen den Strom für ein paar Stunden abstellen. Ich dachte, das sollten Sie wissen.«

»Weiß Kerry Bescheid? Sie wird wahnsinnig, wenn der Herd nicht funktioniert.«

Er grinste. »Sie sagte, sie könne in der Zwischenzeit das Gemüse für einen Schmorbraten schnippeln.«

Rosamund wollte gerade etwas wegen der Überprüfung

des Hauses sagen, aber Frederick schien noch etwas auf dem Herzen zu haben. Er sah auf einmal so ernst aus, dass sie ihn aufmerksam anblickte.

»Von meiner Mannschaft gab es ein paar Beschwerden«, sagte er schließlich. »Es sind Sachen verschwunden.«

Rosamund nickte abwägend. »Ich dachte, ein gewisser Schwund sei bei solchen Arbeiten mit einkalkuliert?«

»Von meinen Leuten klaut keiner«, entgegnete er scharf. »Und was will jemand mit einer Thermoskanne oder einer Brotdose?«

»Ich hätte nicht gedacht, dass sie neben Kerrys Versorgung noch etwas zu essen brauchen.«

Er machte eine ungeduldige Handbewegung. »Es sind auch andere Dinge verschwunden. Eine Schachtel Nägel für den Tacker, Werkzeuge. Nichts wirklich Wertvolles, aber trotzdem ärgerlich.«

»Was wollen Sie mir sagen, Fred? Dass ich die Sachen genommen habe?«

»Nein.« Er schien sich nicht wohl in seiner Haut zu fühlen. »Ein paar von meinen Männern beklagen sich auch über das Haus. Sie fühlen sich unbehaglich.«

Rosamund lief es kalt über den Rücken. »Hat Gary mit Ihnen gesprochen?«, wollte sie wissen.

Frederick schüttelte den Kopf. Seine Augen blickten verwundert. »Worüber hätte Gary mit mir reden sollen?«

Rosamund wich seinem Blick aus, spielte auf Zeit. »Eigentlich wollte ich mit Ihnen über eine andere Sache reden, Fred. Ich frage mich, ob Sie vielleicht …« Sie hörte, wie ihre Stimme nach einer Überprüfung fragte, die seltsamen Geräusche nachts erklärte. Sie spielte es herunter, obwohl Fred bereits von dem nächtlichen Polizeieinsatz und dem heruntergestürzten Leuchter wusste.

Er nickte ernsthaft, doch seine Augen blickten alarmiert. Er spürte, dass sie ihm nicht alles erzählte, und füllte die Lücken selbst. Sie fragte sich in einem Anfall von Galgenhumor, was Fred wohl von umherwandernden Geistwesen hielt.

»Kann ich schon machen«, meinte er, als sie endlich fertig war. »Ich werde mich morgen darum kümmern. Jetzt dreh ich lieber den Strom ab, Kerry will bis spätestens fünf wieder arbeiten können.«

Rosamund machte sich wieder ans Ausmisten. Das rote Samtsofa stand immer noch in der Mitte des Zimmers. Sie blieb neben der Tür stehen und betrachtete den Boden. Da waren kleine Abdrücke im Staub, rings um das Sofa. Gestern hatte es sie noch nicht gegeben. Etwas war in diesem Zimmer gewesen. Rosamund lehnte sich gegen den Türstock und dachte nach.

Wenn ein streunender Hund sich hier herumtrieb, wie kam er herein und hinaus? Wie er überleben konnte, hatte sich ja geklärt – mit Hilfe von Rae und ihrer Gutmütigkeit. Und es gab ohne Zweifel Stellen unter den Bodendielen, durch die ein kleines Tier sich zwängen und vor den Unbilden des Wetters in Sicherheit bringen konnte. Tja, nun würde es wahrscheinlich eingefangen werden. Von Rae oder jemand anderem.

So war wenigstens eine Frage geklärt, dachte Rosamund. Sie fuhr mit den Sohlen ihrer Schuhe über die Spuren, verwischte sie. Kaum waren sie verschwunden, ließ sie sich mit einem Aufseufzen auf das Sofa fallen und griff nach einem Stapel Zeitungen und Zeitschriften, die sie noch nicht durchgesehen hatte. Sie blätterte die oberste durch, eine Frauenzeitschrift aus den 1940ern. Die grobkörnigen Abbildungen und die tröstlichen Artikel darüber, wie man mit weniger zurechtkommen konnte, hatten eine beruhigende Wirkung auf ihr Nervenkostüm. Ganz versunken in einer überhaupt nicht bedrohlichen Vergangenheit, schreckte sie hoch, als hinter dem Haus ein Motor losdröhnte. Rosamund ging zum Fenster – das war jetzt möglich – und blickte hinaus.

Ein Mann mit einer Motorsense schnitt die Ranken und Büsche bei dem kleinen Häuschen weg, wo ihn die Boxdornhecke nicht daran hinderte. Eine grüne Wolke aus Vegetationsresten und Samenkapseln stob in die Luft.

Rosamund wandte sich wieder ihrer eigenen Arbeit zu.

Einige Zettel waren in ein altes Rezeptbuch gesteckt worden. In eines dieser schlichten Notizbücher, die Rosamund immer an beleibte fröhliche Köche zu Zeiten Queen Victorias denken ließen, die dort ihre mühsam erworbenen Küchenweisheiten verewigten. Es handelte sich um Zeitungsausschnitte, vergilbt und an den Faltstellen schon brüchig, was es schwierig machte, sie zu lesen. Rosamund beugte sich dicht darüber; ihre Finger folgten den Zeilen, die sie entzifferte: »... ein wirklich herzzerreißender Anblick ... der Sarg bedeckt von weißen, duftenden Blüten auf einem Wagen mit gläsernen Seitenwänden ... die Pferde mit ihrem schwarzen Federschmuck in würdevollem Schritt ... die bedrückten Trauergäste unter tief hängenden, dunklen Regenwolken ...« Ein Bericht über Ambrosine Cunninghams Beerdigung. Rosamund fühlte, wie es ihr eng in der Brust wurde. Die Wörter verschwammen vor ihren Augen. Ein unwirkliches Gefühl legte sich über sie. Als ob sie träumen und jeden Augenblick aufwachen würde.

Ein größerer Ausschnitt beschäftigte sich mit Cosmos Staatsbegräbnis, den gedämpften Trommelwirbeln und den Würdenträgern, der öffentlichen Trauer um einen großen Staatsmann. Aber irgendwie berührte die Beschreibung Rosamund weniger als die von Ambrosines einfacher Zeremonie.

Unter den beiden Artikeln lag ein Bericht aus viel neuerer Zeit, aus einer Wochenendzeitschrift und mit Fotos. Er beschäftigte sich mit dem Leben eines gewissen Henry Marling. Das war ein Porträtmaler des späten 19. und frühen 20. Jahrhunderts gewesen. Es gab eine große Reproduktion seines Gemäldes von der konstituierenden Sitzung des Parlaments im Mai 1901. Ein kleineres Schwarzweißfoto zeigte Mr Marling selbst, einen gut aussehenden Gentleman mit blondem Haar und einem sorgfältig hochgezwirbelten Schnurrbart.

Rosamund, die von ihm schon gehört hatte, fand den Artikel interessant. Aber so viel sie sehen konnte, betraf er ihre Familie nur insofern, dass Mr Marling durch seine Malerei die Cunninghams vielleicht oberflächlich gekannt haben mochte.

Draußen geriet die Motorsense ins Stottern, spotzte noch ein paarmal und stellte den Betrieb ein. Die Stille wurde jedoch sofort durch lautes Rufen gestört. Füße trampelten die Treppe herunter. Die dringliche Betriebsamkeit schreckte Rosamund auf. Sie wischte die Ausschnitte beiseite und rannte hinaus.

»… Arm gebrochen.« Die Stimme kam aus der Küche. Kerry rannte durch den Flur zum Telefon.

»Was ist passiert?«

»Eine Mitarbeiterin von Fred ist gestürzt und hat sich den Arm gebrochen«, war die erschütterte Antwort. »Rae Gibbons. Ich rufe das Krankenhaus an.«

»Geht es ihr gut?« Rosamund war klar, wie dämlich sich ihre Frage anhören musste.

»Vom Arm abgesehen schon. Sie ist ziemlich tief gefallen, offensichtlich auf dem Gerüst ausgerutscht. Hat Glück gehabt.«

Rosamund ging nach draußen, damit Kerry ihren Anruf machen konnte. Das Gerüst bedeckte den gesamten Westflügel mit seinem Zickzackmuster aus Metallrohren. Die Arbeiter hatten sich um Rae versammelt, die zusammengekauert auf einem Brett saß und sich behutsam einen Arm hielt. Sie sah geschockt aus und war ganz weiß im Gesicht. Gary, der über sie gebeugt stand, sah Rosamund, sagte kurz etwas zu den anderen und kam zu ihr herüber. Der Schweiß hinterließ helle Streifen in dem Staub auf seinem Gesicht, und sein T-Shirt hatte einen neuen Riss.

»Ruft Kerry im Krankenhaus an?«

»Ja. Braucht ihr Hilfe?«

»Nein. Wir fahren mit dem Wagen bis hierher und setzen sie direkt hinein. Das geht schneller.«

»Ist es sehr schlimm?«

»So viel ich sehen konnte, ist es ein glatter Bruch. Der Doktor wird Genaueres sagen können.«

»Wie ist …?« Sein Gesichtsausdruck brachte sie zum Schweigen.

»Ich vermute, sie ist ausgerutscht«, sagte er ruhig. »Obwohl sie behauptet, das würde nicht stimmen. Sie sagt, sie weiß nicht, wie es passiert ist. Im Moment steht sie natürlich unter Schock.«

»Und du glaubst …?«

Gary schüttelte nur den Kopf. »Ich war ganz oben, in einem der Zimmer, und sah sie vom Fenster aus. Sie schrie auf und stürzte. Es gab keinen Grund dafür, jedenfalls keinen, den ich erkennen konnte.«

Was soll das heißen?, wollte sie ihm ins Gesicht schreien. Was willst du mir damit sagen? Aber das war nicht der richtige Zeitpunkt für solche Fragen, und sie wollte die Antworten eigentlich auch nicht hören.

»Mrs Markovic.« Frederick Swann gesellte sich zu ihnen. Er machte sich offensichtlich Sorgen. »Rae hat viel Glück gehabt.«

»Ja. Dem Himmel sei Dank dafür.«

Er lächelte. »Genau.«

Als sie weggefahren waren, kam ihr das Haus sehr still vor. Frederick hatte den Strom wieder angestellt, und Kerry bereitete das Abendessen zu. Rosamund hatte keine Lust, wieder ins Hinterzimmer zu gehen. Die Schatten waren bereits lang, und sie musste dauernd an Ambrosines Beerdigungszug denken, der sich langsam Richtung Friedhof bewegte. An die Pferde mit den schwarzen Überwürfen und Federbüschen, an den Kutscher im schwarzen Gehrock und mit Zylinder. An die düstere Stimmung unter dem dunklen Himmel. Rosamund schüttelte sich und ging nach oben, um ein Bad zu nehmen.

Die Cunninghams hatten viele Todesfälle gehabt. Natürlich mussten alle einmal sterben, aber von ihnen waren viele vor ihrer Zeit gegangen. Als ob sie mit einem Fluch belegt worden wären – oh, das war nun wirklich Unsinn! Rosamund sank tiefer ins lauwarme Wasser. Die Zeit war zu kurz gewesen, es anständig aufzuheizen. Der Moschusduft ihres Badezusatzes stieg ihr in die Nase. Sie dachte an Mark und seufzte. Sein Besuch hat in keiner Weise zur Klärung der Dinge beigetragen.

Er wird mich verlassen. Sie ließ den Gedanken einsickern, langsam, prüfend. Vor noch gar nicht so langer Zeit hätte sie Angst gehabt vor der Vorstellung, ohne ihn leben zu müssen. Doch seit sie nach Colonsay gekommen war, hatten sich die Dinge geändert. Das Haus gab ihrem Leben einen Sinn, der vorher offensichtlich gefehlt hatte.

Rosamund starrte auf ihre weißen, runzeligen Zehen, die aus dem Wasser ragten. Zeit, dass sie rauskam. Im Bad war es dunkel geworden, während sie ihren Gedanken nachhing, und das Deckenlicht war so spärlich, dass es kaum in die Ecken drang. Die Luft fühlte sich kalt an. Hastig stand Rosamund auf und griff nach dem Handtuch. Das Wasser war nicht heiß genug gewesen, um den Spiegel beschlagen zu lassen. Sie blickte auf ihr nacktes Ebenbild.

Aber das war nicht sie.

Eine fremde Frau starrte ihr aus dem Spiegel entgegen. Ihr graziler Körper überlagerte Rosamunds kräftigeren, ihre aufgerissenen Augen starrten sie aus dem Gesicht einer Fremden an, die ihr gleichzeitig erschreckend vertraut vorkam. Rosamund schrie erstickt auf – und alles war vorbei. Sie blickte auf ihren Körper, ihre dunklen, feuchten Locken. Das Wasser rann an ihr herunter, und ihr Gesicht sah totenblass aus.

Irgendwie brachte es Rosamund trotz ihrer zitternden Hände fertig, sich anzuziehen und das Bad zu verlassen. In ihrem Zimmer fiel sie aufs Bett. Ihre Beine verweigerten den Dienst.

»Es wird schlimmer«, sagte sie zu sich selbst.

Die Frau im Spiegel war lebendig gewesen, warm und verletzlich. Keine steife Pose aus einem Fotoalbum. Und Rosamund hatte sie erkannt: Ambrosine Cunningham, Cosmos wunderschöne und rätselhafte Frau.

Sie war keine Geistererscheinung gewesen, auch kein lebendiger Geist wie das braunhaarige Mädchen. Ambrosines Körper war warm und echt gewesen, ihre Haare weich und schwer. Sie war Rosamund gewesen – und Rosamund sie.

Das Geräusch eines vorfahrenden Wagens störte ihre Konzentration. Sie stand auf und ging zum Fenster. Gary parkte vor einem großen Haufen aus Holzabfällen und anderem Müll, der weggebracht werden musste. Er kletterte aus dem Auto, blieb stehen und starrte, tief in Gedanken versunken, auf Colonsay. Aus den Augenwinkeln schien er eine unbewusste Bewegung Rosamunds wahrzunehmen. Er hob plötzlich den Kopf und schaute zu ihrem Fenster hoch. Sie starrten einander grußlos an. Dann senkte Gary den Blick und ging langsam zur Eingangstür.

Sein Zögern war nicht zu übersehen.

Rosamund war auf halbem Weg die Treppe hinunter, als sie Kerrys fragende Stimme hörte. Sie verlangsamte ihren Schritt. Was für einen Sinn würde es machen, mit dem Geschehenen sofort herauszuplatzen? Was könnte er schon unternehmen?

»… in Ordnung kommen«, war Garys Antwort.

Kerry seufzte erleichtert. »Es ist einfach gefährlich, auf diesen Leitern herumzukriechen.« Rosamund konnte sich ein Lächeln nicht verkneifen.

»Sie kommen morgen früh wieder. Frederick ist zwar sehr besorgt um die Sicherheit seines Teams, aber das war nicht der erste Unfall dieser Art.«

Er blickte auf, als Rosamund die Küche betrat. Ihr Gesichtsausdruck musste sie verraten haben, denn seine Augen wurden zu schmalen Schlitzen. Sie sagte etwas, um ihm zuvorzukommen.

»Fred wird sich morgen das gesamte Haus vornehmen. Kerry glaubt, dass die Ursache für die Geräusche in der Bausubstanz zu finden ist. Und ich denke, wir sollten diese Möglichkeit zumindest ausschließen, bevor wir andere Maßnahmen ergreifen.«

»Er hat sich doch alles angesehen, bevor er sein Angebot abgegeben hat«, antwortete Gary skeptisch.

»Die einfachsten Erklärungen sind oft ganz richtig«, verkündete Kerry und rührte eifrig in ihrer Senfsoße.

Rosamund hatte keine Lust auf Diskussionen. Vielleicht würde Fred etwas finden, eine einfache Lösung des Rätsels. Sie konnte sich allerdings nicht vorstellen, was das sein könnte. Was konnte ohne sichtbare Mittel einen solchen Lärm und gleichzeitig eine Erscheinung wie das braunhaarige Mädchen verursachen? Und das, was heute Abend passiert war? Nun, sie hatte jedenfalls keine Erklärung dafür.

»Ich glaube, dass Colonsay für Raes Unfall verantwortlich ist.«

Beide Frauen hielten inne und starrten Gary an.

»Ich habe gesehen, wie es passiert ist. Sie ist nicht ausgerutscht.«

»Wie konnte sie dann zu Fall kommen?«, fragte Kerry sanft. »Willst du uns Angst einjagen?«

»Wenn ja, dann hast du das geschafft«, fügte Rosamund hinzu. »Du greifst mit deinen Behauptungen zu weit vor, Gary. Wir haben keinerlei Beweis dafür, dass uns etwas oder jemand vertreiben will.«

»Der Lärm? Die Erscheinungen? Die Stimmen? Wozu soll das sonst gut sein?«

»Das weiß ich nicht. Aufmerksamkeit erregen? Hilfe fordern? Wir müssen zuerst herausbekommen, was das Problem ist, bevor wir nach einer Lösung suchen können.«

»Was, wenn ich recht habe? Was ist, wenn wir vertrieben werden sollen? Wir befinden uns auf seinem Territorium, und ganz offensichtlich will es nicht gestört werden. Also macht es Krach und erschreckt uns fast zu Tode. Und nachdem das nicht funktioniert, beginnt es, einen nach dem anderen aus dem Spiel zu nehmen.«

»Sag so etwas nicht.« Kerry schnappte nach Luft. Sie war fast grau im Gesicht, und Rosamund packte sie am Arm.

»Gary, genug davon«, warnte sie. »Wirklich, das reicht.«

Sein Mund verzog sich mühsam zu einem Lächeln, und er ging Richtung Tür.

»Wo willst du hin?« Die Furcht siegte über ihren Ärger. Allein sein war das Letzte, was sie im Moment wollte.

»Ich treffe mich mit jemandem.« Er drehte sich um und sah die Angst in ihren Augen. Der Ausdruck in seinen eigenen wurde sanft. »Keine Sorge, ich bin in ein bis zwei Stunden wieder zurück.«

Kerry drückte Rosamunds Hand. Sie lauschten, wie Gary den Wagen anließ und davonfuhr. »Ohne ihn sind wir besser dran«, murrte sie. »Ich mache mir ziemliche Sorgen wegen Gary, Rosamund. Ich denke, ich sollte mit seinem Großvater reden.«

Rosamund nickte, ohne wirklich zuzuhören.

»Das Essen ist fast fertig. Hast du Hunger?«

Sie tat so, als ob. Kerry zündete ein paar Kerzen an. Ihre Flammen gaben dem Abendessen einen feierlichen Anstrich, obwohl sie die Deckenbeleuchtung eingeschaltet ließen. Sie wollten auf keinen Fall im Dunkeln sitzen.

Sie aßen in einvernehmlichem Schweigen und taten so, als würde ihnen Gary nicht fehlen. Rosamund war insgeheim erschüttert, wie schnell sie von ihm abhängig geworden waren. Aber das war wohl den außergewöhnlichen Umständen geschuldet.

Trotz mehrerer Gläser Wein wollten sich ihre aufgewühlten Sinne nicht beruhigen. Kerry trank nicht mit. Als das Dessert aufgegessen und das Geschirr abgeräumt war, drehte sich alles in Rosamunds Kopf. Sie schien nicht mehr in der Lage, sich weiter durch Adas Unterlagen zu wühlen, sogar wenn sie das gewollt hätte. Kerry blickte sie kritisch an und ging zu Bett.

***

Die Geißblattranken an der Fassade des Hauses warfen die Blätter ab. Sie verteilten sich über den Vorgarten, und der

Wind jagte sie mit seinen kalten Böen auf die Veranda. Das Wetter schlug um, die Tage wurden kürzer, aber Alice spürte die Kälte nicht. Bertie würde bald nach Hause kommen. Der Gedanke daran wärmte sie genauso wie die Sommersonne.

Cosmo und Ambrosine waren mit dem Zug auf dem Weg nach Melbourne zur konstituierenden Sitzung des Parlaments. Ada und Berge von Koffern begleiteten sie. Ambrosine hatte sich extra für diesen Anlass ein neues Kleid schneidern lassen, und Cosmo bestand darauf, dass sie die Cunningham'schen Smaragde dazu tragen sollte.

»Ich werde mich wie ein König fühlen«, verkündete er. »Und meine Frau soll wie eine Königin aussehen.«

Alice war froh, als sie abfuhren, denn das bedeutete, dass Berties Befreiung aus der verhassten Schule kurz bevorstand. Er würde mit ihnen nach Hause zurückkehren.

***

Das Brummen des Automotors durchbrach die Stille der Nacht. Es war windstill, der Himmel von dunklen Wolken bedeckt, die Regen versprachen. Rosamund hielt den Atem an. Sie hörte, wie die Eingangstür sich öffnete und wieder schloss. Dann erklangen seine Schritte auf der Treppe. Erleichtert seufzte sie auf. Die Weinschwere war schon lange aus ihrem Kopf verschwunden, und sie lag mit einem Buch im Bett. Die Schritte im Gang kamen näher. Gary stand vor ihrer Zimmertür. Er klopfte so laut, dass sie zusammenzuckte.

»Gary?«

Er öffnete die Tür und linste herein. Sie saß im Bett, in einer Hand eine Zigarette, in der anderen das Buch. Gary lächelte, trat ins Zimmer und ließ die Tür angelehnt.

»Tut mir leid. Es hat länger gedauert, als ich dachte. Gab es Probleme?«

Sie wusste, was er meinte, und schüttelte den Kopf. »Das ist die zweite Nacht in Folge. Glaubst du, es ist vorbei?«

Er beantwortete die Frage nicht. Das Bett sank ein, als er

sich zu ihr setzte. Sein Gesicht war von der Kälte gerötet, und seine blauen Augen funkelten im Schein der Lampe.

»Ich möchte dir etwas über die Bekannte erzählen, die ich getroffen habe. Sie ist ein Medium. Geister und wandernde Seelen sind für sie ganz normal. Ich habe ihr erzählt, was in Colonsay vor sich geht.«

»Gary! Mark will nicht, dass auch nur eine Menschenseele davon erfährt. Du weißt genau, was passieren wird, wenn die Zeitungen davon Wind bekommen.«

Gary verzog das Gesicht. »Ich weiß seinen selbstlosen Einsatz sehr zu schätzen.«

Rosamund drückte ihre Zigarette aus, um ihn nicht ansehen zu müssen. »Ich verstehe dich ja. Aber was nützt es uns, wenn die Katze aus dem Sack ist? Wir würden ganz schön dumm aussehen. Dafür würden die Medien schon sorgen.«

»Vielleicht.« Er wollte es nicht einsehen. Diesen eigensinnigen Zug um seinen Mund hatte sie vorher nie bemerkt.

»Gary«, seufzte sie und gab ihrem Erzähldrang nach. »Ich habe Ambrosine gesehen. Und das ist noch nicht alles. Bisher habe ich nicht darüber gesprochen, aber ich habe Albträume. Ich bin tot und liege in Ambrosines Sarg. Ich kann die Blumen riechen und die Satinausstattung fühlen.«

Seine Hand schloss sich um ihre, sie fühlte sich ganz warm und fest an. Bis zu diesem Augenblick hatte sie gar nicht gemerkt, wie sehr sie zitterte. »Du brauchst die Hilfe meiner Bekannten«, flüsterte er und neigte sich zu ihr. Sein Atem wärmte ihre Wange. »Du brauchst jemanden, der dir zuhört. Jemanden, der nicht denkt, dass du übergeschnappt bist.«

»Ja, das wäre schon ganz nett«, brachte sie heraus und räusperte sich. Es standen Tränen in ihren Augen, doch sie weinte nicht. »Was würde diese Frau machen?«

»Sie würde ins Haus kommen, sich umsehen, die Umgebung inspizieren. Und lauschen.«

»Worauf lauschen?«

»Auf die Laute, die andere Menschen nicht hören können.«

Rosamund schüttelte zweifelnd den Kopf. »Ich weiß nicht. Es ist schon alles ein bisschen gruselig im Augenblick, aber das ist unser Problem. Ich kenne diese Frau nicht, und ich habe das Gefühl, dass wir die Kontrolle verlieren, wenn sie ins Spiel kommt. Bevor wir uns versehen, werden wir uns mitten in einem Hollywooddrama befinden.«

»Zephyr ist nicht so.«

»Zephyr! Das nicht auch noch, Gary!«

Er besaß den Anstand, leicht zu erröten. »Ich weiß, der Name hört sich nicht so an, aber sie ist keine esoterische Spinnerin. Rosamund, ich kenne sie gut. Sie hat mir geholfen, ich vertraue ihr.«

»Ich aber nicht.«

Sie starrten einander unbewegt an. Dann seufzte Gary und stand auf. »Na gut, denk einfach noch mal darüber nach.« Er zögerte, doch als keine Antwort kam, wandte er sich ab. »Gute Nacht, Rosamund.«

Sie blieb stumm, auch als er die Tür hinter sich zuzog.

11

Das Wetter am anderen Morgen machte einen trostlosen Eindruck. Ein grauer Himmel kündigte weiteren Regen an, die Luft war feucht und kalt. Rosamund schlüpfte in Jeans und Pullover und zog sich ihre Stiefel an. Es erschien ihr sinnlos, etwas anderes anzuziehen, solange sie staubige und schmutzige Arbeiten zu erledigen hatte. Da waren Designerklamotten einfach fehl am Platz. Sie hatte ein paar gute Sachen aus Melbourne mitgebracht, wusste aber inzwischen nicht mehr, warum eigentlich. Hatte sie gedacht, Mark würde sie groß zum Abendessen ausführen? Jedenfalls staubten sie jetzt hinten im Schrank ein. Im Augenblick war Rosamund mehr an der Vergangenheit interessiert als an der Gegenwart.

Die Arbeiter waren schon wieder fleißig. Sie konnte sie im Westflügel hören. Von Klopfen und Hämmern unterbrochene Frotzeleien und Witze flogen hin und her. Raes Unfall schien den Eifer nicht gebremst zu haben. Vielleicht war es einzig und allein Gary, der an das Werk übernatürlicher Kräfte glaubte.

Rosamund stand am Fenster, bürstete ihre Haare und blickte in die Landschaft. Die You-Yang-Berge konnte man heute kaum erkennen, sie hüllten sich in Regenwolken. Das Meer in der Bucht zeigte kaum Bewegung und war bleigrau wie der Himmel. Als sie nach einer Spange griff, um ihr Haar aus dem Gesicht zu halten, stieg ihr wieder dieser Duft in die Nase. Geißblatt.

Ihre Hand hielt inne. Ihr war inzwischen klar, dass es in Colonsay kein Geißblatt mehr gab. Der Duft wurde intensiver. Rosamund zitterte. Sie unterdrückte es, setzte ihren Verstand gegen das übermächtige Gefühl ein.

»Du wirst mich nicht los«, sagte sie laut. »Ich lebe auch hier. Hörst du mich? Das ist auch mein Haus.«

Der Duft wurde schwächer, bis er fast ganz weg war. Rosamund drückte das Gesicht an die kalte Glasscheibe. »Was war daran jetzt so schlimm?«, fragte sie sich leise. »Gib nicht nach. Du wirst damit fertig. Du darfst nur nicht nachgeben.«

In der Küche hatte Kerry Pfannkuchen zum Frühstück warm gestellt. Auf dem Tisch lag eine Notiz von ihr, dass sie zum Einkaufen gegangen sei und bis zum Mittagessen wieder da sein würde. Rosamund aß hungrig ihr Frühstück und trank dazu starken Tee, während sie Pläne für den Tag machte. Sie war fest entschlossen, sich von den morgendlichen Vorkommnissen nicht ins Bockshorn jagen zu lassen.

Im Hinterzimmer wartete viel Arbeit auf sie, und danach käme der zweite Raum dran. Wie sie eben feststellte, hatte sie nicht einmal einen Blick dort hineingeworfen. Das sollte sie unbedingt tun. Und dann waren da noch Adas Papiere. »Also«, murmelte sie, »packen wir's an.«

Rosamund räumte ihr Geschirr weg und ging in die Eingangshalle. Es war auf einmal ganz still. Sie blieb stehen und hielt den Atem an, bis ihr einfiel, dass Freds Team wohl gerade Frühstückspause machte. Sie lachte über ihre Nervosität und ging nach hinten. Die Tür des ersten Zimmers stand offen, das rote Samtsofa lud sie zum Sitzen ein. Sie widerstand der Versuchung und wandte sich stattdessen der Tür des zweiten Zimmers zu. Diese war verschlossen und bewegte sich trotz aller Bemühungen keinen Zentimeter, als sie versuchte, sie zu öffnen. Klemmte sie? Rosamund betrachtete sie von oben bis unten und warf sich dann mit Schulter und Hüfte dagegen. Sie gab nur einen Spalt nach. Rosamund schob und drückte ein paarmal dagegen. Unwillig schrappte die Tür über den Holzboden und verursachte dabei ein schreckliches Geräusch. Die herausströmende Luft war moderig und drückend. Rosamund steckte vorsichtig ihren Kopf durch den Türspalt ins Zimmer.

Da die Fenster von alten Laken verhüllt waren, die man an die Vorhangstangen gebunden hatte, lag es völlig im Dunkeln. Sie konnte kaum etwas erkennen. Aber das Zimmer war genauso groß wie das erste, obwohl es im Augenblick viel kleiner wirkte, so vollgestopft wie es war. Rosamund zwängte einen Arm durch den Spalt und tastete nach dem Lichtschalter. Nichts. Die Birne schien kaputt zu sein und konnte wohl erst gewechselt werden, wenn ein Teil der Gegenstände aus dem Zimmer in den Flur geräumt worden war. Sie drückte noch einmal gegen das Türblatt, um sich mehr Platz zu verschaffen. Hier schien es sehr viel mehr Möbelstücke zu geben als nebenan – ein Lampenschirm hing schief auf seinem Lampenfuß, und über allem thronte ein schwerer Schreibtisch.

Rosamund atmete tief ein und wischte sich mit zittriger Hand über die Stirn. Hatte sie sich im ersten Zimmer auch so gefühlt, bevor sie mit dem Ausräumen begonnen hatte? Doch eher nicht. Außerdem roch es irgendwie komisch. Nicht nach Geißblatt, sondern schärfer. Ein kalter Hauch strich an ihr vorbei, und in den Schatten ertönte ein leises Kratzen. Panisch sog Rosamund die Luft ein und versuchte mit aller Gewalt, die Tür wieder zu schließen. Sie hörte ihr eigenes hastiges Atmen, während sie mit aller Kraft zog, bis die Tür schließlich mit einem hässlichen Kratzen über die Holzdielen und einem Protestquietschen der rostigen Angeln wieder ins Schloss fiel.

Rosamund rann der Schweiß in kleinen Bächen über den Rücken. Nachdem die Tür geschlossen war, fühlte sich alles sofort wieder normal an. Zumindest so normal, wie es für Colonsay möglich schien. Überaus erleichtert wandte sie sich ihrem roten Samtsofa zu.

Die Zeitungsausschnitte lagen, wo sie sie hatte liegen lassen. Rosamund schob sie vorsichtig beiseite, um sie später in den Karton mit Adas Erinnerungsstücken zu legen, und nahm sich einen Stapel mit alten Zeitungen vor.

Zwei Stunden vergingen, bis sie entschied, dass sie genug hatte. Sie stand auf, reckte ihre steifen Glieder und ging in die

Küche. Kerry war noch nicht wieder zurückgekommen, und Rosamund stellte fest, dass ihr die Gesellschaft fehlte.

Sie machte sich gerade Kaffee, als einer der Arbeiter erschien, um das übliche Tablett mit Getränken und kleinen Leckereien abzuholen, das Kerry sonst vorbereitete. Er wartete, während Rosamund Tee machte und Kekse sowie ein paar Kuchenstücke zusammensuchte. Sonst war es meist Gary gewesen, der das Tablett abholte. Vielleicht ging er ihr aus dem Weg.

»Wie geht es Raes Arm?«, fragte sie.

»Das wird schon wieder. Sie muss zu Hause die Füße hochlegen.«

»Erinnert sie sich daran, was genau passiert ist?«

Sie beobachtete ihn, während sie das fragte. Sonst wäre ihr sein Seitenblick entgangen.

»Sie ist ausgerutscht. Es wird schnell rutschig da oben.«

Rosamund machte das Tablett fertig, und er nahm es, dankte ihr und ging damit zum Westflügel. Rosamund starrte ihm hinterher. Der Seitenblick verursachte ihr Unbehagen. Er zeugte von Dingen, die sie lieber nicht wissen wollte. Sie konnte förmlich Garys Stimme hören: »Etwas in diesem Haus will, dass wir verschwinden.«

Um die Mittagszeit kam Kerry zurück, wie sie versprochen hatte. Ihr Auto war bis oben hin beladen mit Tüten aus dem Supermarkt. Rosamund hob eine Augenbraue. »Du solltest ein Restaurant aufmachen.«

Kerry nahm es als Scherz und lächelte. Was sie danach sagte, überraschte Rosamund allerdings sehr. »Vielleicht solltest du das machen, Rosamund. Alte Gemäuer eignen sich gut dafür, sie haben eine besondere Atmosphäre. Du könntest aus Colonsay einen Landgasthof mit gehobener Küche machen.«

»Ich glaube kaum, dass Mark es schätzen würde, seine Wochenenden mit einem halben Dutzend Fremder zu verbringen.«

»Nein, das ist wahr.« Zu Rosamunds Verwunderung wirkte Kerry enttäuscht. Sie hatte aufgeregt geklungen wegen des

Landgasthofs, offensichtlich sah sie sich selbst in der Rolle der Küchenchefin. Rosamund hatte sie auf den Boden der Tatsachen zurückgeholt.

Was geht hier eigentlich vor?, fragte sie sich. Zuerst Rae mit ihren Plänen für ein Hotel und jetzt Kerry mit einem Landgasthof.

»Und was würde Ada wohl davon halten, wenn wir aus Colonsay einen Landgasthof machen?«, fuhr Rosamund fort. Sie wusste, dass sie Kerry damit in eine Falle lockte, konnte aber nicht anders.

Kerry wurde knallrot. »Daran habe ich gar nicht gedacht«, sagte sie leise. »Sie würde es verabscheuen, oder? Wie konnte ich nur so gedankenlos sein.«

Rosamund schämte sich. »Ist doch egal, ob sie es verabscheut hätte«, entgegnete sie. »Sie ist tot.«

»Miss Ada wäre aber sehr stolz darauf, dass Mr Markovic hier wohnt.« Kerrys Gesicht hatte seine normale Farbe wieder. »Das passt einfach, nicht wahr? Erst Cosmo Cunningham und jetzt dein Ehemann.«

»Wirklich sehr passend.«

Diesmal nahm Kerry die Ironie in ihrer Stimme wahr. »Mr Markovic hat Colonsay von Anfang an gemocht. Ich war dabei und habe gesehen, wie er sich fühlte. Er hat sich jeden Quadratzentimeter angesehen, Rosamund. Es kam mir fast so vor, als ob er sich verliebt hätte.« Sie lachte wie über einen Scherz, aber keine von ihnen beiden schien das besonders witzig zu finden.

»Du hast Liebe mit dem Verlangen nach Besitz verwechselt«, sagte Rosamund ruhig. »Mark liebt Colonsay nicht, er will es besitzen.«

»Ich bin sicher, dass du da falsch liegst.« Kerry presste verstimmt ihre Lippen zusammen.

»Nun, das wird die Zeit weisen. Abgesehen davon gehört Colonsay mir. Ada hat es mir vererbt.«

»Aber …« Kerry schien sich unwohl dabei zu fühlen, sich

auf ein Terrain zu wagen, das sie eigentlich nichts anging. »Mr Markovic hat so viel Geld für das Haus ausgegeben. Ist es dann immer noch deins? Ich verstehe nichts von Verträgen und Gesetzen, aber ich könnte mir denken, dass er ein Recht auf einen Anteil hat.«

Aus der Traum! Rosamund fragte sich, was sie zu der Vorstellung gebracht hatte, sie könnte Mark einfach auffordern zu verschwinden. Er hatte, wie Kerry richtig feststellte, ein Vermögen für die Reparaturarbeiten ausgegeben. Wenn er sie verließ, würde er dann überhaupt so großzügig sein, ihr Colonsay im Zuge der Scheidungsvereinbarungen zu überlassen?

»Was heißt hier großzügig?«, brummte sie. »Ich würde bis zum bitteren Ende darum kämpfen.«

Kerry blickte sie fragend an und öffnete gerade den Mund, um ihr eine Frage zu stellen, als draußen ein langgezogener, schriller Schrei ertönte. Eine Sekunde lang standen die beiden wie versteinert. Dann hörten sie einen Arbeiter aus dem Westflügel rufen, gefolgt von weiteren aufgeregten Stimmen. Kerry schnappte nach Luft und rannte in den Flur, Rosamund hinterher.

Gary kam gerade die Treppe herunter.

»Einen Krankenwagen«, stieß er atemlos hervor. Seine blauen Augen wirkten vor Aufregung oder Ärger riesig. Rosamund konnte nicht unterscheiden, was der genaue Grund war. »Ein Mann ist vom Gerüst gestürzt.

***

Mrs Gibbons verköstigte den alten Harry in der Küche. Alice konnte ihre Stimmen hören, Mrs Gibbons hohes mädchenhaftes Gezwitscher und Harrys tiefes Gebrumme. Harry war an der Hintertür gestanden. Er hatte seinen Hut in der Hand, seinen fadenscheinigen Mantel sauber gebürstet und die Stiefel blank gewienert. Meggy musste kichern, als sie ihn hereinbat, und Mrs Gibbons schickte sie mit einem Stirnrunzeln weg, das spätere Strafe versprach.

»Und das in ihrem Alter«, erzählte Meggy mit höhnischem Unterton.

Als ob das Alter etwas damit zu tun hätte, dass Menschen dumme Dinge taten, dachte Alice gereizt.

»Wäre Madam da, hätte er nicht reinkommen dürfen«, sagte Meggy nun. Die beiden Mädchen saßen dicht nebeneinander auf der untersten Stufe der Haupttreppe wie zwei mürrische, von ihrem Platz vor dem warmen Küchenfeuer verstoßene Katzen.

Alice hatte den Zeitungsbericht über die Parlamentseröffnung und die damit verbundenen Reden und Festlichkeiten gelesen. Sie konnte Cosmos Gelächter förmlich hören und sah die strahlend lächelnde Ambrosine direkt vor sich.

Ein seltsam unregelmäßiges Pochen erklang aus der Küche. Es klang, als ob Mrs Gibbons und Harry auf den Möbeln herumkletterten und von dort zu Boden springen würden. Sogar die Lampe auf dem Tisch neben der Treppe schwankte und ihr Kristallgehänge klingelte leise. Alice und Meggy blickten einander ungläubig an. Dann zischte Meggy: »Komm mit!«, ergriff Alice' Hand, zerrte sie zur Haustür hinaus und ums Haus herum.

Das kleine Küchenfenster saß hoch in der Wand, aber direkt daneben stand praktischerweise ein Wasserfass. Sie schürzten ihre Röcke über den dicken Wollsocken und Stiefeln und kletterten hinauf. Oben angekommen, mussten sie sich auf die Zehenspitzen recken, damit sie etwas sehen konnten. Alice versuchte sich wie Meggy das Kichern zu verkneifen, damit man sie nicht hörte.

Was für ein Anblick bot sich ihnen! Mrs Gibbons und Harry tanzten miteinander. Die Röcke der Köchin schwangen hoch um sie herum, wenn sie sich drehte. Ihre grauen Haare waren aus dem Knoten gerutscht und ergossen sich wie ein Strang Schafwolle über ihren Rücken. Harrys Gesicht war gerötet, er hatte die Hemdsärmel hochgekrempelt und schnaufte mit offenem Mund.

»Besoffen wie die Haubitzen«, flüsterte Meggy belustigt und drückte sich eng an Alice.

Alice fand das Ganze nicht zum Lachen. Wie konnten Menschen sich nur so zum Narren machen? Sie kletterten vom Wasserfass herunter. Da fiel Alice etwas ein: Nachdem sie Ambrosine bei etwas ertappt hatte, hatte diese ihr Geld gegeben. Das war für ihre neuen Stiefel gewesen. Und jetzt Mrs Gibbons und Harry …

Boshafte Gedanken gingen ihr durch den Kopf.

»Nein«, sagte Alice laut. »Nicht boshaft. Klug.«

Meggy glotzte sie an, als ob sie den Verstand verloren hätte. Doch Alice lachte nur.

***

Der Krankenwagen kam und fuhr wieder weg. Danach ging die Arbeit irgendwie planlos weiter und wurde schließlich gegen fünf Uhr eingestellt. Frederick Swanns Team verließ in einer regelrechten Wagenkolonne das Grundstück. Frederick selbst kam in die Küche, um mit Rosamund zu sprechen. Sie und Kerry saßen eng beieinander am Küchentisch, ängstlich bemüht, sich ihre Furcht nicht anmerken zu lassen.

»Mrs Markovic?«

Rosamund erhob sich, und Kerry sprang auf, um ihm eine Tasse Tee einzuschenken.

»Schlechte Neuigkeiten«, sprach er kopfschüttelnd weiter. »Ich habe gerade mit dem Krankenhaus telefoniert. Ernsthafte Kopfverletzungen. Wie schlimm sie sind, wissen wir aber erst nach dem Röntgen und weiteren Untersuchungen. Seine Frau ist dort und wartet, bis sie zu ihm kann.«

Rosamund wusste nicht, was sie sagen sollte. Sie fühlte sich, als ob sie sich entschuldigen müsste. Aber wofür? Sie war nicht für den Sturz verantwortlich.

»Wie ist das überhaupt passiert?«, fragte Kerry und reichte Frederick die Teetasse.

»Er ist ausgerutscht, einfach ausgerutscht. Er stand auf einer breiten Planke, und im nächsten Moment segelte er durch die Luft. Er griff nach einem Stahlrohr, während er stürzte, konnte sich aber nicht festhalten. Sein Kopf schlug zuerst gegen das Gerüst, dann auf den Boden.« Er schloss die Augen, als ob die Erinnerung daran zu viel für ihn wäre.

»Aha, ausgerutscht also.«

Frederick öffnete die Augen und sah Rosamund an. Diese schlang die Arme um sich, als müsste sie sich schützen.

»Haben Sie immer so viele Unfälle auf Ihren Baustellen?«, wollte sie wissen.

Er schüttelte seinen Kopf. »Ich mache mir Sorgen«, sagte er vorsichtig und beobachtete sie dabei weiter. »Irgendetwas liegt in der Luft, Mrs Markovic. Ich tue nicht so, als ob ich wüsste, worum es sich dabei handelt. Aber irgendetwas ist da. Und ich weiß, dass Gary es auch spürt. Ihm geht es schlechter als mir oder irgendeinem anderen aus dem Team. Heute früh musste er sich richtig zwingen, auf der Baustelle zu erscheinen, das habe ich ihm angesehen.«

Rosamunds ungläubiges Staunen verschwand, bevor sie es in Worte fassen konnte. Kerry rutschte unbehaglich auf ihrem Stuhl hin und her. »Also wirklich, Frederick. Ich kann mir nicht vorstellen, dass du diesen Unsinn glaubst.«

»Ich glaube, was ich sehe und fühle, Kerry. Dafür brauche ich keine sogenannten wissenschaftlichen Beweise. Ich vertraue auf Gott, und dieses Vertrauen gründet auf meinem Glauben. Aber wir sollten auch uns selbst vertrauen. An das, was unser Herz und unser Verstand uns mitteilt. Wir sollten nicht damit warten, bis eine statistische Kurve oder ein Labortest uns das erlaubt.«

Rosamund starrte ihn erstaunt an. »Also glauben Sie, dass etwas in Colonsay für diese Unfälle verantwortlich ist?«, fragte sie rundheraus.

Er runzelte die Stirn und kratzte sich am Ohr. »Dieses Haus bringt Unglück, Mrs Markovic.«

»Sie weichen meiner Frage aus.«

»Ja, Colonsay ist verantwortlich.«

»Was passiert mit den Renovierungsarbeiten? Es ist noch so viel zu erledigen.«

»Ich denke, ich werde alle einen Tag nach Hause schicken. Danach fangen wir wieder an. Heute Nacht würde ich gern herkommen, um zu beten.«

»Wozu soll das gut sein?« Rosamund klang zynisch.

»Es kann jedenfalls nicht schaden.«

»Schauen Sie, Fred, ich weiß nicht recht …«

Er sah sie mit strahlenden Augen an. »Mrs Markovic – Rosamund, Sie glauben doch an Gott? Sie glauben an Güte, an Freundlichkeit, Tapferkeit und Mitgefühl. Glauben Sie nicht auch, dass positive Gefühle einen Ort verändern können? Denken Sie nur an die heiligen Plätze, an denen seit Jahrhunderten Gebete gesprochen werden, an Kirchen und Tempel. Wenn das so ist, können dann nicht auch negative Gefühle einen Ort prägen? Wenn ein Ort viel Unglück und Böses gesehen hat, kann es doch sein, dass er das alles irgendwie speichert, oder?«

Wieder machte es vollkommen Sinn, was er sagte, fand Rosamund. Trotzdem hatte sie Gary verboten, Zephyr mitzubringen. Sie sträubte sich einfach gegen Hilfe von außen. Es war ihr Haus, ihr Problem, und sie allein wollte es lösen. Aber es hatten sich zwei Unfälle ereignet, und einen dritten wollte sie nicht riskieren.

»Ein Gebet kann doch nicht schaden, oder?« Freds sanfte Stimme klang überzeugend.

Sie gab auf und nickte. »Also gut.«

Er lächelte. »Sie werden sehen, es gibt nichts, worüber Sie sich Sorgen machen müssen.«

Zögernd nickte sie noch einmal. Kerry begleitete ihn hinaus.

»Ich hoffe, du weißt, was du da tust«, sagte sie, sobald sie zurück war. »Frederick gehört einer ziemlich unkonventionellen Glaubensgemeinschaft an.«

»Ach ja?«

»Sie nennt sich *Kirche der freudigen Antwort Gottes*.«

Rosamund stöhnte, und Kerry musste ein Lächeln unterdrücken.

»Nun, das wird interessant.«

Rosamund seufzte. Ganz bestimmt! Warum hatte Gary sie nicht gewarnt? Und wo steckte er überhaupt? Fred behauptete, er hätte ihn kaum dazu bewegen können, das Haus zu betreten. Sie hatte nicht erkannt, dass es so schlimm um ihn stand, aber sie erinnerte sich an sein Zögern gestern, als er am Auto gestanden hatte. Sie war zu beschäftigt mit ihren eigenen Gefühlen gewesen, um darauf zu reagieren.

Vielleicht würde er nicht wiederkommen.

Das Gefühl des Verlusts traf sie völlig unerwartet und verursachte ihr Unbehagen. Sie wollte nicht von Gary abhängig werden. Sicher, sie mochte ihn und vertraute ihm. Aber im Augenblick war sie damit beschäftigt, sich aus ihrer Beziehung zu Mark zu lösen. Sie war nicht bereit, sich auf unbekanntes Terrain vorzuwagen.

Noch nicht.

Kurz nach neun erschien Frederick Swann mit einem kleinen Trupp Leute. Er trug einen dunklen Pullover und eine Freizeithose. Seine Haare waren sorgfältig frisiert. Er sah ganz anders aus als der Mann mit den abgetragenen fleckigen Arbeitsklamotten und den zement- und farbbespritzten Stiefeln, den Rosamund sonst zu sehen bekam.

Er stellte ihr seine Begleiter vor. Eine Frau mit ergrauendem Blondhaar hieß Melanie. Die anderen beiden waren Männer: Justin, Mitte zwanzig, und Leo, irgendwo in den Sechzigern. Leo trug eine Art Dauerlächeln zur Schau, doch seine Augen blickten mitfühlend. Rosamund mochte ihn trotz ihrer Vorbehalte.

Leo schloss seine Augen, und sofort verstummten die anderen. Eine Minute lang stand er vollkommen regungslos, als ob er lauschen würde. Dann schüttelte er sich wie ein Hund, der etwas Ekliges erschnüffelt hatte. Frederick trat nah an ihn heran, und die beiden flüsterten miteinander.

»Ich denke, wir stellen uns dorthin, zwischen die Eingangstür und die Haupttreppe«, sagte Frederick schließlich.

Sie hatten Kerzen dabei, die sie auf die Stufen der Treppe stellten und anzündeten. Zuerst flackerten die Flammen ein wenig, dann brannten sie ruhig. Kerry drückte sich in der Küchentür herum und wischte sich nervös die Hände am Rock ab. Rosamund, die neben ihr stand, sah sie fragend an. Trotz allem hatte sie gehofft, Gary würde noch auftauchen, aber er hatte nicht einmal angerufen.

»Wie geht es dem gestürzten Arbeiter?« Kerrys Frage unterbrach ihre Gedankengänge.

Fredericks Gesicht wurde noch ernster, soweit das überhaupt möglich war. »Er hat das Bewusstsein noch nicht wiedererlangt.«

Dann waren alle ganz still. Melanie durchlief ein Schauder, woraufhin sie sich etwas theatralisch umblickte, wie Rosamund fand. »Spürt ihr es auch?«, fragte sie mit gesenkter Stimme. Leo lächelte, antwortete aber nicht.

»Was soll ich spüren?«, fragte Kerry Rosamund leise. Rosamund zuckte mit den Schultern. Für sie fühlte sich das Haus an wie immer. Die vier Gäste bildeten einen Kreis und hielten sich an den Händen. Dann begannen sie zu beten.

Zuerst ganz leise, dann immer lauter. Leos und Fredericks Stimmen klangen zuversichtlich und tief. Trotz ihres Unbehagens spürte Rosamund das absolute Vertrauen in die Macht des Gebets. Das Gefühl fand sie irgendwie tröstlich.

»Großer und allmächtiger Gott, gib uns Stärke. Verzeih den armen Seelen, o Herr, die keine Ruhe finden können. Gewähre ihnen Eingang in Dein Reich, und segne sie mit Deiner Gnade.«

Die anderen fielen ein: »Segne sie mit Deiner Gnade, o Herr.«

»Nimm Dich der Ruhelosen und Verlassenen an, o Herr, und vergib ihnen ihre Sünden in Deiner grenzenlosen Güte.«

»Amen.«

»Gewähre ihnen Aufnahme in Dein Paradies, o Herr.«

»Amen.«

»Verlass sie nicht, o Herr, sondern geleite sie sicher durch alle Verführungen auf dem Weg zu Dir.«

»Amen.«

»Herr, erbarme Dich.«

»Christus, erbarme Dich.«

Der Klang der Stimmen war beruhigend und hypnotisch. Neben Rosamund verschmolz Kerry fast mit dem Türstock. Die Gesichter der Betenden leuchteten verzückt. Rosamund konnte die Leidenschaft spüren, mit der sie beteten, ihren festen Glauben. Inzwischen waren sie beim Vaterunser angekommen. Ihre Worte erfüllten die Luft im Kampf gegen die ewige Dunkelheit. Jenseits der brennenden Kerzen lag ein ruhiges, friedvolles Colonsay.

Dann regte sich etwas.

Rosamund wusste nicht, woher dieses Gefühl kam. Aber sie war sich sicher. Ein unmerklicher Luftzug. Ein lautloses Herumgleiten im Raum, beobachtend, lachend, spottend … Rosamund stieß einen spitzen Schrei aus. Genau in diesem Augenblick begannen die Kerzen zu flackern und qualmend zu erlöschen.

Frederick und seine Freunde beteten weiter, ihre Stimmen wurden lauter. Es war fast so, als ob die Störung sie angespornt hätte. Aus ihren Bitten wurden Forderungen. Frederick hob mit ausgestreckten Armen seine Bibel hoch und schwenkte sie über seinem Kopf, sein Gesicht von einem inneren Feuer erleuchtet.

Auf einmal überkam Rosamund eine unerklärliche Angst um ihn.

»O Herr, erlöse dieses Haus, Colonsay. Sende Deine Liebe und Güte auf Colonsay herab. Verbanne die Dunkelheit und das Böse.«

»O Herr, erlöse dieses Haus …«

Das Krachen hörte sich an wie von einem Felsen, der aus großer Höhe herabstürzte. Es erschütterte das Haus in seinen Grundfesten. Kerry sprang hoch und schrie. Die Betenden gerieten aus dem Takt. Doch Frederick machte weiter, zwang sie durch die Kraft seines Willens, ihm zu folgen. Ein neuerliches Krachen ertönte, wie der Fußtritt eines Riesen. Oben stürzte etwas donnernd und rumpelnd um.

»Fred«, stieß Rosamund atemlos hervor. »Ich glaube, Sie sollten aufhören.«

Aber das tat er nicht. Die Worte strömten nun schneller und lauter von seinen Lippen, sodass die anderen ihm kaum folgen konnten. Die Schläge auf dem Dachboden waren sehr laut und kamen kurz hintereinander. Es klang wie permanentes Donnern. Kerry hielt sich die Hände vors Gesicht, und Rosamund bat Fred noch einmal, doch aufzuhören. Melanie stürzte mit bleichem und angstverzerrtem Gesicht zur Tür, riss sie auf und rannte hinaus. Fred, Justin und Leo blieben, wo sie waren, beteten weiter und schwenkten die Bibel. Schweiß strömte über ihre Gesichter.

Rosamund wusste, wie viel Kraft sie das kosten musste. Sie hatte das alles schon durchgemacht, aber nie dagegengehalten.

Plötzlich nahm sie eine undurchsichtige Schwärze am oberen Ende der Treppe wahr, die nichts mit normalen Schatten zu tun hatte. Sie spürte die Kälte und eine böse Macht, die sie bis in ihr Innerstes erschütterte.

Sie rannte zu Frederick hinüber und packte ihn am Arm. Er blickte sie an, sah sie aber nicht. Er wurde offenbar von einer verborgenen Kraft gestützt, die ihn im Kampf gegen die unsichtbaren Geister Colonsays stärkte.

Plötzlich verstummte der Lärm im Obergeschoss, und nur einen kurzen Augenblick später hörte Frederick auf zu beten. Er neigte seinen Kopf zur Seite, um zu lauschen, aber alles blieb ruhig. Es war die fast greifbare Stille, die jedes Mal dem Lärm folgte. Rosamund hörte Fredericks rasches Atmen, sah, wie seine Brust sich hob und senkte. Sie merkte, dass sie an seinem Arm hing, und ließ ihn los. Mit zittrigen Beinen trat sie einen Schritt zurück. Justin trat dafür näher an ihn heran. Leo sah die Treppe nach oben. Melanie blieb verschwunden. Rosamund fragte sich in einem Anflug von schwarzem Humor, ob sie wohl inzwischen am Meer angekommen war.

»Wir haben es ausgetrieben«, sagte Leo leise, aber mit einem triumphierenden Lächeln.

»Klar haben wir das«, entgegnete Frederick mit erhobener Stimme. »Der Wille des Herrn geschehe!«

In diesem Augenblick erhob sich der kleine Tisch auf dem Treppenabsatz hoch in die Luft, hielt sich dort, als ob er sich ihrer ungeteilten Aufmerksamkeit versichern wollte, und stürzte dann polternd die Treppe herab auf sie zu. Rosamund schrie auf und sprang zur Seite, aber der Tisch hatte es nicht auf sie abgesehen. Er traf Fred an der Brust und beförderte ihn in einem Rückwärtssalto zur Eingangstür hinaus in den Vorgarten.

Leo und Justin rannten zu ihm. Als Rosamund die Tür erreichte, sah sie, dass sie ihm aufhalfen. »Sind Sie in Ordnung?«, stieß sie mit trockener Kehle hervor.

»Nur ein paar Kratzer, glaube ich.«

Sein Gesicht sah bleich aus im Licht aus dem Flur hinter ihr. Er schien um zehn Jahre gealtert zu sein. Zum ersten Mal wirkte er wirklich ängstlich. Ihr Herz zog sich vor Furcht und Mitgefühl zusammen

»Ich brauche mehr Leute«, sagte er. »Mehr Gebete. Stärkere Gebete.«

»Nein!«

»Sie haben es doch gesehen und gehört.«

»Es hat nicht funktioniert.«

»Manchmal dauert es Wochen und Monate, bis sie wirken.«

Rosamund sah ihn mit großen Augen an. »Haben Sie so etwas womöglich schon einmal erlebt?«

Er schien sich nicht wohl in seiner Haut zu fühlen. »Ich selbst nicht, aber ich kenne Leute, die das durchgemacht haben. Ich weiß, was man tun muss.«

»Ich hätte Ihnen das nie erlauben dürfen«, flüsterte sie. »Sie sind ein Laie, Fred. Dieses Ding, was auch immer es ist, wird sich nicht einfach vertreiben lassen.«

»Hör nicht darauf«, schrie er mit aufgerissenen Augen. »Das Böse ist hier, und Sie dürfen …«

Rosamund knallte ihm die Eingangstür vor der Nase zu und stand zitternd im Flur. »Sie verstehen das nicht«, wisperte sie. Dann wischte sie sich mit den Händen übers Gesicht und spürte den kalten Schweiß. Als sie sich umdrehte, stand da Kerry und beobachtete sie mit leichenblasser Miene.

»Hat er recht? Hat das Böse Colonsay in seinen Klauen?«

»Ich weiß es nicht.«

»Du musst hier weg, Rosamund. Es begann, als du gekommen bist, und wird aufhören, wenn du wieder gehst.«

»Und was passiert dann?«, schrie sie gellend. »Ich will nicht für alle Zeiten aus meinem eigenen Haus vertrieben werden. Abgesehen davon, wer sagt dir, dass es mir nicht folgen wird?«

Das Telefon begann schrill und laut zu klingeln. Die beiden Frauen schraken zusammen. Kerry rührte sich nicht; sie schien festgewachsen, wo sie stand. Also stieg Rosamund über die Einzelteile des Tischs und hob den Hörer ab.

»Rosamund?«

»Gary!«

»Hat es geklappt?«

Sie lachte wütend auf. »Wir hatten einen tobenden Riesen auf dem Dachboden, und dann wurde Fred von einem fliegenden Tisch niedergestreckt. Nein, es hat nicht geklappt.«

Stille. »Soll ich kommen?«

»Kannst du denn?«

»Weißt du noch, was ich dir über das Gefühl erzählt habe, das ich hatte, wenn ich zu Besuch in Colonsay war?«

»Ja.«

»Es ist heute schlimmer als damals. Wie eine Grenze, eine Wand … Irgendwann werde ich es nicht mehr schaffen, es zu durchdringen.«

210

»Dann bleib lieber weg.«

»Vielleicht mache ich das, zumindest heute Nacht. Ich muss mich für morgen stärken. Da wir sowieso nicht arbeiten, dachte ich, ich könnte Zephyr mitbringen.«

»Nein, Gary. Ich will nicht, dass sich die Ereignisse von heute Abend wiederholen.«

»Das wird auch nicht passieren. Sie wird nichts tun, was du nicht willst. Sie wird sich nur umsehen und umhören. Wir müssen doch wissen, womit wir es zu tun haben, wenn wir das Rätsel lösen wollen, oder?«

In der nachfolgenden Stille war nur sein Atmen zu hören. Er wartete auf ihre Antwort.

»Ja.« Sie war eigentlich nicht dazu bereit, wusste aber nicht, was sie sonst hätte tun sollen.

Er seufzte erleichtert. »Also dann, bis morgen. Pass auf dich auf.«

Pass auf dich auf, wiederholte sie stumm, nachdem sie aufgelegt hatte. »Er bringt Zephyr mit.«

Kerry schloss die Augen. »Herr im Himmel, weit ist es mit uns gekommen.«

Rosamund musste lachen.

12

Trotz allem hatte Rosamund gut geschlafen. Kerry allerdings weniger, sie sah abgespannt aus an diesem Morgen. Nicht einmal das Frühstück konnte ihr Interesse wecken.

»Ich gehe lieber wieder nach oben und lege mich hin«, sagte sie schließlich. »Wenn das für dich in Ordnung ist, Rosamund.«

»Natürlich ist das in Ordnung. Bleib ruhig den ganzen Tag im Bett.«

»O nein, sicher nicht. Ich will uns Hühnchen zum Abendessen machen.«

Rosamund seufzte und nippte an ihrem Kaffee. Kerry war nach oben verschwunden, es herrschte vollkommene Ruhe. Sie ging in den Garten und zündete sich eine Zigarette an. Das Dickicht rund ums Haus war gelichtet worden. Rosamund fragte sich, welche unersetzlichen alten Pflanzen dieser Aktion zusammen mit Disteln und Brennnesseln zum Opfer gefallen waren. Doch es hatte wenig Sinn, sich darüber im Nachhinein Gedanken zu machen.

Die kühle und feuchte Luft fühlte sich auf ihrer Haut frisch an. Sie zwängte sich durch eine Lücke im Boxdorngestrüpp, ging hinüber zu der Hütte und spähte durch ein Fenster. In der Dunkelheit konnte sie eine vergessene Schaufel erkennen. Wer hatte dort gelebt? Das Familienfaktotum? Rosamund wusste nicht mehr, ob Ada ihr je etwas darüber erzählt hatte.

Aus den Augenwinkeln nahm Rosamund eine Bewegung wahr und blinzelte verwundert. Ein kleines, spitzes Gesicht mit schwarzer Schnauze, umrahmt von verfilztem braunem Fell, blickte ihr aus den Falten eines Tennisnetzes entgegen. Ein schmales Band hing einsam über ein Ohr.

»Ach, du armes Ding«, hauchte sie.

Der Terrier hielt den bettelnden Blick seiner großen braunen Augen auf sie geheftet. Rosamund ging zur Tür und drückte sie auf. Drinnen brummten Fliegen herum. Der aufgewirbelte Staub senkte sich auf vollgestopfte Regalbretter. Sie beugte die Knie, streckte die Hand aus und murmelte beruhigende Worte. Doch der Hund blieb verschwunden, entweder in den Haufen herumliegenden Unrats oder durch eine der zahlreichen Ritzen nach draußen.

Rosamund häufte gerade in der Küche ein paar leckere Essensreste auf einen Teller, als Motorengeräusche sie zur Vordertür lockten. Garys Wagen kämpfte sich durch den Morast zum Eingang vor. Zwei Passagiere saßen darin, Gary und eine Frau mit hellem Haar. Für eine Sekunde dachte Rosamund, Melanie sei zurückgekehrt. Doch als die Autotür sich öffnete und die Frau ausstieg, erkannte sie ihren Irrtum.

Die Frau in Tweedrock und blauem Blazer war klein, stämmig und trug einen blassrosa Schal locker um den Hals geschlungen. Ihr schulterlanger, dichter Pagenkopf schimmerte silbern.

Gary ergriff im Gehen ihren Arm. Er sah ebenso blass und mitgenommen aus wie Kerry. Seine Schritte wurden umso zögerlicher, je näher er kam.

War das Zephyr, die ihm die Hände auf die Schultern legte und leise auf ihn einsprach? Gary riss sich sichtlich zusammen und richtete seine Augen auf Rosamund.

»Wie geht es dir?«, fragte sie besorgt. »Steht es wirklich so schlecht?«

»Um es kurz zu machen: ja.«

Er drückte sich an ihr vorbei in die Vorhalle. Die lächelnde Zephyr stand nun direkt vor Rosamund. Ihr Gesicht war voll und rund, die Haut straff wie die eines Säuglings. Ihre Augen blickten dunkel und mitfühlend. Rosamund spürte ihren warmen und kräftigen Händedruck.

»Mrs Markovic, was für eine Freude, Sie kennenzulernen. Ich war vorher noch nie in Colonsay, obwohl ich mich immer sehr dafür interessiert habe.«

Entwaffnet trat Rosamund zurück, ließ Zephyr vorbei und schloss die Tür hinter ihr. Diese Begrüßung hatte sie nicht erwartet. Sie versuchte sich zu sammeln und gegen den erwarteten Ansturm esoterischen Gedankenguts zu wappnen. Zephyr warf Gary einen wissenden Blick zu. Er lächelte gequält, bevor er sich Rosamund zuwandte.

»Könnte ich eine Tasse Kaffee bekommen? Koffein scheint mir gutzutun«, sagte er leise.

»Ich mache dir einen löslichen, das geht schneller.« Rosamund ging in die Küche voraus und stellte den Wasserkessel auf den Herd. Gary ließ sich auf einen Stuhl fallen. Zephyr spazierte im Zimmer umher, scheinbar vollkommen auf die Innenausstattung konzentriert. Doch sie war ganz Ohr, wie Rosamund mit leichtem Schaudern feststellte. Das war es, was sie machte, oder? Jedenfalls hatte Gary ihr das erzählt. Sie lauschte auf Töne, die anderen verborgen blieben.

»Frederick Swann war gestern Abend hier«, stellte Zephyr liebenswürdig fest.

Rosamund goss heißes Wasser in einen Becher und rührte Milch und Zucker um. »Ja.«

Die knappe Antwort schien Gary zu belustigen. »Du sagtest am Telefon, er sei nicht sehr erfolgreich gewesen.«

»Das ist leicht untertrieben. Es steht eindeutig eins zu null für Colonsay, würde ich sagen.«

»Frederick ist ein guter Mann, aber ihm fehlt es in diesen Dingen eindeutig an Erfahrung.«

Unsicher, ob von ihr eine Entgegnung erwartet wurde, blickte Rosamund auf Zephyr. Dem schien nicht so zu sein, also setzte sie sich neben Gary. Seine Hand lag auf dem Tisch, und aus einem plötzlichen Impuls heraus griff sie hinüber und umfing sie mit ihrer Hand. Seine kalten, steifen Finger schlossen sich gierig um die ihren. Er lächelte scheu.

»Eigentlich wollte ich mich um dich und Kerry kümmern. Tut mir leid.«

Zephyrs Stimme erklang hinter ihnen: »Ihr müsst auf eure innere Stimme hören. Sie zu verleugnen kann sehr gefährlich sein.«

War das ein Befehl? Rosamund verdrehte die Augen. Gary runzelte die Stirn, musste aber ein Lächeln zurückhalten.

»Wie geht es dem Arbeiter, der gestürzt ist?«, fragte Zephyr.

»Er ist inzwischen wieder bei Bewusstsein. Sie müssen aber noch ein paar Untersuchungen machen. Wir können nur abwarten.« Gary drückte fest Rosamunds Hand, ließ sie dann los und trank seinen Kaffee in einem Zug aus. »Möchten Sie sich das übrige Haus ansehen, Zephyr?«

Zephyr nickte.

»Soll ich Sie herumführen?«

»Nein, Rosamund kann das tun. Bleiben Sie sitzen, Gary. Die Küche scheint mir nicht betroffen zu sein.« Sie lächelte Rosamund zu und folgte ihr in die Vorhalle.

»Kerry, also Mrs Scott, ist auf ihrem Zimmer. Sie hat letzte Nacht nicht gut geschlafen.«

»Es wird nicht notwendig sein, sie zu stören.« Zephyrs Augen waren ganz dunkel, die Pupille verschmolz fast mit der Iris. Ihr Blick traf Rosamunds und weitete sich. Schweigend wartete sie, dass Rosamund voranging.

»Da ist die Bibliothek.« Rosamund öffnete die Tür, und Zephyr ging direkt zum Fenster hinüber.

Rosamund fragte sich, ob von ihr Erläuterungen erwartet wurden wie von einem Reiseleiter. Doch dann blieb sie einfach ruhig stehen, während Zephyr ihrer Arbeit nachging. Die schien darin zu bestehen, die verschrammten Möbel und die Wand neben dem Kaminsims einer genauen Prüfung zu unterziehen, bevor sie weiterging ins nächste Zimmer.

Am Ende der Ganges blickte Zephyr in den Raum, den Rosamund ausgeräumt hatte.

»Ich erkenne die Schatten blutiger Gewalttaten.«

»Wie bitte?«

Zephyr drehte sich auf dem Absatz um und sah auf das angrenzende Zimmer mit der verzogenen Tür.

»Gewalt. Das Zimmer hat eine gewalttätige Ausstrahlung.«

Rosamund lief es kalt über den Rücken, was sie nach Kräften zu ignorieren versuchte. »Die Tür klemmt«, presste sie hervor. »Ich kann versuchen, sie zu öffnen.«

Zephyr nickte. Rosamund drückte mit Hüfte und Schulter gegen die Tür, die einen Spaltbreit nachgab und sich dann nicht mehr bewegte – als ob Godzilla persönlich von der anderen Seite Widerstand leistete. Rosamund trat einen Schritt zurück und sog tief Luft in die Lungen.

»Tut mir leid. Die bekommen wir heute nicht auf. Mir – ich mag dieses Zimmer überhaupt nicht.« Das rutschte ihr einfach so heraus.

Zephyr bedachte sie mit einem ihrer wissenden Blicke und legte ihre Handflächen auf das Holz.

»Ja«, sagte sie ruhig. »Das ist kein gemütlicher Aufenthaltsort. Da gibt es einen Mann, er leidet. Er ist auf der Suche und ruft. Er ruft einen Namen.«

»Rosie.« Rosamund erschien ihre eigene Stimme fremd.

»Ja, richtig«, seufzte Zephyr. »Im Augenblick herrscht das Übersinnliche in Colonsay, und dieser Raum ist eines der Zentren, von denen alles ausgeht. Dort drinnen sind sie gefangen, die Schatten der Gewalt, Rosamund.« Sie nahm ein Taschentuch aus ihrer Tasche und wischte damit unsichtbaren Schmutz von ihren Händen. »Gehen wir weiter.«

Sie stiegen nach oben. Ihre Schritte störten die kühle Stille des Flurs. Rosamund schwieg und folgte Zephyr, die voranschritt. Diese trat in Rosamunds Schlafzimmer und ging dann weiter zum Ende des Ganges, zu dem bleigefassten Glasfenster.

»Sind Sie manchmal sehr müde, Rosamund?«

»Ja, bin ich. Hat Ihnen Gary erzählt, dass …?«

»Nein. Ich will nicht wissen, was geschehen ist und was Sie

gesehen haben. So funktioniert meine Arbeit nicht. Sie fühlen sich müde? Erschöpft?«

»Ja.«

»Die Geistwesen besitzen selbst sehr wenig Antriebskraft und entziehen der Umgebung, was sie bekommen können. Sie sind müde, weil Ihre Energie von den Wesen benutzt wird, um sich zu manifestieren oder Unruhe zu verursachen. Sie müssen sich so viel wie möglich außerhalb des Hauses aufhalten, sonst werden Sie krank.«

Zephyr ging hinüber in den westlichen Flügel des Gebäudes und blickte dabei durch die Löcher in den Wänden, aus denen Frederick Swann die Fenster entfernt hatte. Dann stieg sie die enge Stiege zum Dachboden empor.

So hatte sich Rosamund das nicht vorgestellt. Nicht einmal zuckte Zephyr zusammen oder stieß einen Laut aus. Kein einziges Mal deutete sie in die Luft und sagte in ersticktem Tonfall: »Spüren Sie das nicht?« Dass Zephyr so ruhig und kontrolliert vorging, sollte Rosamund eigentlich beruhigen. Dem war aber nicht so, im Gegenteil. Die ganze Angelegenheit wurde dadurch irgendwie noch gruseliger.

Sie kamen zum Fuß der Haupttreppe. Dort hatte Frederick letzte Nacht die Kerzen angezündet, von denen noch Wachsflecken auf den Stufen zeugten.

»Hier gibt es ein Wesen, das sehr unglücklich ist«, verkündete Zephyr. »Ihm ist Unrecht geschehen, und solange dieses Unrecht nicht getilgt ist, kann es Colonsay nicht verlassen.«

Das klang nach dem Standardspruch für Geisterhäuser, aber Rosamund konnte nicht anders als zu fragen: »Wissen Sie, wer das Wesen ist?«

»Das Wesen sieht jung aus, aber das heißt nicht, dass sie jung gestorben ist.«

»Sie?«

»Ja, eine Frau.«

Aus einem unerfindlichen Grund musste Rosamund sofort an Ada denken. Die Bilder in ihrem Kopf, befeuert von den ganzen Geschehnissen, schlugen Purzelbäume. Wie konnte sie nur hier leben wollen, wenn Ada das Haus heimsuchte? Den Gang mit ihrem Stock hinuntertappte, das Foto ihres toten Gemahls fest mit den altersfleckigen Fingern umkrallt?

»Es gibt eine Verbindung zwischen Ihnen und diesem Wesen«, fuhr Zephyr da fort. »Mir kommt es vor, als benutzte sie Sie, um die Vergangenheit wiederzubeleben.«

»Können Sie mir mehr darüber sagen?«

Zephyr lauschte wieder, jedoch nicht Rosamunds Worten. »Ich weiß nicht, ob ich etwas ausrichten kann«, sagte sie ruhig. »Da sind sie wieder, die blutigen Schatten. Jemand ist sehr unglücklich. Ich denke, das genügt erst einmal.«

Sie schüttelte ein wenig den Kopf und lächelte Rosamund dann an, als wären diese Worte nie gesprochen worden. »Ich gehe für einen Moment in den Vorgarten. Rufen Sie mich, wenn Gary so weit ist, dass er mich heimbringen kann.«

Vorgarten!, wiederholte Rosamund ironisch für sich, öffnete aber trotzdem die Eingangstür für Zephyr. Dann kehrte sie zurück in die Küche und zu Gary.

Er schaute zu ihr hoch, die Lippen fest zusammengepresst. Was auch immer Colonsay heimsuchte, saugte ihm das Leben aus den Knochen. Davor hatte Zephyr auch sie gewarnt.

»Hat es hier gewalttätige Auseinandersetzungen gegeben, Gary, oder?«

»Kommt drauf an. Wenn du seelische Grausamkeiten meinst, etwas in der Art vielleicht?«

»Ja, das halte ich für möglich. Aber ich denke, Zephyr spricht von körperlicher Gewaltanwendung.« Rosamund schüttelte sich. »Sie sagt, da wäre ein Mann, der nach Rosie riefe, und es gäbe ein Mädchen, das die Toten zum Leben erwecken wolle.« Sie erklärte ihm, was genau Zephyr gesagt hatte, und beide hingen für einen Augenblick ihren Gedanken nach.

»Möchtest du noch eine Tasse Kaffee?«, fragte Rosamund schließlich.

»Nein, ich mache mich besser auf den Weg. Rosamund?«

Sie sah ihn mit besorgter Miene an. Leicht strich er mit den Fingern über ihre Wange. »Ich fahre heute Nachmittag mit dem Boot raus. Das Meer ist im Augenblick ziemlich ruhig. Kommst du mit?«

Rosamund sah in diesem Augenblick den endlos blauen Himmel vor sich, weit und breit keine seelischen oder körperlichen Belastungen. Sie lächelte. »Danke. Ich komme gern.«

Seine Züge entspannten sich. »Ich hole dich nach dem Mittagessen ab. Zieh dich warm an. Ich habe genügend wasserdichte Sachen an Bord, falls wir sie brauchen.«

Ihre Stimme ließ ihn an der Tür innehalten. »Gary? Danke.«

Er nickte, und die Eingangstür fiel hinter ihm ins Schloss. Kurze Zeit später fuhr der Wagen weg. Rosamund blieb, wo sie war. Tausend offene Fragen beschäftigten sie. Zephyr hatte ihr keine Antworten geliefert. Und die Sache mit der Gewalt, nun, die ergab überhaupt keinen Sinn. Colonsay war immer ein Unglückshaus gewesen und die Cunninghams eine unglückliche Familie. Aber soweit sie wusste, hatte nie ein Familienmitglied zu Amokläufen geneigt. Vielleicht lag Zephyr ja schief.

***

Der Zug war pünktlich. Man hatte die Kutsche zum Bahnhof geschickt, um Cosmo und Ambrosine abzuholen, und natürlich auch Bertie.

Alice konnte kaum an sich halten. Die Aufregung durchtobte ihren Körper wie ein kleines wildes Tier, hüpfte in ihrer Brust und drängte gegen ihre Rippen, auf der Suche nach einem Weg ins Freie. Bertie kam nach Hause! Endlich!

Seit Tagen stand Mrs Gibbons in der Backstube. In Cosmos Gefolge wurden viele Gäste in Colonsay erwartet, und die Köchin musste vorbereitet sein. Gerade schnitt sie Zwiebeln und sang *If I were the only girl in the world* – begleitet von Schniefen und sehr zum Missvergnügen von Meggy.

Meggy war die ganze Zeit über fröhlich gewesen, doch nun kamen die Cunninghams zurück. Schon neigte sie wieder zum

Sarkasmus, und ihr Gesicht zeigte einen mürrischen Ausdruck. Vielleicht Jonahs wegen, dachte Alice.

»Geh und öffne die Tür, Alice!«

Der aufgeregte Schrei der Köchin ließ Alice aufspringen. Hufgeklapper und Kutschengeräusche näherten sich. Sie nahm sich zusammen, um nicht sofort zur Tür zu stürzen und sie aufzureißen. Mit zitternden Knien wartete sie, bis die Kutsche zum Halten kam. Sie vernahm das Murmeln des Kutschers mit Jonah und hörte dann Cosmos laute Stimme.

»Bin ich froh, wieder zu Hause zu sein!«

Alice strich noch einmal ihre gestärkte Schürze glatt. Ihre Kehle war wie ausgedörrt. Sie drehte mit feuchten Handflächen am Messingknopf des Türöffners. Dann stand sie im kühlen Luftzug, der die Rüschen auf ihrer Bluse zauste und Haarsträhnen aus ihrer weißen Haube zupfte.

»Alice.« Cosmo strahlte sie an und trat sich die Füße auf der Veranda ab, bevor er ins Haus trat. »Wie geht es deinem Vater und deiner Mutter? Gut, hoffe ich doch?«

»Sehr gut, Sir.« Ihre Stimme zitterte, aber das fiel ihm nicht auf.

Ambrosine machte einen müden Eindruck und war blass. Sie hielt sich eine Hand über die Augen. »Sag Mrs Gibbons, dass ich etwas gegen meine Kopfschmerzen benötige«, sagte sie leise und ging sofort die Treppe hinauf Richtung Schlafzimmer.

Hinter Ambrosine hüpfte Ada wild herum, riss sich von der Hand des Kindermädchens los und streckte die Zunge heraus. Bertie war der Letzte, der Nachzügler.

Alice hätte ihn fast nicht erkannt.

Sein rundes Gesicht hatte seine Form behalten, aber die Augen hinter den Brillengläsern waren tief eingesunken und dunkel umschattet. Die Haut sah weiß und durchsichtig aus. Er lächelte so zögernd, dass es ihr das Herz brach.

»Ich bin zu Hause, Alice«, sagte er. Doch es klang, als könnte er es selbst nicht glauben.

**

Die Bucht lag ruhig und stahlgrau. Garys Boot schnitt durchs Wasser, so schnell es bei der leichten Brise konnte, die kaum die Segel füllte. Häufiger, als ihm lieb war, musste er den Motor anwerfen. Rosamund machte das nichts aus. Sie lehnte sich bequem im Cockpit zurück und überließ die Arbeit Gary.

Der Geruch nach Salz und Meer machte ihr den Kopf frei. Die bedrückenden Gedanken verschwanden, sie fühlte sich wie neugeboren und lebendig.

»Wir segeln Richtung Queenscliff.« Gary deutete voraus und versuchte, den Motorenlärm zu übertönen.

Rosamund nickte, obwohl es ihr eigentlich egal war, wohin es ging. Ihr dicker Pullover hielt sie warm. Gary hatte ihr zudem eine gelbe Öljacke mit Kapuze geliehen. Sie fühlte sich geborgen und behaglich. Außerdem konnte sie jederzeit ein heißes Getränk aus der kleinen Kombüse unter Deck bekommen. Dort gab es zwischen Tisch und Schrank auch ein schmales Bett.

Das Boot war nicht gerade eine Luxusjacht, aber Gary liebte es ganz offensichtlich.

Sie beobachteten einen riesigen Tanker auf seinem Weg durch die tiefe Fahrrinne Richtung offene See. Im Vergleich dazu schien Garys Schiffchen wie ein Korken auf dem Wasser zu tanzen. Als sie die Heckwelle des Tankers kreuzten, blickte Rosamund eingeschüchtert an den rostigen Metallflanken empor.

Gary lachte. »Keine Angst, ich weiß schon, was ich tue.«

Kaum hatten sie die schützende Abdeckung des Landes verlassen, kam Wind auf, den Gary sogleich nutzte. Die Leinen lagen nass und kalt in Rosamunds Hand, als sie das Segel dichtholte und fierte, wie es ihr bedeutet wurde. Das kleine Boot krängte auf dem raumen Kurs. Eine größere Welle schlug über das Deck und ins Cockpit, wo sie Rosamunds Schuhe mit Wasser tränkte, bevor sie wieder ablief.

»Bist du vorher schon gesegelt?«, rief Gary.

»Nicht so. Ich war einmal zu Gast auf einer Jacht, aber die glich eher einem Wohnhaus. Du hättest nie gedacht, dass du auf dem Wasser bist.«

»Ich ziehe den direkten Kontakt mit den Elementen vor.«

Sie lachte, und der kalte Wind riss ihr die Töne förmlich vom Mund. Die Kapuze war ihr vom Kopf gerutscht, und die Haare flatterten wild um ihr Gesicht. Die Augen blitzten und ihre Haut glühte.

»Du siehst aus wie sechzehn.«

Sie sah es in seinen Augen.

Rosamund wusste, dass sie den Blick lieber abwenden sollte, konnte es aber nicht. »Da bin ich schon weit darüber hinaus«, murmelte sie und wusste nicht, ob er sie gehört hatte.

Er fierte das Segel, denn eine Bö fiel ein und das Tuch knatterte im Wind. Es ging ein kurzer Regenschauer nieder, den sie abwarten mussten, bevor sie weitersegelten.

Nur allzu bald kehrten sie nach Portarlington zurück und machten am Liegeplatz fest. Rosamund half Gary in freundschaftlichem Schweigen beim Aufräumen. Es gab im Augenblick nichts zu sagen. Colonsay wäre immer noch da, wenn sie nach Hause käme. Früh genug, sich dann Gedanken über das weitere Vorgehen zu machen.

»Danke«, sagte sie und sah ihm ins Gesicht.

Gary lächelte fragend. »Danke wofür?«

Sie zuckte mit den Schultern. »Einfach so.«

»Gehen wir noch was trinken, bevor wir heimfahren?«

Rosamund wollte schon zustimmen, als ein plötzlicher Gedanke sie davon abhielt. Sie waren ziemlich lange draußen gewesen, und Kerry würde auf sie warten.

»Ich muss zurück. Ich hoffe, es macht dir nichts aus?«

Schulterzucken seinerseits.

Sie gingen zusammen über die Holzplanken des Bootsstegs zum Parkplatz. Rosamund wehrte sich nicht, als Gary ihre Hand nahm.

***

Die Dunkelheit brach herein. Gary brachte den Wagen zum Stehen und starrte auf Colonsay, das direkt vor ihnen lag.

Es ist ein Haus, nur ein Haus, rief sich Rosamund in Erinnerung. Wovor sollte ich Angst haben?

Aber mit jedem Meter, den sie auf dem Heimweg zurückgelegt hatten, war ihre Stimmung gesunken. Es schien fast, als hätte es diesen unbeschwerten Nachmittag nie gegeben.

Der Regen hatte eingesetzt, als sie in die Einfahrt eingebogen waren. Rosamund blickte auf den Umriss der Säule auf Cosmo Cunninghams Gedenkstätte. Ein dunkelroter Schatten zog ihren Blick auf sich, verlor sich aber sofort wieder zwischen den dunklen Steinen.

Vielleicht der Alte von der Historischen Gesellschaft? Was für ein Nachmittag für Pflegearbeiten. Nun, vermutlich nahmen manche ihre Aufgaben ernster als andere.

Der Regen trommelte auf die Windschutzscheibe und verwandelte Colonsay vor ihren Augen in ein verschwommenes Aquarellgemälde aus Grau- und Brauntönen. Nur oben, wo die Dachfenster den Himmel widerspiegelten, blitzte ein Schimmer von Silber.

»Es brennt kein Licht!«

Gary war schon aus dem Wagen gestürzt, bevor Rosamund überhaupt begriff, was er gesagt hatte. Der düstere Nachmittag ging allmählich in den Abend über. Warum waren die Fenster dunkel?

Bis Rosamund ihn erreichte, stand Gary bereits vor der Eingangstür. Sogar im schwindenden Licht konnte sie deutlich erkennen, dass seine Hautfarbe einen grünlichen Ton angenommen hatte. Es sah so aus, als müsste er sich gleich übergeben.

»Geh rein«, sagte er. »Ich komme gleich nach.«

Die Tür war offen. Rosamund betrat die Vorhalle und blickte in undurchdringliche Finsternis. Aus Richtung der Küche hörte sie den brummenden Kühlschrank, sonst war es vollkommen ruhig. Sie knipste das Licht an.

»Kerry?«

Totenstille. Sie ging zur Küche hinüber und steckte den Kopf durch die Tür – leer. Nur ein Teller und ein Becher standen im Ausguss. Alles sah unberührt aus, dabei wollte Kerry um diese Zeit schon längst mit den Vorbereitungen fürs Abendessen begonnen haben.

Rosamund rannte nach oben. Kerrys Zimmer war leer, das Bettzeug leicht zerdrückt. Ein Buch lag auf der Tagesdecke und kündete in grellen Farben von Kerrys Literaturgeschmack: Kerry las heimlich Liebesromane. Das fand Rosamund ein wenig überraschend.

»Kerry, wo bist du?«

Die gedämpfte Antwort hörte sich an wie aus dem Innern einer verschlossenen Truhe. Es war, als ob Colonsays Wände sie einfach verschluckt hätten. Bizarre Bilder schossen Rosamund durch den Kopf: Kerry in eine Wandnische gedrängt, Gesicht und Handflächen gegen Stein und Mörtel gepresst, der Mund weit aufgerissen.

»Hör auf damit«, befahl sie sich selbst. Sie hätten sie nie allein lassen dürfen. Vom Treppenabsatz rief sie erneut. Die Antwort erfolgte immer noch gedämpft, hörte sich aber näher an.

»Hier«, rief Gary, als sie die Treppe heruntergepoltert kam. Er stand vor der Kellertür, sah zwar noch krank aus, aber auch fest entschlossen. »Sie ist da unten. Die Tür ist abgeschlossen. Hast du den Schlüssel?«

»Es gibt keinen Schlüssel«, antwortete sie überrascht, langte an ihm vorbei und drehte am Türknauf. Die Tür sprang sofort auf. Sie sah Gary an.

»Sie war abgeschlossen. Bestimmt«, sagte er dumpf.

Rosamund trat auf den Kellerabsatz. »Kerry?« Ihre Stimme bemühte sich, mutig zu klingen. »Kerry?« Sie betätigte den Lichtschalter, eine Glühbirne flammte auf und erleuchtete den Kellerraum. Der Geruch von feuchter Erde stieg auf. Kerry war am Fuß der hölzernen Stiege zusammengesackt, Knie an die Brust gezogen, die Arme über dem Kopf verschränkt.

Sofort war Rosamund bei ihr. »Kerry, was ist geschehen?«

Die ältere Frau umklammerte Rosamund wie eine Ertrinkende. Sie zitterte am ganzen Körper; sogar ihre Zähne klapperten aufeinander. Ihre Hände fühlten sich eiskalt und steif an. »Da war jemand«, keuchte sie. »Ich hörte jemanden rufen. Aber als ich unten war, ging das Licht aus. Die Tür war auf einmal verschlossen, ich konnte nicht mehr raus.« Der schrille Ausbruch endete in einem verzweifelten Schluchzen.

Gary tippte auf Rosamunds Schulter. »Ich trage sie rauf«, schlug er vor.

Sie bekamen Kerry irgendwie die Stiege hoch und in die Vorhalle. Sogar als sie endlich vor einer heißen Tasse Tee mit Brandy auf einem Stuhl in der Küche saß, zitterte sie noch. Gary hielt ihr die Tasse an die Lippen, aber sie konnte kaum trinken. Das meiste ging daneben.

»Wen hast du gehört?«, fragte Rosamund schließlich, obwohl sie wusste, dass das wahrscheinlich nicht gut war. Doch sie konnte sich nicht zurückhalten.

Kerry versuchte krampfhaft, den Tee hinunterzubekommen, und verschluckte sich prompt. Nach dem Hustenanfall schien es ihr besser zu gehen. Auf jeden Fall hatte sie etwas Farbe im Gesicht. Sie sah mit tränennassen Augen auf.

»Wen haben Sie im Keller gehört?«, wiederholte Gary, seinen Arm um ihre Schulter gelegt.

Kerry sah Rosamund mit zitternden Lippen an. »Das warst du, Rosamund. Niemand sonst hätte mich dort hinuntergebracht. Ich habe dich gehört, deine Stimme.«

13

Der Schlag war so leise, dass ihn Rosamund zunächst einem Ast an der Hauswand zuschrieb. Aber in Colonsay gab es keine Bäume, die so nah am Gebäude standen. Sie schreckte hoch, blinzelte in die Dunkelheit und hielt den Atem an. Wie lange sie geschlafen hatte, wusste sie nicht.

Zum Abendessen hatten sie aufgewärmte Dosensuppe und Butterbrote gegessen. Danach hatte Rosamund Kerry ins Bett gebracht.

Sie hatte versucht, durch freundliche Worte Trost zu spenden, wo es eigentlich keinen Trost gab. Gary wollte sie beide sogar für die Nacht im Hotel unterbringen, aber Kerry hatte sich geweigert. Auch Rosamund war nicht begeistert von dem Vorschlag gewesen. Wenn sie Colonsay jetzt verließ, würde sie nie mehr zurückkehren, das fühlte sie einfach.

»Ich muss mir das eingebildet haben«, hatte Kerry zum wiederholten Male erzählt. »Wie wärst du denn dort hinuntergekommen? Ich wusste, das konntest nicht du sein, aber es hörte sich so an, und ich dachte … ich meine, ich musste doch einfach nachsehen. Um sicherzugehen.«

»Nein, musstest du nicht«, hatte Rosamund gemurmelt und Kerry die Bettdecke bis zu den Ohren hochgezogen. Sie sah klein darunter aus, wie ein Kind mit grauen Haaren.

»Ich muss mich geirrt haben, oder?«

Rosamund konnte ihr darauf keine ehrliche Antwort geben.

Kerry war sofort eingeschlafen, und Rosamund war in ihr Zimmer gegangen. Sie wollte auch gleich ins Bett, müde vom Segeln am Nachmittag. Gary hatte bleiben wollen, aber Rosamund überzeugte ihn davon, dass das nicht gut für ihn sei. Was in Colonsays Nähe mit ihm geschah, war deutlich zu erkennen. Sie konnte sich nicht um Kerry und ihn kümmern. Die beiden Frauen mussten allein zurechtkommen.

Wieder ein Schlag, lauter diesmal. Es gab keinen Zweifel, was das zu bedeuten hatte. Rosamund stieg aus dem Bett und schlüpfte in Jeans und Pullover. Als sie an der Schlafzimmertür stand, erschütterte ein lautes Krachen das gesamte Gebäude. Aus Kerrys Zimmer ertönte ein Schrei.

Rosamund riss ihre Tür auf. Im Korridor brannte Licht. Sie hatte die Deckenlampe angelassen. Die Glühbirne flackerte wild und erlosch. Das Herz schlug Rosamund im Hals. Beinahe hätte sie auf dem Absatz kehrtgemacht, Kerry ihrem Schicksal überlassen und wäre die Treppe hinuntergerannt. In diesem Augenblick schrie Kerry ein zweites Mal.

Rosamund suchte sich ihren Weg im Dunkeln. Nur ein paar Schritte bis zu Kerrys Tür. Ihre Füße tappten über den ausgetretenen Läufer, und sie tastete sich mit einer Hand an der Wand entlang über das raue Papier der eingerissenen und teilweise abgelösten Tapete. Das lackierte Holz des Türstocks fühlte sich dagegen glatt unter ihren Fingerspitzen an. Sie tastete nach der Klinke und drückte sie herunter.

Kerrys warmer, knochiger Körper prallte gegen sie, sodass sie nach hinten stolperte. Kurz wurde ihr der infernalische Lärm bewusst, der sich aus dem Zusammenklang des Krachs aus dem Dachgeschoss und Kerrys Geschrei ergab. Beim Aufprall entwich alle Luft aus ihren Lungen. Nach Atem ringend lag sie auf dem Boden.

Kerry kroch mit tastenden Händen in ihre Richtung, fand sie, zerkratzte ihr mit den Nägeln das Gesicht und zerwühlte ihr Haar.

»O nein, nein, nein«, klagte sie.

Schließlich konnte Rosamund wieder Luft holen. »Alles in Ordnung«, sagte sie mit unnatürlich ruhiger Stimme. Irgendetwas regte sich in ihr, ein bisher kaum gekanntes Gefühl. »Hilf mir hoch. Wir gehen die Treppe hinunter.«

Kerry zerrte an ihrem Arm, und Rosamund kam wieder auf

die Füße. Das Krachen über ihnen schwoll an und ebbte wieder ab. Zusammen stolperten sie die Treppe hinunter und in die Küche.

Das Licht funktionierte dort zwar auch nicht, trotzdem fühlten sie sich sicherer. Kerry wühlte in einem Schrank, fand eine Kerze und zündete sie an. Die flackernden Schatten der Flamme tanzten auf ihrem Gesicht.

Ihre Blicke trafen sich. »Geht es dir gut?«, fragte Rosamund. Kerry nickte ruckartig. »Und was ist mit dir?«

»Ich bin nicht sicher. Ich weiß nicht, es kommt mir komisch vor, aber ich bin wütend.«

Fast musste Kerry lachen.

Aber das war die Wahrheit. Die Wut hatte sich ganz langsam in ihr breitgemacht. Sie war stärker als Schrecken und Furcht, wuchs langsam und stetig in ihr und flößte ihr den bitter nötigen Mut ein. Rosamund ging zur Tür und riss sie auf. Das tiefe, mächtige Donnern auf dem Dachboden wechselte mit kurzen heftigen Schlägen ab.

Rosamund rannte zum Fuß der Treppe.

»Verschwinde«, schrie sie. Das fühlte sich zumindest sehr befreiend an. »Lass uns in Ruhe! Du wirst uns nicht los. Hörst du? Du kannst uns nicht vertreiben.«

Das Getöse hörte auf.

Der Atem der hinter ihr stehenden Kerry klang auf einmal sehr laut. Sie war näher gekommen, ohne dass Rosamund es gehört hatte. »Ich habe Angst«, wisperte sie und schluckte. »Ich habe Angst, Rosamund, dass das Ding eines Tages den Dachboden verlässt und zu uns runterkommt.«

Rosamund drehte sich um und sah sie an. Die Flamme der Kerze, die Kerry in den Händen hielt, flackerte. »Es ist schon hier unten, überall, rings um uns herum.«

»*Rosie.*«

Das Wort endete in einem langen, schluchzenden Seufzer. Rosamund schüttelte es. »Hast du das gehört?«

Kerry starrte sie mit großen Augen an. »Ja.«

»Dieses Haus möchte etwas von mir, Kerry.«

»Wie erfährst du, was das sein könnte?«

Rosamund lächelte gezwungen. »Wir werden uns wohl an einen spirituellen Berater wenden müssen. Morgen früh rufe ich gleich Gary an. Er soll Zephyr fragen, ob sie noch einen Hausbesuch machen kann. Was wird das wohl kosten?«

»Ich dachte immer, solche Leute verlangen kein Geld«, entgegnete Kerry steif. »Doris Stokes hat nie was genommen. Du weißt schon, dieses Medium aus England.«

»Sie nennen es eine freiwillige Spende.«

Kerry trug die Kerze in die Küche zurück. Gerade, als sie sich setzen wollte, erwachte der Kühlschrank mit einem Brummen zum Leben, und das Licht ging an. Die beiden Frauen seufzten erleichtert. Kerry blies die Kerze aus und setzte Teewasser auf.

»Komisch«, meinte sie nachdenklich. »Ich fühle mich gar nicht so schlecht. Ich meine, trotz des Krachs und alledem. Irgendwie gewöhne ich mich wohl daran.«

»Was für ein Eingeständnis!«

Kerry lächelte nicht. »Beim ersten Mal bin ich vor Furcht fast gestorben, aber jetzt? Nicht, dass ich es genießen würde, aber ich komme damit zurecht.« Sie biss sich auf die zitternden Lippen. »Das mit dem Keller hat mir überhaupt nicht gefallen. Du weißt, dass ich enge geschlossene Räume nicht ertrage, Rosamund.«

Rosamund klopfte ihr auf die Schulter. »Unser Poltergeist ist ein guter Nachahmer und intelligent noch dazu. Er wusste, dass du nicht einfach so in den Keller steigen würdest, dich für mich aber verantwortlich fühlen würdest. Also benutzte er meine Stimme.«

»Du meinst also, so funktioniert das?«

»Ja, das meine ich.« Rosamund gähnte und streckte sich. »Ich habe heute Morgen diesen Hund gesehen und ihm ein paar Reste hingestellt. Hast du bemerkt, ob sie weg waren?«

Kerry sah verwundert aus. »Nein, habe ich nicht. Bist du sicher, es war ein Hund?«

»Ja, ein kleiner Terrier. So einer mit langen Haaren und einer Schleife darin. Der Arme. Ich muss ihn einfangen, bevor er umkommt oder völlig verwildert.«

Kerry öffnete ihren Mund zu einer Antwort, als das Telefon zu klingeln begann.

»Bisschen spät, oder?« Aber als Rosamund auf die Uhr sah, war es erst zehn nach zehn. Kerry eilte in den Flur, um den Hörer abzunehmen. Beim Zurückkommen verzog sie das Gesicht.

»Das ist Frederick Swann. Er kommt morgen nicht. Die Wettervorhersage ist nicht gut, und er kann einen anderen Job erledigen. Sprechen Sie mit ihm?«

Rosamund ging hinaus und nahm den Hörer. »Sie können nicht einfach die Arbeit hinschmeißen«, sagte sie ohne lange Vorrede.

»Mache ich auch nicht.« Seine Stimme klang verlässlich und besänftigend, wie bei einem guten Verkäufer. »Nächste Woche machen wir weiter.«

»Und warum die Unterbrechung?« Als ob sie das nicht genau wüsste!

»Wir brauchen eine Pause von Colonsay. Ein paar Leute aus dem Team sind nervös wegen der Unfälle. Wenn ein wenig Zeit vergangen ist, legt sich das wieder.«

»Fred, wegen …«

»Nein«, unterbrach er sie. »Ich bin nicht sauer und verstehe, warum Sie sich ärgern. Unsere Gebete haben alles nur noch schlimmer gemacht. Aber das ist ganz normal. Davon verstehen Sie nichts, Mrs Markovic.«

»Sie offensichtlich auch nicht.«

»Vielleicht, aber ich habe dabei zugesehen, wie andere vorgegangen sind, und habe erlebt, was dabei geschehen ist. Es wird immer schlimmer, bevor es sich bessert. Das Böse kämpft ums Überleben und setzt alle Tricks ein, bevor es schließlich besiegt werden kann. Das geht nicht einfach mit einem Gebet. Ich hätte Ihnen das sagen sollen, bevor wir angefangen haben.

Aber ich dachte, Sie würden mich dann gar nicht hereinlassen.«

Rosamund schwieg. Sie fühlte sich hintergangen, doch sein ernsthaftes Bemühen beeindruckte sie.

»Gary erzählte mir, Zephyr hätte Sie besucht.« Er hörte sich an, als handele es sich dabei um den Kammerjäger.

»Ja, aber sie hat mir auch nicht weitergeholfen.«

»Es hat keinen Zweck, mit Geistern vernünftig umgehen oder reden zu wollen.«

»Aber nur durch Reden werden wir herausfinden, was es will.«

»Ihre unsterbliche Seele.«

Darauf fiel ihr keine passende Antwort ein. In der nachfolgenden Stimme konnte sie ihn atmen hören.

»Rufen Sie mich an, wenn Sie mich brauchen«, sagte er schließlich. »Gott schütze Sie, Rosamund.«

Sie hielt den Telefonhörer noch eine ganze Weile nach Beendigung des Gesprächs in der Hand. Sobald sie den Hörer auflegte, klingelte es jedoch sofort wieder.

»Mrs Markovic?« Eine gebildete Männerstimme, gewohnt, Befehle zu erteilen.

»Ja?« Sie klang ein bisschen atemlos.

»Mein Name ist Graham Peel-Johnson – von Johnson, Mitchell & Williams.«

»Ja?«

»Ihr Gatte bat mich, ihn in einer ziemlich delikaten Angelegenheit zu vertreten. Bitte verzeihen Sie die späte Stunde, aber er hat mich erst vor einer Stunde instruiert. Ich würde Sie gern morgen besuchen, Mrs Markovic.«

Ihr Gehirn setzte kurz aus.

»Mrs Markovic?«

»Oh, Entschuldigung. Ja, morgen ist gut.«

»Ich werde kurz nach dreizehn Uhr bei Ihnen eintreffen. Sollten sich Verzögerungen ergeben, rufe ich Sie an.«

»Worum geht es denn, Mr Peel-Johnson?«

Aber genau das konnte oder wollte er ihr nicht sagen. Höflich umging er eine Antwort und legte auf. Rosamund legte wieder den Hörer hin. Sie drehte sich um und sah sich von Kerry beobachtet, die in der Küchentür stand.

»Fred kommt erst nächste Woche wieder. Wahrscheinlich denkt er, bis dahin hätte ich meine unsterbliche Seele verschachert. Und morgen nach eins besucht mich ein Mr Peel-Johnson. Im Auftrag von Mark.«

Kerry öffnete ihren Mund, um die unvermeidliche Frage zu stellen. Das konnte Rosamund nicht ertragen. Schnell wandte sie sich in Richtung Treppe.

»Ich gehe ins Bett.«

»Aber dein Tee?«

»Trink du ihn.« Sie blieb stehen, blickte über das Geländer hinweg nach unten – und schämte sich. Es war nicht Kerrys Schuld. Sie hatte heute Nacht viel mehr getan, als man von einer Angestellten oder sogar einer Freundin erwarten konnte. »Entschuldige bitte, aber ich muss jetzt einfach ins Bett. Ist das für dich in Ordnung?«

»Ich bleibe noch ein bisschen unten. Vielleicht backe ich ein Blech Kekse.«

Rosamund lächelte. Was für eine Frau! »Gute Nacht.«

Kerrys Antwort hallte ihr auf der Treppe hinterher, als sie nach oben ging und sich müde und mit bitteren Gedanken hinlegte.

***

»Sie sind sicher froh, wieder zu Hause zu sein, Master Bertie.« Mrs Gibbons strahlte den Jungen an. Ihr breites Gesicht wirkte durch das Lächeln wie aufgepumpt.

Bertie lächelte matt. »Ja, sehr froh sogar.«

»Ich habe ein paar Pfefferminzbonbons aufgehoben. Darf ich sie Ihnen holen?«

»Ja, danke.«

Sie überreichte ihm die Bonbons und tätschelte ihm über

den Kopf, als sei er ein kleiner Junge. Alice zuckte zusammen, aber Bertie schien das nichts auszumachen. Er lächelte noch einmal und ging einfach seiner Wege. Das machte er immer so, seitdem er zurückgekehrt war. Er lächelte, beantwortete Fragen und tat alles, was andere von ihm verlangten. Doch das, was ihn ausmachte, schien irgendwie abwesend oder verschwunden zu sein. Es war, als hätte er einen schmerzlichen Verlust erlitten und sich von der Welt zurückgezogen.

»Warum bekomme ich keine?« Adas kleines Gesicht verzog sich wütend.

Mrs Gibbons lachte und zauberte noch ein paar Bonbons hervor. »Da, mein Püppchen«, säuselte sie. »Wie sagt man?«

»Das sind zu wenige«, war Adas Antwort.

Die Köchin schien das lustig zu finden, ihr Lachen wurde noch lauter. Ada zog Alice eine Grimasse und rannte zur Hintertür hinaus, quer über den Hof, zu den Ställen.

»Die ist mit allen Wassern gewaschen«, seufzte Mrs Gibbons und wischte sich die feuchten Augen. »Mit der werden wir unsere liebe Not haben, wenn sie erwachsen wird.«

Alice verkniff sich eine Antwort und beugte sich über ihre Arbeit. Was sie von Ada Cunningham hielt, behielt sie lieber für sich, das ging keinen etwas an.

»Hast du in eine Zitrone gebissen, Alice Parkin, oder warum guckst du so sauertöpfisch?«, wollte die Köchin prompt wissen.

»Ich dachte gerade, dass manche anscheinend keine Bedenken haben, nur auf den eigenen Vorteil bedacht zu sein, Mrs Gibbons.« Die Worte strömten flüssig von Alice' Lippen. Eine Woche hatte sie geübt, aber nicht wirklich angenommen, dass sie es wirklich sagen würde. Aber nun war es geschehen.

Mrs Gibbons Augen verengten sich zu Schlitzen. »Du sprichst doch wohl nicht von Miss Ada, Alice?«

»Nein. Ich hatte eher Bedienstete im Sinn, die das Vertrauen ihrer Arbeitgeber ausnutzen oder, genauer noch, missbrauchen.«

Die Köchin war auf einmal ganz Ohr. Mrs Gibbons rückte

näher, bis sie direkt über Alice aufragte und ihr dunkler knisternder Rock ihren Arm berührte. Sie roch nach Zwiebeln, doch darunter lag der starke Kräuterduft ihres Spezialmittels. Je mehr Mrs Gibbons davon trank, desto unsicherer wurde ihr Schritt. Aber noch war es früh am Tag, und sie schien keine Probleme mit ihrem Gleichgewicht zu haben.

»Das Vertrauen missbrauchen?«, wiederholte sie. »Was willst du damit sagen, Mädchen? Worum geht es?«

»Um Dienstboten, die ihre Freunde ins Haus bitten und mit ihnen dort essen, trinken und tanzen.« Sie machte eine Pause und sah zu Mrs Gibbons hoch. Diese wirkte wie zu Eis erstarrt. »Natürlich nur, wenn die Herrschaft nicht zu Hause ist. Ich bin mir sicher, das ist nicht recht. Was meinen Sie, Mrs Gibbons? Was würde wohl Mrs Cunningham zu so einer Bediensteten sagen? Wie würde sie sich fühlen, wenn sie davon wüsste?«

»Ja, nun, was?«, röchelte die Köchin erstickt. Dann holte sie aus und schlug Alice mit der flachen Hand auf die Wange. Alice schrie, schreckte zurück und hielt sich die kühlende Handfläche an die brennende Backe. Mrs Gibbons stand drohend über ihr und verdunkelte das Licht.

»Du hast ein loses Mundwerk, Mädchen.«

»Ich sage nur die Wahrheit«, presste Alice zwischen schmalen Lippen hervor.

Sie rechnete mit einer zweiten Backpfeife, aber Mrs Gibbons hatte ihre Fassung zurückgewonnen und trat einen Schritt zurück. Ihr Gesicht war rot und fleckig wie ein Kirschauflauf.

»Mrs Cunningham schätzt mich sehr. Sie weiß, was sie an mir hat.« Mrs Gibbons Stimme klang zuversichtlich, aber ihre Augen straften den Tonfall Lügen. »Sie würde nie ihre alte Köchin wegen einer solchen Kleinigkeit rauswerfen.«

»Mr Cunningham schätzt mich sehr«, entgegnete Alice ruhig. »Wie Sie sich sicher erinnern, hat mein Vater ihm das Leben gerettet. Und er könnte mit Ihnen nicht ganz so zufrieden sein wie seine Frau.«

»Er würde dir nicht glauben.«

»Wenn Sie meinen«, Alice rang sich ein Lächeln ab – trotz der Schmerzen in der geschwollenen Backe. »Dann bin ich froh, dass Sie nichts dagegen haben, wenn ich ihm die Wahrheit erzähle, Mrs Gibbons. Ich bin nämlich ein ehrliches Mädchen und lüge nicht gern.«

»Ehrliches Mädchen!« Die Köchin schnaubte verächtlich.

»Außerdem kann ich durchaus meinen Mund halten«, fuhr Alice fort und tat so, als ob sie nichts gehört hätte. »Ich kann schweigen wie ein Grab, wenn ich gute Gründe dafür habe.«

Die beiden starrten einander schweigend an. Dann entspannte sich die Köchin langsam und sank in sich zusammen.

»Jetzt verstehe ich, was für ein Spiel du spielst«, stieß sie hervor und entblößte ihre Zähne zu einem listigen Lächeln. »Was willst du, Alice?«

***

Am nächsten Vormittag kam Zephyr. Gary hatte sie im Auto mitgenommen. Sie standen nach einem Spurt durch den Regen ziemlich außer Atem vor der Eingangstür. Frederick hatte bezüglich des Wetters also richtig gelegen.

Zephyr trug dunkle Hosen und einen senfgelben Pullover. Ihr silbergraues Haar wurde von einem Tuch in derselben Farbe aus dem Gesicht gehalten. Sie lächelte Rosamund so freundlich an, als sei sie eine liebe Verwandte und nicht ein Medium, das Geister aus der Reserve lockte.

Gary sah blass aus, schien aber entschlossen zum Handeln. Sobald er im Haus war, ging er in die Küche, wo ihm Kerry bereits Kaffee einschenkte. Rosamund und Zephyr standen in der Eingangshalle in der Nähe der Treppe. Rosamund erklärte, was sich am vorhergehenden Nachmittag und in der vergangenen Nacht ereignet hatte.

»Das klingt nach einem Poltergeist«, sagte Zephyr nachdenklich. »Aber es gibt ein paar Dinge, die nicht ins Bild passen. Man kann Geister zwar nicht in feste Kategorien einordnen«, fügte sie dann mit einem Lächeln hinzu. »Aber Kerry in den Keller zu sperren ist alles andere als nett, oder?«

Rosamund lachte nervös. »Ja, das stimmt.«

»Manche glauben, ein Poltergeist entspringt dem menschlichen Gehirn, das durchaus die Fähigkeit hat, einen solchen Aufruhr zu verursachen. Vor allem Kinder, die gerade in die Pubertät kommen und sehr viel Energie haben, sind dazu in der Lage, verwirrende Effekte in ihrer Umwelt zu erzeugen. Andere nehmen an, der Poltergeist sei eine Erscheinung, die diese Energie zum Unruhestiften nutzt. Wie auch immer – es gibt viele berühmte Fälle von Poltergeistern, in die Teenager verwickelt sind. Nach meiner Ansicht brauchen Poltergeister jedoch keine Heranwachsenden, um in Erscheinung treten zu können. Ich betrachte sie eher als natürliche Wesen, als einen Teil der Natur wie beispielsweise auch Hunde oder Katzen. Sie machen gern Unsinn und versetzen Menschen dadurch in helle Aufregung, dass sie mit Dingen werfen oder Krach machen. Dabei können sie viel kaputtmachen und einem schrecklich auf die Nerven gehen, aber meist sind ihre Auftritte dankenswert kurz. In der Regel verletzen sie dabei auch niemand absichtlich oder ernsthaft.«

Rosamunds skeptischen Blick beantwortete sie mit einem fragenden Heben der Augenbraue. »Es gibt ziemlich viele Menschen, die schon durchmachen mussten, was Sie gerade erleben, und Geistwesen gesehen haben. Fragen Sie nur einmal herum. Das sind bestimmt nicht alles Scharlatane und Spinner, oder was meinen Sie?«

Rosamund seufzte. »Ich weiß nicht. Ich weiß einfach nicht, was es ist. Deswegen sind Sie ja gekommen, richtig?«

Zephyr lächelte ihr unbeirrbares Lächeln und schwieg.

»Sie glauben also, wir haben einen Poltergeist in Colonsay? Habe ich das richtig verstanden?«

»Nein, nicht ganz. Ihr Geist ist zu klug. Wie ich schon sagte, sind Poltergeister eher niedere Wesen und ihr Treiben ungeplant. Sie stützen sich auf das, was sie vorfinden. Ihr Geist dagegen scheint gezielt zu handeln. Deswegen würde ich heute gern versuchen, Kontakt mit ihm aufzunehmen. Je mehr wir über ihn erfahren, desto eher werden Sie herausfinden, warum er sich weigert, Colonsay zu verlassen.«

»Sie glauben also, der Geist könnte einfach gehen, wenn er nur wollte?«

»Manchmal ist ein Geist an einem Ort gefangen. Weil er eine bestimmte Lektion lernen muss, weil eine unerledigte Aufgabe ihn zurückhält oder er eine Nachricht weitergeben muss. Manchmal war auch der Tod so gewaltsam und schrecklich, dass sie verwirrt sind und sich nicht vom Leben lösen können. Ich kenne sogar Geister, die nicht glauben wollen, dass sie tot sind.«

»Gestern haben Sie von Anzeichen körperlicher Gewalt gesprochen. Doch soweit ich weiß, gab es auf Colonsay nie einen gewaltsamen Todesfall.«

»Vielleicht müssen Sie das noch einmal überprüfen.«

Rosamund missfiel es, dass sie davon ausging, recht zu haben und Rosamund unrecht. Trotzdem hielt sie den Mund. Sie beschlossen, in die Bibliothek zu gehen. Gary half ihnen dort, die Stühle in einem Halbkreis zusammenzustellen. Er zog auf Zephyrs Anweisung hin die Vorhänge zu und schaltete neben ihr eine Lampe ein. Das Zimmer lag im Dämmerlicht. Dichte Schatten lagen vor den Wänden, nur das Zentrum, wo sie saßen, lag in sanftem Lichtschein.

»Manchmal geschieht auch gar nichts«, warnte Zephyr sie vor. »Geister kommen nicht auf Bestellung wie der Pizzabote. Und noch eine Sache: Geistwesen sind meiner Erfahrung nach nicht sehr zuverlässig. Kurz gesagt – sie lügen.«

Dann ist das alles den Aufwand wahrscheinlich nicht wert, dachte Rosamund. Zephyr lehnte sich zurück und schloss die Augen, entspannte sich gezielt. Dann begann sie tief ein- und auszuatmen. Rosamund hatte genügend Berichte im Fernsehen und Filme darüber gesehen, um zu verstehen, dass sie sich selbst in Trance versetzte. Still saßen sie da und warteten.

Kerry blickte sie an und lächelte unsicher. Gary langte hinüber und tätschelte ihre Hand, um sie zu beruhigen. Rosamunds Gedanken waren jedoch woanders. Sie dachte an Mr Peel-Johnson, der heute Nachmittag kommen würde, und fragte sich, womit ihn Mark wohl beauftragt hatte.

Denk nicht darüber nach, warnte eine Stimme in ihrem Kopf, doch sie konnte nicht anders. Was, wenn er zu früh käme und sie bei ihrer Séance erwischen würde? Er würde dafür sorgen, dass Mark sie sofort einweisen ließ. Aber … Kerry und Gary, Zephyr und Fred Swann – sie konnten doch nicht alle Wahnvorstellungen haben. Sie konnten nicht alle verrückt sein.

»Hilf mir.«

Es war absolut ruhig in der Bibliothek. Rosamund sah sich unsicher um, wer da gesprochen hatte.

»Du musst mir helfen.«

Das war Zephyr. Doch ihre Stimme klang ganz anders, weicher und höher. Rosamund betrachtete sie fasziniert und fragte sie, ob sie eine gute Vorstellung geboten bekam oder einer Erscheinung beiwohnte.

»Hilf mir!«

Stille. Der Regen trommelte leise an die Fensterscheiben. Im Zimmer war es kühl. Rosamund wünschte sich, sie hätten vor ihrer Sitzung Feuer im Kamin gemacht. Die zischenden Flammen wären bestimmt ein netter Anblick gewesen, auch wenn sie das Zimmer nicht wirklich gewärmt hätten.

Gary beugte sich vor. Offensichtlich kannte er sich aus. »Wer ist da?«, fragte er mit sanfter Stimme. »Mit wem sprechen wir?«

»Regen fällt.«

»Bitte, wer bist du?«

»Grauer Himmel.«

Rosamund erstarrte. Die erste Zeile ihres Songs, des einzigen Hits ihrer Band:

Grey Skies – Grauer Himmel.

Regen fällt vom grauen Himmel.
Ich gehe und verlasse dich.
Der graue Himmel ...

Sie spürte Garys Augen auf sich ruhen. Zephyr begann zu summen, die Töne verklangen auf unheimliche Weise im Raum. Eine lange Stille folgte.

»Wer bist du, kannst du uns das sagen?« Das war wieder Gary.

»Wer bist du?«, entgegnete die Stimme.

»Ich heiße Gary Munro und möchte dir helfen. Sag uns, was wir tun sollen, wie wir helfen können.«

Gary klang vollkommen ernst.

»Gary. Ich kenne dich. Ich habe dich beobachtet.«

»Ist Colonsay dein Zuhause?«

»Ich wohne hier.«

»Ja, aber wer bist du? Bist du eine Cunningham?«

Zephyr gab ein scharfes Zischen von sich, das wie ein Lachen klang. »Ich gehe und verlasse dich.«

Rosamund konnte nicht länger an sich halten. »Woher kennst du den Song?«, platzte sie heraus. »Wie kannst du ihn überhaupt gehört haben?«

Gary ergriff ihre Hand und barg sie in der seinen, wobei er sie leicht drückte. Aber schon sprach Zephyr wieder. Ihre Worte verhedderten sich, wurden angestrengt ausgestoßen.

»Blut. Viel Blut. Auf dem Boden, dem Teppich, an meiner Hand. Der Blutgeruch hielt sich in meinen Haaren, egal, wie oft ich sie gewaschen habe.« Zephyrs Atem ging schneller. Sie öffnete die Augen, starrte Rosamund an. Sie waren so dunkel, dass sie wirkten wie zwei bodenlose Brunnen. »Wollte das nicht«, wisperte sie. »Ich wollte nicht.«

»Wer ist da?«, wiederholte Gary geduldig. »Mit wem sprechen wir?«

»Vergebung.«

Zephyr schloss die Augen, ihr Kopf fiel nach hinten auf den

Lederstuhl, ihr Mund stand etwas offen. Sie brauchte eine Weile, um ihre Atmung zu verlangsamen. Dann blinzelte sie wie eine Eule im Licht einer Taschenlampe. Was auch immer aus ihr gesprochen hatte, war verschwunden.

»Wer war das?«, flüsterte Kerry.

Zephyr schien erschöpft zu sein, rang sich aber ein Lächeln ab. »Eine Frau. Jung. Sehr unglücklich. Ich glaube, eine unerledigte Sache hält sie in Colonsay zurück.« Sie sah Rosamund an. »Klingelt es da irgendwo bei Ihnen?«

»Mein Song. Wie kann sie den kennen?«

Die Antwort kam von Gary. »Manchmal übernehmen sie das Wissen Anwesender. Gedankenlesen, wenn du so willst.«

Rosamund versuchte das zu verarbeiten.

»Schade, dass Ihnen der Rest nichts sagt«, sagte Zephyr matt. »Vielleicht passiert das aber noch. Es kann sein, dass es einfach noch nicht Klick gemacht hat.«

Leicht gesagt. Rosamund lief ein Schauder nach dem anderen über den Rücken. Vergebung? Für den Geist?

Zephyr sprach mit Kerry, und Rosamund versuchte, sich auf das Gesagte zu konzentrieren. »Gary hat große Fähigkeiten, aber Mühe mit der Kontrolle. Im Augenblick ist er wie ein großer Schwamm, der alle im Haus gefangenen Gefühle aufsaugt. Mit der Zeit könnte er lernen, sich zu schützen. Und herausfiltern, was er wissen will.« Sie schenkte Gary ein mitfühlendes und, wie Rosamund fand, ziemlich enttäuschtes Lächeln. »Leider kommt es mir so vor, als ob er den Kontakt mit der Geisterwelt nicht besonders schätzt. Oder irre ich mich da, Gary?«

»Nein, Zephyr. Als Zauberlehrling bin ich denkbar ungeeignet.«

Sie tranken Tee und aßen Kuchen. Mit der Zeit kehrte die Farbe in Zephyrs Gesicht zurück. Rosamund fiel auf, dass Zephyr genauso aussah wie sie selbst nach einer Begegnung mit einem Geistwesen. Beim Abschied blieb Zephyr an der Haustür stehen und nahm Rosamunds Hand. Ihre Finger fühlten sich kühl und kräftig an. Ein leichtes Prickeln durchzuckte Rosamunds Arm.

»Machen Sie sich keine Sorgen wegen des Mannes, der gleich kommen wird«, sagte sie bestimmt. »Er kann Ihnen nichts anhaben. Sie sind schon zu stark für ihn.« Bevor Rosamund noch eine Frage stellen konnte, rannte sie durch den Regen zu Garys Wagen.

Gary zögerte. »Ich komme später noch mal vorbei. Geht es so lange allein?«

»Ich glaube schon. Ich denke langsam, ich komme mit allem zurecht. Nicht so schlecht für eine gescheiterte Ehefrau.« Tränen kullerten aus ihren Augen, und sie fühlte sich völlig ungeschützt.

Gary betrachtete sie eingehend. »Du bist nicht gescheitert, Rose. Du bist die mutigste Frau, die ich kenne.« Dann beugte er sich vor und küsste sie ganz sanft auf die Lippen, bevor er Zephyr zum Auto folgte.

»Wir haben Zeit für eine Kleinigkeit zum Mittagessen, bevor dein Besucher auftaucht«, rief Kerry aus der Küche.

»Mach lieber was Ordentliches«, sagte Rosamund und schloss die Tür.

***

Colonsay lag im Dunkeln. Alice hatte lange auf den Stufen zum Dachboden gesessen und gehofft, dass Bertie käme. Doch er war nicht gekommen. Sie sehnte sich danach, mit ihm zu sprechen, aber er machte keinerlei Anstalten dazu. Keine ernsthaften jedenfalls. Er hielt Abstand. All das, was ihn so außergewöhnlich machte, schien tief in seinem Innersten verschlossen.

Im Kinderzimmer ertönte lautes Weinen. Dem Schluchzen nach konnte das nur Ada sein.

»Bauchweh von zu vielen Pfefferminzbonbons«, murmelte Ada zu sich selbst. Am Nachmittag war Ada in Ungnade gefallen und von ihrem Vater ins Kinderzimmer geschickt worden, weil sie ihren Unterricht geschwänzt hatte und dann in den Ställen beinahe von einem Pferd getreten worden wäre.

Ambrosine war nach ihrem Ausritt mit wirrem Blick und völlig aufgelöst ins Haus gestürzt, Ada im festem Griff ihrer behandschuhten Hand. Adas Knie war blutig von einem Sturz auf den Stallboden, der sie vor den Hufen des Pferdes gerettet hatte. Die Sorge ihrer Mutter hatte Ada jedoch nicht vor dem Zorn ihres Vaters geschützt. Als sie in der Halle an Alice vorbeigezerrt worden war, hatte sie ihr kleines bleiches Gesicht mit der vorgeschobenen Unterlippe gesenkt gehalten. Weder hatte sie etwas Hässliches zu Alice gesagt noch sie gekniffen – sonst ließ sie sich eine solche Gelegenheit nie entgehen.

Nun vernahm Alice das beruhigende Murmeln des Kindermädchens. Langsam beruhigte sich Adas Schluchzen. Die Uhr in der Halle schlug zur vollen Stunde. Ein Uhr. Bertie würde nicht mehr kommen. Mit einem Seufzen erhob und streckte sich Alice. Ihr Körper war vom Sitzen in der Kälte ganz steif geworden. Vor zwei Wochen hatte sie auf einem Ausflug mit ihren Eltern nach Portarlington eine Muschel gefunden. Sie hatte sie mitgenommen, um Bertie zu fragen, was für ein Exemplar das sei. Als Vorwand, um endlich mit ihm zu sprechen. Anscheinend brauchte sie derzeit solche Ausreden.

Alice schlüpfte in den Ostflügel hinüber und hielt inne, um zu lauschen. Nichts. Von Ambrosine war heute Nacht nichts zu sehen. Mr Marling befand sich in Melbourne, und so hatte sie keinen Grund, im Dunkeln durchs Haus zu schleichen. Alice stieg die Treppe hinauf.

Auf ihrem Bett lag eine zweite Decke. Mrs Gibbons hatte sich besorgt darüber geäußert, dass Alice' und Meggys Zimmer nachts so kalt war. Sie würde zwei zusätzliche Decken für sie heraussuchen, hatte sie gesagt. Der Ausdruck in ihrem runden Gesicht sollte wohl Mitgefühl und Betroffenheit ausdrücken.

Meggy war gerührt gewesen. »Wer hätte das gedacht? Es steckt doch in jedem Menschen ein guter Kern, oder, Alice?«

14

Graham Peel-Johnson traf kurz nach ein Uhr ein. Er sah ziemlich genauso aus, wie man ihn sich seiner Stimme nach vorgestellt hatte: ordentlich gekleidet, mit schütterem blondem Haar. In der Hand trug er eine braune Lederaktentasche. Rosamund brachte ihn in die Bibliothek und bot ihm Kaffee oder Tee an. Dabei versuchte sie, nicht daran zu denken, was sich vor Kurzem in diesem Zimmer abgespielt hatte.

»Tee wäre nett, danke.«

Rosamund ließ ihn allein, um das Gewünschte zu holen. Sie fragte sich, ob das Geistermädchen ihn wohl beobachtete. Es geschähe ihm recht, wenn sie ihn ordentlich erschrecken würde. Doch als sie mit dem Tablett zurückkehrte, schien ihr Graham Peel-Johnson genauso ruhig und geschäftsmäßig zu sein wie zuvor.

»Sehr freundlich von Ihnen«, sagte er, als er das Ergebnis von Kerrys Vorbereitungen erblickte. Außer der Teekanne standen ein Teller mit Sandwiches und ein frisch gebackener Möhrenkuchen auf dem Tablett.

»Sie sagten am Telefon, Sie hätten neulich nachts mit meinem Mann gesprochen?

Er nickte, verschlang hastig ein Schinkensandwich mit Senf und griff nach seiner Aktentasche. »Ja. Tut mir leid, dass ich Ihnen deswegen Ungelegenheiten bereiten muss.«

»Konnte mir das Mark nicht alles selbst sagen?« Natürlich nicht, er war viel zu beschäftigt dazu.

»Das sollten Sie lieber mit Mr Markovic besprechen.«

Rosamund nickte, als würde sie genau das beabsichtigen, und wartete, dass er anfing.

Peel-Johnson entnahm seiner Aktentasche ein Bündel

Papiere, die er dabei mit Senf beschmierte. Er schnalzte mit der Zunge und betupfte die Flecken mit seinem makellosen Taschentuch. Rosamund gab vor, nichts davon mitzubekommen.

»Sie und Mr Markovic haben vor der Eheschließung keine Vereinbarungen geschlossen, ist das richtig, Mrs Markovic? Ich meine – einen Ehevertrag?«

Verblüfft fehlten Rosamund für einen Augenblick die Worte. »Nein.« Sie räusperte sich. »Eheverträge waren damals noch nicht in Mode. Aber auch wenn, bezweifle ich, dass wir das getan hätten.«

»Tja, wir sind alle zuversichtlich, wenn wir heiraten, oder?« Sein Blick drückte eine Mischung aus Mitgefühl und Belustigung aus.

Rosamund beugte sich vor. »Ich verstehe nicht, was das soll. Wollen Sie mir sagen, Mark möchte einen Ehevertrag abschließen? Jetzt? Wäre das nicht ein wenig spät?«

»Etwas in der Art, ja. In seiner gegenwärtigen Lage fühlt er sich verletzlich. Mr Markovic möchte deswegen die Situation für den Fall klären, dass Sie – oder er – sich entschließen sollten, die Beziehung zu einem beiderseits akzeptierten Ende zu bringen.«

War das eine Umschreibung für Scheidung? Rosamund dachte über das eben Gehörte nach. Sie fühlte sich gefühlsmäßig wie betäubt, dafür funktionierte ihr Verstand erstaunlich gut.

»Er möchte mir also Zugeständnisse für den Fall einer Scheidung abringen«, sagte sie gleichmütig. »Die werde ich aber nicht machen.«

»Mrs Markovic …«

»Das genügt. Bitte gehen Sie.«

»Bitte, lesen Sie wenigstens, was ich aufgesetzt habe. Sie werden es sehr fair finden. In der Tat ist Mr Markovic mehr als fair gewesen.«

»Was ist mit Colonsay?«

Seine warmen hellbraunen Augen blickten ernst. Sie fühlte sich gedrängt, ihm zu vertrauen, weigerte sich aber. »Mrs Markovic, Sie können wohl kaum leugnen, dass ihr Gatte einen nicht unerheblichen Betrag in die Wiederherstellung des ursprünglichen Zustands steckt? Und dass das Haus danach nicht unbeträchtliche Unterhaltskosten verursachen wird?«

»Nein, das leugne ich nicht.« Rosamund freute sich über den verblüfften Gesichtsausdruck. Was hatte er erwartet? Tränen und flehentliche Bitten? Eine tobende Verrückte? Der Himmel allein wusste, was Mark ihm über sie erzählt haben mochte.

»Notfalls bin ich bereit, ihm jeden Cent zurückzuzahlen«, fuhr sie fort. »Colonsay wäre sehr gut geeignet für ein kleines, gehobenes Privathotel. Schöne Umgebung, exquisites Essen – ich habe eine ausgezeichnete Köchin. Wochenendausflüge in eine geschichtlich bedeutsame Umgebung für diejenigen, die genug von Skiausflügen und Weinproben haben. Ich könnte ziemlich hohe Preise verlangen, Mr Peel-Johnson.« Sie lächelte ihn sanft an.

»Ich kann dazu nichts sagen, Mrs Markovic.« Seine Stimme klang so glatt und ruhig wie immer. »Ich bin gekommen, weil mich Ihr Gatte darum gebeten hat. Er möchte Ihre Einwilligung, dass ihm im Falle einer Scheidung Colonsay ohne viel Aufhebens übertragen wird.«

Ihr verschlug es den Atem. Sie hatte damit gerechnet, aber es ausgesprochen zu hören, schockierte sie trotzdem. Mark wollte Colonsay unbedingt besitzen. So sehr, dass er bereit war, fast alles dafür zu tun.

»Nein«, sagte sie leise und mit schwankender Stimme. Sie wartete einen Moment. »Nein, er wird Colonsay nicht bekommen. Wie Sie vielleicht wissen, wurde mir Colonsay von meiner Großmutter vermacht.«

»Ja, Mr Markovic erwähnte so etwas. Eine sehr alte, womöglich verwirrte Frau. Sie sind ihr davongelaufen, als Sie siebzehn waren, glaube ich. Und Sie haben Ihrem Wunsch Ausdruck verliehen, das Haus nicht zu übernehmen und schon gar nicht darin zu wohnen. Es erscheint mir zumindest sehr fraglich, ob sie Ihnen das Haus vermacht hätte, wäre sie bei klarem Verstand gewesen, Mrs Markovic.«

Rosamund lachte ungläubig. »Großmutter Ada? Die hatte eine blitzschnelle Auffassungsgabe. Sie hat es mir vererbt, weil sie wollte, dass ich es bekomme. Ich bin die letzte Cunningham, Mr Peel-Johnson. Die allerletzte. Und die Familie bedeutete ihr mehr als jeder Groll, den sie vielleicht gegen mich hegen mochte. Ich denke, Sie würden unter diesen Umständen Schwierigkeiten haben, das Gericht davon zu überzeugen, dass Ada Colonsay lieber Mark hinterlassen hätte.«

Sorgfältig glättete er sein schütteres Haar. Er brauchte Zeit zum Nachdenken. Offensichtlich, dachte Rosamund, hat ihm Mark nicht die ganze Wahrheit gesagt.

»Wünschen Sie, dass ich Ihrem Gatten gegenüber wiederhole, was Sie mir gesagt haben?«

»Ja, tun Sie das bitte. Und sagen Sie ihm auch, dass er das nächste Mal gefälligst so mutig sein soll, selbst zu kommen, wenn er etwas von mir will.«

»Mrs Markovic, ich weiß, Sie sind verärgert. Solche Situationen können in sehr unerquicklichen Auseinandersetzungen enden. Das war einer der Gründe, aus denen Ihr Gatte mich vorschickte.«

»Aha. Um den unerquicklichen Momenten aus dem Weg zu gehen? Wissen Sie was, gehen Sie einfach.«

Er bedachte die Sandwiches auf dem Teller mit einem sehnsuchtsvollen Blick und steckte die Papiere wieder in seine Aktentasche. »Nun gut. Ich bedauere, dass dieses Zusammentreffen nicht besonders produktiv war.«

»Es tut mir leid, dass Sie Ihre Zeit verschwendet haben.«

»O nein, das war doch keine Zeitverschwendung.« Er sah sie an. »Immer eins nach dem anderen. Heute haben Sie und Ihr Gatte den ersten Schritt zur Lösung eines sehr schwierigen Problems gemacht.«

Den ersten Schritt? Wohin denn, bitte? In Richtung Scheidung? Rosamund fiel keine passende Antwort ein. Genau genommen, hatte Peel-Johnson sehr wenig erreicht. Mark wollte eine Vereinbarung für den Fall einer Scheidung, hatte aber nicht die Scheidung verlangt. Stattdessen schickte er Peel-Johnson in den Ring, um ihre Reaktion zu testen, bevor er den nächsten Zug machte.

Wie konnte er es nur wagen, einen Lakaien vorzuschicken! Dafür gab es keine Entschuldigung. Und doch verstand sie ihn in gewisser Weise – wie sie es meistens tat. Beim letzten Mal war er selbst aufgetaucht, und die Gefühle, die sie immer noch für einander empfanden, hatten ihn daran gehindert, sich seiner unpassenden Ehefrau zu entledigen. So hatte er dieses Mal einen Mittler vorgeschickt.

Er wird Colonsay nicht bekommen, schwor sie sich verärgert, als Peel-Johnson endlich weg war. Er kann versuchen, mich zu ruinieren, wenn ihm daran liegt, aber um dieses Haus werde ich kämpfen.

***

»Weißt du, was das für eine Muschel ist?«

Bertie beugte sich darüber, drehte sie in seiner Hand und betrachtete sie ganz genau. »Das ist eine Meeresschnecke. Wo hast du sie gefunden?«

»Am Strand von Portarlington.«

Endlich hatte Alice Gelegenheit gehabt, Bertie die Muschel zu zeigen. Er war mit einem Buch in der Hand im Vorgarten herumgegangen, und Alice sollte Blumen für Ambrosines Zimmer holen. Madam hatte wieder einmal Kopfschmerzen, und die Köchin glaubte, das würde sie aufmuntern. Ihre Wege hatten sich gekreuzt, zufällig für Bertie und geplant für Alice.

»Bertie?« Alice biss sich auf die Unterlippe, als er aufblickte. Er sah so blass aus und lächelte, als sei er gar nicht er selbst. Fast glaubte sie, er wartete auf einen Hieb, den er stoisch hinnehmen würde.

»Triffst du dich heute Nacht mit mir auf dem Dachboden?

Ich gehe manchmal dorthin. Mir gefällt es da. Das würde doch Spaß machen. Ich könnte ein wenig Essen hinaufschmuggeln, und wir würden ein Mitternachtspicknick machen – wie früher.«

Er blickte sich um.

»Niemand wird davon erfahren. Bitte.«

Bertie fühlte sich bedrängt und seufzte. »Also gut, Alice.«

Ein Vogel schoss über sie hinweg, die Federn vom Wind zerzaust. Mit pfeilschnellem Flügelschlag flog er durch den bewölkten Himmel. Bertie sprang auf, und für kurze Zeit erhellte sich seine Miene. »Eine Sturmschwalbe«, sagte er. »Aber die Federn am Kopf sind dunkel, nicht weiß. Und die Jahreszeit stimmt auch nicht. Vielleicht ist sie vom Kurs abgekommen.«

Plötzlich sah er traurig aus – so, als könnte er gut verstehen, wie schnell das geschah.

***

Rosamund hatte trotz verworrener Träume von Mark und Graham Peel-Johnson überraschend gut geschlafen. Der Poltergeist schien Urlaub zu haben und anderswo sein Unwesen zu treiben, ebenso das Wesen, das nach Rosie rief.

Kerry saß beim Frühstück und sah fast aus wie früher. »Vielleicht war es das«, sagte sie optimistisch. Rosamund wollte ihr die gute Laune nicht verderben.

Es herrschte sonniges, aber kaltes Wetter. Im Haus hielt sich die kühle Luft, der man weder mit prasselnden Kaminfeuern noch mit dicker Kleidung beikommen konnte. Außer in der Küche, dort war es gemütlich und warm. Kein Wunder, dass Kerry fast ihre ganze Zeit dort verbrachte.

Nach dem Frühstück brachte Rosamund einen Teller mit Resten in den Garten, in die Nähe der alten Hütte. Die Schüssel vom Vorabend war blitzblank geleckt. »Es scheint geschmeckt zu haben«, erklärte Rosamund Kerry.

Kerry blickte zweifelnd. »Hm, aber ob das der Hund war?«

Rosamund spürte, dass Kerry ihr den Hund nicht abnahm. Sie hatte ihn ja auch nie gesehen.

Rosamund zog sich wieder ins Hinterzimmer zurück, um weiter in der Vergangenheit der Cunninghams herumzuwühlen. Ihr erster Fund war ein verrostetes Jagdhorn voller Spinnweben. Sie scheute sich, in das Mundstück zu tuten. Der Gedanke an eine fette Spinne im Innern hielt sie von einem schmetternden Halali ab.

Warum gibt es hier keine Stradivari?, dachte sie. Dann könnte ich Mark sein Geld zurückgeben, und er würde Peel-Johnson zurückpfeifen.

Die Bände einer Enzyklopädie waren ebenfalls von Spinnweben bedeckt und verstaubt. Die Bücher waren alt und überholt. Wahrscheinlich waren sie nach dem Eintreffen einer aktuelleren Auflage aus der Bibliothek auf den Speicher verbannt worden.

Der Gedanke an die Bibliothek brachte Rosamund auf eine Idee. Sie sollte die Bücher dort sortieren und katalogisieren. Vielleicht waren ein paar Erstausgaben darunter. Sie hatte gehört, dass die bei Versteigerungen ein kleines Vermögen bringen konnten. Aber das musste wohl warten, bis sie hier drin fertig war.

Ein Karton mit Wasserflecken enthielt ebenfalls fleckige Unterlagen für Brettspiele. Rosamund schob ihn vorsichtig zum Müllstapel im Flur. Die moderige Pappe fühlte sich komisch an.

Dann setzte sie sich mit untergeschlagenen Beinen auf das rote Samtsofa und zündete sich eine Zigarette an. Mit einem Blick in die Runde stellte sie fest, dass sie fast fertig war. Es lagen noch ein paar Sachen an der gegenüberliegenden Wand, unter anderem ein zerbrochener Stuhl, eine zerbrochene Glashaube aus der Zeit Königin Victorias und ein weiterer Stapel vergilbter Zeitungen. Wenn sie damit fertig war, müsste sie sich an das zweite Zimmer machen. Darauf freute sie sich nicht gerade.

Sie drückte ihren Zigarettenstummel in einem billigen chinesischen Aschenbecher aus, den sie unter dem ganzen Müll gefunden hatte. Er war amateurhaft mit einem engelsgleichen Kind bemalt, das Eimer und Schaufel trug. Vielleicht ein Souvenir an eine lange zurückliegende Sommerfrische.

Zephyr hat mich ganz irre gemacht, sagte sich Rosamund. Wenn ich Colonsay wirklich behalten und auf Dauer hier leben möchte, muss ich mich mit allem auseinandersetzen, was auftaucht. Doch eine leise, kaum vernehmbare Stimme in ihrem Kopf schien anderer Meinung zu sein. Du weißt ganz genau, dass das nicht stimmt, sagte sie. Rosamund beschloss, sie zu ignorieren, und stand auf. Sie ging in den Flur und stellte sich vor die verzogene Tür.

Lange Schatten fielen durch die Diele. Die Sonne stand zu dieser Jahreszeit tief, und es war ziemlich dunkel in diesem Teil des Hauses. Rosamund bemühte sich, die dunklen Gedanken beiseitezuschieben. Sie sah sich um und überlegte, was sie wohl anstellen könnte, um die Stimmung hier positiv zu verändern. Vielleicht eine hübsche Lampe aufstellen und ein helles Bild an die Wand hängen. Dazu eine oder zwei große Pflanzen mit glänzenden Blättern in großen weißen Keramikkübeln. Das würde sicher gut zum Stil passen. Ohne richtig darüber nachgedacht zu haben war ihr klar, dass sie Colonsay im Stil der Jahrhundertwende einrichten wollte. Dem Stil seiner Glanzzeit.

Rosamund schloss ihre Hand fest um den Türknopf aus Porzellan und versuchte, nicht an das zu denken, was sie gerade im Begriff war zu tun. Sie drückte fest gegen die Tür, die sich ohne Widerstand öffnen ließ. Davon überrascht, stolperte sie fast ins Zimmer. Sofort fühlte sie sich von der dumpfen moderigen Atmosphäre umhüllt wie von einer schweren, dunklen Decke.

Rosamund schnappte nach Luft, wollte auf der Stelle die Tür wieder schließen. Feigling! Der Gedanke ließ sie innehalten. Seit wann bist du ein solcher Feigling, Rosamund Cunningham? Oder bist du schon immer so gewesen? Gary hatte sie mutig genannt. Die Erinnerung daran bestärkte Rosamund in ihrem Vorhaben. Sie straffte sich und trat in das Zimmer.

Langsam drehte sie den Kopf und sah sich um. Es war ziemlich dunkel. Die mit Laken verhängten Fenster hatten die Farbe von nassem Sand. Die Wände wirkten fleckig – vielleicht war Wasser von oben durch die Decke gedrungen. Der Schreibtisch sah größer aus, als sie ihn in Erinnerung hatte, sehr einschüchternd. »Der hat Cosmo gehört«, sagte sie sich. Dann lachte sie auf und fragte sie, wie sie auf diese Idee kam. War Cosmo so dominant gewesen? War er der Mann, den Zephyr gespürt hatte?

Ihre Stimme hallte in dem stillen Zimmer, und sie wünschte, sie hätte geschwiegen. Plötzlich fühlte es sich so an, als würde etwas hier drinnen schlafen oder warten. Rosamund wollte es auf keinen Fall wecken. Sie wandte sich zum Gehen. Da blitzte in dem durch die Tür einfallenden Licht auf dem Schreibtisch etwas Kleines, Helles auf. Es lockte sie, schien ihr zuzuzwinkern. »Ah, da hast du dich versteckt«, flüsterte Rosamund. Ihre Stimme hallte von den Wänden wider. Sie schob sich näher heran und streckte ihre Hand aus. Mit einem zufriedenen Laut schloss sie ihre Finger fest um den runden harten Gegenstand.

Der Knopf.

Rosamund zog sich vom Schreibtisch zurück und steckte sich den Elfenbeinknopf mitsamt der geballten Faust in die Tasche. Dieses Mal würde sie ihn nicht verlieren.

Sie sah sich noch einmal um. Ihre Haut fühlte sich trocken an wie Sandpapier, und sie musste niesen. Abgesehen davon schien ihr die Luft nicht mehr ganz so dumpf. Vielleicht musste in diesem Zimmer wirklich nur einmal gründlich gelüftet werden.

Da schlich sich ein Geruch in ihre Gedanken. Scharf. Metallisch. Vertraut und doch fremd. Das Dumpfe war fast gänzlich verschwunden und von dem neuen Geruch überdeckt worden.

Das Herz in Rosamunds Brust begann mit einem Mal zu

rasen, und ihre Hand zitterte, als sie nach dem Türknopf griff. Sie hatte den Geruch erkannt. Blut. Es roch nach Blut, viel Blut. Sie fühlte ihre Sinne schwinden. Die Flecken an den Wänden gerieten in Bewegung, schienen zu fließen und Tropfen zu formen. Rosamunds Knie gaben nach; sie versuchte sich am Türrahmen festzuhalten. Ihre Hand fühlte sich feucht an. Langsam und ungläubig hielt sich Rosamund die Hand vor die Augen. Blut. Schwarzes, dickes, glänzendes Blut.

Sie schrie auf, aber die Stimme war leise gegen den Aufschrei in ihrem Kopf. Völlig kraftlos stolperte sie und sank auf die Knie. Die Schatten umtanzten sie wie Derwische. Rosamund senkte den Kopf und schloss die Augen. Die heiße, dichte Wolke der Bewusstlosigkeit schob sich über ihre Gedanken, doch sie kämpfte verbissen dagegen an. Die Vorstellung, hilflos in diesem Zimmer zu liegen, war schlimmer als das, was gerade mit ihr geschah.

Unerträglich langsam verging die Zeit. Dann war es vorbei. Rosamund richtete sich mühsam auf und öffnete ihre Augen. Das Blut war weg. Das Zimmer roch wie vorher – nach Moder und Staub. Zitternd hob sie ihre Hand und spreizte die Finger. Kein Blut. Es hatte nie Blut gegeben. Was sie gesehen hatte, entsprang einer weit zurückliegenden Vergangenheit und konnte ihr nichts mehr anhaben.

Draußen klingelte das Telefon. Wieder beschleunigte sich ihr Herzschlag, der sich gerade fast normalisiert hatte. Rosamund kämpfte sich auf die Füße. Ihre Beine fühlten sich an wie Wackelpudding, aber nach ein paar tiefen Atemzügen fühlte sie sich besser. Sie hörte Kerrys schnelle Schritte und dann leises Gemurmel.

Rosamund griff nach dem Türknopf und wollte die Tür hinter sich schließen, die über den Boden schrappte und dabei ein schreckliches Quietschen von sich gab. Doch Rosamund gab nicht nach, bis die Tür ins Schloss fiel.

»Rosamund?« Kerry blickte durch den Flur in ihre Richtung. »Mr Markovic möchte dich sprechen.«

Rosamund rieb sich die Handflächen an ihrer Jeans trocken und stellte fest, dass ihre Hände nicht mehr zitterten. »Nein.«

»Aber …«

»Sag ihm, dass ich nicht mit ihm reden will.«

Kerry öffnete den Mund zum Widerspruch, besann sich dann aber eines Besseren und wandte sich wieder dem Telefonhörer zu. Das Gespräch dauerte angesichts einer solch kurzen Botschaft doch ziemlich lange, fand Rosamund. Schließlich legte Kerry auf. Rosamund widerstand dem Drang, nachzufragen, was er geantwortet hatte.

»Er ruft heute Abend noch einmal an.«

»Sehr schön.«

Kerry gab auf und ging zurück in die Küche. Rosamund schloss die Augen und lehnte sich an die Wand. Blut. Da war Blut auf meiner Hand. Davon hatte Zephyrs Geist gesprochen. Und schon – Simsalabim – roch und sah Rosamund Blut. Sie wollte so gern glauben, dass das alles Einbildung war, aber es fiel ihr schwer.

»Hilf mir«, wisperte sie. »Wer auch immer du bist, hilf mir dabei, alles zu verstehen.«

War es nur Einbildung oder durchzog mit einem Mal ein betäubender Hauch von Geißblattduft den Flur?

***

Die Nacht war klar und kalt. Durch die rautenförmigen Scheiben fiel das Mondlicht in verzerrten Bahnen auf den Dachboden und alles, was dort herumstand. Alice und Bertie kauerten sich an der gewohnten Stelle eng zusammen. Der ausgestopfte Pfau stand Wache. Bertie öffnete seine Schatztruhe und betrachtete jedes einzelne Stück darin, als ob es einem Fremden gehörte. Alice hatte zwei Stücke Früchtekuchen und ein Stück Karamell, dass sie in einem Krug in der Speisekammer entdeckt hatte, in eine Serviette gewickelt und mitgebracht. Sie aßen den Kuchen und zerbrachen dann das Karamell mit Hilfe einer Eisenkanne. Der Schlag durchbrach kurz die Stille.

Sie teilten sich die Karamellstückchen und schoben sich gleich ein paar davon in den Mund.

»Macht ihr das in der Schule auch?«, fragte Alice mit vollem Mund.

Bertie verging das Lächeln. »Nein.«

»Ich würde so gern …«

»Sprich nicht über die Schule«, bat er. »Ich will nicht daran erinnert werden.«

Alice wollte nur zu gern erfahren, was vorgefallen war, aber der flehende Ausdruck in seinen Augen hinter der Brille hielt sie von weiteren Fragen ab. »Ist in Ordnung, Bertie. Ich frage nicht mehr.«

Sie schwiegen. Die einzigen Laute, die die Stille durchbrachen, waren das Krachen des Karamells zwischen ihren Zähnen und das Ächzen des alten Hauses.

***

Gary saß in der Küche, als Rosamund nach einem Bad herunterkam. Als er aufstand, war sie froh, dass sie sich für ihren schwarzen Rock und die rote Bluse entschieden hatte. Der Farbkontrast stand ihr ausgezeichnet. Nach den Neuigkeiten von Graham Peel-Johnson wollte sie sich gut fühlen und gut aussehen.

Gary hatte sich auch herausgeputzt. Er trug beigefarbene Freizeithosen und ein blau kariertes Hemd, das die Farbe seiner Augen betonte. Er sah unter seiner Sonnenbräune ein wenig bleich aus und wollte offensichtlich nicht darüber sprechen, wie er sich bezüglich Colonsay fühlte.

»Manchmal ist es besser, manchmal schlechter«, beantwortete er dann doch ihre unausgesprochene Frage. »Mal ist es morgens ganz gut und wird dann schlimmer. Heute ist es nicht so arg.«

»Macht sich das körperlich bemerkbar?«, fragte Rosamund neugierig. »Ich meine, kannst du irgendetwas um dich herum spüren?«

»Eine unsichtbare Mauer? Nein. Es ist nicht so, als ob mich etwas berühren würde, sondern es geschieht mehr auf der Gefühlsebene.« Er zuckte mit den Schultern. »Oder geistig. Ein Gefühl überwältigender Verzweiflung, das wie eine Welle über mich hinwegschwappt. Bist du je in eine große, brechende Welle geraten? Hast um Luft gerungen und dich gefragt, ob du jemals wieder an die Wasseroberfläche kommen würdest? Manchmal ist es auch ein Gefühl der Wut, aber die Verzweiflung finde ich schlimmer. Wenn ich mich zu lange in diesem Haus aufhalten würde, wäre ich bestimmt selbstmordgefährdet.«

Er lachte kurz auf, nachdem er das gesagt hatte, aber es war ihm ernst damit. Seine Enthüllungen schockierten Rosamund. Auch Kerry sah überrascht aus. »Du solltest das Haus verlassen.«

»Nein, im Augenblick ist es ganz in Ordnung. Ich habe euch ja gesagt, dass es manchmal besser und manchmal schlechter ist. Im Moment halte ich es aus. Macht euch aber keine Sorgen, sollte ich mit einem Mal aufspringen und rausrennen. Schaut nur, dass ihr mir nicht im Weg seid.«

Sie lachten, aber freudlos.

»Zephyr glaubt, dass sie dir helfen könnte, damit zurechtzukommen«, sagte Rosamund schließlich.

Gary lächelte schief. »Sie glaubt, ich würde in ihre Fußstapfen treten, weil ich immer schon Dinge gehört und gesehen habe. Oder gefühlt. Dass das so ist, damit habe ich mich schon lange abgefunden. Aber es war nie so schlimm wie in Colonsay. Das ist außergewöhnlich.«

»Hätten wir doch schon früher darüber gesprochen!« Rosamund sah nachdenklich aus. »Ich meine, als wir jung waren.«

»Du wärst schreiend davongerannt.«

Das wollte sie nicht akzeptieren.

»Sogar jetzt tust du dich schwer damit, oder?«

Rosamund schüttelte den Kopf, die Kehle wurde ihr eng. »Hast du jemals Blut die Wände herunterrinnen sehen, Gary?«

Kerry und Gary starrten sie mit offenem Mund an.

»Tut mir leid«, stotterte sie. »Das wollte ich eigentlich nicht so ausdrücken. Aber ich habe es gesehen. Blut. Gewalt. Ich denke, Zephyr hatte recht. In diesem Haus ist etwas ganz Schreckliches geschehen. Ich habe jedoch keine Ahnung, was das gewesen sein könnte.«

Gary nickte langsam. »Vielleicht solltest du mit Enderby sprechen. Wenn jemand etwas darüber weiß, dann mein Großvater. Die Cunninghams sind für ihn das Größte.«

»Wird er – ich meine, kann er ...« Rosamund brach ihre Frage ab.

Gary lachte. »Ja. Er kann und er wird. Enderby hat durchaus noch alle Tassen im Schrank.« Er zog ein Gesicht. »Manchmal glaube ich, er ist fitter im Kopf als ich.«

Rosamund antwortete nicht. Enderby wiederzusehen war wie eine indirekte Begegnung mit ihrer Großmutter Ada. Nur pure Verzweiflung ließ sie dem Besuch zustimmen.

15

Sie hörten sie nicht kommen. Ihre bloßen Füße glitten lautlos über die staubigen Bodendielen. Sie ahnten nichts von ihrer Anwesenheit, bis sie direkt vor ihnen stand. Ihr helles Nachtgewand schimmerte im Mondlicht, und ihr blondes Haar hing ihr in wilden Locken über die Schultern. Ihr Lächeln war triumphierend.

»Ich wusste, dass ihr hier steckt.«

Alice sprang auf. »Miss Ada!«

»Miss Ada!«, äffte Ada Alice nach und lachte. »Ich habe dich beobachtet, wie du nach oben geschlichen bist, Alice Parkin. Hast dich nach Bertie gesehnt und ihn gesucht. Was aber sollte Bertie von so einem hässlichen Mädchen wie dir wollen? Er kommt nur, weil du ihm Kuchen mitbringst.«

Alice ignorierte die verletzenden Worte, denn diese Ausdrucksweise war für Ada normal. Sie sah, dass die Kleine begehrlich auf die Serviette schielte. »Möchtest du Karamell?«, fragte sie. »Du kannst etwas davon haben, wenn du Stillschweigen bewahrst.«

»Nimm dir etwas und halt den Mund«, sagte Bertie schroff. Er betrachtete seine Schwester mit echtem Widerwillen. »Es wird deine Zähne ruinieren.«

Ada nahm ein hartes Stück Karamell aus seiner Hand, leckte gedankenverloren daran, steckte es sich in den Mund und lächelte.

»Ich werde euch trotzdem verpetzen«, verkündete sie und wandte sich zur Treppe.

Bertie erhob sich. »Das wirst du nicht tun«, rief er ihr leise nach, aber neben Verärgerung schwang in seiner Stimme auch Furcht mit.

Ada registrierte das und reagierte darauf. Sie bewegte sich im Schatten. In ihrem langen Nachthemd und mit den blonden Haaren sah sie aus wie ein Engel. »Werd' ich doch«, zischte sie. »Ich kenne eine Menge Geheimnisse, Bertie. Schlimme Sachen, die mir wehtun. Ich kann nichts verraten, weil Mama sagte ...« Doch sie biss sich auf die Lippen, bevor heraus war, was Ambrosine gesagt hatte. Durch die Anstrengung des Unterdrückens der Worte glänzten Tränen in ihren Augen. »Hoffentlich verprügelt dich Vater richtig«, presste sie mit erstickter und wütender Stimme hervor. »Alice ist eine Dienstmagd. Sie kann nicht deine Freundin sein. Wir Cunninghams sind für sie viel zu gut.«

»Du dumme snobistische Gans«, schnappte Bertie. So lautlos, wie sie gekommen war, verschwand seine kleine Schwester wieder.

Alice hielt den Atem an und beobachtete ihn. Schmerz und Wut tobten in ihrer Brust, sodass sie sich fühlte, als hätte sie zu viele unreife Pflaumen genascht. Langsam strich Bertie mit seiner Hand über die leere Serviette, dann steckte er sie in seine Tasche.

»Sie wird uns nicht verraten«, sagte er, aber es klang wenig überzeugt. »Sie will uns nur Angst einjagen.«

»Was wird dein Vater machen?«, fragte Alice atemlos. Sie glaubte ihm kein Wort.

»Mich sofort wieder zur Schule zurückschicken, vermute ich.« Seine Stimme klang hohl.

»Es ist meine Schuld. Ich werde sagen, dass es meine Schuld ist. Sie müssen mir glauben, Bertie. Ich sorge dafür, dass sie mir glauben.«

Er lächelte sie freundlich an, aber sie konnte deutlich sehen, dass er ihr nicht glaubte. Sein Schicksal war besiegelt, und er akzeptierte das ohne Gegenwehr. Bertie war keine Kämpfernatur.

Nun, Alice würde für ihn kämpfen. Sie fühlte die Kraft in sich aufsteigen. Auf ihre Art glich sie Ada. Sie hatte Geheimnisse und wusste sie zu bewahren. Jetzt würde sie sie einsetzen, um zu erreichen, was sie wollte.

***

Rosamund erwachte, weil es mit einem Mal völlig still war. Kein einziger Laut ertönte – weder draußen, noch drinnen. Sie lag im Bett und starrte ins Dunkel. Ob ein Ausbruch auf dem Dachboden bevorstand? Oder war der Krach, der sie seit dem Zeitpunkt ihrer Ankunft erschreckt hatte, vielleicht nur ein Mittel gewesen, um Aufmerksamkeit zu erregen? Wenn ja, dann hatte er seinen Zweck erfüllt.

Gary war bald gegangen, und zwar widerstrebend, wie es Rosamund schien. Sie hatte ihm eigentlich den Besuch von Marks Anwalt schildern wollen, doch es ergab sich keine passende Gelegenheit dazu. Sie würde mit ihm sprechen, wenn sie zusammen zu Enderby gingen. Vielleicht hatte Gary eine Idee, wie sie Marks Versuche abwehren könnte, ihr Colonsay wegzunehmen.

Rosamund drehte sich im Bett um und starrte auf die Silhouette der Fenster hinter den Vorhängen. Sie war auf einmal hellwach. Also stand sie auf und streifte sich bibbernd ein paar Klamotten über.

Am Ende des Flurs leuchtete das Buntglasfenster sanft. Rosamund erinnerte sich, dass Frederick sich um seine Reparatur kümmern wollte. Sie hielt das für dringend notwendig, obwohl ihr nicht klar war, wie sie für die Kosten aufkommen sollte, wenn Mark ihr die finanzielle Unterstützung entzog.

Rosamund ging nach unten. Die Stufen quietschten leise unter ihren Füßen. In der Bibliothek war noch Glut im Kamin. Sie brauchte nur ein paar Minuten und ein paar kleine Holzstücke, bis die Flammen wieder knisterten. Sie kniete eine Weile vor dem Feuer und wärmte ihre kalten Finger, dann wandte sie sich der Schachtel mit Adas Papieren zu.

Rosamund wusste, dass sie sie durchsehen musste. Vor allem wollte sie nichts übersehen, was ihr helfen konnte, das Rätsel um Colonsay zu lösen. Sie setzte sich bequem hin, ihr Rücken lehnte an der Seite eines Ledersessels, die Beine hatte sie untergeschlagen. Das Fotoalbum schob sie zur Seite, genau wie den Terminkalender und alle anderen Papiere, die sie schon durchgesehen hatte. Da fiel ihr ein Bündel Briefe ins Auge. Es war mit einem rauen Faden fest zusammengeschnürt. Sie benötigte ein paar Minuten, um den Knoten aufzubekommen.

Ein paar Briefe von ihrem Vater aus den 1950ern, der Ada umständlich darum bat, ihm Geld zu leihen. Den wechselnden Absenderadressen nach befand er sich zu dieser Zeit auf Reisen. Dann gab es ein Schriftstück ihres Vaters aus der Zeit des Kriegs. Er machte sich über die Verpflegung in der Armee lustig und klang wie ein überdrehter Schuljunge. Rosamund fand das ziemlich rührend.

Als Nächstes zog sie ein ziemlich schmuddeliges Blatt Papier aus dem Stapel. Es war unliniert, mit dem 2. April 1920 datiert und in einem Ort namens Tinyutin abgeschickt.

Liebe Miss Ada,
erinnern Sie sich noch an mich? Ich frage so, weil ich mich immer an Sie und Ihre Familie erinnern werde. Es sind harte Zeiten. Sie haben gesagt, Sie hofften, ich würde verhungern, aber ich glaube nicht, dass Sie das wirklich gewollt hätten. Ich hätte mir ein paar Kröten verdienen können, wenn ich einem von diesen Schmierblättern alles erzählt hätte, aber das wollte ich nicht. Das Geld wäre mir willkommen gewesen, aber Jonah hätte etwas dagegen gehabt. Er wäre auch dagegen gewesen, dass ich Sie um Hilfe bitte, aber die Zeiten sind hart, wie ich schon sagte. Sie wissen, wo er steckt, nicht wahr? Aber sicher wissen Sie das. So wie Sie alles andere wissen.

In diesem Tonfall ging es noch ein paar Zeilen weiter. Es ging um die Wetterlage und um die Getreideernte, die am Murray River erwartet wurde. Der Brief war mit »Meggy« unterzeichnet, in einer ziemlich kindlichen Handschrift.

Rosamund las den Brief noch einmal. Die Anrede »Miss Ada« hatte ihre Aufmerksamkeit erregt. Nur jemand, der Ada schon vor ihrer Heirat gekannt hatte, würde sie so nennen. Es war eine altmodische, respektvolle Anrede. Ein Dienstbote hätte vielleicht eine junge Dame so genannt. War Meggy ein Dienstmädchen in Colonsay gewesen?

Vielleicht wusste Enderby etwas darüber.

Der Absatz darüber, dass Ada hoffte, Meggy würde verhungern, klang sehr unangenehm nach Rosamunds Großmutter. Sie hatte nie einen Sinn für die Armen und Unglücklichen dieser Welt gehabt. Der Rest des Briefs überstieg Rosamunds Verständnis. Wieso hätte Meggy Geld von »Schmierblättern« bekommen können? Was konnte sie denen erzählen? Wusste sie etwas von einer politischen Affäre? Kannte sie ein Geheimnis, mit dem sie Ada erpressen konnte? Und was hatte sie bisher davon abgehalten, genau das zu tun – abgesehen von Jonahs Zimperlichkeit? Außerdem musste Ada gewusst haben, wo Jonah steckte. Irgendwie ergab das alles keinen Sinn.

Rosamund gähnte. Jetzt war sie müde und konnte schlafen. Sie packte alles wieder in den Karton, stellte den Schutzschirm vor den Kamin und ging ins Bett. Gerade als sie wegdämmern wollte, schoss ihr eine weitere unbeantwortete Frage durch den Sinn. Wer war überhaupt dieser Jonah?

Enderby Munro wohnte in einem Altersheim in Queenscliff, einer kleinen Stadt genau gegenüber von Colonsay auf der Bellarine-Halbinsel. In den 1880ern war dort wegen der strategisch günstigen Position an der Einfahrt in die Port Phillips Bay ein Fort direkt am Strand errichtet worden. Man hatte damals eine russische Invasion gefürchtet. Cosmo war unter den Freiwilligen gewesen, die sich dort einer militärischen Grundausbildung unterzogen. Diese Zeit in seinem Leben hatte seine Überzeugung gestärkt, dass Australien geeint und nach außen durch ein eigenes Heer verteidigt werden müsse.

In Queenscliff gab es eine ganze Reihe alter Hotels, die aus der viktorianischen Blütezeit der Stadt stammten, als es groß in Mode gewesen war, die Sommerfrische am Meer zu verbringen. Den Fähranleger gab es immer noch, aber heute waren die Fähren schlank und schnell. Kein Vergleich mehr mit den Raddampfern zu Cosmos Zeit.

Das Altersheim war kostspielig, hatte Gary erzählt, aber Enderby konnte es sich leisten. »Er ist jetzt fast schon zehn Jahre dort. Manchmal denke ich, ihm gehört das Haus, wenn ich höre, wie er das Personal herumkommandiert. Sie sind aber alle sehr nett und lassen ihn einfach machen.«

Es nieselte. Durch die Scheiben des Wagens beobachtete Rosamund ein paar Touristen in Regenmänteln und Gummistiefeln vor den Schaufenstern der Läden. Die Einheimischen waren vernünftiger und blieben zu Hause.

Weder Rosamund noch Gary hatten auf der Fahrt viel gesprochen. Gary schien seinen eigenen Gedanken nachzuhängen, und Rosamund beschäftigten nach wie vor die Ausführungen von Graham Peel-Johnson. Wenn Mark ihr Colonsay nahm, was blieb ihr dann noch?

Gary bog in eine ruhige Straße ein und hielt vor einem großen Haus mit einer riesigen Veranda. *Waterside Home* verkündete ein Schild am Eingang.

»Alles in Ordnung?« Gary sah sie an.

Sie wich seinem Blick aus. »Mark hat mir gestern einen Anwalt vorbeigeschickt. Er will, dass ich eine Vereinbarung unterzeichne.«

»Was für eine Vereinbarung?«

»Für den Fall einer Scheidung. Um sein Vermögen zu schützen.«

Gary lachte ungläubig. »Ist das legal?«

»Keine Ahnung. Er will Colonsay behalten.«

»Wirst du das zulassen?«

Nun schaute sie ihm ins Gesicht. »Was glaubst du?«

Er grinste. »Tja, nun … Ich frage mich, ob du dich nicht

glücklich schätzen würdest, wenn du es los bist. Nach allem, was vorgefallen ist.«

Langsam schüttelte sie den Kopf. »Nein, überhaupt nicht. Und nicht nur, weil ich sonst nicht wüsste, wohin ich gehen sollte. Ich habe mich verändert, Gary. Du hast keine Ahnung, wie mein Leben in den letzten Jahren an Marks Seite ausgesehen hat. Ich war ein Nichts. Colonsay hat meinem Leben einen Sinn gegeben. Ich fühle mich wieder lebendig.«

»Dann musst du gegen ihn antreten. Mach ihn nieder! Ich werde dir dabei helfen.«

Sie wandte sich ihm zu. »Willst du das wirklich machen?«

»Das weißt du doch, Rose.« Er tippte ihr sanft auf die Schulter. »Und jetzt komm und vergiss Mark. Lass uns lieber hören, was Enderby zu erzählen hat.«

Eine Pflegerin öffnete ihnen die Tür und brachte sie in den Wintergarten, der früher einmal eine offene Veranda gewesen war und nun die winterlichen Sonnenstrahlen einfangen sollte. Doch heute kam die einzige Wärme dort aus einem Heizlüfter, der auf vollen Touren lief. Die Bewohner lagen in Liegestühlen, als wären sie Kreuzfahrtteilnehmer auf einem Luxusliner.

Eine alte Dame mit sorgfältig frisiertem Haar nickte ihnen zu, als sie an ihr vorbeigingen. »Schreckliches Wetter«, meinte sie. »Aber man muss eben das Beste daraus machen.«

Als ob sie im Hotel wäre und nicht im Altersheim, dachte Rosamund.

Enderby saß direkt am Fenster; sein Stuhl stand zwischen der Scheibe und einem großen Farn. Er trug einen grünen Pullover und hatte einen Buckel. Dadurch wirkte er, wie er sie so von unten herauf ansah, unter den grünen Farnwedeln auf Rosamund wie eine große schwarzäugige Raupe.

Sie war nervös. Enderby mochte verknitterter und krummer aussehen als früher, aber sie hätte diese klugen Knopfaugen überall wiedererkannt. Ohne zu blinzeln, starrte er ihr und Gary entgegen, als sie näher kamen.

»Rosie«, rief er und lächelte, sodass seine falschen weißen Zähne blitzten.

»Enderby.« Sie beugte sich zu ihm hinunter und küsste ihn auf die Wange.

»Gary.« Die schwarzen Augen hefteten sich auf seinen Enkel.

»Du schaust super aus.« Gary zog zwei Stühle heran und stellte sie vor den alten Herrn. Vor dem Fenster plätscherte der Regen trostlos auf die Pflanzen in dem üppigen Garten herab.

»Kann mich nicht beklagen.« Enderby wandte sich nach der kurzen Begrüßung gleich wieder Rosamund zu. »Du gleichst deiner Großmutter sehr, Rosie. Der Mund und die Augen vor allem. Deine Frisur ist natürlich anders. War in ihren jungen Jahren eine sehr schöne Frau, die Ada. Was für eine Schande, dass sie nie rausgekommen ist oder was unternommen hat. So eine Verschwendung.« Er schüttelte den Kopf.

»Sie sah das wohl anders.« Rosamund wählte ihre Worte vorsichtig. »Colonsay und die Cunninghams waren ihr Leben.«

»Und du«, korrigierte er sie sofort.

»Ich rangierte ziemlich weit hinter den beiden ersten Dingen.«

»Sie hat dich sehr geliebt, Rosie. Hat ihr Bestes gegeben. Ich behaupte jetzt nicht, ihr Bestes wäre immer das Richtige gewesen – sie war einfach nicht der mütterliche Typ. Darunter hat sie selbst am meisten gelitten. Sie hat einen Schaden davongetragen oder wie sie das heute nennen. Schien ziemlich unwahrscheinlich, dass aus ihr die perfekte Großmutter werden würde. Und du warst ein schwieriges Mädchen, kleine Rosie. Trotzig und verschlossen. Manchmal denke ich, du hast ihr Angst gemacht.«

Das alles klang, als würde er über jemand anderen reden. Rosamund versuchte sich in der Beschreibung des trotzigen und verschlossenen Kindes wiederzuerkennen. Vergeblich. Es war zu lange her, und sie hatte sich verändert.

»Wusstest du von den Stimmen, die ich als Kind gehört habe?«, fragte sie übergangslos.

Der Ausdruck der schwarzen Augen veränderte sich nicht. »Ich glaube nicht an solchen Mist, hat also keinen Zweck, mich zu fragen.«

Eins zu null für Enderby.

»Sie ist nicht an Grippe gestorben, weißt du«, sagte er dann.

»Ah ja?« Sie hatte keine Ahnung, worüber er sprach, und lächelte aufgesetzt.

»Ambrosine«, murmelte Gary ihr hilfreich ins Ohr.

»Wurde natürlich alles vertuscht«, fuhr Enderby fort. »Musste ja sein. War ein wichtiger Mann, Nationalheld. Hatte auch viele wichtige Freunde, die dafür sorgten, dass auf den Namen kein Schatten fiel. Die Wahrheit ist nie ans Tageslicht gekommen. Aber Ada wusste es. Das war das Geheimnis, das sie in Colonsay hielt. Sie war Colonsay verpflichtet und Colonsay ihr.«

»Ich verstehe kein Wort.« Rosamund beugte sich näher zu ihm hin. »Was wurde vertuscht?«

Enderby schenkte ihr ein strahlendes Lächeln. »Gary weiß es. Richtig, Gary?«

Gary warf ihm einen Seitenblick zu. »Ich weiß, was du immer erzählt hast. Aber ich habe nie wirklich daran geglaubt.«

»Wolltest nie wirklich daran glauben, meinst du wohl. Los, sag es ihr.« Seine Stimme wurde lauter. »Erzähl ihr alles. Alles!«

Die anderen Bewohner blickten in Enderbys Richtung, was er jedoch einfach ignorierte. Wäre er in der Lage gewesen, vor Aufregung in seinem Stuhl auf und nieder zu hüpfen, hätte er es getan. Es sah aus, als zuckte sein ganzer Körper.

Gary seufzte und sah Rosamund entschuldigend an. »Enderby glaubt, Cosmo hätte zuerst Ambrosine umgebracht und sich dann selbst gerichtet.«

Rosamund wusste nicht, ob sie lachen oder weinen sollte. Sie hatte so hohe Erwartungen in diesen Besuch gesetzt – und jetzt das! Was für ein lächerliches Hirngespinst!

»Es ist wahr«, sagte Enderby sanft. Er beobachtete sie mit glänzenden Augen. »Wurde alles vertuscht. Stell dir vor, wie ein solcher Skandal den guten Namen Cunningham in den Schmutz gezogen hätte. Deine Großmutter hat die Gründe für das Vertuschen nie infrage gestellt. Sie hätte alles getan, um dem Familiennamen einen Makel zu ersparen.«

»Aber wie konnte Großmutter Ada überhaupt davon wissen?« Rosamund klang ungläubig und verärgert. »Sie war ein Kind, als ihre Eltern starben.«

Enderby beugte sich noch weiter vor. »Sie war dort. Auch wenn sie noch ein Kind war. Kinder sehen und verstehen mehr, als die meisten Erwachsenen sich vorstellen können. Und es ist nicht sehr wahrscheinlich, dass Ada vergessen konnte, was geschehen war. Ihr Vater hatte ihre Mutter ermordet und anschließend sich selbst umgebracht. Plötzlich war sie eine Waise, einsam, der Fürsorge fremder Leute überlassen. Nein, es war sehr unwahrscheinlich, dass Ada je vergessen könnte, was damals geschehen war.«

Er wartete, bis Rosamund das Gehörte verarbeitet hatte, bevor er fortfuhr. »Eine Zeit lang wollte sie die Lüge sogar glauben, das wäre einfacher gewesen. Eine große Liebe, ein tragisches Ende. Alles, nur nicht die Wahrheit ans Licht kommen lassen. Ich glaube, irgendwie hoffte sie, dass sie vielleicht als Kind etwas missverstanden hätte. Sie bat mich, die Geschichte für sie zu überprüfen, und wusste, dass sie mir vertrauen konnte. Ich habe Fakten überprüft, mit Leuten gesprochen und genug herausgefunden, um ihre Erinnerungen zu bestätigen.«

Für einen Augenblick wirkte Enderby traurig. »Schätze, ich hätte ihr was vormachen können. Sie wäre erleichtert gewesen. Aber Ada hätte das nicht gewollt. Sie war stark genug, um sich der Vergangenheit zu stellen. Also habe ich ihr die ungeschminkte Wahrheit erzählt. Und dir werde ich sie jetzt auch sagen, Rosie. Bist du aus dem gleichen Holz geschnitzt wie deine Großmutter? Oder gehörst du zu diesen schwachen jungen Frauen, die allen Unannehmlichkeiten aus dem Weg gehen?«

Rosamund wischte die letzte Bemerkung mit einer Handbewegung vom Tisch. »Aber die Geschichte ist doch allgemein bekannt. Ambrosine starb in den Armen ihres Ehemannes an Grippe, und kurz darauf segelte Cosmo hinaus in sein feuchtes Grab. Jeder weiß das.«

Enderby schenkte ihr einen beinahe mitleidigen Blick. »Genau.«

»Ich kann es einfach nicht glauben«, wiederholte Rosamund. »Die Vorstellung ist so … ungeheuerlich. Enderby, wissen Sie, was Sie da behaupten? Können Sie irgendetwas davon beweisen?«

»Natürlich.« Er schenkte seinem Enkel einen amüsierten Seitenblick. »Geh und hol das Album aus meinem Zimmer. Die Nummer zwei.«

Gary erhob sich gehorsam.

»Wie viele dieser Alben gibt es?«, fragte Rosamund, um die Unterhaltung auf normale Themen zu lenken. Ihr Weltbild drohte jeden Augenblick tiefe Risse zu bekommen.

»Fünfzehn, nach der letzten Zählung. Natürlich hat dein Ehemann zuletzt auch ein paar Seiten gefüllt, obwohl er kein Cunningham ist, sondern nur eine solche geheiratet hat.«

Sie mochte den abschätzenden Blick nicht, den er ihr zuwarf, und schwieg lieber. Der Zustand ihrer Ehe ging Enderby nichts an.

»Ich begreife das nicht«, meinte sie mehr zu sich selbst. »Wenn auch nur ein Körnchen Wahrheit in dem steckt, was Sie behaupten, wie konnte dann alles so lange geheim bleiben?«

»Das war nicht schwierig. Wie viele Leute mussten denn zum Schweigen gebracht werden? Ada war ein Kind und zählte nicht. In jenen Tagen hatten Kinder nichts zu sagen. Die Dienstboten? Die bekamen Geld und wurden genötigt, sich in einer anderen Gegend anzusiedeln. Und wenn sie später etwas ausplauderten, wer würde ihnen schon glauben? Vielleicht waren sie sowieso zu entsetzt und zu ängstlich zum Reden. Es war eine Angelegenheit von nationaler Bedeutung, und die Leute taten damals in der Regel, was die Obrigkeit sie zu tun anwies. Sie schütteten ihr Herz nicht dem erstbesten Zeitungsfritzen aus, der ihren Weg kreuzte.«

Rosamund blickte ihn scharf an. »Hätte sich später die Klatschpresse noch dafür interessiert? In den 1920ern?«

Enderby gackerte. »Na, was glaubst du denn?«

Gary schlängelte sich durch die Liegestuhlreihen und sah sie fragend an, als er sich setzte. »Da ist es. Nummer zwei.«

Enderby nahm das prall gefüllte Album an sich. Es handelte sich dabei um einen Aktenordner, in dem jede Menge Plastikhüllen abgeheftet waren. Enderby schlug ihn auf, und Rosamund sah, dass die Plastikhüllen Zeitungsausschnitte, Fotokopien und Briefe enthielten. In einer steckte eine zerfledderte Einladung zu einem festlichen Abendessen in Colonsay. Bei alldem handelte es sich um das Ergebnis von Enderbys Nachforschungen über die Umtriebe der Familie Cunningham.

Vorsichtig und mit steifen Fingern wendete Enderby die Seiten um. Das dauerte seine Zeit, aber niemand sagte etwas. Ungefähr in der Mitte des Ordners hielt er inne, las etwas langsam und sorgfältig. Ein Lächeln erschien auf seinem Gesicht. Er drehte das Dokument zu Rosamund um. »Was hältst du davon?«

Das Schreiben trug einen offiziellen Regierungsbriefkopf, und die Unterschrift darunter gehörte zu einem in den 1950ern bekannten Politiker, der Rosamund ein Begriff war. Darin wurde dem von Ada beauftragten Enderby beschieden, dass Einzelheiten der betreffenden Angelegenheit bis 2050 unter Verschluss blieben, da sie der höchsten Geheimhaltungsstufe unterlagen. Nicht einmal Cosmo Cunninghams Tochter Ada wurde Einblick in die Akten gewährt.

»Das kann alles Mögliche bedeuten«, meinte Rosamund stur. »Belange der nationalen Sicherheit, ein Kuhhandel mit einer ausländischen Regierung, in den Cosmo verstrickt gewesen ist, Geheimverhandlungen – irgend so etwas. Was soll das beweisen?«

Sie protestierte zwar, aber ihr Magen zog sich schmerzhaft

zusammen. Erinnerungsfetzen und unzusammenhängende Sätze kamen ihr in den Sinn. Das Blut an den Wänden des zweiten Zimmers. Zephyr, die von Gewalttaten sprach. Das Geistwesen, das durch sie gesprochen hatte. Und der Brief der geheimnisvollen Meggy aus der letzten Nacht.

»Ich stimme dir zu«, sagte Gary und gab das Schreiben zurück. »Das ist viel zu vage, um mit Bestimmtheit zu sagen, um was es geht. Es könnte sich auch um eine Erfindung auf dem Gebiet der Abwassertechnik handeln.«

»Sei nicht albern«, grummelte Enderby.

»Und warum sollte Cosmo seine Frau ermorden?«, fuhr Gary fort. »Sie war sein Augenstern, oder etwa nicht? Schön und elegant. Warum sollte er erst sie und dann sich selbst umbringen? Willst du vielleicht behaupten, er sei in der ganzen Zeit nicht recht bei Sinnen gewesen, in der er half, die Verfassung auszuarbeiten? Und dass das der Grund dafür war, alles zu vertuschen, weil die Leute nicht glauben sollten, einer ihrer Verfassungsväter wäre ein Irrer gewesen?«

Enderby wirkte beeindruckt. »Ja, das behaupte ich. Der Skandal hätte die gerade erst vereidigte Regierung des noch jungen Staatenbundes in Verruf gebracht. Du hast bei dieser Zeitung wohl die ganze Zeit nur gesoffen, mein Junge.«

Gary errötete. »Du hast meine erste Frage nicht beantwortet«, entgegnete er verärgert.

»Habe ich nicht? Worum ging es noch mal? Ach ja, warum Cosmo seine Frau ermorden sollte. Wahrscheinlich aus den bekannten Gründen. Sie hatte eine Affäre, denke ich.«

Das war durchaus möglich. Ambrosine, die junge Schönheit, und Cosmo, der ältere Gatte, der sie anbetete. Der eifersüchtige ältere Gatte. Der entdeckt, dass sie ihn betrügt und zuschlägt. Rosamund lief es kalt den Rücken hinunter.

»Ich fange an, es für möglich zu halten«, sagte sie erschüttert.

»Das schafft Enderby meistens«, lautete Garys lakonische Antwort.

Der alte Mann schnappte sich den Ordner und klappte ihn

energisch zu. »Das stimmt alles, glaubt mir. Ich habe für die Regierung gearbeitet und so manches gehört. Eine Menge Leute haben mir etwas erzählt, auch wenn sie das nie schriftlich bestätigen würden. Aber ich kann nach bestem Wissen und Gewissen behaupten, dass das, was ich euch erzählt habe, die Wahrheit ist. Deine Großmutter hat viel mit mir gesprochen. Ich war der Einzige, dem sie vertraute. Und als letzte Cunningham hast du meiner Ansicht nach das Recht, die ganze Wahrheit zu kennen.«

Rosamund holte tief Luft. »Also, ich muss erst einmal über alles nachdenken.«

Gary erhob sich. »Wir sollten gehen.« Er bedachte Enderby mit einem nicht ganz ernsten Blick. »Mein Großvater braucht Ruhe.«

Enderby kicherte. »Werde ein paar Leute über den Tisch ziehen«, kündigte er an. »Gestern habe ich Mrs Bowen fünf Dollar abgenommen. Sie hat Alzheimer und vergisst immer, was Trumpf ist.«

Du meine Güte, was für ein hinterlistiger alter Mann, dachte Rosamund.

Enderby plinkerte sie von unten herauf durchdringend an, als sie sich verabschiedete. »Du solltest dir das Porträt von Ambrosine ansehen, das in der Nationalgalerie hängt«, sagte er. »Bevor du das nicht gesehen hast, wirst du nichts begreifen.«

»Ich habe Fotos von ihr gesehen.«

»Fotos! Du sollst das Porträt anschauen. Gemalt von Henry Marling, einem wichtigen Mann in jenen Tagen. Dann wirst du wissen, was ich meine, Rosie.«

Sie gingen zurück zum Eingang. In einem der anderen Zimmer lief in voller Lautstärke eine beliebte Seifenoper im Fernsehen. Gary nahm Rosamunds Arm, als sie dem Pfad aus nassen Betonplatten zum Auto folgten. Der Nieselregen fühlte sich erfrischend auf Rosamunds Haut an. Wie ein Kind hob sie ihr Gesicht dem Regen entgegen und streckte die Zunge heraus.

Gary lachte. »Was hat Enderby mit dir angestellt?«

Rosamund lächelte, aber sie war zu ernst, um auf seine Scherze einzugehen. »Hast du das wirklich schon alles gewusst? Warum hast du mir nichts davon erzählt?«

Er schien sich unbehaglich zu fühlen. »Enderby hat davon erzählt, aber ich konnte es nicht glauben. Ich wollte es nicht glauben. Du weißt, wie ich zu Colonsay stehe. Und außerdem wollte ich dir nach allem, was passiert war, nicht irgendwelche wilden Geschichten erzählen, die sich dann am Ende vielleicht als Lüge erweisen. Du musstest es selbst von ihm hören.«

»Was für einen Posten hatte Enderby denn bei der Regierung? Ich kann mich nicht erinnern, dass ich seinen Namen irgendwo gelesen hätte.«

»Ich weiß es nicht genau. Er hat ein paar Andeutungen gemacht, dass er zu den führenden Geheimdienstleuten gehörte. Er behauptet, immer noch der Geheimhaltungsverpflichtung zu unterliegen.«

»Er war beim australischen Geheimdienst? Das glaubst du doch selbst nicht! Enderby?«

»Tja, zumindest bei einem Vorläufer unseres ASIO.«

Sie lachten gezwungen.

»Du bist Journalist«, sprach Rosamund weiter, als sie beim Auto angelangt waren. »Würdest du Recherchen für diese Geschichte machen, wenn du noch bei einer Zeitung beschäftigt wärst?«

Gary schloss die Autotür auf. Sie stiegen ein. Er antwortete erst, als er die Heizung angestellt und die Lüftung auf volle Touren gebracht hatte. »Ich würde sie überprüfen. Mit Hilfe meiner Kontakte zu staatlichen Stellen. Ja, ich würde recherchieren.«

Rosamund seufzte tief auf. »Dann fangen wir am besten gleich damit an.«

***

Alice stand vor der Tür zur Bibliothek. Drinnen hörte sie das rhythmische Klatschen eines Ledergürtels auf nacktem Fleisch.

Ihr war schon ganz übel davon. Bei jedem Schlag bekam sie Gänsehaut, und es würgte sie. Sie hatte keine Angst um sich selbst, denn sie hatte solche Prügel schon überstanden. Aber sie hatte Angst um Bertie und davor, was danach geschehen würde.

Die Tür öffnete sich. Cosmo füllte den ganzen Türrahmen mit seiner massigen Gestalt. Sein rotes, wütendes Gesicht wurde von seinem grauen Haar noch betont. Seine Augen blickten stählern. Bertie drückte sich an ihm vorbei, den Kopf gesenkt. Doch Alice konnte die Schmutzspuren in seinem Gesicht sehen, die die Tränen hinterlassen hatten. Er sah sie nicht an und schien sich völlig in sich zurückgezogen zu haben.

»Morgen fährst du in die Schule zurück«, dröhnte Cosmos Stimme durch den Flur. »Und du wirst bis Weihnachten dort bleiben.«

Alice hatte eigentlich aufbegehren wollen, Cosmo um Vergebung bitten und die Schuld auf sich nehmen wollen. Aber ihr Mut ließ sie im Stich. Es war, als hätte sie einen Knebel verschluckt – sie brachte keinen Laut heraus.

»Alice!«

Sie folgte seinem Kommando, betrat den Raum und schloss die Tür hinter sich. Ambrosine saß auf einem der Ledersessel am Kamin, mit bleichem Gesicht und wilden, tränenfeuchten Augen. Sie rang ihre langbefingerten Hände im Schoß, als wollte sie sie zu Knoten verschlingen.

Alice blickte von Ambrosine zu Cosmo hinüber. Er starrte sie an wie der Adler seine Beute – doch glimmte da nicht ein amüsierter Funke in seinem Blick?

»Was hast du dir bei dem Rendezvous mit meinem Sohn gedacht?«

Liebende haben ein Rendezvous, dachte Alice, und wollte es sofort abstreiten. Wir sind nur Freunde. Aber wieder ließ sie der Mut im Stich. Sie schwieg.

»Bertie ist ein Cunningham und muss endlich lernen, sich

auch so zu benehmen. Und ein Cunningham treibt sich nicht mit Dienstboden auf dem Dachboden herum. Oder bist du etwa anderer Ansicht, Alice?«

Sie schüttelte den Kopf.

Cosmo schritt hinüber zum Kamin, die Hände auf dem Rücken verschränkt. Sein Profil hob sich deutlich vom dunklen Holz der Kaminverkleidung ab. Der martialische Eindruck wurde durch das Veteranenschwert noch verstärkt, das hinter ihm an der Wand hing. Ambrosine hob ihren Blick und sah Alice an. Das Mädchen sah, wie sie schluckte. Es war, als ob sie dieselbe Redehemmung verspürte wie Alice.

»Cosmo, ich bin sicher, Alice war nicht klar …«

Cosmo blickte auf sie hernieder, und beim Anblick seines Gesichts blieben ihr die Worte im Hals stecken. »Du hast aus Bertie einen Weichling gemacht, ein Muttersöhnchen«, sagte er gefährlich leise. »Verteidige ihn nicht auch noch.«

»Ich verteidige ihn doch gar nicht. Ich … Alice ist ein gutes Mädchen, eine gute Dienstmagd. Ich kann nicht glauben, dass irgendetwas bei diesem Treffen passiert ist, was dein Missfallen erregen würde, Cosmo. Ada ist ein Kind, und Kinder verstehen manchmal nicht, was sie sehen.«

Ihre Hände zitterten, und sie drückte sie fest in ihrem Schoß zusammen. Alice sagte sich, dass Ambrosine sie nur verteidigte, weil sie keine andere Wahl hatte. Sie dachte, Alice würde mit der Wahrheit herausrücken, wenn sie es nicht täte.

»Ein gutes Mädchen, soso.« Cosmo nahm Alice Kinn mit seiner Hand und zog es nach oben, sodass er ihr ins Gesicht sehen konnte. Ihr Nacken war so weit nach hinten überstreckt, dass es wehtat, aber Alice gab keinen Laut von sich.

»Ja, ich sehe schon, sie ist ein gutes Mädchen. Aber sie hat kein Recht dazu, mit meinem Sohn auf dem Dachboden verdammte Weicheierspiele zu spielen! So lange er sich weigert, sich zu benehmen wie ein Mann, wird er nie einer werden.« Er ließ Alice' Kinn los, und sie senkte dankbar den Kopf. »Alice, ich werde dich nicht aus unseren Diensten entfernen. Ich schulde deinem Vater einfach zu viel. Aber ich werde dafür sorgen, dass du nie wieder mit meinem Sohn sprichst.«

»Jawohl, Sir.« Sogar jetzt leugnete sie es noch. Sie würde Bertie nie verraten, koste es, was es wolle.

Ambrosine schwieg, starrte auf ihre Hände und biss sich auf die Lippen. Sie war total nutzlos. Dumme Menschen wie Ambrosine waren wie Tiere. Sie mussten dazu gebracht werden, zu machen, was man ihnen sagte.

Nun, Alice hatte die Mittel dazu, genau das zu tun.

16

Rosamund nahm einen Schluck Tee und holte die Papiere aus Adas Schachtel. Sie hatte sich am Tisch in der Bibliothek niedergelassen, sobald sie von ihrem Besuch bei Enderby zurückgekehrt war. Gary hatte sie nach Hause gefahren und ihr das Versprechen abgenommen, am Abend mit ihm zum Essen auszugehen.

»Wenn es Kerry nichts ausmacht«, hatte sie als Bedingung festgelegt.

Kerry machte es überhaupt nichts aus, im Gegenteil. Sie wollte die Gelegenheit nutzen und ihre Schwester in Geelong besuchen. Rosamund war erleichtert und konnte dem Abend entspannt entgegensehen.

»Du brauchst ein bisschen Unterhaltung«, hatte Kerry mit betont harmlosem Gesichtsausdruck verkündet.

»Unterhaltung?«

»Ja, damit du auf andere Gedanken kommst.«

»Da hast du wahrscheinlich recht.«

»Mr Markovic hat wieder angerufen.«

Rosamund hatte sich gefragt, was er ihr wohl erzählt hatte. Es lag eine Zurückhaltung in ihrer Stimme, die es früher nicht gegeben hatte, wenn sie von Mark sprach. Was hatte er angestellt, das diesen Sturz vom Podest bewirkte?

»Hast du ihm erzählt, dass ich unterwegs bin?«

»Ja. Er möchte, dass du ihn zurückrufst. Er muss dringend mit dir reden.«

Rosamund hatte sich ein Lächeln abgerungen. »Das kann ich mir vorstellen. Aber ich kann dir auch sagen, dass ich nicht die Absicht habe, ihn zurückzurufen. Er will mir Colonsay wegnehmen und selbst hier residieren, als eine Art Cosmo

Cunningham des 21. Jahrhunderts residieren. Ich würde eher ein Bordell daraus machen, als das zuzulassen.«

Kerry hatte nach Luft geschnappt. »Lass das bloß nicht Frederick Swann hören, dann kommt er nicht wieder.«

Rosamund hatte sie überrascht angesehen. Stand Kerry am Ende auf ihrer Seite? Ein warmes Gefühl der Dankbarkeit durchströmte sie. Sie hatte nie viele Menschen auf ihrer Seite gehabt. Ihre »Freunde« bestanden aus ein paar alten Bekannten und oberflächlichen Beziehungen jüngeren Datums. Da war niemand dabei, auf den sie sich verlassen oder dem sie trauen konnte. Deshalb fühlte sich das hier gut an, sehr gut sogar.

»Danke.« Ihre Stimme hatte ernst geklungen.

Kerry, die sich allem Anschein nach unbehaglich fühlte, hatte weiter die Handtücher zusammengelegt. Der Augenblick war vorbeigegangen.

»Weißt du, dass Mark mir erzählt hat, ein Bordell sei eine gute Investition?«

»Was du nicht sagst.« Kerry hatte die Falten energisch glatt gestrichen.

Zeit, das Thema zu wechseln. »Ist der Hund aufgetaucht?«, hatte Rosamund in neutralem Tonfall gefragt.

»Das Futter war heute Morgen wieder verschwunden, aber ich habe ihn nicht gesehen.«

»Vielleicht mästen wir die Rattenpopulation in unserem Garten.« Rosamund hatte gezögert. Sie hätte Kerry zu gern gefragt, ob sie etwas von dieser Mord- und Selbstmord-Theorie wusste. Nun, es hatte keinen Zweck, darum herumzureden.

»Hat Großmutter jemals etwas von einem Mord auf Colonsay erzählt?«

Kerry hatte große Augen gemacht. »Du meine Güte, nein! Ein Mord auf Colonsay? Wer hat dir denn so was erzählt?« Ihre Augen hatten sich zu Schlitzen verengt. »Doch nicht etwa Enderby Munro? Ach, Rosamund, ich habe gehört, er sei in den letzten Jahren sehr seltsam geworden. Auf das, was er erzählt, würde ich jedenfalls nichts geben.«

»Ich wollte, das könnte ich«, hatte Rosamund geseufzt.

Dann hatte sie eine Tasse Tee mit in die Bibliothek genommen und gedachte nun, den Rest des Tages mit Adas Unterlagen zu verbringen. Vielleicht brachten Enderbys Offenbarungen ja neue Aspekte ans Licht. Sie war immer noch geneigt, die ganze Sache als das Hirngespinst eines Verrückten abzutun, wie Kerry es vorgeschlagen hatte. Aber vielleicht folgte sie damit nur ihrem eigenen Wunschdenken. Rosamund wusste einfach, dass sie Enderbys Aussagen überprüfen musste, so widerwärtig die Vorstellung auch sein mochte.

Die Fotos zu betrachten kam ihr mit einem Mal viel schmerzlicher vor. Ambrosine, die elegante Frau in ihrer modischen Kleidung im Stil der Zeit – war sie wirklich eines gewaltsamen Todes gestorben? Und Cosmo, der das Kinn vorreckte, wenn er lächelte – war er ein Mörder? Was hatte er gemacht? Danach hatte sie Enderby nicht gefragt. Hatte er sie erschossen oder erstochen? Sie im Affekt mit eigener Hand erschlagen? Rosamund klappte das Album energisch zu. Mit zitternden Händen trank sie den Rest ihres Tees.

Ihr Blick fiel auf den roten Terminkalender, und sie nahm ihn erneut zur Hand. Ihr lief es kalt den Rücken hinunter. »Sie sagt, sie hört Stimmen und eine Lady schreien … das Wissen um die Tragödie, die sich in diesem Haus abspielt, ohne dass ich davon etwas mitbekomme, ist für mich kaum zu ertragen. Was sie wohl hört? Ich habe sie gefragt, und sie glaubt, dass jemand sie beim Namen ruft. Doch ich weiß es besser. Es besteht keine Notwendigkeit, die Büchse der Pandora zu öffnen.«

Es war leicht, dachte Rosamund, diese Sätze als Bestätigung von Enderbys Theorie zu sehen.

Von diesem Standpunkt aus erschien auch Meggys Brief mit seinen Andeutungen und Hinweisen auf verborgene Geheimnisse in einem neuen Licht. Und noch etwas fiel Rosamund auf, was ihr beim ersten Lesen entgangen war: Meggy hatte an Ada geschrieben wie eine Dienstmagd an ihre Herrschaft, doch unterschwellig schwang im Ton des Briefes eine Drohung mit.

Sonst gab es jedoch nichts, was ihr Interesse erregt hätte. Ein paar Rechnungen für längst aussortierte Kleidungsstücke. Ein Brief der Historischen Gesellschaft wegen einer Gedenkfeier zu Cosmos fünfzigstem Todestag. Ein Gebetbuch, in dem die Lieblingsabschnitte mit dunkelroter Tinte markiert worden waren. Eine Quittung für ein paar handgenähte braune Männerreitstiefel über zehn Guineen, ausgestellt für Mrs Ambrosine Cunningham im Dezember 1900.

Rosamund lächelte, als sie das Papier glatt strich. Ein Weihnachtsgeschenk für Cosmo? Vielleicht waren das die Stiefel, mit denen er nach dem Totschlag an seiner Frau Colonsay verließ?

Schnell legte sie den Zettel auf die Seite und nahm das letzte Papier aus dem Karton. Es war eine Geburtstagskarte, die Rosamund vor langer Zeit aus rosa Pappe und gepressten Blumen gebastelt hatte. »Für Großmutter Ada. Die allerbesten Glückwünsche. In Liebe, Rosamund.«

Ein unerwartetes Gefühl stieg aus ihrem Unterbewusstsein empor, ein Gefühl der Freude. Ihre Kindheit in Colonsay war nicht nur unglücklich gewesen, es hatte auch gute Zeiten gegeben.

Rosamund saß in der aufkommenden Dunkelheit und gab sich den Gedanken an die Vergangenheit hin, bis sie sich an ihre Verabredung erinnerte. Sofort stürmte sie die Treppen hinauf, um sich umzuziehen.

Gary ging mit ihr in eine der Kneipen im Ort. Mit frisch gewaschenen Haaren fühlte sich Rosamund in ihrer dunklen Hose und der mitternachtsblauen Satinbluse ein bisschen unpassend angezogen, aber Garys Lächeln machte das wieder wett. Die Gaststube war laut und voller Rauch. Gary ergatterte einen Tisch in einer ruhigen Ecke. Er war gerade groß genug für den mit Pommes und Salat voll gehäuften Teller.

»Da geht sie hin, meine cholesterinarme Ernährung«, sagte Rosamund.

Die meisten Leute an der Bar schienen Gary zu kennen, und der eine oder andere kam herüber, um ein paar gut gelaunte Worte zu wechseln. Gary sorgte aber dafür, dass daraus keine lange Unterhaltung wurde. Rosamund bemerkte das mit freudiger Überraschung. Er wollte Zeit mit ihr verbringen, mit ihr ganz allein.

Gary trug Jeans und ein Jackett über seinem weißen Hemd. Zum wiederholten Mal stellte Rosamund fest, was für ein attraktiver Mann er war und wie humorvoll. Er unterschied sich so sehr von dem Jungen, den sie in ihrer Kindheit gekannt hatte, dass sie kaum glauben konnte, es handele um ein und dieselbe Person. Er ging hier auch ohne Probleme als Einheimischer durch, ganz im Gegensatz zu ihr. Obwohl Rosamund in der Gegend aufgewachsen war, hatte sie sich hier nie heimisch gefühlt. Sie hatte immer Abstand gehalten, teils aus eigenem Willen, teils auf Adas Betreiben hin. Wenn diese Mordgeschichte stimmte, könnte es etwas anderes als Snobismus gewesen sein, das Ada in die Isolation getrieben hatte.

»Schmeckt's?«

Rosamund sah auf, lächelte und versuchte, die düsteren Gedanken zu verdrängen. »Ja, danke.«

»Ich hatte daran gedacht, morgen nach Melbourne zu fahren. Frederick arbeitet nicht in Colonsay, und auf der anderen Baustelle braucht er mich nicht. Das wäre eine gute Gelegenheit, ein paar alte Kontakte aufzufrischen. Vielleicht finde ich Antworten auf ein paar unserer Fragen.«

»Kann ich mitkommen? Ich würde mir gern das Porträt ansehen, von dem dein Großvater gesprochen hat.«

Gary sah sie über seinen Teller hinweg an. »Das von Marling?«

»Ja. Ich habe einen Zeitungsausschnitt über Henry Marling in den alten Unterlagen gefunden, aber damals die Verbindung nicht erkannt. Er muss in Colonsay gewesen sein, um Ambrosine zu malen.«

»Muss er wohl.«

Die Schwarzweißfotografie eines gut aussehenden Mannes mit Schnurrbart kam Rosamund in den Sinn. Sie musste unbedingt mehr über diesen Henry Marling herausbekommen.

»Rosamund?«

»Alles in Ordnung. Ich finde es nur schwierig, mir vorzustellen, dass in Colonsay etwas so Schreckliches passiert sein soll. Und dass ich nie etwas davon gehört habe.«

»Vielleicht hast du ja etwas davon gehört. Was ist mit den Stimmen, damals, in deiner Kindheit?«

»Also glaubst du, Enderby hat recht? Du glaubst es wirklich, Gary, oder?«

Er lächelte freudlos. »Ich fürchte, ich habe es immer schon geglaubt. So ein Ereignis würde eine gewisse Stimmung hinterlassen, meinst du nicht? Schmerz und Furcht, Wut und Verzweiflung. Das könnte erklären, warum ich mich in Colonsay immer so schlecht gefühlt habe.«

»Du glaubst, das ist die Erklärung dafür? Dass alles, was uns in Colonsay wiederfahren ist, mit dem Tod von Ambrosine und Cosmo zusammenhängt? Dass das Haus diese Ereignisse gespeichert hat wie ein Festplattenrekorder und sie in einer Dauerschleife abspielt?«

»So in der Art. Warum sollten intensive Gefühle keinen spürbaren Eindruck hinterlassen können?«

Seit dem Beginn des Lärms hatten sie schon alle möglichen wilden Theorien entwickelt. Diese neue war genauso wahrscheinlich wie alle anderen.

»Zephyr erkannte sofort, dass es in Colonsay zu einer Gewalttat gekommen sein musste. Sie kann in meinem Unterbewusstsein nichts darüber gefunden haben, weil ich damals nichts wusste. Und in den Geschichtsbüchern steht auch nichts. Trotzdem hat sie es erkannt.«

Dieser Gedanke ließ beide für einen Moment schweigen.

Als Rosamund ihren Blick wieder durch den Raum schweifen ließ, spürte sie eine Veränderung in der Atmosphäre. Die Teller wurden abgeräumt, und Scheinwerfer erhellten eine kleine Bühne, die sich an der Wand neben der Bar befand. Ein Keyboarder installierte sein Instrument, entwirrte Kabel und steckte sie in die richtigen Dosen. Er war komplett schwarz gekleidet. Schwarze Jeans, schwarzes T-Shirt und schwarze Stiefel. Sein langes Haar war hinten zusammengebunden, und er hatte ein buntes Piratentuch um den Kopf gebunden.

»Hast du keinen Hunger?«

Rosamund sah auf ihren Teller und bemerkte, dass sie fast nichts gegessen hatte.

Sie lächelte Gary schwach an.

»Tut mir leid.«

»Mach dir nichts draus, ich bekomme auch nichts runter. Lass uns lieber die Show anschauen.«

Plötzlich fühlte sich Rosamund unbehaglich. Mach dich nicht lächerlich, wies sie sich zurecht. Das ist Gary. Er kennt dich und deine ganzen finsteren Geheimnisse schon lange. Er ist ein Freund, einfach ein guter Freund.

Ein Mann im Schaffellmantel war auf die Bühne gestiegen und hatte das Mikrofon übernommen. Seine Version von *I Honestly Love You* wurde von Buhrufen aus dem Publikum begleitet. Rosamund fühlte, wie es ihr eiskalt den Rücken hinunterlief.

Das war der Wettbewerb, von dem Gary ihr damals erzählte. Leute sangen etwas vor und bekamen einen Preis dafür. Das war ihm klar gewesen, bevor er sie hierher brachte. Oder hatte er sie genau deswegen mitgenommen? Rosamund wandte sich zu ihm um. Er beobachtete sie, suchte ihre Gedanken zu deuten. Sein Blick offenbarte eine Mischung aus Schuldgefühlen und Belustigung.

»Nein«, sagte sie fest.

»Keiner zwingt dich«, antwortete er sanft. »Ich halte es nur für eine unglaubliche Verschwendung, wenn eine Frau mit deinem Talent andere nicht an ihren Fähigkeiten teilhaben lässt.«

»Ich bin zu alt für ein Comeback«, entgegnete sie schnippisch. Ihre Standardantwort, wenn jemand sie an den Glanz längst vergangener Tage erinnerte.

Gary schien wenig beeindruckt. »Ach ja, richtig«, spottete er.

Der Lammfellmantel verließ die Bühne, und ein junges Mädchen nahm seinen Platz ein. Nervös und angetan mit viel zu engen Jeans versuchte sie sich ziemlich erfolgreich an *Wannabe*. Das Publikum bedachte sie mit freundlichem Applaus. Dann kam eine Frau mit einem breiten professionellen Lächeln. Sie lieferte eine Darbietung, neben der ihre Vorgänger sehr amateurhaft wirkten. Aber die Zuhörer mochten sie nicht, der Applaus kam eher halbherzig.

Gary neigte sich zu Rosamund hinüber. »Mach schon«, flüsterte er. »Ich werde nicht lachen. Keiner wird über dich lachen. Du hast das früher gut gekonnt. Also sing für mich, Rose.«

Sie fragte sich, ob er sich vorstellen konnte, was es sie kosten würde, aufzustehen und ihre Vergangenheit aufleben zu lassen.

»Ich kann nicht«, sagte sie mit einem halben Lachen. »Ich würde mich total zum Narren machen.«

»Nein, das würdest du nicht. Und wenn doch, kümmert das hier keinen.«

»Doch. Mich.«

»Rose, ich glaube trotzdem, du solltest es versuchen. Du musst einfach!«

Die Kehle wurde ihr eng, und sie schluckte. Sie fühlte sich ein wenig benommen, als hätte sie zu viel getrunken. In all den Jahren, seit sie Mark getroffen und mit dem Singen aufgehört hatte, war sie nicht ein einziges Mal auf die Bühne zurückgekehrt. Der Gedanke daran traf sie heftig, wie ein Schlag ins Gesicht. Sie wusste nicht, ob sie sich überwinden konnte.

»Gary …«

»Mach schon.«

Seine Hand umfasste die ihre und zog sie hoch. Dann stand sie auf und ging Richtung Bühne. Leute traten zur Seite, um sie durchzulassen. Sie erklomm die einzelne Stufe, die auf das

Podest führte, und stand neben dem Keyboarder. Er sah sie aus rot geränderten Augen an und lächelte.

»Rose Cunningham, hm? Gary sagte mir, du würdest *Grey Skies* singen. Super, ich habe dich immer gern gehört.«

Sie musste Ja gesagt haben, denn der Keyboarder verkündete auf einmal über das Mikrofon, dass sie die Ehre hätten, sie an diesem Abend als Stargast begrüßen zu dürfen. Dann hielt sie das Mikrofon in ihrer Hand, ein zugleich vertrautes und fremdes Gefühl. Rosamund hatte unzählige Male an Orten wie diesem gesungen, aber das schien unendlich lange her zu sein. Zu einer ganz anderen Zeit, in einem anderen Leben.

Ich mache einen Fehler, dachte sie. Ich werde ihnen sagen, es sei ein Scherz gewesen, und die Bühne verlassen.

Aber es war zu spät. Über die Lautsprecher ertönte bereits das langsame Intro von *Grey Skies,* wie leise und sanft auf ein Blechdach plätschernder Regen.

Irgendwie gelang es ihr, durch den dichten Rauch hindurch in der Ferne Garys blonden Haarschopf zu identifizieren und sich darauf zu konzentrieren. Die Musik umhüllte sie, und sie holte noch einmal tief Luft. Ihre Stimme klang tief und rauchig, und nach den ersten Tönen wurde es ruhig im Saal. Rosamund wusste, dass das manchmal wirklich so war und manchmal nur in ihrem Inneren. Doch eigentlich war ihr das egal.

Nach der ersten Strophe kam es ihr so vor, als sei eine lange tot Geglaubte wieder zu neuem Leben erweckt worden. Nach zwei Strophen schien es ihr, als hätte sie nie aufgehört zu singen. Ihr Herz öffnete sich der Musik, und dieses wunderbare Gefühl ließ ihr die Tränen aus den Augen strömen. Sie schloss die Lider, sperrte die begeisterten Gesichter und das bierselige Lächeln ihres Publikums aus. Nur sie und die Musik – so, wie es immer gewesen war.

Doch allzu bald ging der Augenblick vorüber und das Lied war zu Ende. Das Publikum applaudierte wild. Das war mehr, als sie erwartet hatte.

»Das war verdammt gut«, übertönte die raue Stimme des Keyboarders den Lärm der Menge.

Rosamund stieg wie im Traum von der Bühne hinab und schlängelte sich zwischen den Stühlen, Tischen und Beinen hindurch zu Gary. Hände griffen nach ihr, Stimmen beglückwünschten sie. Dann setzte wieder Musik ein, und ein Mann sang eine rockige Country-und-Western-Ballade. Die Menge pfiff und begann zu klatschen.

Rosamund setzte sich. Gary nahm ihre Hand und umschloss sie mit der seinen. »Du warst wunderbar«, hauchte er. »Mein Gott, was für eine Stimme.« Er ließ seinen Blick über das Publikum schweifen. »Die können gar nicht einordnen, was zu hören sie gerade die Ehre hatten.«

Sie merkte, dass er dachte, sie könnte enttäuscht über die Reaktionen sein, und versuchte, sie zu trösten. Wusste er nicht, dass das Publikum nichts damit zu tun hatte? Dass sie nur wegen dieses Gefühls in ihrem Herzen sang?

»Du bist wundervoll«, sagte er, als könnte er nicht anders. »Ich dachte, ich hätte geträumt damals, als ich dich in Melbourne singen hörte. Ich konnte nicht glauben, dass jemand so singen kann. Aber es war kein Traum.«

Rosamund spürte, wie der Zustand der Entrücktheit langsam nachließ. Zuerst empfand sie das Wiedereintauchen in die wirkliche Welt wie einen Faustschlag in den Magen. Sie war aufgestanden und hatte gesungen, hatte die Uhr zurückgedreht, hatte etwas getan, was Mark hasste – wieder einmal. Rosamund begann zu zittern und rang nach Luft. Garys Griff wurde fester, und sie klammerte sich an seine Hand wie an ein Bungee-Seil, an dem sie gerade dreißig Meter in die Tiefe gesprungen war.

»Ich kann nicht glauben, dass ich das wirklich gemacht habe.«

»Hast du aber. Und du hast es gut gemacht, sehr gut sogar. Meine Güte, Rose, du hast eine tolle Stimme. Ich habe eine richtige Gänsehaut bekommen.«

Sein Gesicht strahlte, und seine Augen glänzten. Er meinte alles genauso, wie er es sagte. Rosamund fühlte, wie ihr Selbstbewusstsein wuchs.

»Wenn du mich weiterhin so lobst, werde ich arrogant und unausstehlich.«

»Das kannst du ruhig versuchen.«

Sein Gesichtsausdruck verriet ihn. Verriet, was er für sie empfand. Verwirrt wandte Rosamund sich ab und starrte in Richtung Bühne. Gary bestellte ihr einen Drink, und sie kippte ihn in einem Zug hinunter. Der Alkohol sollte ihre aufgewühlten Gefühle dämpfen, tat es aber nicht. Sie war zu aufgekratzt. Wie ein ausgebüxter Hund, der ohne Leine losrannte, wohin seine Beine ihn trugen. Es kümmerte sie nicht, was passieren würde – sie genoss das Gefühl der Freiheit.

Sie warteten das Ende der Vorstellung ab, bevor sie das Lokal verließen. Die Luft draußen war schneidend kalt, weiße Atemwölkchen standen in der Luft. Gary legte seinen Arm um ihre Schultern, und Rosamund ließ es zu. Die anderen Gäste zerstreuten sich lachend und rufend. Ein Motor heulte auf, Türen schlugen, doch das alles berührte Rosamund nicht. Sie schritt mit Gary in schweigendem Einvernehmen dahin.

Er öffnete die Autotür und hielt sie auf. Als sie einsteigen wollte, neigte er sich zu ihr. »Rose.«

Seine Lippen fühlten sich warm an in der Kälte. Die Wärme, die während des Singens ihr Herz erfüllt hatte, strömte nun durch ihren Bauch in den Unterleib. Sie schob ihre Hände unter sein Jackett, schlang die Arme um seine Taille und presste sich gegen ihn. Die harte Wärme seines Körpers pulsierte durch die Kleidung an ihrem.

»Komm mit zu mir«, flüsterte er. Sein Atem kitzelte an ihrem Ohrläppchen.

»Ich kann Kerry nicht allein lassen.«

Er seufzte und rieb seine Wange zärtlich an ihrer. »Du weißt, was das bedeutet? Ich muss mit zu dir.«

Sie verstand, warum er darauf nicht gerade scharf war.

»Vielleicht solltest du das lieber nicht machen«, wisperte sie und begann, an seinem Ohr zu knabbern.

Er stöhnte, halb im Spaß und halb im Ernst. »Ach, Rose, ich werde es riskieren müssen.«

***

Bertie war abgereist. Alice hatte nicht gesehen, wie er abfuhr, dafür aber Meggy. Sie erzählte, er hätte müde gewirkt, wie er die Stufen hinunter und zur Kutsche hinüberstolperte, die ihn zum Bahnhof bringen sollte.

Meggy beäugte Alice unsicher, als ob sie sich über deren Reaktion nicht im Klaren wäre. Alice war seit dem Vorfall so still gewesen, und Meggy machte sich Sorgen deswegen. Sie wünschte sich, dass alles wieder so werden würde wie zuvor.

»Ich muss ihn zurückholen«, sagte Alice leise.

Meggy blieb das Lachen im Hals stecken. »Wie willst du das machen?«, schimpfte sie. »Jonah sagt, unser Herr will aus Bertie unbedingt einen Mann nach seinen Vorstellungen machen. Er sieht einfach nicht, dass Bertie nicht das Zeug dazu hat. Der kann oder will nicht so werden, sagt Jonah.«

Ihre Stimme verstummte, und Meggy zuckte mit den Schultern. Am besten war es wohl, Alice einfach in Ruhe zu lassen. Sie würde schon darüber hinwegkommen.

Alice aber hatte überhaupt nicht die Absicht, über die Sache hinwegzukommen. Sie schmiedete Pläne und wollte den ersten sofort in die Tat umsetzen. Meggys neugierigen Blick missachtend, verließ sie die Küche und ging auf ihr Zimmer.

Dort war es kalt, und die Luft war feucht. Die Köchin hatte ihr und Meggy erlaubt, ein kleines Feuer zu machen, aber das gab nur wenig Wärme ab. Kaum genug, um ihre Unterwäsche zu trocknen. Alice zog die rechte obere Schublade der Kommode auf, die sie sich mit Meggy teilte. Ihre Augen glitten über ihre wenigen Besitztümer, Taschentücher und den Rauchquarz. Unter Berties Brief lag versteckt der Knopf.

Sie legte ihn auf ihre Handfläche. Das Elfenbein mit der

Rosenschnitzerei war von der gleichen Farbe wie Berties Gesicht, als sie ihn zum letzten Mal gesehen hatte. Ihre Finger schlossen sich zur Faust. Entschlossen kniff Alice die Lippen zusammen.

Gestern in der Bibliothek hatte ihr Cosmo größere Angst eingejagt, als sie zugab. Der Boden, auf dem sie sonst so zuverlässig und sicher stand, hatte unter ihren Füßen geschwankt. Vielleicht war ihre Stellung auf Colonsay doch nicht so unantastbar, wie sie dachte. Doch trotz aller möglichen Konsequenzen wollte sie tun, was getan werden musste.

Für Bertie.

***

Colonsay hob sich als dunkler Schatten vor dem bewölkten Himmel ab. Nur aus dem seitlich gelegenen Küchenfenster fiel ein Lichtschein. Rosamund drehte ihren Schlüssel im Schloss und hörte das Klicken. Kerry musste zu Hause sein. Aus der Küche duftete es verführerisch. Auf dem Tisch stand ein Teller mit Kokosmakronen, daneben lag ein Zettel, der besagte, dass Kerry zu Bett gegangen war.

Rosamund lächelte Gary über ihre Schulter an. »Kaffee?«

Er schüttelte den Kopf. »Es geht auch ohne.«

»Dir geht es gut?«

»Vielleicht weil ich etwas Bestimmtes vorhabe.«

Sie legte den Zettel hin und bot ihm Makronen an. Gary kam auf sie zu, nahm jedoch kein Gebäck. Er nahm ihr sanft den Teller aus der Hand und stellte ihn auf den Tisch. Dann legte er seine Hände auf ihre Schultern und sah ihr aufmerksam ins Gesicht. Er gab ihr viel Zeit, sich abzuwenden, aber Rosamund wollte nicht. Der Kuss begann vorsichtig forschend, wurde dann fordernd und leidenschaftlich.

Gary legte einen Arm um ihre Taille, beugte sich vor und schob den anderen hinter ihren Knien vorbei. Als sie merkte, was er vorhatte, protestierte Rosamund. »Du wirst dir einen Bruch heben«, klagte sie und versuchte, nicht loszuprusten.

Aber er hob sie hoch, hielt sie fest in seinen Armen. Rosamund schlang ihrerseits einen Arm um seinen Hals und ergab sich in ihr Schicksal. Gary grinste sie an.

»Du bist so schön.«

Das sagte er an diesem Abend bereits zum zweiten Mal. Sie berührte seine Lippen mit ihren Fingerspitzen und fuhr an ihren Rändern entlang. »Gary.« Was sollte sie sagen? Ich bin keine gute Partie. Ich bin Marks Frau. Ich habe so viele Probleme zu lösen. Ich bin gerade erst dabei, mich auf meine eigenen Füße zu stellen ... Der Gedanke kam ihr in ihrer augenblicklichen Lage ziemlich komisch vor. Sie begann zu lachen.

»Hör auf, oder ich lasse dich fallen.«

Er trug sie zur Treppe und sah nach oben. Sein Gesichtsausdruck wurde gequält, und Rosamund versuchte sich, immer noch lachend, aus seinen Armen zu winden. »Es ist gut, mein Leibsklave. Ich werde selbst nach oben steigen.«

Sie nahm seine Hand und zog ihn hinter sich her, die Treppe hinauf.

***

Ambrosine war in ihrem Schlafzimmer. Alice klopfte an und öffnete die Tür. Es war dunkel und stickig im Zimmer. Weiße Blütenköpfe schienen wie Mottengeister über dem Beistelltisch zu schweben. Ambrosine lag auf ihrer Ottomane, ein mit Lavendelwasser getränktes Taschentuch über den Augen. Cleo ruhte zu ihren Füßen.

»Mrs Gibbons?« Ihre leise Stimme klang schlaftrunken und vom Laudanum gedämpft.

»Nein, Madam.«

»Alice?« Sie setzte sich unbeholfen auf, ganz ohne die übliche Anmut in ihrer Bewegung. Das Taschentuch fiel auf den Boden, was sie nicht zu bemerken schien. Blinzelnd blickte sie in Richtung der Silhouette an der Tür. »Was willst du?«

»Ich bin gekommen, um mit Ihnen zu sprechen, Madam.«

Ambrosine blinzelte erneut, und Alice sah, dass sie versuchte, einen klaren Gedanken zu fassen, dass sie versuchte, zu verstehen, worum es ging. Hass und Verachtung für diese schwache Frau erfüllten Alice. Anstatt für ihren Sohn zu kämpfen, versteckte sie sich in ihrem Zimmer und betäubte sich mit Mohnsaft. Nun, wenn sie nicht freiwillig kämpfte, würde Alice sie dazu bringen.

»Ich denke, du nimmst dir ein wenig zu viel heraus.« Ambrosines Stimme klang belegt.

Alice schloss ohne Erlaubnis die Tür hinter sich und ging auf die Ottomane zu. Cleo hob den Kopf und knurrte. Ambrosine richtete sich auf und schwang ihre Beine Richtung Boden, sodass ihre bestrumpften Füße auf dem Teppich ruhten. Ihr schönes Gesicht sah gequält und reglos aus. Es könnte zu einer Statue mit dem Titel *Die am Boden zerstörte Mutter* gehören, dachte Alice verächtlich. Ambrosine war eine talentierte Schauspielerin. Wenn sie sich wirklich um Bertie sorgte, hätte sie längst etwas unternommen.

»Was willst du?« Dieses Mal unternahm Ambrosine keinen Versuch mehr, den Abstand zwischen Herrin und Dienerin deutlich zu machen. Ambrosine klang verbittert und niedergeschlagen.

Als Alice näher kam, sah sie, dass die Augen der Frau geschwollen und vom Weinen gerötet waren.

Gut, dachte sie. Das freut mich.

Sie hielt ihre geöffnete Handfläche direkt unter Ambrosines Nase. Cleo knurrte wieder. Ambrosine zuckte etwas zurück, als ob sie einen Schlag erwartete, riss sich dann aber zusammen. Sie starrte auf den Knopf, schien ihn noch nie zuvor gesehen zu haben. »Was soll das sein?«, krächzte sie.

»Mr Marlings Knopf, Madam. Ich habe ihn hier drin gefunden, in diesem Zimmer. Wie ist er da wohl hingekommen, frage ich mich?«

»Ich weiß es nicht.« Sie schüttelte den Kopf, doch eher, um ihn klarzubekommen und weniger, um zu leugnen.

»Aber sicher wissen Sie das, Madam. Sie wissen es ganz genau. Sie und Mr Marling sind nicht nur einfach Freunde. Ich werde diesen Knopf Mr Cunningham zeigen. Dann werden wir sehen, was geschieht. Er wird mit dieser Angelegenheit umzugehen wissen. Ich werde ihn ihm zeigen, ganz bestimmt. Außer, Sie sorgen dafür, dass Bertie wieder nach Hause kommt.«

Es herrschte totale Stille, bis Ambrosine zu lachen begann. Verschreckt sprang Cleo von der Ottomane und kroch darunter.

»Mir ist ernst damit, Madam«, zischte Alice wütend. Ihre Hand zitterte so sehr, dass sie sich zurückziehen musste. Ihre Finger umschlossen den Elfenbeinknopf so fest, dass sich das Muster in ihre Haut drückte.

Ambrosine ließ den Kopf sinken und bedeckte ihr Gesicht mit den Händen. Ihre Schultern zuckten vor Lachen, sie schien nicht damit aufhören zu können. Alice war vor Wut ganz heiß geworden, und sie zitterte. Lauernd beobachtete sie, was geschah. Dass Ambrosine so reagieren könnte, hatte außerhalb ihres Vorstellungsvermögens gelegen.

Schließlich hob Ambrosine den Kopf. Ihr bleiches Gesicht war gerötet und Tränen liefen ihr über die Wangen. Ihre Lippen bebten. »Verschwinde, Alice«, sagte sie mit zitternder Stimme. »Du weißt nicht, was du da sagst. Verschwinde einfach. Und wenn du mir das nächste Mal ein solches Märchen auftischst, werde ich zu deinem Vater gehen und ihm erzählen, wie du dich benimmst. Er wird mir bestimmt zuhören, auch wenn mein Ehemann es nicht tun sollte.«

Alice zweifelte nicht daran, dass sie ihre Absicht in die Tat umsetzen würde.

Ambrosine hatte sich bereits abgewandt. Alice verließ das Zimmer, rannte den Gang hinunter und über die Haupttreppe Richtung Küche. Auf dem Garderobenständer neben dem Eingang hingen viele Hüte und Mäntel. Sie erhaschte einen Blick auf Berties Kreissäge.

Der Anblick durchbohrte ihr Herz wie ein spitzer Pfeil. Sie schrie auf. Ihr Fuß verfing sich in einer Teppichfalte, und Alice ließ sich fallen.

***

Rosamund stöhnte in der Dunkelheit, ihren Leib gegen seinen gepresst, mit dem Mund seine Lippen suchend, ihren Atem im Gleichklang mit seinem. Allmählich wurde ihr Puls langsamer, die Schweißtropfen auf ihrer Haut trockneten. Seine Finger strichen sanft über ihr Schlüsselbein.

»Rose«, flüsterte er. Das schien alles zu sagen. Sie lächelte und schloss die Augen. Zum ersten Mal seit vielen Jahren ruhte sie in sich, was sich angesichts der derzeitigen Turbulenzen in ihrem Leben seltsam anfühlte. Gary schlang seine Arme um ihre Taille, zog sie nah heran und seufzte zufrieden.

Rosamund kuschelte sich an seinen Körper. Sie ignorierte den leisen Zweifel, der an ihr nagte. Ihre Beziehung war noch jung, brauchte Zeit, sich zu entwickeln. Gary war ganz anders als Mark. Er hielt sie in den Armen, das schien ihm zu genügen.

Fast schon eingeschlafen, hörte sie ein leises Kratzen in der Nähe der Tür. Mäuse. »Verschwindet, ihr Mäuse«, murmelte sie schläfrig. Gary umfasste sie enger, sein Atem wärmte ihre Schulter.

Schön, dachte sie. Und schlief ein.

17

Alice' Kopf schmerzte.

Sie versuchte ihre Augen zu öffnen, aber es war zu hell.
»Alice? O Alice, du hast uns aber erschreckt!«

Die Stimme klang vertraut. Allmählich kam ihre Wahrnehmung zurück. Sie lag auf dem Sofa mit dem Knopfpolster, es roch nach Politur und Blumen. Man hatte sie in Ambrosines Empfangszimmer getragen.

»Wir haben nach dem Arzt geschickt«, fuhr die Stimme fort – Alice fiel ein, dass sie zu Adas Kindermädchen gehörte. »Bleib ruhig liegen, bis er da ist.«

Alice erinnerte sich verschwommen an ihren Sturz. In ihrem Kopf ging alles durcheinander, und das Nachdenken schmerzte zu sehr. Sie ließ sich treiben, genoss das seltene Gefühl des Nichtstuns und Herumliegens, während andere sich um sie sorgten. Fühlte Ambrosine sich so, wenn sie sich mit Kopfschmerzen in ihr Schlafzimmer zurückzog?

Es klopfte an der Tür, und leise Stimmen waren zu hören. Um sie herum ging das Leben im Haus weiter wie gewohnt, nur Alice war wie auf einer kleinen Insel dem Alltag entrückt worden.

Sie musste eingeschlafen sein. Als sie erwachte, beugte sich der Arzt über sie. Er hob ihre Augenlider an und blickte ihr tief in die Pupillen. Dann untersuchte er die Beule an ihrer Schläfe. »Es ist anscheinend kein irreparabler Schaden entstanden«, sagte er zu einer Person, die außerhalb von Alice' Blickfeld hinter ihm stand. »Trotzdem sollte man kein Risiko eingehen. Ich lasse etwas Medizin da, und sie sollte ein bis zwei Tage nur leichte Dinge essen. Nichts Scharfes und nichts, was den Blutfluss anregt.«

»Ja, Doktor.«

Mrs Gibbons. Sie blickte dem Arzt über die Schulter, ihr Vollmondgesicht war gerötet und sie schien aufgeregt. Überrascht fragte Alice sich, warum ihr kleiner Unfall die Frau so mitnahm. Sie konnte es kaum glauben.

»Leichte Arbeiten kann man ihr übertragen. Vielleicht wird sie ja nach den Ereignissen des heutigen Tages gebraucht.«

»Sicher, Sir.« Die Augen der Köchin füllten sich mit Tränen. Sie schnüffelte ein wenig und wischte sie mit dem Ärmel weg. »Der arme Junge, ach, der arme liebe Junge.«

»Aber, aber, Mrs Gibbons. Regen Sie sich nicht auf. Ihre Herrin braucht sie. Sie dürfen sie nicht enttäuschen.«

Sie nickte und zog ein letztes Mal das Wasser in der Nase hoch. »Ich weiß, Sir. Ich werde tun, was ich kann.«

»Gut, sehr gut.« Der Arzt wandte sich wieder Alice zu. »Tja, mein Mädchen, du hast einen ziemlichen Schlag abbekommen, aber du wirst dich wieder erholen. Bleib für heute im Bett. Ich gebe dir ein Mittel, das dir beim Schlafen hilft. Mund auf. Das war es auch schon.«

Die Medizin schmeckte sehr süß, aber Alice schluckte sie gehorsam hinunter. Sie versuchte zu verstehen, was geschehen war, aber die Gedanken brummten in ihrem Kopf wie ein Bienenschwarm durcheinander.

»Was ist geschehen?«, flüsterte sie und hörte verwundert, dass sie klang wie Mrs Gibbons, wenn sie zu viel von ihrem Kräutertonikum erwischt hatte.

Die Köchin bedachte sie mit einem bösen Blick. »Es ist alles deine Schuld, Alice. Wäre er heute Morgen nicht zurück zur Schule geschickt worden, dann könnte er noch am Leben sein.«

Angst durchzuckte sie. Das Zimmer begann sich um sie zu drehen.

»Mrs Gibbons!« Der Tonfall des Arztes war scharf, aber seine Augen ruhten warm und mitfühlend auf ihr. »Das war absolut unnötig und stimmt überdies nicht, Alice. Aber es ist richtig, dass wir schlechte Neuigkeiten haben. Ich weiß, sie werden dich genauso traurig machen wie uns alle. Bertie ist ums Leben gekommen. Er sprang während eines Halts vom Zug und wurde von einem zweiten erfasst.«

Alice versank in einem schwarzen Wirbel und glitt schließlich ins Nichts, als die Medizin ihre Wirkung tat.

***

Rosamund wälzte sich im Bett herum. Es war kalt. Garys Arm lag um ihre Mitte; sie schob sich vorsichtig darunter hervor. Er murmelte im Schlaf und drehte sich um. Sie fragte sich, ob sie ihn wecken und nach Hause schicken sollte. Der Gedanke an Kerrys Gesicht beim Frühstück stand gegen ihren Unwillen, das zu tun.

Durch das Kratzen an der Tür schreckte sie hoch. Waren das wirklich Mäuse? Das Geräusch klang in der Stille sehr laut. Nach kurzem Zögern stieg Rosamund aus dem Bett. Im Zimmer war es ziemlich hell durch das Mondlicht, das durch das Fenster fiel und ein Streifenmuster auf den Fußboden malte. Das leise Kratzen ging beharrlich weiter. Es hörte sich eher nach einem größeren Tier an.

Rosamund schlich über den blanken Boden Richtung Tür. Ihr Atem kam ihr ziemlich laut vor. Sie griff nach dem Türknopf und hielt die Luft an. Dann riss sie die Tür auf.

Ein kleiner Hund sah zu ihr auf, mit feuchten Augen, die im Mondlicht glänzten. Sein hellbraunes Fell war verfilzt, eine Schleife hing über einem Ohr. Rosamund schnappte nach Luft. Sie hatte das Tier offensichtlich erschreckt. Es drehte sich um und rannte in Richtung Treppe. Die Klauen klackerten auf den Holzdielen. Mit einem leisen Aufschrei setzte Rosamund ihm nach.

Hell schien der Mond durch die Buntglasfenster links und rechts der Eingangstür. Rosamund kam die Treppe hinunter und sah, wie der Hund unten schliddernd eine Kurve beschrieb und im rückwärtigen Teil des Hauses verschwand.

»Kommst du her«, rief sie mit klopfenden Herzen und schwer atmend. »Kommst du verdammt noch eins hierher!«

Sie erreichte den Flur und änderte, unter Zuhilfenahme des Treppenpfostens, ebenfalls ihre Laufrichtung. Die Eingangshalle lag leer und dunkel vor ihr. Kein Hund weit und breit.

Rosamund zögerte einen kurzen Augenblick. Es war kalt, und weiter hinten, wo das Mondlicht nicht hinreichte, war es auch ziemlich düster. Etwas in ihr mahnte zur Vorsicht, doch sie verdrängte den Gedanken. Der Hund war irgendwo hier unten. Er versteckte sich verängstigt und war ganz allein. Sie musste ihn finden, und wenn es das Letzte war, was sie tat.

Sie machte Licht und sah deutlich die Pfotenspuren im Staub auf dem Boden, die den Flur entlang nach hinten führten. Rosamund folgte ihnen schnell. »Hierher, Hundchen«, rief sie leise. »Komm her.«

Keine Antwort, kein Laut. Sie zögerte an der Tür des zweiten Hinterzimmers und sah, dass diese eine Handbreit offen stand. Überrascht hielt sie inne. Wie konnte das sein? Sie war sich sicher, dass sie sie hinter sich zugemacht hatte. War noch jemand in dem Zimmer gewesen? Sie lugte durch den Spalt. Die Dunkelheit drinnen wirkte grobkörnig, wie bei einem alten Schwarz-Weiß-Film. War der Hund dort verschwunden? Hatte er sich versteckt? Das ergäbe einen Sinn. Da kaum jemand das Zimmer betrat, wäre er dort sicher und ungestört. Nun gut, sie konnte ja einen Blick riskieren.

Nun pochte ihr Herz vernehmlich und schnell. Sie zögerte auf der Schwelle, als im Innern ein leises Kratzen wie von den Klauen eines Hundes ertönte. Beinahe hätte Rosamund vor Erleichterung laut aufgelacht.

»Kommst du her?«, rief sie möglichst vertrauenerweckend. »Komm her, Hundchen.«

Rosamund machte einen Schritt in das stockdunkle Zimmer. Der modrige Geruch erschien ihr erschreckend vertraut. Dann noch einen Schritt. Die Tür fiel hinter ihr zu.

Der Adrenalinstoß ließ sie einen Satz rückwärts machen, sie stolperte und stieß sich den Hüftknochen an einem harten Gegenstand. Der Schreibtisch. In ihrer Panik schlug sie sich zudem das Schienbein schmerzhaft an. Tränen schossen ihr in die Augen. Sie streckte ihre Hände vor sich aus, tastete nach der Tür und dem Türknopf. Ihre Finger umschlossen ihn fest und drehten. Doch die Tür öffnete sich keinen Millimeter. Rosamund stemmte ihre Füße in den Boden und zog mit aller Kraft.

Umsonst.

Ein Lufthauch regte sich in ihrem Rücken. Sie erstarrte vor Schreck. Mit einem leisen, erstickten Aufschrei drückte sie sich an das Holz der Tür. Da war der Blutgeruch wieder. So stark, dass ihr übel wurde. Ein Rascheln im Zimmer, in der Nähe des Fensters. Flüstern. Ein hallender Schlag wie von einem umgestoßenen Möbelstück. Ein Klatschen von einem Schlag mit der offenen Hand. Die furchterfüllte Stimme einer Frau, erst laut, dann plötzlich verstummend. Ein Mann stieß wütend und schmerzerfüllt einen Namen hervor. *Rosie.*

Stille. Alles durchdringende Furcht. Etwas war im Zimmer hinter ihr. Sie wusste es einfach. Eiskalter Schweiß lief ihr in Strömen den Rücken hinab. Der metallische Blutgeruch verschwand, wurde verdrängt vom ebenso entsetzlichen Duft verblühender Rosen.

Rosamund verspürte den Drang, sich umzudrehen, um es mit eigenen Augen zu sehen. Aber sie wusste, dass sie der Anblick um den Verstand bringen konnte. Sie schob die Hände nach oben, ihre Muskeln verweigerten fast den Dienst. Mit den Handflächen presste sie fest gegen die Tür. Deren Knarzen spielte keine Rolle. Sie drückte fester und begann zu schreien, ohne zu wissen, was. Getrieben von dem Drang, aus dem Zimmer zu entkommen.

Es kam Rosamund vor, als seien Stunden vergangen, während es in Wirklichkeit sicher nur ein paar Augenblicke gewesen waren. Dann wurde von der anderen Seite gegen die Tür gedrückt. Da war Kerrys Stimme und auch Garys. Plötzlich sprang die Tür auf und stieß Rosamund um. Sie fiel zwischen moderige Bücherstapel und alte Möbel, ihre ausgestreckte Hand knallte gegen den Schreibtisch.

Den Schmerz spürte sie kaum. Sie versuchte schluchzend, wieder Boden unter die Füße zu bekommen. In der offenen Tür erschienen zwei sorgenvolle Gesichter.

»O Gott, Rose!« Gary half ihr auf die Beine, presste sie gegen seine Brust.

»Rosamund.« Kerry klang entsetzt.

»Der Hund«, stieß Rosamund hervor. »Das Blut.« Sie stieß ein Winseln hervor und biss sich sofort auf die Lippen, um es zu unterdrücken. Gary hielt sie so fest umschlungen, dass sie kaum Luft bekam. Aber auch das genügte nicht, um die Erinnerung an das eben Geschehene auszulöschen.

Noch während sie sich von seiner Nähe tröstlich umhüllen ließ, wurde ihr klar, dass er ihr nicht dabei helfen konnte, das Rätsel um Colonsay zu lösen. Niemand konnte ihr dabei helfen, nur sie sich selbst.

***

Als Alice erwachte, war es dunkle Nacht. Sie lag lange Zeit ruhig da, ordnete ihre Gedanken, die in Unordnung geraten schienen wie ein auf dem Fußboden verstreutes Kartenspiel.

Im anderen Bett konnte Alice Meggys leisen Atem und ab und zu ein Schnarchen hören. Die Kommode war ein dunkler Schatten am Ende des Betts. In dem winzigen Ofen glühten noch Kohlen. Alice roch die Asche, und ihr wurde ein wenig übel.

Bertie ist tot.

Sie schob den Gedanken so schnell zur Seite, wie er aufgetaucht war. Draußen regte sich kein Laut. Es war, als ob die Welt aufgehört hätte zu existieren. Alice versuchte, sich den Garten und die Bäume vorzustellen, doch stattdessen kamen ihr Bilder von Bertie in den Sinn, der zerfetzt auf den Schienen der Eisenbahn lag. Ein wildes Schluchzen stieg in ihr auf, das sie gewaltsam zurückdrängte.

In weiter Ferne, irgendwo draußen in der Bucht, erklang eine Glocke. Nebel. Dichter, tief hängender Nebel.

Bertie ist tot.

Das Schluchzen kam zurück, und dieses Mal konnte sie es nicht zurückhalten. Es drängte so mächtig hervor, dass es sich noch verstärkte.

Meggy drehte sich um. Das Bett knarzte.

»Bertie ist tot«, flüsterte Alice vor sich hin.

Das konnte nicht sein! Was hatte Mrs Gibbons gesagt? Hätte Alice nicht dafür gesorgt, dass er wieder zur Schule zurück musste … Nein! Das durfte sie nicht denken. Wenn jemand für Berties Tod verantwortlich war, dann seine Mutter. Alice hatte alles versucht, damit sie etwas unternahm und Bertie zu Hause bleiben konnte. Umsonst. Ambrosine hatte nur gelacht. Gelacht!

Alice spürte den kalten Boden unter ihren Füßen, und ihr wurde klar, dass sie an der Tür stand. Wut und Verzweiflung verlangten nach Taten. Sie musste etwas unternehmen. Wenn sie im Bett liegen blieb, würde ihr Kummer sie umbringen. Wie Bertie.

Die Stufen wurden von der Lampe auf dem Treppenabsatz erhellt. Alice ging über die Stelle hinaus, an der sie vorhin gestürzt war. Es war sowieso alles egal, jetzt, da Bertie nicht mehr lebte.

Im Westflügel herrschte Stille. Ada schlief. Wusste und verstand sie überhaupt, was ihrem Bruder zugestoßen war? War ihr klar, wozu ihr Petzen geführt hatte? Die Fragen schossen so schnell durch ihren Kopf, dass für Antworten dazwischen keine Zeit blieb.

Hatte er den Zug nicht gehört oder gesehen? Und warum war er überhaupt auf die Gleise gegangen? Sie sah ihn vor sich, die kleine pummelige Gestalt, die dicken Brillengläser, das Blinzeln. Vielleicht hatte er geweint, wegen der vielen Monate, die er nicht nach Hause kommen würde. Vielleicht wollte er auch nur frische Luft schnappen.

Die Stufen zum Dachboden hatten in der Mitte eine Vertiefung von den vielen Füßen, die in all den Jahren über sie hinauf- und hinuntergestiegen waren. Oben angekommen, blieb Alice stehen und sah sich um.

Der ausgestopfte Pfau. Berties Geheimversteck. Seine Schatzkiste und sein Vogelbestimmungsbuch. Er musste es absichtlich vergessen haben. Hatte gewusst, dass er es nicht mehr brauchen würde. Aber woher sollte er von seinem Tod wissen?

Plötzlich ging ihr ein Licht auf. Es war, als ob Bertie direkt vor ihr stand und mit ihr sprach. Er hatte es gewusst, weil sein Tod geplant war. Er wollte lieber sterben, als an den Ort zurückzukehren, an dem er sich so unglücklich fühlte. Lieber das, als seiner Familie weiterhin Verdruss und Enttäuschungen zu bereiten.

In seinem Brief hatte er sich als klein und unscheinbar, als wertlos bezeichnet. So sah Bertie seinen Platz in der Welt der Cunninghams.

In ihrer Trauer und Wut nahm Alice das Buch und warf es durch den lang gestreckten Raum, so fest sie konnte. Es prallte von einer Wand ab. Das Geräusch des Aufpralls trieb sie zu weiteren Taten an. Völlig außer sich, ergriff sie einen kaputten Stuhl und warf ihn ebenfalls durch die Gegend. Er überschlug sich polternd und zerbrach in tausend Stücke.

Es gab viele Dinge, die sie werfen und zerbrechen konnte. Mit jedem Stück wallten die Gefühle in ihr auf wie Milch auf der heißen Herdplatte. Sie war froh, als sie endlich kamen, um nachzusehen, was diesen Lärm verursachte. Als sie sie dazu brachten, damit aufzuhören. Allein hätte sie das nicht gekonnt.

***

»Besser?«

Rosamund nickte. Sie saß in ihrem Bett, die Hände fest um eine Tasse mit heißem, süßem Tee gelegt, eine Steppdecke um die Schultern geschlungen und mit ein paar Kissen im Rücken. Kerry hatte den Tee gebracht und beobachtete Rosamund beunruhigt dabei, wie sie ihn trank. Gary hatte die Steppdecke und die Kissen herbeigeschafft. Er war zuständig für die notwendigen Streicheleinheiten und das Händchenhalten, von denen Rosamund fand, dass sie beides brauchte.

»Ich hätte nicht dort hinuntergehen sollen.« Sie versuchte, die ganze Angelegenheit ruhig und besonnen zu betrachten. An gewisse Dinge erinnerte sie sich besser nicht. Sie schauderte, und Gary tätschelte ihre Knie.

Kerry räusperte sich. »Vielleicht bist du schlafgewandelt«, meinte sie. »Oder du hast geträumt. Das Schlafwandeln, das hattest du schon als Kind. Erinnerst du dich? Wir haben dich dann immer dort unten gefunden.«

Rosamund und Gary starrten sie mit offenem Mund an. Kerry ging in Verteidigungshaltung. »Das ist doch nichts Ungewöhnliches. Viele Leute machen das.«

»Aber – in genau jenem Zimmer?« Rosamund brachte nur ein Flüstern zustande.

»Ja, da bin ich mir ganz sicher. Mrs Ada nannte es das Empfangszimmer, benutzte es aber nie. Es gehörte zu den Räumen ihrer Mutter.«

»Ihrer Mutter? Ambrosine? Dann ist es also dort geschehen.« Rosamund schüttelte ungläubig den Kopf. »Dort hat er sie umgebracht.«

Sie hob den Kopf und sah Gary an. Es war nun klar, dass ihre letzten Zweifel verschwunden waren.

»Willst du morgen immer noch nach Melbourne fahren?«, fragte er sanft.

Sie nickte. »Mehr denn je. Ich muss wissen, was damals passiert ist. Sonst kann ich hier nicht bleiben, und das ist es, was ich will. Hier leben, Gary. Nicht wie Ada zurückgezogen in die Vergangenheit. Ich brauche ein Colonsay, in dem Frieden herrscht. Und ich spüre, dass Colonsay selbst das auch so will.«

***

Mr Parkin war sehr wütend. Mira Parkin hatte ihre Tochter darauf vorbereitet, doch jetzt bekam Alice es mit voller Wucht zu spüren. Wenn er wütend war, wurde er bleich und ganz still und seine Augen glänzten wie Achat.

Sie wusste nicht, was Cosmo ihm mitgeteilt hatte, aber es musste ziemlich nah an die Wahrheit herankommen. Sie war die Treppe hinabgestürzt und dann auf dem Dachboden Amok gelaufen. Sie führten Letzteres auf Ersteres zurück und gingen davon aus, sie hätte kurzzeitig den Verstand verloren. Aber in den Augen ihres Vaters war solch ein undankbares und undiszipliniertes Verhalten für einen Dienstboten einfach unentschuldbar.

Mira zeigte hingegen Mitgefühl.

»Wie geht es deinem Kopf, Alice? Möchtest du noch etwas trinken? Hier, nimm.«

Überschattet wurde Alice' Fehlverhalten von Berties Tod. Sogar das Sonnenlicht hat seinen hellen Glanz verloren. Alice war sich sicher, dass die ganze Welt einen Trauerflor trug. Die Bevölkerung der Stadt benahm sich ebenso betroffen wie die Familie. Die Beerdigung war ein denkwürdiges Ereignis gewesen. Unzählige Trauergäste und Blumen kamen auf dem kleinen Friedhof zusammen, sodass der Platz nicht ausreichte und sich die Menschen auf der Straße und der angrenzende Weide zusammendrängten. Mira merkte nur etwas verbittert an, dass keiner von ihnen nach Colonsay zum Leichenschmaus gebeten worden war. Dieses Privileg wurde nur den Gästen aus Melbourne zuteil.

Alice war nicht dabei gewesen. Sie hatte das nicht gewollt. Für sie war Bertie vor langer Zeit gestorben. Der Junge, der nach Colonsay zurückkehrte, war nicht mehr Bertie gewesen. Jedenfalls nicht mehr der Bertie, den sie geliebt und gekannt hatte. Ihr Freund. Ambrosine war schuld an Berties Tod, nicht der Zug. Sie hatte in ihrer Selbstsucht und Blindheit gegenüber seiner Angst nichts getan, um seine Abreise zu verhindern. Seine Gefühle kümmerten sie nicht.

Manchmal stieg die Wut wieder in Alice auf, so wie in jener Nacht auf dem Dachboden. Doch nun konnte sie sich besser kontrollieren. Dieses Gefühl gehörte ihr allein. Für ihre Eltern war sie die alte Alice, unverändert, nur ein wenig blass im Gesicht.

Das wird dir noch leidtun, dachte sie jeden Morgen beim Aufstehen. Dafür werde ich sorgen.

Und sie wusste auch schon, wie sie das anstellen würde. Nur den richtigen Zeitpunkt, den musste sie noch abwarten.

***

Auf der Autobahn herrschte dichter Verkehr, sie konnten nicht viel miteinander sprechen. Gary konzentrierte sich aufs Autofahren, und Rosamund betrachtete die vorbeiziehende Landschaft.

Gegen zehn Uhr passierten sie die West Gate Bridge und erreichten das Stadtzentrum. Gary stellte den Wagen im Parkhaus an der Bourke Street ab. Rosamund fühlte sich vom Verkehrslärm und der dichten, vorwärtsdrängenden Menschenmenge wie betäubt. Sie war zwar nur relativ kurze Zeit in Colonsay gewesen, hatte sich aber an die ruhigere Gangart und ein Leben ohne Zeitnot gewöhnt. Der Wunsch, mit allem und jedem mithalten zu können, war in ihr erloschen.

»Ich muss mich mit ein paar Leuten treffen«, hatte Gary ihr erzählt. Sie würden sich trennen und dann gegen vier wieder treffen. Das ließ ihr genügend Zeit für die Nationalgalerie und das Porträt von Mr Marling.

»Markovic Hoch- und Tiefbau befindet sich dort die Straße runter.« Gary sagte das, als sie gerade die Straße bei einer Fußgängerampel überquerten.

Rosamund reagierte nicht.

»Vielleicht möchtest du ja deinen Mann besuchen.«

»Mark besuchen?« Machte er Witze oder wollte er ihre Gefühle auf die Probe stellen? »Nein, das möchte ich nicht.«

Er sah sie von der Seite an. Ihr Gesicht gab nichts preis.

Sie würde nicht über Mark mit ihm reden, nicht jetzt, nicht einmal nach der vergangenen Nacht.

»Okay, das war blöd von mir. Ich wollte dich nicht …«

Sie standen vor einer Buchhandlung. Er betrachtete die Auslage, ohne sie wirklich wahrzunehmen. In Anzug und Krawatte wirkte er auf sie wie ein Fremder. Rosamund wusste, dass sie in ihrem dunklem Kostüm für ihn genauso aussehen musste. Komisch, kaum hatten sie Colonsay verlassen, waren sie sich fremd. Bekam sie kalte Füße? Oder er? Verstohlen musterten sie gegenseitig ihre Spiegelbilder in der Fensterscheibe.

»Glaubst du, dass eines Tages da deine Bücher liegen werden?«, versuchte sie die Atmosphäre etwas aufzulockern. »Gary Munros neuester Bestseller?«

»Na klar.« Er brachte ein schiefes Lächeln zustande, doch seine Augen blieben ernst. Rosamund konnte kaum glauben, dass sie die letzte Nacht mit diesem Mann in einem Bett verbracht, mit ihm geschlafen hatte. Heute war er ihr fremd.

»Wovon handelt dein Buch?«

»Von Leben und Tod, vom Kampf um die Macht. Das Übliche eben.«

Wieder herrschte unbehagliches Schweigen.

»Ich bin um vier wieder hier«, sagte Gary dann.

»Okay.«

Er zögerte.

»Danke für die vergangene Nacht«, sagte sie schnell, bevor der Mut sie verließ. »Ich meine das Singen – und dass ich dir genug bedeute, dass du mich dazu gebracht hast.

»Ja, du bedeutest mir etwas.« Jetzt lächelte Gary richtig, und sofort blitzte sein gewohnt entspannter Charakter wieder auf. »Du bedeutest mir sogar sehr viel.«

»Du bedeutest mir auch viel.«

Sie lächelten einander im Fenster zu wie zwei Schwachsinnige. Dann beugte er sich zu ihr hinüber, küsste sie schnell auf ihre sorgfältig geschminkten Lippen und ging.

Rosamund sah ihm nach, bewunderte sein Aussehen. Ihre

Augen folgten ihm, bis er in der Menge der Menschen und Autos verschwunden war.

***

Alice beäugte Petershams rotberockten Rücken. Der alte Soldat stapfte die Straße Richtung Colonsay entlang, mit dem üblichen Blumenstrauß in seiner schwieligen Hand. Alice wunderte sich über seine Dummheit. Kümmerte sich die selbstsüchtige Ambrosine etwa um ihn oder überhaupt einen anderen Menschen?

Man erzählte sich, sie sei nach dem Tod ihres Sohnes erkrankt. Alice bezweifelte das jedoch. Cosmo, ebenfalls in tiefer Trauer, war zu den Parlamentssitzungen nach Melbourne zurückgekehrt. Seine Frau blieb in Colonsay zurück. Allein. Vielleicht hatte sie es darauf angelegt. Jedenfalls stattete ihr gerade Mr Marling einen Besuch ab.

Gestern war er in den Ort gekommen, um Alice zu besuchen. Er bezirzte Mira und überzeugte sogar Mr Parkin mit seinem Charme. Anscheinend konnten sogar Männer mit ausgefallenen Westen empfindsam sein. Er wollte Alice immer noch malen, und sie hatte sich überzeugen lassen. Mit schneller Hand zeichnete er ein paar Skizzen von ihr und redete dabei ununterbrochen.

»Du musst sehr traurig sein wegen Bertie«, warf er ein, als sie endlich völlig entspannt dasaß.

»Ja, das bin ich«, entgegnete Alice und war wieder auf der Hut.

Er sah sie neugierig an. So, als ob er genau wüsste, was sie fühlte. Sie bezweifelte jedoch, dass dem so war. Niemand wusste das.

»Mrs Cunningham hat mich gebeten, mich nach deiner Gesundheit zu erkundigen«, fuhr er fort. »Schau nicht so überrascht drein, Alice. Glaubst du etwa, man hätte dich vergessen?«

Sie fragte sich, ob er wohl wusste, was sie in jener Nacht nach Berties Tod getan hatte. Wahrscheinlich schon. Mr Marling wusste alles, und was er nicht wusste, fand er ganz schnell heraus.

Dann änderte sich die Richtung des Gesprächs. »Jedes Mal, wenn ich zu Besuch bin, erzählt mir Cunningham, wie dein Vater ihm das Leben gerettet hat.«

»Ich wusste gar nicht, dass Mr Cunningham bei jedem Ihrer Besuche in Colonsay weilte.«

Seine Augen ruhten auf ihr. Obwohl er lächelte, wusste sie, dass ihre Botschaft angekommen war. »Natürlich hast du recht. Er erzählt mir die Geschichte natürlich nur, wenn er da ist.«

»Warum wollen Sie mich eigentlich malen, Mr Marling? Ich bin weder hübsch noch ungewöhnlich. Ich bin eine Dienstmagd und kann Ihnen kein Geld zahlen. Also warum? Ich verstehe es nicht.«

»Du bist ungewöhnlich, Alice. Ich finde das jedenfalls. Und deswegen möchte ich dich malen. Fühlst du dich deswegen gar nicht geschmeichelt? Ich dachte eigentlich, dass du das wärst. Meggy oder Mrs Gibbons würden sich jedenfalls sehr geschmeichelt fühlen, wenn ich sie fragte.«

Sie rang sich ein Lächeln ab. »Vielleicht sollten Sie das ja tun, Sir.«

Er lachte. »Ich glaube nicht. Ihr Leben interessiert nur sie selbst, nicht mich. Du bist anders, Alice. Du bist mir ein Mirakel.«

Sie schwieg, denn sie kannte das Wort nicht und hatte derzeit auch keine Gelegenheit, es in dem dicken Lexikon in Colonsay nachzuschlagen. Mit fest zusammengepressten Lippen deutete sie an, dass ein weiteres Gespräch nicht in ihrem Interesse lag.

Henry Marling lächelte und zeichnete weiter.

***

Die Nationalgalerie des australischen Bundesstaates Victoria lag in der St Kilda Road. Rosamund ging zu Fuß dorthin. Obwohl sie zum Einkaufen früher dauernd die Innenstadt aufgesucht hatte, konnte sie sich nicht erinnern, wann sie zum letzten Mal dort gewesen war.

Mark schätzte schöne Dinge, traute aber seinem eigenen Urteilsvermögen nicht. Deswegen überließ er solche Käufe anderen. Er hatte nie gelernt, Kitsch von Kunst zu unterscheiden, und wollte sich nicht lächerlich machen. Sonst war er zwar auf seine einfache Herkunft ziemlich stolz, in mancher Hinsicht aber eben auch verletzlich.

Der spitze Turm aus Stahlgeflecht, der das Arts Center krönte, ragte jenseits des Yarra River empor. Auf dem Fluss war heute viel Verkehr – Ausflugsboote und schwimmende Restaurants trieben auf seinen Fluten. Rosamund überquerte ihn auf der Princess Bridge mit den viktorianisch anmutenden Laternenpfählen. Ein ganz in Schwarz gekleideter Mann mit langem grauem Haar spielte Saxofon. Sie warf ihm ein paar Münzen in den Hut. Die Cafés und Restaurants an der Southbank füllten sich zur Mittagszeit. Rosamund ging an ihnen vorüber, um schnell zum Museum zu kommen.

Am Eingang nahm sie sich einen Museumsführer mit. Die Ausstellungsräume der australischen Maler befanden sich hinter dem Museumsshop im Erdgeschoss und gingen ineinander über. Einige der Gemälde waren Rosamund vertraut: Roberts, Streeton, McCubbin. Konventionelle Bilder aus der Zeit King Edwards und Queen Victorias. Heute schenkte ihnen Rosamund wenig Aufmerksamkeit. Der Ausstellungsteil, den sie suchte, befand sich im Herzen der Australienabteilung und zeigte die Gemälde von Henry Marling.

Sie sah es sofort, als sie den Raum betrat. Eine riesige dunkle Leinwand, aus der die zentrale Figur leuchtend und hell hervortrat. Ambrosine Cunningham, wie sie leibte und lebte, farbig ins Bild gerückt.

Rosamund näherte sich dem Porträt langsam und blieb direkt davor stehen. Sie fühlte sich mit einem Mal der Wirklichkeit entrückt. Ambrosine saß, beugte sich aber aus der Hüfte nach vorn, sodass es aussah, als befände sie sich mit dem

Betrachter im vertraulichen Gespräch. Der helle, durchscheinende Stoff ihrer Bluse enthüllte mehr, als er verdeckte. Ihre geteilten Lippen waren feucht und sinnlich. Ihr dunkles Haar türmte sich kunstvoll auf ihrem Kopf, feine Locken umrahmten ihr weiches, schimmerndes Gesicht.

Es waren aber vor allem die Augen, die Rosamund in ihren Bann zogen. Sie blickten tief in ihre Seele, suchten zu verstehen. Der Ausdruck war ungeheuer vielschichtig. Rosamund trat näher an das Bild heran. Sie konnte sich nicht entscheiden, ob Wärme oder Hochmut am meisten hervorstach. Freude oder Trauer. Stolz oder Feingefühl. Und dann wurde ihr zu ihrer Überraschung mit einem Mal alles klar. Es war nichts davon. Ambrosine flehte um Hilfe.

Hilf mir. Ich bin gefangen. Ich habe Angst.

Die Worte zogen als Flüstern durch Rosamunds Sinn.

Als ihre Wirkung nachließ, nahm Rosamund die Einzelheiten des Gemäldes wahr. Die große Ähnlichkeit von Ambrosines Gesichtsform und Nase mit Adas. Rosamunds Vater fand sich in ihren Augen und ihrer Haarfarbe. Und natürlich auch Züge von Rosamund selbst.

»Es ist einfach umwerfend, oder?«

Rosamund erschrak und drehte sich um. Ein Mann mittleren Alters stand neben ihr. Sie verspürte das hungrige Lauern des Einzelgängers auf ein Gespräch, rang sich ein Lächeln ab.

»Ja, wirklich sehr schön.«

»Meine Frau hielt es immer für Marlings Meisterwerk. Wir sind oft zusammen hier gewesen. Jetzt komme ich allein.« Er räusperte sich und deutete auf das Porträt. »Meiner Meinung nach wurde er trotz des Gemäldes von der konstituierenden Sitzung des ersten Staatenbundparlaments, das in Canberra hängt, immer unterschätzt. Leider.«

»Ah ja.«

»Gegen Ende seines Lebens hat er ein paar verrückte Sachen gemacht. War Zeuge eines schlimmen Unfalls und wurde zum Trinker.«

Rosamund setzte einen passenden Gesichtsausdruck auf und war erleichtert, als der Mann endlich weiterging. Sie wandte sich wieder dem Porträt zu und bemerkte die Messingplakette an der Wand daneben: »Ambrosine, Ehefrau von Cosmo Cunningham, 1872–1901. Gemalt in den Jahren 1900–1901 von Henry Marling, australischer Künstler. Gestiftet 1930 von Mrs Ada Evans.«

Das zu lesen überraschte Rosamund. Sie wusste nicht, dass dieses Porträt je in Colonsay gehangen hatte. Nun wurde ihr klar, dass das eigentlich selbstverständlich war. Cosmo musste es in Auftrag gegeben haben, das Bild seiner geliebten und wunderschönen jungen Ehefrau. Und Ambrosine hatte ihre Pflicht erfüllt und für den Maler Modell gesessen.

Was mochte damals geschehen sein, das ihn dazu brachte, zuerst sie und dann sich selbst umzubringen?

Hätte Rosamund noch an der Mord-Selbstmord-Theorie gezweifelt – dieses Porträt hätte sie überzeugt. Ambrosine war von einer tragischen Aura umgeben. Ihre Lippen waren nicht nur verführerisch, sondern drückten auch Verzweiflung aus. In den Tiefen ihrer dunklen Augen stand Besorgnis. Sie machte fast den Eindruck, als gäbe es keine Freude in ihrem Leben.

Mit einer gewissen Anstrengung wandte Rosamund der anziehenden Ambrosine den Rücken zu. Porträts waren Marlings Spezialität gewesen. Die Sammlung zeigte noch ein paar andere, die allerdings an das von Ambrosine nicht heranreichten. Rosamund sah sie sich alle an, bewunderte Farbwahl und Pinselführung.

Außerdem entdeckte sie ein Bild von einer Menschengruppe beim Picknick am Wasser. Rosamund glaubte eine Stelle auf der Bellarine-Halbinsel wiederzuerkennen. Sie ging zu Ambrosine zurück und betrachtete das Gemälde noch einmal ausgiebig.

Das Porträt war nicht nur sehr anziehend, es übte eine fast hypnotische Wirkung aus. Rosamund war klar, dass sie eine Abbildung davon mitnehmen musste, und fragte sich, ob ihr der Museumsshop da weiterhelfen konnte. Wenn sich die Dinge in Colonsay gut entwickelten, könnte sie später sogar eine Kopie des Gemäldes in einem der Zimmer aufhängen.

Auf ihrem Weg zum Ausgang stellte Rosamund fest, dass sie ein Porträt übersehen hatte. Eine kleinformatige Leinwand hing neben einem historischen Möbelstück und wurde ein wenig davon verdeckt.

Der Hintergrund des Bildes war eher braun als schwarz wie bei Ambrosine. Es zeigte ein stehendes Mädchen. Langes glattes Haar umrahmte ein schmales Gesicht mit klaren Augen und einem direkten Blick. Ihr Mund störte den Eindruck eines jungen, unschuldigen Dings. Die dünnen zusammengepressten Lippen ließen sie älter wirken.

Rosamunds Atem ging schneller. Sie erstarrte förmlich. Es handelte sich um das braunhaarige Mädchen, wie sie sofort erkannte. Mit klopfendem Herzen beugte sie sich nach vorn, um die Beschriftung zu entziffern: »Alice, gemalt von Henry Marling. Erworben für die Marling-Sammlung 1950.«

»Alice«, flüsterte Rosamund. »Hab ich dich endlich gefunden.«

***

Meggy war dünn geworden, ihre braunen Augen noch größer. An diesem Morgen hatte sie frei. Normalerweise würde sie sich mit Jonah treffen. Aber Ambrosine wollte unbedingt ausreiten, und Jonah hatte sie begleiten müssen.

»Er sagt, wenn er Nein sagt, denkt die Herrschaft, er sei ein unbrauchbarer Dienstbote. Und wenn er Ja sagt, denke ich, er sei ein unbrauchbarer Bruder.« Meggy lächelte. Aber Alice fand, sie wirkte angespannt. Trotz des Lächelns war Meggy in letzter Zeit irgendwie verändert.

»Cosmo musste nach Melbourne, um sich dort um seine Angelegenheiten zu kümmern«, fuhr sie nach einer Weile fort, da Alice keine Anstalten machte, ihre Bemerkung zu kommentieren. »Es ist ruhig im Haus geworden, Alice. Ich kann fast meinen eigenen Atem hören. Mrs Gibbons ist gestern gestürzt. Als ich versuchte, ihr aufzuhelfen, hat sie mich wüst beschimpft. Und Ada hat jede Nacht Albträume. Sie bekam draußen auf der Treppe einen Anfall und schrie so laut, dass ihre Mutter aufwachte. Sie kam angelaufen, um zu sehen, was los war. Da hat Ada sie weggeschubst und gesagt, sie würde sie hassen. Madam ist ganz grün im Gesicht geworden. O Alice, du hast keine Vorstellung davon, wie schrecklich das alles ist! Sei froh, dass du nicht da bist. Ich will nur noch weg, mit Jonah nach Hause. Aber er sagt, er kann nicht gehen. Noch nicht.«

»Wozu brauchst du ihn denn? Geh doch ohne ihn.« Das hätte Alice besser nicht gesagt.

Meggy wurde knallrot im Gesicht. »Jonah ist mein Bruder«, sagte sie und rang ihre rauen, roten Hände. »Du kennst ihn nicht.«

Sie kannte ihn nicht? Alice musste an jene Nacht denken, als Jonah rauchend und stumm in der Dunkelheit gestanden hatte. Er hatte auf sie gleichzeitig unbekümmert und gefährlich gewirkt. Diese Eigenschaften schienen den meisten Mädchen zu gefallen.

»Wann kommt der Herr wieder zurück?«, fragte sie dann.

Meggy blinzelte, überrascht vom Wechsel des Themas. »Nächsten Mittwoch. Er bringt Gäste mit.«

Alice nickte und wandte sich ab. Diese Information hatte sie gebraucht, mehr gab es nicht zu sagen. Einen Augenblick später hörte sie, wie sich die Tür hinter Meggy schloss.

***

»Hast du Hunger?«

Rosamund hatte die vergangene Stunde in der Buchhandlung herumgestöbert und zu viel Kaffee getrunken. Ihr war zitterig und übel davon. »Nein, eigentlich nicht.«

»Dann lass uns gehen.«

Gary fuhr zum Ausgang des Parkhauses. Rosamund hatte

die Augen geschlossen und fühlte sich ein bisschen schwindlig, wie auf einem Karussell.

»Was hast du herausgefunden?«

Bisher hatte er nichts erzählt. Also war sie gezwungen, ihn danach zu fragen.

»Nicht viel. Nur ein paar Hinweise. Ich hoffe, in einem oder zwei Tagen mehr zu erfahren. Einer meiner Informanten will eine Akte für mich durchsehen. Ich habe ihm früher einen Gefallen getan und kann deswegen um eine Gefälligkeit bitten.«

Rosamund war enttäuscht. Entgegen aller Wahrscheinlichkeit hatte sie gehofft, sofort und auf der Stelle die ganze Wahrheit zu erfahren.

»Was war bei dir?« Gary sah sie an, als sie an einer Ampel stehen blieben.

»Ich habe das Porträt angesehen.« Ihre Stimme klang aufgeregt. »Es ist wirklich erstaunlich. Wusstest du, dass Ada das Bild dem Museum 1930 gestiftet hat? Ich hätte nie für möglich gehalten, dass sie eine Stiftung gemacht hat. Wahrscheinlich hatte sie keine andere Wahl. Verkaufen konnte sie das Porträt ihrer ermordeten Mutter kaum. Und Aufhängen ging auch nicht. Ich schätze, bis sie es weggegeben hat, stand es auf dem Dachboden.«

»Warum konnte sie Ambrosines Bild nicht im Haus aufhängen? Ich kann dir da nicht ganz folgen.«

Sie sah ihn überrascht an.

»Na, es würde sie doch ständig an die Vorfälle erinnern. An das Geheimnis, das sie versuchte zu bewahren. Nein, sie musste es irgendwie loswerden.«

»Und warum hat sie dann bis 1930 damit gewartet?«

»Vielleicht hat sie 1930 angefangen, nach verkäuflichen Gegenständen zu suchen. Hat eingesehen, dass sie ohne zusätzliches Geld in Colonsay nicht überleben konnte.« Rosamund machte eine Pause, um durchzuatmen. »Ich habe noch etwas herausgefunden, Gary. Da hing ein weiteres Porträt von

Henry Marling. Von einem Mädchen namens Alice. Das war sie, Gary. Das Geistwesen. Das braunhaarige Mädchen.«

»Du meine Güte!«

Rosamund angelte auf dem Rücksitz nach der Tüte des Museumsshops. »Ich habe ein Buch über Marling gekauft. Darin gibt es Abbildungen all seiner Werke. Während ich auf dich wartete, habe ich ein bisschen darin gelesen. Wusstest du, dass er mit Cosmo Cunningham befreundet gewesen ist? Deswegen hat er vielleicht den Auftrag für das Gemälde von der konstituierenden Sitzung des Staatenbundparlaments bekommen. Er war oft in Colonsay und arbeitete in einem der Zimmer im ersten Stock an Ambrosines Porträt. Damals muss er auch Alice gemalt haben.«

»Warte«, unterbrach Gary sie. »Wer war Alice? Eine Tochter?«

»Nein.« Rosamund dachte nach. »Keine Tochter. Ein Dienstmädchen, würde ich denken. Er muss sie in Colonsay gesehen und interessant genug für ein Bild gefunden haben. Sie sieht ja auch interessant aus, irgendwie anders.« Sie fand die richtige Seite und hielt sie ihm hin. »Schau.« Gary blickte zwischen der Straße und dem Bild hin und her.

»Finde ich nicht. Ziemlich finstere Miene. Kein Wunder, dass du in Ohnmacht gefallen bist, als sie auf einmal hinter dir stand.«

Rosamund starrte die Abbildung an. Sie konnte sich an jene Nacht ziemlich gut erinnern. An die Stille im Westflügel und das Gefühl, beobachtet zu werden. An das Rascheln des Kleiderstoffs und den Klang der Schritte. An Alice mit ihren offenen braunen Haaren, ihrem gefassten Gesicht, viel zu alt für ihre Jahre. Und an ihre funkelnden, sehr lebendigen Augen.

Ihr lief es kalt den Rücken hinunter.

»Sie wirkte nicht so, als ich sie gesehen habe. Sie sah schon so aus wie auf dem Bild, aber sie war lebendig. Ein lebendiger Mensch, kein Abbild.«

»Dein Gerede bringt mich völlig durcheinander.«

Rosamund musste lachen, das erleichterte sie. »Entschuldige.«

Er schwieg für einen Moment, konzentrierte sich auf den Verkehr. Draußen verdunkelte sich bereits der winterliche Himmel über Melbourne. Aus den Fenstern der Gebäude fiel helles Licht, und die Neonreklameschilder leuchteten. Auspuffgase stiegen als Nebelwolken in der kalten Luft empor. Eine Straßenbahn rumpelte vorbei.

»Es ist etwas an dem dran, was Enderby uns erzählt hat«, sagte Gary schließlich. »Obwohl meine Kontakte bisher nicht viel ergeben haben, war ich mir dessen ziemlich sicher. Ich habe eine Nase für so etwas.«

»Deine lange Journalistennase, die du überall hineinsteckst, meinst du?«, neckte sie ihn.

Er grinste.

»Ja, genau. Aber es wird nicht leicht werden, die Fakten zu erfahren. Vielleicht solltest du es versuchen. Erinnere sie daran, wer dein Urgroßvater war. Du hast ein Recht auf die Wahrheit.«

»Ich kenne niemand, der einflussreich genug wäre, um so eine Anfrage auf den richtigen Weg zu bringen.«

»Du kennst Mark Markovic.«

Sie war verblüfft. Mark um einen Gefallen bitten? Darüber wäre er ziemlich verwundert. Er würde sich sofort fragen, was sie vorhatte. Aber der Ausdruck auf seinem Gesicht wäre den Versuch vielleicht wert.

»War ein Scherz«, sagte Gary trocken. »Überlass das alles im Moment mir. Wenn ich nichts Handfestes herausbekomme, gibt es andere Wege, die wir beschreiten können.«

Er spricht sogar wie ein Journalist, dachte Rosamund und ärgerte sich sofort darüber. Gary hatte viel für sie getan und hatte Besseres verdient. Vielleicht sollte sie ihm sagen, dass die letzte Nacht ein Fehler gewesen war, dass sie einen Rückzieher machen wollte. Doch dann wandte sie sich ihm zu und legte wie zufällig eine Hand auf seinen Oberschenkel. Sie spürte,

313

wie er zusammenzuckte und sich sofort wieder entspannte, als ob er das so wollte. Er lächelte sie an.

»Sollen wir eine Pause machen? Es gibt keinen Grund zur Eile, oder?«

Gab es einen? Rosamund fiel keiner ein. Sie versenkte ihren Blick in seinen blauen Augen und ließ ihre von Mark so sehr verabscheute Sorglosigkeit die Regie übernehmen.

»Nein, überhaupt keinen.«

18

Eine ausgesprochen schöne Frau.« Kerry betrachtete am nächsten Morgen Ambrosines Porträt in dem Buch über Marling. »Sie sieht aus wie du«, fügte sie mit einem Seitenblick hinzu.

»Ich spiele nicht ganz ihrer Liga.« Doch allein die Möglichkeit ließ Rosamund freudig und ängstlich zugleich erschaudern.

»Alice erkenne ich nicht.« Beim Betrachten des kleineren Bildes runzelte Kerry die Stirn. Es gab nicht in vollem Umfang wieder, was Rosamund in dem Geistwesen gesehen hatte, doch Marling war es durchaus gelungen, unterdrückte Gefühle und geistige Tiefe anzudeuten.

»Glaubst du, sie könnte eine Dienstbotin gewesen sein?«

»Ja, es wäre allerdings sehr hilfreich, hätte Mr Marling auch ihren Nachnamen preisgegeben.«

»Hm. Wir besaßen früher einige alte Haushaltsbücher, aber Mrs Ada hat sie der Historischen Gesellschaft vermacht.«

Rosamund zündete sich eine Zigarette an und drückte sie sofort wieder aus. »Kennst du jemanden, der dort arbeitet? Ich kann schlecht dort auftauchen und mit einem völlig Fremden über diese Dinge reden.«

Kerry amüsierte sich. »Jetzt klingst du wie deine Großmutter.«

»Also bitte!«

»Mir fällt dazu nur Mrs Gibbons ein. Sie hilft dort ab und zu aus. Raes Mutter – du weißt schon, das Mädchen, das sich beim Sturz vom Gerüst den Arm gebrochen hat.«

Da fiel Rosamund etwas ein. »Rae hat mir erzählt, ihre Urgroßmutter sei Köchin bei Cosmo gewesen.«

»Ja, richtig. Die Familie ist nach den Vorfällen weggezogen. Komisch, eigentlich sind alle Dienstboten damals woanders hingezogen.«

Rosamund wirkte nachdenklich.

»Mrs Gibbons und Rae wohnen nicht weit weg. In der Siedlung, die in den 1960ern auf dem trocken gelegten Sumpfgelände gebaut wurde. Das war ziemlich übel damals, erinnerst du dich?«

»Hilf mir auf die Sprünge«, sagte Rosamund. Sie schien mit den Gedanken woanders zu sein.

»Na ja, sie haben die Leiche eines Mannes im Sumpf gefunden. Die musste seit Jahren unbemerkt dort gelegen haben. War ziemlich gut erhalten, soweit ich weiß, das kam von dem Schlamm und der Feuchtigkeit. Deine Großmutter hat sich ziemlich dafür interessiert und viel herumtelefoniert deswegen. Jedenfalls kannte ihn keiner, und die Siedlung wurde dann doch gebaut.«

»Wie lange hat er im Sumpf gelegen?«

»Ziemlich lange. Seit Ende des neunzehnten Jahrhunderts, glaube ich. Mrs Ada kannte von früher einen alten Schausteller. Harry Simmons hieß er. Sie war sich ziemlich sicher, dass es sich bei der Leiche um ihn handelte.«

Rosamund lächelte. »Du bist eine gute Informationsquelle, Kerry. Glaubst du, Mrs Gibbons würde mit mir sprechen? Außerdem könnte ich mich dann gleich nach Rae erkundigen.«

Kerry stand auf. »Ich rufe sie gleich mal an.«

Rosamund lauschte dem Klackern der Wählscheibe und dann Kerrys Stimme. Ihre Gedanken schweiften zurück zum gestrigen Tag, zu den Bildern im Museum und ihren Entdeckungen. Auf dem Rückweg hatten Gary und sie in einem kleinen Hotel haltgemacht. Es war ein altes Haus aus bläulichem Sandstein, das der Besitzer liebevoll restauriert hatte. Sie rief Kerry an und erfand eine Ausrede, warum sie erst spät zurückkehren würden. Wenn Kerry den Braten gerochen hatte, war sie so taktvoll gewesen, das nicht zu zeigen.

Während die Schatten im Zimmer länger wurden, hatten sie auf dem Himmelbett mit seiner verblichenen Patchworkdecke gelegen, sich ausgiebig und wie ausgehungert geliebt. Rosamund fühlte sich dabei wie eine Sechzehnjährige, nur viel glücklicher. Das machte ihr Angst. Glück war ein ungewohntes Gefühl für sie.

»Rosamund?« Kerrys Stimme holte sie in die Gegenwart zurück. »Morgen ist sie zu Hause, wenn du sie besuchen willst. Ich habe mit ihr über Colonsays Haushaltsbücher gesprochen. Sie wird sie für dich durchsehen. Sie sagt, sie besitzt auch ein, zwei Andenken aus der Zeit und natürlich einen Stammbaum der Gibbons.«

»Natürlich.«

»Rae wird auch da sein.«

»Danke, Kerry.« Rosamund erhob sich unvermittelt. »Ich gehe auf den Friedhof.« Sie musste über Kerrys verdutzten Gesichtsausdruck lachen. »Ich brauche nur ein wenig Bewegung. Wenn es nach dem Wetterbericht geht, werden wir in den nächsten paar Tagen nicht viel vor die Tür kommen.«

»Zieh dir den Mantel an«, rief Kerry ihr nach. »Es ist eiskalt draußen.«

Colonsay schien auf der Hut sein. Oben am Westflügel, wo die Fenster gewesen waren, flappten die Planen gegen ihre Befestigung. Es wurde ein Sturm erwartet, und Rosamund hoffte, dass alles wasserdicht gemacht worden war.

Die Luft fühlte sich eisig an, stach ihr in die Augen und brannte auf den Lippen. Der Wind zauste ihr kräftig die Haare. Die Kiefern bogen sich knarrend. Rosamund steckte die Hände in die Taschen und ging auf dem schlammigen Fahrweg Richtung Familienfriedhof.

Zuerst kam Cosmos Grabmal in Sicht. Es überragte alles andere und war des großen Mannes würdig. Dann kamen hinter der Kuppe die Grabsteine in Sicht, in Reih und Glied wie eine stumme Armee. Die weißen Begrenzungszäune hoben sich grell vor dem dunklen und stürmischen Himmel ab.

Heftige Windböen drückten die Grashalme flach zu Boden. Als Rosamund die Weide überquerte, nahm ihr die Macht des Windes fast den Atem. Sie war stehen geblieben und wollte gerade umkehren, da sah sie zwischen den grauen Steinen einen roten Mantel aufblitzen.

Heute hatte Rosamund nichts gegen eine kleine Unterhaltung über die Vergangenheit. Sicher wusste der Mann in Rot alles über die Cunninghams. Rosamund beschleunigte ihre Schritte wieder.

Der Mann beugte sich tief über die Grabstellen und schien welke Blumen zu beseitigen. Sie beobachtete seine langsamen, ungeschickten Bewegungen. Wahrscheinlich fror er. Das Motorengeräusch eines vorbeifahrenden Autos schreckte sie auf. Ein Blick über die Schulter zeigte ihr einen schwarz glänzenden Sportwagen, der gerade von der Straße in die Einfahrt einbog und Richtung Haus fuhr.

Sie starrte dem Wagen nach. Den beißend kalten Wind hatte sie völlig vergessen. Mark. Was nun? Fand er es notwendig, selbst hier aufzutauchen, nachdem sie ihn so herausgefordert hatte? Hatte er sich gewappnet und fürchtete nicht mehr, dass sie seine Pläne durcheinanderbringen konnte? Oder wollte er sie einfach rausschmeißen?

Bibbernd wandte sie sich wieder zum Friedhof um. Der Alte im roten Mantel war verschwunden. Sie suchte ihn mit ihren Blicken, ließ die Augen schweifen. Nichts. Keine gedrungene Gestalt, die über die Weide oder die Straße entlangmarschierte. Auch in der entgegengesetzten Richtung zur Bucht und den Klippen hin war niemand zu sehen. Er war spurlos verschwunden, und das schockierte sie.

Ich sollte nicht so überrascht sein, dachte sie. Sie hatte in letzter Zeit so viele Dinge gesehen und gehört, dass sie das nicht verblüffen sollte.

Und dennoch … er hatte so echt ausgesehen, real und lebendig. Sie wäre nie auf die Idee gekommen, er sei ein Überbleibsel aus einer anderen Zeit.

Langsam und ein wenig unsicher näherte sich Rosamund vorsichtig den Grabsteinen.

Auf einem der Gräber lag etwas. Rosamund ging näher heran, bis sie vor Ambrosines letzter Ruhestätte stand. Ein Strauß Blumen lag auf dem rosa Stein. Ein weißer Strauß, Rosen und Maßliebchen, dazwischen ein paar Zweige mit roten Mispelbeeren. Wie Blutstropfen im Schnee. Rosamund ging trotz ihres Unbehagens näher heran. Sie streckte ihre Hand aus, um sie zu berühren und um zu fühlen, ob sie so echt waren, wie sie aussahen. Aber sie brachte es einfach nicht fertig. Schnell drehte sie sich um und ging weg.

Der Wind kam jetzt von hinten, wehte ihr das Haar übers Gesicht und in die Augen. Ungeduldig wollte sie die Strähnen wegschieben. Wohin sollte sie gehen? In der einen Richtung kam sie in die Stadt, in der anderen nach Geelong. Sonst gab es da nur noch die Klippen und das raue graue Meer, in dem Cosmo ertrunken war. Wohin also?

Ich kann nur nach Colonsay, dachte sie. Und fragte sich, ob sich Ambrosine ebenso verzweifelt und gefangen gefühlt hatte.

Ein Regenschauer prasselte auf Rosamunds Rücken und dann noch einer, angetrieben von den Böen des Windes. Gleich würde es anfangen, wie aus Eimern zu gießen. Sie setzte sich in Bewegung, zurück in die Richtung, aus der sie gekommen war.

Der schwarze Wagen parkte vor dem Haus. Regentropfen sprenkelten den makellosen Glanz. Rosamund legte die Hand auf die Motorhaube – sie war noch warm.

Hinter der Eingangstür blieb sie stehen. Aus der Küche roch es verführerisch, und gleichzeitig wurde ihr übel von den Düften. Sie hörte Stimmen. Kerrys klang gezwungen und hoch, Marks war ein tiefes, leises Murmeln. Rosamund versuchte bewusst, ihre angespannten Muskeln zu lockern, und betrat die Küche.

Er saß mit dem Rücken zur Tür, aber auf Kerrys Blick hin

drehte er sich um. Sein Gesicht war abgespannt und bleich. Die Falten kamen ihr tiefer vor als sonst. Heute sah er auf den Tag genau so alt aus, wie er war.

»Mr Markovic ist gekommen«, sagte Kerry völlig unnötig in die lastende Stille hinein.

Mark drehte sich wieder um, und Rosamund kam näher. Durch die plötzliche Wärme glühte sie förmlich. Ihr Gesicht war gerötet.

»Es regnet«, verkündete sie.

»Musstest du umkehren?«, fragte Kerry.

»Nein, aber ich bin nur eine Minute geblieben.«

Sie stand am Tisch hinter einem der Stühle. Mark schaute auf seine Hände hinunter, die einen Kaffeebecher umschlangen. Er trug einen schwarzen Anzug, ein schwarzes Hemd und eine schwarze Krawatte. Der düstere Aufzug unterstrich seinen ernsten Ausdruck.

»Wo steckt Peel-Johnson?« Die Worte klangen hart und kalt, wie der Regen, der gegen die Scheiben prasselte.

»In Melbourne.«

»Ich dachte, er und sein Aktenkoffer wären mitgekommen.«

»Warum geht ihr beide nicht in die Bibliothek?«, schlug Kerry nervös vor. »Ich kann dort ein Feuer im Kamin machen.«

Sie ignorierten sie.

»Colonsay gehört mir, Mark. Das habe ich bereits Peel-Johnson gesagt, und jetzt sage ich es auch dir. Ada hat es mir vermacht, und ich habe dieses Erbe angenommen. Du solltest wieder in dein Auto steigen und verschwinden. Du gehörst nicht hierher.«

Während ihrer Ansprache hatte er weiterhin auf den Becher hinuntergestarrt. Jetzt lachte er freudlos auf, seine Schultern zuckten. Er nickte in Richtung des dicken Zeitungsstapels auf dem Tisch neben ihm. »Hast du heute schon Zeitung gelesen?«

Verärgert schüttelte Rosamund den Kopf und bereitete ihren nächsten Angriff vor. Doch er sah zu ihr auf, und in seinen Augen sah sie etwas, das sie davon abhielt.

»Das solltest du aber tun, Rose. Alle haben es schon gelesen. Wenn es nach dem geht, was dort geschrieben steht, bin ich erledigt. Ruiniert. Deswegen bin ich gekommen und nicht, weil ich dir etwas wegnehmen will. Ich kann nirgendwo sonst hin.«

Vorsichtig angelte sich Rosamund die oberste Zeitung. Die Geschichte ging über die gesamte erste Seite. Ein Bild zeigte Mark mit einem vertrauenswürdigen Lächeln im Gesicht, daneben das unscharfe Foto eines zweistöckigen Gebäudes. Die Schlagzeile lautete: »Mark Markovics unsaubere Geschäfte und das Baulöwen-Bordell.«

Mit zitternden Händen griff Rosamund nach den anderen Zeitungen. Eine Schlagzeile war schockierender als die andere. »Markovic, der Bordellkönig?« – »Mark und die Mädchen!« Die Fotos waren geschmacklos, die Texte reißerisch.

Bleich geworden, sah Rosamund ihn an. »Mark, was um alles in der Welt soll das heißen?«

»Jemand hat mich reingelegt«, sagte er. »Man will meinen Ruf ruinieren, und das ist ziemlich gut gelungen. Kein Mensch wird mich jetzt noch wählen. Wer will schon von einem Abgeordneten vertreten werden, der so tief im Dreck steckt? Natürlich gehe ich vor Gericht.«

»Erzähl mir alles«, sagte sie mit scharfer Stimme.

»Geht doch in die Bibliothek.« Kerry hatte Tränen in den Augen. »Ich mache ein paar Sandwiches und frischen Kaffee.«

Mark schob seinen Stuhl zurück und stand auf. Er blickte in Kerrys Richtung und verließ das Zimmer. Rosamund starrte ihm nach. »Ich kapiere überhaupt nichts.«

Kerry wirtschaftete mit Brot und Butter herum. »Du musst deinen Mann unterstützen«, sagte sie in ihrer freundlichsten Stimme. »Er braucht dich.«

»Ach ja?« Rosamund klang sarkastisch. »Du lieber Himmel, Kerry, hast du das gelesen?«

»Er sagt ja, dass ihn jemand reingelegt hat. Auf dem Kaminsims liegen Streichhölzer. Mach Feuer. Ich komme in einer Minute mit dem Tablett nach.«

Weitere Diskussionen schienen zwecklos, aber Rosamund zögerte vor dem Hinausgehen. »Ich werde ihn anhören«, sagte sie. »Aber das ist alles, was ich für ihn tun kann. Ich muss mein eigenes Leben führen. Damit habe ich gerade erst wieder begonnen.«

»So, hast du das?«

»Du verstehst das nicht.«

»Nein?« Der Ausdruck in Kerrys Augen war hart und anklagend. »Ich weiß sehr wohl, was sich da zwischen dir und Gary abspielt. Ich habe dich vor ihm gewarnt, aber du meinst, dass du ihn besser kennst als alle anderen. Rosamund, dort drüben wartet dein Ehemann, und …«

»Und deswegen muss ich alles stehen und liegen lassen, muss Dinge tun, die ich verabscheue? Das werde ich nicht machen, Kerry. Ich habe mich verändert, und zwar unwiderruflich.«

»Dann mach, was du willst. Aber er braucht dich. Er ist gekommen, weil er dich braucht.«

»Er ist gekommen, weil er sonst nirgends hinkann«, spottete Rosamund. In demselben Moment erkannte sie, dass das auch für sie selbst galt. Sie konnte ebenfalls nirgendwo anders hin. Colonsay war zu ihrer letzten Zufluchtsstätte geworden.

Rosamund öffnete die Tür zur Bibliothek. Mark saß in einem der beiden Ledersessel. Er stützte sich auf seine Knie und starrte in die Asche des Kamins. Mit einem ungeduldigen Aufseufzen schob Rosamund die Asche in ein Stück Zeitung und entfachte ein neues Feuer, das sich schnell ausbreitete.

Still verfolgte sie, wie das Holz zu brennen begann. Ungewollt kam ihr das letzte Zusammentreffen mit Mark an diesem Ort in den Sinn, bei dem er die Arme um sie gelegt hatte. Rosamund drehte sich um und blickte ihrem Mann in die Augen. Er beobachtete sie abwartend. Ihre Gedanken standen ihr anscheinend ins Gesicht geschrieben, denn er begann zu erzählen, ohne dass sie fragen musste. Sein Tonfall war ruhig, aber bitter.

»Vergangene Nacht habe ich einen Anruf bekommen. Man

bat mich zu bestätigen oder zu verneinen, dass meine Firma am Bau eines Bordells beteiligt war. Natürlich verneinte ich das. Man nannte mir Namen und Daten, doch ich leugnete weiterhin. Ich hatte ja keine Ahnung!« Er fuhr sich mit der Hand übers Kinn. »Dann rief ich ein paar Leute an und musste zu meinem Erstaunen feststellen, dass wir das Bordell wirklich gebaut hatten und zu den Anteilseignern gehörten. Alles ganz legal.«

»Und du hast nichts davon gewusst?«

»Nein.« Er starrte sie an, schluckte seinen Ärger hinunter. »Nein, ich wusste nichts. Gar nichts. Ich hätte nie meine Einwilligung dazu gegeben.«

»Bist du dort gewesen, Mark?«

Er schien bestürzt. »Ich habe dir doch gerade gesagt, dass ich nicht einmal von der Existenz dieses Gebäudes wusste.«

»Du sagtest, du würdest vor Gericht Klage einreichen. Wie soll das gehen, wenn alles der Wahrheit entspricht?«

»Die Anwälte sollen meine Seite der Geschichte darlegen. Und sollten es die Medien in ihrer Begeisterung über eine saftige Geschichte übertreiben, werde ich auch dagegen klagen.«

»Wird das genügen? Wird das dem Ganzen ein Ende setzen?«

Mark lachte verärgert. »Ein Ende setzen? Das bezweifle ich. Ich denke darüber nach, den Aufsichtsrat zu verlassen. Die Verbindung zur Firma zu trennen. Das könnte helfen. Die Zentrale in Melbourne brodelt. Dort kann ich mich nicht blicken lassen – schon gar nicht in meinem Büro. Die offiziellen Würdenträger dringen auf Abstand – sie haben Angst, der Kontakt mit mir würde sie mit meinen vorgeblich anrüchigen Geschäften in Verbindung bringen. Also bin ich nach Colonsay gekommen. Hier findet mich keiner, jedenfalls vorläufig nicht. Und bis dahin habe ich mir eine Strategie ausgearbeitet. Bis zu den Vorwahlen sind es noch ein paar Wochen.«

»Du willst das also aussitzen?«

»Natürlich, eine andere Möglichkeit bleibt mir nicht.«

Das Feuer begann Wärme zu verbreiten. Rosamund trat ein

Stück zurück und strich sich geistesabwesend über die Kleidung, während sie nachdachte. Sie hatte zwar genug Gründe, ihm zu misstrauen, trotzdem schien sein Bericht der Wahrheit zu entsprechen.

»Also gut«, stimmte sie zu. »Du kannst eine Zeit lang bleiben. Aber die Lage im Haus ist anders, als du dir das vorstellst, Mark. Colonsay ist kein gemütlicher alter Familiensitz. Es geschehen Dinge, die … na ja.« Sie zuckte mit den Schultern als Antwort auf seinen ungläubigen Gesichtsausdruck. »Du wirst schon sehen. Ich gehe jetzt erst einmal und richte ein Zimmer für dich her. Hast du Gepäck dabei?«

»Nur eine Reisetasche. Zum Packen war keine Zeit. Ich wollte nicht, dass jemandem meine Abreise auffällt.«

»Kerry kommt gleich mit ein paar Sandwiches.«

»Danke.«

Sie sah auf ihn herunter. Das Flackern des Kaminfeuers spiegelte sich in seinen grauen Augen und ließ die Schatten unter seinen Augen nur noch tiefer wirken. »Mark, du hast einmal zu mir gesagt, dass ein Bordell eine sichere Geldanlage wäre. Erinnerst du dich daran?«

Er blinzelte und schüttelte den Kopf. »Vielleicht ist das so. Das bedeutet aber nicht, dass ich mich an einem beteiligen würde.«

»Und das ist die Wahrheit?«

»Ja doch, um Himmels willen!«

Sie wandte sich ab.

»Rose?«

Rosamund zögerte an der Tür, drehte sich aber nicht um.

»Rose, es tut mir leid.«

Was tat ihm leid? Dass er wie ein Verbrecher auf der Flucht bei ihr Unterschlupf suchte und ihr womöglich die Medien auf den Hals hetzte? Oder dass er so ein Mistkerl war? Sie fragte nicht nach, wollte es nicht wirklich wissen und zog einfach die Tür hinter sich zu.

***

Colonsay lag in tiefer Trauer. Eine kühle Wintersonne tauchte Fensterscheiben und Steinmauern in graues Licht. Alice ging die Auffahrt hinunter. Die Kälte stach trotz Handschuhen und Stiefeln in Finger und Füße. Sie fühlte sich steinalt. Wie eine alte Frau, mit verwitterten Gedanken und abgestorbenen Träumen. Nur der Wunsch nach Rache hielt sie am Leben.

Cosmo war zurückgekehrt, wie Meggy es vorausgesagt hatte, und Alice' Vater war gestern mit ihm ausgeritten. So wollte Alice diesen Morgen nutzen, um zu tun, was getan werden musste.

»Mr Cunningham hat Gäste.« Mrs Gibbons musterte Alice mit unverhohlenem Abscheu. Jegliches Gefühl der Zuneigung schien verschwunden.

»Ich muss mit Mr Cunningham sprechen.« Alice blieb standhaft. »Es ist wichtig. Ich werde warten.«

»So, wirst du das, mein Fräulein?«, spottete die Köchin. »Na gut, wenn du warten willst, kannst du dich auch gleich nützlich machen. Da, die müssen geschält werden.«

Alice widersetzte sich nicht. Sie zog Mantel und Handschuhe aus, setzte sich mit dem Schälmesser in der Hand an den Küchentisch. Meggy schrubbte in der Spülküche Töpfe und kam nicht herüber, um Alice zu begrüßen. So arbeiteten sie alle schweigend vor sich hin, als ob sich nichts geändert hätte.

***

»Was macht er bei dir?«

Gary klang verärgert – mehr noch, er klang, als wäre er besorgt.

Rosamund umklammerte den Telefonhörer.

In der Diele war es trotz des spärlichen Deckenlichts dunkel. Draußen goss es in Strömen, begleitet von Blitz und Donner. Es klang wie die Geräusche einer mittelalterlichen Schlacht mit Kanonen- und Musketengetöse.

»Hast du die Schlagzeilen gesehen?«, fragte sie.

Stille. »Nein, ich war auf dem Boot, um es zu sichern.«

»Nun, dann solltest du das nachholen. Lies die Zeitung, dann weißt du, warum er gekommen ist und warum ich ihn nicht einfach vor die Tür setzen kann.«

»Es hat nichts mit eurer Beziehung zu tun?«

»Gar nichts.«

Sie hörte ihn seufzen. Statische Geräusche störten die Verbindung. Sie erinnerte sich daran, dass man während eines Gewitters nicht telefonieren sollte, wollte aber nicht auflegen.

»Rosamund?«

»Was ist?«

»Sei vorsichtig. Und – Rosamund?«

»Ja?«

»Ich liebe dich.«

Sie öffnete ihren Mund, um ihm zu sagen, dass sie ihn auch liebe – und klappte ihn wieder zu. Sie konnte nicht. Sie wusste es einfach noch nicht und wollte nicht lügen, nur um Gary zu beruhigen.

»Mach's gut, Gary«, sagte sie sanft und legte auf.

Marks Anwesenheit beunruhigte Kerry offensichtlich nicht. Im Gegenteil, sie schien sie sogar zu genießen. »Morgen Abend werden wir im Esszimmer speisen«, verkündete sie lächelnd. Die Aussicht auf ein festliches Mahl versetzte sie in freudige Erregung.

»Kerry, vielleicht schätzt es Mark nicht, wenn es so förmlich zugeht. Vielleicht will er auch gar nicht mit uns essen.«

Kerry schob ihren Einwand beiseite. »Das wird Mr Markovic helfen, seine Sorgen eine Zeit lang zu vergessen. Ich suche die silbernen Kerzenleuchter und das gute Geschirr heraus. Es ist zwar nicht mehr viel davon da, aber es ist wirklich sehr fein.«

»Davon wusste ich gar nichts.« Ein Funke zuckte in Rosamunds Augen auf. »Wie fein?«

»Zu fein, um es einfach an einen Gebrauchtwarenhändler wegzugeben«, entgegnete Kerry spitz. »Wenn du aus Colonsay ein Hotel machen willst, wirst du schon ein paar Teller brauchen.«

»Du scheinst das wirklich für eine gute Idee zu halten, dass ich Colonsay der Öffentlichkeit zugänglich machen will.«

»Mir scheint vor allem, dass du keine andere Wahl hast. Wenn natürlich Mr Markovic ...«

Rosamund unterbrach sie. »Wo steckt er überhaupt?«

»In der Bibliothek. Er telefoniert schon den ganzen Nachmittag.«

»Schadensbegrenzung wahrscheinlich.«

»Ich habe ihm Mittagessen und etwas zum Tee serviert. Machst du ihm noch eine Tasse Kaffee?«

»Vielleicht sollte ich das tun«, sagte Rosamund.

Beim Kaffeemachen zog sie gedanklich Bilanz. Überraschenderweise war alles in Ordnung. Eigentlich fühlte sie sich sogar ziemlich gut. Früher war sich Rosamund häufig vorgekommen, als balancierte sie über einen schmalen Grat mit einem tiefen Abgrund auf beiden Seiten. Jetzt schritt sie forsch voran, und alles fiel ihr leichter.

Sie wunderte sich über sich selbst. Schließlich war die Karriere ihres entfremdeten Gatten gerade dabei, sich wegen eines schlüpfrigen Skandals in Luft aufzulösen, und er hatte nichts Besseres zu tun, als in ihrem Geisterhaus unterzuschlüpfen. Und ihre berühmten Urgroßeltern schienen in eine vertuschte Mordgeschichte verwickelt zu sein.

War diese innere Stärke eine Errungenschaft der jüngsten Zeit, ein Resultat der Widrigkeiten, mit denen sie in Colonsay zu kämpfen hatte? Oder war sie schon immer da gewesen, begraben unter Verbitterung und Unsicherheit? Hatte sie nur auf eine Gelegenheit gewartet, endlich zutage zu treten?

In der Bibliothek war es warm und gemütlich. Mark saß am Fenster. Seine Silhouette hob sich dunkel gegen das Grau des Himmels im Fenster ab. Er presste sein Mobiltelefon ans Ohr. Sonst war es fast dunkel im Zimmer, nur das Feuer spendete neben dem Fenster etwas Licht. Das Dämmerlicht verbarg gnädig die Anzeichen des Alters und der Vernachlässigung, sodass es Rosamund beinahe so vorkam, als erstrahle Colonsay in altem Glanz. Mark drehte sich zu ihr um, doch sie konnte seinen Gesichtsausdruck nicht erkennen. Der Regen prasselte gegen die Scheiben und verwandelte das Grundstück in eine Seenlandschaft. Frederick und sein Team könnten heute nicht arbeiten, selbst wenn sie das gewollt hätten.

Mit vom vielen Sprechen heiserer Stimme sprach Mark in sein Telefon. Rosamund ging zur Tür.

»Warte!«

Sie war gemeint, gab jedoch vor, nichts gehört zu haben, und verließ das Zimmer. In der Eingangshalle atmete sie erleichtert auf. Marks Gegenwart beeinträchtigte sie mehr, als ihr lieb war, und das sollte er auf keinen Fall merken. Vielleicht hätte sie ihn rausschmeißen sollen, anstatt Mitleid mit ihm zu haben. Nach allem, was sie seinetwegen durchgemacht hatte, war er das eigentlich nicht wert.

Geklapper und Bruchstücke einer Melodie brachten Rosamund zurück in die Gegenwart. Sie blickte ans andere Ende des Flurs, das ruhige Ende. Es war wirklich ruhig dort, sie konnte das trotz des Regens und des Sturms fühlen. Heute würde sie nicht in die Nähe dieses Zimmers gehen. Die Bibliothek war auch tabu, allerdings aus handfesteren Gründen.

Langsam stieg Rosamund die Treppe empor und wandte sich dem Westflügel zu. Es schien dort ziemlich trocken zu sein, die Planen hielten dem Wetter wohl stand. Trotzdem würde Frederick bald etwas unternehmen müssen. Es konnte nicht ewig so bleiben. Rosamund schritt durch die Zimmer, spürte die Geister der Vergangenheit um sich herum, wie Rauch von einem verlöschenden Feuer. Ihr Haus, ihre Familie, ihre Vergangenheit.

In diesem Zimmer hatte ihre Großmutter geschlafen. Ada, die Jüngste der Familie. Berties Zimmer musste ganz in der Nähe gelegen haben. Sein Grabstein befand sich ebenfalls auf dem Familienfriedhof. Er war vor seinen Eltern gestorben und noch ein Knabe gewesen, als er auf dem Rückweg zur Schule nach Melbourne von einem Zug überfahren wurde. Ein schrecklicher Unglücksfall. Ada sprach nur selten über ihn. Rosamund hatte sich oft gefragt, ob der Tod von Cosmo und Ambrosine ihr Leben so prägte, dass sie Bertie darüber vergaß. Für einen »Schwächling«, wie sie ihn nannte, hatte sie kein Verständnis. Niemand wäre dagegen auf die Idee gekommen, Ada schwach zu nennen.

Auf einmal hing wieder der Geruch von Geißblatt in der Luft.

Rosamund blieb ruckartig stehen. Verschwunden waren die Gedanken an die Vergangenheit. Sie sah sich ängstlich um, versuchte die Schatten zu durchdringen. Ein kalter Luftzug umwehte sie, Rosamund schlang schaudernd die Arme um den Leib. Der Geißblattduft wurde stärker.

»Was willst du?«, fragte sie angestrengt. »Ich weiß, dass du da bist, Alice. Was willst du?«

Der süßliche Geruch war nun fast überwältigend intensiv. Er erfüllte Rosamunds Kopf. Ein Gefühl von Platzangst überkam sie, gefolgt von einem Schwall aus Hass und Trauer, Verlangen und Verzweiflung. Ungezügelte Emotionen, die sie fast zu Boden streckten. Wie eine riesige Welle schlugen sie über ihr zusammen, drohten sie zu ersticken. Nach Luft ringend, versuchte Rosamund die Oberhand zu behalten.

»Alice.« Sie brachte nur ein Flüstern zustande. »Hilf mir, das alles zu verstehen.«

Das Gefühl des Erstickens schwächte sich ab, schien sich mit dem abziehenden Gewitter zu entfernen. Rosamund blinzelte und öffnete die Augen. Die Planen vor den Fenstern raschelten und flatterten im Wind. Sie fühlte sich ausgelaugt, als ob jemand den Stöpsel gezogen hätte und alle Energie aus ihr gewichen sei. Schwankend wandte sich Rosamund Richtung Tür, blieb aber sofort mit einem entsetzten Aufschrei stehen.

»Mark!«

Er lehnte am Türstock und beobachtete sie. Sein Gesicht zeigte eine Mischung aus Erkenntnis und Schock. Rosamund schluckte und strich sich mit einer zitternden Hand die Haare aus dem Gesicht, fragte sich, wie lang er bereits dort stand.

»Was machst du da?«, fragte er ruhig, als ob es ihn im Grunde nichts anginge. Aber sie ließ sich nicht täuschen.

»Nichts. Ich schaue mich nur um. Entschuldige, ich muss ein paar wichtige Dinge erledigen.«

Weder antwortete er, noch rührte er sich vom Fleck. Er beobachtete sie nur. Rosamund ging verlegen auf ihn zu. Er blockierte den Durchgang, und um hinauszugelangen, musste sie sich an ihm vorbeizwängen. Allein der Gedanke machte ihr Angst. Warum fürchtete sie sich vor Mark?

In dem Moment, in dem sie ihn erreichte, trat er zur Seite. Sie ging an ihm vorbei in den Flur. Eine Welle der Erleichterung überschwemmte sie.

»Rose.« Er hatte absichtlich gewartet, bis sie sich in Sicherheit wiegte. Da sie nicht stehen blieb, packte er sie am Arm. »Rose, ich möchte die Wahrheit wissen.«

»Die Wahrheit?«, presste sie hervor. Ihr Kopf pochte seltsam und schmerzhaft. »Wovon sprichst du?«

Er schüttelte sie leicht, und sie zog ihren Arm weg, stand ihm jedoch genau gegenüber. Genau hinter ihr befand sich die steile Stiege zum Dachboden.

»Was hast du mit diesem Gary Munro zu schaffen?«

Die Wut war ihre Rettung. Sie ließ ihr einfach freien Lauf. »Was zum Teufel geht dich das an?«

»Du bist meine Ehefrau.«

»Du warst gerade dabei, das zu ändern. Du willst dich doch scheiden lassen, oder? Nur hast du nicht den Mut besessen, es mir selbst zu sagen, sondern stattdessen lieber diesen unsäglichen Peel-Johnson geschickt.«

»Rose.« Er senkte den Blick. »In meiner Lage fühlt man sich immer wie in einem Irrgarten. Man weiß weder, woher man kommt, noch wohin man will. Man läuft einfach weiter, sucht nach einem Weg und hofft, dass die Richtung hinter der nächsten Abzweigung noch stimmt.«

»Und ich war offensichtlich eine falsche Abzweigung?«

»Manchmal glaubt man selbst daran, dass man alles richtig macht. Schließlich bestätigen das ja alle. Aber tief drinnen sagt eine Stimme, dass man ein Schweinehund ist. Doch die ignoriert man und hört lieber auf die Bewunderer.«

Er sah sie an und wartete auf eine Reaktion. Auf einmal wurde Rosamund alles klar. »Hübsch gesagt«, wisperte sie und ballte die Hände zu Fäusten. »Auf einmal änderst du deine Meinung. Auf einmal wird dir klar, dass du ohne mich nicht leben kannst. Ist das nicht so?«

Er zuckte mit den Schultern. »Es ist die Wahrheit.«

»Nein, ist es nicht. Die Wahrheit ist, dass du genau weißt, wie es wirkt, wenn deine Frau sich ausgerechnet zu dem Zeitpunkt von dir scheiden lassen will, an dem deine ganzen schmutzigen Geschäfte ans Tageslicht kommen. Dann brauchst du sie nämlich lächelnd an deiner Seite. Du bist so leicht zu durchschauen, Mark!«

Sie marschierte schnurstracks in den Ostflügel und knallte ihre Schlafzimmertür hinter sich zu. Drinnen war es kalt, aber das war ihr egal. Sie kochte vor Wut.

***

»Alice?«

Cosmo sah alt aus, und dünn war er geworden. Alice fühlte sofort mit ihm. Er hatte seinen Sohn verloren. Bertie. Wie bitter musste es im Nachhinein für ihn sein, ihn nie so akzeptiert zu haben, wie er wirklich war. Alice spürte, dass Cosmo seinen Sohn weit mehr geschätzt hätte, wäre er ihm nicht so fremd gewesen.

Ambrosine wäre die geeignete Vermittlerin zwischen den beiden gewesen, hätte sie sich weniger um sich selbst und mehr um ihren Mann und ihren Sohn gekümmert.

Alice holte tief Luft. »Sir, ich muss Ihnen etwas mitteilen.«

Ihre Ernsthaftigkeit ließ ihn aufhorchen. Er nickte, um ihr zu zeigen, dass sie fortfahren sollte.

Alice streckte ihre Hand aus und öffnete die Faust. Cosmo betrachtete den Elfenbeinknopf mit gerunzelter Stirn.

»Was ist das?«

»Ein Knopf von Mr Marling, Sir.« Er sah sie an, als sei sie verrückt geworden. Alice seufzte. Da war kein Misstrauen. Er verstand nicht, was das bedeutete, noch nicht. Sie würde es ausführlicher erklären müssen. Sie sprach mit ruhiger Stimme, obwohl ihr das Herz bis zum Hals klopfte. »Ich habe ihn in Mrs Cunninghams Schlafzimmer gefunden, Sir. Unter der Ottomane. Kurz nachdem Mr Marling auf Colonsay zu Gast gewesen ist.«

Nun hatte sie seine volle Aufmerksamkeit. Das Stirnrunzeln verstärkte sich, seine blauen Augen wurden stahlgrau wie die Bucht vor einem Sturm. »Ich verstehe«, sagte er. Ja, das tat er, das konnte sie sehen. Er wandte sich ab und starrte ins Feuer. Alice hielt den Atem an und wartete, doch er bewegte sich nicht.

Was hatte sie erwartet? Zumindest einen Gefühlsausbruch, Wut und Schmerz. Sie hatte gehofft, er würde vielleicht die Treppe hinaufstürmen und seine Gattin zur Rede stellen, ihr liederliches Verhalten mit donnernder Stimme verdammen. Doch nichts davon. Er stand nur da, ruhig und reglos. Vielleicht, entschied Alice, war der Schmerz einfach zu groß, um sofort zur Tat zu schreiten.

»Danke, Alice«, sagte er schließlich. Sie war entlassen. Mit einem Gefühl der Ernüchterung verließ sie das Zimmer.

19

Am frühen Nachmittag machte sich Rosamund auf den Weg, um Mrs Gibbons und ihre Tochter Rae zu treffen. Sie hatte nachts schlecht geschlafen, war von eingebildeten und tatsächlichen Geräuschen hochgeschreckt worden. Außerdem gingen ihr ständig Mark und Gary sowie die Vergangenheit durch den Kopf. Morgens war sie dann erst spät aus dem Bett gekommen.

Das Wetter hatte sich etwas gebessert, zumindest regnete es nicht. Der kalte Motor stotterte ein paarmal, als sie die Einfahrt hinunterfuhr. Sie war seit ihrer Ankunft in Colonsay nicht mehr mit dem Wagen gefahren. Rosamund schaute auf die Gräber, als sie am Friedhof vorbeikam. Keine alten Männer in roten Mänteln. Alles war friedlich.

Rosamund steuerte ihr Ziel auf der Straße nach Geelong an. Vom in den 1960ern trocken gelegten Sumpf war in dem Neubaugebiet nichts mehr zu erkennen. Ein Ziegelhäuschen stand neben dem anderen, aufeinander folgende Reihen. Der Architekt hatte nicht besonders viel Einfallsreichtum an den Tag gelegt. Aber vielleicht hatte man in jenen Tagen Kreativität beim Hausbau noch für überflüssig gehalten.

Das Haus der Gibbons befand sich in der zweiten Straße. Rosamund parkte davor und sah beim Aussteigen, wie sich die Gardinen bewegten. Ihre Absätze klapperten auf dem Betonweg zur Haustür. Sie drückte auf die Klingel, melodisches Geläut erklang. *Greensleeves*.

»Mrs Markovic.« Rae sah jünger aus und nicht so selbstsicher wie damals an dem Tag, an dem sie in Colonsay mit Rosamund gesprochen hatte. Ihr Arm lag in einer Schlinge, die Finger ragten aus dem Gipsverband.

»Rae, wie geht es Ihnen?«

Rae entspannte sich ein wenig und wackelte mit den Fingern. »Besser. Frederick will, dass ich nächste Woche wieder arbeite. Leichte Sachen.«

»In Colonsay?«

Rae schien sich unbehaglich zu fühlen. »Weiß nicht, vielleicht.«

»Ist das Mrs Markovic?« Die Stimme kam aus dem Inneren des Hauses. Rae blickte über die Schulter und antwortete: »Ja, Mama.«

»Dann bitte sie doch herein.«

Rae grinste. »Tut mir leid. Kommen Sie rein. Meine Mutter ist dort hinten.«

Im Vergleich zu Colonsay fand Rosamund das Haus winzig und vollgestellt. Aber zumindest leckte das Dach nicht, und es war warm. Geister gab es bestimmt auch nicht. Mrs Gibbons hatte helle Augen, ihr dunkles Haar wurde schon grau. Sie saß auf einem Sofa neben der Elektroheizung. Ihr Lächeln war warm und freundlich.

»Mrs Markovic, ich bin Sue Gibbons.«

»Rosamund, bitte. Wie geht es Ihnen?« Sie blieb stehen und ließ sich mustern.

»Mama!«, sagte Rae und zerrte einen bequemen Stuhl herbei. »Bitte, setzen Sie sich doch, Mrs Markovic. Mutter möchte Ihnen ein paar Sachen zeigen.«

Die »paar Sachen« lagen auf dem gesamten Sofa und auf dem Boden verstreut. Rosamund wusste nicht, ob sie sich angesichts dessen, was vor ihr lag, freuen oder fürchten sollte.

»Mrs Scott, also Kerry, sagte mir, Sie interessieren sich für die Dienstboten von Colonsay, wollten aber nicht gleich zur Historischen Gesellschaft gehen«, sagte Sue knapp. »Kann ich verstehen. Hochnäsige Wichtigtuer, diese Leute. Nun, ich habe da ein paar Sachen für Sie aufgetrieben, Rosamund.«

»Das sehe ich. Ich bin Ihnen sehr dankbar, Sue.«

»Keine Ursache. Werden Sie und Ihr Mann in Colonsay

bleiben? Es wäre einfach wunderbar, wenn dort wieder eine Familie wohnen würde. Obwohl, natürlich …«

Sie brach ab und sah betreten aus. Rosamund war klar, dass sie die Zeitungen gelesen hatte. Vielleicht dachte sie, das wäre der eigentliche Grund, warum Rosamund nicht zur Historischen Gesellschaft gehen wollte.

»Mein Mann hat nichts Unrechtes getan, Sue.«

»Natürlich nicht«, sagte Sue schnell, tauschte aber einen Blick mit ihrer Tochter, der ihre Worte Lügen strafte. »So, hier sind zunächst einmal die Haushaltsbücher, von denen Kerry gesprochen hat. Sehen Sie, aus dem Jahr 1880.«

Sie ähnelten Kassenbüchern und rochen ziemlich muffig. Doch Rosamund war seit ihrer Rückkehr nach Colonsay fast immun gegen solche Gerüche geworden. Die Seiten enthielten Spalten für geleistete Zahlungen, die zugehörigen Namen und die Art der abgelieferten Arbeit. Mehrere Kladden stammten aus den Jahren, in denen Cosmo und Ambrosine in Colonsay gelebt hatten. Eine war von einem Mann namens A. Kirkwood geführt worden, die restlichen trugen Adas Handschrift. Adas Einträge begannen nach ihrer Heirat im Jahr 1917 und reichten fast bis zu dem Datum ihres Todes. Die nüchterne Natur der Haushaltseinträge wurde durch ihre Kommentare über die von ihr Beschäftigten belebt. »Mehr Haare als Verstand«, stand da über einem Namen. Rosamund fragte sich, was die »hochnäsigen Wichtigtuer« von der Historischen Gesellschaft mit diesen Bemerkungen angefangen hätten – schließlich lebten noch Nachkommen dieser Menschen in der Gegend.

»Ich würde gern wissen, wer kurz vor Cosmos und Ambrosines Tod in Colonsay gearbeitet hat«, sagte Rosamund.

»Das ist das Haushaltsbuch für die Jahre 1900 und 1901.« Sue reichte ihr eine Kladde mit Stockflecken.

Rosamund schlug das Verzeichnis der im Mai 1901 gezahlten Löhne auf und fuhr mit dem Finger die Spalten entlang. Da war die Köchin, Mrs Gibbons, die die Liste anführte. Dann folgte eine erkleckliche Anzahl von Namen. Es gab eine Gouvernante, ein Kindermädchen, einen Pferdepfleger, einen Stalljungen, einen Gärtner, eine Küchenmagd und ein Hausmädchen. Das Hausmädchen hieß Alice Parkin und war zwölf Jahre alt.

»O Gott«, flüsterte Rosamund und musterte den Eintrag. Alice Parkin, das braunhaarige Mädchen, die Alice aus Mr Marlings Gemälde. Ein zwölfjähriges Hausmädchen in Colonsay.

»Geht es Ihnen gut, Mrs Markovic?« Rae sah sie neugierig an.

»Ja, sicher.« Rosamund riss sich zusammen. »Es ist sehr bewegend für mich, diese Namen zu lesen.« Ihr war es egal, wenn Rae sie für eine sentimentale Närrin hielt. Besser das, als dass sie die Wahrheit ahnte.

Rosamund wandte sich wieder der Kladde zu und sah, dass Alice nicht lange in Colonsay beschäftigt gewesen war. Nur von Ende 1900 bis 1901. Das war kaum lange genug, um nach ihrem Ableben noch in dem Haus herumzugeistern, oder? Wohin war sie gegangen? Unglücklicherweise gab es keinerlei Hinweise auf ihren nächsten Arbeitgeber.

Rosamund beschäftigte sich immer noch mit Alice' Eintrag, als sie einen zweiten, vertrauten Namen las. Meggy, das Küchenmädchen. Meggy McLauchlan, vierzehn. Und ein Stück weiter unten stand Jonah McLauchlan, Pferdepfleger, achtundzwanzig Jahre alt. Schwester und Bruder.

»Kennen Sie einen Ort namens Tinyutin?«, hörte sie sich fragen.

Sue dachte nach. »Nein, ich glaube nicht.«

»Irgendwo am Murray River. Zumindest in den 1920ern.«

»Rae, hol doch mal den Atlas.«

Rae gehorchte und nahm das schwere Buch von dem Regal neben dem Fernseher. Während sie im Register nach dem Ort suchte, zeigte Sue Rosamund weitere Dokumente: einen langen unkritischen Beitrag in einem Buch über die Pioniere in der Port Phillips Bay, ein Abdruck der Landabtretungsurkunde an die Cunninghams für den Besitz auf der Bellarine-Halbinsel, dazu eine später ausgestellte Urkunde für Land im

Süden von Neusüdwales, ein Nachruf auf Cosmo, ein Foto von dem Staatsbegräbnis mit einem schwarzen Rand. Die Historische Gesellschaft konnte stolz auf ihn sein.

»Da ist es.« Rae rutschte herüber und hielt dabei das Buch mit dem Arm offen. »Da. Nördlich des Murray, in Neusüdwales.«

Ein winziger Punkt. Tinyutin. »Ich glaube, die McLauchlans sind nach Cosmos Tod dort hingezogen«, sagte Rosamund. »Meggy und ihr Bruder. Wissen Sie etwas über die beiden?«

Sue Gibbons schüttelte den Kopf. »Nein, bei Meggy McLauchlan klingelt bei mir nichts.«

»Moment bitte, hatte Cosmo nicht auch dort Land erworben?«

Sie zogen noch einmal die Landabtretungsurkunden heraus und versuchten, den Besitz zu lokalisieren – ohne Erfolg.

»Die McLauchlans könnten von Cosmos Besitz am Murray gekommen sein«, sagte Sue nachdenklich. »Das hat man damals häufiger so gemacht.«

Rosamund griff nach einem schmalen Prospekt über die *Heimstatt für die Veteranen der Vereinigten Streitkräfte.* Der Anblick der alten Männer in roten Mänteln ließ sie zusammenzucken. Der treue Überbringer der Rosen für Ambrosines Grab hatte so ähnlich ausgesehen. Natürlich gab es auch Fotos von Cosmo und Ambrosine bei verschiedenen offiziellen Anlässen. Auf einem schüttelte Cosmo die Hand des Bürgermeisters. Cosmo war ein gut aussehender, stattlicher Mann gewesen; Rosamund konnte nicht glauben, dass er zu einer brutalen Tat fähig sein sollte.

»Kann ich das für einen oder zwei Tage mitnehmen?«, fragte Rosamund und hielt das Haushaltsbuch für 1900 und 1901 in die Höhe.

Sue dachte kurz nach und stimmte dann zu. »Bevor Sie gehen, möchte ich Ihnen noch den Stammbaum meines Mannes zeigen«, fügte sie hinzu. Sie entrollte ein großes Stück Papier und hob es hoch. Der Stammbaum war sehr fein ausgearbeitet.

»Sehen Sie«, sagte Rae. »Da bin ich und da ist mein Paps, das da ist sein Vater und das da die Köchin, für die Sie sich interessieren.«

Rosamund beugte sich über den Stammbaum. Die Köchin Dorothy Sewell hatte Arthur Gibbons geheiratet und war im Alter von vierzig Jahren Witwe geworden. Der Ehe entstammten drei Kinder. Im Alter von fünfundfünfzig hatte sie in Melbourne einen gewissen Mr Harry Simmons geheiratet, dessen Berufsbezeichnung »Schausteller« lautete.

Rosamund blickte überrascht auf. »Aber war nicht Harry Simmons der Name des Mannes, den man in dem Sumpf fand?«

Sue und Rae sahen sich an. »Nein, davon weiß ich nichts«, antwortete Sue. »Wo haben Sie das her?«

»Von Kerry. Sie sagte, meine Großmutter sei sich sicher gewesen, dass der Tote aus dem Sumpf Harry Simmons war, ein Schausteller. Er lebte in Colonsay, als sie ein kleines Mädchen gewesen ist. Sie erinnerte sich genau. Meine Großmutter hat mit den Behörden darüber gesprochen.«

»Nun, das kann nicht sein, oder?« Rae lachte. »Erinnerst du dich noch, dass Oma immer erzählte, was für ein komisches Paar ihre Mutter und der alte Harry gewesen waren? In dem Alter noch miteinander durchzubrennen. Nach Melbourne. Da war die Köchin so viele Jahre lang eine Respektsperson – und dann so was.«

»Ich erinnere mich, Rae«, sagte Sue. »Mich wundert es nur, dass du das tust.«

»An die interessanten Sachen erinnere ich mich immer.«

Sue durchsuchte einen Aktenordner und zog einen vergilbten Zeitungsausschnitt heraus. »Das könnte Sie interessieren.«

Rosamund nahm ihn und warf einen Blick darauf. Es ging um die Leiche im Sumpf, aber sie war nicht willens, sich ablenken zu lassen. »Also hat Harry Simmons die Köchin geheiratet und ist mit ihr nach Melbourne gegangen?«

»Genau.«

»Was ist mit den anderen Dienstboten? Haben Sie etwas darüber gehört, was mit denen passiert ist? Zum Beispiel mit Alice Parkin?«

Sue runzelte die Stirn. »Alice Parkin? Es haben Leute namens Parkin in unserer Gegend gewohnt, aber das ist lange her.«

»Vielleicht könnten Sie der Sache gelegentlich nachgehen, wenn es Ihre Zeit erlaubt? Ich wüsste wirklich gern, ob Alice von hier stammte und wohin sie danach gegangen ist. Mein Interesse gilt eigentlich allen Dienstboten, die in der Zeit von Cosmos Tod in Colonsay beschäftigt waren.«

Sue Gibbons sah überrascht aus, nickte aber. »Mach ich, wenn Sie das möchten.«

Rosamund spürte, dass sie eine sinnvolle Begründung brauchte. »Ich will vielleicht ein Buch darüber schreiben.«

Volltreffer. Sues Augen begannen zu leuchten.

»Das wäre super«, rief Rae. »Ein Buch über Ambrosine und Cosmo.«

»Einen Roman?«, fragte Sue.

»O nein, eine Art Tatsachenbericht. Deswegen brauche ich auch alle Informationen über die Dienstboten, die ich bekommen kann.«

Eine Stunde später, nach dem Genuss von Tee und Keksen, fuhr Rosamund wieder ab. Die Haushaltsbücher lagen auf dem Sitz neben ihr. Ihre Ohren klingelten von all den guten Wünschen und Hilfsangeboten. Sie sollte eigentlich ein schlechtes Gewissen wegen der Lügen haben, aber irgendwo auf halbem Weg zwischen der Bekanntgabe und ihrer Verabschiedung hatte sie wirklich begonnen zu glauben, dass sie dieses Buch schreiben würde. Nicht nur über Ambrosine und Cosmo, auch über Alice – und darüber, was sich ereignet hatte, seit sie selbst nach Colonsay gekommen war.

Mark würde überaus erfreut sein.

Rosamund zog sich zum Abendessen um. Ihr einziges Zugeständnis an Kerry war die Frisur. Sie hatte ihr dunkles Haar hochgesteckt. Ein Versuch, Ambrosines Frisur auf dem Porträt zu kopieren. Das Endergebnis kam dem Vorbild sehr nahe. Der Spiegel zeigte ihr eine Frau mit geheimnisvoll verschleierten Augen.

Ein lautes Klopfen an der Eingangstür riss sie aus ihren Träumen. Sie ging zum Fenster. Garys Wagen stand vor dem Haus, halb verdeckt von dem Holzstapel und dem Sperrmüll, der auf seinen Abtransport wartete.

Gary! Was um Himmels willen wollte der denn hier? Der Gedanke an Mark und Gary in trauter Zweisamkeit machte ihr Angst. Schnell schlüpfte Rosamund in ihre Schuhe und eilte zur Schlafzimmertür. Unten stand Kerry mit Gary in der Eingangshalle. Beide sahen zu ihr hoch, als sie die Treppen hinabging. »Gary kommt gerade aus dem Krankenhaus«, sagte Kerry erleichtert. »Der arme Kerl, der vom Gerüst gestürzt war, wird wieder ganz gesund werden. Ist das nicht schön, Rosamund?«

Rosamund nickte und sah Gary an. »Ja, das ist wirklich schön«, sagte sie ruhig. »Du hättest einfach anrufen können.«

»Ich war auf dem Heimweg, und Colonsay liegt praktisch an der Strecke. Da dachte ich, ich schaue kurz herein. Ist das in Ordnung?«

Ihm waren anscheinend die Folgen bewusst, die sein Besuch haben konnte. Rosamund hatte das Gegenteil befürchtet. Sie hatte ihm eine Hand auf den Arm gelegt, um ihn in Richtung Tür zu dirigieren, als Mark aus der Bibliothek kam. Rosamund ließ die Hand fallen. Mark blieb stehen, spürte wahrscheinlich die Spannung. Dann kam er mit seinem Politikerlächeln auf sie zu.

»Gary. Möchten Sie uns Gesellschaft leisten? Ich glaube, Kerrys Abendessen reicht für eine ganze Fußballmannschaft.«

»Gary hat uns gerade die gute Nachricht überbracht, dass der Arbeiter, der verletzt wurde, wieder völlig in Ordnung kommen wird«, sagte sie mit gespielter Fröhlichkeit.

»Sehr schön«, entgegnete Mark immer noch lächelnd.

»Er kann leider nicht bleiben. Das ist doch so, Gary?«

»Oh, aber wenn Sie doch schon einmal hier sind …«« Mark hob fragend eine Augenbraue.

Kerry räusperte sich nervös und wich Rosamunds Blick aus. »Es ist wirklich genug zu essen da, Gary.«

Gary sah Rosamund ebenfalls nicht an. »Danke, dann bleibe ich, wenn es Ihnen nichts ausmacht.«

»Überhaupt nicht«, fiel Mark ein. Er wandte sich an Rosamund. »Es macht uns gar nichts aus, nicht wahr, Rosamund?«

Ab diesem Augenblick war sie sich sicher, dass Mark zu ihrem Leidwesen genau wusste, was er tat.

»Geht ihr drei schon mal rein. Ich hole die Suppe.« Kerry flüchtete in die Küche.

Rosamund wollte ihr folgen, aber Mark packte sie mit einem vorgeblich sanften Griff am Arm und bugsierte sie ins Esszimmer. »Du schaust toll aus, wenn du die Haare so trägst, Rosamund.« Seine Stimme schmeichelte ihr, eine Meisterleistung der Schauspielkunst. Er zog ihr an der Mitte des Tischs einen Stuhl heraus. Rosamund setzte sich. Mark nahm am Kopfende Platz.

»Ja, wirklich beeindruckend«, fügte Gary hinzu und setzte sich ans andere Ende des Tisches.

Kerry kam mit der Terrine und teilte die Suppe aus, die sehr einladend duftete. »Ein klare Hühnerbrühe«, sagte sie. »Das Rezept stammt aus einem alten Kochbuch und gehört zu einem Abendessen für fünfzehn Personen. Ich musste die Mengen etwas reduzieren.« Sie klang fast enttäuscht.

Kerry hatte die Kerzen in den glänzenden Leuchtern angezündet. Rosamund versuchte, nicht an die Kosten zu denken. Die Flammen flackerten in einem leichten Luftzug. In Colonsay zog es eigentlich in jedem Zimmer.

Mark machte Kerry ausgiebige Komplimente zu ihrer Suppe. Sie errötete. Rosamund bemerkte fast ungläubig, dass er es einfach nicht lassen konnte. Gary agierte als stummer Beobachter. Sein gesundes, sportliches Aussehen kam ihr in diesem förmlichen Rahmen irgendwie fehl am Platz vor.

Als er sich über seinen Suppenteller beugte, traf sein Blick auf Rosamunds besorgt wirkendes Gesicht. Er zwinkerte.

»Hat dein Boot den Sturm gut überstanden?«, fragte sie.

»Ja, der Liegeplatz ist bei Südwest ziemlich geschützt.«

Danach herrschte unbehagliches Schweigen. Kerry sah in ihren Teller, Mark betrachtete die Kerzen.

»Stimmt es, was die Zeitungen schreiben?«, fragte Gary kaltblütig.

Mark ließ den Löffel sinken. »Teilweise. Jedenfalls ist genug Wahres daran, um es aufzublasen. Warum? Wollen Sie mich interviewen, um die Hintergrundgeschichte zu liefern? Ich halte es für vorstellbar, dass Sie dafür eine sechsstellige Summe verlangen könnten. Das Geld würde reichen, bis Sie Ihr Buch fertig haben.«

Gary verzog den Mund. »Nein, ich bin an Hintergrundgeschichten oder Berichten nicht interessiert. Ich bin nur gekommen, weil Rosamund davon betroffen ist. Vor dem Gesetz sind Sie ja immer noch ihr Ehemann.«

Rosamund erstarrte. Die Spannung, die bis jetzt unterschwellig gelauert hatte, war auf einmal mit Händen greifbar. »Gary«, sagte sie warnend.

Die zwei Männer beachteten sie überhaupt nicht. »Vor dem Gesetz?«, wiederholte Mark amüsiert, konnte jedoch sein Missfallen nicht ganz verhehlen. »Ja, ich bin ihr Ehemann. Vor dem Gesetz und auch sonst.«

»Das bestreite ich. Dieses Recht haben Sie verspielt.«

»Gary! Wenn es an der Zeit ist, kann ich durchaus für mich selbst sprechen. Das ist nicht der geeignete Augenblick dafür.«

Die Anspannung wich aus ihm. Sein Lächeln offenbarte Bedauern und ganz andere Gefühle. Rosamund errötete, obwohl das das Letzte war, was sie wollte, und sah wieder auf ihren Teller. Marks Schweigen fühlte sich gefährlicher an als alles, was er hätte sagen können. Warum bloß nahm ihn Gary nicht ernst?

Die Suppenteller waren leer. Kerry trug sie hinaus und brachte den zweiten Gang. Lachsrosetten mit Gemüse und Schalotten.

Rosamund goss sich Wein ein.

»Wann wird Ihr Buch veröffentlicht?«, fragte Mark sanft und trank einen Schluck aus seinem Glas. »Gibt es schon einen Erscheinungstermin?«

»Das ist im Augenblick noch offen.« Gary nahm einen Bissen Lachs. Seinen Wein hatte er nicht angerührt.

»Ich habe Freunde in der Verlagsbranche. Mit wem haben Sie denn einen Vertrag?«

Widerwillig nannte Gary einen Namen.

»Ah ja.« Mark lächelte. »Ich denke, dass Sie meiner Frau nicht alles erzählt haben. Richtig, Gary?«

Garys Augen wurden zu Schlitzen. Er war so ruhig, wie ihn Rosamund zuvor nie gesehen hatte.

»Ich glaube nicht, dass Sie das Monopol für das Verschweigen von Dingen besitzen, Mr Markovic.«

Mark lachte, überging den Seitenhieb. »Nachdem ich Ihren Namen erfahren hatte, habe ich ein paar Nachforschungen angestellt ... Gary.« Er wandte sich an Rosamund. »Es sieht so aus, als ob sein Roman aus der kaum veränderten Geschichte unserer Beziehung besteht, Rosamund. Der zukünftige Premierminister und seine Frau. Seine neurotische Frau, wie es hieß, glaube ich.«

»Gary!« Rosamund sah ihm ins Gesicht. »Stimmt das?«

Er seufzte. In seinen Augen stand Bedauern. Rosamund fühlte sich betrogen. »Sie haben mich überredet. Ich sage nicht, ich hätte das nie erwogen. Ich war vor Ort und brachte das journalistische Talent mit.«

»Ein Buch über Mark und mich?«, wiederholte sie. Die Kehle wurde ihr eng. »War das alles nur – Recherche?«

Er griff nach ihrer Hand und hielt sie fest, sodass sie sie ihm nicht entziehen konnte. »Nein, war es nicht. Vom ersten Augenblick an, als ich dich getroffen hatte, war mir klar, dass ich das nicht machen konnte. Dass ich es nicht machen würde. Denk nach, Rosamund, bitte. Er versucht, mich in deinen Augen herabzusetzen. Lass das nicht zu. Ich könnte dich niemals verletzen, das weißt du.«

Rosamund standen Tränen in den Augen. Er wollte sie dazu bringen, ihm zu glauben, ihn zu verstehen. Sein Blick war liebevoll. Sie entspannte sich etwas. »Warum hast du mir nichts davon erzählt?« Ihre Stimme klang verletzt.

»Ich hätte es dir erzählt, wenn ich damit weitergemacht hätte«, sagte er. »Aber ich habe meinem Verleger abgesagt. Der Vertrag ist aufgelöst. Ich gebe ihm sein Geld zurück, sobald mir Enderby etwas geliehen hat.«

Mark schüttelte den Kopf. »Du glaubst ihm? Er verarscht dich, Rose. Er ist Journalist! Wahrscheinlich wusste er auch von der Kampagne gegen mich. Die stecken doch alle unter einer Decke.«

»Ich wusste, dass etwas im Busch war«, sagte Gary und legte sorgsam seine Gabel ab. »Ich wusste aber nicht, worum es genau ging.«

»Sie hätten Rosamund warnen können.«

»Wieso?« Gary sah ihm gerade ins Gesicht. »Sie hat doch nichts damit zu tun.«

»Wie bitte? In den Zeitungen werden lauter Lügen über uns beide verbreitet, und sie soll damit nichts zu tun haben?« Marks Gesicht war zornig, seine Verärgerung hatte sich endlich Bahn gebrochen.

»Mark«, setzte Rosamund an.

»Bei den Lügen ging es um Sie, nicht um Rosamund. Wenn es überhaupt Lügen waren. Es mag schon sein, dass es die Regenbogenpresse in ihrer Sensationsgier übertrieben hat. Aber ich habe ein paar Berichte von angesehenen Journalisten gelesen, die Hand und Fuß hatten. Sie waren gut recherchiert und ausgewogen.«

»Es ist also ausgewogen, den Ruf eines Mannes zu ruinieren, sein Leben zu zerstören?«, schrie Mark.

Gary wich keine Handbreit zurück. »Unter Umständen. Wenn der Mann etwas verbirgt, was die Öffentlichkeit wissen sollte. Und mehr als ausgewogen, wenn man bedenkt, was alles *nicht* in den Artikeln stand.«

Mark hatte bisher schwer geatmet, doch nun schien er die Luft anzuhalten. »Was haben Sie da gesagt?«, presste er hervor.

»Sie haben es gehört, und Sie wissen genau, was ich meine. Wollen Sie, dass ich es laut ausspreche, in Rosamunds Gegenwart?« Garys Augen blitzten.

Rosamund klopfte mit ihrer Gabel gegen den Teller. »Schluss jetzt! Hört auf damit, alle beide! Wir wollen hier zu Abend essen und uns nicht gegenseitig die Köpfe einschlagen. Mark, halt die Klappe. Und du auch, Gary.«

Der beiden Männer ließen voneinander ab. Gary sah Rosamund schuldbewusst an. »Tut mir leid«, sagte er. »Entschuldige bitte, Kerry. Das Essen schmeckt toll. Gibt's noch mehr davon?«

Mark brauchte einen Augenblick länger, um sich zu beruhigen. Bleich saß er im Schein der Kerzen, seine Hände unablässig damit beschäftigt, an seinem Besteck, seinen Manschetten oder an der Serviette herumzunesteln. »Ja, Kerry, mir tut es auch leid. Bitte lasst uns weitermachen mit dem Essen.«

Ein wenig besänftigt verließ Kerry das Zimmer, um den Lammbraten als Hauptgang aufzutragen.

So viel Mühe, dachte Rosamund, sollte eigentlich mit witzigen Gesprächen und viel Gelächter belohnt werden. Das wäre die Art von Zusammenkunft, bei der Cosmo geglänzt hätte, und unter anderen Umständen auch Mark. Aber die Worte waren ausgesprochen und standen zwischen ihnen. Rosamund tröstete sich mehr mit dem Wein als mit dem Essen. Sie schenkte sich ständig nach, was ihr schon länger nicht mehr passiert war.

»Zephyr hat mich heute Morgen angerufen.« Gary nippte an seinem Glas und warf Rosamund über den Rand hinweg einen Blick zu. »Sie hat ziemlich lebhafte Träume.«

»Ach ja?« Rosamunds Stimme klang zögerlich. An Alice wollte sie heute Abend eigentlich nicht erinnert werden.

»Sie würde es gern noch einmal versuchen.«

»Aha.«

»Morgen.«

Marks Anwesenheit war nicht zu ändern. Er würde auf seinem Zimmer bleiben müssen, wie ein unartiges Kind. Rosamund musste lächeln.

»Morgen wäre gut.«

»Was noch einmal versuchen?« Mark sah Kerry an.

Die betupfte ihren Mund mit der Serviette. »Nun, Gary hat eine Freundin, die mit …« Sie tupfte wieder.

»Also, Mr Markovic, ich habe damit nichts zu tun.«

Mark lüpfte eine Augenbraue.

»Sie ist ein Medium«, erklärte Gary. »Sie spricht mit dem Jenseits. Vielleicht könnte sie Ihnen bei der Wiederbelebung Ihrer politischen Karriere helfen, Mr Markovic?«

Rosamund biss sich auf die Lippen.

Mark sah sie scharf an. »Ist mit diesem Unsinn immer noch nicht Schluss?« Dann wandte er sich verärgert an Gary. »Bestärken Sie sie etwa darin?«

Rosamund richtete sich auf. »Gary muss mir nicht sagen, was ich zu tun habe. Das kannst du natürlich nicht verstehen, Mark. Ich entscheide für mich selbst und tue, was ich tun muss. Deine Erlaubnis brauche ich dazu nicht mehr.«

Gary lachte laut auf und klatschte in die Hände. »Da weiß sich jemand seiner Haut zu wehren«, rief er.

Kerry rutschte auf ihrem Stuhl herum. »Es gibt noch Dessert, wenn jemand möchte.«

Mark räusperte sich und gab wieder den Charmeur. »Danke, Kerry, das hört sich sehr verlockend an.«

Gary schnaubte. »Sie sind unmöglich. Ich werde auf das Dessert verzichten, Kerry, sei mir nicht böse. Ich gehe in die Bibliothek und warte auf den Kaffee.«

Er verließ das Zimmer. Kerry und Mark warfen sich bedeutungsvolle Blicke zu. Rosamund ärgerte sich über die beiden Männer und schwieg. Sie glaubte, an der Crème Caramel ersticken zu müssen, aß sie aber brav auf. Als sie fertig waren, ging Kerry, um Kaffee zu machen, und ließ sie allein.

»Dein kleiner Paparazzo hat die Nerven verloren«, stellte Mark fest und faltete seine Serviette.

»Kannst du bitte damit aufhören, Mark? Ich bin eurer dummen Spielchen müde.«

»Ich habe nicht damit angefangen.«

Rosamund erhob sich und schob dabei ihren Stuhl zurück. Sie fühlte sich beschwipst. »Hast du Angst bekommen, Mark. Reagierst du deswegen so?«

»Nein. Sollte ich denn Angst haben?«

»Was hat Gary gemeint, als er davon sprach, dass die Zeitungen etwas verschwiegen hätten?«

Marks Augen blickten sie weiterhin an, aber sie spürte eine Veränderung. »Frag ihn. Was weiß ich, was er meint. Aber da gibt es noch etwas, das du vielleicht über Gary Munro wissen solltest: Er war eine Zeit lang in der Psychiatrie.«

»Du bist ein richtiger Mistkerl, weißt du das?« Rosamund steuerte auf die Tür zu und bemühte sich, nicht zu stolpern. Der Boden schien sich gefährlich zu neigen, aber es gelang ihr, nicht hinzufallen.

»Ich liebe dich, Rose. Ich möchte, dass du zurückkommst.«

»Werd endlich erwachsen, Mark.«

Sie ergriff den Türknopf und traf auf Marks Finger, die sich heiß und fest um die ihren schlossen.

»Rose«, flüsterte er. »Bitte. Es tut mir wirklich leid. Ich war ein Idiot.«

Sie wollte sich nicht von ihm küssen lassen, doch er presste seinen Mund auf ihre Lippen. Allerdings fühlte es sich keineswegs liebevoll an, sondern gierig und alles verschlingend. Rosamund legte ihm die Handflächen an die Schultern und schob ihn weg. »Lass mich in Ruhe!«, forderte sie und verschwand im Flur. Ihre Frisur war zerwühlt, sie fühlte sich benommen vom

Wein und den vorausgegangenen Ereignissen. Mark folgte ihr in kurzem Abstand.

In der Bibliothek war es sehr warm. Rosamund sehnte sich nach kühler Luft. Ohne Mark zu beachten, sank sie in einen der Ledersessel, legte ihren Kopf in den Nacken und schloss die Augen. Sie überlegte, ob sie sich übergeben musste.

Du hast es wieder einmal geschafft, Rosamund, dachte sie. Du betrunkene Närrin. Wirst du es denn nie lernen?

»Es geht dir nur ums Gewinnen, richtig, Mark?«

Er antwortete nicht. Rosamund blickte zu ihm hinüber und sah, dass er auf seinem Mobiltelefon herumtippte. Wo war Gary abgeblieben? Half er Kerry beim Zubereiten des Kaffees? Sie rutschte in ihrem Sessel herum. Da fiel ihr Blick auf etwas Glänzendes neben dem Kamin. Sie runzelte die Stirn und versuchte zu erkennen, worum es sich handelte. Es glänzte vor dem Hintergrund der Tapete silbern. Was war das? Hatte Kerry einen Zimmerschmuck angebracht, ohne mit ihr darüber zu sprechen? Eine Art Klinge?

»Kaffee«, verkündete Kerry, als sie das Zimmer betrat.

Rosamund blinzelte. Das glänzende Ding verschwand.

»Nimm das.« Gary trat zu ihr, legte seine Hände um die ihren und führte einen Becher Kaffee an ihre Lippen. »Trink.«

Sie schluckte und hustete. Der Kaffee war so stark, dass ihr Herz fast stehen blieb. »Gary.« Ihre Stimme klang anklagend.

»Trink das«, beharrte er. »Ich habe Kerry nicht umsonst gebeten, ihn so stark zu machen.«

Sie trank.

Am Fenster sprach Mark mit gedämpfter Stimme und vorgebeugten Schultern ins Telefon. Kerry stellte eine Kaffeetasse auf den Tisch neben ihm und zog die Vorhänge zu.

»Sieh zu, dass du nüchtern wirst«, flüsterte Gary in Rosamunds Ohr.

»Bin ich doch.«

»Bist du nicht. Trink aus.«

Sie trank den starken Kaffee und fühlte sich etwas munterer. »Wovor hast du Angst?«, stieß sie hervor und schob Garys Hand weg. »Das ich mich nicht gegen ihn zur Wehr setzen kann?«

»Kannst du das denn?«

Rosamund wandte den Blick ab, setzte sich auf und schob sich das Haar hinter die Ohren. »Mit mir ist alles in Ordnung«, sagte sie ruhig. »Zumindest demnächst. Mach dir keine Sorgen, Gary, ich kann mich ganz gut um mich selbst kümmern. Ich kenne Mark. Er wird mir nichts tun.«

Gary hockte sich auf seine Fersen. »Ich glaube eben, dass du ihn nicht kennst«, sagte er weich.

»Mir geht es gut, aber was ist mit dir?«

Er lächelte. »Komischerweise ganz gut. Die Geister haben offensichtlich ihren freien Tag.«

»Vielleicht sind sie auch zufrieden mit unseren Fortschritten.« Sie erzählte ihm von ihrem Besuch bei den Gibbons und ihren Entdeckungen. »Ich habe das Haushaltsbuch oben.«

»Ich würde es mir gern ansehen, halte das aber im Moment für keine so gute Idee.«

Rosamund berührte seine Lippen mit der Spitze ihres Zeigefingers. »Da magst du recht haben.«

Kerry räusperte sich. »Möchte noch jemand Kaffee?«

Mark beendete sein Telefongespräch und drehte sich zu ihnen um. Sein Benehmen war plötzlich sehr geschäftsmäßig. »Ich werde euch jetzt verlassen, weil ich ein paar Anrufe erledigen muss. Danke für das Abendessen, Kerry. Es war hervorragend.«

Kerry sah geschmeichelt aus. »Brauchen Sie noch etwas, Mr Markovic?«

»Nein, danke. Ach ja«, sagte er auf dem Weg zur Tür. »Wem gehört eigentlich der Hund? Ich habe ihn heute Morgen im Garten gesehen. Klein, langhaarig, trägt eine Haarschleife.« Er runzelte die Stirn, als er ihre Gesichter sah. »Was habe ich gesagt?«

Rosamund schüttelte den Kopf. »Nichts. Wir haben schon versucht, ihn einzufangen. Ein Streuner.«

Mark nickte, sah aber immer noch misstrauisch aus. »Also dann, gute Nacht.« Als er an ihr vorbeiging, beugte er sich vor und küsste Rosamund auf die Wange, als ob alles zwischen ihnen in Ordnung sei. Sie war über seine Arroganz so verblüfft, dass sie nicht reagieren konnte.

Kerry ging in die Küche, um den Geschirrspüler in Gang zu setzen, und lehnte alle Hilfsangebote ab.

Gary lehnte sich in einem Sessel zurück und sah Rosamund an. »Was war das?«

»Mark benimmt sich einfach so wie immer. Typisch für ihn.«

»Er scheint zu denken, er braucht nur zu pfeifen und du springst.«

Rosamund rutschte unbehaglich hin und her.

»Ich habe mir vorhin Sorgen um dich gemacht, Rose. Trinkst du immer so viel?«

»Tut mir leid.«

Er sah ihr nachdenklich ins Gesicht. »Ist das mit euch beiden wirklich vorbei? Er ist nämlich ein ziemlich widerwärtiger Kerl. Rose. Das solltest du wissen.«

»Gary, was auch immer du von Mark halten magst – ich weiß einfach, dass er mich nie verletzen würde.«

»Vielleicht hat Ambrosine das von Cosmo auch gedacht.«

Rosamund zuckte zusammen. »Erwischt. Das waren aber doch ganz andere Zeiten damals, Gary. Eine Frau in Ambrosines Stellung hätte ihren Mann nie verlassen können, ohne einen großen Skandal hervorzurufen. Vor allem, wenn der Gatte so einflussreich war wie Cosmo. Vielleicht erschien es ihr einfacher, im Unglück zu leben.«

Gary fuhr sich mit der Hand durch die Haare. »Ich weiß nicht, Rose.« Er klang nicht besonders überzeugt. Dann neigte er sich vor, griff nach dem Buch über Marling und blätterte darin. Auf einmal schnappte er nach Luft.

»Gary, was ist los?«

Er war ganz blass geworden. »Das ist der Mann, den ich damals in dem Sessel sitzen sah, in dem du jetzt sitzt. Der graue Mann, der Geist. Es war Henry Marling.«

Rosamund beugte sich vor, um die Abbildung zu betrachten. Henry Marling war ein gut aussehender Mann. Er schien ihr zuzuzwinkern. »Wir wissen, dass er ein enger Freund Cosmos war. Er besuchte Colonsay bestimmt häufiger.«

»Rose.« Gary knallte das Buch zu. Sie konnte sehen, dass ihm eine Idee gekommen war. »Marling porträtierte Ambrosine. Hier in Colonsay. Ein gut aussehender und intelligenter Mann. Was fällt dir dazu ein?«

Rosamund sah verblüfft aus. »Er war Ambrosines Liebhaber?«

Gary nickte. »Cosmo hat es herausgefunden. Vielleicht hat sie ihm auch gesagt, dass sie ihn verlassen will. Da ist er ausgerastet.«

»Glaubst du wirklich, das ist es, was damals geschehen ist?« Rosamund sank in sich zusammen. Traurigkeit überkam sie, wie so oft, wenn sie zu viel getrunken hatte.

»Vielleicht sollte ich lieber darüber ein Buch schreiben«, meinte Gary spaßhaft.

Rosamund richtete sich wieder auf. »Nur als Coautor. Ich habe Sue Gibbons bereits erzählt, dass ich ein Buch über Ambrosine und Cosmo schreibe.«

Gary kicherte. »O ja, wir machen gemeinsame Sache.« Dann wurde er wieder ernst.

»Rose, schau, es tut mir leid, dass ich dir von der anderen Geschichte nichts erzählt habe. Dass du es von Mark erfahren musstest. Ich wollte es dir sagen. Aber es kam mir so falsch vor, dass ich dieses Buch überhaupt auch nur eine Sekunde lang in Betracht gezogen habe. Ich hatte mich damals bereits entschlossen, das Angebot abzulehnen.«

»Und wenn ich immer noch das mürrische Mädchen aus deiner Kindheit gewesen wäre – hättest du es dann geschrieben?«

Er schüttelte den Kopf. »Nein. Ich bemühe mich stets, niemanden vorschnell zu verurteilen. Weil ich selbst nämlich nicht perfekt bin.«

»Das würde ich nicht so sehen.«

Sein Lächeln wärmte ihr Herz.

»Geh ins Bett. Morgen kommt Zephyr, falls du das vergessen haben solltest.«

»O Gott, habe ich wirklich.«

Zögernd folgte Rosamund ihm zur Eingangstür.

»Ich wünschte, du müsstest nicht gehen«, wisperte sie.

Er schlang die Arme um sie und küsste sie ausgiebig. »Bis morgen.«

Er war schon auf dem Weg zum Auto, als sie sagte: »Ich vertraue dir, Gary.« Zu Mark hatte sie das nie gesagt.

»Danke.«

Sie sah ihm zu, wie er in den Wagen stieg und wegfuhr. Die Luft war frisch und belebend. Besser als starker Kaffee.

***

»Ich will nach Hause«, schluchzte Meggy. Ihre Augen waren rot gerändert, und ihr Haar war völlig zerwühlt. »Ich will nach Hause, aber Jonah nicht. Etwas Schreckliches wird geschehen, ich spüre es. Ich will nach Hause.«

Alice war klug genug, ihren Mund zu halten, aber Meggys nächste Sätze versetzten ihr einen Schock.

»Jonah sagt, der Herr wüsste etwas und Madam steckte in Schwierigkeiten. Er könne nicht weg. Was für ein Dienstbote wäre er denn, wenn er jetzt einfach verschwinden würde?«

Alice sah den Ausdruck in Meggys Augen und wusste, dass sie ihr etwas verschwieg. Vielleicht sah Jonah im Konflikt zwischen Cosmo und Ambrosine seinen eigenen Vorteil und wollte deswegen bleiben.

»Was weiß der Herr über Madam?«, fragte Alice sanft.

Meggy schüttelte den Kopf, sodass die Haare ihr ins Gesicht fielen.

Alice bezwang ihre Ungeduld. Es hat begonnen, Bertie, dachte sie. Cosmo wird Ambrosine bestrafen. Das ist unsere Rache. Sie verdient diese Strafe. Einer muss für das bezahlen, was dir widerfahren ist.

»Ich will nach Hause«, flüsterte Meggy. »Ich will sehen, wie die Schatten in der Ebene am Abend immer länger werden. Sie erreichen die Größe von Riesen, sagt Jonah.«

Ihre Worte erinnerten Alice an etwas. Wer hatte sie schon einmal gebraucht? Doch es schien ihr nicht wirklich wichtig zu sein, länger darüber nachzudenken.

So verstrich dieser Augenblick.

20

Mrs Markovic?« Frederick Swann klang am Telefon frisch und geschäftsmäßig. »Ich denke, wir können morgen mit der Arbeit weitermachen. Passt das bei Ihnen?«

»Das passt mir wunderbar.« Sie fühlte sich auch ganz wunderbar – trotz der Anstrengungen der letzten Nacht.

»Gut. Wie ist es denn sonst so?«

»Ebenfalls alles wunderbar. Colonsay scheint im Augenblick ein ganz normales Haus zu sein.«

Er war offensichtlich erleichtert, das zu hören. »Die Kraft des Gebets darf eben nicht unterschätzt werden. Merken Sie sich das ruhig für die Zukunft, Mrs Markovic.«

»Das werde ich, Fred, ganz bestimmt.«

Nachdem sie aufgelegt hatte, blickte Rosamund mit Unbehagen den Flur entlang in Richtung Ambrosines Empfangszimmer. Hinter dessen geschlossener Tür herrschte Stille. War das verschwunden, was sich dort verborgen hatte? Irgendwie konnte sie das nicht glauben, aber sie verspürte nicht den Drang, es nachzuprüfen.

Zephyr konnte jeden Moment eintreffen.

Mark hielt sich in der Bibliothek auf, telefonierte, forderte Unterstützung ein, versuchte den Schaden möglichst zu begrenzen. Rosamund steckte den Kopf zur Tür hinein. »Kann ich dich sprechen?«

Er nickte und beendete sein Gespräch, behielt sie aber die ganze Zeit im Auge. »Gut. Ja, fein. Okay. Wunderbar. Wir sprechen uns wieder.« Mark warf das Mobiltelefon auf den Tisch. »Worüber willst du sprechen?«

»Wir brauchen dieses Zimmer. Vielleicht könntest du dir einen anderen Platz suchen, bevor Zephyr kommt.«

»Diese Geisterjägerin ist eine Freundin des Paparazzos? Passen denn blinder Glaube und journalistische Wissbegier überhaupt zusammen? Ich dachte immer, das würde sich ausschließen.«

»Kannst du das Thema nicht einfach auf sich beruhen lassen, Mark?«

»Nein, kann ich nicht.«

Draußen in der Eingangshalle klingelte erneut das Telefon. Kerry ging dran.

»Wirst du mir Colonsay kampflos überlassen, Mark? Wenn es sein muss, kämpfe ich auch darum. Es wäre nur viel einfacher, wenn du einsehen würdest, dass es mir gehört. Du bist kein zweiter Cosmo. Cosmo Cunningham ist tot. Lass die Finger von Colonsay.«

Er schüttelte den Kopf. »Ich brauche Colonsay, das ist Teil meines Plans. Und ich will, dass du mit mir hier bleibst, Rose. Ich dachte, wir wollten die Vergangenheit vergessen.«

»Du vielleicht, ich nicht.«

»Rose, du liebst mich. Ich kümmere mich um dich. Ohne mich gehst du zugrunde.«

Jetzt war es an Rosamund, den Kopf zu schütteln. »Nein, Mark. Zugrunde gehe ich nur, wenn ich bei dir bleibe.«

Mark starrte sie ungläubig an. »Du wirst deine Meinung schon noch ändern.«

»Mark«, stieß sie hervor. »Glaubst du wirklich, dass die Menschen vergessen werden, was du getan hast?«

»Ich habe Freunde, die zu mir halten.«

Sie überkreuzte die Arme vor ihrer Brust, als ob sie sich schützen wollte. »Aber es gibt einen Punkt, an dem auch die besten Freunde nichts mehr nützen.«

Er zuckte mit den Schultern. »Ich bin noch nicht am Boden und werde das durchstehen. Markovic Hoch- und Tiefbau war in keine illegalen Geschäfte verwickelt. Es war ein Geschäft, nichts weiter. Viele haben durchaus Verständnis für meine Situation.«

Kerry klopfte an die Tür und machte sie auf. »Entschuldige bitte, Rosamund. Das war Enderby Munro am Telefon. Er muss dich so schnell wie möglich sehen.«

Rosamund schob sich die Haare hinter die Ohren und seufzte. »Na gut. Sag ihm, ich komme morgen Vormittag.«

Kerry schloss die Tür wieder.

Mark nahm sein Telefon und tippte eine Nummer ein.

***

Alice war zu Fuß aus dem Ort gekommen, um Meggy zu besuchen. Es herrschte kühles Wetter, doch die Sonne schien. Ein frischer Wind trieb ihr Tränen in die Augen und rötete ihre Wangen. Ihre Mutter schien froh zu sein, sie loszuwerden. Ihr Vater war zu Pferd in Geschäften nach Geelong unterwegs.

Colonsay hob sich deutlich gegen den blauen Himmel ab. Die nackten Ranken des Geißblatts umfingen die hölzernen Verandapfosten und kletterten an den Hauswänden empor. Dornige Rosenbüsche schmückten den Vorgarten. Die Blätter waren alle bereits abgefallen, nur eine einzelne rote Blüte stach wie ein Blutstropfen hervor. Kiesel knirschten unter Alice' Stiefelsohlen. Sie fragte sich, ob ihre Saat auf fruchtbaren Boden gefallen war.

Seit ihrem Gespräch mit Cosmo hatte sie an nichts anderes gedacht als an ihre Rache – und an Bertie. Diese beiden Gedanken beherrschten ihr gesamtes Dasein. Wie ein Feuer, das in ihrem Inneren brannte und alle anderen Gefühle aufzehrte.

»Was willst du?«

Ein Fremder. Alice sah ihn genau an. Neben dem Brunnen stand ein Mann in einem glänzenden schwarzen Überzieher. Er musterte Alice von oben bis unten.

Normalerweise wurde man auf Colonsay nicht von Fremden nach dem Begehr gefragt. Alice richtete sich auf. »Wer sind Sie?«

Der Mann runzelte die Stirn. Er hatte oben auf dem Kopf

nur wenige Haare, dafür waren die Koteletten vor den großen Ohren umso buschiger. »Heute werden keine Besucher
empfangen.« Der Klang seiner Stimme sollte sie offensichtlich
einschüchtern. »Komm morgen wieder.«

Alice zögerte, aber der Fremde baute sich breitbeinig vor
ihr auf und blockierte ihr den Weg. Sie spürte, dass er nicht
zögern würde, Hand an sie zu legen.

»Dann also morgen«, sagte sie. Er grunzte zufrieden, als sie
sich abwandte.

Wieder knirschten die Kiesel unter ihren Stiefelsohlen. Sie
spürte seine Blicke auf ihrem Rücken und ging schnurstracks
bis zum Ende der Auffahrt. Dann betrat sie die Weide, trat
Löcher ins Gras und tat so, als vertrödele sie die Zeit. Bis sie
vor den großen Kiefern stand.

Dann rannte sie los.

Irgendetwas ging auf Colonsay vor sich. Seltsame Dinge
geschahen. »Das Böse« hatte Meggy es genannt.

Alice fühlte, dass die Stille auf Colonsay nichts mit friedvol-
ler Ruhe zu tun hatte.

***

Gary wartete mit Zephyr in der Küche. Er lächelte Rosamund
an. »Wie geht es dir?«, fragte er.

»Besser als erwartet.«

Zephyr begrüßte sie mit der ihr eigenen Gelassenheit. Sie
war in eine violette und hellgrüne Kombination gekleidet.
»Ich hatte einen Traum«, erklärte sie. »Manchmal geschieht
das nach dem Kontakt zu einem Geistwesen.«

»Du meinst, du hast von Alice geträumt?«

Zephyr heftete ihren Blick auf Rosamund. »Du kennst ihren
Namen. Sehr gut, Rosamund. Diese arme Seele braucht dringend unsere Hilfe. Sie kann Colonsay nicht verlassen, die Vergangenheit hält sie hier gefangen. So findet sie keinen Frieden.
Wir müssen ihr helfen.«

»Nur Alice?«, fragte Rosamund. Sie dachte an den Mann,

der sie Rosie genannt, und die Visionen, die sie von Ambrosine gehabt hatte.

»Es mag noch andere geben, aber ich glaube, Alice ist der Dreh- und Angelpunkt des Ganzen. Sie bringt Bewegung in die Dinge. Wenn Alice ihren Frieden gefunden hat, können sie vielleicht auch Ruhe geben.«

Als sie die Bibliothek betraten, um ihre Sitzung abzuhalten, befand sich Mark immer noch dort. Er sah Zephyr an und brachte sein gewinnendes Lächeln zum Einsatz.

»Entschuldigung, ich bin gleich weg.«

»Mr Markovic«, sagte sie und hielt ihm die Hand entgegen. Er nahm sie widerwillig. Rosamund konnte seine Abneigung deutlich spüren.

»Mark.« Zephyr legte ihren Kopf schräg. »Ich fühle Wasser. Kalt, tief. Gibt es ein Problem in Ihrem Leben, das mit Wasser zusammenhängt?«

Mark wurde blass.

Zephyr schloss die Augen. »Ach, du meine Güte«, murmelte sie. »Sie hatten ein Unfall im Wasser?«

»Nein«, presste Mark hervor. »Hatte ich nicht.«

»Ich muss Sie warnen. Sie sind in Gefahr. Es geht um eine Entscheidung. Und ich sehe Wasser, tiefes Wasser. Sagt Ihnen das etwas?«

Er ließ ihre Hand fallen. »Nein, verdammt noch mal.«

Rüde schob er sie zur Seite und wollte zur Tür hinaus, doch Rosamund stand im Durchgang. »Du hast ihr das verraten, du Schlampe«, zischte er sie an, bevor er verschwunden war.

Es herrschte betretenes Schweigen.

Zephyr sah ihm nach. »Habe ich etwas Falsches gesagt?«

»Nichts Schlimmes.« Rosamund versuchte, sie zu beruhigen. »Mark behält nur seine Schwächen lieber für sich.«

Gary schob die Stühle wie beim letzten Mal in einem Halbkreis zusammen und zog die Vorhänge zu. Zephyr setzte sich neben die Lampe und schloss die Augen. Sie entspannte sich durch bewusstes Atmen. Diesmal schien sie schneller in Trance zu fallen, es war fast, als hätte Alice neben ihrem Stuhl auf sie gewartet.

»Hilf mir.«

»Alice? Bist du Alice Parkin?«, fragte Gary ruhig.

»Ja.«

»Was sollen wir tun, Alice? Wir wollen dir helfen. Sag uns, was du von uns willst, Alice.«

Stille. Zephyrs Atem wurde unregelmäßig.

»Vergebt … Alice.«

»Was ist mit dir geschehen, Alice? Warum kannst du Colonsay nicht verlassen? Sag es uns, damit wir dir helfen können.« Gary lehnte sich gespannt nach vorn.

Zephyr seufzte tief auf und öffnete die Augen. Sie sahen auf einmal anders aus, heller, jünger. Langsam glitt ihr Blick über Kerry und Gary zu Rosamund.

»Ambrosine«, sagte sie mit fremder Stimme. Rosamund musste schlucken. Sie zitterte.

»Das ist Rosamund«, sagte Gary. »Das ist nicht Ambrosine. Alice, was ist dir zugestoßen? Sag es uns, damit wir dir helfen können. Bist du in Colonsay gestorben? Liegt dein Leichnam hier irgendwo?«

»Fliegen … Sturmschwalben.«

»Fliegen?«

»Kein Schmerz. Ich bin geflogen.«

»Du meinst, als du gestorben bist?«

»Ja. Ich wollte zu Bertie, doch er war nicht da.«

»Bertie Cunningham, Alice?«

»Ja. Er war mein Freund.«

Schweigen.

»Alice, lag dir etwas schwer auf der Seele bei deinem Tod?«

»Ja.« Zephyr schnappte nach Luft.

»Wir wollen dir helfen, Alice. Sag uns, was geschehen ist.«

Alice' Stimme antwortete, jedoch so leise, dass kein Wort zu verstehen war. Zephyrs Augenlider flatterten, dann schlossen sie sich. Sie seufzte tief auf.

Gary beugte sich zu ihr und berührte sie am Arm. Zu den anderen sagte er: »Sie wacht auf.«

»Wir hatten recht«, stellte Rosamund ruhig fest. »Alice kann nicht von hier weg, bis wir sie befreien. Wenn wir nur wüssten, wie!«

»Wir werden es schon noch herausfinden«, sagte Zephyr angestrengt. Sie öffnete ihre Augen, die nun wieder ganz normal aussahen. Dunkel, mit grauen Schatten darunter. »Möge die arme Seele Frieden finden.«

Kerry nickte. »Amen.«

Rosamund war ganz in Gedanken versunken. Sie versuchte sich vorstellen, wie Alice und Bertie Freunde gewesen sein konnten. Das war nicht so schwer. Der schwache Bertie hatte sich, wie Rosamund auch, vermutlich zu einer starken Persönlichkeit hingezogen gefühlt.

Zephyr nahm beim Abschied Rosamunds Hand in die ihre. »Dein Mann muss eine Entscheidung treffen. Denk immer daran, dass es seine Entscheidung ist – nicht deine. Jeder von uns ist für sein eigenes Leben verantwortlich, Rosamund.«

***

Ohne Probleme erreichte Alice die Küchentür. Sie war nicht bewacht und öffnete sich sofort. Die Hitze vom Herd nahm ihr im ersten Augenblick den Atem. Mrs Gibbons wischte sich das Gesicht mit ihrer Schürze ab. Es war nass und fleckig, die Augen klein und rot.

»Alice!«

Meggy stolperte auf sie zu und schlang die Arme um sie. Sie zitterte, klapperte mit den Zähnen. Alice wappnete sich.

»Was machst du denn hier, Mädchen?«, wollte die Köchin wissen. Sie sah sich vorsichtig um. »Niemand darf das Haus verlassen oder betreten. Nur der Arzt.«

»Ist jemand krank?« In der Schule hatte sie von ansteckenden Krankheiten gehört. War in Colonsay eine Epidemie ausgebrochen?

Meggy stöhnte auf und hob ihr verwüstetes Gesicht von Alice' Schulter. »Tot«, stammelte sie. »Alice, sie ist tot.«

Mrs Gibbons packte Meggy am Arm, zog sie gewaltsam weg und schob sie auf den Hocker beim Herd. Ihre dicken Finger griffen unnötig grob zu, ihre kleinen Augen waren geschwollen vom Weinen. Alice merkte, dass etwas Schreckliches geschehen sein musste.

»Der Herr!« Die Köchin schluckte schwer. »Der Herr …« Mehr brachte sie nicht heraus. Sie fiel auf einen Stuhl.

»Madam ist tot«, flüsterte Meggy mit dem Gesicht in ihren Händen, die Stimme halb erstickt. »Ermordet.«

Alice fehlten die Worte. Ihr Kopf war auf einmal ganz leer, wie eine frisch geputzte Schultafel. »Aber – wie?«, stieß sie schließlich hervor.

Mrs Gibbons Lippen begannen zu zittern, Tränen strömten ihr über die eingesackten Wangen. »Das Schwert an der Wand, in der Bibliothek. Von den ehemaligen Soldaten. Damit hat er sie niedergemacht.«

»In Stücke gehauen wie seine verdammten Zwiebeln!« Mehr brachte Meggy nicht heraus.

Alice fehlten die Worte. Was sie gerade gehört hatte, raubte ihr fast die Sinne. Madam war tot. Von Cosmo umgebracht. Wegen Mr Marling. Er hatte sie aufgrund von Alice' Anschuldigungen getötet.

Alice' Saat war in einer Weise auf fruchtbaren Boden gefallen, die ihr nie in den Sinn gekommen wäre. Madam tot. Keine vorgezogenen Vorhänge mehr, keine Kopfschmerzen. Kein Rückzug mehr ins Schlafzimmer, wenn sie ihren Sohn von der Schule heimholen sollte, die er hasste. Keine schönen Kleider und Schuhe mehr, die ihre Schönheit für Mr Marling hervorheben sollen, während Bertie leidet. Keine Ambrosine mehr.

Ich bin froh darüber.

Die Worte zogen ihr ganz leise durch den Sinn. Bertie war tot, und so schien es doch nur gerecht, dass Ambrosine dasselbe Schicksal erlitten hatte? *Ich bin froh darüber.* Trotzdem, den Schrecken über die Tat konnte sie nicht abschütteln. Und Cosmo – was würde mit ihm geschehen? Auf diese Frage brauchte Alice dringend eine Antwort. Sie fand ihre Sprache wieder. »Erzählt mir, was geschehen ist.«

Die Köchin wischte sich mit der Schürze übers Gesicht. »Madam trank Tee im Empfangszimmer, mit ihm, mit dem Herrn. Sie haben sich angeschrien.«

»Er hat gebrüllt«, sagte Meggy und hob den Kopf. Sie sah alt aus. »Gebrüllt wie ein Wahnsinniger.«

»Dann ist er aus dem Zimmer gerannt und in die Bibliothek gestürzt. Als er da wieder herauskam, hielt er das Schwert in der Hand. Miss Ada stand auf der Treppe. Sie schrie, aber er achtete nicht auf sie. Vielleicht war sie ihm auch egal.« Sie hielt inne, rang nach Atem.

Meggy erzählte weiter, ihre Stimme kaum lauter als das Ticken der Küchenuhr.

»Er ging wieder zu ihr hinein und schloss die Tür. Sie flehte ihn an, Alice. Ich habe gehört, wie sie um ihr Leben gebettelt hat. Ihr Hund bellte. Aber auf einmal war alles ganz still. Dann schrie sie und schrie und schrie …«

Die entsetzliche Vorstellung von dem, was da geschehen war, verdunkelte ihre Augen. Alice musste sich abwenden. »Wo ist er jetzt?«, fragte sie die Köchin.

»Er hat sich ein Pferd geschnappt und ist auf und davon. Mr Kirkwood lässt ihn suchen.«

In der Eingangshalle erklangen Stimmen. Mrs Gibbons stand schwankend auf, stützte sich mit einer Hand an der Stuhllehne ab. Meggys Kopf fuhr herum, als die Tür aufging. Alice erkannte den Arzt. Neben ihm stand ein Fremder. Nicht der Dienstbote, den sie vor dem Haus gesehen hatte, sondern der Kleidung nach ein Gentleman. Er war blass, aber zielstrebig in seinem Handeln, wie Alice erkennen konnte.

»Mrs Gibbons«, sagte er ruhig zur Köchin. »Der Doktor möchte sich jetzt Mrs Cunningham ansehen. Wir tragen sie nach oben in ihr Schlafzimmer. Würden Sie bitte Wasser heiß machen?«

Es folgte eine unbehagliche Stille. Meggy bedeckte ihr Gesicht wieder mit den Händen. Schließlich nickte Mrs Gibbons, ihre Hand auf der Lehne öffnete und schloss sich, ohne Sinn und Zweck. Mr Kirkwoods Blick streifte Meggys gebeugten Kopf und blieb bei Alice hängen. Er runzelte die Stirn und legte seinen Mund in Falten.

»Wer bist du?«

Weder Mrs Gibbons noch Meggy waren gegenwärtig zu irgendwelchen Auskünften in der Lage, so antwortete Alice selbst. »Ich bin Alice Parkin, Sir, das Hausmädchen. Nachdem ich eine Zeit lang weg gewesen bin, sollte ich heute wieder anfangen zu arbeiten.«

Ihre klare, frische Stimme schien Mr Kirkwood zu beeindrucken. Er entspannte sich etwas, und in seinen Augen glomm ein Funke von Interesse auf. An den Arzt gewandt, fragte er: »Entspricht das der Wahrheit?«

Der Doktor sah schrecklich aus und hörte kaum zu. Er befand sich gezwungenermaßen in einer Lage, die ihm aufs Äußerste missfiel. »Sie heißt Alice Parkin«, brummte er. »Gehört zu den Dienstboten auf Colonsay.«

Kirkwood warf ihr noch einmal einen scharfen Blick zu und nickte dann. »Keiner verlässt das Haus«, sagte er. Das war ein Befehl. Dann fiel die Tür hinter ihnen zu.

Die Köchin sank wieder auf ihren Stuhl. »Aber er hat sie doch geliebt«, jammerte sie. »Ich verstehe das nicht. Er hat sie geliebt!«

Meggy begann laut zu heulen.

Alice sagte nichts.

Nur sie allein wusste, warum Cosmo seine Frau umgebracht hatte. Sie verstand es und hielt es auch für richtig. Ihr Wissen konnte sie mit niemandem teilen.

Doch Alice wusste ein Geheimnis zu wahren.

***

Draußen schien die Abendsonne, als ob sie die Menschen für den Dauerregen entschädigen wollte. Es war eine Weile her, dass Gary Zephyr nach Hause gefahren hatte. Obwohl er zuvor versprochen hatte, wieder zurückzukommen, war er bisher nicht aufgetaucht. Mark befand sich irgendwo im oberen Stockwerk, und Kerry war beim Backen, den köstlichen Düften aus der Küche nach zu urteilen.

Rosamund stand in der Eingangshalle und wischte sich nervös die feuchten Hände an ihrer Jeans ab. Dann ging sie langsam in Richtung von Ambrosines Empfangszimmer. Dort war sie also gestorben, brutal von Cosmo niedergestreckt. Irgendwie war Alice in diese Tragödie verwickelt worden und konnte bis heute keinen Frieden finden.

Rosamund packte den Türknopf und drehte daran. Die Tür klemmte wieder, und so drückte sie dagegen, bis sie aufging. Wie immer roch es in dem Zimmer feucht und moderig. Es herrschte Dämmerlicht. Rosamund trat über die Türschwelle und spähte in die Dunkelheit.

Das Zimmer hatte nicht immer so ausgesehen. Einst musste seine geschmackvolle Ausstattung Ambrosines Schönheit entsprochen haben. Hatte sie sich hier mit Mr Marling vergnügt, wenn Cosmo außer Haus war? Sie mussten ein beeindruckendes Paar abgegeben haben. Wusste Alice von der Affäre? Rosamund konnte sich vorstellen, dass ein intelligentes und neugieriges Mädchen wie sie von ihrer Arbeit ziemlich gelangweilt war und nach Abwechslung suchte. Zwölf schien ihr zudem ein schwieriges Alter zu sein, und Alice Parkin mochte durchaus schwieriger gewesen sein als …

»Rosamund?« Kerry tippte ihr auf die Schulter, als wollte sie sich bei ihr für den Schrecken entschuldigen. »Musst du wirklich in dieses Zimmer gehen?«, fragte sie, offensichtlich sehr nervös.

»Hier ist es geschehen, Kerry. Ich weiß es einfach.« Sie verließ das Zimmer und zog die Tür zu. »Hat Ada viel mit dir über ihre Mutter gesprochen? Mir hat sie nur erzählt, wie glücklich Ambrosine gewesen ist. Für Ada stand eigentlich immer Cosmo im Zentrum ihrer Bewunderung.«

Kerry folgte ihr in die Eingangshalle. »Viel hat sie nicht mit mir darüber gesprochen. Aus ihren Worten ging hervor, dass ihre Mutter weder körperlich noch geistig stabil gewesen ist.«

»Ich denke, Cosmo war ziemlich dominant.«

»Warte, ich glaube, Ada hat erwähnt, ihre Mutter sei nicht – wie Cosmo – aus wohlhabendem Hause gekommen. Deiner Großmutter zufolge war es eine Liebesheirat. Das ist in der damaligen Zeit in diesen Kreisen ungewöhnlich gewesen. Ambrosines Vater, ein Farmer oder Viehzüchter, muss schwere Zeiten durchgemacht haben. Und ich weiß, dass ihr Bruder kurze Zeit nach Ambrosines Tod im Burenkrieg gefallen ist. Mrs Ada sagte, sie wäre ganz anders aufgewachsen, hätte er überlebt. Nicht, dass die Kirkwoods sie nicht gut behandelt hätten. Das war die Familie, die sich um sie kümmerte, bis sie deinen Großvater kennenlernte.«

In der Küche angekommen, machte Rosamund Kaffee. »Arme Ada. Kein Kind kann so etwas durchmachen und völlig normal bleiben.«

»Mrs Ada war aber völlig normal«, sagte Kerry steif. »Weißt du was?«, fuhr sie dann nachdenklich fort. »Es könnte doch sein, dass Ambrosine von nördlich des Murray River kommt. Ja, so war es bestimmt! Ich erinnere mich jetzt, dass Mrs Ada mir erzählte, ihre Mutter hätte das Meer nie gemocht. Das kam bestimmt daher.«

»Tinyutin?«, fragte Rosamund.

»Wie bitte?«

»So heißt der kleine Ort, in dessen Nähe Cosmo Land besaß. Sie müssen Nachbarn oder so etwas gewesen sein. Auf diese Weise sind sie sich wahrscheinlich begegnet. Der reiche und gut aussehende Cosmo reitet übers Land und erblickt die schöne Tochter des armen Farmers. Und schon war es passiert. Arme Ambrosine, sie hatte dabei wahrscheinlich keiner gefragt.«

»Vielleicht war sie ihm auch sehr dankbar.«

»Vielleicht.«

»Nun, das ist alles, an was ich mich erinnern kann. Tut mir leid.«

Rosamund strahlte sie an. »Weißt du, Kerry, du überraschst mich immer wieder.«

Kerry wurde rot.

Draußen im Flur klingelte das Telefon.

»Sollte das die Presse sein«, rief Rosamund Kerry hinterher, die abnehmen wollte, »sag ihnen, ich bin nicht zu sprechen.«

***

Der Arzt war gegangen. Kirkwood hatte die Leitung des Haushalts übernommen, Colonsay tanzte nach seiner Pfeife. Alice war sich nicht sicher, woher er auf einmal kam. Vielleicht ein befreundeter Politiker. Jedenfalls schien er Einfluss zu besitzen. Er rief die gesamte Dienerschaft im Salon zusammen. Sie standen eng zusammengedrängt wie Kriegsgefangene und warteten, was er zu sagen hatte. Wie die kleinen Leute überall auf der Welt hofften sie, er brächte alles wieder in Ordnung.

Alice rutschte unruhig herum und ignorierte Meggys Gemurmel: »Wo ist Jonah? Ist Jonah nicht da?«

»Dies ist ein furchtbarer Tag.« Mr Kirkwoods Stimme war von Trauer gezeichnet. Er hob den Kopf und sah in die bleichen, eingefallenen Gesichter. »Ein furchtbarer Tag. Mrs Cunningham ist tot, und Mr Cunningham – nun, wir vermuten im Augenblick, dass er sich das Leben genommen hat. Er wurde dabei beobachtet, wie er mit dem Boot hinausfuhr. Bisher ist er nicht zurückgekehrt.«

Er schwieg, bis sich diese Botschaft gesetzt hatte. Alice fühlte sich unwohl. Cosmo war tot? Das hatte sie nicht gewollt. Das war in ihrem Plan nicht vorgesehen gewesen. Sie begann zu zittern und spürte, dass es den anderen um sie herum ähnlich erging.

»Mrs Cunningham wurde von ihrem Ehemann ermordet,

mit einem Schwert in Stücke gehackt. Und aus Reue, Schuldgefühlen oder Furcht hat er sich dann selbst gerichtet.« Mr Kirkwood wiederholte die letzten Worte, um ihnen Gewicht zu verleihen. Mrs Gibbons begann zu wimmern und hielt sich sogleich den Mund mit ihrer plumpen Hand zu. Andere weinten.

»Die Wahrheit kann manchmal sehr grausam sein«, fuhr er fort, als seine Zuhörerschaft wieder aufnahmefähig zu sein schien. »Es gibt daher Fälle, in denen es besser ist, zur Lüge zu greifen. Ich möchte, dass ihr euch Folgendes vorstellt. Was, wenn Mrs Cunningham nicht von ihrem Gatten ermordet worden wäre? Was, wenn sie erkrankt wäre, sagen wir, an einer Influenza? Was, wenn sie daran gestorben wäre? Sie hatte ein schwaches Herz, das die Krankheit nicht verkraftete. Und was, wenn ihr Gatte sein Boot bestiegen hätte, völlig außer sich vor Kummer, in die Bucht hinausgesegelt und nicht mehr lebend zurückgekommen wäre? Was würde geschehen, wäre es so gewesen?«

Er ist schlau, dachte Alice. Sie sah das Aufleuchten der Gesichter um sich herum, bemerkte das Aufhorchen. Sogar Mrs Gibbons Lippen stellten das Beben ein.

»Gehen wir also davon aus, dass sich alles so ereignet hat, wie soeben geschildert. Der Name Cunningham bleibt unbefleckt. Mr Cunningham behält seinen rechtmäßigen Platz in den Geschichtsbüchern dieses Landes. Für seine Rolle bei der Ausarbeitung der neuen Verfassung und der Konstituierung des Staatenbundes. Er wird als Held in die Geschichte eingehen, umso mehr angesichts der tragischen Umstände seines Todes.«

»Wie wahr«, flüsterte jemand.

Mr Kirkwood schenkte ihnen ein knappes Lächeln. »Und Mrs Cunningham? Was wird mit ihrem Ruf geschehen? Sie stirbt plötzlich, im Vollbesitz ihrer Schönheit und eurer Liebe, der Liebe der gesamten Nation. So kann sie in Frieden ruhen. Oder sollen sich die Menschen ihrer als blutiges Stück Fleisch auf dem Fußboden erinnern? So entsetzlich entstellt, dass sie nichts Menschliches mehr an sich hatte?«

»Nein!« Mrs Gibbons Aufschrei rührte an ihre Herzen.

»Und was ist mit euch? Wollt ihr als Dienstboten der Familie Cunningham mit Sympathie und Mitgefühl behandelt oder aus makabrer Sensationsgier heraus angestarrt werden? Findet ihr schnell neue Arbeit, wenn jeder die Wahrheit über eure letzten Arbeitgeber und ihren grausamen Tod kennt? Sicherlich hat noch keiner unter euch bisher über diese Dinge nachgedacht, aber das muss leider sein.«

Ja, stimmte Alice zu, nachdem sie den ersten Schock überwunden hatte. Die Leute würden sich Gedanken über ihre eigene Zukunft machen müssen. Die Ereignisse auf Colonsay waren nicht gerade eine Empfehlung für neue Arbeitgeber. Mr Kirkwood war sehr klug, sie daran zu erinnern.

»Die Zeitungsschreiberlinge können sehr grausam sein«, fuhr er leise fort. »Überhaupt alle Menschen können das sein. So liegt die Bekanntgabe der Wahrheit nicht in jedermanns Interesse.«

»Die Leute werden die Wahrheit aber doch sowieso herausbekommen, oder?«, fragte einer.

Mr Kirkwood zögerte. »Wenn Mrs Cunningham an Influenza gestorben ist, wird Colonsay unter Quarantäne gestellt. Keiner darf herein oder hinaus. Keiner wird etwas sehen oder hören. Wir können die Wahrheit für uns behalten. Dafür würde ich sorgen, in unser aller Interesse. Ich würde dafür sorgen, dass der Name Cunningham weiterhin strahlt wie ein Stern am Firmament und dass Colonsay eine Stätte der Erinnerung wird. Nicht ein Schauplatz, an dem sich die sensationsgierige Meute trifft. Aber ihr müsst euch meinen Anordnungen unterwerfen. Ihr müsst einen Eid schwören, der bis ans Ende eures Lebens gilt.« Er sah lange in ihre Gesichter. Niemand widersprach ihm.

»So«, fuhr er fort und gestattete sich einen Seufzer der Erleichterung. »Eure Loyalität wird natürlich belohnt werden.

Als Gegenleistung für euren Schwur erhaltet ihr neue Arbeitsstellen in anderen Städten. Und Geld. Jeder eine erkleckliche Summe.«

Das klang unwiderstehlich. Alice merkte, dass er alle überzeugt hatte, jeden Einzelnen. Auch sie, trotz allem, was sie über Ambrosine dachte und wusste. Auch sie würde schwören, aber nur um Cosmos willen. Es war recht und billig, das Andenken eines so großen Mannes zu bewahren, ihn nicht wegen seiner untreuen Ehefrau als Unhold und Frauenmörder hinzustellen.

»Wer hebt die Hand zum Schwur?« Mr Kirkwood trat nach vorn, und sie stürmten mit erhobenen Händen auf ihn zu.

***

Kerry bemühte sich um einen neutralen Gesichtsausdruck. »Gary Munro ist am Telefon und möchte dich sprechen.«

Rosamund nahm ihren Kaffee mit. »Gary?«

»Rose.« Da war etwas in seiner Stimme, das sie sofort alarmierte.

»Wo steckst du? Ich dachte, du wolltest zurückkommen, nachdem du Zephyr abgeliefert hattest.«

»Ich habe einen Anruf aus Melbourne bekommen.«

»Wegen Cosmos Akte?«

»Ja.« Er zögerte. »Es gibt keine guten Neuigkeiten, fürchte ich. Ich habe ja herausgefunden, dass Ada nach dem Tod ihrer Eltern bei einer Familie namens Kirkwood aufgenommen wurde. Mr Kirkwood war ihr Vormund und hatte die Kontrolle über Colonsay und Adas Vermögen. Er scheint seinen Schnitt dabei gemacht zu haben. Ada hat aber Kirkwoods Verwaltung nie überprüfen lassen. Ich denke, das hätte sie besser tun sollen.«

»Du meinst, er hat sie betrogen?« Rosamund blieb die Luft weg.

»Er hat sich wohl selbst bedient, aber das wurde – wie gesagt – nie überprüft.«

»Gary, das ist ja schrecklich! Warum hat sie ihn nicht angezeigt?«

»Kirkwood war ein wichtiger Beamter der Staatenbundregierung. Er wusste vielleicht, was Cosmo getan hatte. Und Ada hätte nie gewollt, dass das ans Tageslicht kommt.«

»Kein Wunder, dass sie niemandem vertraute.«

»Wahrscheinlich. Doch das sind alles nur Vermutungen.« Er atmete durch. »Wo ist Mark?«

»Irgendwo im Haus. Warum?« Er zögerte. »Gary, da ist doch noch etwas. Sag mir bitte, was.«

Nach einem Augenblick des Schweigens sagte er: »Rose, die Angelegenheiten deines Mannes werden von der Polizei untersucht. Das sollte eigentlich vertraulich behandelt werden, aber die Medien haben Wind davon bekommen. Und jetzt wollen sie Blut sehen. Für sie gibt es nichts Besseres als den Sturz eines Helden. Sag ihm, er soll verschwinden.«

Rosamund setzte ihre Kaffeetasse so hart ab, dass der heiße Kaffee überschwappte und ihr die Finger verbrannte. »Ich verstehe das nicht. Mark sagt, er wisse nichts von dem Bordell. Und überhaupt sei Prostitution in Victoria nicht illegal.«

»Rose«, murmelte er. »Meine arme Rose. In Colonsay wird jeden Augenblick die Hölle los sein. Alles, was Alice anrichten könnte, ist nichts dagegen. Komm zu mir und bleib. Tust du das?«

Sie hatte das Gefühl, gleich den Verstand zu verlieren. »Gary, wirst du mir jetzt endlich sagen, was los ist?«

»Mark lügt. Er hat nicht nur von dem Bordell gewusst, sondern es auch für seine Zwecke benutzt. Seine Politfreunde und Geschäftspartner hatten dort sozusagen freien Eintritt. Kein Wunder, dass alle ihn unterstützen – etwas anderes käme gar nicht infrage. Aber da gibt es noch etwas.« Er hielt inne. »Es gibt Hinweise auf die Beschäftigung minderjähriger Mädchen. Deswegen interessiert sich die Polizei dafür.«

Rosamund wurde es eiskalt. Sie presste sich den Telefonhörer so fest gegen ihr Ohr, dass es schmerzte.

»Es tut mir leid, Rose. Unendlich leid. Er ist korrupt. Polizei, Medien und alle, die er betrogen hat, werden ihn fertigmachen. Ich komme und hole dich ab.«

Sie hörte ihm kaum zu. »Aber er kann das nicht gewusst haben, Gary. Mark würde doch nie …«

»Es ist die Wahrheit, Rose.« Sein Tonfall war scharf und nahm ihr die letzte Hoffnung. »Glaub mir, das stimmt alles. Wenn du mir gestern Abend vertraut hast, dann vertrau mir jetzt auch.«

Der Telefonhörer fiel aus ihrer Hand, stieß den Kaffeebecher um. Der Kaffee ergoss sich über das Telefonbuch und Rosamund.

»Rose? Rose?«

Sie hörte Garys Stimme, leise und aus weiter Ferne, hob den Hörer auf und hielt ihn sich wieder ans Ohr. »Entschuldige, Gary, ich kann im Augenblick nicht mit dir sprechen. Später …«

Sie legte auf.

Auf der Treppe knarrte eine Stufe. Rosamund fuhr herum. Mark sah auf sie herab. Sein Gesicht verriet ihr, dass er gelauscht hatte. Er wusste, dass sie wusste … Es gab keine Ausflüchte mehr, auch wenn sie danach gesucht hätte.

***

Mrs Gibbons schüttete sich etwas von ihrer Spezialmedizin in die Teetasse und trank schnell aus. Sie wartete auf den leichten Nebel, der ihr die Sinne trüben sollte. Ihre Aufgabe war es, Madam zu waschen und sie für den Sarg herzurichten. Das hatte sie Mr Kirkwood gesagt.

»Niemand sonst rührt sie an«, hatte sie aggressiv und doch den Tränen nahe hinzugefügt. »Es muss liebevoll gemacht werden, Sir.«

Er war einverstanden und versicherte ihr seine Unterstützung. Den anderen Dienstboten wurden ebenfalls Aufgaben zugewiesen. Außerdem musste jemand in den Ort geschickt werden, um die Familien zu informieren und ihnen zu sagen, dass vorläufig keiner von ihnen nach Hause kommen würde. Colonsay stand unter Quarantäne.

Der Körper von Ambrosines kleinem Hund Cleo lag in ein Laken gehüllt im Hof und wartete darauf, vergraben zu werden. Blieb das ganze Blut im Empfangszimmer. Das Sofa, auf dem Ambrosine den Brief ihres Bruders gelesen hatte, konnte nur noch verbrannt werden, ebenso die Teppiche auf dem Boden.

»Wir brauchen viel Scheuerwasser«, sagte Mr Kirkwood zu Meggy und Alice. Meggy ließ sofort den Kopf wieder sinken und begann zu weinen. Alice seufzte und sah Mr Kirkwood an.

»Ich kümmere mich darum, Sir.«

Er nickte, und sie sah, dass ihr klarer Kopf ihn beeindruckte. »Gray, einer meiner Männer, wird dir helfen, so gut er kann.«

Gray mit dem glänzenden schwarzen Mantel. Sie fragte sich, ob er Mr Kirkwood von ihrer Begegnung im Garten erzählt hatte, wusste aber eigentlich, dass das nicht der Fall gewesen war. Das würde nämlich ein schlechtes Licht auf ihn selbst werfen.

»Danke, Sir.«

»Bist ein braves Mädchen, Alice. Dafür wirst du eine Belohnung erhalten. Ich werde mich persönlich dafür einsetzen.«

Der Gedanke an diese Belohnung hielt sie bei der Stange. Wenn der Blutgeruch und der Anblick zu viel für sie zu werden drohten, erinnerte sich Alice daran, dass sie bald in Melbourne sein würde und nie wieder nach Colonsay zurückkehren musste. Das half.

»Du lieber Himmel«, flüsterte Gray, als sie das Empfangszimmer betraten. Er wurde ganz blass um die Nase. »Schaut aus, als ob einer ein Schwein abgestochen hätte.« Das Blut befleckte Boden, Wände und sogar die Decke.

»Hol den Schrubber«, befahl ihm Alice grimmig. »Und dann nimm die Vorhänge herunter. Die sind zu nichts mehr zu gebrauchen.«

Gray sah sie von der Seite an, erledigte aber, was sie ihm aufgetragen hatte. Die Zeit verging. Seite an Seite arbeiteten sie in verbissenem Schweigen. Alice spürte, dass sich seine Einstellung ihr gegenüber veränderte. Verwirrung und Furcht lösten die vorher vorhandene Geringschätzigkeit für das unwichtige Dienstmädchen ab. In den folgenden Tagen der Quarantäne hielt er sich tunlichst fern von ihr.

Alice war das egal. Mr Kirkwood bot ihr eine Stelle in seinem Haushalt an, die sie sofort annahm. Sie würde vielleicht Meggy vermissen, aber niemanden sonst. Und sogar Meggy war nicht mehr das muntere Mädchen von einst. Das hatte sie Jonah zu verdanken.

Seit dem besagten Tag blieb er verschwunden. Zuerst hatte Meggy geschwiegen, aber die Sorge um seine Sicherheit brachte sie schließlich dazu, sich Mr Kirkwood zu offenbaren. Sie suchten nach ihm, fragten vorsichtig überall herum, um keinen Verdacht zu erregen, doch er blieb unauffindbar. Niemand hatte ihn gesehen.

»Er ist auf und davon«, sagte Alice. »Vielleicht hat ihm das ganze Durcheinander Angst gemacht. Das kann ich ihm nicht verdenken. Vielleicht ist er zurück nach Hause gegangen.«

Meggy wollte das gern glauben, aber Alice spürte, dass sie es nicht konnte.

Alle trauerten um Cosmo und Ambrosine. Da blieb für Jonah nichts mehr übrig. Meggys Kummer ging im allgemeinen Wehklagen unter.

21

Mark schloss die Tür der Bibliothek.

Rosamund konnte ihn kaum ansehen. Sie hatte Schmerzen in der Brust, und ihr war übel. Obwohl sie selbst nichts getan hatte, fühlte sie sich schuldig.

Sie drehte sich um. »Um Himmels willen, Mark, warum? Warum nur? Konntest du dir nicht denken, dass das alles irgendwann herauskommt? Hast du wirklich geglaubt, es würde keinen kümmern?«

Er lehnte an der Tür, stieß sich aber nun davon ab und ging auf sie zu. »Ich weiß nicht, wovon du sprichst.«

»Du hast es wirklich geglaubt, nicht wahr? Mark Markovic, der allmächtige Macher!«

Mittlerweile stand er direkt vor ihr. Zum ersten Mal sah sie blanke Wut in seinen Augen.

»Du weißt nicht, worüber du redest.«

Rosamund wich nicht zurück, obwohl sie Angst vor ihm hatte. Angst wie nie zuvor. Vielleicht weil sie zum ersten Mal sah, wie er wirklich war.

»Du hast geglaubt, dass du damit durchkommst«, sagte sie, verwundert und verletzt zugleich. »Du hast geglaubt, dass du tun und lassen kannst, was du willst.« Tränen traten ihr in die Augen. »Siehst du nicht ein, dass es falsch war, was du gemacht hast? Heiligt denn bei dir der Zweck jedes Mittel?«

»Wie ich bereits sagte, bin ich unschuldig, du dumme Kuh.«

Rosamund wischte die Tränen weg und atmete durch. »Gary sagt, die Polizei würde bereits ermitteln. Ich soll dich warnen. Verschwinde, solange du noch kannst, Mark.«

»Und sein Rat ist natürlich völlig selbstlos.« Mark klang kalt und beherrscht. »Tja, vielleicht ist es wirklich an der Zeit, die Koffer zu packen. Aber du kommst mit, Rose.«

Sie wich ihm aus, aber zu spät. Er packte sie am Arm und zog sie eng an sich. »Ich sagte, du kommst mit. Alles war gut, bis du gegangen bist. Alles war in bester Ordnung. Du wirst mir beistehen, Rose, wie es deine Pflicht als Ehefrau ist.«

Ihm beistehen? Glaubte er das wirklich? Konnte er so verblendet sein? »Mark«, stieß sie hervor. »Ich komme nicht mit. Es ist aus und vorbei mit uns. Verstehst du das, Mark? Aus und vorbei.«

»Halt die Klappe«, sagte er brutal. »Wir gehen zum Wagen. Keine hysterischen Anfälle, kein anderer Unsinn. Ich liebe dich, Rose, und du kommst jetzt mit.«

Sie lachte, aber er presste ihr seine Hand auf den Mund. Draußen in der Eingangshalle konnte Rose Kerry in der Küche hören. Mark packte sie noch fester.

»Kein tränenreicher Abschied«, spottete er.

Der Wagen stand vor der Tür, fleckig von Regentropfen und bedeckt mit Laub. Zwischen dem Haus und dem Auto lag der Abfallhaufen aus altem Holz und Sperrmüll. Rosamund stolperte, aber Mark hielt sie aufrecht. Sein Gesicht sah bleich und fremd aus. Als ob die Seele des Mannes, den sie gekannt hatte, etwas völlig Fremdem gewichen wäre. Er musste die Hand von ihrem Mund nehmen, um die Autoschlüssel aus der Tasche zu ziehen.

»Mark! Gary sagt, dass sie alles wissen. Du kannst nicht davonlaufen. Egal ob ich dabei bin oder nicht. Du …«

»Gary sagt«, äffte er ihren bittenden Tonfall nach. »Er ist an allem schuld. Und du auch. Rose Cunningham, du verwöhntes kleines Mädchen, du ehrlose Schlampe. Eine Ehefrau gehört zu ihrem Mann, sie sollte ihm dankbar sein. Ich habe alles für dich getan, aber nie war ich gut genug. Nicht für eine Cunningham.«

Rosamund wandte ihren Kopf und starrte ihn an. »Das ist nicht wahr!«

»Nein?« Er öffnete den Wagen mit einem Knopfdruck und drückte sie gegen die Karosserie, während er die Beifahrertür aufzog. Dann packte er ihren Arm noch fester, kletterte ins Auto und robbte hinüber auf den Fahrersitz; dabei zog er sie hinter sich ins Innere.

»Mark.« Sie versuchte es noch einmal. »Bitte. Ich komme mit, aber nicht so. Lass mich ein paar Sachen zusammenpacken. Ich brauche Wäsche zum Wechseln. Und eine Zahnbürste. Das ist doch Wahnsinn!«

Er blitzte sie an. »Schließ die Tür!«

Sie hielt seinem Blick stand. Es verlangte ihm alles ab, ruhig zu bleiben. Sie spürte die Gewalttätigkeit unter der Oberfläche brodeln. Das war schon immer so gewesen. Und es hatte eine Zeit gegeben, zu der sie diese Aura anziehend fand. Aber das war vorbei. Nun hatte sie vom süßen Leben ohne Mark gekostet. Sie würde den Teufel tun und das alles aufgeben.

Sie änderte ihre Taktik. »Also gut, Mark«, sagte sie dumpf und ergeben. »Ich werde mit dir kommen. Ohne dich bin ich doch nichts.«

Darauf hatte er gewartet. Sie konnte seine Erleichterung spüren, obwohl sie mit gesenktem Kopf sein Gesicht nicht sah. »Ich bin froh, dass du endlich Vernunft annimmst, Rose.«

»Ich komme allein nicht zurecht.«

»Genau.« Das sagte er ganz sanft, wie ein Erwachsener, der zu einem Kleinkind spricht. So gefiel sie ihm, das wusste Rosamund. Hilflos und fügsam.

»Du wirst doch für mich sorgen, Mark?«

Er stieß ein bellendes Lachen hervor. »Das habe ich immer getan. Mach die Tür zu, damit wir fahren können. Es wird alles gut, Rose, du wirst schon sehen.«

Trotz ihrer Rolle als ergebene Ehefrau war Rosamund davon überrascht, wie er sich so sehr in die eigene Tasche lügen konnte. Sah er nicht, dass nichts gut war und auch nicht mehr in Ordnung gebracht werden konnte?

Doch sie seufzte: »Ja, Mark«, und spürte, wie er sich entspannte. Sie beugte sich in Richtung Beifahrertür. Als er den Schlüssel in die Zündung steckte, sprang sie aus dem Auto. Er griff nach ihr. Sie hörte, wie ihre Bluse zerriss. Dann rannte sie über den schlammigen Boden.

»Du Schlampe!«, schrie er ihr völlig außer sich hinterher. »Du verdammte Schlampe, ich bringe dich um!«

Rosamund wich einem Holzstapel aus und erwartete, dass Mark aus dem Wagen springen und sie verfolgen würde. Doch stattdessen hörte sie, wie der Motor ansprang. Sie blickte über ihre Schulter zurück.

Mit einem lauten Aufheulen des Motors beschleunigte Mark das Auto. Schlamm spritzte auf. Er verfolgte sie.

Die Kehle wurde ihr eng. Die kalte Luft brannte in ihrer Lunge, sie hustete und schluchzte. Als das Auto sich näherte, warf sie sich entschlossen zur Seite. Sie rollte herum und über den nassen Boden, schürfte sich Hüften und Knie auf. Ein paar Meter weiter brachte Mark den Wagen quietschend zum Stehen. Als Rosamund sich aufsetzte, sah sie ihn rückwärts auf sich zuschießen. Die kalte Luft bildete Wolken vor dem Auspuff, die Gase stachen ihr in die Nase.

Da ereignete sich vor ihren erstaunten Augen etwas ziemlich Überraschendes. Zwischen Rosamund und dem Auto erschien eine Lichtsäule. Der Wagen wurde langsamer und blieb schließlich stehen. Rosamund sah Marks schreckensbleiches Gesicht. Einen Augenblick lang schien die Welt still zu stehen, dann legte Mark den Vorwärtsgang ein und gab Vollgas. Das Auto schoss davon, die Einfahrt hinunter, weg von Colonsay. Weg von Rosamund.

Die Lichtsäule tanzte über dem Boden. Rosamund konnte vage ein Gesicht erkennen, bevor sie die Kraft verließ. Ein schmales bleiches Gesicht mit leuchtenden, wissenden Augen. Die Haare und der Rock des Mädchens wehten im imaginären Luftzug. Kein Laut war zu hören.

»Danke, Alice.« Rosamund fand schließlich ihre Stimme wieder, wenn sie auch nur ein mühsames Krächzen herausbrachte.

Das Geistwesen flackerte ein letztes Mal auf, um dann zu verglühen. Rosamund würde später schwören, dass sie einen Abschiedsgruß gehört hätte.

***

Ambrosine wurde in einer einfachen Zeremonie auf Colonsay beigesetzt. Cosmo jedoch bekam ein Staatsbegräbnis. Sein Leichnam war nicht gefunden wurden, doch die Ermittler entschieden auf Selbstmord.

Alice' letzte Verpflichtung auf Colonsay war die Teilnahme an Ambrosines Beerdigung. Sie ging hinter dem Wagen mit den gläsernen Seiten. Eine Wolke weißer Rosen füllte sein Inneres und bedeckte den Sarg. Alice beugte den Kopf in vorgeblicher Trauer. Doch sie fühlte nichts und dachte stattdessen an Bertie. Um ihn trauerte sie wirklich.

Nun, das alles war Teil des Versprechens, dass sie Mr Kirkwood gegeben hatte.

Am Grab stand Alice neben ihren Eltern. Sie befanden sich draußen vor dem Lattenzaun, der die Grabstätte der Cunninghams umgab. Neben ihnen Petersham in seinem gebürsteten roten Überrock. Ihm rannen die Tränen über die rotfleckigen Wangen.

Alice hatte sich inzwischen so sehr daran gewöhnt, ihre Gefühle zu verbergen, dass ihr das alles wenig ausmachte. Sie fand ihr Verhalten auch nicht seltsam oder unnatürlich, eher im Gegenteil. Manchmal, nachts, da weckte sie ein Blutgeruch, der sich in ihrer Kehle festgesetzt hatte. Dann musste sie lange husten, bis sie ihn los war. Doch sonst fühlte sie sich wie immer.

Mr Kirkwood sagte ihnen, Miss Ada bliebe bei seiner Frau in Melbourne. Colonsay würde leer stehen. Ein Hausmeisterpaar aus Geelong war eingestellt worden. Das Haus gehörte Ada; irgendwann konnte sie entscheiden, was damit geschehen sollte. Mr Kirkwood fügte hinzu, dass für sie alle Vorkehrungen getroffen worden seien.

Meggy ging zurück in ihre Heimat. Sie hatte sich ein wenig

erholt, trauerte aber immer noch, was man ihrem Gesicht und ihren Augen ansah. Mrs Gibbons schluchzte in ihre Suppe und wirkte zehn Jahre älter. Alle machten einen großen Bogen um das Empfangszimmer, das für sie immer vom Blutgeruch und den Flecken gezeichnet sein würde. Sie konnten den Anblick nicht vergessen, obwohl Alice' Putzarbeit sehr erfolgreich gewesen war.

An dem Morgen, an dem die Dienstboten weggingen und das Haus verschlossen wurde, kam Alice auf ihrem Heimweg am Friedhof und an Ambrosines Grab vorbei. Petersham legte gerade Rosen dort ab, sein Rücken war gekrümmt, und er trauerte sichtlich.

Alice wandte den Blick ab.

***

»Mir kam es so vor, als ob er mir die Schuld geben müsse, weil er sonst selbst schuld gewesen wäre. Und das gab es für Mark Markovic einfach nicht.« Rosamund zuckte mit den Schultern. »Du verstehst kein Wort, oder?«

»Ich verstehe alles.« Gary saß ihr gegenüber am Küchentisch. Zwei dampfende Becher mit Tee standen zwischen ihnen.

»Glaubst du, er kommt noch einmal zurück?«

»Das bezweifle ich sehr.«

»Ich kann seinen Anblick wahrscheinlich nicht mehr ertragen, Gary.« Sie biss sich auf die Unterlippe, um das Beben zu verbergen.

»Du solltest eine einstweilige Verfügung erwirken, dass er sich dir vorläufig nicht mehr nähern darf. Nach allem, was geschehen ist, wirst du keine Probleme haben, sie zu bekommen.«

Rosamund schloss ihre Hände um den heißen Becher, hieß den Schmerz willkommen. Um Schmerz zu fühlen, musste man leben – und sie wäre beinahe zu Tode gekommen. »Alice hat mich gerettet, weißt du.« Sie war noch immer erstaunt. »Sie hat es getan, und nun ist sie weg. Das stimmt doch, oder?«

Kerry stand am Herd und nickte. Sie hob ihren Kopf wie ein witternder Hund. »Das Haus fühlt sich tatsächlich anders an. Was auch immer hier war, es ist verschwunden.«

»Alice hat ihren Frieden gefunden«, sagte Gary ruhig. »Auch ich kann das spüren. Colonsay ist frei, Rose.«

Rosamunds Augen trübten sich mit Tränen. »Es war so schrecklich, Gary. Ich kann nicht glauben, dass Mark das tun wollte. Egal, was wir durchgemacht hätten und wie schlimm es gekommen wäre, ich habe immer gedacht, ich würde ihn kennen.«

»Einen Teil unseres Selbst verbergen wir stets vor dem anderen.«

»Tun wir das wirklich, Gary?« Sie wischte sich die Augen. Schon seit Stunden kamen ihr die Tränen. »Hast du auch ein dunkles Geheimnis?«

Er zog eine Grimasse. »Du hast meine schlimmsten Seiten schon kennengelernt und ich deine. Wir sind quitt.«

Nun musste Rosamund doch lachen.

»Rosamund.« Kerrys Stimme klang leise und vorsichtig. Sie stand in der Tür zum Garten. Ein blasser Sonnenstrahl fiel durch die Tür und ihm folgte, vorsichtig eine Pfote nach der anderen aufsetzend, ein kleiner zerzauster Hund mit einem schmutzigen blauen Band im Fell auf seinem Kopf.

Rosamund hielt den Atem an.

Der kleine Hund blieb stehen, sah sich mit großen braunen Augen um und wagte sich noch ein Stück weiter in die Küche. Der struppige Schwanz wedelte hoffnungsvoll. Die Ohren waren gespitzt.

»Komm her, Hundchen«, flüsterte Rosamund und streckte ihm langsam ihre Hand entgegen.

Der Hund wich zuerst zurück und tippelte dann wieder nach vorn. Unsicher verharrte er auf der Stelle. Einsamkeit und Verzweiflung kämpften mit seinem Misstrauen.

»Komm schon her, mein Junge … oder Mädel? Komm schon, Kleines.«

Kerry schloss langsam die Tür hinter ihm und blockierte damit den Fluchtweg.

Die schwarze Knopfnase wurde nach vorn gereckt, langsam kam der Terrier näher. Rosamund ließ ihn ihre zitternden Finger beschnuppern. Dann begann er, sie mit seiner rauen rosa Zunge abzulecken. Rosamunds Gesichts leuchtete auf.

»Du bist echt!«, juchzte sie. »Du wenigstens bist echt.«

Am nächsten Tag war das Wetter kühl, aber sonnig. Gary fuhr mit Rosamund zu Enderby. Kerry blieb in Colonsay. Sie war damit beschäftigt, das Fell des frisch gewaschenen Hundes zu entwirren und zu bürsten. Einen Namen für ihn hatten sie noch nicht.

Kerry hatte bei der Polizei angerufen, aber niemand hatte das Tier als vermisst gemeldet. Auch der örtliche Radiosender und das Tierheim konnten nicht weiterhelfen. So blieb der Hund vorläufig auf Colonsay. Noch so ein Streuner, der Unterschlupf sucht, dachte Rosamund.

Gary und Rosamund waren in Ambrosines Empfangszimmer gegangen. Dort war Gary über die verschiedenen Kisten, Kästen und Möbelstücke gekrochen und hatte schließlich ein Loch im Fußboden entdeckt, durch das der Hund ins Haus gelangen konnte. Dort hatte er sich außerdem einen gemütlichen Schlafplatz aus alten Decken gemacht. Wie er bei geschlossener Tür ins Haus gelangen konnte, klärte Gary ebenfalls. Tagsüber waren die Außentüren lange genug offen gewesen, besonders wenn Fred und sein Team arbeiteten. Und sobald er einmal drin war, konnte sich der kleine Kerl praktisch überall in dem großen Haus verstecken.

»So viel zum Thema Geisterhunde«, spottete Kerry, ohne weiter darüber nachzudenken, was alles geschehen war.

Enderby Munro saß an seinem üblichen Platz am Fenster. Dieses Mal schien die Sonne durch die Scheiben, zeichnete Muster auf den Fußboden und beleuchtete sein hageres

Gesicht. Sobald er Rosamund und Gary kommen sah, fing er an zu strahlen.

»Ihr seid wirklich gekommen!«

»Natürlich sind wir gekommen.« Rosamund beugte sich zu ihm hinunter und küsste ihn. Erstaunt stellte sie fest, dass Enderby errötete. »Du hast gesagt, es sei wichtig. Was gibt es denn?«

»Ich muss noch etwas mit dir besprechen, Rosie.« Er beäugte sie. »Du schaust ein bisschen ausgemergelt aus. Wie stehen die Dinge in Colonsay?«

Gary mischte sich ein.

»Dort ist alles in Ordnung.«

»Dann bleibst du also?« Enderby würde nicht so einfach mit seinem Geheimnis herausrücken.

»Ja, ich werde in Colonsay wohnen.«

Enderbys Augen leuchteten. »Das wollte ich hören. Also, ich möchte dir meine Notizbücher geben. Schließlich geht es um deine Familie, und wenn ich nicht mehr bin, verbrennt sie Gary womöglich.«

Rosamund warf Gary einen Blick zu. »Vielen Dank, Enderby. Ich werde sie hüten wie einen Schatz.«

Enderby nickte, als ob er nichts anderes erwartet hatte. »Da ist noch etwas. Ein Dokument, das ich in die Hände bekommen habe, als ich für die Regierung arbeitete. Es könnte dich interessieren, Rose.«

»Ein Dokument?«

Enderby wühlte in der seitlichen Tasche an seinem Rollstuhl. »Wo ist es denn? Wenn sich die Schwester das unter den Nagel … Ah, da ist es ja.«

Er zog einen braunen Umschlag hervor und wedelte damit vor ihren Gesichtern herum. »Das ist es. Nimm es mit und lies es, wenn dir danach ist, Rosie. Es eilt nicht.« Er fand das wohl lustig, denn er lachte laut heraus.

»Es eilt nicht«, murrte Gary, als sie wieder abfuhren. »Warum hat er uns das nicht vorher gesagt?«

»Dann hätte er sich den Spaß verdorben. Soll ich es aufmachen?«

»Klar. Vielleicht ist es ja eine Schatzkarte.«

»Das wäre wunderbar.« Rosamund schlitzte den Umschlag auf und zog ein einzelnes Blatt heraus. »Eine Liste der Dienstboten auf Colonsay«, sagte sie nach einer Weile. »Alice Parkin, die Köchin Gibbons, Meggy McLauchlan – aber kein Jonah. Sieht so aus, als ob sie alle Geld bekommen hätten. Unterschrieben hat ein A. Kirkwood.«

»Schweigegeld«, sagte Gary. »Sie hielten den Mund, und Kirkwood zahlte.«

»Es datiert aus dem August 1901.«

»Ein weiteres Puzzleteil.«

»Ich brauche keine Beweise mehr, Gary. Mir ist inzwischen klar, was damals geschehen ist.« Sie berührte sein Gesicht mit ihrer Hand. »Wenigstens ist bei dem ganzen Durcheinander etwas Gutes herausgekommen.«

»Nur etwas Gutes?« Er lächelte sie an. »Sollen wir beide irgendwo halten und zu Mittag essen?«

»Ich würde gern, aber ich muss zurück. Fred Swann will mit mir sprechen. Ich habe ihm versprochen, bald zurück zu sein.«

Frederick Swann war früh am Morgen mit seinen Leuten auf Colonsay erschienen, und es wurde wieder mit voller Kraft restauriert.

»Wie willst du ihn bezahlen?«, fragte Gary.

Rosamund schloss die Augen und lehnte ihren Kopf gegen den Sitz. »Ich weiß es nicht. Wahrscheinlich gibt es bei der Scheidung von Mark eine Abfindung. Aber der Himmel allein weiß, wann und ob ich etwas davon bekomme – bei all den anderen Dingen, die da gerade vor sich gehen. Vielleicht kann ich eine Hypothek aufnehmen?«

»Nutze den Namen Cunningham«, sagte Gary. »Er bedeutet immer noch etwas, in dieser Gegend sowieso.«

Aber im Augenblick wollte sie nicht über Probleme nachdenken. Ihr tat alles weh von der Auseinandersetzung mit

Mark – körperlich und auch geistig. Sie fragte sich, wofür er wohl Alice gehalten hatte und wo er sich nun versteckte. Noch stand nichts in der Zeitung, aber Gary zufolge war es nur eine Frage von ein paar Tagen. Ein Sturm braute sich über Mark zusammen, und es sah so aus, als könnte er ziemlichen Schaden anrichten.

»Bereite dich darauf vor, Rose«, hatte Gary ihr am Morgen gesagt. »Du wirst auch nicht ungeschoren davonkommen.«

Früher hätte diese Vorstellung Rosamund in Panik versetzt, aber heutzutage war ihr klar, dass sie das alles durchstehen würde. So wie sie die Dinge in Colonsay durchgestanden hatte.

»Rose?«

Sie öffnete die Augen und sah, dass sie fast zu Hause waren. Die Abzweigung nach Colonsay lag direkt vor ihnen. Links war Cosmos Grabmal zu sehen. Ich habe Glück gehabt, sagte sie sich zum wiederholten Mal. Ambrosine nicht.

Gary blickte in den Rückspiegel. Rosamund drehte sich um. Ein Polizeiauto folgte ihnen. Als Gary vor der Eingangstür von Colonsay anhielt, öffnete Rosamund die Tür und stieg aus, um den Polizisten Rede und Antwort zu stehen. Das Wetter hatte sich wieder abgekühlt, und irgendwie wusste Rosamund, dass sie keine guten Nachrichten brachten.

Bei einem von den beiden Männern handelte es sich um denselben jungen Polizisten, der damals gekommen war, um die Geräusche auf dem Dachboden zu untersuchen. Das fand sie etwas belustigend.

»Mrs Markovic? Ich fürchte, ich bringe schlechte Nachrichten. Die Kleidung ihres Mannes wurde am Strand gefunden. Sein Auto stand auf dem Parkplatz. Wahrscheinlich ist er gestern irgendwann zum Schwimmen gegangen. Wir fürchten, er ist ertrunken.«

22

Alice Parkin schnalzte mit der Zunge und besah sich den Schaden an ihrem Strumpf: ein kleiner Riss genau über dem Knöchel. Und sie wollte doch makellos aussehen. Sie glaubte zwar nicht, dass der junge Mann, der auf sie wartete, ein Loch in ihrem Strumpf bemerken würde. So weit waren die Dinge nicht gediehen, noch nicht. Doch sie mochte ihn, und er mochte sie. Alice machte sich Hoffnungen.

Die letzten zehn Jahre in Melbourne waren schnell vergegangen. Schon bald nach ihrer Ankunft hatte sie die Stelle bei Mr Kirkwood aufgegeben. Gray verhielt sich merkwürdig ihr gegenüber, und Adas gereiztes Trübsalblasen verursachte Alice Unbehagen. Sie hatte eine Arbeit als Zimmermädchen in einem großen Hotel an der Flinders Street angenommen. Dort gefiel es ihr, und sie wohnte in einem eigenen Zimmer in einer gut angesehenen Pension gleich nebenan.

Alice war glücklich und redete sich ein, die Ereignisse rund um Cosmo, Ambrosine und Colonsay wären für sie vorbei und vergessen. Manchmal dachte sie nicht einmal mehr an Bertie. Wenn sie sich dann erinnerte, stellte sie sich vor, sie hätte dazu beigetragen, geschehenes Unrecht wiedergutzumachen.

Im Augenblick aber war sie spät dran.

Alice strich sich den engen grauen Rock glatt und ging den Hügel hinunter zur Haltestelle der Pferdetrambahn. Kaum hatte sie fünf Schritte getan, als ihr ein Gesicht im Vorübergehen bekannt vorkam.

Langsam drehte sie sich nach der Gestalt um, hielt dabei mit einer Hand ihren Hut fest, mit der anderen die Handtasche umklammert. Ein attraktiver, gut gekleideter Mann betrat gerade das Tabakwarengeschäft. Etwas benommen erkannte

Alice Mr Marling. Sie musste ihn gerufen haben, denn er drehte sich um und kam auf sie zu.

Er sah älter aus, hatte sich aber gut gehalten. Sie hatte natürlich über ihn in der Zeitung gelesen. Erst vor Kurzem hatte er eine Ausstellung gehabt. Sie war nicht dort gewesen, obwohl sie gern gewusst hätte, was aus der Skizze von ihr geworden war.

»Alice Parkin«, stellte sie sich vor, da sie sah, dass er sie nicht einordnen konnte.

Seine Hand sank auf ihre Schulter, und überrascht stellte sie fest, dass er nicht annähernd so groß war, wie sie ihn in Erinnerung gehabt hatte. Seine Augen sahen auch anders aus, irgendwie blasser, ebenso sein Haar. Nur sein lebhaftes Wesen hatte sich nicht verändert.

»Alice Parkin? Alice Parkin!« Er lächelte. »Ich denke manchmal an Colonsay, an die wunderbaren Tage dort.«

»Ah, tun Sie das, Sir?« Sie überlegte mit einem gewissen Unbehagen, ob er sie wirklich so wunderbar gefunden hatte. Mr Marling war in gewisser Weise ebenso an Ambrosines Tod schuld wie die Frau selbst. Wusste er das wirklich nicht, tief in seinem Herzen? Wusste er wirklich nicht, was er mit dieser Affäre angerichtet hatte?

»Cosmo war typisch für seinen Stand und seine Erziehung, denke ich«, fuhr er fort. Sie sah an seinem Gesichtsausdruck, dass er in Gedanken weit fort war. Es schien fast, als spräche er mehr zu sich selbst als zu ihr. »Ein Eiferer und Tyrann, obwohl es sich im Augenblick nicht geziemt, so über ihn zu sprechen. Er ist der Liebling der Öffentlichkeit. Ich würde mich nicht wundern, wenn wir eines Tages einen Feiertag nach ihm benennen.«

Alice fühlte sich von seinen Worten schockiert und abgestoßen. Doch das schien ihm nicht aufzufallen.

»Ambrosine war anders. Sanft und süß, gefangen wie ein Vogel im Käfig. An Cosmo verkauft wie ein Schaf oder ein Sack Weizen, Handelsware in einer Abmachung zwischen Cosmo und ihrem Vater. Cosmo sah sie und wollte sie besitzen. Ihr Vater dagegen sah die Gelegenheit, sich seiner Schulden zu entledigen. Was Ambrosine dachte oder fühlte, spielte keine Rolle. Dabei sollten wir die Schwachen schützen, finden Sie nicht, Alice?«

Sie wusste keine Antwort und wollte weder über Ambrosine noch über das Empfangszimmer nachdenken. Und schon gar nicht über das Blut.

»Vor nicht allzu langer Zeit habe ich Ada Cunningham getroffen. Sie erinnert mich an Cosmo. Der Junge tat mir immer leid, er kam nach seiner Mutter, der arme Teufel. Das gleiche sanfte, befangene Wesen, das sah man an seinen Augen. Sie versuchte immer, ihn zu schützen, hatte aber genug mit sich selbst zu tun. Trotzdem hoffte ich, sie würde Cosmo eines Tages verlassen. Sie sprach nie darüber, Alice, aber ich wusste, dass sie sehr unglücklich war. Ist Ihnen das nie aufgefallen? Sehr unglücklich und verzweifelt.« Er schüttelte den Kopf. »Tja, und nun sind sie beide schon so lange tot.«

Alice schluckte. In ihrem Kopf hämmerte es. Nein, dachte sie. Nein, nein, nein! Was erlaubte sich Mr Marling? Was wusste er schon? Er gab vor, sich zu sorgen, doch damals war das Einzige, was ihn kümmerte, sein Verlangen nach dieser schwachen und selbstsüchtigen Frau gewesen. Er hatte sie ihrem Sohn entfremdet und ihrem Ehemann das Herz gebrochen.

»Sie haben sie geliebt«, brach es aus ihr hervor.

Mr Marling trat einen Schritt zurück. Sein Gesicht war faltiger, als sie es in Erinnerung hatte. Ihr Benehmen schien ihn zu überraschen. »Wahrscheinlich habe ich das«, entgegnete er schließlich. »Sie war eine wunderschöne Frau. Aber ich bin nie ihr Liebhaber gewesen, Alice.« Er lachte schäbig. Seine Stimme drückte einen Hauch des Bedauerns aus, ließ verpasste Gelegenheiten erahnen. »Ich hätte sie niemals Porträtieren können, wäre ich ihr Liebhaber gewesen.«

Aber der Knopf, rief eine Stimme in Alice. Was ist mit dem Knopf? Und dann wusste sie auf einmal, was geschehen sein musste. Der Knopf hatte sich von Mr Marlings Weste gelöst und war zu Boden gefallen. Der Hund Cleo hatte ihn gefunden und in Ambrosines Schlafzimmer gebracht. Mr Marling war nie dort gewesen.

Automatisch erwiderte Alice seine guten Wünsche und verabschiedete sich. Schon näherte sich die Trambahn vom anderen Ende der Straße. Sie dachte weder an den jungen Mann, mit dem sie sich treffen wollte, noch an das Loch in ihrem Strumpf. Die Vorübergehenden sahen sie seltsam an, doch auch das entging ihr. Sie erinnerte sich, Worte und Szenen überfluteten ihren Verstand. Heiß und bitter brannte es ihr in Augen und Kehle.

Ihre Welt hatte jeden Halt verloren. Alice lief wie blind auf die Straße. Mr Marlings Warnruf verhallte ungehört. Ein Wagen ratterte direkt auf sie zu, doch ihr Blick war in den Himmel gerichtet. Sie fühlte nicht, wie er sie überrollte.

***

Fast zwei Monate waren vergangen, seit die Polizei die Nachricht von Mark überbracht hatte. Er wurde nie gefunden. Rosamund erwartete das auch nicht. Die Behörden gingen davon aus, dass er zum Schwimmen gegangen war, in Schwierigkeiten geraten und ertrunken war. Es gab aber durchaus auch andere Stimmen, die davon sprachen, dass die Sache mit dem Bordell all seine politischen Ambitionen zerstört hätte.

Rosamund wusste natürlich, dass es nie in Marks Absicht gelegen hatte, einfach baden zu gehen. Es war ihr klar, dass er in die Bucht hinausgeschwommen war, um sich umzubringen. Genau wie Cosmo.

Sie versuchte, sich das kalte, salzige Wasser vorzustellen, vor dem er eine solche Furcht verspürte. Am Ende hatte er akzeptiert, dass das das Ende seines Traums war. Vielleicht konnte er dadurch sogar in Frieden gehen. Rosamund wünschte es ihm, schließlich hatte sie ihn einmal geliebt.

Frederick Swann arbeitete weiter an Colonsay, und Rosamund kam mit dem Garten voran. Der kleine Hund begleitete sie häufig – Kerry hatte ihn in Ermangelung einer besseren Idee Wuschel genannt. Rosamund fand tiefe Befriedung in der Bearbeitung des Bodens, dem Graben und Pflanzen. Einen Swimmingpool würde es jedenfalls nicht geben.

Mark hatte sein Vermögen einer Organisation für unterprivilegierte Kinder hinterlassen. Rosamund erhielt nur ein Vermächtnis, das wahrscheinlich gerade genügen würde, um die Renovierungsarbeiten zu bezahlen. Graham Peel-Johnson hatte das Testament kurz vor Marks Tod neu aufgesetzt. Rosamund fand es zuerst überraschend, konnte sich aber jetzt darüber amüsieren. Sie musste aus Colonsay ein Gästehaus machen, um zu überleben. Und sie war sich sicher, dass Alice, wenn schon nicht Cosmo und Ambrosine, die Komik darin erkennen würde.

Einige Wochen lang wurde sie von der Presse belagert. Ein paar der Berichte über Mark waren gnadenlos gewesen. Rosamund verstand nun, dass Ada recht damit gehabt hatte, ihr Privatleben zu schützen. Doch inzwischen war alles wieder ruhig. Die Medien hatten sich anderen Themen zugewandt.

In der Folge der Berichterstattung gab es allerdings eine neue Auflage von *Grey Skies,* Rosamunds altem Hit. Er war auf Platz zwei der Hitliste gewesen, als sie das letzte Mal nachgesehen hatte.

Sue Gibbons rief an und bat Rosamund um die Rückgabe der Haushaltsbücher. Es gab Nachfragen der Historischen Gesellschaft. »Wollen Sie dieses Buch noch schreiben?«, fragte Sue.

Rosamund musste einen Augenblick nachdenken, um zu wissen, welches Buch gemeint war. »Ich bin mir nicht mehr sicher. Vielleicht. Wahrscheinlich liegt mir nach den letzten Ereignissen nicht mehr so viel daran, Geheimnisse ans Tageslicht zu zerren.«

»Ich habe mir inzwischen auch die anderen, die älteren Haushaltsbücher angesehen«, fuhr Sue Gibbons fort. »In einem von ihm stand, dass Meggy McLauchlan von einer Farm namens The Meadows in der Nähe von Tinyutin kam. Die gehörte Mr McKay, Ambrosines Vater.«

»Also gehörte Meggy zu Ambrosine. Ich frage mich, warum wir immer davon ausgingen, dass alles Cosmo gehörte.«

Sue wusste auch keine Antwort. Sie legte auf, nachdem sie noch einmal um die Rückgabe der Bücher gebeten hatte.

Rosamund holte sie aus der Kiste mit Adas persönlichen Unterlagen. Dabei blätterte sie den Inhalt durch – die Briefe, den Terminkalender. Sie hatte bis heute nicht alle Rechnungen gelesen. Als sie den Umschlag eines örtlichen Lieferanten öffnete, fiel ihr ein ausländischer Brief in die Hände, der offensichtlich in großer Eile in den Umschlag gesteckt worden war. Die Schrift kannte sie.

Meggy McLauchlan. Dieser Name wurde heute schon zum zweiten Mal erwähnt.

Rosamund setzte sich auf einen der alten Ledersessel und faltete das verknitterte Papier auseinander. Es war schmuddelig und unordentlich gefaltet. Rosamund glättete es sorgsam.

Tinyutin, 17. Juni 1920

Liebe Miss Ada,

Sie schreiben, Sie würden am liebsten nichts mehr von mir hören. Ich kann mir vorstellen, dass Sie die Vergangenheit gern vergessen wollen – zumindest die schlimmen Zeiten. Über die weiß ich gut Bescheid. Jonah hatte mir alles erzählt. Dass Sie ihn und Ihre Mutter zusammen im Stall gesehen haben, damals, als das Pferd Sie beinahe totgetrampelt hat. Dass Ihre Mutter krank war vor Sorge, Sie würden das Ihrem Vater erzählen. Dass sie Ihnen einreden wollte, das alles sei ein großes Geheimnis.

Ist es deswegen passiert? Weil Sie es ihm erzählt haben? Ich wusste, dass er jähzornig war und Ihre Mutter wie seine Pferde behandelte. Sie war sein Eigentum. Er hätte sie wahrscheinlich wegen jedes anderen Mannes umgebracht. Doch dass seine Frau in einen Abkömmling der Aborigines verliebt war, das war das Schlimmste.

Und sie hat ihn wirklich geliebt, Miss Ada. Schon ihr ganzes Leben lang, sie sind praktisch zusammen in Tinyutin aufgewachsen. Als sie jung waren, begann Jonah für ihren Vater zu arbeiten, da haben sie sich kennengelernt. Dass sie Ihren Vater heiraten musste, brach den beiden das Herz. Und dann hat Jonah auf Cosmos Farm am Murray gewechselt.

Cosmo kam häufiger zu Besuch, ihm gefiel, wie Jonah mit den Pferden umging, und er nahm ihn mit nach Colonsay. So trafen sie wieder zusammen. Und sie liebten sich noch genauso wie zuvor, eher noch mehr. Ich wünschte, es wäre nicht so gewesen. Ich versuchte, Jonah die Gefahr klarzumachen, flehte ihn an zu gehen. Aber das wollte er nicht. Er hätte sie nie verlassen.

Sie wissen doch, wo er ist, Miss Ada? Ich denke, Sie wissen alles. Ich wünschte, Sie würden es mir erzählen, damit ich ihn richtig begraben kann. Er wollte in Tinyutin liegen, in der weiten Ebene. Dort, wo die Schatten der Menschen die Größe von Riesen erreichen, wie er immer sagte.

Meggy

Traurig legte Rosamund Meggys Brief auf die Seite.

Der Grund, warum Cosmo seine Frau umgebracht hatte, war die ganze Zeit in dieser Kiste verborgen gewesen. Mr Marling hatte nichts damit zu tun gehabt. Ambrosine hatte keine Affäre gehabt, sie hatte einen anderen Mann geliebt. Von Kindesbeinen an waren sie und Jonah ein Paar gewesen. Sie waren durch die Grausamkeit der Eltern und der damals herrschenden Sitten auseinandergebracht worden. Die Grundbesitzertochter Ambrosine konnte niemals einen Pferdepfleger wie Jonah heiraten, der dazu noch von Ureinwohnern abstammte. Da spielte es keine Rolle, dass ihr Vater verarmt war und kein Geld hatte. Es wäre einfach undenkbar gewesen. Und so heiratete sie Cosmo.

Doch das Schicksal brachte sie wieder zusammen. Vielleicht hatte Jonah auch geplant, ihr durch den Wechsel der Arbeitsstelle wieder näherzukommen. Jedenfalls begann er für Cosmo zu arbeiten, und der nahm ihn mit in den Süden. Nach Colonsay. Zu Ambrosine. Und alles begann von vorn.

Rosamund stellte sich vor, wie Ambrosine nachts aus dem Haus schlich, um ihren Geliebten zu treffen. Hatte sie sich die Zeit genommen, ein Kleid und Schuhe anzuziehen? Oder war sie ungeduldig gewesen, barfuß durch das nasse Gras gerannt, umweht von ihrem seidenen Nachtgewand?

Tränen brannten in Rosamunds Augen, aber sie blinzelte sie weg. Es war vorbei, alle waren schon lange tot. Und ruhten in Frieden, wie sie hoffte. Mit einem Seufzen überflog sie erneut Meggys Worte. Da kam ihr eine Idee.

Eine Stunde später fand Gary sie so vor. Er beugte sich zu ihr hinunter und küsste sie. Sein Gesicht und seine Hände waren voller Farbspritzer. Er strich gerade die Wände der Schlafzimmer im Westflügel. Sofort fiel ihm der verträumte Ausdruck in ihren Augen auf. »Was ist los?«

Rosamund reichte ihm Meggys Brief und wartete, während er las. Als er fertig war, sah er sie mit einem tiefen Ausatmen an.

»Also war es Adas Schuld. Sie hat es Cosmo gesagt, und er ist ausgerastet. Kein Wunder, dass sie nicht aus Colonsay fortgehen konnte. Sie war sowohl durch ihre Schuld als auch durch ihre Liebe an diesen Ort gebunden.«

»Ja, das ist wahrscheinlich richtig. Aber mir kommt es falsch vor, ihr alles anzulasten. Schließlich war sie noch ein Kind, ein kleines Mädchen. Wahrscheinlich hatte sie Angst und verstand nicht, was geschah. Wie konnte jemand von ihr erwarten, darüber ihr Leben lang Stillschweigen zu bewahren? Ambrosine hätte Colonsay verlassen müssen, solange sie die Gelegenheit dazu hatte. Eine Flucht mit Jonah wäre das Ende der Geschichte gewesen.«

»Eine Flucht war damals kaum vorstellbar. Es hätte einen Riesenskandal gegeben.«

»Ich weiß. Ich glaube, sie konnte es nicht. Sonst wäre sie mit ihm fortgegangen, als ihr Vater die Heirat mit Cosmo arrangierte. Das war ihre Chance, und sie ließ sie vorüberziehen.«

»Nicht alle besitzen deine innere Stärke.«

Rosamund verzog das Gesicht, besann sich dann aber anders. »Mir ist noch etwas aufgefallen, als ich Meggys Brief las. Was ist mit Jonah? Meggy scheint zu glauben, Ada wüsste, wo er begraben liegt. Er muss damals also schon tot gewesen sein. Erinnerst du dich noch an die Liste deines Großvaters mit den Namen der Dienstboten? Da stand Jonah nicht drauf. Also muss auch er zwischen dem Zeitpunkt von Ambrosines Tod und dem August 1901 gestorben sein.«

Gary wollte sich setzen, erinnerte sich dann aber an die Farbspritzer. »Du denkst, wenn er ganz normal gestorben wäre, hätte seine Schwester das gewusst.«

»Ja.« Rosamund sah ihn an.

»Du weißt also, wo er ist, oder?«

»Ich glaube schon.« Sie griff in die Kiste und nahm einen vergilbten Zeitungsausschnitt heraus. »Erinnerst du dich an das Haushaltsbuch, das mir Sue Gibbons geliehen hat? Ich habe es heute durchgeblättert, und dabei ist mir dieser Ausschnitt eingefallen, den ich nie gelesen habe. Darin geht es um die Leiche, die sie beim Trockenlegen des Sumpfgeländes in den Sechzigerjahren gefunden haben. Schau, da!« Sie deutete auf die entsprechende Zeile.

»Das einzige Kleidungsstück, das noch identifiziert werden konnte, war ein Paar brauner Reitstiefel«, las Gary laut und blickte sie dann fragend an.

Rosamund suchte wieder in der Kiste und gab ihm dann eine zerknitterte, verblasste Rechnung.

»Ein Paar handgenähter Männerreitstiefel, braun, zehn Guineen. Für Ambrosine Cunningham.« Gary hob die Augenbrauen. »Meinst du, das war Cosmos Leichnam? Ich dachte, er wäre ertrunken.«

»Ist er auch. Bei der Leiche handelte es sich natürlich um

Jonah. Ambrosine schenkte ihm die Stiefel zu Weihnachten. Reitstiefel, weil er Pferdepfleger war. Das wäre niemandem komisch vorgekommen, jedes andere Geschenk aber schon.«

Gary setzte sich jetzt doch und ignorierte dabei Rosamunds schmerzvollen Gesichtsausdruck. »Ich frage mich, was da passiert ist.«

»Vielleicht ist Cosmo ihm begegnet, als er das Haus verließ, nachdem er Ambrosine umgebracht hatte. Oder er hat ihn zuerst getroffen und Ambrosine danach getötet. Ich dachte immer, der Mord an Ambrosine wäre im Affekt geschehen, aber unter diesen Umständen war er eventuell geplant. Erst Jonah und dann Ambrosine.«

»Du kannst nicht beweisen, dass es Jonah ist.«

»Das stimmt, Gary, aber ich weiß es einfach. Ich frage mich, wo der Leichnam hingekommen ist. Das muss ich unbedingt noch herausfinden. Er sollte bei Meggy in Tinyutin begraben werden.«

»Warum kann er nicht bei Ambrosine und Cosmo liegen?«

Rosamund schlug nach ihm; er protestierte. Dann kniete er sich vor ihren Sessel und schlang seine Arme um sie. Sie balgten sich im Spaß. Nach einer Weile ließ Rosamund ihren Kopf gegen seinen sinken und fuhr mit ihren Fingern durch sein zerwühltes Haar.

»Gary, Ada muss gewusst haben, wo Jonah lag. Nicht 1920, als Meggy ihr schrieb, aber spätestens, als der Sumpf trockengelegt wurde. Kerry erzählte, Ada hätte ständig mit der Bezirksverwaltung telefoniert und gesagt, dass es sich bei dem Leichnam um Harry Simmons handeln würde. Das stimmte aber nicht. Sie versuchte nur, die Spur zu verwischen. Und warum hatte sie diese einzelne Rechnung aufgehoben? Sie wusste, was geschehen war, und behielt dieses Geheimnis für sich, so wie sie alles für sich behalten hat.«

»Bis auf eines, oder?«

Rosamund seufzte. »Arme Ada. Sie musste für ihre Sünden büßen. Erst hat Kirkwood sie betrogen, dann starb ihr Ehemann, und sie musste allein in Colonsay leben. Vielleicht geistert sie deswegen auch nicht hier herum – sie hat ihre Schuld zu Lebzeiten beglichen.«

Gary küsste sie zart auf die Lippen. »Kannst du trotz dieser Erinnerungen hier wohnen, Rosamund? Könntest du in diesem Haus glücklich werden?«

Sie lächelte. »Ja, ich glaube schon. Ich *bin* glücklich. Jedenfalls, wenn du bei mir bleibst. Willst du?«

»Ich dachte schon, du würdest nie fragen.«

Epilog

Die Dämmerung brach herein. Das Kind rannte über den engen, gewundenen Pfad zwischen den hohen Stockrosen und den wuchernden Maßliebchen. Nachtfalter flatterten im schwindenden Licht.

Das lange blonde Haar schwebte wie eine helle Aura um sein blasses Gesicht. Durch die geöffnete Küchentür hörte das Mädchen die Stimme seiner Mutter im Gespräch mit Kerry und das Klappern des Geschirrs.

Heute Abend kamen Gäste nach Colonsay, da war sie sowieso nur im Weg.

Der Pfad verbreitete sich und mündete in eine Laube mit einem Bänkchen vor einem großen Pfeifenstrauch. Im Frühling war er über und über mit Blüten bedeckt, aber jetzt färbten sich seine Blätter und fielen ab. Das Mädchen ging um den Strauch herum und suchte in den Schatten dahinter nach der streunenden Katze, die sich manchmal dort versteckte. Es hatte sie schon manchmal erschreckt, sodass sie schnell über den Zaun verschwunden war.

Vorsichtig kletterte es über einen alten Ast, aus Rücksicht auf die neue Latzhose. Ein Vorhang aus Ästen und Blättern verbarg das Geheimversteck. Es schob ihn beiseite. Und hielt inne.

Dort standen ein Mann und eine Dame. Sie mussten es gehört haben und waren ebenso überrascht wie das Mädchen. Aber sie waren nicht böse. Sie lächelten. Vielleicht handelte es sich um Hausgäste, obwohl sie so merkwürdig gekleidet waren.

Die Dame trug einen langen Rock wie die Damen auf den alten Fotos ihrer Mutter. Sie war sehr hübsch, das sah das Kind sogar trotz der Dunkelheit. Der Mann trug einen Schal um den Hals geschlungen, einen Mantel und karierte Hosen. Sie sahen merkwürdig aus, aber ziemlich glücklich.

»Ada!«

Ihr Vater rief nach ihr, seine Stimme hallte durch die Stille. Sie wandte sich um, und als sie sich wieder umdrehte, waren der Mann und die Frau verschwunden.

Für einen kurzen Augenblick wunderte sie sich. Einmal hatte sie auch einen Knopf gefunden und ihn beim Einschlafen in der Hand gehalten. Doch am Morgen war er weg gewesen. Und eines Nachts war eine alte Dame mit einem Gehstock an ihr Bett gekommen und hatte sie neugierig betrachtet. Sie hatte zuerst auf sich und dann auf Ada gedeutet, als ob sie etwas sagen wollte. Ada verstand sie aber nicht. So etwas geschah häufiger in Colonsay. Sie hatte inzwischen gelernt, dass sie sich nicht fürchten musste. Ihr Vater versicherte ihr stets, dass die Vergangenheit ihr nichts anhaben konnte.

»Ada!«

»Ich bin hier, Papa.«

Ada drehte sich um und rannte schnell den Weg zurück, den sie gekommen war.

Anmerkung der Autorin

Diejenigen, die die Bellarine-Halbinsel kennen, werden den Ort in der Nähe von Colonsay als Drysdale identifiziert haben. Die Gegebenheiten im Ort und in der Umgebung wurden jedoch den Erfordernissen der Geschichte angepasst.

Ich bitte außerdem die Mitglieder der Historischen Gesellschaft um Nachsicht, die gute Arbeit leisten und ganz sicher keine »hochnäsigen Wichtigtuer« sind.